EXCALIBUR

Herausgegeben von
Melissa Andersson
und
Gerd Rottenecker

J. V. Jones' große Saga Das Schwert der Schatten
in der Reihe Excalibur – Fantasy bei Knaur:

Das Schwert der Schatten 1: Das dunkle Herz der Nacht
Das Schwert der Schatten 2: Die Schatten von Spire Vanis
Das Schwert der Schatten 3: Festung der toten Augen
Das Schwert der Schatten 4: Im Zeichen des Raben

Über die Autorin:

J. V. Jones wurde 1963 in Liverpool geboren. Anfang der 80er begann sie für ein Musiklabel zu arbeiten. Später zog sie nach San Diego in Kalifornien, wo sie einige Jahre ein Exportgeschäft führte und als Marketingleiterin für eine Softwarefirma tätig war.

Mehr Information zu J. V. Jones und ihren Büchern finden Sie auf der Website der Autorin: www.jvj.com

J. V. Jones

DAS SCHWERT DER SCHATTEN 3

Festung der toten Augen

Ins Deutsche übertragen von
Regina Winter

Knaur

Die amerikanische Originalausgabe erschien 2002 unter dem Titel
Sword of Shadows – Book Two: A Fortress of Grey Eyes bei Orbit,
An Imprint of Time Warner Books, London. Dieses Buch erscheint,
mit freundlicher Genehmigung der Autorin, in zwei Bänden:
Das Schwert der Schatten 3 – Festung der toten Augen und
Das Schwert der Schatten 4 – Im Zeichen des Raben.

Besuchen Sie uns im Internet:
www.knaur-fantasy.de

Deutsche Erstausgabe 2003

Redaktion: Ralf Reiter
Umschlagkonzept: Melissa Andersson
Umschlaggestaltung: ZERO Werbeagentur, München
Umschlagabbildung: Greg Call
Satz: Ventura Publisher im Verlag
Druck und Bindung: Clausen & Bosse, Leck
Printed in Germany
ISBN 3-426-70176-6

2 4 5 3

FÜR RUSS

KARTE

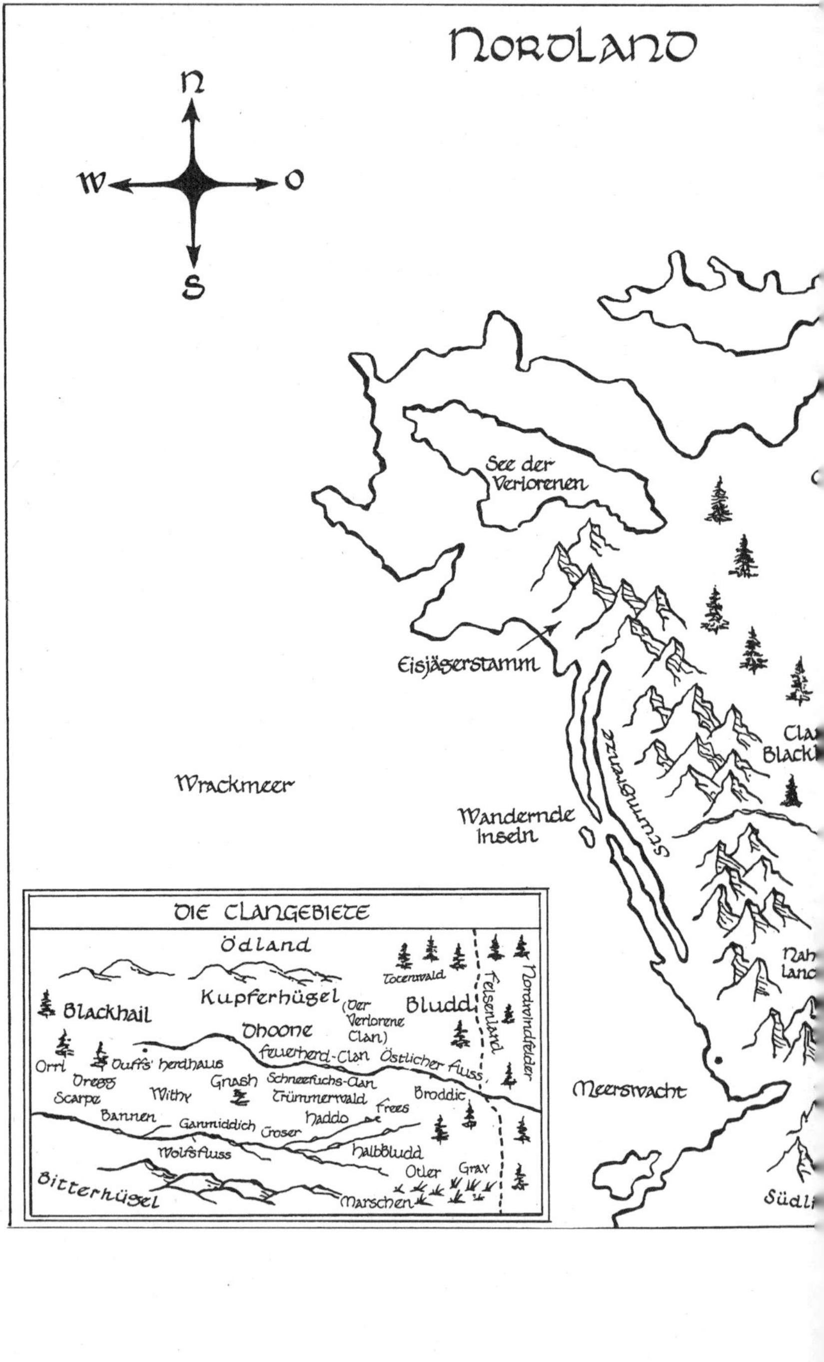
NORDLAND
N
W
O
S
See der Verlorenen
Eisjägerstamm
Wrackmeer
Wandernde Inseln
Sturmgrenze
Meerswacht
DIE CLANGEBIETE
Ödland
Totenwald
Kupferhügel
(Der Verlorene Clan)
Bludd
Felsenland
Nordwindfelder
Blackhail
Dhoone
Orrl
Duffs' Herdhaus
Feuerherd-Clan
Östlicher Fluss
Dregg
Scarpe
Mithy
Gnash
Schneefuchs-Clan
Trümmerwald
Broddic
Frees
Bannen
Ganmiddich
Croser
Haddo
Wolfsfluss
Halbbludd
Otler
Gray
Bitterhügel
Marschen

Trümmermeer
Ende der Welt
Rote Gletscher
das Kargland
Nordwindfelder
die Ödnis
Inneres Meer
Nachtmeer
Clan Dhoone
Clan Bludd
Höllenstadt
Der Nagel
Östlicher Fluss
Felsenland
Wolfsfluss
Trance Vor
Herzland der Sull
(Lage der Ortschaften nicht bekannt)
Glaive
Morgenstern
Steinbrüche
Die Bitterhügel
Spire Vanis
Bergblutsee
Geiersumpf
See der Seelen
Gottesblick
Bren

Schwert der Schatten
Was bisher geschah

Eines Morgens, als Raif Sevrance und sein älterer Bruder Drey vom Clan Blackhail sich aus dem Winterlager der Jäger entfernt haben, um Schneehasen zu schießen, werden ihr Vater Tem und der Clanhäuptling Dagro Blackhail von Beauftragten des Surlords Penthero Iss, dem Herrn der Festung Spire Vanis, getötet. Dagros Pflegesohn Mace Blackhail war ebenfalls im Jägerlager, überlebt aber und kehrt zum Clan zurück, um die Position des Häuptlings für sich zu beanspruchen. Von Anfang an hat Raif Zweifel an Maces Geschichte darüber, wie er dem Überfall entkommen ist, und er bezichtigt den neuen Häuptling, von dem bevorstehenden Angriff gewusst zu haben. Als Mace ein paar Wochen später bei einem Hinterhalt an der Bluddstraße befiehlt, Frauen und Kinder des Clans Bludd niederzumetzeln, wird Raif klar, dass ihm keine andere Möglichkeit bleibt, als seinen Clan zu verlassen. Mace hat den Clan Blackhail zu etwas gemacht, das Raif nicht mehr wiedererkennt.

Dann taucht Angus Lok, Raifs Onkel und Mitglied der Geheimgesellschaft der Phage, im Blackhail-Rundhaus auf und bietet Raif an, ihn nach Spire Vanis zu begleiten. Raif stimmt schweren Herzens zu. Auf dem Weg dorthin besuchen sie Duffs Herdhaus, wo Raif zugibt, bei dem Hinterhalt an der Bluddstraße anwesend gewesen zu sein. Ein Kampf zwischen Männern der Clans Bludd und Blackhail bricht aus, und Raif tötet drei Bluddmänner, weil er seinen Clan verteidigen will. Dennoch ist ihm niemand dafür dankbar. Als er versucht hat, seinen Clan zu verteidigen, hat Raif nicht nur Einzelheiten über das Massaker zugegeben, sondern auch, dass er Anteil daran hatte. Nun gibt es für ihn kein Zurück mehr.

Als Raif und Angus am wenig benutzten Südtor von Spire Vanis eintreffen, beobachten sie, wie ein Mädchen von der Renegatenwache verfolgt wird. Aus Gründen, über die Angus sich nicht weiter äußert, versucht er sofort, das Mädchen zu retten. Raif bleibt nichts anderes übrig, als seinem Onkel zu helfen, und als das Tor heruntergelassen wird und Angus in der Stadt gefangen sitzt, erschießt Raif die Gegner seines Onkels durch das Torgitter.

Raif trifft an diesem Tag vier Männer mitten ins Herz. Seit einiger Zeit weiß Raif, dass er als Bogenschütze eine besondere Begabung hat. Und nun, nach den Ereignissen in Duffs Herdhaus und am Südtor von Spire Vanis, weiß er, dass sich diese Begabung auch auf das Töten von Menschen erstreckt. Für Raif ist diese Fähigkeit, mit solcher Sicherheit töten zu können, ebenso sehr eine Last wie eine Gabe, und er wird immer unsicherer, wie er damit weiterleben soll.

Das Mädchen, das er und Angus gerettet haben, ist Asarhia March, genannt Ash, ein Findelkind, das der Surlord Penthero Iss als Pflegetochter angenommen hatte. Ash war aus der Maskenfestung Spire Vanis geflohen, weil sie fürchtete, dass ihr Pflegevater sie auf eine Art ausnutzen wollte, die sie noch kaum begriff. Eine Art von Macht war in ihr erwacht – eine Finsterns, die nach Befreiung drängte –, und sie befürchtet inzwischen, dass Iss sie nur aus diesem Grund bei sich aufgenommen hat.

Angus, Raif und Ash machen sich auf den Weg nach Ille Glaive, verfolgt von den Männern des Surlords. Schon bevor sie die Stadt erreichen, beginnt Ashs Zustand sich zu verschlechtern. Die Finsternis in ihr ist mächtiger geworden und bewirkt, dass sie immer länger das Bewusstsein verliert. Heritas Cant, Angus Loks Kontaktmann in Ille Glaive, erklärt den dreien, worin Ashs Krankheit besteht. Sie ist dabei, von Kräften des Bösen übernommen zu werden, die seit tausend Jahren gefangen sind. Ash March ist der einzige Mensch, der die von den Herren der Finsternis geschaffenen Schattenwesen aus ihrem dunklen, höllischen Gefängnis, dem Blinden Land, befreien kann. Heritas Cant versieht Ash mit Schutzzaubern gegen die Finsternis, aber er warnt sie auch, dass diese Zauber nicht standhalten werden, wenn sie sich ihrer Macht bedient. Die gefürchteten Ungeheuer des Blinden Lands wollen sich unbedingt befeien, und Ash March ist ihre erste Chance seit tausend Jahren, das zu erreichen. Ash muss ihre Macht freisetzen oder sterben, und die einzige Möglichkeit, dies zu tun, ohne eine Bresche in die Mauer um das Blinde Land zu reißen, besteht darin, die legendäre Höhle aus schwarzem Eis zu finden und ihre Macht dort zu entladen.

Ernüchtert ziehen Ash, Raif und Angus weiter zu Angus Loks Bauernhof, wo Ash Angus' Frau Darra und ihre drei Töchter kennen lernt. Auf dem Weg weiter nach Norden werden die drei von Cluff Drybannock, der rechten Hand des Hundelords, gefangen genommen. Hundelord Vaylo ist Häuptling des Clans Bludd, und es waren seine Enkelkinder und Schwiegertöchter, die an der Bluddstraße von den Blackhailkriegern getötet wurden. Vaylo hat sieben Söhne, die er alle nicht ausstehen kann, aber er liebte seine Enkel aus ganzem Herzen. Als er erfuhr, dass Raif Sevrance an jenem Tag an der Bluddstraße anwesend war, wollte er ihn unbedingt gefangen nehmen – jemand sollte für die Verluste des Hundelords zahlen. Raif wird zum Ganmiddichturm gebracht und gefoltert. Er kommt beinahe um, aber der Tod weigert sich, ihn zu nehmen. *Töte eine ganze Armee für mich, Raif Sevrance,* flüstert er. *Wenn es weniger sind, werde ich dich vielleicht zurückholen.*

Der Hundelord hat vor, sich zum Herrn der Clans zu machen. Mit Penthero Iss' Hilfe hat er den Clan Dhoone besiegt und sich auch Ganmiddich und Withy angeeignet. Er ist ein Mann, der immer stolz auf seinen Mut und sein Draufgängertum war, und die Methoden, die er bei der Eroberung des Dhoonehauses angewandt hatte, beunruhigen ihn nun selbst, und inzwischen bedauert er, was er getan hat. Als Ash March ihm in die Hände fällt, sieht er eine Möglichkeit, seine Verbindungen zu Penthero Iss zu beenden, indem er Ash zu ihrem Pflegevater zurückschickt: die beste Bezahlung für Iss' Hilfe bei der Eroberung des Dhoonehauses. Also übergibt er das Mädchen zweien von Penthero Iss' Männern: Marafice Eye, Generalprotektor von Spire Vanis, und Sarga Veys, einem Magier.

Inzwischen sind die Schutzzauber, die Heritas Cant Ash angelegt hat, abgenutzt, und als Marafice Eye und seine Männer in den Bitterhügeln versuchen, Ash zu vergewaltigen, verliert sie die Beherrschung und schlägt mit ihrer ganzen Macht zu. Zu spät erkennt sie ihren Fehler und versucht, die Macht zurückzunehmen. Aber der Schaden ist bereits angerichtet: In der Mauer zum Blinden Land ist ein Riss entstanden.

Während die verängstigte und erschöpfte Ash March aus den Bitterhügeln nach Westen zieht, sind Marafice Eye und Sarga Veys davongekommen. Veys, der die Dunkelheit geschaut hat, desertiert und verschwindet mit unbekanntem Ziel.

Im Ganmiddichturm wartet Raif auf seine Hinrichtung durch den Hundelord. In der Nacht davor jedoch wird Ganmiddich von Blackhail angegriffen. Vaylo und seine Leute sind gezwungen, nach Norden ins Dhoonehaus zu fliehen. Ihren Gefangenen Angus Lok können sie dabei mitnehmen; Raif wird von seinem Bruder Drey gerettet. Beide

Brüder wissen, dass Raif nicht mehr zu seinem Clan zurückkehren kann – man hat Raif Sevrance als Eidbrecher und Verräter ausgestoßen –, und Drey lässt seinen Bruder gehen und deckt ihn.

Einen Tag später trifft Raif am Ufer des Wolfsflusses auf Ash, und sie ziehen weiter zur Sturmgrenze und zur Höhle aus schwarzem Eis.

Der Angriff der Blackhailkrieger auf Ganmiddich hat das Clanland noch tiefer ins Chaos gestürzt. Die drei großen Clans – Blackhail, Dhoone und Bludd – sind nun in einen schmutzigen und unklaren Krieg verwickelt. Bludd hat geschworen, für das Gemetzel an der Bluddstraße an Blackhail Rache zu nehmen; Blackhail gibt Bludd die Schuld für den Mord an seinem Häuptling, und die vertriebenen Dhooneleute sind verzweifelt bemüht, ihr Gebiet zurückzuerobern. Der Anstifter all dieser Unruhe ist Penthero Iss, der schon seit vielen Monaten daran gearbeitet hat, das Clanland aus dem Gleichgewicht zu bringen. Iss plant eine Invasion im Clanland, und zu diesem Zweck hat er Marafice Eye ein Geschäft angeboten, das ihnen beiden Vorteile bringen soll: Im Gegenzug dafür, dass Marafice Eye eine Armee aufstellt und sie nach Norden führt, um die Clans zu unterwerfen, wird Iss Eye als seinen Nachfolger akzeptieren.

Inzwischen arbeitet Mace Blackhail daran, seine Position als Häuptling des Clans Blackhail zu festigen. Er zwingt die Witwe seines Vaters, ihn zu heiraten, indem er sie vergewaltigt und dann behauptet, sie hätte sich ihm freiwillig hingegeben. Raina Blackhail ist eine stolze Frau, und statt zuzugeben, dass Mace sie vergewaltigt hat, schweigt sie lieber und wahrt ihre Stellung im Clan. Es gibt nur noch eine Person außer Raina und Mace, die die Wahrheit darüber weiß, was an diesem Tag im Alten Wald geschehen ist. Effie Sevrance, Raifs und Dreys kleine Schwester, war Zeugin der

Vergewaltigung, und aus diesem Grund beschließt Mace Blackhail, sie loszuwerden.

Effie Sevrances Clanzeichen ist der Stein, und das kleine Granitstück, das sie um den Hals trägt, warnt sie vor Gefahren, indem es gegen ihre Haut drückt. Effie wird außerhalb des Rundhauses von der Fackelfrau Nellie Moss und ihrem Sohn angegriffen. Es sind die Shankshunde – die Hunde des wohlhabenden Clansmannes Orwin Shank –, die Effie retten, indem sie sich aus ihrem Zwinger befreien und Effies Angreifer in Stücke reißen. Die Rettung isoliert Effie allerdings nur noch mehr von ihrem Clan, denn nun beginnen die Leute zu flüstern, sie sei eine Hexe.

Auf ihrem Weg zur Sturmgrenze hat sich Ashs Zustand wieder verschlechtert. Als sie am Ende eines langen, eisigen Tags in ein Koma fällt, trägt Raif sie weiter. Raif hat seinen Clan enttäuscht, seinen Jahrmannschwur gebrochen und seine Familie zurückgelassen: Ash March ist alles, was ihm noch geblieben ist. Verzweifelt fleht er die Steingötter der Clans um Hilfe an.

Raifs Schrei wird meilenweit entfernt von zwei Fernreitern des mysteriösen Sull-Volkes, Ark Knochenspalter und Mal Neinsager, gehört. Die Fernreiter sind nach Norden gerufen worden, um dort mit Sadaluk, dem Lauscher der Eisjäger, zu sprechen. Der Lauscher kann Dinge hören, die andere nicht hören, und er weiß, dass mit Ash nun wieder jemand existiert, der die Mauer des Blinden Lands einreißen kann. Die Fernreiter retten Ash das Leben und begleiten sie und Raif zum Hohlen Fluss, unter dem die Höhle aus schwarzem Eis liegt.

Ash March entlädt ihre Macht in der Höhle, deren Wände von schwarzem, verzaubertem Eis überzogen sind. Aber es ist zu spät. Der Riss, den sie zuvor bewirkt hat, kann nicht mehr geschlossen werden, und noch während sie und Raif die Höhle verlassen, arbeitet irgendwo ein Schattenwesen daran, den Riss weiter zu öffnen.

Penthero Iss' gefangener und gebundener Zauberer, der Namenlose, den Iss in einem geheimen Versteck in den Verliesen von Spire Vanis grausam foltert, um selbst ins Blinde Land eintreten zu können, hat insgeheim mit den Herren der Finsternis einen Pakt abgeschlossen. *Drücke gegen den Riss,* haben sie gesagt, *und dann verraten wir dir deinen Namen.* Und daher hat der Namenlose eine Bresche in die Mauer des Blinden Lands gerissen, und die ersten Schattengeschöpfe sind wieder in die Welt gelangt.

1
Diamanten und Eis

Der Stollen war heiß und stank, und als das Wasser auf die Wände traf, explodierte der Fels, und eine Wolke aus Staub und Dampf drang auf die Diamantenhauer ein. Scurvy Pine fluchte erbost. Dicke Schweißtropfen erschienen auf seiner Stirn, und er wischte sie mit einem schmierigen Lappen weg. »Die Feuer sind erst seit einer Stunde aus. Wofür halten uns diese Dreckskerle eigentlich? Für Krebse, die reif für den Topf sind?«

Crope antwortete nicht. Er und Scurvy arbeiteten seit acht Jahren zusammen in den Minen, und sie hatten schon Schlimmeres einstecken müssen. Erheblich Schlimmeres. Außerdem hatte man, wenn man redete, weniger Raum zum Denken, und Crope musste sich heute wichtige Dinge merken. *Vergiss es nicht, Großer! Sei bereit, wenn ich das Zeichen gebe.*

Er stellte den leeren Eimer auf den bläulichen Schlamm am Boden und sah zu, wie der Stein weiter riss und bröckelte. Das Feuer, das die freien Bergleute benutzten, erhitzte den Stein und ließ ihn reißen und brechen. Wasser, das sie vom Versunkenen See heraufpumpten, ließ die Wände so schnell abkühlen, dass Brocken von Kriegswagengröße zu Staub zerbrachen. »Aufweichen« nannten die freien Bergleute diesen Prozess, der das Flöz für die Pickel der Hauer vorbereitete. Crope konnte daran nichts Weiches erkennen. Mannie Dun hatte sich im letzten Frühjahr das Rückgrat gebrochen, als er auf die Wände einschlug. Crope erinnerte sich daran, wie er den alten Hauer weggetragen hatte und Mannies Beine dabei gegen seinen Bauch gezuckt hatten, während die freien Bergleute die Rote Wache riefen und den Bereich abriegelten. Das mit dem Abriegeln hatte nichts mit der Unfallgefahr zu tun – Crope wusste nicht viel, aber das wusste er genau. Es ging nur darum, die Hauer fern zu halten. Bevor Mannies Rückgrat sich verzogen hatte und gerissen war, hatte er seinen Pickel in einer Wand voller roter Flecken geschlagen. Rote Augen nannten die Bergleute sie. Rote Augen bedeuteten Diamanten ... und Diamanten waren etwas für Freie, nicht für Sklaven.

»Mach schon, Großer. Gib mir keinen Grund, die Peitsche rauszuholen.«

Crope sah den Mann, der da gesprochen hatte, erst gar nicht an. Die Wachen im Stollen waren wegen ihrer geölten und feuergehärteten Peitschen als Stierhäuter bekannt. Scurvy sagte, sie könnten einem Mann damit die Hände abhacken, noch bevor er das Geräusch der Stierhaut in der Luft hörte. Crope träumte manchmal davon: von diesen Peitschenschnüren, die sich bewegten wie Hände, die mit keiner lebenden Seele verbunden waren und seinen Hals umklammerten.

Diamanthaltiger Stein riss und zerbröckelte zu nichts, als Crope auf die Wand einschlug. Wasser, das vom Kontakt mit dem erhitzten Stein immer noch warm war, lief durch die Risse zu seinen Füßen. Über ihm zog sich die Grube weiter nach oben, die Wände unterbrochen von Treppen und Simsen, die aus dem Felsen geschlagen waren. Gänge führten tiefer in den Berg, zu weiteren Stollen, die längst leer geräumt waren, und Wänden, die so intensiv ausgebeutet worden waren, dass sie beinahe zusammenbrachen. Man hatte die Eingänge zu den älteren Stollen mit Steinen und einer Art behelfsmäßigem Mörtel aus Rosshaar und Lehm verschlossen, denn es gab ein paar Leute hier, die befürchteten, dass etwas aus der Tiefe aufsteigen könnte.

Hängebrücken aus Seilen spannten sich durch die Mine, ihre hölzernen Trittleisten vom Dampf verzogen, ihre Fasern knarrend und knisternd, wenn der Wind tausend Fuß über ihnen vorbeifegte. Der Himmel war weit weg, die Sonne noch weiter, und selbst an einem klaren Tag mitten im Winter fand nur wenig Licht seinen Weg in die Grube.

Tief drunten auf der untersten Ebene, wo ein Ring von Pechlampen mit weiß glühenden Flammen brannte, waren die Hexen mit ihren Körben und Klauen zugange. *Kratz kratz kratz,* rechten sie den frisch aufgebrochenen Boden nach den festen, klaren Steinen ab, die wertvoller als Gold waren. Auch die Hexen waren Sklaven, aber sie waren alt und schwach, mit krummen Rücken und steifen Fingern, und die Stierhäuter hatten keine Angst, sie an die Steine zu lassen.

Crope glaubte, die alte Hadda da drunten zu erkennen, in einer Reihe mit den anderen Frauen. Ihre schwarze Wollmütze wackelte auf und ab, während sie rechte und krallte und sortierte. Hadda machte Crope Angst. Sie hatte lange, schlaffe Brüste, die wie Spaten geformt waren und die sie jedem Steinhauer zeigte, der in ihre Richtung schaute. Scurvy, Galle und die anderen sahen oft in ihre Richtung, aber Crope mochte Hadda nicht, und er wollte ihre Brüste nicht sehen.

Als ihn der Schlag traf, hatte er ihn schon halb erwartet. Das Brennen war kalt, so kalt, und es riss ihm den Atem aus der Lunge wie ein Hieb in den Bauch. Die Spitze der Peitsche wickelte sich um sein Ohr, leckte über schwielige, vernarbte Haut. Blutstropfen bildeten eine Linie um seinen Hals, und er spürte, wie sie heiß über seine Schultern und den Rücken liefen. Das Brennen vom Salz würde später kommen, wenn die grauen Kristalle des Meersalzes, mit dem die Stierhäuter ihre Peitschen tränkten, erst richtig in die Wunde eingedrungen waren.

»Es genügt ihnen nicht, uns auszupeitschen«, sagte Scurvy immer. »Sie müssen uns auch noch verbrennen.«

»Ich kann dich riechen, Großer.« Der Stierhäuter zog die Peitsche mit geübter Langsamkeit zurück und ließ das Leder dabei durch seine halb geschlossene Faust laufen. Er war ein großer Mann mit einem harten Zug um den Mund und heller Haut, gerissenen Äderchen im Weiß seiner Augen und den glanzlosen Zähnen eines Diamantenschürfers. Crope hatte ihn schon oft gesehen, aber er konnte sich nicht an seinen Namen erinnern. Erinnern war Scurvys Sache. Scurvy kannte den Namen jedes einzelnen Mannes in der Grubenstadt, er wusste, wie man sie nannte und was sie waren.

Der Stierhäuter steckte die Peitsche wieder in seinen Gürtel. »Immer, wenn du dich nicht auf die Wand konzentrierst, stinkst du wie die Latrinen.«

Crope senkte den Kopf und hackte weiter. Er wusste, dass viele ihn ansahen, Galle und Eisenzeh und Aggie Weichei drunten in der Reihe. Und hinter ihnen Scurvy Pine, der den Stierhäuter beobachtete, aber nicht danach aussah, denn seine Augen waren so kalt und hart, als kämen sie direkt aus dem Stein der Grube.

Scurvys Blick zuckte zu den Ketten an Cropes Füßen. Sie bestanden aus Eisen, das von Teer und abgestorbener Haut schwarz geworden war, und sie verliefen von Fußknöchel zu Fußknöchel, von Hauer zu Hauer, und verbanden alle Männer in der Reihe. *Vergiss es nicht, Großer! Sei bereit, wenn ich das Zeichen gebe.*

Crope spürte Scurvys Willenskraft wie eine Hand, die ihn hochzog und den Pickel wieder schwingen ließ. Sie waren einander vor acht Jahren begegnet, in den Zinngruben westlich von Trance Vor. Crope wollte dort nie wieder hin. Er hasste die niedrigen Decken der Zinnstollen, die Dunkelheit, den Gestank nach faulen Eiern und das *Tropf-tropf-tropf* der Wände. Lahmarsch hatten sie ihn genannt, bevor Scurvy sie dazu gebracht hatte aufzuhören. Scurvy hatte keine Schlägerei angefangen und keine Waffe benutzt, er hatte den anderen Männern einfach gesagt, was passieren würde. »Er hat einem Mann, der ihn beim Würfeln beschissen hat, die Augen ausgemeißelt«, hatte Galle Crope einmal erzählt. »Aber das ist nicht der Grund, wieso er hier ist.«

Aus dem Augenwinkel glaubte Crope zu bemerken, wie Scurvy der alten Hadda beinahe unmerklich zunickte.

Die Zeit verging. Die Hauer rissen weiter die Wand ein, und die Hexen siebten den Staub. Cropes Peitschenwunde begann, vom Salz zu brennen. Leise, so leise, dass er nicht einmal sicher war, wann es begonnen hatte, hatte die alte Hadda angefangen zu singen. So ein Lied hatte Crope noch nie gehört – hoch und seltsam, mit einer Melodie, die sich zu winden schien. Es bewirkte, dass sich Cropes Haare rings um die Wunde sträubten. Andere Hauer spürten es ebenfalls. Neben Crope klirrten Aggie Weicheis Ketten, als er in den Schlamm stampfte. Galle und die anderen wurden langsamer, und das Geräusch berstenden Steins wurde leiser, als sich Haddas Lied erhob.

Crope verstand die Worte des Lieds nicht, wenn es denn welche gab, aber er bekam trotzdem Angst. Höher und höher erhob sich die Melodie, klagend und jammernd, und manchmal verschwand die Stimme ganz, wenn Hadda Tonhöhen erreichte, die nur Hunde hören konnten. Andere Hexen machten nun mit und murmelten leise, aber sie klangen heiser, während Haddas Gesang so klar war wie Glas.

Crope spürte, wie sich seltsame Kälte in die Grube stahl. Er sah zu, wie der Schatten, den sein Pickel warf, länger und dunkler wurde, bis der Schatten wirklicher zu sein schien als der Pickel selbst. Eine Pechlampe erlosch, dann ein andere. Und einer der Stierhäuter ließ die Peitsche knallen und rief: »Hör mit dem verfluchten Gejaule auf, Miststück!«

Crope wagte einen Blick zu Scurvy. *Warte noch*, sagten Scurvys Augen. *Sei bereit, wenn ich das Zeichen gebe.*

Haddas Lied wurde schrill. Der Diamant, der in ihren Schneidezahn eingesetzt war, war das Einzige, das in der dunkler werdenden Grube noch glitzerte. Crope spürte, wie ihm der Schweiß über die Finger lief, als er den Pickel zu einem weiteren Schlag hob. Eine Erinnerung kam ihm, eine sehr alte Erinnerung, an eine Nacht voll tosender Flammen. Menschen verbannten bei lebendigem Leib, Edelsteine fielen von der Hitze aus ihren Fassungen, Rauch stieg aus schreienden Mündern auf. Böse Erinnerungen, und Crope wollte nicht an diese Dinge denken. Er trieb den Pickel tief in den Stein und ließ die Erinnerungen gegen die Wand krachen.

Zwei Stierhäuter sprangen auf die untere Ebene, wo die Hexen hockten und Staub siebten. Eine Zunge aus schwarzem Leder traf einen Oberschenkel, aufgerissene Haut verfärbte sich blau vom Schlamm. Eine Frau schrie. Ein Korb voll Geröll fiel auf den Boden, und Steine von der Größe von Rattenschädeln polterten in das Loch in der Mitte der Grube. »Da kommen die Diamanten her, aus dem Loch da«, hatte Scurvy einmal zu Crope gesagt. »Es führt direkt in die Mitte der Erde. Und die Götter, die dort wohnen, scheißen Diamanten.«

Angst brachte die Hexen zum Schweigen, nur Haddas

Stimme erhob sich noch trotzig und flatterte gegen die Wände an wie ein in die Grube gefallener Spatz. Als die Stierhäuter auf sie zukamen, stellte die Alte ihren Korb hin, richtete sich auf und starrte in das Dunkel auf dem Grund der Grube.

»Rath Maer!«, kreischte sie, und obwohl Crope ein ungebildeter Mann war und keine fremden Sprachen beherrschte, spürte er, wie diese Worte an der Flüssigkeit in seinen Augen und Lenden rissen, und er wusste, dass sie etwas heraufbeschwor. *»Rath Maer! RATH MAER!«*

Eine nach der anderen gingen die Pechlampen aus. Crope roch den dunklen, nassen Geruch der Nacht, erhaschte einen Blick auf etwas, das sich aus der Mitte der Grube erhob ... und dann gab Scurvy Pine das Zeichen.

»An die Wand!«

Männer bewegten sich unter lautem Kettenrasseln im Schatten. Rasch und präzise senkte Scurvy die Spitze seines Pickels in das Gesicht des nächsten Stierhäuters. Der Mann zuckte heftig, als er auf den Boden fiel, seine Kinnmuskeln spannten sich an und lockerten sich wieder, als er an einem Schrei arbeitete, den niemals jemand hören würde. Galle brachte es rasch zu Ende, und die helle Haut auf seinen Armen und an seinen vielen Kinnen bebte, als er das Leben aus den Lungen des Stierhäuters stampfte.

Tiefer unten herrschte Chaos. Die Stierhäuter peitschten die Hexen, und Blut und Grubenwasser spritzten gegen die Wand. Hadda stand immer noch aufrecht, aber noch während Crope hinsah, traf sie eine Lederkante an der Schläfe, riss ihr die Mütze ab und entblößte ihren vernarbten, rasierten Schädel. Eine zweite Peitschenschnur fand ihr Kleid, eine weitere ihre Beine, und die Stierhäuter rissen ihr die Lumpen vom Leib und peitschten ihre schlaffe Haut.

Rings umher griffen Hauer die Stierhäuter und die wenigen freien Bergleute an, die in der Mine geblieben waren. Eisenzeh hatte sich eine Peitsche geschnappt und rammte einem Stierhäuter den Griff in die Kehle. Der winzige Hochlandhirte sprach mit dem Stierhäuter, während er ihn erstickte, und fragte ihn leise, wie es sich anfühlte, seine eigene Peitsche zu fressen. Aggie Weichei saß an die Wand gelehnt, und Blut floss ihm über die Brust, aus einer Wunde, die so tief war, dass Crope die Knochen hinten an Aggies Kehle sehen konnte. Jesiah Mump hockte an seiner Seite, die schlammverkrusteten Finger glitschig vom Blut seines Grubenbruders, als er verzweifelt versuchte, die Wunde zu schließen. Weiter hinten in der Reihe war Sully Straw wie erstarrt und konnte sich nicht regen, weil die Kette, die ihn mit Jesiah Mump verband, so angespannt war.

»Großer!«

Crope drehte sich um, als er Scurvys Ruf hörte.

Ein einzelner Zahn klebte an dem Blut und Schleim an Scurvy Pines Pickel, und er trieb ihn in den Rücken eines freien Bergmanns, während er schrie: »Die Ketten! Zerbrich die verdammten Ketten!«

Crope spürte, wie seine Wangen zu glühen begannen. *Vergiss das nicht, Großer. Wenn wir anfangen, die Stierhäuter anzugreifen, besteht deine Aufgabe darin, die Ketten zu brechen.*

Er legte sein ganzes Gewicht in die Hebelbewegung und sprengte mit dem Pickel die Kette, die ihn an Knochenmann band. *Dummkopf,* sagte die böse Stimme. *Vergisst sogar, die Ketten zu brechen.* Seine Axt war die einzige, deren Klinge breit genug war, um Metall zu zerhacken, und seine Schultern allein konnten einen solchen Schlag führen. Scurvy hatte ihn an den Eisenbändern üben lassen, die die Wassereimer zusammenhielten. »Los, mach schon«, sagte er dann.

»Wie du es getan hast, als du die Fußeisen von Mannie Dun zerschnitten hast.«

Crope konnte sich nicht daran erinnern, dass er an dem Tag, als Mannie sich das Rückgrat gebrochen hatte, eine Kette zerhackt hatte. Er erinnerte sich nur daran, dass Mannie verletzt war und zuckte und all das, und die Stierhäuter interessierten sich nur dafür, die Ader zu versiegeln. Erst später, als Scurvy ihn beiseite gezogen und ihm gesagt hatte, dass er, Crope, Mannies Ketten mit seinem Pickel zerbrochen hatte, begriff er, was er getan hatte. »Ganz ruhig, Großer«, hatte Scurvy gesagt. »Die Stierhäuter sind so damit beschäftigt, sich wegen der Roten Augen zu bepissen, dass sie nicht wissen, wer was getan hat.«

Crope riss den Pickel auf eine weitere Kette herunter und zerhackte das Eisen, als wäre es Holz. Mannie war nun tot. Einer der freien Bergleute hatte ihm schwarzes Zeug gegeben. Es war Gift gewesen, sagte Galle, und der Bergmann hatte es Mannie aus Freundlichkeit gegeben, denn jeder wusste, dass ein Hauer mit einem gebrochenen Rückgrat so gut wie tot war.

Crope schüttelte die Fußeisen ab und ging zu Jesiah Mump, der ein paar letzte Worte zu seinem Grubenbruder sagte. Aggie war schon tot – Crope hatte genug Tote gesehen, um das zu wissen –, aber Jesiah redete trotzdem weiter und erzählte ihm davon, wie sie im Hochsommer den Innenfluss hinaufgeflößt waren und sich mit Lauch und Forellen voll gefressen hatten. Crope zertrennte die Ketten, die sie verbanden, obwohl er nicht erwartete, dass sie sich trennen würden.

Er wusste, was es bedeutete, jemanden so zu lieben.

»Hierher, Großer! Schneid mich los!«

Er hörte Galles Stimme, bewegte sich die Reihe entlang und hackte weiter. Dunkelheit hing über der Grube, und

Männer kämpften fluchend und grunzend in dieser Dunkelheit, töteten alles, was sich ihnen in den Weg stellte, und dann mussten sie innehalten, um Luft zu holen und Staub herauszuhusten. Crope sah einige, die auch noch auf die Stierhäuter einschlugen, wenn die schon lange tot waren. Er begriff das nicht, denn für ihn war tot tot, aber er versuchte nicht, sie aufzuhalten. Männer taten, was sie eben taten, und er hatte schon vor langer Zeit und auf die unangenehmste Art gelernt, dass man sich lieber nicht einmischen sollte.

Kümmere dich um deinen eigenen Dreck, Talghirn, denn dumm zu glotzen führt nur zu Streit, und wenn du eine anfasst, schreien die Frauen gleich, du hättest sie vergewaltigt. Diese Worte machten ihm selbst jetzt noch Angst. Er war groß und gefährlich, also musste er dafür sorgen, dass er so klein und harmlos wie möglich wirkte.

Vorsichtig ging er um die Leichen herum.

Als er den Pickel hob, um Scurvy Pines Ketten zu zerhacken, verging auch das letzte Licht. Die Kälte wurde intensiver, und die Luft begann sich zu bewegen. Crope spürte, wie sie gegen seinen Rücken drängte wie Eiswasser. Die Männer hörten auf zu kämpfen. Scurvy rasselte mit dem Fußeisen und zischte: »Mach schon!«, aber Crope konnte Scurvy nicht mehr sehen und fürchtete, ihm ins Bein zu schlagen.

Aus der Mitte der Grube kam ein Geräusch. Crope hatte schon viele Tiere schreien gehört, Lämmer, die von Hunden zerfetzt wurden, Stuten, die beim Fohlen aufrissen, aber so etwas hatte er noch nie vernommen: kalt und gierig und wahnsinnig vor Schmerz. Er wollte fliehen, denn er hatte lange gelebt und vieles gesehen, und er wusste einiges über die Dunkelheit, die in der Nacht lebte. Nicht alles, was einen menschenförmigen Schatten warf, war auch ein Mensch.

Eine der Hexen schrie. Ein dumpfes Dröhnen erschütterte die Grube und ließ die Hängebrücken knarren. Cropes Haar sträubte sich. Männer begannen zu laufen; er konnte sie nicht sehen, aber er hörte das Klirren der Ketten auf dem Stein.

Scurvy drückte etwas Scharfes an Cropes Bein. »Schneid mich los, Großer. Ich werde mich nicht hier in dieser Grube umbringen lassen.«

Crope hörte, wie ernst er es meinte. Die Stierhäuter hatten eine bestimmte Art, Anführer zu töten. John Dram hatten sie Diamanten zu essen gegeben – Splitter und graue, schmierige Steine –, und dann hatten sie ihn lebendig in die Menge am Eisplatz geworfen. Die Leute dort hatten ihn in Stücke gerissen, sagte Galle, und ihre Hände hatten von Blut gedampft, als sie sie in John Drams Eingeweide gruben.

Crope schlug auf Scurvys Kette ein. Der Hauer grunzte. »Du hast mich geritzt, Großer«, murmelte er. »Aber es ist süßes Blut, und ich nehme es dir nicht übel. Und jetzt halt dich an mir fest, und wir verschwinden aus dieser Grube.«

»Aber –«

»Aber was? Es sind noch andere in Ketten? Willst du hier bleiben und ihre Leichen befreien, wenn sie tot sind?« Aufzuckendes Licht brachte Scurvys hellgraue Augen für einen Moment zum Blitzen. »Wir waren neun, als sie uns aus den Zinngruben herbrachten, in dem Winter, als der Versunkene See zufror. Wer von denen ist noch am Leben, Großer? Mannie ist tot, Will ist tot. Sie sind alle tot, bis auf uns beide.«

Crope erinnerte sich an Will. Er hatte all die alten Lieder gekannt, jedes einzelne Wort, und er hatte im Stehen schlafen können. Es war schwer, sich vorzustellen, dass er tot sein sollte. Störrisch sagte er: »Ich gehe und hole Hadda.«

Scurvy packte ihn am Arm. »Vergiss es. Sie ist nur eine alte Vettel. Von der ist nichts mehr übrig.«

Sanft, aber entschieden entzog sich Crope Scurvys Griff. Er mochte Hadda nicht, aber sie hatte das Lied gesungen, das die Dunkelheit gebracht hatte. Und ohne diese Dunkelheit wären sie immer noch in Ketten.

Scurvy fluchte angewidert. Er wandte sich ab und wollte gehen, aber dann hielt er inne. Er griff in sein zerrissenes Hemd und murmelte: »Niemand soll sagen, dass Scurvy Pine seine Schulden nicht bezahlt. Hier. Nimm das.« Er hielt Crope einen kleinen, runden Gegenstand hin. »Wenn du das in irgendeiner Diebeshöhle nördlich der Berge zeigst, stehst du unter meinem Schutz.«

Cropes große Finger schlossen sich um einen kleinen, sehr leichten, sehr dünnen Ring. Kein Männerring, nicht einmal der einer Frau – etwas, das für ein Kind gemacht war. Als er aufblickte, sah er, dass Scurvy ihn beobachtete.

»Pass auf dich auf, Großer. Ich werde nicht vergessen, wer meine Ketten zerbrochen hat.« Und dann war Scurvy weg und schlüpfte durch die Dunkelheit und das Lärmen verängstigter Männer, ein Schatten unter Schatten, der sich rasch aufs Licht zubewegte.

Crope steckte den Ring vorsichtig in die Naht am Stiefel, und dann machte er sich auf die Suche nach Hadda.

Es war kalt und finster in der Diamantengrube, und kein Mensch regte sich mehr. Der Stein war klebrig, und der Geruch von Blut hing in der Luft. Niemand hielt Crope auf, als er zwischen den Leichen umherstapfte. Es war nicht einfach, die Hexen voneinander zu unterscheiden. Man hatte ihnen die Haare abrasiert, damit sie einen Platz weniger hatten, an dem sie die Steine verbergen könnten. Ohne den Diamanten in ihrem Zahn hätte er Hadda niemals gefunden. Galle sagte, der Herr der Grube selbst hätte ihn ihr an dem Tag gegeben, als sie einen Stein gefunden hatte, der so groß wie ein Zaunkönig war.

Hadda atmete kaum mehr, aber Crope hob sie trotzdem hoch. Sie hatte Wunden an den Beinen und am Bauch, Peitschenwunden, gerade und tief. Die alte Frau war so leicht, dass es sich anfühlte, als trüge er Zweige zum Feuer, und Crope schämte sich. Alle, die ihm halfen, endeten so. *Du bist zu nichts zu gebrauchen, du trampeliges Ungeheuer. Man hätte dich gleich nach der Geburt ersäufen sollen.*

Crope schüttelte die böse Stimme ab. Etwas Dunkles, das voller Schatten war, bewegte sich am Rand seines Blickfelds, und er wusste, es war Zeit zu gehen. Er hörte das Knistern aufgeladener Luft und ein feuchtes Knacken, als würden den Leichen Arme und Beine abgerissen. Und Schreie – Schreie von Steinhauern, die er kannte. Es war schwer, sie zu hören, und noch schwerer, ihnen den Rücken zuzuwenden. Aber er hatte Hadda, und seine Ketten waren weg, und es war an der Zeit, den Mann zu finden, dem seine Seele gehörte.

Sechzehn Jahre ohne seinen Herrn waren zu lange.

Crope trug die sterbende alte Frau weiter nach oben und begann dabei schon, seine Suche zu planen.

Das Eis auf dem See knisterte und knarrte, als es abkühlte; seine Oberfläche wurde kälter und trockener, während der Viertelmond darüber hinwegzog. Es gab keinen Wind, aber die uralten Schierlingstannen, die den See umgaben, bewegten sich dennoch, hoben und senkten ihre Äste in einer vollkommen reglosen Luft. Meeda Langläufer hatte ihr Lager auf einer Eisscholle aufgeschlagen, die drei Fuß dick und so fest wie Eisen war. Es war die kälteste Nacht, die sie je erlebt hatte, so kalt, dass das Schieferöl in ihrer Lampe zu dickem gelbem Fett gefroren und sie gezwungen gewesen war, eine Kerze anzuzünden. Rauch, der von der Kerzenflamme aufstieg, kühlte so schnell wieder ab, dass er aufs Eis zurücktrieb, und Meeda musste ihn mit der behandschuhten Hand wegwischen, damit er sich nicht anhäufte und die Flamme erstickte.

Sie hätte nach Hause gehen sollen. Es war keine Nacht, um allein hier draußen auf dem Eis zu sein, aber etwas in ihr hatte schon immer gegen alle Vernunft rebelliert. Sie war eine herzgeborene Tochter der Sull, Mutter dessen, der führt, und es kam ihr so vor, dass alle Weisheit, die sie überhaupt beanspruchen konnte, ihr in solchen Nächten zugefallen war.

Außerdem hatte sie ihre Hunde. Sie würden sie vor jeder Gefahr warnen. Warnen, aber nicht beschützen. Meeda Langläufer war nicht dumm. Sie war nicht wie diese Fallensteller, die sich mit sauer gewordener Wildmilch betranken und dann an ihren Dunkelfeuern umfielen, überzeugt, dass ihre Hunde sie retten würden, wenn ...

Wenn was? Meeda zog ihren Luchsumhang fester um sich und wünschte sich einen Augenblick lang, keine Handschuhe zu tragen, damit sie das weiche Fell spüren konnte. Es war beinahe, als berührte man ein lebendiges Wesen, und Meeda Langläufer kannte ein paar Männer, die behaupteten, es wäre besser als das. Fallensteller wussten wenig über Frauen und viel über Huren, und gegerbtes, gekämmtes Luchsfell hatte eine Wärme an sich, die für kein Gold der Welt in Höllenstadt erworben werden konnte.

Als sie zusah, wie sich das Fell unter ihren Rosshaarhandschuhen bewegte, erklang im Wald hinter dem Eis ein Heulen, lang gezogen und hohl wie der Wind in einem

Brunnenschacht. Meeda lief ein Schauder über den Rücken. Die Kerzenflamme verfärbte sich von Gold zu Rot, und dann zuckte sie an ihrem Docht, als das Geräusch ins Eis eindrang. Meeda spürte seine Vibrationen in ihren alten verfaulenden Knochen … und dann wusste sie, dass das Geschöpf, das diesen Schrei ausgestoßen hatte, nichts Lebendiges war.

»Raaks!«, rief sie. Hunde!

Sie tastete mit einer Hand auf dem Eis nach ihrem Stock, während sie auf die Terrier wartete. *Verdammte Köter!* Sie hätte sie nie hinter dieser Hirschkuh herhetzen sollen. Aber sie hatten Alter und Schwäche und eine schwärende Wunde gerochen, die ein Wolf gerissen hatte, und solche Gerüche waren für ein Tier, das zur Jagd ausgebildet war, unwiderstehlich. Meeda hatte sie gehen lassen müssen, oder sie hätte einen Stock ins Eis einschlagen und sie daran anbinden müssen. Und so ungern Meeda Langläufer es zugab, es fiel ihr in dieser Nacht schwer, ihre Finger um den Stiel eines Hammers zu biegen.

Noch während sie nach ihrem Stock tastete, erklang vom Rand des Eises ein neues Geräusch. Sie hatte dieses Land seit fünfzig Jahren durchstreift, fünfzig Jahre lang Fallen gestellt, Genicke gebrochen und Kadaver gehäutet, und dabei hatte sie immer Hunde gehabt, die ihr folgten. Sie hatte ihre Terrier bei Geburten und Krankheit ächzen und schreien hören, bei Wunden und Beißereien um die blutenden Überreste eines abgezogenen Fuchses. Aber so etwas hatte sie noch nie vernommen.

Es war ein hohes, schrilles Kreischen, dem Schrei eines Menschen so ähnlich, dass es hätten Kinder sein können. Meeda schloss die Faust um die drei Fuß Eisholz, die seit hundert Jahreszeiten ihr Stock gewesen waren. Das Holz war so hell wie Milch und so glatt, dass es im Mondlicht schimmerte wie weißglühender Stahl. Eisholz aus dem Herzen des Baums – keine Kälte der Welt konnte es verziehen, und nur Meisterhandwerker der Sull konnten es formen. Sägen wurden stumpf davon, sagten die Leute. Es machte Bögen so stark, dass sie Luft und Wind trotzten. Nur der Sullkönig und seine *Mordreth,* die zwölf Männer seiner Leibwache, die als die Lebenden Toten bekannt waren, durften Bögen aus diesem Holz benutzen. Ein einzelner Baum musste tausend Jahre wachsen, und das Holz weitere fünfzig Jahre gehärtet werden, bevor ein Bogenmachermeister es wagen würde, einen Stab aus dem *Dann,* dem späten Holz, zu nehmen, das in den heiligen Monaten des Frühsommers und Sommers geschlagen wurde.

Meeda lehnte den Stock an die Brust und tröstete sich mit seinem vertrauten Gewicht und Gefühl. Sie hatte ein schweres Leben gewählt und geführt, und sie war alt genug, sich nicht gleich von allem und jedem erschrecken zu lassen. In der Nacht wimmelte es von Geräuschen, den Geräuschen von schwarzem Luchs und Eulen, Mondschlangen und alten Gespenstern, und sie hatte schon lange begriffen, dass keines dieser Geschöpfe den Geruch lebendiger Menschen mochte. Sie richtete sich auf und rief noch einmal nach ihren Hunden.

Während sie auf eine Reaktion der Terrier wartete, knirschte etwas leise auf dem gefrorenen Schnee hinter der Uferlinie. Wasser hob sich unter dem Eis. Die Hunde verstummten einer nach dem anderen.

Meeda biss sich die äußeren Handschuhe ab und spuckte sie aufs Eis. Der Himmel war dunkel – dunkler, als es eigentlich sein sollte, wenn ein Viertelmond weithin sichtbar am Himmel stand. Es gab keine Sterne, oder wenn, dann glitzerten sie schwarz wie vulkanisches Glas. *Mond und Nachthimmel:* Kein Gebet der Sull war ohne diese Worte vollständig, und Meeda bemerkte, dass sie sie vor sich hin murmelte, während sie aufs Ufer zustapfte.

Verflucht sollten ihre Augen sein! Wieso *sahen* sie nichts? Ihre harten alten Linsen konzentrierten sich in der beißend kalten Luft nur langsam, und Meeda spürte, wie Zorn in ihr aufstieg, so schnell, als wäre er schon die ganze Zeit unter ihrer Angst versteckt gewesen. Sie hasste ihren Altfrauenkörper mit seinen Buckeln und schlaffen Hautsäcken und den trockenen blutleeren Knochen. Manchmal träumte sie, dass Thay Schwarzdrache, der Nachtkönig, zu ihr kam und ihr im Austausch gegen ihre Seele Jugend bot. Manchmal träumte sie, dass sie sich auf den Handel einließ.

Frostrauch trieb über den Eisrand und veränderte die Farbe von Blau zu Grau. Meeda spürte seine Kälte in ihrem Mund, die ihr ins Zahnfleisch biss und ihre Zunge betäubte, bis sie sich an ihren Zähnen wie ein Stück Fleisch anfühlte. Das Eis unter ihren Füßen, von dem der Nordwind den Schnee weggefegt hatte, war schwarz und durchsichtig. Es knisterte unter Meedas Gewicht. Als sie den Lichtkreis der Kerze verließ, kam etwas Rotes aus dem Wald, etwas Gebrochenes, Hinkendes, das einfach nicht richtig aussah. Meeda stützte den Stock mit beiden Händen auf, und dann erkannte sie die blutige Gestalt eines ihrer Hunde. Sein linkes Hinterbein war verschwunden, und die Haut am Bauch war weggerissen, so dass man glitzernde Muskeln und gewundene Eingeweide sehen konnte.

Meeda wollte ihn nicht rufen. Sie wusste, wie Wunden aussahen, die Wölfe oder Luchse schlugen. Sie wusste, dass Vielfraße Geschöpfe töten konnten, die doppelt so groß waren wie sie selbst, und sie hatte mit eigenen Augen gesehen, wozu eine Horde Mondschlangen im Stande waren, wenn sie seit einer Woche nichts mehr gefressen hatten.

Aber das hier roch nicht nach Wolf oder Katze oder Schlange. Das hier roch nach Nacht.

Der Hund hatte seine Herrin gewittert und schleppte sich über das Eis, um sie zu erreichen. Blut und Schleim liefen aus der großen schwarzen Wunde. Meeda atmete kaum, während sie darauf wartete, dass das Tier näher kam. Sie dachte nicht nach – sie wusste es besser, als gerade jetzt zu denken –, sie hob nur den Stock so hoch, wie es notwenig war, wartete, bis sie die Schnauze des Hunds an ihrem Bein spürte, und dann stieß ihm das untere Ende des Stocks ins Herz.

»Guter Hund«, sagte sie leise, als sie den Stock aus seinen Rippen zog.

Blut und Knochensplitter froren bereits an der Wunde, als sie sich dem Ufer zuwandte. »Kommt, Schatten«, sagte sie, »denn ich stehe im Licht des Monds und erwarte euch.« Die Worte waren alt, und sie wusste nicht, wer sie geschrieben hatte, aber es waren Sullworte, und sie spürte, wie sich etwas in ihr veränderte, als sie sie ausgesprochen hatte. Sie dachte zunächst, dass es Mut wäre, denn ihr Herz begann schneller zu schlagen, und ihr Griff wurde fester, als etwas Hartes, Erregtes in ihrer Brust erwachte.

Dann begann das Eis am Ufer zu knacken. Weiße Splitter schossen in einem Muster von Fußspuren auf die Stelle zu, an der sie stand. *Knack! Knack! Knack!* Die Luft schlug Wellen wie Wasser, und plötzlich war es kalt genug, um ihren Atem zu Eiskörnern gefrieren zu lassen. Meedas Hände taten weh, als sie den Stock fester packte. Ihre Augen brannten, als sie versuchte zu sehen. Etwas glitzerte. Mondlicht fing eine geschliffene Schneide ein und lief an ihr entlang. Die Gestalt eines Mannes schimmerte, dunkel und silbrig, wie kein Mann aussehen konnte. Die Augen des Wesens waren zwei Löcher ohne Seele. In der Hand hielt es eine Klinge, die das Licht trank. Meeda sah zu, wie die Klinge höher und höher kam, sah, wie Mondlicht den Arm und die gepanzerte Faust des Dings umriss und dennoch in dem schwarzen, leeren Stahl keinen Halt fand. Es war, als schaute man auf destillierte Nacht.

Meeda wusste nun, dass das, was sie empfand, nichts mit Mut zu tun hatte. Es war Angst, die ihr die Gedärme verzog und in einer Stimme zu ihr sprach, die klang wie ihre eigene und sie aufforderte, zu dem dünnen Eis in der Mitte des Sees zu laufen und dort einen leichten, schmerzlosen Tod zu finden. Aber etwas Älteres hielt sie auf.

Auch das hatte nichts mit Mut zu tun, sagte sie sich – sie wollte sich nicht belügen. Es war Erinnerung. Die alten Erinnerungen kamen zurück.

Eis brach und explodierte, als das Ding sich auf sie stürzte. Bruchlinien zuckten über die Oberfläche des Sees wie gegabelte Blitze. Meeda sah Schatten und glitzernde Lichtaugen und roch die Dunkelheit einer anderen Welt: Leere Augen begegneten ihrem eigenen Blick. Sie hob den Stock dieser kalten schwarzen Klinge entgegen. Und dann, als das Schwert auf sie zusummte und ein Zeichen in die Luft brannte, das auch noch dort hängen blieb, nachdem die Klinge längst weitergezischt war, sah sie die Brust des Schattenmannes. Sie hob und senkte sich wie bei einem lebendigen Wesen.

Irgendwo in dieser dunklen gewichtigen Substanz seines Fleischs gab es ein Herz. Es schlug. Und es bewirkte, dass Meeda das Wasser im Mund zusammenlief wie vor einer Mahlzeit aus Schinken und Wein.

Eisholz und Schattenstahl begegneten einander mit einem Knacken, das klang wie der Beginn eines Zeitalters. Weiß glühender Schmerz schoss an Meedas Armen entlang, und sie brauchte ihre ganze Kraft, um standhalten zu können. Drei Fuß dickes Eis bog sich unter dem Gewicht des Schattenwesens. Und dennoch blieb Meeda stehen, wo sie war. Sie war Sull. Jedes Haar an ihrem Körper, jeder Tropfen Blut in ihren Adern verlangten, dass sie kämpfte.

2
Der Eisnebel hebt sich

Am siebten Tag fanden sie Blut auf der Spur, fünf Flecken, rot vor dem Grau alten Schnees. Es war nicht sonderlich frisch, hätte aber für jemanden, der nicht damit vertraut war, im Winter zu jagen, so aussehen können. Blut wurde dunkler, sobald es den Körper verließ, es wurde dicker, bis nichts weiter als Kupfer und Eisen übrig waren. Wenn die Luft vor Frost knisterte, sah das allerdings anders aus. Blut konnte schon in der Zeit, die es brauchte, um vom Schlüsselbein eines Hirschs auf den Tundraboden zu fallen, hellrot gefrieren. Raif erinnerte sich daran, wie er und Drey nach der Jagd gefrorene Tropfen von Hirschblut aufgehoben und sie auf ihren Zungen hatten zergehen lassen; süß und frisch wie Gras und salzig wie Schweiß. Der Geschmack nach Winter und Clan.

Aber was sie hier vor sich hatten, war kein Hirschblut.

Raif spähte zur Hügelkuppe, wo sich Türme aus weißem Dampf steil in die Nachtluft erhoben. Der Weg hatte den ganzen Tag hügelaufwärts geführt, und sie hatten immer noch nicht die Stelle erreicht, an der dieser Dampf aufstieg.

Der Boden hier war hart und brüchig, bestand aus Basalt und schwarzem Kieselschiefer. Steilwände erhoben sich im Osten, hoch und steil wie Festungsmauern, und bewachten eine Bergkette dahinter. Im Westen lag der äußerste Rand der Sturmgrenze, aber die felsigen Anhöhen und Moränen waren von einer dicken Lage Schnee verborgen, so dass sie aussahen wie wogende Hügel. Dahinter befand sich das

Meereseis, und noch weiter dahinter das Meer. Sturmwolken sammelten sich am westlichen Horizont und hatten begonnen, die Eisschollen zu versilbern.

»Was war hier los?«, fragte Ash, die sich über Raif beugte, als er das Blut untersuchte. Ihre Stimme war klar, aber der Abstand zwischen ihren Worten war zu groß.

»Einer der Sull hat sich zur Ader gelassen.«

»Wie kannst du das so genau wissen?«

Raif zuckte die Schultern. »Selbst wenn etwas ganz sauber getötet wird, bleibt mehr Blut zurück.« Er betastete die roten Flecken, erinnerte sich an gefrorene Kadaver, von Eis verbogene Klingen, an Tem Sevrance, der seine Söhne auslachte, als sie versuchten, einen Hirsch, den sie erlegt hatten, einen Abhang hinunterzuschieben, was damit endete, dass der Kadaver durchs Eis des Sees darunter brach und sank. Als Raif weitersprach, war seine Stimme beinahe heiser. »Und das Blut ist nicht gespritzt, sondern getropft.«

»Woher weißt du, dass es nicht von anderen Leuten stammt?«

Raif stand auf. Es war dumm, aber er war zornig auf Ash und all diese Fragen. Sie kannten beide die Antwort. Warum zwang sie ihn, es noch auszusprechen?

»Hör zu«, sagte er.

Sie standen nebeneinander, ihr Atem bildete in der eisigen Luft Wolken, und Raif Sevrance und Ash March lauschten dem Geräusch, das sie schon den ganzen Tag gehört hatten: ein knisterndes Zischen, als schlüge ein Blitz in Wasser ein.

Raif zählte die Dampfsäulen und sagte: »Sie waren hier, Mal Neinsager und Ark Knochenspalter; sie haben gehört, was wir gehört haben. Sie haben diesen Dampf gesehen.« *Und sie wussten, dass es hier etwas gab, wovor man sich fürchten sollte, also haben sie ihren Göttern Blut geopfert.*

Ash nickte, als hätte sie auch das gehört, was er nicht ausgesprochen hatte. »Sollten wir ebenfalls Zoll entrichten?«

Raif schüttelte den Kopf und ging weiter. »Das hier ist nicht unser Land, nicht unsere Sache. Wir haben hier keine Schulden zu zahlen.«

Er hoffte nur, dass das der Wahrheit entsprach.

Sie waren nun seit neun Tagen der Spur der Sullkrieger gefolgt. Diese Spur hatte sie vom Hohlen Fluss nach Nordwesten geführt, über Land, das Raif nie zu durchqueren gewagt hätte, wenn sie nicht die vielsagenden Zeichen im Schnee gefunden hätten: kaum vergrabene Pferdeäpfel, Menschenhaar, das sich an der Rinde einer toten Kiefer verfangen hatte, ein Fußabdruck auf frischem Eis. Die Sull hatten *»eine Spur hinterlassen, der ein Clansmann folgen kann.«* Raif richtete sich gerader auf, als ihm wieder einmal die Beleidigung deutlich wurde, die in Ark Knochenspalters Worten gelegen hatte. *Wir reisen, ohne Spuren zu hinterlassen,* behaupteten sie prahlerisch, *aber wir werden uns anstrengen, eine für euch zu schaffen.* So sehr Raif sich über die Arroganz der Sull ärgerte, er war ihnen auch dankbar. Kein Clansmann würde einen grün gefrorenen See oder eine unbekannte Eisspalte überqueren.

Es war nicht einfach gewesen. Die Tage waren kurz, die Nächte lang und voller Schweigen. Was hatten er und Ash einander schon zu sagen?, fragte sich Raif jeden Abend, wenn er Rinde für das Wachfeuer abstreifte. Sie konnten nicht über die Höhle aus schwarzem Eis sprechen, und auch nicht darüber, was danach geschehen war, als sie wieder aus dem Fluss aufgetaucht waren und *Etwas* sie begleitet hatte.

Raif hatte nur einen Schatten gesehen, aber Schatten bewirkten nicht, dass Kiefernnadeln knisterten ... und Schatten konnten nicht schreien.

Raif schauderte. Was immer es war, es war jetzt verschwunden. Geflohen. Und obwohl sie seitdem nichts gesehen hatten, hatte es alles verändert.

Vor zehn Tagen, in der Höhle unter dem gefrorenen Fluss, hatten er und Ash davon gesprochen, ins Clanland zurückzukehren oder Angus zu suchen und mit ihm nach Ille Glaive zu reisen und Heritas Cant ein letztes Mal aufzusuchen. Der gebrochene Mann hatte ihnen ein Versprechen gegeben. *Wenn ihr sicher aus der Höhle aus schwarzem Eis zurückkehrt, werde ich euch die Namen der Ungeheuer nennen,* hatte er versprochen. Aber nun schien »sicher« ein unmögliches Verlangen. Sie waren nicht in Sicherheit. Raif betrachtete sich nicht mehr als Clansmann, aber er verfügte noch über die alten Instinkte. Er wusste, wann er Angst haben musste. Tiefe Unruhe hatte ihn ergriffen und wachsam werden lassen. Der Eispickel, die einzige Waffe, über die er im Augenblick verfügte, lag direkt an seinem Handgelenk und kühlte seine Haut dort.

Er hätte nicht sagen können, wer beschlossen hatte, den Sull nach Norden zu folgen. Es war etwas, worüber er und Ash nicht sprachen – das Bedürfnis, mehr zu erfahren. Diese beiden Sullkrieger wussten, was Ash war. Sie würden Ash und Raif beweisen können, dass alles vorüber war und dass es sicher wäre, nach Hause zurückzukehren.

Sie brauchten eine Stunde, bis sie die Hügelkuppe erreichten. Ash ging voran, und Raif gab sich damit zufrieden, dem Umriss zu folgen, der sich vor dem Vollmond abzeichnete. Beide betrachteten schweigend das Tal. Zwölf Dampfgeysire brachen aus dem Eis und Geröll eines trockenen

Gletscherbetts. Ein Ring aus blauem Feuer brannte am Fuß jeder Säule, flackerte aus einem Krater aus Asche und geschmolzenem Stein heraus, der sich um die Flammen gebildet hatte. Der Lärm war ohrenbetäubend: das Knacken explodierender Felsen, das Zischen schmelzenden Schnees, und das ununterbrochene reißende Geräusch von zündendem Gas.

Der aufkommende Wind brachte den Gestank von Holzkohle und Blitzen zu Raif. Ihm fehlten die Worte, um zu beschreiben, was er sah. Hier Feuer und Rauch zu finden, am gefrorenen Rand der Sturmgrenze, schien so unmöglich, als fände man Atem in einer Leiche.

»Dorthin?«, fragte Ash und sah ihn an.

Er konnte ihr nicht in die Augen sehen. Sie hatten einmal das Grau von Silber und Hagel gehabt. Nun waren sie blau wie der Himmel um Mitternacht. Ein vollkommenes Sullblau. »Die Spur führt durch das Tal auf die Küste zu.«

»Wir müssen also da durch?« Noch während Ash sprach, begann der Boden sich unter ihnen zu bewegen, und Steine und Schnee wurden hochgespuckt, als eine neue Rauchsäule den Talboden aufriss.

»Dreizehn«, sagte Raif und spürte, wie die Hitze der Explosion gegen sein Gesicht schlug. Er erinnerte sich an die Geschichte von Murdo Blackhail, dem Kriegerhäuptling, der seine Männer über das Schwellenland in den Krieg geführt hatte. Am letzten Tag ihres Abstiegs war der Vulkan über ihnen ausgebrochen und hatte glühenden Stein ausgespuckt. Murdo war auf seinem Hengst Schwarzklette an der Spitze der Truppe geritten. Sein Harnisch war von der Hitze in Flammen aufgegangen, und später, als sein Waffenschmied ihn ihm abgenommen hatte, hatte er Murdos Haut und Muskeln mit abgerissen. In den beiden Tagen, die er brauchte, um zu sterben, wies Murdo seine Männer an, den Clan Thrall zu besiegen, und dann schlief er mit seiner Frau und zeugte ihren einzigen Sohn. Bessa, seine Frau, wurde mit verbundenen Augen und mit Wachspfropfen in der Nase zu ihrem Mann geführt, denn der Anblick und der Gestank seines verbrannten Fleischs waren, wie es hieß, einfach zu schrecklich.

Raif verzog das Gesicht. »Wir durchqueren das Tal«, sagte er.

Das brennende Gas glühte bläulich in dem schwächer werdenden Licht. Ash hatte keine Angst davor und ging zwischen den Kratern hindurch, ging einmal sogar nahe genug heran, um aus dem Graben geschmolzenes Schneewasser zu trinken. Raif warnte sie nicht, obwohl er die Gefahr deutlich sah. Der gesamte Talboden stand unter Druck, der alte Fels war gebogen und verzerrt von den Kräften, die darunter wüteten. Er hätte schön sein können, dieser Korridor von brennendem Gas und aufsteigendem Dampf, aber alle Geschichten, die man Raif über die Hölle erzählt hatte, als er noch klein gewesen war, hatten mit der Schilderung eines solchen Anblicks begonnen.

Sie gingen bis weit in die Nacht hinein weiter; Raif wartete mit dem Aufschlagen des Lagers, bis sie die Gasschächte weit hinter sich gelassen hatten. Am nächsten Tag erhob sich die Sonne nur knapp über den Horizont, und das Licht, das sie spendete, konnte kaum als Tageslicht bezeichnet werden. Der darauf folgende Tag war sogar noch dunkler, und die Spur der Sull wurde dünner. Im Lauf des Nachmittags bemerkte Raif Anzeichen für die Anwesenheit anderer Menschen. Eisgebleichte Knochen und Schlittenspuren, Hundehaare und Flecken von grünem Walfischtran fanden sich am Weg. Der Schnee selbst war fest und gefroren, die

Luft so trocken und klar, dass selbst die kleinsten Staubwölkchen deutlich zu sehen waren.

Irgendwann im Lauf der langen Nacht durchquerten sie das Waltor. Es bestand aus dem Kieferknochen eines riesigen Wals und erhob sich zwei Mannshöhen hoch und vier breit. Es stand allein auf einer Fläche frostgespaltener Felsen und grauen Grases und bildete einen Eingang in das Land dahinter. Raif riss sich die Handschuhe ab und berührte es mit bloßen Händen. Die Knochen waren fleckig und blätterten ab. Man hatte Bilder hineingebrannt: Delfine, die Sterne jagten, waren oberhalb eines älteren, dunkleren Musters zu sehen, das Ungeheuer zeigte, die Menschen töteten.

Raif nahm die Hände weg. In dem geschützten Tal unterhalb des Tors waren ganz schwach blinzelnde Lichter zu erkennen, und über ihnen wogte ein weißer Nebel aus ausgeatmeter Luft wie schlafende Gespenster.

»Die Spur endet hier.« Raif konnte sich nicht daran erinnern, wann er zum letzten Mal etwas gesagt hatte, und seine Stimme klang seltsam und rau. Er schaute auf das Dorf herunter – wenn es denn ein Dorf war. Steinhaufen, unter denen sich wohl Behausungen verbargen, erhoben sich kaum ein oder zwei Fuß hoch über den Boden und bildeten einen Kreis um eine rauchende Feuergrube. Die Hügel bestanden aus Obsidian und Basalt und anderen schwarzen Dingen, und ihre Ränder schimmerten schwach im Sternenlicht. Sie erinnerten Raif an die Steinhügel im Kernland von Dhoone. Zwölftausend Clansleute tot, jeder unter seinem eigenen Steinhügel begraben. Sie lagen dort seit dreitausend Jahren, verrottet zu Knochenstaub und hohlen Zähnen. Die Clans Withy und Herdfeuer hatten Aufzeichnungen und Überlieferungen über das Massaker. Raif hatte einmal gehört, wie Inigar Stoop es »den Preis der Ansiedlung« nannte, aber Krieger und Häuptlinge gaben ihm einen anderen Namen, den sie tief in der Nacht an Lagerfeuern flüsterten: *Das Feld aus Stein.*

Plötzlich wollte Raif unbedingt umkehren, wollte Ash an der Hand nehmen und sie wegbringen – aber wohin? Sie würde an keinem der Orte, die er kannte, in Sicherheit sein.

Abrupt ging Ash durch das Tor und ließ Raif keine andere Wahl, als ihr in das Dorf dahinter zu folgen.

Hunde fingen an zu bellen, als sie näher kamen. Aber noch bevor das erste Knurren bewirkte, dass die Lichter heller wurden, erhob sich eine wartende Gestalt am nächstgelegenen Steinhaufen. Raif erkannte die hohe, helle Gestalt von Mal Neinsager, dessen Umhang aus Vielfraßfell im Wind wehte. Der Griff des großen zweihändigen Langschwerts erhob sich über den Rücken des Kriegers. Er blieb reglos stehen, als Raif und Ash näher kamen, schweigend und schrecklich vor dem Feld aus Stein.

»Die Sull sind nicht unser Volk, und sie fürchten uns nicht.« Die alten Clanworte fielen Raif wieder ein, als er die Hand zum Gruß hob, aber es waren alte Worte, die häufig ausgesprochen wurden und von Männern, die nichts über die Sull wussten, und sie verschwanden wieder aus seinem Kopf, als der Krieger dazu ansetzte, niederzuknien.

Mal Neinsager, Sohn der Sull und auserwählter Fernreiter, sank auf die Knie, als sie näher kamen. Er verharrte so, bis Ash und Raif auf Sprechweite herangekommen waren, und dann legte er sich flach auf den Schnee.

Ihr Götter! So beginnt es also.

Muskeln am Rücken des Kriegers bewegten sich unter dem Umhang, als er die Arme weit ausbreitete. Raif konnte

Dutzende weißer Aderlassnarben an seinen Knöcheln sehen, als Mal die nackten Finger ins Eis drückte. *Das geschieht nicht um meinetwillen,* wusste Raif. *Kein Sull würde sich vor einem Clansmann ohne Clan niederwerfen.*

Ash blieb schweigend neben dem Sull stehen, gehüllt in Luchsfell und gekochte Wolle, und ihr Haar wehte in dem sich drehenden Wind. Ihr war nichts anzusehen, keine Erschöpfung oder Angst ... und auch keine Überraschung. »Erhebe dich, Mal Neinsager von den Sull, denn wir sind alte Freunde, die sich in fernen Landen treffen, und ich möchte, wenn wir miteinander sprechen, dein Gesicht sehen und nicht deinen Rücken.«

Raif spürte, wie ihn bei diesen Worten ein Schauder überlief. Wie hatte er so weit mit ihr reisen und nicht merken können, dass es die ganze Zeit *sie* gewesen war, die *ihn* geführt hatte?

Schweigend kam Mal Neinsager auf die Beine. Die Silberketten und Hirnhaken an seiner Taille klirrten leise, als er sich Schnee vom Mund wischte. Raif beobachtete seine Augen. Heller als Eis und noch kälter, gönnten sie dem Clansmann keinen Blick. Der Krieger schaute nur Ash an.

»Schnee brennt«, sagte er.

Raif wurde eiskalt ... und einen winzigen Augenblick lang wusste er beinahe, warum. Er sah dreizehn Säulen aus Dampf aus einem dicht verschneiten Tal aufsteigen und hörte den alten Steinhüter seines Clans einen Fetzen eines Wiegenlieds singen, dessen Rest lange vergessen war: *Schnee brennt, das Zeitalter wendet sich, und die Verlorenen wandeln wieder auf Erden.*

Ash holte tief Luft, sagte aber nichts.

Raif entdeckte eine Reihe von Männern, die auf sie zukamen. Sie hatten Speere mit Spitzen aus Vulkanglas und

Fackeln, die weiß glühend brannten, in den Händen. Es waren kleine, dunkelhäutige Menschen, und sie bewegten sich auf jene fließende, lautlose Weise, wie es Leute tun, die daran gewöhnt sind, große Beute zu jagen. Sie trugen die Rippen von Walross und Seehund als Harnische, über vielen Lagen von Leder und seltsamen Fellen. Sie bildeten einen defensiven Halbkreis hinter dem Neinsager und stießen die stumpfen Speerenden tief in den Schnee.

Raif sah, wie sie ihn beobachteten. Wahrscheinlich sollte er sich geschmeichelt fühlen, dass zumindest sie ihn für bedrohlicher hielten als Ash, aber die Worte des Sull hatten seine Angst geweckt, und er konnte in dem Misstrauen und der Wachsamkeit anderer Männer nur wenig Befriedigung finden.

Sie teilten sich und ließen einen winzigen alten Mann durch. Die Haut dieses Greises hatte die Farbe und Struktur von gebeiztem Holz, und seine Augen waren milchig von Schneeblindheit. Zu beiden Seiten seines Gesichts, in einer Linie mit Wangenknochen so scharf wie Krebsscheren, gruben sich anstelle von Ohren zwei schwarze Narben in seinen Schädel. Ein Kragen aus Geierfedern wärmte die aufgeworfene Haut, ihre Kiele reckten sich aus einem Reif gerollter Bronze. Über Schultern und Rücken des Alten lag ein Pelz, so dunkel und glänzend, als lebte die Seele des getöteten Tiers dort immer noch.

»Inuku sana hanlik«, sagte er mit altersdünner Stimme.

»Der Lauscher der Eisjäger heißt euch hier willkommen.«

Ark Knochenspalter war näher gekommen und stellte sich nun hinter den alten Mann; seine Miene grimmig, die Augen zusammengekniffen, als er die Worte des Lauschers übersetzte. Er trug einen Schuppenpanzer über gesteppter

Seide; den schweren Pelzmantel hatte er offen über die Schultern gehängt. Sein linker Arm war nackt bis zum Ellbogen, und ein Rinnsal aus Blut zog sich um sein Handgelenk. *Er hätte die Aderlasswunde verbinden können, bevor er herauskam, aber er wollte, dass wir das Blut sehen.* Raif war plötzlich erschöpft genug, dass er sich hätte in den Schnee legen und einschlafen können. Er wollte diesen alten Mann nicht begrüßen, wollte nicht wissen, wer er war. Der Lauscher sprach abermals, und Raif begriff, dass hinter seinen Augen immer noch ein Hauch von Sehfähigkeit verblieben sein musste, denn er sah Raif direkt an, als er sagte: *»Mor Drakka.«*

Der Wind wurde stärker, und der alte Mann drehte sich um und ging. Kratzige Eispartikel flogen Raif ins Gesicht und brannten auf der wunden Haut unter seinen Nasenlöchern, wo sein Atem ununterbrochen gefror und taute. Ohne nachzudenken, hob er die Hand an die Kehle und suchte nach dem Stück Rabenschnabel, das sein Zeichen war. Nichts als kalte Haut und kratzige Wolle begegneten seiner Berührung. Er hatte vergessen, dass er das Zeichen Ash gegeben hatte.

»Der Lauscher bittet euch, ihm zu folgen.« Ark Knochenspalter trat beiseite, um Platz zu machen. Raif beobachtete den dunkelhaarigen Krieger einen Augenblick und bemerkte, dass die Haut an seiner Kehle, direkt unter dem Kinn, der einzige Teil von ihm war, den nie ein Aderlassmesser berührt hatte, und er fragte sich, warum der Sull sich entschieden hatte, die Geste des Lauschers zu übersetzen und nicht seine Worte. Raif wusste nicht, welche Sprache dieser alte Mann sprach, aber er wusste, dass seine letzten Worte für ihn bestimmt gewesen waren. Und es hatte sich dabei nicht um eine freundliche Bitte gehandelt, ihm in seine Behausung zu folgen.

Ark Knochenspalter warf Raif einen finsteren Blick zu, als die beiden sich auf gleicher Höhe befanden. Etwas bewirkte, dass Raif langsamer ging und bewusst in das Gesicht des Kriegers ausatmete. Etwas anderes ließ ihn im Vorbeigehen eine Hand auf Ashs Schulter legen.

Es gelang Ark Knochenspalter beinahe, seinen Schreck über die Veränderung von Ashs Augenfarbe zu verbergen. Muskeln spannten sich unter der narbenlosen Haut an seinem Hals, und sein Blick suchte und fand seinen *Hass*, seinen Begleiter. Mal Neinsager nickte anerkennend ... und Raif wusste, dass das Blau in Ashs Augen für die Fernreiter eine Bedeutung hatte.

Er packte Ashs Schulter fester, als sie auf den südlichsten Steinhaufen zugingen. Männer in Rüstungen aus Walrossknochen standen an ihrem Weg, die nackten Daumen an die Kerben an ihren Speerschäften gedrückt, die Mienen finster vor Misstrauen. Sie waren nicht jung, diese Männer, bemerkte Raif. Ihm war vollkommen klar, dass er sich hier einer – wenn auch noch zurückhaltenden – Zurschaustellung von Kraft gegenüberfand. Er warf einen kurzen Blick zum Meereseis im Westen und fragte sich, ob die jüngeren Krieger dort draußen auf der Jagd waren.

Licht fiel aus dem Eingang zur Behausung des Lauschers auf die Gruben aus aschgrauem Teer und gefrorenem Blut. Der Lauscher stand im Schatten hinter dem Licht und winkte Raif mit den gekrümmten schwarzen Fingern einer Leiche herein.

Raif hatte so lange ohne Wärme gelebt, dass die Hitze des Raums ihm wehtat. Sein Sehvermögen trübte sich, als er den Kopf wieder hob, nachdem er hereingekrochen war. Sein Magen erinnerte ihn daran, dass er seit zwei Tagen nichts mehr gegessen hatte. Der schweineartige Geruch von Walross verursachte ihm Übelkeit.

Der Lauscher legte seinen Pelz ab und breitete ihn auf einer Bank aus schlichtem schwarzem Stein aus. Er bedeutete Ash und Raif, sich darauf niederzulassen, dicht an einer kleinen Specksteinlampe, die die einzige Lichtquelle darstellte. Die Wände glitzerten seltsam. Büschel aus Haar und Haut waren benutzt worden, um die Löcher zu flicken. Raif begriff, dass er wohl gerade das empfand, was die Clansleute »Wahnsinn nach der Kälte« nannten, denn er fragte sich, ob der Lauscher auch seine fehlenden Ohrmuscheln in diese Ritzen gesteckt hatte.

Sie warteten schweigend, bis Ark Knochenspalter eingetreten war und die Tür geschlossen hatte. Ein Rabe hockte auf einer Sitzstange aus Fischbein und gab die leisen Geräusche eines Vogels von sich, dessen Stimmbänder nach dem Schlüpfen die Hitze eines Kehleneisens gespürt hatten. Als er Raif entdeckte, richtete er sich auf und bedachte ihn mit einem scharfen Blick. Raif war so nervös, dass er etwas sagte, obwohl er es nicht vorgehabt hatte.

»Wir machen uns morgen wieder auf den Weg. Wir müssen nach Osten, solange es noch ruhig ist.«

»Du kennst den Weg nach Osten nicht, Clansmann.« Ark Knochenspalter goss Wasser unter die Tür und versiegelte den Raum mit Eis.

Blut stieg Raif in die Wangen. Der Sullkrieger hatte Recht. Kein Clansmann kannte diese Region und die Wege, die zu ihr hin- oder von ihr wegführten. Er wusste kaum, wieso er das überhaut gesagt hatte. Weder er noch Ash hatten darüber gesprochen, was sie nach ihrer Ankunft hier tun würden, und sie mussten sich beide ausruhen.

Aber nun wollte er nur noch weg.

»Du könntest dein Wissen über die Wege im Osten mit uns teilen, Fernreiter«, sagte Ash, und obwohl er wusste, dass sie das nur gesagt hatte, um ihm zu helfen, war Raif nicht froh darüber. Ein wahnsinniger, hitzefiebriger Teil von ihm wollte glauben, wenn sie sich still verhielte, sich kaum regte, nichts sagte, würden die Sull Ash nicht bemerken. Und sie nicht haben wollen.

Der Sullkrieger erhob sich schwerfällig, und man konnte die Waffen sehen, die er sich auf den Rücken geschnallt hatte. »Das Wissen über die Sullwege ist teuer. Würdest du wollen, dass ich es umsonst weitergebe, als wären diese Wege nichts weiter als ein Wildpfad durch den Wald?«

»Ich will wissen, was hier los ist«, entgegnete Raif. »Warum hat sich der Neinsager zu Boden geworfen, als er uns gesehen hat? Und warum hast du Blut am Handgelenk?«

»Ich kann Blut vergießen, wann ich will, Clansmann. Willst du mir auch noch vorschreiben, wann ich pissen und scheißen darf?«

Raif holte Luft, um zu antworten, aber der kleine ohrenlose Mann zischte ein Wort, das nur *still!* bedeuten konnte.

In dem folgenden Schweigen goss der Lauscher der Eisjäger dampfende Flüssigkeit in drei Hornschalen. Raif nickte dankend, als ihm die erste gereicht wurde. Er roch Seesalz und fermentiertes Fleisch und sah zu, wie Ark Knochenspalter und Ash die Schalen an die Lippen hielten und nippten. Der alte Mann ließ sich auf dem Boden nieder und wartete, dass Raif trank.

Die Flüssigkeit verbrannte ihm die Zunge. Sie war dick von unsichtbaren Sehnenfäden, die sich zwischen seine Zähe schoben und dann wieder zurück in die Schale flossen, als er fertig war. Seltsamerweise schien die Hitze den Geschmack zu neutralisieren, und obwohl er etwas Scharfes erwartet hatte, spürte er nur einen vagen Fischgeschmack und einen Hauch von Blei.

Der Lauscher goss ihm nach. »*Oolak*.«

»Fermentierte Haifischhaut«, erklärte Ark Knochenspalter. »Der Lauscher braut den *Oolak* selbst.«

Raif nickte. Mit widerlichem Selbstgebrauten kannte er sich aus. Tems selbst gebrauter Malzwhisky war so schauerlich gewesen, dass nur seine Blutsverwandten ihn tranken. Es war für Raif und Drey Ehrensache gewesen, das Gebräu zu genießen, zu lachen und einander in Lobesreden über das widerliche Zeug zu übertreffen. Tem versetzte ihnen immer Ohrfeigen für diese Dreistigkeit, dann ging er davon und murmelte etwas darüber, dass ein Vater auch zu viele Söhne haben könnte.

Lächelnd trank Raif noch einen großen Schluck. Als der Lauscher seine Schale ein drittes Mal füllte, trank er mehr. Er gierte nach dieser Magie – das Zeug ließ ihn an die Dinge denken, die er verloren hatte, ohne dass es wehtat.

»Raif. Öffne die Tür und lass den Rauch hinaus.« Ashs Stimme schien aus sehr großer Ferne zu kommen. Als Raif den Kopf hob, um sie anzusehen, bemerkte er, wie der Lauscher und der Fernreiter einen Blick wechselten. Trübe wurden ihm viele Dinge gleichzeitig bewusst – dass Ark Knochenspalter nicht eine einzige seiner Fragen beantwortet hatte, dass es der alte Mann und nicht der Fernreiter war, der hier die mächtigste Stellung einnahm, und dass es einem Clansmann gut anstünde, an diesem Ort vorsichtig zu sein – aber er spürte auch die Schwere in sich. Die fermentierte Haifischhaut, der Lampenrauch und die Hitze verlangsamten sein Denken ebenso wie sein Blut. Er wusste vielleicht noch das eine oder andere, konnte aber nicht mehr handeln.

Langsam stand er auf. Ein Eisrand hatte sich um die Treibholztür gebildet und nässte, wo sie der Hitze des Raums begegnete. Als er nach dem Ring griff, um die Tür aufzuziehen, legte Ark ihm die Hand auf den Arm.

»*Mora irith*. Heute Nacht steigt der Eisnebel auf.«

Raif zog den Arm zurück. Er wusste vom Eisnebel, er kannte die Geschichten darüber, wie er sich erhoben hatte, als Cormac HalbBludd, der erste Sohn des Flusshäuptlings, am Ufer des Ebb Wache gestanden hatte, und wie der alte Crosermann, der seine Leiche am nächsten Morgen fand, glaubte, einen Flussgeist vor sich zu haben, so unmenschlich blau war Cormacs Haut gewesen.

Raif setzte sich wieder. Der Lauscher schenkte ihm nach. Als er die dampfende Flüssigkeit entgegennahm, spürte Raif Ashs Hand auf seinem Oberschenkel.

»Nimm dich zusammen«, murmelte sie.

Er sah ihr Gesicht, sah, dass sie gern mehr gesagt hätte, aber wegen der anderen nicht konnte. Unfähig, den Gefühlen, die sich in ihrem Blick ausdrückten, einen Namen zu geben, hob Raif die Schale an die Lippen und trank. Wer war sie, ihn zu warnen? Der Eisnebel erhob sich, die Tür war dagegen versiegelt, und ein Mann könnte Schlimmeres tun, als in der Wärme zu sitzen und zu trinken.

Also tat er genau das. Stunden vergingen, der Öllampenrauch wurde dichter, und das Eis auf dem Meer hinter dem Dorf dröhnte und knackte. Niemand sagte etwas. Der Lauscher kümmerte sich um die Lampe und schob den Docht immer tiefer in den Walfischtran. Raifs Schultern suchten die Festigkeit der Wand, als sein Kopf schwerer wurde. Bald schon wurde es immer schwieriger, wach zu bleiben. Und als er die Augen schloss und ins Nichts trieb, sah er, dass der Fernreiter ihn mit kalten, wissenden Augen betrachtete.

Die Sull sind nicht unser Volk, und sie fürchten uns nicht.

Raif hörte die Stimme seines Clans und wusste, er hätte Angst haben sollen ... aber der Alkohol hatte sich in ihm ausgebreitet, und der Schlaf zerrte an ihm.

Als er zwei Tage später wieder aufwachte, war Ash nicht mehr da.

3
Der Witwenstein

Es gab nur eine einzige Art, Stutenurin zu trinken: schnell. Also schloss Raina die Augen, verzog das Gesicht und schluckte alles auf einmal. Es war wirklich ziemlich ekelhaft – süß und durchdringend und immer noch warm von der Pferdeblase –, aber sie hatte schon Schlimmeres getrunken. Zum Beispiel Tem Sevrances Selbstgebrauten. Und den Geschmack ihrer eigenen Angst.

Außerdem war es wahrscheinlich immer noch besser als Schafsdung ... oder gemahlene Käfer, die in saurer Milch eingeweicht worden waren. Anwyn Bird schwor auf Schafsdung, aber sie war auch die Tochter eines Schafsbauern und hatte ein gutes Verhältnis zu allem, was mit Schafen zu tun hatte. Nein. Raina würde lieber auf Nummer Sicher gehen. Die alten Familienrezepte waren das Beste; sie waren im Flüsterton von Schwestern und Cousinen und Müttern und Tanten weitergegeben worden: Rezepte dafür, wie man es am besten vermied, schwanger zu werden.

Raina ließ den Löffel in den Eimer sinken und stand auf. Sie musste hier verschwinden. Es dämmerte schon, und Eadie Callow und die anderen Färber würden bald kommen. Die Frau eines Häuptlings durfte sich hier nicht sehen lassen, nicht allein, nicht mit der frischen Stutenpisse. Eadie Callow hatte vielleicht die trägen Blicke und fleckigen Hände einer Färberin, aber hinter diesem matten Blick lag eine gewisse Schärfe, und die schwarze Tinte an ihren Fingern verbarg die helle Haut einer Scarpe. Alle Färber und

Walker waren Scarpeleute. Sie konnten mit Kalium und Urin und Walkererde umgehen, wie es andere nicht konnten. Es hieß, dass kein anderer Clan im Stande war, so schwarz zu färben.

Mace hatte Hunderte von Scarpeleuten ins Blackhailland gebracht. Jeden Tag kamen mehr: Krieger auf Pferden, die in der Stadt gezüchtet worden waren, Frauen, die Karren aus Giftkiefernholz zogen. Das Scarpehaus war niedergebrannt worden. Die lautlosen Weißwinterkrieger des Clan Orrl hatten eine Botschaft aus Feuer geschickt, und die Flammen des Gras-und-Holz-Daches von Scarpe waren überall im Norden zu sehen gewesen. Angeblich standen nur noch die Mauern, aber selbst die waren rußig und gerissen, und Hailsmänner, die von dort zurückkehrten, flüsterten, dort zu übernachten wäre, als verbrächte man eine Nacht auf einem abgebrannten Feld. Balken vom Scarpebaum, dieser Giftkiefer, die nirgendwo sonst im Clanland wuchs als auf den Hügeln rings um Scarpe, waren für das Dach verwendet worden. Viele waren nur angekohlt, aber der tödliche Rauch, den sie beim Verbrennen abgaben, hatte mehr Menschen getötet als die am heißesten brennende Eiche.

Raina kniff die Lippen zusammen, als sie die Tür des Färberhauses hinter sich schloss. Sie hatte wenig Mitleid für die Scarpeleute.

Mace Blackhails Geburtsclan war nicht ihr eigener. Yelma Scarpe, das Wiesel, war selbst schuld an dem Brandanschlag. Sie hatte ihre scharfe Zunge an Orrl gewetzt und Land und Mauern und Jagdrechte beansprucht, und dann hatte sie, da es ihr nie an intriganten Plänen mangelte, Blackhail gegen Orrl aufgehetzt. Fünf Krieger waren im gefrorenen Land im Westen getötet worden, einer davon ein Enkel des Orrlhäuptlings, und ein Dutzend weitere Orrlkrieger waren bei Grenzstreitigkeiten umgekommen, als sowohl Blackhail als auch Scarpe sie angriffen.

Und dann war da der Mord am Orrlhäuptling selbst.

Corbie Meese und seine Leute hatten die Leichen gefunden, auf dem alten Dreggweg, zwei Tage westlich von der Grenze zum Dhooneland. Elf Weißwinterkrieger und Spynie Orrl, gekleidet in das seltsame Tuch, für das Orrl bekannt war, ihre Köpfe so tief in die Brusthöhlen gedrückt, dass der Späher, der sie als Erster sah, glaubte, sie wären enthauptet worden. Corbie Meese wusste, was wirklich geschehen war. Nur wenige Hammermänner im Norden, darunter er selbst, konnten solche Schläge führen.

Schaudernd ging Raina zur Feuerstelle der Witwen, die der höchstgelegene Raum des Rundhauses war.

Niemand wusste, wer befohlen hatte, den Orrlhäuptling zu töten. Spynie und seine Männer hatten sich auf einem gefährlichen Weg zwischen Krieg führenden Clans befunden, und es gab Leute, die behaupteten, dass der Orrlhäuptling auf dem Rückweg von einer geheimen Besprechung mit dem Hundelord in Dhoone gewesen war. Raina gab nicht viel auf diese Gerüchte. Sie kannte Spynie Orrl, hatte in ihrer Jugend einen Sommer in Orrlhaus verbracht, und sie wusste, dass er den Hailwolf zwar nicht mochte, aber niemals seinen Schwur brechen würde.

Alte Worte und alte Treueschwüre zählten hier, im Westen des Clanlands, noch sehr viel. Die Clans waren älter, das Leben schwerer, und tausend Winter lang hatte sich der Blackhailhäuptling auf den Orrlhäuptling verlassen können.

»Raina.«

Raina drehte sich auf der Treppe um und sah Lansa Tanner unter sich auf dem Treppenabsatz. Das junge Mädchen nickte ihr zu, und ihre goldblonden Locken tanzten.

»Der Häuptling erwartet dich in seinem Zimmer.«

Raina sah, dass Lansas Wangen rosig waren. *Dummes Kind, dich so von einem Gespräch mit Mace beeindrucken zu lassen.* »Sag meinem Mann, dass ich zu ihm kommen werde, wenn ich mit meinen Angelegenheiten bei den Witwen fertig bin.«

Das Mädchen wartete auf mehr, die hübschen Lippen ein wenig geöffnet, und Lichtstreifen aus den Pfeilschlitzen fielen ihr über die Kehle. Niemand tat die Aufforderung eines Häuptlings einfach so ab; Raina musste doch eine Entschuldigung oder eine Erklärung haben! Als keine folgte, schloss das Mädchen den Mund, und etwas weniger Hübsches geschah mit ihrem Gesicht. Ohne ein weiteres Wort drehte sie sich um und stieg die Treppe hinab.

Ihr Götter. Was ist hier los? Raina lehnte sich gegen die Sandsteinmauer und sah dem Mädchen nach. Sie hatte Geburtstücher für alle Tannermädchen gewebt, hatte ihre Windeln gewaschen und ihr zerzaustes Haar gekämmt. Wie war es Mace gelungen, ihr Lansas Zuneigung zu stehlen?

Die Geräusche und Gerüche des frühen Morgens folgten Raina, als sie weiter die kleine Treppe zur Feuerstelle der Witwen hinaufstieg. Das Knistern frisch entzündeter Feuer und das Zischeln von Schinken, der darüber gebraten wurde, lagen im Wettstreit mit dem Klirren aus der Schmiede. Früher einmal wäre ihr bei dem Geruch nach Bratfett das Wasser im Mund zusammengelaufen und sie wäre dem Tag noch schneller entgegengegangen, aber im Augenblick verspürte sie nur das Pflichtgefühl, das nun ihr Leben bestimmte.

Sie war die Frau des Häuptlings, die erste Frau des Clans, und das konnte nicht einmal Mace Blackhail ihr nehmen.

Die Tür zur Feuerstelle der Witwen war alt und mit tiefen Schnitzereien versehen; das Holz hatte einen silbrigen Grauton. Es brauchte nur eine leichte Berührung, um die Vierteltonne Rotholz in Bewegung zu setzen. Das stetige Klacken von Webstühlen grüßte sie, als sie das Zimmer betrat.

Merritt Ganlow, Biddie Byce und Moira Lull waren an ihren Rahmen und webten. Die alte Bessie Flapp, deren Widerwille gegen ihren Mann sie nur durch ihre eigene Entscheidung zur Witwe machte, nicht weil Turby Flapp tot gewesen wäre, kämmte Wolle mit ihren leberfleckigen Händen. Andere saßen an den Tischen und nähten, stickten, sponnen und kämmten die Fäden. Das Licht hier war gut, und alle Wärme, die von den zahllosen Feuerstellen im Rundhaus aufstieg, kam auf dem Weg zum Dach hier vorbei. Die Decke war niedrig und hatte ein Fassgewölbe; die Blutholzbalken waren mit gelbem Ocker bemalt. Wie immer, wenn sie hier hereinkam, fiel Rainas Blick als Erstes auf den Herdstein.

Witwenstein wurde er genannt, und es hieß, der braune Fleck darauf stammte von Flora Blackhails Blut. Flora war die Frau des Maulwurfshäuptlings Mordrag Blackhail gewesen, und sie hatte den Verstand verloren, als sie vom Tod ihres Mannes hörte. Ein Bote war mitten in der Nacht zum Rundhaus gekommen und hatte berichtet, dass Mordrag in den Eisenminen im Süden von einer einstürzenden Höhlenwand erschlagen worden war. Untröstlich war Flora in das höchstgelegene Zimmer des Rundhauses gestürmt und hatte sich mit ihrer Schere erstochen.

Dumme Frau, dachte Raina. Denn der Bote war ein Fremder gewesen, und Mordrag lebte noch, obwohl er die Hälfte seines Beins an den Wundbrand verloren hatte. Als er vom Tod seiner Frau hörte, trauerte Mordrag dreißig Tage lang, und dann nahm er sich eine neue Braut. Das Zimmer, in dem Flora gestorben war, war zu einem Heim für die Witwen des Clans geworden.

»Raina!« Merritt Ganlow blickte hinter ihrem Webstuhl auf, nahm die Hände aber nicht von Schiffchen und Faden. »Bist du als Witwe oder Ehefrau hier?«

Raina nickte der untersetzten Weberin zu. »Als Freundin, hoffe ich.«

Merritt grunzte. »Dann verlasse ich mich darauf, dass nichts, was hier ausgesprochen wird, das Ohr des Wolfs erreicht.«

Die Witwen hatten nichts für Mace Blackhail übrig. Keine Scarpefrau fand je ihren Weg zum Witwenstein, obwohl viele Witwen unter ihnen waren. Sie wussten, dass sie hier nicht willkommen waren, denn selbst sie sahen, dass ihre tätowierten Witwennarben sie als andersartig kennzeichneten. Scarpewitwen schnitten sich nicht, wie es die Blackhailwitwen taten, denn sie behaupteten, der Schmerz der Trauer wäre schlimm genug. Wieso sollten sie sich also Schnittwunden zufügen und alles noch schlimmer machen?

Raina schob die Ärmel zurück, so dass die Narben um ihre Handgelenke zu sehen waren, und sagte: »Du und ich, wir haben beide Männer im Kargland verloren, Merritt Ganlow. Ich hoffe, dass ihr Tod Verwandtschaft zwischen uns geschaffen hat und nicht Misstrauen.«

»Du hast schnell genug einen neuen Mann gefunden.«

Andere Frauen blickten bei Merritts Worten auf und nickten. Jemand weiter hinten murmelte: »So schnell wie eine läufige Hündin.«

O Dagro, warum hast du mich allein gelassen? Raina wies die Verzweiflung von sich und sagte: »Das Leben geht weiter, Merritt, und der Clan braucht starke Frauen, um ihn zu führen. Vielleicht ist dein Platz hier bei den Witwen und am Webstuhl, aber meiner ist es nicht. Ich habe zu lange im Mittelpunkt der Dinge gestanden, um mich in ein Leben von Wolle und Stichen zurückzuziehen. Meinen Mann zu verlieren hat nichts an dem geändert, wer ich bin. Und ich habe es nicht in mir, das Privileg einer Witwe zu beanspruchen und am Feuer alt zu werden.«

Das Schiffchen in Merritts Hand wurde langsamer. »Ja, du bist immer hart gewesen, Raina Blackhail.«

»Bei einem Mann nennt man das Kraft.«

»Ja, und Kraft, wie du es nennst, ist nicht allein das Vorrecht von Anführern. Es gibt auch hier Kraft, bei denen, die still vor sich hin weben und weitermachen.«

»Das weiß ich, Merritt. Deshalb bin ich hier.«

Zum ersten Mal, seit sie den Raum betreten hatte, spürte Raina, wie die Anspannung nachließ. Die schlanke, hübsche Moira Lull stand von der Bank auf, wo sie neben Merritt gesessen hatte. Die Frauen weiter hinten wandten sich wieder ihrer Arbeit zu, als Merritt beide Hände vom Rahmen nahm und sich umdrehte, um Raina anzusehen. »Du bist dünn geworden«, sagte sie.

Raina sagte: »Es gibt nicht viel zu essen.«

»Du bist die Frau des Häuptlings.«

»Ich habe viel zu tun.« Raina zuckte die Achseln. »Keine Zeit zu essen.«

»Anwyn sagt, du reibst dich auf.«

»Anwyn sollte sich lieber um sich selbst kümmern.«

Das entlockte Merritt ein Lächeln. Niemand arbeitete schwerer und länger als Anwyn Bird. Wenn die Matrone des Rundhauses nicht damit beschäftigt war, zu kochen oder zu schlachten, dann war sie drunten in der Waffenkammer, baute Bögen und stellte Pfeile her.

Merritt schob eine Flasche mit Schafsmilchbier auf Raina zu. »Und was bringt dich so früh zu uns?«

Raina trank einen Schluck und genoss die milchige Kühle und den Hauch von Whisky tief unter der Sahne. Als sie sich den Schaum von den Lippen wischte, überlegte sie, wie sie ihre Bitte am besten vorbringen sollte. »Du hast Verwandte im Orrlhaus?« Merritts Nicken war wachsam. »Und dein Sohn reist hin und her, tauscht Felle und Winterfleisch?«

»Nur Orrlmänner können mitten im Winter frisches Fleisch von der Jagd heimbringen.«

»Das stimmt.« Es gab niemanden im Clan Blackhail, der nicht die Fähigkeiten der Weißwinterjäger des Clans Orrl bewunderte. Niemand konnte Wild so über Eis und Schnee verfolgen wie diese Männer. »Dein Sohn weiß also, was im Orrlhaus vor sich geht?«

Diesmal nickte Merritt nur sehr langsam. Sie maß mit den Händen einen Faden ab. »Was interessiert es dich, was mein Sohn weiß oder nicht, Raina Blackhail? Erfährst du nicht abends im Bett von deinem Mann genug über die Angelegenheiten von Orrl?«

Sei vorsichtig, dachte Raina. *Überlege, was Dagro jetzt tun würde.* »Ich erfahre nur, was Mace mir sagen will.«

Merritt saugte die Luft zwischen die Zähne. »Und jetzt kommst du her, um zu erfahren, was er dir nicht sagen will?«

»Ich will die Wahrheit wissen.« Raina sah Merritt an. »Wir beide kennen uns schon sehr lange. Du und Meth, ihr wart Schwerttänzer bei meiner ersten Hochzeit, und als Dagro dieses letzte Mal auf die Jagd ging, war es Meth, der mit ihm das Zelt teilte. Ich mag mit Mace Blackhail verheiratet sein, aber meine Treue gilt diesem Clan. Du glaubst vielleicht, dass ich viel gewonnen habe, indem ich ihn heiratete, aber du weißt nicht, was ich verloren habe. Ich bitte dich nur darum, mir zu sagen, was du weißt. Ich kenne die Loyalität, die an dieser Feuerstelle herrscht: Niemand hier wird zu meinem Mann rennen und ihm erzählen, was seine Frau tut.«

»Er beobachtet dich.« Die uralte Bessie Flapp mit ihrem Truthahnhals blickte nicht vom Kämmen auf, als sie das sagte. Skelettfinger kämmten und streckten, kämmten und streckten, während es Raina immer kälter wurde. »Überall Augen. Kleine Leute und kleine Geschichten. Treffen bei den Hundehütten und den Feuerlöchern. Quiek, quiek, quiek. Wer geht wohin? Wer tut was? Kleine Mäuse mit Wieselschwänzen.«

Raina holte Luft. Sie hatte nicht gewusst, dass es so schlimm war.

»Biddie. Hol Raina ein paar Pfannkuchen aus dem Feuer. Und bring Honig für das Bier.« Es lag etwas Mütterliches in Merritts Stimme, und Raina fragte sich, wie sie wohl aussehen mochte, dass sich die Haltung der Frau ihr gegenüber so verändert hatte.

Biddie Byces lange blonde Zöpfe schwangen durch die Luft, als sie tat, was Merritt ihr sagte. Sie war viel zu jung für eine Witwe, nicht einmal neunzehn Winter alt. Cull hatte sie im Frühjahr geheiratet, bevor er auf dem Bannenfeld getötet worden war. Nun hatte Culls Zwillingsbruder Arlec begonnen, auf seine bescheidene, unauffällige Weise um sie zu werben. Nachdem sie Ganmiddich eingenommen hatten, hatte er eine Halskette aus grünen Marmorperlen mitgebracht. Schüchtern hatte er sie Raina übergeben. »Bitte sorg dafür, dass Biddie sie bekommt. Sie braucht nicht zu wissen, dass sie von mir stammt.«

Raina lächelte, als Biddie mit Kuchen und Honig zurückkehrte. Sie wollte nicht, dass das Mädchen den Neid sah, der sie leise in die Brust stach.

»Hier. Leg dir den um. Deine Haut ist so blau wie Dhoone.« Merritt legte Raina ein Wolltuch um die Schultern und zupfte es zurecht, bis es alle nackte Haut bedeckte. »Hatty. Bring eins von den Stücken, an denen du und deine Schwestern arbeiten – Raina muss es sehen.« Die stille, grobknochige Harry Hare biss einen Faden ab. Langsam erhob sie sich von ihrem Hocker und reichte Raina ein faustgroßes besticktes Stück Tuch.

Der Hailwolf, gearbeitet in Silber vor einem schwarzen Grund. Das Wappen von Blackhail, nur dass es seit Ayan Blackhail kein Clansmann mehr getragen hatte.

»Alle Stickerinnen müssen daran arbeiten, auf persönlichen Befehl des Häuptlings.« Merritt goss Honig in das Milchbier. »Man hat uns aufgetragen, es niemanden wissen zu lassen außer die Silberschmiede, die den Draht herstellt.«

Raina berührte mit dem Finger das Maul des Wolfs, der aus Silber gearbeitet war, das man so dünn gezogen hatte, dass es sich wie ein Faden sticken ließ. Sie wusste schon, was Merritt als Nächstes sagen würde, bevor die andere die Worte aussprach, denn man hätte dumm sein müssen, nicht zu wissen, was das bedeutete.

»So sorgt er für ihre Treue, dieser Mann, den du geheiratet hast. Er gibt unseren Clansmännern ihren Stolz zurück. Vor fünfhundert Jahren trafen sich alle Häuptlinge im Clanland in der Gruft der Dhoonefürsten, um Blackhail sein Wappen zu nehmen. *Ayan Blackhail hat einen König getötet,* sagten sie. *Er hat ihn feige in die Kehle geschossen.* Kein Hailhäuptling hat sich seitdem dagegen gewehrt; Ornfel nicht, nicht Mordrag, nicht Uthan ... nicht einmal Dagro selbst. Und hier kommt ein scarpegeborener Pflegesohn, gewinnt Kriege und neues Land und wagt es, den Hailwolf auf der Brust zu tragen. Und das ist nicht alles. Er will, dass alle Krieger im Clan ihn tragen; eine ganze Armee von Hailsmännern mit diesem stolzen Wappen auf der Brust. Er ist ein kluger Mann, dieser Mace Blackhail, das muss man ihm lassen. Und er weiß, was kleine Dinge wert sein können. Seit fünfhundert Jahren sind unsere Krieger ohne Wappen oder Banner in die Schlacht geritten. Wir sind Frauen, und wir können nicht ermessen, was das für sie bedeutet hat.«

Raina senkte den Kopf. Sie spürte Maces Schlauheit und Tücke wie ein Gewicht. Gab es denn nichts, was er nicht fertig brachte? Häuptling werden. Die Treue der Männer gewinnen.

Heiraten.

Denk nicht daran, warnte sie eine Stimme tief drinnen. Vergiss den Tag im Alten Wald. Es führt nur zu Hass, und Hass ist wie Säure: Er verbrennt das Gefäß, das ihn umgibt. Raina hob den Kopf. Sie würde sich nicht verbrennen lassen.

»Ich mache mich jetzt auf den Weg, aber ich danke euch für eure aufrichtigen Worte. Ich würde gern hin und wieder vorbeikommen, und wir können uns unterhalten und Neuigkeiten austauschen.« Sie wartete, bis Merritt genickt hatte, dann stand sie auf. »Es ist gut, eine Feuerstelle zu finden, die nicht unter dem Einfluss meines Mannes steht.«

»Quiek, quiek, quiek«, murmelte Bessie Flapp. »Kleine Mäuse mit Wieselschwänzen.«

Merritt warf der Alten einen Blick zu. »Komm.« Sie machte eine Geste zu Raina. »Ich bringe dich zur Treppe.« Als sie außer Hörweite waren, sagte sie: »Was wolltest du über Orrl wissen?«

»Wer ist jetzt Häuptling? Wie kommen sie mit unserer Feindseligkeit zurecht?«

»Stallis steht seit zehn Tagen Häuptlingswache. Angeblich ein kluger Bursche; Spynies sechster Enkel und der Weißwinterkrieger, der am meisten erlegt hat.«

»Ist er Blackhail freundlich gesinnt?«

Merritt gab ein seltsames Geräusch von sich, das beinahe ein Lachen war. »Komm schon, Raina. Glaubst du wirklich, Stallis wird Mace verzeihen, dass er befohlen hat, seinen Großvater zu töten?«

»Aber –«

Aber was? Niemand weiß sicher, wer den Hammer in Spynies Hirn getrieben hat? Es heißt im Orrlhaus, es wäre Mansal Stygo vom Clan Scarpe gewesen, und die Zeichen von Mansals Hammer wären in Spynies Stirn eingeprägt gewesen.« Raina wollte etwas sagen, aber Merritt kam ihr abermals zuvor. »Und es heißt auch, dass es östlich der Leichen ein ausgebranntes Lagerfeuer gab, und in der Asche lagen Zeichen von Blackhail und Scarpe.«

»Steingötter!« Raina berührte das Horn mit dem pulverisierten Heiligen Stein, das sie an der Taille trug. Sie hätte Merritt gerne widersprochen, aber was sie sagte, klang wie die Wahrheit. Die Leute vom Clan Orrl hatten für wilde Geschichten nichts übrig und neigten nicht zu übereilten Schlüssen. Es war ein stoischer Clan, der seine Kräfte lieber für die Jagd aufhob und nicht zum Schwatzen neigte.

»Es sieht nicht gut aus, Raina. Orrl gegen Blackhail. Krieg und noch mehr Krieg.« Merritt Ganlow betrachtete sie forschend mit ihren eisgrauen Augen. »Du solltest jetzt lieber gehen. Behalte das Tuch. Es ist kalt in diesem Rundhaus ... und Tage dunkler als Nächte stehen uns bevor.«

Die Härchen auf Rainas Armen sträubten sich. Merritts Worte waren alt, und sie wusste nicht, woher sie kamen, aber sie hatten etwas in ihr berührt. Beunruhigt drehte sie sich um und wollte gehen.

Merritt packte sie am Handgelenk. »Du bist an dieser Feuerstelle stets willkommen, Raina Blackhail. Vergiss das nicht, wenn du in deine Welt von verheirateten Männern und Frauen zurückkehrst.«

Raina nickte. Sie fand nicht die Worte, Merritt zu danken.

Der Weg hinunter durchs Rundhaus war lang und anstrengend, und sie hielt immer wieder inne. Sie sah die beiläufigen Blicke von Putzfrauen und Bierbrauerinnen nun anders. Beobachteten sie sie im Auftrag ihres Mannes?

Sie war so in Gedanken versunken, dass sie beinahe die breite Gestalt von Corbie Meese nicht sah, der gerade die Eingangshalle durchquerte, genügend Feuerholz auf den Rücken geschnallt, um ein Haus zu bauen oder eins niederzubrennen.

»Corbie.«

Der leise Ruf ließ den Hammermann aufblicken. Er hatte die Stirn gerunzelt, aber als er Raina erkannte, grinste er. »Hast du den Verstand verloren, Frau, einen Mann aufzuhalten, wenn er eine Tonne Holz schleppt?« Er bückte sich bei diesen Worten ein bisschen und rückte die Last zurecht. Die Lederbänder waren weiß vor Spannung.

Raina erwiderte das Grinsen. »Das bisschen da? Da ist mehr Luft drin als Holz.«

Corbie lachte. »Bei den Steinen, Frau! Du kannst einen Mann wirklich antreiben!«

Nun lachte Raina laut mit ihm, und das fühlte sich gut an. Plötzlich war es schwierig, von anderen Dingen zu sprechen. »Corbie. Würdest du mir einen Gefallen tun?«

»Sicher. Wenn du mir auch einen tust.«

»Um was geht es?«

Der Hammermann war nun ernst und stützte sich mit der Hand gegen die Wand des Treppenhauses, um das Gewicht tragen zu können. Die große Delle in seinem Kopf, wo ihn ein Übungshammer getroffen hatte, als er noch ein Junge war, zeichnete sich deutlich im Fackellicht ab. »Es geht um Sarolyn. Es ist jetzt bald so weit und ... und ...« Er senkte den Blick.

Raina nickte rasch, denn sie wusste genau, was er sagen wollte, und sie kannte auch dieses typisch männliche Widerstreben, das ihn davon abhielt, es wirklich auszusprechen. »Ich werde sie Tag und Nacht im Auge behalten, Corbie. Und sowohl ich als auch Anwyn werden dabei sein.«

Corbie konnte nicht verbergen, wie erleichtert er war. »Dafür danke ich dir, Raina Blackhail. Es tut einem Mann gut zu wissen, dass sich jemand um seine Frau kümmert, wenn er weit von zu Hause entfernt ist.«

So ein guter Mann! Er spricht nicht von seinem Tod, aber er macht sich Sorgen.

»Und nun sag, was du von mir willst.«

Sie sah Corbie in die hellbraunen Augen und fühlte sich, als hätte sie ihm eine Falle gestellt. »Es heißt, nur ein Dutzend Hammermänner im Norden wären fähig, die Schläge zu führen, die Spynie Orrl und seine Leute getötet haben. Gehört Mansal Stygo dazu?«

Corbies ganzer Körper verspannte sich bei der Frage. Einen Hammermann zu bitten, sich gegen einen anderen Hammermann auszusprechen, selbst wenn der zu einem anderen Clan gehörte, schrie geradezu nach Blut. Zwischen

Hammermännern herrschte ein fester Ehrenkodex. Hammer und Axt waren im Clanland schon lange geschwungen worden, bevor das erste Schwert geschmiedet wurde, noch bevor es Metall gab, schon zu Zeiten von Stein und Holz und Knochen. Und weder Corbie noch Raina konnten so tun, als wäre das eine beiläufige Frage nach den Fähigkeiten eines Kriegers.

Die Frau des Häuptlings verlangte viel von dem Hammermann, aber Corbie hatte sein Wort gegeben, und die Ehre zwang ihn zu antworten ... obwohl er wusste, dass er mit seinen Worten einen Mörder bezeichnete.

»Mansal hat eine Jahreszeit mit dem Leidbringer gearbeitet, hier in diesem Haus.«

Naznarri Drac. Der Leidbringer. Nachdem man ihn im Süden ausgestoßen hatte, hatte Ewan Blackhail, der Sieger von Mittelschlucht, ihm Zuflucht gewährt. Naznarri Drac hatte Corbie ausgebildet. Er war nun sechs Jahre tot, und der Letzte, den er ausgebildet hatte, war Bullhammer, der stärkste Hammermann im Norden.

Raina wusste, dass sie ihre Antwort erhalten hatte, und nickte.

Corbie beobachtete sie noch einen Augenblick, dann rückte er seine Holzlast zurecht, drehte sich um und ging.

Raina starrte die großen Schieferfliesen auf dem Boden der Eingangshalle an und wartete, bis sich das neue Wissen gesetzt hatte. Zwei Gespräche, beide gut und schlecht. Wenn sie das dritte doch nur vermeiden könnte! Aber das war unmöglich. Mace Blackhail hatte sie zu sich gerufen, und es war nicht ratsam, sich ihm zu widersetzen. Sie zog Merritts Tuch fester um sich und ging zum Zimmer des Häuptlings.

Die gewundene Treppe war schmal und schlecht beleuchtet. Einstmals war Raina diese Treppe eilig hinuntergerannt, weil sie nur zu gerne mit Dagro darüber gesprochen hatte, wie ihr Tag verlaufen war. Nun bewegte sie sich langsam und bemerkte den Schimmel an den Wänden und auf den Schlusssteinen. Zu bald schon hatte sie ihr Ziel erreicht. Der Teeranstrich an der Tür sah im Fackellicht so aus, als strömte er direkt aus dem Holz, und Raina wollte die Hand nicht darauf legen. Mace ersparte ihr das, indem er die Tür von der anderen Seite aufdrückte.

»Frau«, grüßte er sie und lächelte dabei seltsamerweise. »Ich habe dich schon früher erwartet.«

Er ging nicht beiseite, um sie hereinzulassen, und sie war gezwungen zu antworten, während sie wie ein Kind vor der Tür stand. »Hat das Mädchen dir nicht ausgerichtet, dass ich noch anderswo zu tun hatte?«

»Ich habe sie geschickt, um dich zu holen, nicht um mir eine Ausrede zu bringen.«

»Dann ist das ihre Schuld und nicht meine.«

Einen Augenblick befürchtete sie, er würde sie schlagen. Der Zorn stand deutlich in seinem Blick, aber er verschwand so schnell, wie er gekommen war, und nur ein harter Zug um seinen Mund blieb zurück. Er drehte sich um und bedeutete ihr mit einer Bewegung aus dem Handgelenk einzutreten.

Sie beobachtete ihn. Das Leder, das er trug, war so weich wie Tuch und lag glatt an seinem Rücken. Reißzähne von Wölfen waren an den Saum seines Umhangs genäht, damit er schwerer wurde, und die faustgroße Fibel, mit der er den Umhang zusammenhielt, zeigte einen Wolfswelpen, geschnitzt und versilbert und mit Blei eingelegt. Er stellte sich hinter den Sandsteinblock, der als der Häuptlingsstein bekannt war, und wies sie an, die Tür zu verschließen.

Selbst jetzt, nach vierzehn Wochen Ehe, fürchtete sie, mit ihm allein zu sein. Aber das konnte sie ihn nicht wissen lassen, also schloss und verriegelte sie die Tür.

»Ich sehe, du hast einen meiner Pläne entdeckt.« Er nickte zu ihrer linken Hand hin. »Ich nehme an, du bist einverstanden?«

Raina schaute auf ihre Hand hinunter und kam sich furchtbar dumm vor. *Das Wolfswappen.* Sie hatte nicht einmal bemerkt, dass sie das bestickte Stoffstück mitgebracht hatte. Mit gekünstelter Lässigkeit warf sie es auf den Tisch. »Ein hübscher Plan.«

Maces kräftige, vom Schwert schwielige Finger schlossen sich um das bestickte Tuch. »Das dachte ich auch.« Er sah sie kühl an, und sie wusste, dass er ihren Bluff durchschaut hatte.

Also sagte sie, um das Glitzern seiner gelblich-schwarzen Augen zu dämpfen: »Was willst du von mir?«

»Eine Frau.«

Seine Worte schienen selbst die Luft erstarren zu lassen. Staub und Hitze und Lampenrauch hörten auf, sich zu bewegen. Mace starrte sie an, und zum ersten Mal, seit er aus dem Ödland zurückgekehrt war, sah sie den Mann hinter dem Wolf.

»Du bist für Dagro eine Partnerin gewesen«, murmelte er und griff nach ihrer Hand. »jetzt sei auch mir eine.«

Raina schloss die Augen. *Ihr Götter, wie kann er das zu mir sagen? Hat er denn vergessen, was im Alten Wald passiert ist?* Aber dann sah sie die Erinnerung in seinen Augen und dass er, wenn sie ihm nur die Gelegenheit dazu gäbe, versuchen würde, es mit leisen Worten ungeschehen zu machen. *Ich war verzweifelt. Ich habe übereilt gehandelt, ich dachte, du wolltest es ebenso sehr wie ich.* Sie schauderte und brachte kein Wort heraus.

Mace beobachtete sie genau. Einige Zeit verging, während er ihre Hand hielt. Und dann ließ er sie los. »Ich habe meine Antwort erhalten.«

Sie holte tief Luft. Er wirkte nicht zornig, nur angewidert. Sie befürchtete, ohnmächtig zu werden. »Ich habe meine Pflicht dir gegenüber erfüllt.«

Ein Geräusch kam aus seiner Kehle, und plötzlich stand er neben ihr, seine Hand auf ihrem Rücken. »Glaubst du etwa, ich wäre dir dankbar für deine *Pflichterfüllung?«* Er fuhr mit dem Finger über ihre Brust, was das Wort zu einer Obszönität machte. »Schmeichle dir nicht, Raina. Mitten im Kargland ist es wärmer als in deinem Bett.« Abrupt ließ er sie los. »Hab keine Angst, ich werde dir keine weiteren *Pflichten* auferlegen.«

Blut brannte in ihren Wangen. Sie drehte sich um und wollte gehen.

Aber er war noch nicht fertig mit ihr. Er kehrte an seinen Platz hinter dem Stein zurück und sagte: »Es gibt noch ein paar Dinge, über die wir sprechen müssen.«

Sie ging weiter auf die Tür zu. »Und das wäre?«

»Zum Beispiel, was aus dem Sevrance-Mädchen werden soll. Alle, die sie in dieser Nacht bei den Hunden gesehen haben, schwören, dass sie eine Hexe ist.«

Er wusste, dass er sie in der Falle hatte. Sie musste sich umdrehen und ihn ansehen.

Lässig legte Mace die Hand auf das Clanschwert, das an der Wand hing. Geschwungen von Murdo Blackhail und dem Verrückten Gregor, geschmiedet aus der Krone der Dhoonekönige und ein Zeichen der Macht des Clans, schimmerte das nackte Schwert schwärzlich im Fackellicht.

»Ich habe das Mädchen geschützt, so gut ich konnte, aber die Leute können sich einfach nicht beruhigen. Du weißt, wie abergläubisch die alten Clansleute sein können. Turby

Flapp hätte sie am liebsten steinigen lassen. Gat Murdock denkt, sie sollte über die Kohlen laufen. Alle wollen sie loswerden.« Mace zuckte die Achseln. »Ich kann den Willen des Clans nicht einfach abtun.«

Du bringst Scarpeleute in dieses Haus, hätte sie gerne gesagt. *Und das will niemand hier. Also erzähl mir nichts vom Willen des Clans.* Sie sagte: »Nicht alle im Clan verdammen sie. Orwin sagt, die Mossfrau habe nur bekommen, was sie verdient hat, und die Hunde hätten sie aus freiem Willen angegriffen.«

»Es überrascht mich nicht, dass Orwin das Mädchen verteidigt. Alle wissen, dass er es um Dreys willen tut.«

Raina spürte, wie sich das Netz fester um sie schloss. Er war zu schlau, dieser Mann, den sie geheiratet hatte; sie verfügte nicht über die Worte, um ihn besiegen zu können. Dennoch, sie musste Effie verteidigen. »Cutty Moss hat versucht, Effie umzubringen. Dass kann niemand abstreiten. Du hast ihre Wunden gesehen.«

Mace seufzte. »Ja, aber es gibt Leute, die flüstern, dass Cutty sie nur töten wollte, weil sie eine Hexe ist.«

»Er hat ihr Zeichen gestohlen.«

»Und was hat sie getan, um es zurückzubekommen?« Mace schüttelte traurig den Kopf. »Komm schon. Raina, lass dich nicht von der Liebe zu einem kleinen Mädchen blenden. Vielleicht hat sie die Hunde wirklich nicht verhext, damit sie die Fackelfrau und ihren Sohn angreifen, aber die meisten Leute glauben es eben. Ich würde es gerne ändern, wenn ich das könnte, aber ich bin Häuptling und kein Steinhüter. Und als Häuptling ist es meine Pflicht, den Clan zu beruhigen.«

Er wollte Effie umbringen, das hörte sie seiner Stimme an. Effie wusste, was er im Alten Wald getan hatte ... und vielleicht wusste sie noch mehr. Niemand hätte sagen können, was das Mädchen durch sein Clanzeichen erfuhr.

Mace spreizte die Finger über die vernarbte Oberfläche des Häuptlingssteins. »Sie muss vor ein Gericht gestellt werden.«

Raina regte sich nicht. Sie wusste, wie oft solche Verhandlungen ausarteten, wie Clansleute, die angeblich vernünftig und klaren Geistes waren, von einem Augenblick zum anderen von Zorn verzehrt wurden, einem Zorn, der nichts weiter war als das Ergebnis ihrer eigenen Ignoranz und Angst. Effie Sevrance mit ihrem beobachtenden Blick und ihrer stillen Art hätte dagegen keine Chance. Verzögerung war im Augenblick das Einzige, was ihr helfen konnte.

»Es wäre klug, mit der Entscheidung zu warten, bis ihr Bruder aus Gnash zurückkehrt. Drey würde es dir nicht danken, wenn du seine Schwester übereilt verurteilst.«

Sie sah, dass ihn das nachdenklich machte. Drey Sevrance war ein Mann des Häuptlings. Als jemand das Rundhaus von Ganmiddich halten musste, bis der Krabbenhäuptling zurückkehrte, hatte Mace Drey ausgewählt, die grauen Mauern zu bewachen. Und als der Dhoonehäuptling im Exil den Hailwolf zu einer Besprechung gebeten hatte, hatte Mace Drey an seiner Stelle geschickt. Tatsächlich hatte Drey seit fünf Wochen keinen Fuß ins Hailhaus gesetzt, und Raina fragte sich, ob Mace nicht genau das angestrebt hatte.

Mace sagte: »Wenn ich warte, wäre es möglich, dass die Clansleute die Angelegenheit selbst in die Hand nehmen, und das würden wir beide bedauern.« Er bedachte Raina mit dem Lächeln eines Ehemanns. »Aber ich werde sehen, was ich tun kann.«

Das war keine Antwort, das wussten sie beide. Mace würde auf jeden Fall versuchen, Effie zu schaden, sei es durch eine Verhandlung oder indem er sie verzögerte. Und das bedeutete, dass sie hier im Rundhaus nicht mehr sicher war. Raina zog Merritt Ganlows Tuch fester um sich. Plötzlich wollte sie unbedingt gehen.

»Geh und kümmere dich um deine Angelegenheiten«, sagte er. »Und wenn es dich tröstet: Ich werde ein Auge auf Effie haben.«

Seine Stimme war so leise, dass es kaum nach einer Drohung klang.

4
In der Gruft der Dhoonefürsten

Die Gruft der Dhoonefürsten lag hundert Schritte nördlich des Dhoonehauses und achtzig Fuß unter der Erde. Ein einziger Tunnel, der aus dem festen blauen Sandstein, auf dem das Dhoonehaus stand, geschnitten worden war, verband die Gruft mit dem großen Steinhaus, in dem früher einmal Könige und Prinzen aufgebahrt worden waren. Vaylo Bludd ging nun diesen Tunnel entlang, beinahe gebeugt unter der Last seines eigenen Gewichts, das Schwert in der Hundelederscheide an seinem Oberschenkel.

Er hielt sich für alt und abgeklärt und nicht leicht zu beeindrucken, aber er konnte dennoch über das blaugraue Licht nur staunen, das nun auf ihn fiel, gefiltert durch mannshohe Blöcke von Zyanidquarz, die tief in die Erde versenkt waren. Nur Licht von der Augenfarbe der Dhoonekönige hatte in ihr Grab fallen dürfen.

Hübsche Idee, dachte Vaylo. Aber es war wohl ganz gut, dass nie jemand so etwas für Bludd getan hatte, denn Bluddhäuptlinge waren eine saufende, kämpfende Bande, und ihre Augen waren daher immer mehr oder weniger rot. Vaylo grinste. Steingötter! Waren diese Bluddhäuptlinge hässlich! Niemand hätte *ihnen* großartige Grabmale errichtet, so viel war mal sicher. Die Nase des alten Gullit war so oft von Faust- und Hammerschlägen getroffen worden, dass sie schließlich ausgesehen hatte wie eine geplatzte Pflaume, und was seinen Vorgänger Thrago anging – nun, es hieß, man hätte ihn nicht umsonst den Pferdelord genannt.

Vaylos Lächeln schwand, als der Gang vor ihm breiter wurde und er die kalte Gruft selbst betrat. Das gleiche blaue

Licht wie in dem unterirdischen Gang lag auch auf den aufrecht stehenden Sarkophagen von Dhoone. Sie umgaben den großen Kreis der Gruftwand, Steinsärge von Menschengröße, in deren Deckel Abbilder der Könige eingemeißelt waren, jeder aufrecht hingestellt, als enthielten sie lebendige, stehende Menschen und nicht nur Staub. Vaylo sträubten sich bei diesem Anblick die Haare. Die Clans hatten sich schon vor dreitausend Jahren angesiedelt, und die Dhoonekönige hatten nur ein Drittel dieser Zeit geherrscht. Tausend Jahre von Königen, versiegelt im Schweigen der Steine. Nun endlich erkannte er das Ausmaß von Ayan Blackhails Sünde. All dies mit einem Pfeil zu Ende zu bringen, der einem Mann nachlässig in den Hals geschossen wurde!

Der Hundelord schüttelte den grauen Kopf und spürte das Gewicht seiner Zöpfe auf dem Rücken. Er neigte nicht dazu zu staunen, und hatte so etwas nur zwei Mal verspürt. Das erste Mal war in Cedarlode gewesen, als sich der Nebel vor ihm geteilt und er der berittenen Armee der Sull gegenübergestanden hatte.

Das zweite Mal war nun hier, in dieser Gruft.

Die Luft war trocken und fühlte sich in den Lungen seltsam an. Vaylo konnte ihr Alter spüren. Es bewirkte, dass er sich jung und unwichtig vorkam, ein Fischlein im Bauch eines Wals. Dort vor ihm, inmitten des Raums, stand der Steintisch, den Jamie Roy bei der Ansiedlung über die Berge gebracht hatte. Es hatte eine ganze Armee von Männern gebraucht, ihn zu bewegen, und er hatte zunächst in uralten Rundhäusern gestanden, die es längst nicht mehr gab, hatte hundert Jahre faulend am Boden des Östlichen Flusses gelegen, und nun stand er hier bei den Gebeinen der Dhoonekönige. Vaylo hatte nicht vor, ihn zu berühren, aber seine Hand bewegte sich dennoch.

»Ich würde das an deiner Stelle lieber nicht tun, Hundelord. Ich habe gehört, der Tisch sei verflucht.«

Vaylo hielt inne und drehte sich zu dem Mann um, der das Grabmal betreten hatte.

Angus Lok zuckte die Achseln. »Wenn du allerdings wünschst, dass dir die Haare ausfallen und deine Männlichkeit abfällt, dann fass ihn ruhig an. Aber tu mir den Gefallen und geh hinterher in den Schatten, denn ich denke, es wird kein schöner Anblick sein.«

Vaylo schnaubte – aber er fasste den Stein nicht an.

Der Waldläufer ignorierte ihn und sah sich in der Gruft um. »Das sind also die berühmten stehenden Gräber von Dhoone? Sieht so aus, als wären ein paar von ihnen in die Knie gebrochen.« Das stimmte. Einige ältere Särge waren geborsten und hatten sich geöffnet, und drinnen war nichts als Schwärze zu sehen.

Vaylo sagte: »Bist du zum ersten Mal hier, Waldläufer? Ich dachte, du hättest dich vielleicht schon öfter klammheimlich hier hereingeschlichen?«

»Klammheimlich?« Angus Lok zeigte die Zähne. »Was für eine hübsche Formulierung, Hundelord. Wie lange hast du dir die schon für eine passende Gelegenheit aufgespart?«

Nun grinste Vaylo selbst. »Seit ich dich und den Clansmann in Ganmiddich erwischt habe.«

Angus Lok ließ es sich nicht anmerken, ob Vaylos Zorn ihn störte. Er ging nur quer durch die Gruft, um sich einen der schauerlichen gemeißelten Särge anzusehen. Er hatte die acht Wochen Gefangenschaft gut überstanden und sah kaum anders aus als an dem Tag, als Vaylo ihn in die Grube hinter der Häuptlingskammer in Ganmiddich hatte stecken lassen. Solche wie er überlebten alles. Er hatte die Gabe, Feinde zu Freunden zu machen, er konnte selbst den herzlosesten Gefängniswärtern Sonderrationen und den wortkargsten Wachen Informationen entlocken. Selbst als Ganmiddich von Blackhail belagert und erobert worden war, war es dem Waldläufer gelungen, mit Hammie Faa, seinem Wächter, zu sprechen und ihn zu überreden, ihm ein Schwert zu geben. Angus hatte sein Wort gegeben, dass er nicht versuchen würde zu fliehen, sondern sich nur gegen Angriffe verteidigen würde. Er hatte sein Wort gehalten, das musste Vaylo ihm lassen. Und Hammie schwor, dass allein der Waldläufer dafür verantwortlich gewesen war, dass die älteren Bluddleute Zeit genug hatten, durchs Krabbentor zu fliehen. Vaylo selbst hatte nichts davon gesehen, aber er würde niemals das Wort eines Faa anzweifeln.

Und nun war Angus hier im Dhoonehaus und saß in einem der seltsamen, hallenden Maulwurfslöcher unterhalb des Rundhauses gefangen. Der Hundelord hatte schon häufig daran gedacht, ihn zu sich bringen zu lassen, aber erst heute die endgültige Entscheidung getroffen.

Er tastete nach dem kleinen Lederbeutel mit dem Kautabak und sagte: »Da wir schon von Worten sprechen, Angus Lok, kannst du mir vielleicht helfen, die Bedeutung von einem zu entschlüsseln.«

»Wenn ich sie kenne.«

Der Hundelord knetete einen Würfel schwarzen Tabak in der Faust. »Du kannst mir sagen, was so ein Waldläufer eigentlich genau tut.«

Angus sah sich das steinerne Abbild eines uralten und namenlosen Königs an, und er drehte sich nicht um, als er sagte: »Ein Waldläufer läuft im Wald herum, Hundelord. Na ja, und auch im Rest des Landes. Das weißt du doch sicher.« Er bewunderte die Biegung des kunstvoll gemeißelten Schildes des Königs, bückte sich und fuhr mit dem Finger über den Schildbuckel. »Wir reiten über Land und bringen Botschaften oder kleine Dinge an ihren Bestimmungsort, verdienen uns das Abendessen mit dem Erzählen von Geschichten und unser Leben mit dem Verkauf von Neuigkeiten. Wir nehmen Tagelöhnerarbeit an, wenn wir welche bekommen können, und stellen Wildfallen, wenn wir Lust dazu haben. Ich kannte sogar einmal einen, der davon gelebt hat, Clanfrauen städtische Tänze beizubringen.« Angus richtete sich wieder auf. »Was mich selbst angeht, so bin ich kein Tänzer, und das Letzte, was ich in einer Schlinge gefangen habe, war mein eigener linker Fuß, also lebe ich überwiegend vom Handel.« Ein liebenswertes Lächeln zuckte über das angenehme Gesicht des Mannes. »Hast du vielleicht Arbeit für mich, Hundelord?«

Das hatte Vaylo tatsächlich, aber er würde verdammt sein, wenn er sich von diesem glattzüngigen Hund dazu verleiten ließe, darüber zu sprechen, bevor er bereit war. Er ging auf das Abbild des Dunklen Königs Burnie Dhoone zu.

Der Mann, der den Clan Morrow vernichtet hatte, war ohne Augen dargestellt. Die Steinmetzarbeit seines Helms war so gut, dass Vaylo die Stelle erkennen konnte, wo der Nasenschutz angeschmiedet war, aber zu beiden Seiten der glatt geschliffenen Fläche befanden sich Augenhöhlen aus zerklüftetem Stein.

Vaylo berührte den Beutel mit pulverisiertem Heiligem Stein an seiner Taille. Wer hatte befohlen, ihn so darzustellen, und warum?

»Das Distelblut war stark in ihm«, murmelte Angus und trat hinter den Hundelord. »Es hieß, er hätte es von beiden Seiten gehabt.«

Vaylo hatte das nie zuvor gehört. »Wie das?«

»Seine Mutter wurde von ihrem Vater, dem König, vergewaltigt.«

»Steingötter!« Vaylo wünschte sich plötzlich, seine Hunde wären hier, aber er und Angus waren dem eigentlichen Zweck dieses Gesprächs nun sehr nahe gekommen: Wie war es möglich, dass ein Waldläufer mehr über die Clans wusste als ein Clanhäuptling selbst? Also sagte er nur: »Ich erinnere mich an den Sommer, in dem ich siebzehn wurde. Es war heiß genug, um Schlamm zu backen, und am Himmel hing dieser Dunst, der nur nach langen sonnigen Tagen auftaucht. Ich konnte nicht im Rundhaus bleiben, so ruhelos machte mich die Hitze, also ritt ich jeden Tag im Morgengrauen aus, um mich in den Wäldern südlich von Bludd abzukühlen. Es gibt in diesem Wald uralte Bäume, und darunter findet man Steine, die von Menschen bearbeitet wurden, und Ruinen. Wenn es zum Jagen zu heiß wurde, nahm ich meine Angelrute und angelte Forellen. Ich war kein geduldiger Angler und habe zweifellos mehr Fische verschreckt als gefangen, aber es hat mir gefallen. Das Wasser war grünlich und kühl, und ich saß im Schatten eines alten, geborstenen Torbogens, und eines Tages, als ich an diesen Ort kam, traf ich dort einen Waldläufer.«

Angus Lok regte sich nicht, aber Vaylo wusste, dass er nun sehr aufmerksam zuhörte. Also ließ er sich mit dem Erzählen Zeit: Niemand sollte sagen, der Hundelord könnte keine gute Geschichte erzählen, wenn er es wollte.

»Er nannte sich Hew Mallin, obwohl ich später hörte, dass er unter vielen Namen bekannt war. Und er saß genau auf meinem Platz, dreist, wie er war, mit einer Angel in der Hand. Er begrüßte mich mit Namen und sagte mir, ich sollte mir lieber einen anderen Platz suchen, weil ich hier nie etwas Größeres als einen Stichling herausholen würde. *Warum angelst du dann hier?*, fragte ich ihn. Und er sah mir direkt in die Augen, kalt wie Milch, und sagte: *Weil ich hier bin, um Menschen zu angeln, nicht Fische.*

Nun, ich war jung und neugierig und nicht leicht zu beeindrucken, aber irgendwie fand ich das interessant. Er wusste von mir, dieser Mann. Wusste, was für ein Bastard ich war, und was für ein Vater mich gezeugt hatte. *In diesem Rundhaus dort mögen sie dich nicht,* sagte er. *Komm mit mir nach Süden, und ich zeige dir einen Ort, an dem du für deine Fähigkeiten Anerkennung finden wirst. Es gibt Kämpfe auszufechten und eine Welt, die beobachtet werden muss, denn noch während wir uns hier unterhalten, drängen sich die Feinde schon am Tor.*«

Vaylo drehte sich um und sah den Waldläufer an. »Ja, Angus Lok. Deine feine geheime Bruderschaft glaubte, ich würde zu ihnen passen.«

Ein Augenblick verging, dann sagte Angus leise: »Ich kann sehen, warum.«

Das war nicht die Antwort, die Vaylo erwartet hatte. Er war auf Spott oder Unglauben vorbereitet gewesen – aber nicht auf so etwas. Es löste etwas in ihm aus, diese freundliche Anerkennung zu erhalten.

Angus beobachtete ihn genau. »Und was hast du geantwortet?«

Vaylo fuchtelte mit der Faust. »Ich habe Hew gesagt, ich wäre vielleicht ein Bastard, aber ein Bluddmann bis ins Herz, und ich würde schrumpfen und zu nichts vertrocknen, wenn ich das Clanland verließe. Oh, denk nicht, dass mich der Gedanke nicht verlockt hätte – Bastarde träumen kaum von etwas anderem als davon, sich fern von daheim Ruhm zu erwerben –, aber ich hatte bereits geplant, Herr der Clans zu werden.« Er zuckte die Achseln. »Außerdem hatte ich diese kleine Idee, wie man Dhoone den Dhoonestein abnehmen könnte.«

Angus nickte. »So etwas passiert, wenn ein Mann angeln geht – man kommt auf Gedanken.«

»Das habe ich gelernt.«

Dann schwiegen sie, denn der Waldläufer wartete darauf, dass der Häuptling ihm die Bedingungen ihres Handels nennen würde. Vaylo machte sich nichts vor, wer von ihnen der Klügere war: Angus Lok hatte ihn von Anfang an durchschaut. Vaylo sah es in der Ausdruckslosigkeit seines Gesichts. Der alte Ockish Bull hatte auch immer so dreingeschaut, und niemand war je früh genug aufgestanden oder lange genug aufgeblieben, um Ockish etwas vormachen zu können.

Draußen wurde es dunkel, und das gefilterte Licht trübte sich zu tiefstem Blau. *Sullblau,* dachte Vaylo. Verschwunden war das helle, graue Distelblau von Dhoone. Die Dhoonekönige drehten sich wahrscheinlich in ihren Gräbern um.

Aber wenn sie das taten, dann geschah das lautlos.

Vaylo sprach in die Stille hinein: »Du weißt, dass Spynie Orrl umgebracht wurde, nachdem er mich hier im Dhoonehaus besucht hat.« Ein Nicken von Angus – selbstverständlich hatte er das gewusst. »Und hast du auch gewusst, was er mir erzählen wollte? Dieser alte Mann, der sich von niemandem etwas vormachen ließ und genau wusste, welches Risiko er einging, indem er hierher kam?«

Diesmal nickte Angus nicht, aber Vaylo sah in seinen kupfergrünen Augen, dass er auch das wusste.

»Er ist gekommen, um mich zu warnen. Die Sull bereiten sich auf den Krieg vor.«

Diese Worte fanden keine Ruhe in der Gruft der Dhooneprinzen; kalte Luftströme fingen sie und bliesen sie gegen die Mauern, schufen scharfe kleine Echos, die *Sull, Sull, Sull* zischten.

Vaylo saugte an seinen schwarzen, schmerzenden Zähnen. Er konnte Spynie Orrl nicht loswerden. Der alte Bock suchte ihn immer wieder heim, davon war er überzeugt, und flüsterte mitten in der Nacht Worte, als wüsste Spynie nicht einmal, dass er tot war. *Hier sind Kräfte von außen am Werk, Bluddhäuptling. Ich weiß es. Du weißt es. Und die Frage, die nun noch bleibt, lautet: Bist du damit zufrieden, das einfach so hinzunehmen?*

Vaylo hatte plötzlich genug von den Spielchen und rief: »Was ist hier los, Waldläufer? Dieses Dickicht aus Geheimnissen und Intrigen wird immer undurchdringlicher. Ich bin kein Gelehrter und kein Seher. Wenn ich den Himmel anschaue, sehe ich nur Himmel – wie kann ich meinen Clan gegen Gefahren schützen, die ich nicht einmal sehen kann?«

»Du kennst die Antwort darauf bereits, Hundelord«, sagte Angus, seine Stimme so dunkel und weich wie die Schatten, die sich um ihn sammelten. »Kehre ins Bluddhaus zurück, sammle deine Streitkräfte und warte auf die lange Nacht. Vergiss Dhoone und dieses Rundhaus und deine Idee, dich zum Herrn der Clans zu machen. Tage dunkler als Nächte stehen uns bevor, und keine Anhäufung von Land und Titeln wird die Schatten aufhalten, denn Häuptlinge sterben ebenso leicht wie Schweinehirten, und sie sind nicht annähernd so schuldlos. Die Menschen erwarten, dass du sie anführst. Also führe sie. Verlass diesen Ort, vergiss die Kleinkriege.« Angus' Blick schweifte zu den Steinsärgen an den Wänden. »Am Ende sind das alles Kleinigkeiten.«

Vaylo hatte die Hand am Griff seines Schwerts. Der Zorn stieg heiß in ihm auf, und ihm fielen viele Dinge ein, die er erwidern könnte, aber am Ende war es nur eins, was er sagte: »Ich werde Dhoone nicht aufgeben.«

Der Waldläufer nickte. »Ja, ich hatte schon angenommen, dass du das sagen würdest.«

Der Zorn puffte aus Vaylo heraus, und nun fühlte er sich plötzlich sehr alt und müde. Von Rechts wegen hätte er Molo Bean oder Drybone rufen und ihnen befehlen sollen, den Waldläufer wegzubringen – und das nicht gerade sanft. Aber er fürchtete Angus Lok, fürchtete das Wissen, über das er verfügte, und die Gedanken in seinem Kopf. Er fürchtete das alles, und er wollte es haben und für sich nutzen.

Er lehnte sich gegen die Gruftwand und sagte: »Du weißt, dass der Surlord das Gewicht einer Sau in Gold auf deinen Kopf ausgesetzt hat?«

»Was, nur eine einzige Sau?« Angus kratzte sich die Stoppeln am Kinn. »Ich dachte, dieses Kinn allein wäre schon mehr wert als zwei«

Vaylo ließ sich nicht darauf ein. »Und der Erhabene Herr von Morgenstern hat einen seiner Weißhelme geschickt, der mir ein Angebot gemacht hat. Ich nehme an, ich könnte einen guten Preis erzielen, wenn ich dich an dem Meistbietenden versteigern würde.«

»Und dennoch hast du dich entschieden, etwas anderes zu tun.« Nun lag keine Heiterkeit mehr in Angus' Stimme, falls sie überhaupt je vorhanden gewesen war. Vaylo erinnerte sich daran, dass dieser Mann einer der besten Schwertkämpfer im Norden war, Schütze und Meuchelmörder, Pferdekenner und Wundarzt. Und Freund der Sull.

Er dachte gut nach, bevor er die nächsten Worte sprach. Stolz stand auf dem Spiel, sowohl der des Waldläufers als auch sein eigener. »Ich habe mich entschlossen, dir einen Handel anzubieten. Die Herren der Städte sind nicht meine Freunde, und wenn ich das einmal geglaubt habe, dann war ich ein Narr. Ich bin alt genug, um meine Fehler zugeben zu können, aber nicht so alt, dass ich mich nicht dafür schäme. Es herrscht Krieg im Clanland, und ich will meinen Anteil daran nicht abstreiten, ebenso wenig, wie ich meine Beute aufgebe, aber ich kann nicht behaupten, dass ich nachts gut schlafe. Ich habe zu lange am Rand der Dinge gelebt, um es nicht zu erkennen, wenn sich diese Ränder ändern. Bludd ist ein Grenzclan, und ich bin ein Grenzhäuptling. Du kennst unser Motto: *Wir sind Clan Bludd, auserwählt von den Steingöttern, ihre Grenzen zu hüten. Der Tod ist unser Begleiter, ein schweres, langes Leben ist unsere Belohnung.«*

Vaylo warf Angus Lok einen forschenden Blick zu. Der Mond ging nun auf und versilberte die stehenden Sarkophage, so dass sie aussahen wie Männer aus Eis. Das Gesicht des Waldläufers lag in tiefem Schatten, und er sah hagerer und hungriger aus. *Er will seine Freiheit,* dachte Vaylo, und so sprach er weiter.

»Hilf mir, meine Grenzen zu sichern. Ich brauche keine Macht, keine Schwerter oder Krieger – davon hat Bludd genug –, sondern das Wissen eines Mannes, auf den ich mich verlassen kann. Ich weiß, dass du die Bruderschaft nicht nennen willst, der du angehörst, und ich kann mir schon vorstellen, welche Art von Eid sie dich haben schwören lassen. Aber es gibt sicher auch noch einen Kompromiss zwischen dem Schwur eines Häuptlings und dem eines Waldläufers, und unsere Wege mögen zwar unterschiedlich sein, aber unsere Feinde könnten sich eines Tages als die gleichen erweisen.«

Angus stand reglos da, das Gewicht gleichmäßig verteilt. Zeit verging, und dann sagte er: »Und im Gegenzug?«

»Werde ich dich freilassen.«

Die beiden sahen einander an, beide bewusst, was auf dem Spiel stand. Angus Lok war vielleicht ein schlauer und liebenswerter Gefangener, gut im Stande, einem Mann, der ihn bewachte, Informationen und Gefallen zu entlocken, aber er musste wissen, dass ihn kein Bluddmann je gegen den Willen seines Häuptlings freilassen würde. Sechzig Tage Gefangenschaft hatten ihm das mehr als deutlich gemacht.

»Ich weiß, dass du durch dieses Land reist«, sagte Vaylo, »und sowohl mit Clansleuten als auch mit Städtern redest.

Ich erwarte einfach nur, dass du dein Wissen über das Clanland mit mir teilst.«

Die Augen des Waldläufers glitzerten kalt. Jeder andere hätte das Angebot inzwischen angenommen, denn es war leicht zu reden, ebenso leicht, wie jemanden zu betrügen. Aber Angus Lok war nicht jeder ... und er hatte zwanzig Jahre mit den Phage gelebt. Er sagte: »Ich bin kein kleiner Petzer, Hundelord, und renne nicht von Dingen, die mir anvertraut wurden, einfach zu einem anderen. Und ich werde dir auch nichts sagen, was meine Freunde oder Verwandten in Gefahr bringt.«

Er ließ Vaylo ein wenig Zeit, um sich daran zu erinnern, dass der Mann, der hier vor ihm stand, ein Verwandter von Raif Sevrance war, dem Mörder von Vaylos Enkelkindern. »Aber es gibt auch Angelegenheiten, in denen unsere Interessen übereinstimmen –« Ein gefährliches Lächeln. »Und nicht die Geringste davon ist meine Befreiung.«

Vaylo nickte. Sie waren sich einig. Keiner würde den anderen mit Feilschen beleidigen.

»Also gut«, fuhr Angus fort. »Du willst Informationen von mir. Und sosehr ich es hasse, mit Schwertern zu drohen, solltest du lieber auf dich aufpassen.«

»Blackhail?«

»Nein, Dhoone.«

Das Wort schien die Gruft wärmer zu machen, das hätte Vaylo schwören können. Rings umher knisterten Steine und setzten sich, und Sporen von blauer Sandsteinsaat wirbelten durch die Luft. »Wie kommt das?«

Angus zuckte die Achseln. »Der Kampf um die Position des Häuptlings neigt sich dem Ende zu. Auf der einen Seite hast du Skinner Dhoone, den Bruder des getöteten Häuptlings Maggis. Er ernennt sich zum Häuptling im Exil und sammelt Männer um sich, draußen in Gnash.«

»Ja.« Der Hundelord nickte. Er kannte Skinner. Der Dhoonehäuptling im Exil jagte Vaylo Bludd keine Angst ein. Skinner war aufbrausend und ausgesprochen nachtragend, aber er hatte zu lange im Schatten seines Bruders gelebt und außerdem keinen Mumm mehr. Jeder andere Mann hätte inzwischen versucht, Dhoone zurückzuerobern. Vor einem Monat noch hätte Skinner es schaffen können, wenn er den Mut dazu aufgebracht hätte, denn Vaylo und Drybone hatten in Ganmiddich gesessen, und das Dhoonehaus war von Pengo Bludd gehalten worden. Vaylo schnaubte. Er hatte nichts als Verachtung für einen Mann übrig, der eine Chance gehabt, sie aber nicht genutzt hatte.

»Und auf der anderen Seite hast du Robbie Dhoone«, fuhr Angus fort. »Der Goldjunge der Dhoonekrieger, der behauptet, er habe Anspruch auf die Position des Häuptlings durch einen fragwürdigen Vetter zweiten Grades und das Distelblut seiner Mutter.«

Vaylo schob sich von der Wand weg. »Ein junger Möchtegern, nichts weiter.«

»Nicht nach dem, was ich gehört habe, Hundelord.« Angus' Stimme war seltsam beiläufig. »Aber selbstverständlich könnte es sein, dass du bessere Informationen hast als ich. Immerhin hört ein Mann in einer Zelle nicht allzu viel.«

Nun blieb Vaylo nichts weiter übrig, als zu sagen: »Weiter.« Sie wussten beide, wer hier der Meister der Geheimnisse war.

»Robbie Dhoone hat das goldblonde Haar und die hellen Augen der Dhoonekönige, und er weiß, wie man das ausnutzt. Es heißt, er wurde zum Schwertkämpfer geboren, aber die Waffe, die er im Kampf benutzt, ist die große Axt, die die alten Könige bevorzugten. Es sieht so aus, als wäre er des Distelbluts würdig, und er kann seine Ahnen bis zur Weinenden Moira zurückverfolgen. Und ich habe mehr als einmal gehört, dass er sich jetzt Dun Dhoone nennt.«

Dun. »Distel« in der Alten Sprache – der Name, den alle Dhoonekönige angenommen hatten.

Das Unbehagen musste sich in Vaylos Miene gezeigt haben, denn Angus sagte: »Ja, Hundelord. Jetzt siehst du, wo der See ausläuft. Er ist jung und ehrgeizig und sehr beliebt beim Schneefuchsclan, und er bereitet sich darauf vor, König zu werden.«

»Er hat sein Quartier bei den Schneefüchsen aufgeschlagen?«

Angus nickte. »Er hebt dort eine Armee aus.«

Vaylo drehte dem Waldläufer den Rücken zu, um in Ruhe nachdenken zu können. Die Abbilder der Dhoonekönige beobachteten ihn, und ihre Steinaugen wirkten im Mondlicht sehr lebendig. *Er wird versuchen, dieses Haus wieder einzunehmen*, dachte er. *Das ist die Warnung, die Angus Lok mir geben wollte. All das Gerede von Königtum ist nichts wert, solange ein König das Land, das er beansprucht, nicht wirklich besitzt.*

Hinter sich hörte Vaylo, wie Angus zur anderen Seite der Gruft ging. Der Schatten war dort tief, und auf dieser Seite standen die ältesten Sarkophage. Einstmals scharfe Kanten waren an ihnen schon lange zu sanften Biegungen abgetragen, und das ausschließlich von der Luft. »Und es gibt noch mehr, Hundelord«, sagte Angus leise, und nun drehte sich Vaylo wieder um. »Die Grenzclans sollten lieber mit Überfällen der Berglords rechnen.«

Vaylo grunzte. Es gab immer mehr. »Der Surlord und der König vom See haben schon lange ein Auge auf die grünen Hügel und schwarzen Minen von Bannen und Croser geworfen. Überfälle sind nichts Neues. Heron Cutler hat vor fünf Jahren einen Ausfall gewagt und sich dabei eine Klinge in die Nieren eingefangen.«

Angus hockte sich hin, um die Steine zu betrachten, die das Abbild eines uralten, gesichtslosen Königs umgaben. Als er sprach, fuhr er prüfend mit dem Finger über die Mörtellinien. »An deiner Stelle, Hundelord, würde ich die Clans näher an deinem Heim im Auge behalten. Der Erhabene Herr von Morgenstern ist nahe genug an HalbBludd, um die abgestandene Luft dort zu riechen.«

Das war tatsächlich neu. »Cawdor Burns hat vor, die Bludd angeschworenen Clans anzugreifen?«

Der Waldläufer blickte nicht von der Mauer auf, die er gerade untersuchte, als er sagte: »Wer weiß das schon? Der Erhabene Herr ist nicht dumm. Er bleibt schön ruhig sitzen und sieht aus der Sicherheit seiner verbrannten Festung zu, wie die Clans fallen, und sobald er eine Schwachstelle erkennt, setzt er sich in Bewegung. HalbBludd hat die besten Zeiten hinter sich. Der Clan ist im Abstieg begriffen, seit Thrago HalbBludd seinen Geburtsclan verlassen und sich zum Häuptling von Bludd aufgeschwungen hat.«

Vaylo nickte unwillkürlich. Es war die Wahrheit. Thrago HalbBludd war sein Großvater, der Pferdelord, der nach der Niederlage an der Einstürzenden Mauer den Ruhm zurück ins Bluddhaus gebracht hatte. Aber solange Thrago im Feld war und für Bludd siegte, fehlte seinem Geburtsclan ein starker Häuptling, und Bludds Vorteil war HalbBludds Verlust gewesen. »Ich werde Quarro im Bluddhaus Bescheid sagen und ihn einen Trupp Hammermänner an die Südgrenze von HalbBludd schicken lassen.«

»Tu das. Aber bleibe weiterhin wachsam.«

Vaylo war plötzlich zornig. Er ließ sich von niemandem sagen, was er tun sollte, und erst recht nicht von einem miesen kleinen Handlanger der Phage. Er war der Hundelord, und er war seit fünfunddreißig Jahren Häuptling seines Clans, und eine solche Position behielt man nicht so lange, wenn man sich von jedem Dahergelaufenen Ratschläge geben ließ. »Steh auf, Mann«, befahl er. »Geh zu Drybone und sag ihm, was wir vereinbart haben. Er wird dir deine Waffen geben und Proviant.«

Angus blieb hocken, wo er war. »Und mein Pferd?«

Dieser wunderschöne Fuchswallach. Sobald Vaylo ihn gesehen hatte, hatte er gewusst, dass er ein Sullpferd vor sich hatte. »Du wirst ihn zurückerhalten.«

»Dafür danke ich dir, Hundelord.« Der Waldläufer stand auf und sah ihn an. Seine Fingerspitzen waren weiß von Mörtelstaub, und Angus sah, wie Vaylo sie stirnrunzelnd anschaute. »Nichts weiter«, sagte er schulterzuckend. »Ich habe nur einmal gehört, dass es von dieser Gruft aus einen Geheimgang gibt, der nach Norden bis in die Kupferhügel führt. Es heißt, er wäre vor so langer Zeit gegraben worden, dass selbst die Dhooneleute sich nicht mehr daran erinnern.«

»Aber du und deine Bruderschaft, ihr wisst davon.«

Der Waldläufer wischte sich den Staub von den Fingern. »Wir erinnern uns an die alten Worte und Verse, sonst nichts. *In der Gruft der Dhooneprinzen findet ein Mann / Einen Ausweg, wenn er nicht sehen kann.*« Er verzog das Gesicht. »Die Dhoones waren nie für ihre Poesie bekannt.«

»Und die Bludds nicht für ihre Geduld.«

Angus nahm den Verweis mit einer Verbeugung entgegen. »Nun, ich sollte mich auf den Weg machen. Niemand soll behaupten, dass Angus Lok einen Gastgeber zu lange belästigt.« Er streckte die Hand aus. Und nach einem kurzen Augenblick ging Vaylo auf ihn zu und ergriff diese Hand. »Ich melde mich wieder, wenn ich mehr weiß. Erwarte mich, wenn der Wind kalt weht und aus dem Norden kommt.«

»Das ist im Clanland jeden Tag so.«

Angus grinste. »Dann werde ich dafür sorgen, an einem besonders stürmischen Tag aufzutauchen.«

Vaylo ließ seinen Arm los. »Ich bin überzeugt, dass du das tun wirst.« Er wartete, bis er sicher war, dass der Waldläufer weg war, dann verließ auch er die Gruft.

5
Das Ungeheuer unter dem Eis

Raif schob die Seehundfelle weg und setzte sich hin. Das Eisband, das die Tür versiegelte, schimmerte im heller werdenden Licht milchig blau. Die kleine Specksteinlampe war erloschen, der Walfischtran in der Kammer zu einem Klumpen Fett geronnen. Ein Reifpelz war an der Decke unter seiner Schlafstelle gewachsen, und jeder seiner Atemzüge hatte ein paar Kristalle hinzugefügt. Es war bitterkalt. Und er war allein.

Ash war weg.

Raif wartete, aber er verspürte keine Panik. Er würde sie suchen, das war alles. Wo immer sie sein mochte, wer immer sie weggebracht hatte, er würde sie finden und zurückholen.

Sein Kopf schmerzte, wenn er die Augen bewegte, und die Haut auf seinem Gesicht war fest gespannt und taub. Etwas Trockenes, Schuppiges überzog seine Zunge, und er erinnerte sich an den *Oolak*, den der Lauscher ihm gegeben hatte. *Starkes Zeug, und ich war dumm genug, mich zu besaufen. Ich hätte wissen sollen, was Ark Knochenspalter wollte. Die Wahrheit stand in seinem Blick.*

Raif drückte sich die Finger ins Gesicht und versuchte, die Taubheit wegzupressen. Sie hatten das alles geplant, die beiden Fernreiter und der Eisjäger. Sie hatten ihn trinken lassen, bis er das Bewusstsein verloren hatte, und dann hatten sie sich mit Ash davongestohlen. Nach dem Reif zu schließen, der über der Bank an der Decke hing, hatte er länger als eine Nacht geschlafen ... und das bedeutete, dass Ash inzwischen meilenweit entfernt war. Niemand konnte in weißem Wetter schneller reisen als die Sull.

Aber ein Clansmann konnte es zumindest versuchen.

Raif stand auf und wartete auf die Schmerzen in seinem Körper. Es waren zu viele, also ignorierte er sie und konzentrierte sich stattdessen auf seinen Durst. Neben der Lampe stand ein kleiner Kupfertopf, dessen Rand mit Karibuhaar verklebt und mit gefrorenem Ruß überzogen war. Er brach das Oberflächeneis mit dem Fingerknöcheln und entdeckte darunter flüssiges Wasser. Das Wasser war so kalt, dass es aus seinem Mund rauchte, als er trank, und er konnte seinen Weg bis in seinen Bauch verfolgen. Die Hornschalen und das steinerne Wärmebecken, in dem sich der *Oolak* befunden hatte, waren verschwunden. Das einzige Anzeichen, dass Ash überhaupt hier gewesen war, waren Fußspuren im Reif des Bodens.

Wie konnte ich nur zulassen, dass sie sie mitnehmen?

Ein leises Geräusch riss ihn aus seinen Gedanken. Der Rabe. Der große schwarze Vogel des Lauschers stand aufmerksam auf seiner Sitzstange, die Flügel ordentlich gefaltet, den scharfen Blick auf Raif gerichtet. Raif hätte ihm gerne einen Faustschlag versetzt, bezweifelte aber, dass er schneller sein könnte als der Vogel, und es wäre würdelos, ihn zu verfehlen. Also wandte er ihm stattdessen den Rücken zu. Er hatte genug von Raben und ihren Vorzeichen, und er wollte nicht über sein eigenes Clanzeichen nachdenken. Ash hatte es, das genügte. Als er das Stück Vogelschnabel zum letzten Mal gesehen hatte, hatte es an einer Schnur um ihren Hals gehangen.

Plötzlich wollte er nur noch weg von hier und trat gegen die Treibholztür. Das Eissiegel brach, die dicken, salzgetränkten Planken schwangen auf und gaben den Blick frei auf eine Landschaft aus Eis und Sternen, die auch am Tag leuchteten. Die Sonne war irgendwo nördlich des Horizonts, unsichtbar, aber sie sandte rote Strahlen aus, die sich über die Eisschollen zum Meer hin erstreckten. Die Luft roch nach einer Art von Kälte, die weit über Frost hinausging. Als Raif ausatmete, wurde sein Atem so schnell weiß, dass es aussah, als hätte er sich entzündet.

»Sila. *Utak.«* Die kleine, geduckte Gestalt des Lauschers kam über die Fläche inmitten der Steinhaufen auf ihn zu, schwer auf einen Stab aus verdrehtem Horn gestützt. Seine Worte bewirkten, dass ein junges Mädchen sich rasch aufmachte, um seinem Befehl zu folgen, und zwei ältere Jäger, die damit beschäftigt waren, gefrorenes Fleisch klein zu hacken, sich neugierig aufrichteten.

Raif ging ihm entgegen. Der Mann hatte seine aufwendige Kleidung und die Zeichen seiner Macht gegen schmutziges Seehundfell und steife Pelze eingetauscht, aber er wirkte deshalb nicht geringer ... und er sah nicht aus, als bereute er irgendetwas.

Raif wurde zornig. »Wo haben sie Ash hingebracht?«

Der Lauscher, der nun ziemlich nahe war, schüttelte Raifs Frage ab, als wäre sie nichts weiter als Schnee auf seinem Rücken. Er blieb stehen, dann wiederholte er die Worte, die er ausgesprochen hatte, als er Raif zum ersten Mal sah: *»Mor Drakka.«*

Raif spürte die gleiche seltsame Erregung, beinahe, als hätte ein Gott seinen Namen ausgesprochen, aber diesmal würde er sich nicht ablenken lassen. »Das Mädchen. Wo ist sie?«

Der Lauscher winkte mit der behandschuhten Faust und drehte sich um. Langsam ging er davon, auf die Hügel und Frostaufwürfe zu, die sich nördlich des Dorfs erhoben. Wind drosch auf den Schnee ein und ließ das Eis auf dem Meer knarren. Raif wollte dem Alten nicht folgen. Man hatte ihn hier schon einmal in eine Falle gelockt. Wie schwierig konnte es sein, das noch einmal zu tun? Er war hier ein

Fremder, ein Außenseiter, und ohne Wärme und Proviant und Wissen über das Land würde er innerhalb eines Tages tot sein.

Widerstrebend nahm er seinen Orrlmann-Umhang vom Boden und folgte dem Lauscher nach Norden. Am Rand der Welt hatte man keine große Wahl, und es stand einem Clansmann gut an, das nicht zu vergessen. Die Macht der Steingötter reichte kaum bis hierher; die Erde und die Felsen, in denen sie lebten, waren tief unter dem Eis begraben.

Der Lauscher führte ihn über unwegsamen Boden nach Norden. Eisnebel hatte die Oberfläche des Schnees zu Glas werden lassen, und es brach unter ihren Füßen mit winzigen Explosionen. Die Kälte machte Raif müde, und das karge Weiß der Landschaft nahm ihm die Willenskraft. Es war schwer, sich vorzustellen, allein in dieser Landschaft unterwegs zu sein.

Der Frost hatte den Boden aufbrechen lassen, und die so entstandenen Beulen sahen aus wie geschrumpfte Vulkane. Ihre Steinränder waren zu scharf und schmal, um den Schnee zu halten. Der Lauscher umging sie leichtfüßig und stieß mit seinem Stock in Schneewehen und auf Eis, dem er nicht traute. Als der Boden sich steiler hob, wurde er langsamer, aber es fiel Raif immer noch schwer, mit ihm Schritt zu halten. Er konnte seine Erleichterung kaum verbergen, als der alte Mann an der windabgewandten Seite einer weiteren vom Frost aufgerissenen Stelle stehen blieb. Raif kletterte den Abhang hinauf, um ihn zu erreichen.

»Dreh dich um, Clansmann. Sag mir, was du siehst.«

Raif brauchte einen Augenblick, um zu begreifen, dass der Lauscher in der Gemeinsamen Sprache gesprochen hatte. Wie war das möglich? Was war aus dem alten Mann geworden, der ein paar Tage zuvor kein Wort verstanden und Ark Knochenspalter als Übersetzer gebraucht hatte?

Als er Raifs Überraschung bemerkte, glitzerten die Augen des Lauschers. »Du solltest nie annehmen, dass du deinen Feind kennst, bevor er tot ist.«

Raif spürte, wie seine Wangen zu glühen begannen. »Von einer Leiche kann man nichts lernen.«

»Nur, dass ein Toter einen nicht mehr überraschen kann.«

Etwas Hartes, Uraltes stand im Blick des Lauschers, und Raif wusste, dass man ihm eine Wahrheit mitgeteilt hatte, die er sich lieber merken sollte. Aber deshalb brauchte er den Alten nicht zu mögen. Er drehte sich um, in die Richtung, aus der sie gekommen waren, und schaute über das Land der Eisjäger hinweg bis zum Meer. Sein Blick schweifte über die Steinhügel des Dorfs und dann zum Ufer, wo ein zweites Dorf, errichtet aus Holz und Walknochen und aufgeschütteter Erde, verlassen auf dem Eis stand.

»Unser Sommerlager«, sagte der Lauscher, der seinem Blick gefolgt war. »Bald schon wird es von Eis verschlungen werden. Ein Sturm wird das Meer aufwühlen, und das Eis wird brechen und alles am Ufer zerstören. Es wird nicht viel übrig bleiben. Also haben wir unsere Lampen genommen, die Hunde angeschirrt und Zuflucht an den alten Orten gesucht.« Er warf Raif einen Seitenblick zu. »Nur Dumme stellen sich in den Weg des Schicksals oder von Eis, das sich bewegt.«

»Woher weißt du das?«

»Ich lausche, während andere schlafen.« Der Lauscher stieß mit dem Mittelfinger gegen die Überreste seines linken Ohrs. »Götter und Ältere als Götter flüstern im Dunkeln und erzählen von dem, was war und was kommen wird. Wenn du Glück hast, kannst du sie nicht hören. Du wächst auf, du jagst, du dringst in eine Frau ein, und die Welt, in der du lebst, ist ein vertrauter Ort, an dem ein Mann seinen Weg und seinen Tod finden kann. Wenn du Pech hast, erfährst du mehr. Oh, die Menschen ehren dich dafür, schicken die Frauen mit dem besten Fleisch und ihre Töchter mit Fellen, die so lange gewalkt wurden, bis sie wie Sandkörner durch deine Finger rinnen. Und die ganze Zeit fürchten sie dich. Sie mögen das Wissen brauchen, das du ihnen bringst, aber sie lieben dich nicht dafür. Denn du hast Flüstern vom Anfang der Welt gehört, und niemand kann diesen Echos lauschen, ohne sich zu verändern.«

Der Lauscher stützte sich auf das gelbe, verdrehte Horn seines Stocks. Sein Gesicht war dunkel und wissend, beleuchtet vom schwachen Licht, das von diesem dünnen Rand der Sonne ausging. Als er wieder sprach, lag Zorn in seiner Stimme, und sein Atem knisterte in der Luft, die sich ansonsten nicht mehr regte. »Tage dunkler als Nächte liegen vor uns, das ist die Wahrheit. Das ist die Antwort auf deine Frage. Das Mädchen ist gegangen, und du kannst ihr nicht folgen. Wie willst du jemandem in vollkommener Dunkelheit folgen? Wozu sollte es gut sein, wenn du sie findest, aber ihr Gesicht nicht mehr sehen kannst?«

»Wo haben sie sie hingebracht?« Raif hörte, wie störrisch er klang. Er konnte sich von diesem Mann nicht ablenken lassen. Seine Worte waren eine Falle, wie der *Oolak*. Guter Schnaps. Schöne Worte. Er wünschte sich nur, sie würden weniger nach Wahrheit klingen.

»Frag lieber, warum, nicht wohin, Clansmann. Folge mir.« Der Lauscher hob seinen Stock zum Abhang und begann den Aufstieg zum Rand. Er bewegte sich wie eine Spinne, leichtfüßig und häufiger seitwärts als direkt vorwärts. Raif beneidete ihn um seine Technik. Der kleine Eisjäger steckte voller Überraschungen.

Dieser Frostaufwurf war ein Krater aus Felsen, die von der Erde nach oben gezwungen worden waren, als sie sich beim Gefrieren ausdehnte. Raif hatte so etwas schon im Ödland gesehen. Orte wie dieser waren gute Lagerplätze, und Tem hatte erzählt, dass die Clansleute in den kraterähnliche Senken Duelle austrugen, weil man sie für einen würdigen Platz zum Sterben hielt. Als Raif den Rand erreichte, sah er, dass das Becken des Kraters mit schneeverkrustetem Eis gefüllt war. Fester schwarzer Basalt umgab den Rand.

Der Lauscher zeigte auf das Eis. »Kratz den Schnee ab.«

Raif hätte dem Lauscher gern gesagt, er solle sich in eine der neun Höllen verfügen. Er hatte genug von diesen Spielchen. Und er fürchtete eine weitere Falle.

»Ich bin ein alter Mann«, fauchte der Lauscher, »und die Frauen sagen mir, dass ich meine Kraft bis zum Ende des Winters gut einteilen muss. Wenn ich dich daher töten wollte, hätte ich es näher am Dorf getan.« Er fletschte winzige braune Zähne. »Dann hätte ich deine Leiche nicht für die Hunde zurückschleppen müssen.«

Raif schnaubte. Warum bildeten sich eigentlich alle heiligen Männer ein, dass sie das Recht hatten, mit ihm zu spielen? Inigar Stoop war genauso gewesen – aber zumindest hatte er zum Clan gehört. Er legte die behandschuhte Hand auf den Kraterrand und sprang aufs Eis. Er landete hart, zehn Schritte unterhalb des Lauschers, auf einem Becken uralten Wassers, das bis zum Kern gefroren war.

»Hier, versuch es damit.« Der Lauscher warf ihm ein Messer mit flacher Klinge aufs Wasser. *»Ulu.* Frauenmesser. Sollte für einen Clansmann genügen.«

Raif stach auf den Schnee ein. Die oberste Lage war fest und brüchig, aber darunter wurde es weicher. Das kleine Messer war dazu entworfen, Häute abzukratzen, und er kam schnell an die Eisoberfläche. Er beschloss, einfach nicht darüber nachzudenken, wieso der alte Mann ihn das tun ließ. Der Lauscher erinnerte ihn an einen dieser boshaften kleinen Kobolde, die in den Kindergeschichten über Brücken wachten: Sie ließen einen erst hinüber, nachdem sie einen gedemütigt hatten.

Dampf stieg vom Eis auf, während er arbeitete. Als er die letzte Lage Schnee erreichte, wurde ihm plötzlich kalt. Etwas warf einen Schatten auf das Eis. Er drehte sich um, sah den Lauscher und den Zwielichthimmel über ihnen. Weder die Sonne noch der Mond waren hoch genug aufgestiegen, um Schatten zu werfen. Und dennoch war da diese Dunkelheit auf dem Eis.

»Bring zu Ende, was du angefangen hast, Clansmann.« Die Stimme des Lauschers war dünn und feindselig. »Du wolltest eine Antwort, also grabe sie aus.«

Raif dachte daran, den alten Mann einfach zu töten. Er war jetzt bewaffnet, und obwohl der Lauscher über eine gewisse drahtige Kraft verfügte, würde er nicht gegen einen gelenkigeren, jüngeren Mann ankommen können. Ein Stich ins Herz, und alles wäre zu Ende. Raif war nicht sicher, ob der Gedanke ihn tröstete oder beunruhigte, und er wandte sich wieder seiner Arbeit zu und kratzte weiter. Die letzte Lage Schnee war fest und klebte am Eis, weil sie viele Male getaut und wieder gefroren war. Die Messerklinge bog sich, und er konnte spüren, wie ihm Schweiß über die Schultern lief, als er seine ganze Körperkraft in die Arbeit legte. Der Bereich, den er gesäubert hatte, war ungefähr rund, von der Größe des Brustkorbs eines Mannes. Als er genug von der Kruste an der Oberfläche weggekratzt hatte, legte er das Messer weg und wischte den losen Schnee weg.

Etwas tief in seiner Wirbelsäule, der Nerv, von dem Tem behauptet hatte, er sei das Erste, was bei einem Menschen im Mutterleib wuchs, sandte Raif eine Warnung aus reiner Angst.

Die Dunkelheit lag nicht auf dem Eis, sondern *im* Eis.

Instinktiv hob er die Hand an die Taille. Nur, dass das Horn mit dem pulversierten Heiligen Stein nicht mehr da war. Er geriet einen Augenblick lang in Panik, als er nervös nach dem festen Hirschhorn tastete, bevor ihm einfiel, dass er den letzten Rest davon für Ash verbraucht hatte. Es hatte die Sull für sie herbeigerufen.

Ihr Götter!

Raif zog die Handschuhe aus, hielt sich die Hände ans Gesicht und blies warme Luft darauf. Er wusste, dass der Lauscher immer noch am Rand stand, nun vollkommen reglos, und langsam und leise atmete. Raif legte die Hände aufs Eis. Er spürte, wie die Kälte in seine Finger sprang und nach Flüssigkeit suchte, die sie gefrieren konnte. Frost klebte an seiner Haut, aber er drückte dagegen, zog seine Handflächen über den kleinen Bereich, den er geräumt hatte, und das Eis wurde durchsichtiger.

Als Erstes sah er die Zähne. Ein dunkles Maul klaffte unter der Oberfläche, die Lippen zurückgezogen, um eine Reihe abgebrochener Zähne zu entblößen. Raif wich zurück. Dort unter ihm lag etwas Totes, Gefrorenes, etwas, das man nicht als Menschen bezeichnen konnte.

Langsam legte er die Hände wieder auf das Eis. Er zitterte nun, und es war nur noch wenig Wärme in ihm, aber er musste weitermachen. Er würde dem Lauscher nicht zeigen, welche Angst er hatte.

Als Nächstes tauchte eine Augenhöhle auf, die Haut schwarz und mumifiziert, der Augapfel lange vom Druck des Eises zerquetscht. Ein böswilliger Ausdruck war in den dicht geschichteten Muskeln des Gesichts erstarrt. Die schattige Masse des Körpers dieses Geschöpfs lag tiefer unter der Oberfläche, seine Schultern und die Brust grotesk verbogen. Raif sagte sich, das müsse wohl mit dem Eis zu tun haben, und er hätte es beinahe geglaubt, bis der Lauscher zu sprechen begann.

»Thaal Sithuk«, sagte der alte Mann, seine Stimme leise von der Ehrfurcht eines Jägers. »Aus dem Schattenkrieg. Xaluku von den Neun Fingern hat es mit einem Speerstich ins Herz getötet.«

Es kostete Raif große Anstrengung zu antworten. Unter seinen Fingern wartete der letzte dunkle Fleck darauf, unter einer Kruste aus weißem Schnee freigelegt zu werden. »Wie lange ist das her?«

»Fünftausend Jahre.«

Raif schloss die Augen. Diese Zeitspanne schien zu gewaltig, um sie auch nur annähernd begreifen zu können.

Der Lauscher wartete, bis Raif ihn wieder ansah, dann sagte er: »Es liegen noch viel schrecklichere Dinge unter dem Eis verborgen.«

Das will ich nicht wissen, dachte Raif. *Ich will einfach nur Ash finden.*

»Menschen und Könige und Waffen, die sie geschmiedet haben, die Städte, die sie bauten, und die Ungeheuer, die sie in der Dunkelheit getötet haben. Seitdem sind viele Jahre vergangen, und die meisten glauben, dass nur die Legenden geblieben sind ... aber die meisten schauen auch nie unter die Eisoberfläche. Alles, was stirbt, fällt auf die Erde. Der Moschusochse wird vom Wolf gefressen, der gestrandete Wal wird von Möwen zerpflückt, der Krieger wird gefunden und verbrannt oder tief in ein Grab gesteckt. Aber manchmal findet das Eis sie auch, bevor es die Aasfresser oder die Menschen tun. Manchmal nimmt das Eis sie mit und trägt sie davon.«

Raif schob die Hände über den Schnee und säuberte den letzten Rest der kleinen Fläche. Er wollte das nicht hören. Seine Finger taten weh, und an seinen Knöcheln hatten sich einige Stellen schon gelblich verfärbt. Er wollte seinen Clan und Drey und Effie … und Ash. Aber noch während er das empfand, polierte er das Eis weiter, so dass er sehen konnte, was darunter lag.

Eine Hand mit dicken schwarzen Krallen, die in rasiermesserscharfen Spitzen endeten, griff hinauf zum Licht, die Faust voller Eis. Sie war so dicht an der Oberfläche, dass Raif die feinen dunklen Härchen auf der Haut sehen konnte. Plötzlich wurde ihm kalt, und er sagte: »Warum zeigst du mir das?«

Der Lauscher stieß mit dem Stab in den Schnee. »Weil es häufig nicht genügt, die Wahrheit zu sagen. Ein Mann muss mit seinen eigenen Augen sehen. Die Schatten erheben sich, und Ungeheuer und Besessene werden wieder auf dieser Erde wandeln. Wir haben keine Zeit, um Dingen hinterherzujagen, die wir nicht haben können. Das Mädchen ist weg. Die Sull haben sie genommen, und was die Sull nehmen, geben sie nicht wieder her. Sie gehört jetzt ihnen. Lass sie gehen. Wahre deine Kraft für Kämpfe, die du gewinnen kannst. Die Lange Nacht ist gekommen, und jene, die im Dunkeln wachen, müssen vortreten und kämpfen.«

Raif spürte, wie seine Miene bei den Worten des Lauschers erstarrte. Er wollte widersprechen, aber der kleine alte Mann streckte die Hand aus, um ihn aufzuhalten.

»Ja, Clansmann, ich weiß, wer du bist. Ich habe gesehen, dass der Rabe auf deinem Rücken reitet. Ich habe das Geräusch der Schritte hinter dir gehört. Der Tod folgt dir. Er hat dich beim Namen genannt. Totenwächter. Ja, du bist verflucht. Aber du bist jung und gesund, und ich bin alt und habe keine Ohren, und ich kann wenig Mitleid mit dir empfinden. Wir können uns unsere Fähigkeiten nicht aussuchen. Ein Junge, der mit Netzen und Leinen umgehen kann, muss Fische fangen. Ein Mann mit dem Auge eines Jägers muss jagen. Und wenn du für die Dunkelheit geboren bist, dann nimm sie dir. Finde eine Waffe und kämpfe.«

Raif richtete sich auf. Er war von den Worten beeindruckt, aber er wehrte sich gegen diese Empfindung. Das hier war nicht seine Welt, dieser Ort von Schatten und Dunkelheit und Ungeheuern im Eis. Er hatte keine Waffe, keine Ausbildung. Wie konnte man Schatten bannen, wenn nicht mit Licht? Er tat gegen den Schneehaufen zu seinen Füßen und verstreute trockene Kristalle über die klare, schimmernde Oberfläche. *Ash, denk lieber an Ash.* Wo war sie nun? Hatten sie ihr wehgetan? Wartete sie darauf, dass er kam?

Er sagte einfach: »Wo bringen sie sie hin?«

Der Lauscher betrachtete ihn lange, bevor er antwortete: »Sie werden sie nach Osten bringen, ins Herzland der Sull.«

»Dann gehe ich nach Osten.«

»Menschen sind auf der Suche nach dem Herzland der Sull gestorben. Die Wege sind lang und kompliziert, und es gibt Wälder, in denen jeder Baum aussieht wie der andere. Einige sagen, die Zeit selbst sei in die Pfade gewoben, aber die Eisjäger wissen nicht viel darüber. Wir kennen die Legenden oder doch einige davon. Und ich kann dir sagen, dass ein paar Bluddleute vielleicht die Grenzen zum Land der Sull überquert haben, aber noch nie hat ein Clansmann das Herz betreten.«

»Dann werde ich eben der Erste sein.«

Der Lauscher schien beinahe zu lächeln. »Du bist jung, und es steht dir zu, arrogant zu sein, also werde ich dir nicht sagen, wieso du Unrecht hast. Aber eins sollst du wissen. Ich bin seit hundert Jahren durch dieses Land gezogen, vom Wrackmeer bis zum Endmeer, vom Eishorn bis zum See der

Verlorenen, und nicht ein einziges Mal in dieser Zeit habe ich die Wege der Sull gefunden. Sie reiten zu den Bergen – ich weiß es, weil ich sie beobachtet habe, und in meiner Jugend bin ich ihnen sogar gefolgt –, aber sobald sie in den Ausläufern angekommen sind, verschwinden sie einfach. Deine Augen sind vielleicht gut, aber meine waren besser, und ich habe nie entdecken können, wo sie hingingen.«

Raif nickte. Er konnte dem Lauscher nicht widersprechen; er wusste alles über die Sullwege. Er wäre nicht einmal bis hierher gekommen, wenn die beiden Fernreiter nicht bewusst eine Spur hinterlassen hätten. Dennoch. Er konnte selbst nach Osten finden. Leise und beinahe nur zu sich selbst sagte er: »Ich werde sie finden.«

»Wie kommst du darauf, dass sie gefunden werden will?«

Raif blickte in das harte, eisgebräunte Gesicht des Lauschers auf. Was er sah, machte ihn misstrauisch. »Man hat sie gegen ihren Willen mitgenommen. Man hat ihr Drogen verabreicht, sie in der Nacht weggeschleppt und gezwungen, nach Osten zu reiten. Selbstverständlich will sie gefunden werden.«

Der Lauscher wischte den Schnee von seinem Stab. *»Oolak* ist bitter und zäh, und er stinkt nach totem Fisch. Nur Männer sind dumm genug, ihn zu trinken.«

Wieder verspürte Raif dieses Misstrauen. »Warum sagst du mir das?«

»Deine Freundin war nicht betäubt. Sie hat nur einen einzigen Schluck von dem *Oolak* getrunken. Sie ist aus freiem Willen mitgegangen.«

»Nein.«

»Sie haben sie nicht gezwungen. Sie wusste, dass sie gehen musste.«

Raif schüttelte heftig den Kopf. Ash hätte ihn nicht ohne ein Wort verlassen, nicht nach allem, was sie zusammen durchgemacht hatten. Nicht nach der Höhle aus schwarzem Eis. Kalt sagte er: »Du lügst, alter Mann.«

Der Lauscher nickte. »Häufig, und über viele Dinge. Die Art von Wahrheiten, die ich kenne, vernichtet Menschen. Mütter wollen nicht wissen, dass die Kinder, mit denen sie schwanger sind, tot zur Welt kommen oder dass ihre Söhne noch vor ihnen sterben werden. Sie wollen nicht wissen, was ihren Männern auf der Jagd zustoßen wird. Man kann kein Lauscher sein, wenn man nicht weiß, wie man lügt.« Während dieser Worte griff der alte Mann in die weichen inneren Pelze, die er unter dem Seehundfell trug, und holte etwas heraus. »Aber dir sage ich die Wahrheit.«

Er öffnete die Faust und ließ etwas Kleines, Dunkles aufs Eis fallen. »Sie hat mich gebeten, dir das hier zurückzugeben.«

Raif starrte den Gegenstand zu seinen Füßen an. Schwarz und gebogen, so lang wie der Finger eines Kindes, mit einem Loch am dickeren Ende für eine Schnur. Das Rabenzeichen. *Hier ist es, Raif Sevrance. Eines Tages wirst du vielleicht froh darüber sein.* Ganz gleich, wie oft er versucht hatte, es loszuwerden, es kam immer wieder zu ihm zurück.

Das veränderte alles, und das wusste der Lauscher ebenso gut wie Raif selbst. Mit gefasster Haltung, denn es gab keine andere Möglichkeit, bückte sich Raif und hob sein Zeichen auf. Es fühlte sich dünn und zerbrechlich an, wie etwas, das er in der Faust zerdrücken konnte. Aber er zerstörte es nicht, sondern zog eine kurze Lederschnur aus dem Orrlumhang und band es sich daran um den Hals. Es war seins, und er würde es tragen ... und er würde nicht daran denken, was Ash getan hatte.

»Sie hat sich entschieden«, sagte der Lauscher. »Und jetzt ist es Zeit, dass auch du dich entscheidest.«

Raif starrte auf das Eis hinab, auf die dunkle Gestalt dort

unter ihm. *Nimm dich zusammen,* waren ihre letzten Worte gewesen. Wie konnte er das tun, wenn die Dinge, die ihn am meisten schmerzten, nicht einmal bekämpft werden konnten? Dann ging er zum Rand des Kraters und zog sich hoch. Er hatte sich entschieden.

6
Ins Feuer

Effie Sevrance hockte hinter dem großen kupfernen Destillierbottich und sah zu, wie Gat Murdock die frühen Weine probierte. Die frühen Weine hatten die erste Hälfte des Destillierens hinter sich, sagte Langkopf immer, zu schwach, um wirklich Whisky zu sein, aber stark genug, um einen Mann in die Knie zu zwingen, wenn er sie zu oft und zu lange trank. Effie wünschte sich, dass Gat Murdock bald in die Knie gezwungen würde ... *bald.* Es war heiß und dunkel hier, und die Dämpfe, die aus dem Kessel aufstiegen, ließen alles klamm und feucht werden. Effie konnte spüren, wie die schwere Wolle ihres Kleids an ihr klebte wie nasser Hafer. Dummes Ding. Warum hatte sie nicht daran gedacht, ein Leinenhemd anzuziehen?

Gat Murdock schloss das Spundloch an dem glockenförmigen Behälter und hielt die letzte Probe hoch ins Lampenlicht. Das Meerglas glühte grünlich, und man konnte sehen, dass die Flüssigkeit darin immer noch trübe war. Effie hoffte, dass er das Zeug runterschlucken und dann gehen würde. Sie sollte einen Auftrag für Bullhammer und Grim Shank ausführen, und sie wollte die beiden nicht enttäuschen. Sie hatten sie ausgewählt, um den Eisensaft zu brauen. Es gab insgesamt zwanzig junge Hammermänner im Rundhaus, die nichts weiter zu tun hatten, als den ganzen Tag an der großen Feuerstelle zu sitzen und den Rost von den Ketten ihres Hammers zu feilen oder den Lammfellhalfter zu flicken, in dem der Hammer selbst lag. Aber als es um die Farbe für die Zähne der Hammermänner ging, war Bullhammer der Ansicht gewesen, dass Effie Sevrance sich besser und unauffälliger darum kümmern könnte als sie alle zusammen.

»Effie ist genau die Richtige!«, hatte Bitty Shank am Vorabend zu seinem älteren Bruder Grim gesagt, als sie im trockenen, staubigen Schatten der Ställe gestanden hatten. »Sie ist geschickt, sie weiß, wie man ein Geheimnis wahrt, und sie ist die Schwester eines Hammermanns.« Bullhammer und Grim hatten ernst genickt, und ihre gebürsteten Rüstungen hatten seltsam im trüben Schimmer der Sicherheitslampe gefunkelt. Die Schwester eines Hammermanns – das passte ihnen gut.

Eisensaft, hatte Bullhammer erklärt, war so schwarz wie die Tränen der Steingötter und nur geringfügig weniger tödlich. Er musste stark genug sein, um die Zähne eines Hammermanns zu färben und sie einen ganzen Feldzug lang schwarz bleiben zu lassen. »Es hat keinen Zweck, Lampenruß oder Asche zu verwenden – das hält nicht einmal eine Woche. Und sobald ein Mann Schaum vor dem Mund hat, läuft die Spucke wieder zurück.« Effie hatte verständnisvoll genickt. Wenn man seine Zähne färbte, damit man im Kampf wild aussah, dann war es besser, wenn die Farbe nicht auf halbem Weg verschwand. Denn sonst würde man wahrscheinlich eher dumm aussehen.

Das Problem war, dass die Hammermänner von Blackhail ihre Zähne nicht mehr gefärbt hatten, seit der Verrückte Gregor dreihundert Männer in den schnell steigenden Wassern des Östlichen Flusses in den Tod geführt hatte. Bis auf ein Dutzend waren das alles Hammermänner gewesen. Das Frühlingshochwasser hatte ihre Leichen flussabwärts gerissen, über die Stromschnellen, die als Totenrippen bekannt waren, und dann über den nebligen Mondfall hinweg. Effie hatte sagen gehört, dass die Flusssteine ihnen das Fleisch von den Knochen geschält hatten, und alles, was für die

Witwen geblieben war, alles, was sie in Tuch wickeln und begraben konnten, waren weiße Schädel mit grinsenden schwarzen Zähnen gewesen.

Effie verzog das Gesicht. Manchmal kam es ihr so vor, als gäbe es viel zu viele Clangeschichten über Schädel und gewaltsamen Tod. Dennoch, es war wirklich interessant, dass sich danach kein Hammermann von Blackhail mehr die Zähne gefärbt hatte, aus Angst, die Götter gegen sich aufzubringen, und das Rezept für Eisensaft war verloren gegangen.

»Schmeckt wie Pisse!«, erklärte Gat Murdoch, der den Becher inzwischen geleert hatte. »Vielleicht gut genug für einen gebundenen Clansmann – oder seine Frau.« Zufrieden stellte er den Becher auf ein Holzgestell und spuckte aus, um sich den Mund zu säubern. Wie vielen älteren Clansmännern fehlten ihm ein paar Finger, aber er bewegte die verbliebenen deshalb nicht langsamer und versiegelte die Fässer und drehte die Lampe so schnell herunter, als hätte er noch zehn Finger und nicht acht. Effie sah zu, wie er dazu ansetzte zu gehen, und dann noch einmal innehielt, bevor er die Treppe erreichte. Er wandte sich der Ecke zu, in der Effie hockte, schaute suchend hierhin und dahin und überzeugte sich, dass er nicht beobachtet wurde. Effie hielt den Atem an und stellte sich vor, dass sie so reglos war wie der Stein, aus dem die Kammer gebaut war.

Die Zeit schien beinahe still zu stehen, bis der Blick dieser hellen Augen in eine andere Richtung ging. Überzeugt, dass niemand zusah, streckte Gat Murdock die Hand zu dem hohen Regal aus, auf dem Anwyn Bird ihren zwanzigjährigen Malzwhisky aufbewahrte, griff sich eines der kostbaren, mit Wachs versiegelten Fläschchen und steckte es unter seine Jacke. Effie vergaß, dass sie immer noch ein Stein war, und riss verdutzt den Mund auf. Anwyns Zwanzigjähriger! Lag denn kein Fluch darauf? Anwyn schwor, dass jeder Clansmann, der ihren Malzwhisky ohne ihre Erlaubnis trank, bald schon keine Männerteile mehr haben würde. Effie schloss den Mund wieder. Lettie Shank hatte ihr alles über Männerteile erzählt. Ein Mann, der sie verlor, war danach sicher ziemlich unzufrieden.

Gat Murdock stieß ein leises, zufriedenes Grunzen aus und begann, aus der Grube zu steigen. Effie zwang sich, seinen Schritten zu lauschen, bis sie sie direkt über sich hören konnte, bevor sie den Platz hinter dem Bottich verließ.

Ihr Arm war steif, und sie rieb ihn ein wenig, als sie sich an den Kupferröhren vorbeischob. Auch andere Stellen taten weh; Stellen, in die Cutty Moss' Messer tief eingedrungen war und schlecht heilende Wunden gerissen hatte, die nachts immer noch nässten. Aber sie wollte nicht daran denken. Sie war eine Clansfrau von beinahe neun Wintern, und Männer, die verwundet aus dem Krieg zurückkehrten, hatten Schlimmeres zu ertragen.

Sie wünschte sich nur, dass Cuttys Messer ihr Gesicht verschont hätte.

Sie hielt inne und zwang sich bewusst, ihr Gesicht nicht zu berühren. *Ich wäre wohl auch ohne die Narben kaum eine Schönheit geworden. Das hat Mace Blackhail jedenfalls gesagt.*

Rasch wandte sie ihre Überlegungen wieder dem Eisensaft zu. Sie brauchte guten, starken Alkohol dafür. Anwyns Zwanzigjähriger war zu mild – und zu verflucht. Sie brauchte etwas, das das Zahnfleisch eines Mannes verbrannte und ihm hoffentlich auch den Zahnschmelz wegätzte. Nachdenklich betrachtete sie die kleinen Flaschen auf dem höchsten Regal. Will Hawks *Dhooneschein* in seiner seltsam glitzernden Flasche neben Dagro Blackhails

Häuptlingssmalz und Shor Gormalins *Darmreißer* mit den ins Holz gebrannten gekreuzten Schwertern. So viele Schnäpse toter Männer hier. Dann sah sie es, in der dunkelsten Ecke, die Lederflasche haarig von Spinnweben, der Holzstopfen vom Alter beinahe herausgetrieben: Tem Sevrances Spezialgebräu. *Papas Selbstgebrannter.*

Es war spät. Das Rundhaus war still, und Effie wusste, dass sie sich beeilen sollte, aber sie musste einfach die Hand nach der Flasche ausstrecken. Die Flasche roch nach ihm: nach Leder und nach Pferden. Und als sie den Verschluss herauszog, hätte sie beinahe gelacht. Das war genau das Richtige. Es würde sicher niemanden umbringen, nicht nach so langer Zeit, und Papa war selbst ein Hammermann gewesen. Er würde ihr helfen, die Zähne seiner Waffenbrüder zu schwärzen.

Etwas hinter Effies Augen begann wehzutun, und sie verkorkte die Flasche entschlossen wieder und ging nach oben.

Es war eine seltsame Nacht im Rundhaus, dunkel und still, und in Vorbereitung auf das Seelenfest war nur die Hälfte der Fackeln angezündet. Sie hatte es für eine gute Idee gehalten, die Bestandteile für den Eisensaft an diesem Abend zu sammeln, denn nur wenige Leute waren in den Hallen unterwegs, wenn die Steingötter auf Erden wandelten. Nun jedoch, als sie sich durch die unteren Stockwerke des Rundhauses bewegte, war ihr selbst ein wenig unbehaglich zumute. Ihr Zeichen fühlte sich kalt an ihrer Haut an.

Der kleine Granitstein hing wieder an ihrem Hals, schwer wie ein frisch gelegtes Ei. Inigar Stoop hatte ihn gefunden, umklammert von einer abgetrennten Hand. Es war die Aufgabe des Schamanen gewesen, die Überreste von Cutty und Nelly Moss einzusammeln. Gebückt gegen den Wind, mit einem Korb in der Hand, hatte er die gefrorenen Reste der beiden aus dem Schnee gerissen. Effie hatte Flüstern gehört, dass er nicht alles hatte finden können, dass die Hunde tatsächlich Nellys Augen und Zunge gefressen und Cuttys Milz herausgerissen hatten. Sie hatte vermutlich Glück gehabt, dass kein Hund ihr Zeichen gefressen hatte. Inigar ließ nicht zu, dass sie es gleich wieder trug. Stattdessen hatte er es ins Steinhaus gebracht, wo er Worte der Macht darüber gesprochen hatte, und dann hatte er es oben auf den Heiligen Stein gelegt, wo es Kraft sammeln und sich erneuern konnte.

Es fühlte sich jetzt anders an. Älter. Härter. Inigar sagte, Zeichen veränderten sich und wuchsen mit ihren Trägern – bedeutete das also, dass auch sie jetzt älter und härter war?

Als sie näher zu der ölgeschwärzten Treppe kam, die zur Clanschmiede hinaufführte, wurde Effie langsamer. Normalerweise mochte sie diesen Teil des Rundhauses mit seinen niedrigen Decken und schmalen Gängen. Es war dunkler als sonst, aber das störte sie nicht. Kein Sevrance hatte je Angst vor dem Dunkeln gehabt. Dennoch. Es gab noch etwas anderes ... etwas Wachsames, Lauerndes. Und ihr Zeichen regte sich, es drückte nicht, aber etwas darin bewegte sich, als wäre ein Tropfen flüssigen Quecksilbers tief drinnen fest geworden. Sie blieb stehen. Lauschte. Sie konnte beinahe etwas hören, aber wahrscheinlich bildete sie sich das nur ein. Man konnte es nicht hören, wenn jemand den Atem anhielt.

Geh zurück ins Haus, Effie, sagte eine leise Stimme in ihrem Kopf. *Lauf in dein Zimmer und verriegle die Tür.*

Nein. Sie hatte einen Auftrag für Bullhammer und Grim Shank zu erledigen. Und sie würde nicht jedes Mal, wenn sie Angst bekam, rennen wie ein Kaninchen. Außerdem war die Lage nun anders, weil sie bewaffnet war. Bitty Shank hatte ihr ein Messer gegeben. Jungfernhelfer hatte er es genannt. »Es wird kaum eine Clanfrau geben, die ein schöneres Stück Feuerstein an den Oberschenkel geschnallt hat.« Er hatte ihr auch beigebracht, wie man es benutzte. Es war nicht so, wie wenn man jemanden mit einem Schwert erstach. Die Stärke eines Feuersteinmessers lag in seiner Klinge, nicht in seiner Spitze, und wenn man nicht wollte, dass die Spitze abbrach, sobald man auf Knochen stieß, war es besser, zu schneiden als zu stechen. Effie hatte geübt, indem sie die nutzlosen verschimmelten und wurmigen Widderhäute in der Gerberei in Streifen geschnitten hatte. Die Schneide des Messers war so geschärft, dass sie besser schnitt als Stahl, und sie war stellenweise so dünn, dass das Licht durch den Stein schimmerte. Es war Kriegsbeute, hatte Bitty gesagt, von einer Gruppe von Fallenstellern aus Ille Glaive, die ihre Schlingen auf dem Gebiet von Ganmiddich ausgelegt hatten.

Effie berührte ihre Taille und tastete nach der glatten Hornscheide, in der das Messer steckte. Sie hatte Bitty Shank wirklich gern. Er und seine Brüder ließen nicht zu, dass man sie eine Hexe nannte.

Bemüht, ihre Gedanken nicht weiter in diese Richtung schweifen zu lassen, ging Effie nun die Treppe hinauf. Bis auf das Ächzen der alten Balken und Steine war es hier still. Normalerweise ging es in der Clanschmiede auch nachts betriebsam zu, und obwohl Brog Widdie, Schmiedemeister und Dhoonemann im Exil, keinen Mann mit heißem Eisen arbeiten ließ, der keinen Eid abgelegt hatte, gab es hier immer unvereidigte Schmiede und Drahtzieher, die damit beschäftigt waren, Pfeilspitzen einzusetzen und Kettenhemden zu bearbeiten.

An diesem Abend jedoch war es anders. Das Seelenfest.

Alle Clansleute, geschworene und ungeschworene, hatten sich um die Große Feuerstelle versammelt und sangen die alten Lieder. Das Seelenfest war den Steingöttern heilig. Wenn man ihnen in dieser Nacht nicht gab, was sie wollten, dann schickten sie vielleicht so langen, schweren Frost, dass im Herzen aller Heiligen Steine Eis wuchs und das ganze Clanland zu Staub zerfiel. Der Heilige Stein des Schneefuchsclans hatte vor beinahe zweitausend Jahren den Frost gehabt, und dieser uralte und ehrwürdige Clan, der einmal groß genug gewesen war, Dhoone um die Königswürde herauszufordern, war seitdem im Abstieg begriffen. Viele Geschichten aus dem Clanland waren verloren gegangen, selbst für die Clans Withy und Herdfeuer, die die Annalen führten, aber die Geschichte vom Zerbrechen des Fuchssteins und wie die Frauen von Schneefuchs die zerbrochenen Splitter in ihren Röcken gesammelt und sie an einen Ort gebracht hatten, den ihre Männer nie erfahren würden, ließ einem einen Schauder über den Rücken laufen. Alle wussten, wenn die Frauen die Splitter nicht versteckt hätten, dann hätten die Männer sie benutzt, um sich damit ihre Herzen herauszuschneiden.

Effie berührte ihren kleinen Beutel mit pulverisiertem Heiligem Stein, um den Steingöttern zu geben, was ihnen gebührte.

Die Steine unter ihren Füßen waren rutschig, fettig von Grafit und dem Kalbshirnöl von den Füßen des Schmieds. Die Luft wurde warm und trocken, dick vom Gestank nach Schweiß und Schwefel und geschmiedetem, geschmolzenem Erz. Die großen, bleibeschlagenen Tore vor Effie waren geschlossen. Wasserfässer standen zu beiden Seiten der Schwelle und kündeten von der großen Angst des Clans vor Feuer. Der Schmelzofen war aus dem Rundhaus herausgebaut, abgetrennt davon durch einen dunklen, stickigen

Tunnel, den sie den Trockengang nannten. Der Haupteingang zur Schmiede war in die nördliche Außenmauer gebrochen, ein hoch aufragender Bogen, so hoch wie zwei Männer, geschützt von Toren, die mit Salzwasser gehärtet und mit Stahlnägeln beschlagen waren, um Klingen abzulenken. Die Schmiede eines Clans war sein Wohlstand und seine Kraft. Hier wurden die Erze aufbewahrt, Schwerter und Pfeilspitzen geschmiedet, und Kriegsbeute wartete in großen, an den Wänden aufgeschichteten Haufen darauf, eingeschmolzen und neu geschmiedet zu werden.

Effie ging den Trockengang entlang, dann legte sie die Hand auf das Bleitor. Es war weder verschlossen noch verriegelt – das hätte sie auch nicht erwartet –, und die halbe Tonne Holz ließ sich an den Angeln, die Brog Widdie selbst gefertigt hatte, mühelos bewegen. Der orangefarbene Schimmer des Schmiedeofens beleuchtete den höhlenartigen, riesigen Raum. Ein Kreis von Ambossen fiel sofort ins Auge; mit ihren Hörnern und Löchern warfen sie seltsame Schatten, die zu Effies Füßen flatterten. Härtebottiche mit Salzlake und raffiniertem Talg standen in der Nähe des Ofens, damit sie warm blieben. Hinter ihnen standen die Werkbänke und Blöcke voller Hämmer und Zangen und anderer bösartig aussehender Werkzeuge, und hinter diesen lagerten die Vorräte: Fässer mit Öl und Schweineblut, Säcke mit Holzkohle, Sand und Roherz. Eisenstangen waren so sorgfältig aufgestapelt, als wären sie Gold, und Bündel von Holzscheiten waren wie für ein Freudenfeuer bis zu den Dachbalken aufgehäuft.

Effie machte einen Schritt vorwärts, zögerte, dann rief sie leise: »Eine Botschaft für Brog Widdie.« Niemand antwortete. Irgendetwas raschelte in der abgelegenen Ecke nahe der Bank, an der Mungo Kale mit Kupfer und Bronze arbeitete, dann war es wieder still. Eine Ratte auf der Suche nach Talg, dachte sie und fühlte sich gleich wieder mutiger. Letty Shank und Florrie Horn kreischten vielleicht schon bei dem Gedanken an Nagetiere, aber Effie hatte keine Angst vor so kleinen Geschöpfen. Leise durchquerte sie den Ambosskreis und eilte auf die Vorräte zu. In einem der Talgbäder schwamm eine Ratte. Als die Temperatur im Raum sank und der Talg fester wurde, war das Tier im Fett stecken geblieben. Morgen früh würde einer der Scarpemänner sie wahrscheinlich herausholen, sie im Ofen braten und essen. Alle wussten, dass die Scarpes Ratten aßen.

Als sie an einer der Bänke für die Nagelbeschläge vorbeikam, hielt sie inne und kippte eine Messingschüssel aus, in der Nägel lagen. Als die kleinen Eisennägel auf das Holz fielen, glaubte sie, im Trockengang hinter sich ein Knarren zu hören, aber als sie sich umdrehte, war alles wieder still. Wahrscheinlich nur ein Balken, der sich gesetzt hatte – dennoch bewegte sie sich ein wenig schneller.

Die Holzkohlesäcke waren leicht zu finden, denn die Palette, auf der sie aufgeschichtet waren, war pelzig von Ruß. Das Zeichen des Köhlers war ein Baum über einer Flamme, bemerkte Effie, als sie das Messer zog und die Feuersteinklinge an die Jute legte. Der Sack ließ sich problemlos aufreißen, und ein dicker Strom von Holzkohle ergoss sich auf den Boden. Effie beeilte sich, das feine Pulver in der Schüssel aufzufangen, und staunte darüber, wie schwarz es war ... bestimmt das Dunkelste, Schwärzeste, was sie je gesehen hatte. Wenn das nicht half, um die Zähne der Hammermänner zu färben, dann könnte sie gleich versuchen, den Nachthimmel auf Flaschen zu ziehen, denn etwas Dunkleres gab es nicht.

Als die Schale halb voll war, zog sie sie zurück und ließ den Sack weiter auslaufen, bis er sein Gleichgewicht gefunden hatte. Ihr Zeichen bewegte sich unbehaglich an ihrer Haut, aber sie war zu aufgeregt, um darauf zu achten. Was, wenn sie es gleich ausprobierte? Brauchte man Eisen für den Eisensaft? Oder war das nur ein Name? Ja, wahrscheinlich würde sie Säure brauchen, damit sich die Holzkohle in die Zähne der Hammermänner fressen konnte, aber es würde nichts schaden, es erst mal ohne zu versuchen ... und vielleicht könnte sie jemandem das Zahnfleisch retten. *Und*, dachte sie und wurde noch aufgeregter, *ich werde es heute Abend an einem der Shankshunde ausprobieren. Der alte Kratzer hat sicher nichts dagegen. Seine Zähne sind so gelb und kaputt, dass es sogar besser aussehen könnte.*

Der Gedanke an einen Hund mit schwarz gefärbten Zähnen ließ sie grinsen, und sie legte ihr Messer hin. Sie holte Papas Flasche heraus, öffnete sie und goss dann die Hälfte des Inhalts in die Schale. Sie hockte sich neben die Kohlesäcke und rührte die Mixtur mit einem kleinen Holzstück um, das sie am Boden gefunden hatte. Papas Spezialgebräu wurde sofort dunkel, und feiner schwarzer Staub stieg aus der Schale auf wie das Gegenteil von Dampf. Während sie rührte, stellte sie sich Reihe um Reihe von Blackhail-Hammermännern vor, gerüstet und zu Pferd, ihre Hammerketten rasselten im aufkommenden Wind, und alle grinsten, um die nachtschwarzen Zähne zu entblößen. Auch Drey würde einer von ihnen sein. Und wenn sie den Eisensaft dunkel genug machte und er wild genug aussah, brauchte er vielleicht gar nicht zu kämpfen. Vielleicht würden die Bluddmänner lieber fliehen, als ihre Äxte gegen ihn zu erheben.

Es war, als wären die Männer aus dem Nichts gekommen. Ein heiserer Ruf bewirkte, dass Effie den Kopf hob, eine Bleitür wurde krachend gegen die Wand geschleudert, und dann kamen die Clansmänner in die Schmiede gestürmt. Schwer atmend und mit blitzenden Waffen in der Hand verteilten sie sich im Raum. Effie hatte einmal gesehen, wie eine Gruppe von Jägern einen verwundeten Eber umkreiste, bevor sie ihn töteten, und sie erkannte die gleiche nervöse Erregung, die eingesogenen Wangen und feuchten Lippen. Die Angst, der Beute zu nahe zu kommen.

»Bleib stehen, Hexe.«

Effie erkannte den Sprecher als Stanner Hawk, Bruder von Will und Onkel von Bron, die beide im Schnee vor Duffs Herdhaus umgekommen waren. Stanner war hoch gewachsen und bleich wie sein Bruder, und er hatte nichts für die Sevrances übrig. Etwas in Effie wurde härter, als die Männer sie ansahen. Raif hatte gekämpft, um das Leben von Will und Bron zu retten, aber auch diese Geschichte hatte man verdreht, und nun erinnerten sich alle nur noch daran, dass sich Raif Sevrance gegen seinen Clan ausgesprochen hatte.

Effie hob den Kopf höher. Der Mann, der vor ihr stand, war ein Feigling. Sie waren alle Feiglinge. Zwei Dutzend Männer gegen ein Mädchen, das noch nicht einmal geblutet hatte. Sie hatten nicht den Mumm, es im Tageslicht und vor aller Augen zu tun; stattdessen hatten sie sie beobachtet und sich angeschlichen und gewartet. Wie Wiesel, die Eier stehlen wollen.

Es war kein einziger Hammermann unter ihnen. Kein Mann, der einen Hammer trug, würde eine Hand gegen seine eigenen Leute erheben. Es waren Mace Blackhails Freunde: der alte Turby Flapp mit einem Schwert, das so schlecht ausgewogen war, dass er die Spitze kaum vom Boden heben konnte, der schlanke, dunkle Craw Bannering in den gebeizten Häuten und Schwanenfedern des Clans Harkness, bekannt als HalbClan, die schlanken, tätowierten Finger lässig am Griff seines Schwerts. Die Langschwertmänner Arlan Perch und Ichor Roe bewegten sich mit geübter Heimlichkeit in Effies Rücken. Viele waren ältere Hailsmänner, die zu lange zu Kriegszeiten untätig im Rundhaus gesessen hatten und nun Blut sehen wollten.

Und dann waren da die Scarpemänner. Uriah Scarpe und Wracker Fox und andere, die sie nicht kannte. Schlanke Männer in dem schwarzen Leder und den Wieselfellen von Scarpe beobachteten sie, als hätten sie von ihr etwas zu befürchten. *Sie glauben wirklich, dass ich eine Hexe bin.* Der Gedanke kam schnell, und mit ihm ein anderer. *Diese Falle ist sorgfältig gestellt worden.* Man hatte keinem von den Shanks etwas gesagt und keinem Hammermann, niemandem, der mit Drey befreundet war.

»Steh auf, Hexe.« Stanner Hawks Stimme war kalt, und zum ersten Mal fragte sich Effie, ob sie Schlimmeres im Sinn hatten, als sie gefangen zu nehmen. Mit seiner Schwertfaust machte er eine Geste zu Craw Bannering hin. Der Bogenschütze ging auf den Holzstapel zu und suchte eine Ladung Holz aus.

»Ich habe gesagt, steh auf, Hexe.« Stanner Hawk holte mit dem Fuß aus und kippte einen Bottich Salzlake um. Salzwasser spritzte Effie ins Gesicht.

Effie spürte, wie ihre Ruhe schlagartig verschwand. Ihr Zeichen begann, an ihrer Haut zu zucken, und sie bemerke, dass Uriah Scarpe die Schnur an ihrem Hals anstarrte. Sie wandte den Blick ab und sah ihr Feuersteinmesser dort auf dem Steinboden neben der Palette liegen, nur drei Schritte von ihrem Fuß entfernt. Uriah Scarpe beobachtete sie immer noch, also wandte sie rasch den Blick ab. Langsam begann sie sich aufzurichten und stellte dabei die Schale mit dem Eisensaft auf dem Boden ab.

Craw Bannering hatte die dicken Rindslederhandschuhe eines Arbeiters, der mit heißem Metall arbeitet, übergezogen. Das Holz lag nun neben dem Ofen, und der Jahrmann benutzte beide Hände, um die schmiedeeiserne Klappe aufzureißen, von der aus der Ofen befeuert wurde. Die Hitze sprang in den Raum, als die Luft in das Loch gesaugt wurde. Craw wählte das trockenste, dichteste Holz aus und legte nach.

Alle Männer traten von einem Fuß auf den anderen; Effie hätte nicht sagen können, ob aus Unbehagen oder Aufregung. Einer der Scarpemänner sagte: »Bedien den Blasebalg, Craw.«

Stanner Hawks Augen glitzerten orangefarben in dem aufflackernden Feuer. »Effie Sevrance, du wirst angeklagt, eine Hexe zu sein. Gestehe jetzt und stelle dich dem raschen Urteil meiner Klinge.«

Jemand hinter ihr flüsterte: »Es wird eine Gnade für dich sein, Mädchen.«

Vierundzwanzig Augenpaare beobachteten sie. Turby Flapp nahm eine Hand von seinem schlecht gearbeiteten Schwert, um sich den Speichel von den Lippen zu wischen. Effie sah sie nacheinander an, Hailsmänner, Scarpemänner und Fremde. Sie zitterte und brachte kein Wort heraus, also konnte sie ihre Unschuld nur demonstrieren, indem sie ihnen ins Gesicht schaute und ihren Blicken begegnete. Einer oder zwei waren so anständig, den Blick abzuwenden. Arlan Perch fand etwas am Handschutz seines Schwerts, das er genau betrachten musste.

»Sprich, Hexe!« Stanner Hawk hatte die anderen nun in der Hand; er hatte ihr den Rücken zugewandt und ging in dem Kreis von Ambossen umher. »Ich will es von dir hören, bevor ich dich mit den Füßen voran ins Feuer stecke.«

Effie hörte das Rülpsen platzender Schlammblasen, als der Schlammgraben um das Feuer zu kochen begann. Sie machten immer diese Geräusche. Seltsamerweise musste sie an die Shankshunde denken. Sie gaben ganz ähnliche Geräusche von sich, wenn sie statt Fleisch Grünzeug bekamen. An die Shankshunde zu denken half, und plötzlich fand sie ihre Stimme wieder. »Stanner Hawk, mein Papa hat erzählt, dass du ihn einmal um seine Jagdbeute betrogen hast, indem du deinen Speer gegen seinen ausgetauscht hast, so dass du behaupten konntest, du hättest die Bärin getötet. Mein Papa hat nie gelogen, und ich lüge auch nicht. Ich bin keine Hexe. Die Shankshunde haben mich aus Liebe und Treue gerettet, nicht weil ich sie verhext hätte. Sie würden für Orwin Shank, ihren Herrn, das Gleiche tun, genauso wie Mace Blackhails Höllenhunde ihn retten würden.«

Ein paar Männer grunzten zustimmend. Viele hier hatten Hunde, und alle waren stolz auf ihre Wildheit und Treue.

Aus Stanner Hawks Gesicht war der letzte Rest von Farbe gewichen. Zwei Zornesfunken glühten in seinen Augen, und Effie wusste, dass es ein Fehler gewesen war, seine Ehre anzugreifen. Dafür würde er sie verbrennen.

Mit drei raschen Schritten stand er vor ihr und drückte die Schwertspitze gegen ihre Unterlippe. »Mach den Mund auf, Hexe. Lass mich die Zunge sehen, die so leicht lügen kann. Ich kannte Hexen, die einem Mann das Schwert aus der Hand reden konnten, aber ich hätte nie geglaubt, so etwas einmal selbst zu erleben.« Seine letzten Worte waren an die versammelten Clansmänner gerichtet, und wie ein einziger Mann richteten sie sich gerade auf und hoben die Schwerter. Keine glattzüngige Hexe würde sie überreden können!

»Dein Vater war ein guter Mann, Effie Sevrance«, rief Turby Flapp. »Du tust seinem Andenken keine Ehre an, wenn du dich auf seine Kosten verteidigst. Welcher Mann hier hatte noch nie bei der Jagd Streit mit einem anderen? Das ist nichts, was man mit nach Hause nimmt und den

Frauen erzählt. Sollen sie sich um ihre Fallen kümmern, nicht um die Jagd.«

Zustimmende Rufe erklangen. Turby Flapp war alt und zittrig, aber Effie konnte dennoch den Triumph in seinem Blick erkennen. Er hatte sie und ihren Vater beleidigt, und das erfüllte die Männer mit selbstgerechtem Zorn.

Mace Blackhail hatte seine Handlanger gut gewählt.

Oh, sie wusste, wieso er nicht hier in diesem Raum war. Seine Hände würden sauber sein müssen. Wenn Drey zu ihm kam, wie es zweifellos geschehen würde, konnte Mace sagen: *Drey, wenn ich dort gewesen wäre, hätte ich es aufgehalten. Ich habe an der Großen Feuerstelle Wache gehalten. Ich hatte keine Ahnung, was diese Männer vorhatten.*

Effie spürte, wie Stanners Schwert ihre Lippe aufriss und ein Blutrinnsal über ihr Kinn lief. Sofort veränderten sich die Dinge. Die Männer amteten schwerer, und viele veränderten den Griff am Schwert, weil ihre Handflächen zu schwitzen begonnen hatten. Blut war vergossen worden. Jede Hoffnung auf Milde hatte damit ein Ende.

Stanner Hawk kniff zufrieden die Lippen zusammen und zog mit königlicher Geste sein Schwert zurück. »Wracker«, sagte er zu einem der Scarpemänner, »steck den Hund ins Loch.«

Wracker Fox war ein Schwertkämpfer, so wie es Shor Gormalin gewesen war: klein und schlank und so schnell in seinen Bewegungen, dass es war, als sähe man einen Hasen aus der Deckung flüchten. Sofort war er aus der Schmiede verschwunden, und scheinbar nur Sekunden später kehrte er zurück, etwas Zappelndes in eine Decke gewickelt vor der Brust.

Effie glaubte, ihr Herz würde aufhören zu schlagen, als sie

das erste verängstigte Winseln hörte. Sie hatten einen der Shankshunde gefangen.

Wracker Fox ließ den Hund auf den Boden fallen, um ihn aus der Decke zu ziehen. Man hatte dem Tier die Beine gefesselt, und die Schnauze war ebenfalls fest mit geteertem Seil zugebunden. Effie zuckte zusammen. Es war der alte Kratzer, der würdevolle Älteste des Rudels. Wunden um Augen und Schnauze zeigten, dass er sich nicht ohne Kampf ergeben hatte.

Stanner Hawk sagte: »Steckt ihn mit den Füßen zuerst rein, wie wir es mit dem Mädchen machen werden.«

Ein Laut entrang sich Effies Kehle, so leise und hilflos, dass niemand darauf achtete ... aber es genügte, dass der alte Kratzer sie bemerkte und wusste, dass sie dort war. Langsam und unter großer Anstrengung wandte er ihr die großen bernsteinfarbenen Augen zu.

Niemals, nicht wenn sie tausend Jahre leben würde, würde Effie Sevrance diesen Blick vergessen. Entsetzen, Vertrauen und Liebe trafen sie mit solcher Kraft, dass es war, als befände sie sich im Kopf des Hundes. Plötzlich konnte sie kaum mehr atmen. Die Shankshunde hatten ihr das Leben gerettet.

»Hört auf«, murmelte sie Stanner Hawk zu. »Lasst den Hund frei, und ich sage euch, was ihr wollt.«

Stanner fuhr mit der bleichen Hand über seinen Bart und wechselte dann einen kurzen, zufriedenen Blick mit Turby Flapp. Er wandte Effie noch einmal den Rücken zu und sagte: »Du gibst also zu, dass du eine Hexe bist. Und dass du dem Clan Bludd bei dem Angriff auf Dagro Blackhail im Ödland und bei der Ermordung von Shor Gormalin geholfen hast. Du gibst also zu, dass du deinem Bruder Raif Sevrance geholfen hast, seinen Clan zu verlassen, und gehört hast, wie er gestand, dass Feigheit ihn veranlasst hat, sich nicht an dem Kampf an der Bluddstraße zu beteiligen. Und schließlich gestehst du, dass du Orwin Shanks Hunde verhext und sie gezwungen hast, einen unschuldigen Mann und eine unschuldige Frau anzugreifen, und das nur, weil sie wussten, dass du eine Hexe bist.« Stanner Hawk hatte sich plötzlich wieder umgedreht und lächelte sie so kalt an, dass ihr Blut zu Eis gefror. »Gibst du diese Sünden zu, Effie Sevrance, im Angesicht der Neun Götter?«

Papa, ich habe es nicht getan! Effie warf Kratzer einen Blick zu, dann wandte sie sich schnell wieder ab. Sie konnte nicht den Hund ansehen und lügen. Stanner Hawk war etwas anderes. Sie hob das Kinn, hob den Blick und sah ihm voll in die Augen »Ich gebe im Angesicht der Neun Götter zu, dass ich eine Hexe bin.«

Alle keuchten. Ein paar ältere Clansmänner berührten ihre Behälter mit Heiligem Stein. Einer, der uralte und bucklige Ezander Straw, begann die Neun Götter aufzuzählen: *Ganolith, Hammada, Ione, Loss, Uthred, Oban, Larannyde, Malweg, Behathmus.*

Flammen sprangen hoch und sandten Hitzewellen durch den Raum. Der Schlamm kochte wie wild, spritzte und schmatzte, als das Wasser darin zu Dampf wurde. Stanner Hawks bleiche Lippen zuckten. Seine Knöchel an der Schwerthand waren weiß. Immer noch den Blick auf Effie gerichtet, sagte er: »Craw, wirf den Hund ins Feuer.«

»Nein«, hauchte sie. Dann lauter: *»NEIN!«*

»Doch«, zischte er. »Ich schließe keine Abkommen mit einer Hexe.«

»Aber ... du hast gesagt ... der Hund –«

Turby Flapp trat vor und schlug ihr ins Gesicht. »Still, Mädchen. Verschone uns mit deinen Lügen.«

Halb wahnsinnig vor Entsetzen und Hilflosigkeit, spürte Effie den Schmerz des Schlages nicht einmal. Sie konnte nicht die Worte finden, um Kratzer zu retten. Sie hatten gesagt ... sie hatten gesagt ... *Kratzer ist nicht an Hitze gewöhnt. Er hat sogar Angst vor Kerzen ... Es tut mir Leid, es tut mir so Leid, Papa. Ich wusste nicht, was ich sagen sollte.*

Craw Bannering hob den Hund hoch. Die Luft, die aus dem Feuerlicht aufstieg, flimmerte vor Hitze. Das Feuer knisterte und toste und stieß Wolken weißer Funken aus. Die Schmiedehandschuhe reichten bis an Craws Oberarme und schützten ihn vor den Flammen, als er den Hund ins Feuer steckte.

Die Hitze war so gewaltig, dass das Feuer selbst in trockener Luft zündete. Kratzer schrie, zappelte und zuckte, seine Augen weit vor Entsetzen, als er versuchte sich loszureißen. Als die ersten Flammen sein Fleisch fanden, stieß er ein schreckliches Stöhnen aus. Effie sah zu, wartete, wusste, dass der Hund sie ansehen würde, und war mit jeder Faser entschlossen, sich nicht abzuwenden.

Die Augen des Hundes waren schon trübe, als sein Blick sie fand, aber es stand der gleiche Ausdruck darin wie zuvor. Vertrauen. Er glaubte, Effie würde ihn retten. Selbst jetzt noch.

Effie spürte, wie ihr Tränen über das Gesicht liefen, als der Hund vollkommen im Feuer verschwand. Etwas Hartes, Schreckliches wuchs in ihr, und sie spürte das erste Regen schrecklicher Wut. Sie betrachtete die Männer, die im Kreis um sie herumstanden. Sie hatten ihre Aufmerksamkeit vollkommen auf das Geschöpf gerichtet, das dort in den Flammen zuckte. Langsam, langsam bewegte sie sich zwei Schritte seitwärts, stellte den Fuß auf Bittys Feuersteinmesser und tat so, als würde sie sich das Knie kratzen. Einen Augenblick später hatte sie das Messer in der Hand. Als sie sich wieder aufrichtete, sah sie die beiden Hailsmänner hinter sich an; ihre Blicke waren nicht von der Schmelzkammer gewichen.

Als der Gestank von verbrennendem Fell und Fleisch den Raum erfüllte, hatte Effie das Messer fest gepackt. Die Männer bewegten sich und rieben sich die Augen, als wären sie aus einem Traum erwacht. Als Stanner Hawk sich ihr wieder zuwandte, war sie bereit.

»Hexe! Möge das Feuer mit dir nicht sanfter sein!« Er winkte den beiden Scarpemännern zu, Uriah Scarpe und Wracker Fox. »Packt und fesselt sie. Soll sie mit offenen Augen ins Feuer gehen.«

Als die beiden Scarpemänner dazu ansetzten, auf sie zuzugehen, zeigte Effie ihr Messer. Sie bewegte es in einem Halbkreis vor sich und sprach mit zittriger Stimme. »Bleibt, wo ihr seid. Ich bin nicht so hilflos wie ein Hund.«

Jemand nahe der Tür schnaubte. Uriah Scarpe verzog die dünnen Wiesellippen zu einem höhnischen Grinsen. Wracker Fox wich in gespielter Angst zurück »Also gut, kleine Blackhailkatze. Ich sehe, du möchtest gerne kämpfen.«

Stanner Hawk war alles andere als erfreut. »Verbrennt sie endlich. Bringen wir es hinter uns.«

»Ja«, fügte Turby Flapp hinzu. »Gebt ihr keine Gelegenheit, noch mehr Hexenkunst anzuwenden.«

Effie spürte, wie ihre Wangen glühten. Wie hatte sie so dumm sein können zu glauben, dass sie sich vor einem Mädchen mit einem Steinmesser fürchten würden? In diesem Augenblick bemerkte sie, dass Uriah Scarpes Blick wieder zu ihrem Zeichen wanderte. Der Granitstein zuckte heftig, bewegte den Wollstoff ihres Kleids. Sie sah, wie sich die Pupillen des Scarpemanns vor Angst weiteten ... und dann wusste sie, was sie tun musste.

Sie glauben tatsächlich, dass ich eine Hexe bin.

Sie hielt das Messer immer noch fest, und jetzt bückte sie sich und packte die Schüssel mit dem Eisensaft. Bevor jemand Gelegenheit gehabt hatte, etwas zu sagen, tauchte sie die Klinge in die Flüssigkeit. Tausend Poren im Feuerstein saugten das Schwarz auf. Die Klinge glitzerte und rauchte wie ein Stück gefrorener Nacht. Sie fürchtete sich beinahe selbst, denn der Anblick weckte Erinnerungen, von denen sie nicht wusste, dass sie sie gehabt hatte. Aber dann roch sie Papas Geruch, den Geruch nach zu alter Gerste und beinahe verdorbenem Honig und Torf, der verbrannt und nicht geräuchert worden war. Es gab ihr Kraft und Mut, und als sie sprach, war alle Angst verschwunden.

»Das hier«, sagte sie und hielt die schwarz überzogene Klinge hoch, damit alle sie sehen konnten, »ist Schwarze Magie, die ich selbst destilliert habe. Ein Tropfen davon auf eure Haut, und eure Seelen gehören mir. Eure Zähne werden verfaulen, eure Schwerthände werden welken, und euer Samen wird sich schwarz verfärben.« Sie hielt inne und sprach ein lautloses Dankgebet, dass Letty Shank sie zu diesem besonderen Schreckensbild inspiriert hatte, und dann fuhr sie fort und stellte sich Anwyn Bird vor, wenn sie zornig wurde, um ihrer Stimme den richtigen Nachdruck zu verleihen: »Wenn euch euer Leben lieb ist, dann lasst mich gehen, oder ich schwöre, ich werde diese Schüssel hinwerfen und euch alle damit voll sprühen und eure Seelen mit mir in die Hölle nehmen.«

Schweigen. Jemand hustete. Turby Flapp setzte dazu an, etwas zu sagen, dann war es still. Ein paar der Jüngeren begannen zurückzuweichen. Uriah Scarpe senkte die Schwerthand schützend vor den Schritt. Effie wartete, das Messer in der Hand, die Schüssel in der Ellbogenbeuge ... und starrte sie alle nieder.

Stanner Hawks Gesicht war eine angespannte Maske.

Von den vierundzwanzig Männern in der Schmiede war er der Einzige, der wusste, dass sie keine Hexe war. Sie sah, wie er die Möglichkeiten abwog. Wenn er sie eine Betrügerin nannte, war alles, was er hier veranstaltet hatte, sinnlos. Sie war entweder eine Hexe oder eine Betrügerin; sie konnte nicht beides sein. Sich jetzt gegen sie zu wenden, hätte bedeutet, dass er sich selbst widersprach. Und es war durchaus möglich, dass sie nicht auf ihn hörten. Die Männer hier in diesem Raum hatten wirklich Angst; und wenn Effie das wusste, wusste Stanner Hawk es ebenfalls.

Am Ende wurde ihm die Entscheidung abgenommen. Wracker Fox wich von ihr zurück und sagte zu Stanner: »Kümmere du dich um diese Hexe. Ich werde sie nicht anrühren.« Sobald er das ausgesprochen hatte, erklang zustimmendes Gemurmel, und die vier Männer, die die Tür bewacht hatten, traten beiseite. Auch andere rührten sich, und einen Augenblick später war der Weg zur Tür frei.

Es zeichnete sich wohl Schreckliches auf Effies Zügen ab, als sie zwischen den Reihen der Clansmänner hindurchging, denn niemand wollte sie ansehen. Turby Flapp ließ sein schlecht ausgewogenes Schwert auf den Boden fallen und packte den Behälter mit seinem Anteil an Heiligem Stein mit beiden Händen. Die Scarpemänner machten Gesten, die Effie nicht kannte, seltsame Abwehrgesten in der Form von Giftkiefern. Als sie an Stanner Hawk vorbeikam, flüsterte er: »Schlafe nie wieder in diesem Rundhaus, Effie Sevrance, oder mein Messer wird dich finden, sobald du die Augen schließt.«

Sie erwiderte nichts. Sie wagte nicht zu sprechen. Alles in ihr war darauf konzentriert, es bis zur Tür zu schaffen. Der Gedanke an den alten Kratzer ließ ihre Hände ruhig bleiben und ihre Augen mit einer ganz eigenen Art von Feuer glühen.

Später konnte sie sich nicht mehr daran erinnern, wie sie aus dem Trockengraben und aus dem Rundhaus herausgekommen war. Nur zwei Gedanken hielten sie aufrecht: an das Vertrauen Kratzers, dass sie ihn retten konnte, und an das schreckliche Wissen, dass die Steingötter für das Unrecht, das die Clansmänner an diesem Abend verübt hatten, das Herz des Hailsteins mit Eis erfüllen würden.

7
Sull werden

Sie betraten den Berg am vierten Tag, und obwohl es so gut wie unmöglich war zu sagen, in welche Richtung sie sich bewegten, hatte Ash das Gefühl, dass sie nicht mehr nach Osten unterwegs waren.

»Wir wenden uns erst nach Osten, ins Kargland, dann nach Süden ins Herz«, war alles, was Ark Knochenspalter gesagt hatte. Ash hatte keine Fragen gestellt. Das war am Morgen ihres Aufbruchs gewesen, als die Sonne sich noch kaum über den östlichen Horizont geschoben und das Sternenlicht das Eis beleuchtet und blau gefärbt hatte. Sie hatte in der Nacht zuvor im Haus des Lauschers nicht geschlafen, nur schreckliche wache Stunden in dem Bewusstsein verbracht, dass sie Raif bald verlassen würde und ihm nicht erklären konnte, warum. Wenn sie mit ihm darüber gesprochen hätte, hätte sie die Nerven verloren. Er hätte widersprochen, versucht, sie zu überreden, sie beeinflusst. Und er hätte es getan, weil er sie liebte. Und es wäre ein Fehler gewesen.

Sie war jetzt Sull, und die Kriege der Sull waren auch die ihren. Ihr Fleisch war *Rakhar Dan*; sie war diejenige, die die Mauer des Blinden Lands einreißen konnte. Und sie war den Sull für das, was sie getan hatte, etwas schuldig.

Sie konnte Raif nicht mit auf diese Reise nehmen. Die Fernreiter ließen es nicht zu, sie mochten diesen Mann, den sie als den Clansmann bezeichneten, nicht. Aber die Gründe der Fernreiter waren nicht Ashs Gründe. Sie wollte Raif nicht dabeihaben, weil er schon genug getan, genug aufs Spiel gesetzt hatte, und sie reiste in die Dunkelheit ...

diesen Weg würde sie allein gehen. Sie würde ihn nicht in Gefahr bringen. So einfach und gleichzeitig kompliziert war das.

Sie wusste, dass er ihr nicht folgen konnte. Ark Knochenspalter hatte für Raifs Spurenleserei nur Verachtung übrig. »Clansleute sehen nur, was da ist. Sie sehen nicht, was da *gewesen* ist. Wie Kinder betrachten sie nur ihre Füße. Hinterlässt ein Adler Fußabdrücke, wenn er fliegt, oder ein Eichhörnchen, das von Baum zu Baum springt? Nein! Sie hinterlassen Spuren, die man riechen und schmecken und hören muss. Clansleute folgen einer Spur mit einem einzelnen Sinn, die Sull benutzen fünf.«

Ash wurde einen Augenblick langsamer, weil die Müdigkeit sie plötzlich überfiel. *Er kann mir nicht folgen.* Der Gedanke brach ihr beinahe das Herz. Er hatte sie so lange beschützt, sie weitergetragen, wenn sie nicht mehr laufen konnte. Aber all seine Kraft und Entschlossenheit bedeuteten angesichts der Sull nichts mehr. Die Fernreiter hatten ihn so leicht hinters Licht geführt, als wäre er noch ein grüner Junge ... und sie würden dafür sorgen, dass er sie nie wiederfinden konnte.

Ash atmete tief und versuchte, den Schmerz zu beherrschen. Sie wünschte nur, dass sie endlich aufhören könnte, sich jedes Mal, wenn sie morgens erwachte, als Erstes nach ihm umzusehen!

Ark Knochenspalter hatte bemerkt, dass sie langsamer geworden war, und passte sich ihrem Tempo an. Nichts entging dem Fernreiter; sie durfte das nicht vergessen und musste sehr beherrscht sein. »Wie weit noch, bis wir das Lager aufschlagen?«

Obwohl sie schon einen ganzen Tag im Berg gewesen waren, trug Ark Knochenspalter immer noch die helle, milchige Schuppenrüstung unter dem Vielfraßumhang. Die

Rüstung strahlte selbst Licht ab, schimmerte in der Dunkelheit des Berges, als hätte sie das Leuchten des Mondes gespeichert. Ash hatte die Rüstung von nahem gesehen, als der Knochenspalter sich mit steinerhitztem Wasser wusch; sie war warm, wenn man sie anfasste, und seltsam – in jeder einzelnen Schuppe flackerten kleine Feuerringe. Sie bestanden aus Knochen, so viel konnte sie sehen, die in so dünne Scheiben geschnitten waren, dass sie hätten brüchig sein sollen. Aber als Ash ein Stück der Rüstung zwischen den Fingern gehalten hatte, hatte sie die stählerne Festigkeit darin gespürt.

Ark Knochenspalter drehte sich zu ihr um, und die Schuppenrüstung bewegte sich wie Seide. Nicht viel von dem Licht der Fackel, die Mal Neinsager mehrere Schritte vor ihnen trug, fiel auf sein eisgebräuntes Gesicht, aber seine Augen waren genau zu sehen. Etwas lag dort verborgen. »Wir ziehen bis spät in die Nacht weiter.«

Wie spät war es? Ash war nicht sicher. Sie konnte sich nur daran halten, wie sich die Stunden unter dem Stein anfühlten. Der Berg dämpfte Zeit und Licht. Schmale Gänge wanden sich durch den Fels, durch Granit und vorbei an glitzernden Erzadern, an Teichen und Höhlen, in denen kleine Geschöpfe mit großen Augen vor dem Licht davonhuschten. Sie bewegten sich abwärts, immer weiter abwärts. Manchmal wurden die Gänge so niedrig, dass sie wieder zurückkehren und einen Weg finden mussten, den auch die Pferde nehmen konnten. Manchmal musste der Neinsager die Pferde über Steinbrücken und ausgetretene Treppen führen. Echos folgten ihnen wie Schatten. Kein Geräusch verließ je den Berg; stattdessen kreiste es, prallte von einer Wand zur anderen, wurde tiefer und tiefer und zerfiel schließlich zu Fragmenten seiner selbst. Einmal blieb Ash stehen und lauschte. Sie hörte ihre eigene Stimme, die seltsam verzerrt, aber immer noch deutlich verständlich sagte: »Ich nehme ein Stück von dem Fladenbrot.« Worte, die sie einen halben Tag zuvor ausgesprochen hatte, als sie am Vormittag eine Rast eingelegt hatten.

Plötzlich war ihr kalt, und sie zog den Umhang fester um sich. Mal Neinsager führte vor ihnen die Pferde durch einen von Quarz glitzernden Bogengang. Der riesige Sullkrieger hatte seit Stunden kein Wort mehr gesagt. Es fiel ihm zu, den Weg zu suchen, den Ark Knochenspalter vorgab, und die Fackel zu tragen, die ihnen diesen Weg beleuchtete. Diagonal über seinem breiten Rücken hing sein Langschwert, das er wegen der ungewöhnlichen Länge auf diese Weise umgeschnallt hatte. Er trug andere Felle als sein *Hass,* aber die Rüstung darunter bestand aus den gleichen schimmernden Schuppen. An der linken Hand hatte er einen großen Lederhandschuh, wie der Handschuh eines Falkners, der seine Finger und das Handgelenk vor dem spuckenden Teer der Fackel schützte. Als hätte er Ashs Blick bemerkt, drehte er sich nun um. Seine eisblauen Augen waren immer ein Schock. Ihr Blick war durchdringend. Wissen – und Weisheit – glühten darin, und Ash fragte sich, welche Tragödien sich wohl in seiner Vergangenheit ereignet hatten.

»Ist der Weg offen?«, fragte Ash und ging auf den Neinsager zu, der immer noch in dem Torbogen stand.

Der Sullkrieger schüttelte den Kopf. »Nein. Die Höhlendecke senkt sich, und der Boden ist unsicher.«

Ark nickte, aber es war ein nachdenkliches Nicken. Er betrachtete seinen *Hass* mit Augen, die beinahe schwarz wirkten. Ash konnte geradezu sehen, wie er nachdachte. Sie hatten das Eisjägerland vor fünf Tagen verlassen, waren durch Schnee- und Eisstürme gereist, über schwarzes Eis und verschneite Vorgebirge, und in all dieser Zeit hatte auf seinen Zügen nichts als vollkommene Sicherheit gestanden. Jetzt gab es da noch etwas anderes.

»Kümmere dich um die Pferde. Wir gehen allein weiter.«

Als der Neinsager ein Seil aus dem Gepäck nahm, drängte sich Ash durch den Torbogen und betrachtete das Gelände, das vor ihnen lag. Die Schatten waren tief und verbargen viel. Eine Treppe war in den Stein gemeißelt, aber sie konnte nicht sehen, wo sie hinführte, nur dass sie sich weiter in die Tiefe des Bergs wand. Eine leichte Brise wehte ihr das Haar aus dem Gesicht, und sie nahm den beunruhigenden Geruch von Kupfererz wahr. Wie Blut. Plötzlich nervös geworden, kehrte sie an Ark Knochenspalters Seite zurück.

Der Fernreiter betrachtete Zeichen, die in das Gewölbe des Torbogens eingeritzt waren. Ash erkannte Sullzeichen, Vollmonde und Halbmonde und Diagramme von Nachthimmeln. *Alles, was tief und lichtlos ist, beanspruchen sie als zu ihnen gehörig.* Ash schauderte. Sie wusste so wenig über die Sull. Wie konnte sie je hoffen, eine zu werden?

Ark hatte ihr wohl ein wenig von ihrer Unsicherheit angesehen, denn er kam nahe genug, dass sie die Aderlassnarben auf seinen Wangenknochen, Ohren und den Kiefern sehen konnte, und sagte: »Unsere Reise wird bald zu Ende sein.«

»Wir schlagen kein Lager auf, nicht wahr?«

»Nein.«

Etwas sagte ihr, dass sie die nächste Frage lieber nicht stellen sollte. Sie betrachtete den Fernreiter forschend. Er konnte vollkommen reglos dastehen, ohne auch nur zu blinzeln, ohne auch nur zu atmen. Seit sie das Eisjägerland verlassen hatten, hatten sie kaum miteinander gesprochen, und wenn, dann war es um Essen und Wetter und andere Kleinigkeiten dieser Art gegangen. Der Grund ihrer Reise war nicht erwähnt worden. Wie mit jedem sorgfältig bemessenen Atemzug ließ Ark Knochenspalter sich auch damit Zeit.

Sie war selbst überrascht, als sie sich sagen hörte: »Die Haut an deinem Hals, an der Kehle – wieso gibt es da keine Aderlassnarben?«

Die Muskeln in Arks Gesicht bewegten sich, und als seine Stimme schließlich erklang, war sie so leise, dass Ash sich anstrengen musste, um sie zu hören. *»Dras Morthu.* Der letzte Schnitt.« Er berührte die ungezeichnete Haut. »Wenn es für mich Zeit ist, zum fernen Ufer aufzubrechen, werde ich die letzte große Ader aufschneiden.«

»Und wenn dein Leben von einem anderen genommen wird?«

»Dann wird mein *Hass* nicht ruhen, bis er mich gefunden und den letzten Schnitt selbst ausgeführt hat.«

Ash senkte den Blick. In den Augen des Fernreiters stand zu große Vertraulichkeit.

»Die Pferde haben Futter und Wasser. Gehen wir.« Mal Neinsager zog die Fackel wieder aus der Felsspalte, in die er sie gesteckt hatte. Die Sullhengste und das Packpferd blieben ruhig stehen. Diese großen, stolzen Tiere brauchten nicht angepflockt zu werden, sie würden nicht fliehen. Ash wusste genau, dass sie auf die Rückkehr ihrer Reiter warten würden. Als sie durch den Bogen ging, streichelte sie dem Grauen über die Nase. »Guter Junge«, flüsterte sie. »Eines Tages werde ich herausfinden, wie du heißt.«

Der Boden war schwierig und unsicher, die Stufen waren sehr ausgetreten und rutschig von Grafit. Ash rutschte häufig aus, und jedes Mal streckte der Neinsager die Hand aus, um sie festzuhalten. Der riesige Sull sah Dinge, die Ash nicht auffielen: Risse und Ölflecken und brüchigen Stein. Sie fragte sich, ob er die Fackel überhaupt brauchte. Der Stein war dunkel und auf groteske Art gefaltet, und er fraß das Licht bei jeder Gelegenheit. Schatten flackerten und wurden länger, und bald schon konnte Ash nicht mehr als ein paar Schritte vor sich sehen. Schatten flackerten. Aber der Neinsager wurde nicht langsamer.

Die beiden Männer trugen leichte Rucksäcke. Lebensmittel für ein paar Tage, Decken und Arznei, nahm Ash an. Warum hatten sie sie hierher gebracht? Zuerst hatte sie geglaubt, sie wollten durch den Berg gehen, eine Abkürzung, die sie vor dem Eis schützen würde. Nun wusste sie, dass sie ein bestimmtes Ziel hatten, einen Ort, der sich tief unter dem Berg befand. *Raif, ich wünschte, du wärst hier bei mir.*

Zuerst konnte sie nicht glauben, dass es wärmer wurde. Sie gingen immer tiefer in den Berg, und Ash bemerkte eine dünne, kitzelnde Schweißschicht zwischen ihrer Oberlippe und der Nase. Sie wischte sie weg, und bald schon war sie wieder da. Und es wurde nicht nur wärmer, wie sie feststellte, als sie die Feuchtigkeit auf einem Stein bemerkte; es wurde auch feuchter. Die beiden Sullkrieger schienen sich an der Veränderung nicht zu stören, aber sie sahen zweifellos die Nebelranken, die ihnen die Treppe hinauf entgegenkamen. Und sie mussten das tropfende Wasser hören.

Tiefer und tiefer gingen sie, ihre Schritte nun gedämpft, die Echos beinahe verklungen. Der Nebel umspielte ihre Fußgelenke wie Schaum. Hin und wieder sah Ash Zeichen, die in den Stein gekratzt waren. Einmal glaubte sie einen Raben zu erkennen, und sie wusste nicht, ob sie das tröstlich oder beängstigend finden sollte. Sie war so erschöpft, dass sie stolperte, und der Neinsager bot ihr den Arm, damit sie sich stützen konnte. So erreichten sie das Ende der Treppe und die Kammer im Berg.

Die Kammer war dunkel und voller Schatten, und sie erstreckte sich weiter, als Ash sehen konnte. Ein Teich mit grünem Wasser befand sich in der Mitte, die Quelle des Schwefelgeruchs und des Nebels. Große Vorsprünge aus Stein reckten sich von den Ufern aus ins Wasser, überzogen mit Kupferrückständen.

»*Hass*, entzünde mehr Fackeln.« Ark Knochenspalter klang irgendwie nicht wie ein Mann, der froh war, sein Ziel erreicht zu haben. Aus irgendeinem Grund nahm Ash an, er würde sich nun zur Ader lassen, aber er tat es nicht. Stattdessen ging er mit schwerem Schritt auf den Teich zu. Der Neinsager überzeugte sich, dass Ash wieder fest auf den Beinen stand, und dann machte er sich daran, Fackeln anzuzünden. Ash blieb kaum etwas anderes übrig, als Ark zum Wasser zu folgen.

Als sie das Ufer erreichte, hatte der Fernreiter schon eine Decke für sie bereitgelegt. »Setz dich«, sagte er. »Ruh dich aus.«

Das tat Ash. So nahe am Teich war der Nebel erdrückend, und sie bemerkte zum ersten Mal, dass sie an einer heißen Quelle saß. Plötzlich war sie von dem Bedürfnis erfüllt, vollständig bekleidet ins Wasser zu waten und zu spüren, wie das warme Nass die Schmerzen wegwusch. *Sie haben mich nicht hergebracht, damit ich ein Bad nehme,* erinnerte sie sich und erstickte die kleinen Funken von Freude.

»Ash March, Findling. Trink das hier.« Ark Knochenspalter hielt ihr ein Widderhorn mit einer klaren Flüssigkeit hin. Als sie nicht sofort danach griff, sagte er: »Es wird dich nicht einschlafen lassen.«

Sie dachten beide an den Abend im Haus des Lauschers, an den *Oolak,* der Raif hatte bewusstlos werden lassen. Sie sagte: »Wird es mir schaden?«

»Nein, es wird dir Kraft geben.«

Sie nahm das Horn, trank aber nicht. Der Neinsager ging im Kreis um den Teich herum und steckte Fackeln zwischen die Felsen. Diese schlichte Tat erschreckte Ash irgendwie: Warum brauchten sie so viel Licht? Weil sie Angst hatte, fragte sie schließlich: »Werden wir Feuer machen? Ich könnte den Rest des Ziegenfleischs braten.«

Ark schüttelte den Kopf, und einen Moment sah sie Traurigkeit in seinen Augen. »Heute Abend essen wir nicht, Ash March. Heute Nacht wirst du Sull.«

Die Worte hallten in der Kammer wider und verklangen dann. Ash hatte das Gefühl, als wären sie in sie eingedrungen wie ein Messer. Sie bemerkte, dass sie zitterte. Flüssigkeit aus dem Horn spritzte auf ihr Bein, und sie zwang sich, die Hand ruhig zu halten.

Ark Knochenspalter sprach leise und mit dieser eindringlichen Stimme weiter. »Wir können dich nicht ins Herzland bringen, bevor du eine Sull bist. Du bist *Rakhar Dan,* und du wirst für die Lange Nacht, die kommen wird, gebraucht. Wir sind die Einzigen, die noch verblieben sind, um die Finsternis zu bekämpfen. Während Clansleute und Städter sich um Land bekriegen, das einmal den Sull gehörte, werden wir ausziehen und gegen die Herren der Finsternis und jene kämpfen, die sie zu Schattenwesen gemacht haben. Du musst wissen, Ash March, dass ich dir für deine Seele nur wenig bieten kann. *Maer Horo* liegt vor uns – das Zeitalter der Finsternis. Es ist keine gute Zeit, um Sull zu werden. Wenn wir Glück haben, werden wir kämpfen, bis wir sterben, wenn nicht, dann werden uns die Herren der Finsternis versklaven, und unsere Seelen werden auf ewig im Grauen umherirren. Es gibt vieles, was ich dir jetzt nicht sagen kann. Dinge, die vor einer Fremden, die unsere Art nicht kennt, nicht ausgesprochen werden können. Unsere Geheimnisse sind teuer, sie kosten unser Blut, und wann immer wir sie verraten, wagen wir viel. Eins jedoch sollst du wissen: Wenn du Sull wirst, werden wir dich schützen und ehren und unser Leben geben, damit dir nichts zustößt. Du bist so kostbar für uns wie ein Neugeborenes, und wie ein Neugeborenes bringst du uns neue Hoffnung.«

Ash ließ die Worte des Fernreiters auf sich wirken. Sieben Fackeln brannten nun um den Teich herum und färbten das Wasser orangefarben und grün wie die Götterlichter am Nordhimmel. Sie konnte das Harz der Fackeln knistern hören ... und die gemessenen Atemzüge der beiden Männer. Gerührt, aber nicht willens, das zuzugeben, sagte sie: »Ich kann mich also selbst entscheiden?«

Sie hätte nicht sagen können, ob der Sullkrieger bemerkt hatte, wie sehr ihre Stimme zitterte. Er nickte nur.

»Und wenn ich mich weigere?«

»Dann bringen wir dich wieder aus dieser Kammer heraus.«

»Und dann?«

Sie hatte die Frage gestellt, die der Fernreiter gehofft hatte, nicht beantworten zu müssen – das sah sie ihm deutlich an. Er und sein *Hass* wechselten einen Blick. Der Neinsager verließ seinen Platz am anderen Ende des Teichs. Wieder einmal bemerkte sie seine Geschmeidigkeit, seine Größe, und als sie ihm in die eisblauen Augen schaute, wusste sie ohne jeden Zweifel, dass sie einem Mann ins Gesicht schaute, der nicht davor zurückschrecken würde, sie zu töten.

Er sagte leise: »Ich werde es tun, ohne dass du etwas spürst.«

Ash glaubte ihm. Es gab vermutlich schlimmere Todesarten, als von der Hand eines so meisterlichen Schwerkämpfers zu sterben, eines Mannes, dessen Klinge so scharf war, dass nicht einmal ein Menschenhaar darauf fallen konnte, ohne durchtrennt zu werden. Sie bemerkte zu ihrem Erstaunen, dass sie ganz ruhig war. »Ich bin eine Gefahr, wenn ich am Leben bleibe.«

Ark Knochenspalter nickte, obwohl sie keine Frage gestellt hatte. Zum ersten Mal erkannte sie, dass er älter war, als sie angenommen hatte. »Wenn der Neinsager dich jetzt nicht tötet und wir einfach von hier weggehen und du wieder zu den Eisjägern zurückfindest, werden andere nach uns kommen. Wir sind die Ersten, die dich gefunden haben, aber wir werden nicht die Letzten sein. Wenn du nicht für uns bist, bist du gegen uns, und daher wird kein Sull dich am Leben lassen.«

Ash ließ zu, dass sich Schweigen über sie senkte. Wenn der Fernreiter die Wahrheit sagte, dann boten ihr diese beiden Männer hier eine Gnade an, die andere Sull ihr in der Zukunft nicht gewähren würden. Etwas in den dunklen Linien von Arks Gesicht und an der Art, wie er die Finger um die Kette des Aderlassmessers bog, sagte ihr, was seine Worte nicht ausgesprochen hatten. Die Sull, die nach ihm kamen, würden sie in Stücke zerreißen.

Sekunden vergingen, der Nebel stieg weiter auf, und dann sagte Ash: »Was bedeutet es, Sull zu sein?«

»Sull ist Heim«, erwiderte Mal Neinsager.

»Sull ist Herz und Leben und Seele«, fuhr Ark fort. »Die Herzfeuer brennen für uns und all die Ahnen, die uns vorangegangen sind. Wir sind weit über Meere und Kontinente und durch Orte gereist, an denen die Zeit sich lange und dünn erstreckt. Wir haben Familie und Land, Leben und Tod weit hinter uns gelassen – wie du weißt –, und all unsere Geschichte, all unser Schlachten tragen wir im Blut. Unsere Kinder werden mit Erinnerungen an das ferne Ufer geboren, und es ist unser größter Wunsch, dorthin zurückzukehren. Wir waren Zeugen der Schöpfung von Bergen und des Sturzes von Reichen und des Aussterbens vieler Lebewesen. Unsere Ahnen kannten die Alten, die einmal auf dieser Erde wandelten, und wir können uns an unsere eigene Schöpfung durch die Ersten Götter erinnern.«

Der Fernreiter beobachtete Ash, und der Blick seiner großen dunklen Augen schien etwas aus ihr herausholen zu wollen. Längere Zeit verging, und schließlich fügte er hinzu: »Wir sind deine Brüder, Ash March, und wir hätten dich gerne als Schwester. Werde eine von uns. Werde Tochter der Sull.«

Schmerz flackerte hinter Ashs Augen auf. *Bin ich so durchschaubar, dass sie mir dieses Bedürfnis ansehen können?* Sie sagte leise: »Ihr wollt meine Seele?«

»Man kann nicht nur im Fleisch Sull werden.«

»Und mein Leben wird nicht ungenutzt vergehen?«

»Maer Horo liegt vor uns. Du wirst ein erfülltes Leben haben.«

Ash nickte, denn sie verstand das grimmige Versprechen hinter diesen Worten. Sie war im Stande, die Mauer des Blinden Lands einzureißen, sie hatte es vielleicht schon getan, und wenn sie Sull wurde, würde sie ihr Leben dem Kampf gegen alles widmen, was von dort entkam. *Ich tue das hier nicht blind. Ich wünschte nur, Raif wäre hier.*

Die beiden Sullkrieger warteten. Der Neinsager stand reglos da und stützte sich nicht einmal mit einer Hand an der Wand ab. An seiner Seite flackerte eine Fackel, aber selbst deren Wärme und goldenes Licht konnte das Eis in seinen Augen nicht erreichen. Ark Knochenspalter saß auf einem Teppich aus nachtblauer Seide, sein Vielfraßumhang über einen Felsen drapiert, Schwert, Dolch und Tischmesser hinter ihm ausgebreitet wie ein stählerner Schweif. Seltsam, dass die Spiegelbilder beider Männer in dem grünen Teich silbrig glänzten.

Ash holte tief Luft. *Ich bin Ash March, Findling, vor dem Leeren Tor zum Sterben ausgesetzt.* Wie immer erfüllten sie diese Worte, *ihre Worte,* mit einer Art störrischer Kraft. Sie war unerwünscht und hatte keine Familie, also hatte sie nicht unbedingt etwas zu verlieren. Aber diese beiden Sullkrieger würden das ändern. *Schwester* nannten sie sie. Und nicht Beinahe-Tochter, sondern einfach *Tochter.*

Sie gehörte zu ihnen. Sie hatte es von dem Augenblick an gewusst, als Mal Neinsager sich vor ihr im Schnee niedergeworfen und die Worte gesprochen hatte, die nur sie verstanden hatte: *Willkommen, Schwester. Ich habe nie einen so hellen Mond gesehen wie den, der dich zu uns brachte.* Ash saß reglos, als sie sich an diesen Segen und Gruß erinnerte. Sie war stolz, ebenso wie diese Männer, und sie würde nicht weinen. Also war es nun einfach aufzustehen, und es war einfach, die beiden Fernreiter anzusehen und zu sagen: »Macht mich zu einer von euch.« In vielen wichtigen Aspekten war sie bereits Sull.

Nun veränderte sich die Nacht, wurde enger und dunkler, als die Schatten, die den Teich umgaben, sich verbanden und eine Mauer bildeten. Plötzlich war nichts anderes mehr vorhanden als sieben Fackeln und zwei Männer. Nebel stieg auf und fiel, stieg auf und fiel, und sie hob das Horn an die Lippen und trank. Die Flüssigkeit war kalt und scharf, und sie hatte einen süßen Nachgeschmack, der an Nelken erinnerte. Einen Augenblick lang wurde ihr schwindlig, dann konnte sie wieder klar sehen, und dann war Mal Neinsager neben ihr und streckte die Hand aus, um ihr das Horn abzunehmen. Ash spürte, wie die Schärfe der Flüssigkeit sich durch sie hindurchbewegte. Schon fielen die Dinge von ihr ab. Angst schien ein unmöglich weit entfernter Gegenstand, den sie sehen, aber nicht packen oder begreifen konnte. Zeit schien noch weiter in die Ferne gerückt, und Ark Knochenspalter und der Neinsager mussten offenbar große Zeitspannen zurücklegen, um auch nur ein einziges Mal zu blinzeln.

Langsam und entschlossen zog Ash sich aus; die Kleidung war ein so unerwünschtes Gewicht auf ihrem Rücken. Nackt stand sie ihnen gegenüber, das Kinn hoch erhoben, das Haar offen und bis auf die Brust fallend. Nebel bedeckte ihre Haut und sammelte sich an ihrer Kehle und unten am Rücken. Die beiden Fernreiter hatten sich bis zur Taille entkleidet und dabei Muskeln entblößt, die von schwerer Arbeit kündeten, und ein Netz von Narben. Mit einer gleichmäßigen, viel geübten Bewegung zog der Neinsager sein Aderlassmesser aus weißem Metall durch die Faust. Ash glaubte erst, dass er es polierte, und dann sah sie, dass er zwischen Zeigefinger und Daumen ein Stück Wetzstein hielt. Er schärfte die Klinge.

Ich werde es tun, ohne dass du etwas spürst.

Ark Knochenspalter sagte etwas, aber Ash musste sich gewaltig anstrengen, um die Worte zu begreifen. »Nichts von Wert kann ohne Gefahr errungen werden. Um als Sull geboren zu werden, musst du den Tod kennen lernen.«

»Ich wache über dich, Ash March«, murmelte der Neinsager. »Du gehst nicht allein zum Rand der Welt.«

Der Sinn der Worte erreichte sie, bevor sie sie wirklich verstand, und sie hörte sich selbst sagen: »Was wage ich hier?«

»Dein Blut ist kein Sullblut. Es muss vergossen werden, so dass neues Blut entsteht.«

Ash nickte, als sie endlich begriff, was sie vorhatten. *Und ich dachte, ich hätte den leichteren Weg gewählt.*

Sie schob das Haar in den Nacken, drehte sich um und begann, in den Teich zu waten. Das Wasser war heiß, und sie sah, wie erst ihre Füße und dann auch ihre Beine rosig wurden. Kupferdämpfe umgaben sie, breiteten Wärme und Müdigkeit aus, als sie sich um ihre Arme und Kehle legten. Als das Wasser ihre Taille erreichte, breitete sie die Arme aus und legte die Hände auf die grüne, glatte Wasseroberfläche. Hinter sich hörte sie, wie die Fernreiter ins Wasser stiegen, schnelle Bewegungen, die den Nebel aufsteigen ließen. Sie sah, wie das Glitzern von Silber sich auf den feuchten Felsen spiegelte, und einen Augenblick lang hatte sie Angst. Messer wurden gezogen. Dann waren Hände auf ihren Armen, zwangen sie auf ihren Rücken, drehten die Handgelenke zum Fackellicht. Finger legten sich fest auf warme Haut, suchten nach Adern.

Als sie schnitten, keuchte Ash unwillkürlich. Sie war froh, dass sie die Männer nicht sehen konnte, und noch mehr froh, dass sie die Wunden nicht sah. Sie beobachtete die Fackeln und die Schatten dahinter und hörte, wie die Männer sich zurückzogen. Das Wasser bewegte sich, stieg bis zu ihrer Brust, dann wurde alles still. Das Licht wurde trüber. Sie hob die Füße vom Boden, bewegte den Rücken und ließ sich an die Oberfläche treiben. Dunkles Blut zog durchs Wasser, bildete Muster wie seltene Blüten. Sie roch den süßlichen Duft.

Das Licht wurde trüber. An der Höhlendecke glitzerte verborgenes Erz ... Rot breitete sich bis zum Rand des Teichs aus, schwappte zurück und floss über ihre Hüftknochen und in die Höhlung ihres Nabels, wo es sich hin und her bewegte.

So müde ... so müde. Der Neinsager hatte Recht. Keine Schmerzen.

Dunkelheit. Treiben. Frieden und Wärme umgab sie. *Das ist es, was ich will. Kein Gewicht, keine Sorgen. Nur Frieden.*

Lasst mich gehen.

Die Dunkelheit veränderte sich, verdickte sich zu Gestalten. Wesen bewegten sich darin, Geisterkinder beugten sich vor, um sich an ihrer Seele zu laben. Jemand lachte – eine Frau. Eine leise, wohlklingende Stimme sagte: *Willkommen, Tochter. Ich frage mich, wieso du so lange gebraucht hast, um zu mir zu kommen.* Ash spürte eine Berührung, die so kalt war, dass es brannte. Schmerz schärfte ihr Bewusstsein, und sie wusste mit vollkommener Klarheit, dass sie für diesen Ort nicht bereit war. Sie drehte sich um und floh. Wohlklingendes Lachen folgte ihr.

Die Landschaft war nun grau. Aber vor ihr lag das erste Schimmern von Weiß. Das ferne Ufer. Und sobald Ash diese Worte zu sich selbst gesprochen hatte, spürte sie den Beginn einer Sehnsucht. *Es ist unser größter Wunsch, dorthin zurückzukehren.* Sie sah ein Meer, so blau, dass es wie eine vollkommen neue Schöpfung wirkte, wie es sich sachte an einem weißen Strand brach. Hohe Bäume wuchsen zwischen moosbedeckten Steinen und glitzernden Teichen, und dahinter erstreckte sich ein goldener Wald zu einem Horizont, wo etwas Geheimes, Ewiges schimmerte und so gerade eben nicht zu erkennen war. Ash lachte vor reiner Freude, das alles zu sehen, und beobachtete, wie ein gelber Schmetterling sich an einer tautriefenden Blüte labte. *Deshalb kämpfen sie gegen die Finsternis,* dachte sie, *denn eines Tages werden sie hierher zurückkehren und vollendete Freude verspüren.*

Mit diesem Gedanken drehte sie sich um. Sie spürte, wie

sie wuchs, wie neue Kraft sie erfüllte. Erinnerungen blitzten auf, und die erste Saat des Wissens fiel auf ihren fruchtbaren Boden. Überwältigt von dem atemberaubenden Gefühl, endlich ein Heim gefunden zu haben, schrie sie auf.

Sie war eine Sull geworden.

8
Ein Pfeil mit einem Namen

Das Mädchen legte einen Brocken Fleisch vor ihn hin. »Essen.« Sie kicherte nervös, hielt beide Hände vor den Mund und versuchte sich dann an einem weiteren Wort, das er ihr beigebracht hatte. »Gut. Essen.«

Raif musste trotz seiner schlechten Stimmung lächeln. Er würde ihr mehr Wörter beibringen müssen, sonst würde sie ihn noch in den Wahnsinn treiben, indem sie immer wieder auf Decken, Töpfe, Lampen und Streifen von Räucherfleisch zeigte und entweder »gut«, »schlecht« oder »essen« sagte. Die Decke, auf der er saß, war »schlecht.« Es hatte etwas mit fliegenden Vögeln und vielen Füßen zu tun, zumindest hatte er geglaubt, dass sie ihm das mit ihrer Zeichensprache mitteilen wollte. Plötzlich hatte er eine Idee, zog die Ecke der Decke hoch und hielt sie sich ans Gesicht. »Warm.« Er rieb sich mit der Decke über die Wange und wiederholte noch einmal: »Warm.«

Das Mädchen beugte sich rasch vor und berührte die Decke kurz, dann wich sie wieder zurück. »Warm.« Er konnte sehen, wie sie nachdachte. Einen Augenblick später zog sie einen dunklen, glänzenden Pelz aus einer Truhe und fuhr mit der Hand über das seidige Fell. »Warm.«

Raif nickte. Um ihr eine Freude zu machen, schnitt er ein Stück von dem Fleisch ab. Es war lilarot und halb gefroren, und man hatte es nur so kurz über der Lampe erhitzt, dass es wohl kaum als gebraten gelten konnte. Er kaute das zähe Stück, versuchte zu schlucken, dann kaute er weiter.

»Gut«, ermutigte ihn das Mädchen.

Aber nicht »warm«, fügte er lautlos hinzu.

Sie saßen in der Hütte des Lauschers, und die Walfischtranlampe zwischen ihnen warf ein sanftes Licht. Soweit Raif sagen konnte, war es früher Abend. Der Lauscher war nun seit zwei Tagen weg, denn die Jäger waren draußen auf dem Eis, und sie hatten seit einem halben Mond keinen Seehund mehr gesehen. Sie hatten Sadaluk gebeten, für sie zu lauschen. Der alte Mann war offenbar froh gewesen über die Gelegenheit, Raif zurückzulassen, und er hatte ihm das feierliche Versprechen abgenommen, dass Raif nicht gehen würde, bevor er zurückgekehrt war. Raif hatte das tückische Blinzeln des Lauschers nicht verstanden, aber als er nun das Mädchen ansah, das in weiches Seehundfell gehüllt vor ihm saß, glaubte er zu begreifen. Sie hieß Sila, und sie war rundlich und schön und hatte taillenlanges Haar und schwarze Augen.

Nur ein toter Mann kann dich nicht mehr überraschen. Raif brummte leise. Es schien, dass der Lauscher andere gerne überraschte.

Das Mädchen hatte ihm in den vergangenen zwei Tagen Essen gebracht und war häufig vorbeigekommen, um sich um die Lampe zu kümmern. Der lange Docht musste sorgfältig behandelt werden, damit er nicht ausging oder qualmte, und Raif bemerkte, dass dies Sila oft Gelegenheit gab, ihre Rundungen zu zeigen, wenn sie sich bückte oder vorbeugte, um die kleinen Dochtsamen ins Öl zu schubsen. Sie war Ash so unähnlich, wie es nur möglich war: mit warmer Haut und warmen Augen und stets bereit zu einem schüchternen Lachen. *Ash ist weg. Weg.* Also warum sollte er nicht dieses Mädchen anlächeln und ihre schlichte Aufmerksamkeit genießen, ohne dabei zu glauben, dass es ein Verrat an ihr war?

Sila nahm ihm das Tablett mit dem Fleisch ab, denn sie

hatte bemerkt, dass er es offenbar nicht besonders mochte. »Schlecht?«, fragte sie und machte aus dem neu gelernten Wort eine Frage. Grübchen erschienen auf ihren Wangen wie kleine Segenszeichen.

Raif versuchte, etwas gegen sie zu haben. Aber das ging einfach nicht. Was hatte sich der Lauscher dabei gedacht, sie zu ihm zu schicken? Wollte sich der alte Mann dafür entschuldigen, dass er dabei mitgewirkt hatte, Ash zu stehlen? Oder glaubte er, dass Raif ein Mädchen einfach über einem anderen vergessen würde?

Sila, die immer noch auf eine Antwort wartete, zupfte an dem goldfarbenen Pelz um ihren Hals und starrte zweifelnd das Fleisch an. Dieses kleine Anzeichen von Unsicherheit rührte Raif plötzlich, und er wollte freundlich sein. Er tätschelte seinen Bauch und sagte: »Voll.«

Das Mädchen tat es ihm rasch nach und rieb ihren schön gerundeten Bauch mit einer Hand, während sie die Zähne hinter der anderen verbarg. »Voll«, sagte sie stolz. »Voll.«

Sie setzten sich hin und sahen einander an, zunächst schüchtern, dann langsam mutiger. Sila trug eine weite Jacke mit Grätenstickerei und Moschusochsenfell. Sie war weit genug ausgeschnitten, um zu zeigen, dass ihr Hals mit Tätowierungen geschmückt war. Raif bemerkte, dass ihr Blick erst auf seinen vom Frost gezeichneten Händen ruhte, dann zu seiner Kehle, zu seinem Zeichen wanderte. Sie überraschte ihn, indem sie die Hand ausstreckte, um es zu berühren.

»Warm.«

Er atmete ihren Geruch ein und konnte nichts mehr sagen. Sie roch nach Seehundtran und Meersalz und Heidekraut, und das brachte sein Blut in Wallung. Plötzlich fiel es ihm schwer zu denken. Sie beugte sich weiter vor, um sich das Zeichen näher anzusehen, und ihr Atem kondensierte auf den Flächen seines Gesichts. Er konnte ihren Nacken sehen, wo weiches Haar sich aus den Zöpfen gelöst hatte. Und dann küsste sie ihn, sanft und zögernd, die Lippen feucht von Seehundtran. Raif befürchtete, die Beherrschung zu verlieren. Er wollte sie an sich pressen, spüren, wie sie ihre Stirn gegen seine drückte. Etwas Verzweifeltes erwachte in ihm, und mit ihm die echte Angst, Sila wehzutun. Nicht sonderlich sanft schob er sie von sich.

Sie atmete schwer und sah ihn gekränkt an. Sie berührte ihre Lippen. »Gut.«

Scham und Begierde ließen Raif erröten. Sekunden vergingen, während er kämpfte, um sich beherrschen zu können. Er wusste nicht mehr, was er tat. *Ash, warum hast du mich verlassen?*

Sila wartete und beobachtete ihn. Als er nicht versuchte, sie wieder an sich zu ziehen, öffnete sie die Verschlüsse ihrer Jacke. Sie sah ihn an, während sie kleine braune Brüste entblößte und die Hand auf ihr Herz legte. »Voll.«

Es war lächerlich, aber Raif war den Tränen nahe. Er hatte so lange um so wenig gekämpft, dass er vergessen hatte, was es bedeutete, ein Geschenk zu erhalten. Er hatte sie nicht verdient ... aber dieses Wissen hielt ihn nicht davon ab, sie haben zu wollen. Mit raschen Bewegungen zog er seine eigene geliehene Jacke aus, raues, altes Seehundfell, das schon viele Haare verloren hatte. Er schob das Ding weg und ließ sich betrachten, die großen weißen Narben, die ihm die Bluddmänner vor Duffs Herdhaus zugefügt hatten, und die Schwielen und anderen Zeichen der Folter durch den Hundelord. Die Zeit hatte ihn nicht gerade hübscher werden lassen. Angus Loks große schwarze Stiche mit gekochtem Rosshaar waren längst verschwunden – herausgezogen mit Angus' teuflisch scharfem Messer –, aber ihre ungleichmäßigen Spuren waren auf seiner Haut zurückgeblieben.

Sila betrachtete ihn. Wenn er geglaubt hatte, sie abschrecken zu können, hatte er sich geirrt, denn sie sah ihn voller Neugier und Wissen über Narben an. Als sie die Hand nach ihm ausstreckte, wich er zurück.

»Schlecht«, sagte er und legte die Hand auf die Brust. *Totenwächter.* Kurz davor, die Beherrschung zu verlieren, stand er auf. Ihm war schwindlig vor Verwirrung, und er wusste, er konnte keinen Augenblick länger hier bleiben und sie nicht nehmen. Stolpernd griff er nach der Jacke und ging hinaus in die Nacht.

Die beißende Kälte kühlte ihn nicht ab. Er war zu sehr erregt und beschämt. Unfähig, seine eigenen Gedanken zu ertragen, ging er auf das Meereseis zu, angezogen von dem schrecklichen Lärm, den es verursachte, und dieser großen leuchtenden bläulichen Masse. Das Sternenlicht wies ihm den Weg. Im Norden lagen Berge und kennzeichneten ein Gebiet, in dem kein Clansmann sich je aufgehalten hatte. Dort lag der See der Verlorenen, und dahinter das Trümmermeer und das helle endlose Eis des Endmeers. Raif musste an Tem denken. Er hatte seine Söhne und seine Tochter unterrichtet, hatte Landkarten in den Dreck oder in Schnee gezeichnet. Mit breiten Fingern hatte er Linien gezogen, die für Küsten und Wälder standen, und manchmal hatte er, um Effie eine Freude zu machen, kleine Erdhügel für die Berge gebaut. Und immer sprach er dabei von Clans. *Das hier ist der Milchfluss, der in den Östlichen Fluss mündet. Als die ersten Clansleute an seinen Ufern eintrafen, war sein Wasser milchig vom Steinstaub aus den Weißen Minen der Sull ... Dort liegen die Wandernden Inseln. Als Arlech Dregg, der Ruhelose Häuptling, sie zum ersten Mal sah, ließ er seine Männer Boote bauen, damit er die Inseln selbst erforschen konnte. Aber die vom Clan Dregg sind keine Seeleute, und die Boote, die sie bauten, waren nicht sonderlich gut, und auf halbem Weg zu den Inseln kenterten sie, und alle kamen um ... Hinter diesen Hügeln liegt der Teil des Ödlands, der als der Große Spalt bekannt ist; dort haben sich die Verstümmelten angesiedelt, und sie werfen ihre Toten augenlos in den Spalt.*

Raif trat auf eine feste Scholle, die sich wie ein Steinpier vom Ufer aus ins Meer reckte. Die große Eisfläche schuf ihr eigenes Wetter, und Wind stieg um ihn auf, wirbelte bei jedem Schritt um seine Beine. Zum ersten Mal, seit er die Hütte des Lauschers verlassen hatte, spürte er die Kälte. Schockiert von ihrer Intensität band er rasch die Jacke zu. Ein Teil des Eises war hier weggehackt worden, zerkleinert und dann weggebracht, damit man es im Dorf benutzen konnte. Alles Salz war längst aus den obersten Lagen entwichen und hatte reines Süßwassereis zurückgelassen. Raif nahm an, dass das Meer darunter umso salziger war, weil das Wasser durch den langen Winter zu Salzlake konzentriert wurde.

Es war Zeit zu gehen. Das schlimmste Wetter war vorbei, und der wolkenlose Himmel versprach zum ersten Mal seit vielen Tagen Ruhe. Ash hatte einen guten Vorsprung; ihre Wege würden sich wahrscheinlich nicht kreuzen. Er brauchte Vorräte und warme Kleidung. Eine Waffe. Hilfe, um die richtige Spur zu finden. Es war zu viel, um so etwas von Fremden zu verlangen, aber er hatte keine andere Wahl. Er konnte nicht hier bleiben. Er hatte gesehen, wie ihn die Eisjäger anschauten; er brauchte einen Ort, an dem die Menschen ihn nicht fürchteten und ihm nicht misstrauten.

Er musste unter Clansleuten sein.

»Die Götterlichter leuchten heute Nacht.«

Raif drehte sich beim Klang der Stimme um und sah den Lauscher, fest in mehrere zottige Pelze eingewickelt, hinter sich auf dem Eis.

»Du schaust in die falsche Richtung, Clansmann. Die Götterlichter zeigen sich immer im Norden.«

Raif fiel keine angemessene Antwort ein, jedenfalls keine andere, als sich nach Norden zu wenden. Zunächst sah er die Lichter nicht, so langsam bewegten sie sich. Sie stiegen wie grüner Rauch hinter den Bergen auf. Dann begann der Horizont selbst zu leuchten. Man hätte gut glauben können, dass in einer weit entfernten Region ein Waldbrand wütete und solches Licht absonderte. Selbst im Clanland, wo man die Lichter selten sah, wusste man, dass seltsame Götter, die nichts mit den Clans zu tun hatten, sie schickten, wenn Veränderungen bevorstanden. Raif wollte nicht daran denken. Er sagte: »Wann bist du zurückgekehrt, Lauscher?«

»Letzte Nacht.«

Raif hätte überrascht sein sollen, aber er war es nicht. Dieser alte Mann war voller Tücke. »Hast du nach den Seehunden gelauscht?«

»Ja.«

»Und?«

»Sie sind nicht gekommen.« Der Lauscher kam näher und stellte sich neben Raif. Sein faltiges Gesicht schimmerte grünlich, als die Götterlichter heller wurden. »Sie schwimmen nach Westen, weg vom Land, und die Fische und der Krill gehen mit ihnen.«

Raif spürte so etwas wie eine Anklage und sagte: »Ich breche morgen auf.«

»Gut.«

»Jemand muss mir den Weg nach Osten zeigen.«

»Du kannst ihr nicht folgen ...«

»Ich weiß ... aber ich kann nicht zu meinem Clan zurückkehren.«

»Du willst also ins Ödland?«

Raif nickte. »Ich werde die Verstümmelten suchen.«

Das Eis ächzte und hob sich, als das Meer darunter anschwoll. Irgendwo weit in der Ferne rieben sich zwei Schollen knirschend aneinander und verursachten ein Geräusch wie beim Sägen von Holz. Raif dachte nicht einmal im Traum daran, dass der Lauscher vielleicht nie von den Verstümmelten gehört hatte; die Anspannung im Kiefer des alten Mannes sprach für sich. Die Verstümmelten waren Clansleute, jedenfalls die meisten von ihnen. Tem sagte, die ersten hätten sich in dem Jahr zusammengetan, als Burnie Dhoone aus Eifersucht auf seine Frau, die schöne Maida, den Clan Morrow vernichtet hatte. Hunderte von Clansmännern hatten plötzlich nicht mehr gewusst, wohin, und kein anderer Clan hatte sie aufgenommen, weil sich alle vor dem Zorn des Dunklen Königs fürchteten. Sie waren nach Norden gezogen, sagte die Legende, in das ausgedehnte, trostlose Ödland, wo die Zeit und die Entbehrungen sie verändert hatten. Keiner unter ihnen war noch vollkommen unversehrt; die schreckliche, trockene Kälte und die wilden Raubtiere des Ödlands sorgten dafür. Alle Clansleute wussten, dass sie keine Ehre besaßen, denn sie überfielen Dörfer, abgelegene Höfe, Wachtposten und Jagdgruppen, und sie hatten keinen Heiligen Stein, der den Göttern Zuflucht bot. Das Leben im Ödland war schwer, und man wusste wenig von diesen Verstümmelten. Raif ging davon aus, dass sie ihn wohl aufnehmen würden. Verräter und Ausgestoßene hatten kaum andere Möglichkeiten.

Er erwartete, der Lauscher würde ihn nun warnen, aber nach längerer Zeit drehte sich Sadaluk um und ging auf seine Hütte zu. »Komm«, sagte er. »Die Lichter sind rot, und es verstört einen alten Mann, darunter zu stehen.«

Raif zögerte.

»Das Mädchen ist weg. Ich habe sie mit dem Rest Fleisch nach Hause geschickt.«

Ihr Götter. Sich zu erinnern bewirkte, dass Raif sie ebenso sehr begehrte wie zuvor. Seine Wangen fingen an zu glühen, als er sich fragte, wie viel der Lauscher wusste.

Raif hätte geschworen, dass der alte Mann Gedanken lesen konnte, denn nun verzog der Lauscher unwillig das Gesicht und schüttelte den Kopf. Ohne ein weiteres Wort kehrten sie in die Wärme der Hütte zurück.

Als Erstes bemerkte Raif, dass der stumme Rabe auf seine Sitzstange aus Fischbein zurückgekehrt war. Der große schwarze Vogel gab ein würgendes Geräusch von sich, als Raif hereinkam, und wackelte mit dem Kopf, als wäre er ein Schauspieler, der so tat, als würde ihm übel. *Dreistes Vieh.* Die Specksteinlampe, um die sich Sila zwei Tage lang so fleißig gekümmert hatte, qualmte nun. Raif setzte dazu an, sich ihrer anzunehmen, aber der Lauscher winkte ab. »Setz dich«, sagte er und zeigte auf die Bank an der Wand. »Vielleicht wirst du die nächsten Geschenke, die ich dir gebe, nicht zurückweisen.«

Der alte Mann hockte sich in die Mitte der Kammer und fing an, die Decken und Grasmatten wegzuziehen, die den Boden bedeckten. Mit krallenartigen Händen stemmte er vier Steinplatten vom Boden, unter denen ein Geheimversteck verborgen war. Sein Ehrgefühl verbot es Raif hinzusehen, als der Lauscher eine lang gezogene Truhe herauszog und mit den Metallriegeln kämpfte, aber nachdem er eine Minute lang die Schatten beobachtet hatte, beschwerte sich der Lauscher hinter ihm: »Siehst du denn nicht, wenn ein alter Mann Hilfe braucht?« Beschämt machte sich Raif daran, ihm zu helfen.

Die Truhe war nicht von Eisjägern hergestellt. Das Holz war unter Dampf gebogen worden, und filigranes Schmiedeeisen schützte die Ecken und bildete die Riegel. Diese Riegel waren ziemlich verrostet, und Raif brauchte ein Messer, um sie aufzustemmen. Sofort breitete sich der Geruch nach Staub und Alter aus: Es roch nach altem Pergament, altem Metall und Schimmel. Der Lauscher schob die Hände tief in die geöffnete Truhe und verstreute dabei Klumpen von vertrocknetem braunem Moos, das man zum Verpacken benutzt hatte und um den Inhalt trocken zu halten. »Zwei Dinge, Clansmann. Sag mir, was die überlegene Waffe ist – der Pfeil oder das Schwert?«

Raif erwiderte, ohne nachzudenken: »Der Pfeil. Man kann auf Entfernung töten, ohne sein eigenes Leben und das seiner Begleiter aufs Spiel zu setzen.«

»Du willst also dem Mann, den du tötest, nicht in die Augen sehen?«

Raif fühlte sich betrogen und sagte: »Ich würde es vorziehen, überhaupt nicht zu töten.«

»Das ist Wunschdenken für einen Mann, den sie den Totenwächter nennen.« Der Lauscher hob den Kopf und sah Raif an. »Sieh mich nicht so an, Clansmann. Ich bin alt genug, um das Recht zu haben, zu sagen, was ich denke. Du andererseits befindest dich in einem Alter, in dem es dir sehr dienlich wäre, nur zuzuhören und überhaupt nicht zu reden. Was, wenn ich dir sagen würde, dass ich einen Pfeil habe, der verschwendet wäre, wenn man ihn zum Töten benutzte?« Der Lauscher wartete nicht auf die Antwort. »Du würdest fragen, wozu er sonst gut sein soll. Und ich würde dir die einzige Antwort geben, die ich habe: Nicht viele Pfeile haben Namen, kein Schmied arbeitet monatelang an ihnen, kein Juwelier setzt Edelsteine in den Schaft ein, und kein guter Clansmann ölt sie liebevoll jeden Abend. Schwerter haben Namen – Fürchtemich, Seelenfresser, Geisterfreund und andere Dummheiten –, Pfeile haben keine. Oder doch nur sehr wenige. Ich besitze einen davon.«

Der Lauscher schloss die Hand um einen Gegenstand in der Truhe und zog ihn durch die Schichten von Moos nach oben. »Hier ist er: der Pfeil Wünschelrute.«

Helles Metall fing das Licht ein. *Silber,* dachte Raif. Kein Stahl und auch kein Weißgold, das mit Arsen und mit Nickel gehärtet war wie die Pfeile, mit denen die Dhoonekönige geschossen hatten. Dann schaute er genauer hin und stellte fest, dass er sich geirrt hatte. Es war das harte, bläulich weiße Metall der Sull. Die Clans kannten nicht einmal seinen Namen und wussten nicht, wo man es abbaute. Einige flüsterten, es fiele in großen Steinen vom Himmel, die man dann aufbrechen musste wie Eier. Die Pfeilspitze hatte drei Klingen und war schlank, als wäre sie zum Zielschießen gedacht, nicht für die Jagd, und war mit dem Schaft nicht durch Fäden oder Metalldraht verbunden, wie bei Clanpfeilen, sondern saß in einer geränderten Muffe, die so hervorragend gearbeitet war, dass Raif bei diesem Anblick den Atem anhielt. Eine Skelettmuffe – er hatte gehört, wie Ballic der Rote von so etwas sprach, aber bisher hatte er nie eine zu sehen bekommen. Eine solche Halterung ließ den Pfeil stabiler und genauer werden und hielt Schaft und Spitze besser zusammen als jedes Garn, jede Schnur. Er konnte nicht anders – er musste die Hand ausstrecken, um den Pfeil zu berühren.

»Ha!«, triumphierte der Lauscher und reichte ihm den Pfeil. »Ich sehe, du bist also doch in der Lage, etwas zu begehren, ohne dich dafür schuldig zu fühlen.«

Raif nahm den Tadel entgegen; er hatte ihn verdient. Er hatte sich wie ein Narr benommen und Sila schlecht behandelt, und er hätte es ihr nicht übel nehmen können, wenn sie ihn jetzt hasste. Aber er hoffte, dass sie es nicht tat. Aus einem Grund, den er nicht verstand, war ihre gute Meinung wichtig für ihn.

Der Lauscher drückte ihm den Pfeil in die Hand. »Nimm ihn.«

Die Instinkte eines Bogenschützen überwältigten Raif, und er wog den Pfeil in der Hand, beurteilte ihn in Bezug auf Länge und Gewicht. Er war überraschend leicht; ein Windfänger, würde Ballic sagen, ein Pfeil, der nicht groß zu sein brauchte. Der Schaft war seltsam gefertigt – er sah aus, als bestünde er aus Knochen und sei mit einer Art von Einlegearbeit verziert, wie Raif sie schon auf Bögen gesehen hatte, aber nie auf Pfeilen. Solche Arbeit konnte, wenn sie nicht richtig ausgeführt wurde, den Flug des Pfeils gewaltig beeinträchtigen, denn jeder Makel des Schafts würde zu einer Abweichung führen. Aber als Raif über den Knochen fuhr, spürte er nur vollkommene Glätte. Der Schaft war einmal rot gefärbt gewesen, denn es hingen noch Spuren von Farbe in den winzigen Streifen des Knochens. Die Fiederung zog sich spiralförmig über das letzte Drittel des Schafts, und als Raif mit dem Finger darüber strich, spürte er, wie er noch aufgeregter wurde. Dieser Pfeil würde sich im Flug drehen, sobald er die Sehne verlassen hatte, und dadurch gegen die zufälligen Bewegungen des Winds und die leicht gebogene Fluglinie aller Geschosse beständiger sein. Raif hätte diesen Pfeil am liebsten sofort abgeschossen, wollte ihn auf die Sehne legen, den Bogen spannen und loslassen. Er hatte noch nie einen so wunderbaren Pfeil in der Hand gehalten.

»Ich sehe, dass du die Spirale bemerkt hast«, sagte der

Lauscher mit ungewöhnlich leiser Stimme. »Aber weißt du auch, woraus die Fiederung besteht?«

Das war nicht der Fall. Raif drehte den Pfeil um und betrachtete die hellen, beinahe durchsichtigen Haare, die in den Knochen eingelassen und auf einen Zoll Länge gestutzt worden waren. »Eiswolf«, riet er. Aber er sah, dass der Lauscher immer noch wartete. »Luchs ... Schneetiger.« Immer noch wartete der alte Mann, und nun wusste Raif, wie die richtige Antwort lautete: »Menschenhaar.«

»Nicht unbedingt Menschenhaar, aber nahe genug dran.« In dem darauf folgenden Schweigen betrachtete der alte Mann Raif forschend, schien abschätzen zu wollen, ob er bereit war ... wofür? Mit einem leichten Schulterzucken sagte er schließlich: »Hat man dir je von den Alten erzählt, die vor den Menschen in diesem Land wandelten? Einige sagen, sie waren wie wir, sie hatten Augen und Münder und zwei Beine, sie gingen aufrecht und waren auf ihre Art so schön wie die Sull. Dieses Land war nicht immer fest gefroren, musst du wissen. In vergangenen Zeitaltern war das große Kargland grün von Bäumen, und blaues Wasser strömte durch Flussbetten so breit und tief, dass man ganze Dörfer hätte hineinwerfen können, und sie wären ohne eine Spur zu hinterlassen versunken. Die Flussbetten sind immer noch dort, wenn du weißt, wo du nach ihnen suchen sollst, und viele Ruinen. Es gibt Hallen im Herzen des Karglands, errichtet aus uralten Balken, die ein ganzes Zeitalter brauchen, um zu verfaulen. Die Alten haben sie gebaut, und einige sagen, sie haben ihre Fähigkeiten zum Nachteil ihrer Verteidigungsanlagen weiterentwickelt und daher eine schöne, aber fehlerhafte Festung gebaut, in der der Letzte Kampf ausgefochten und verloren wurde. *Ben Horo* nennen es die Sull. Die Vorzeit. Die Sull glauben, dass sie die

Einzigen sind, die die Alten ehren und sich an sie erinnern, aber sie können in ihrer Arroganz manchmal blind sein und vergessen, dass alte Männer wie ich viele Dinge hören können, die sie nicht hören.«

So etwas wie Stolz blitzte kurz in den Augen des Lauschers auf und verschwand dann wieder. Raif drehte den Pfeil in der Hand, während Sadaluk weitersprach, und es schien, als drehte sich auch die Nacht, drehte sich wie der Pfeil im Flug auf einen Punkt zu, den der alte Mann schon lange anvisiert hatte.

»Mor Drakka, Totenwächter, nenne ich dich. Ich sah dich lange, bevor du dich selbst kanntest und dein erstes Leben hattest. Die Sull betrachten dich als Bedrohung und Fluch, denn es steht geschrieben, dass *Mor Drakka* ihnen den Untergang bringen wird. Sie sind ein stolzes, altes Volk, und ihre Anzahl wird seit zehntausend Jahren immer geringer. Sie fürchten, dass du derjenige bist, der über ihr Ende wacht. Du bist nur deshalb noch am Leben, weil sie dich ebenso brauchen, wie sie dich fürchten. Und weil deine Pfeile immer ein Herz finden. Nein, widersprich mir nicht, Clansmann. Du vergisst, wer ich bin.« Wieder war der Stolz da, flackerte kurz wie ein Blitz auf, bevor er wieder verschwand. »Nimm diesen Pfeil namens Wünschelrute, der mit dem Haar der Alten gefiedert ist, nimm ihn und benutze ihn, um zu finden, was du finden musst. Er sucht – was er sucht, kann ich dir nicht sagen, denn die Echos von solch alten Dingen sind schwach. Ich hüte diesen Pfeil nun seit sechzig Jahren, und vor mir hütete ihn Kullahuk, und vor ihm der große Tungis persönlich. Viele Hände haben ihn berührt. Keiner hat ihn auf eine Sehne gelegt und sie gespannt. *Wartet*, haben sie gesagt. *Eines Tages wird einer kommen, und wir werden ihm an seinen Händen und seinem Geist ansehen, dass er den Pfeil gut nutzen wird.«*

Der Lauscher wandte seine Aufmerksamkeit wieder der Truhe zu und drückte seine Hände abermals ins Moos. »Ich kann nicht sagen, dass es mich gefreut hat, dich hierher kommen zu sehen, und ich fürchte, selbst wenn du gehst, werden die Seehunde nicht zurückkehren. Aber wie kann ich solche Dinge verändern? Welche Wahl haben wir, du und ich?«

Raif erwiderte den Blick des alten Mannes. Er fühlte sich traurig und müde, und plötzlich schien der Pfeil weniger ein Schatz als eine Verpflichtung zu sein. Leise steckte er ihn in eine der vielen Taschen der Seehundfelljacke.

»Sieh zu, dass du breite Schultern bekommst, Clansmann – du wirst sie für deine Lasten brauchen.« Der Lauscher holte noch etwas aus der Truhe, etwas Schweres, Langes, das in alte Felle gewickelt war. Der alte Mann blickte auf, und wieder stand so etwas wie Übermut in seinem Blick. »Du denkst vielleicht, ich habe noch einen Bogen, der zu diesem schönen Pfeil da passt. Das denkst du vielleicht, aber du irrst dich. Ich bin alt und widerspenstig und gebe dir lieber ein Schwert. Und da mich außer den Göttern niemand aufhalten kann, werde ich das tun.« Er reichte es Raif. »Pack es aus. Es ist Zeit, dass du lernst, jemanden zu töten, dem du in die Augen schaust.«

Raif verzog bei der Beleidigung das Gesicht. Er hatte schon früher sein Schwert gegen Männer gezogen. Vor Duffs Herdhaus waren drei Männer von seiner Hand gestorben ... und dennoch konnte er sich nicht einmal an diese Nacht erinnern; alles, was er wusste, wusste er von Angus Lok. Vielleicht hatte der Lauscher Recht: Er hatte sich hinter den Bogen zurückgezogen, hatte sich von seinen Herzschüssen distanziert und seinen Feinden die schlichte Ehre verweigert, dem Mann, der sie tötete, in die Augen zu sehen. Ayan Blackhail hatte diese Lektion gelernt, als er beide Hände verlor. *Man tötet einen König nicht mit einem Pfeil. Du hättest dein Schwert oder gar nichts benutzen sollen.*

Raif packte das Schwert aus. Würde er es einem Mann ins Herz stoßen können? Und wenn er das tat, wäre der Tod deshalb ehrenhafter?

Der alte Mann sah schweigend zu, wie Raif das Schwert inspizierte. Es war aus blauem Stahl und dem Entwurf nach ähnelte es weder den Clanschwertern noch denen der Sull. Eine Handspanne kürzer als ein echtes Langschwert, zweischneidig und mit einem Anderthalbhänder-Griff, war es für den Kampf Mann gegen Mann zu Fuß gedacht. Raif hielt die Waffe an die Lampe und sah zu, wie das Muster der Klinge das Licht verteilte. Er nahm den ungepolsterten, drahtumwickelten Griff in die Hand und prüfte das Gleichgewicht, dann berührte er die Truhe mit der Spitze, um die Härte zu testen. Die Klinge war fest und gut gearbeitet, obwohl sie geschliffen werden musste. Der Griff bildete ein schlichtes Kreuz, und oben auf dem Knauf saß ein in Facetten geschliffener Kristallbrocken, der so groß war wie ein Kinderauge. Als er die Waffe in der Hand hielt, musste Raif an Tem denken, an Tems schlichtes Halbschwert, das Drey ihm nach Papas Tod gegeben hatte und das Cluff Drybannock ihm auf den Hängen der Bitterhügel abgenommen hatte. Tem Sevrance hätte dieses Schwert geliebt!

»Du wirst eine Scheide herstellen und ein Stück Leder finden müssen, das du um den Griff wickeln kannst. Es sollte dir gut genug dienen, bis du ein Besseres findest.«

Raif blickte auf.

»Was ist, Clansmann? Glaubst du wirklich, dass das hier das Schwert sein wird, das dich zum Mann macht?«

»Nein. Ich ... ich weiß nicht ...« Raif hörte, wie er ins Stottern geriet. »Danke. Es ist ein schönes Schwert.«

»Das sollte es auch. Ich habe es der Leiche eines Ritters abgenommen. Keine Sorge. Der arme Kerl war auf einer Pilgerfahrt zum See der Verlorenen, hat sich verirrt und ist gestorben.« Der alte Mann verschloss die Truhe wieder und stand dann auf. »Sie sind tatsächlich recht nützlich, diese Abschwörer. Mindestens einer pro Jahr verirrt sich hierher. Wir Eisjäger verlassen uns darauf.« Er schob die Kiste wieder ins Versteck und sagte: »Ich werde dafür sorgen, dass du morgen früh Kleidung und Vorräte erhältst. Heute Nacht habe ich einer gewissen Witwe versprochen, sie zum Nutzen unser beider Gesundheit zu besuchen. Schlaf gut und vergiss nicht, was ich gesagt habe: Lerne, deine Gabe auch durch das Schwert zu nutzen. Am Ende wird das besser für dich sein.« Mit diesen Worten schloss Sadaluk das Versteck wieder und ging auf die Tür zu. »Ich beneide dich nicht, Clansmann, obwohl ich andererseits auch wünsche, ich könnte mich dir auf deiner Reise anschließen. Ich könnte viele kostenlose Mahlzeiten einheimsen, wenn ich deine Erlebnisse erzählte.«

Raif verbeugte sich, denn ihm fiel nicht ein, wie er antworten sollte.

Der Lauscher verabschiedete sich, und Raif schloss die Tür hinter sich. Er zögerte mit dem Versiegeln der Ritzen rings um die Tür, aber er wollte nicht zugeben, warum. Das Schwert lag auf der Steinbank; er griff danach und begann, es mit einem Lederlappen zu polieren. Der Rabe beobachtete ihn, die Flügel angelegt, und bewegte sich im Rhythmus von Raifs Bewegungen wie ein Eisläufer. Raif ballte den Lappen und warf ihn nach dem Vogel. So langsam begann er das Vieh zu hassen.

Ein Schwert, erfuhr er, ist nachts keine gute Gesellschaft.

Er wartete, aber Sila kehrte nicht zurück. Er sagte sich, es sei besser so, aber sein Körper war ruhelos und voller Sehnsucht, und er konnte die Morgendämmerung kaum erwarten.

Als es schließlich Morgen wurde, stand er früh auf und machte sich auf nach Osten, um die Verstümmelten zu suchen.

9
Der Dornenkönig

Der Wald südlich von Bludd war dunkel und alt, die Eichen von Moos überzogen, die Buchen von Efeu bedeckt, und große Weiden waren von der Anstrengung, in stehendem Wasser zu überleben, schwach geworden und wurden nun bei lebendigem Leib zerfressen von schwammigen Gewächsen, verfaulten langsam von den Wurzeln her. Es gab hier Ruinen; ein heller Fundamentstein, der halb in den Boden gesunken war, ein Stück einer Mauer, die nichts als Bäume schützte, ein halb eingestürzter Torbogen, der von Efeu überwachsen war, ein Stück gepflasterter Straße, die parallel zum Weg verlief.

Bram bemerkte diese Dinge, die den meisten in der kleinen Truppe nicht auffielen. Oder sie sahen sie vielleicht, wandten sich aber wieder ab; wenn einem Mann Kämpfe bevorstanden, war es besser, nicht zu genau an jene zu denken, die früher schon gestorben waren. Bram konnte nicht anders. Sein Bruder sagte, er sei am falschen Ort zur Welt gekommen und hätte nicht auf den Distelfeldern von Dhoone aufwachsen sollen, sondern tief im Süden, wo ein Mann ein Kriegermönch oder Soldat und gleichzeitig Schreiber werden konnte. Robbie Dhoone sagte Männern gerne, was sie sein sollten und wo sie hätten zur Welt kommen sollen, und obwohl Bam es nur ungern zugab, hatte sein Bruder oft Recht. Man musste nur an ihren Großonkel denken, Skinner Dhoone. Robbie sagte, der Mann hätte besser auf der Topasinsel im Warmen Meer gelebt, wo die Männer Sklaven und Konkubinen hielten, denn Skinner sei nur dazu gut, auf unmoralische Frauen und Männer in Ketten aufzupassen. Skinner war wütend gewesen, als man ihm von der Beleidigung berichtete, und hatte angeblich so intensiv gezittert, dass in seinem Gesicht Äderchen platzten. Im Gegenzug hatte er Robbie den Dornenkönig genannt und behauptet, jeder, der treu zu ihm stand, würde in blutige Fetzen gerissen. Sehr zu Skinners Unbehagen hatte Robbie der Name gefallen, und er trug ihn nun beinahe stolz. Skinner hatte nicht lange gebraucht, bis er das volle Ausmaß seines Fehlers erkannte: Er war der erste Mensch gewesen, der Robbie Dhoone einen König nannte.

Robbie, der nun auf seinem schönen honigfarbenen Hengst am Anfang der Reihe ritt, hob die Faust zum Zeichen, die Pferde zu zügeln. Bram war einerseits froh über die Rast, aber der Gedanke daran, unter diesen stillen Bäumen ein Lager aufzuschlagen – wie kurz auch immer –, machte ihn nervös.

Es war schon relativ spät, und die Sonne ging rot im Westen unter. Der Himmel war klar, und es war erträglich kalt, ohne auch nur den geringsten Windhauch, der die Disteln bewegt hätte, die sich die Dhoonemänner ins Haar geflochten hatten. Eine hervorragende Nacht für einen Überfall. *Das sollte mich nicht überraschen,* dachte Bram. *Selbst die Natur lässt sich von Robbie Dhoone verlocken, ihm zu helfen.*

Vor zwölf Tagen hatten sie das Schneefuchsland verlassen und waren nach Osten geritten, zum Bluddland. Sechzig Krieger und zwei Frauen, alle für den Kampf gekleidet und zu Pferd – bis auf die ältere Frau, die als Alte Mutter bekannt war und die sich störrisch weigerte, etwas Dickeres zu tragen als die gekochte Wolle oder etwas Größeres zu reiten als ihr weißes Maultier –, hatten sie die Wege und Wälder von Haddo, Frees und Bludd umgangen.

Am fünften Tag hatten sie den Östlichen Fluss durchquert, und das nicht an einer der Furten, die von Bludd geschworenen Clans besetzt waren. Es war eine Übung gewesen, an der nur die Kriegshunde Gefallen fanden, denn Rüstung und Waffen und schweres Leder musste abgenommen und auf hastig zusammengezimmerten Flößen hinübergeschafft werden, um Fäule zu vermeiden. Bram schauderte immer noch bei dem Gedanken an das Wasser, das bis zu seinen Oberschenkeln gestiegen war. So weit im Osten war der Östliche Fluss eine Meile breit und voll starker Unterströmungen.

»Bram! Robbie will dich sehen, und zwar gleich!« Die Stimme gehörte Guy Morloch, einem Schwertkämpfer aus dem Clan Schneefuchs, der sich vor kurzem Robbies Sache angeschlossen hatte. Wie die meisten aus Robbies innerem Kreis hatte er ein gutes Pferd, einen hoch gezüchteten Hengst, und trug die beste Kleidung. Bram bemerkte, dass sein Umhang aus schwerer Filzwolle auch einen neuen Verschluss aus Disteln hatte. Guy wendete sein Pferd geschickt und ritt zurück durchs Lager.

Bram hasste es, seinen Wallach stehen zu lassen, ohne sich darum kümmern zu können, aber er wusste, dass Robbie nicht erfreut wäre, wenn man ihn warten ließe, also band er das sanfte Tier an einen Ginsterbusch und machte sich auf zum Zelt seines Bruders.

Überall hatten sich Dhoonemänner niedergelassen, um einen Teil der Nacht hier abzuwarten. Sie würden keine Feuer anzünden, nicht so nahe am Bluddhaus, und die Männer mussten sich damit zufrieden geben, ihre Umhänge fester um sich zu ziehen und kalt zu essen. Der große, hässliche Axtkämpfer Duglas Oger hatte sich auf einen umgestürzten Baumstamm gesetzt und inspizierte den Kopf seiner Axt. Andere Männer rieben ihre Schwerter mit Öl ein, und Reflexionen des reinen Dhoonestahls flackerten kalt unter den Bäumen auf. Man nannte dieses Metall Wasserstahl, wegen der schimmernden Wellen von Eisen und Stahl, die unter der Oberfläche der Klingen verliefen wie Seewellen.

Bram hatte einmal gehofft, selbst eine solche Klinge zu besitzen, denn sein Vater war der Schwertkämpfer Mabb Cormac gewesen, und er hatte bei seinem Tod seinen Söhnen zwei Schwerter hinterlassen. Robbie war damals sechzehn gewesen, zehn Jahre älter als Bram, und Bram hatte angenommen, dass sein Bruder in der Nacht von Vaters Totenwache diese Schwerter genommen hatte, weil er plante, eins davon Bram zu geben, wenn er alt genug war, es zu benutzen. Jetzt war Bram fünfzehn ... und hatte immer noch kein Schwert.

»Verflucht, Alte Mutter, sei nicht so brutal! Ich schwöre, du bist schlimmer als dein Maultier!« Robbie Dhoone saß auf einem hölzernen Klappstuhl vor dem einzigen Zelt im Lager, die Beine vor sich ausgestreckt, die Füße auf einem Bierfass, und hob das Gesicht einer alten Frau entgegen, die eine Nadel in der Hand hielt, die so dick wie ein Nagel war.

Nun steckte die Frau die Nadel in den Inhalt der kleinen Flasche, die sie an der Hüfte trug, und zog sie überzogen mit bläulichem Pulver wieder heraus. Mit ungerührter Miene hob sie die Nadel dicht an Robbies Auge und stach in die Haut zwischen Augenlid und Braue. Blut begann zu fließen. Robbie, der wusste, dass er von mehreren Männern beobachtet wurde, zwinkerte, als hätte er überhaupt nichts gespürt. Alte Mutter stieß die Nadel tief hinein, stieß das Pulver unter die Haut und schuf so ein Zeichen, das Robbie Dhoones ganzes Leben lang auf seiner Haut sichtbar sein würde.

Die blauen Tätowierungen. Kein Dhoonemann konnte sich ohne sie Krieger nennen. Es brauchte Jahre, manchmal Jahrzehnte, um sie zu beenden, denn niemand konnte die Schmerzen länger als für zwei oder drei Stiche ertragen. Aber hier saß Brams Bruder nun und wollte ausgerechnet mitten in einem Kriegslager zu seiner Tätowierung beitragen und blieb dabei so ruhig, als würde er rasiert. Bram schauderte. Er hatte sein erstes Kriegerzeichen zu Mittwinter erhalten; der Schmerz hatte ihn die halbe Nacht lang wach gehalten.

»Bram.« Endlich nahm Robbie ihn zur Kenntnis. »Sieh dir bitte mal Fluchs Hufeisen an. Ich glaube, er hat sich einen Stein eingetreten. Du weiß doch, dass er seine Hufe nur von dir und Flock anfassen lässt.«

Bram gab sich ungerührt. Er wollte seine Enttäuschung auf keinen Fall zeigen; Robbie hatte es schon schwer genug. Er nickte und wollte gehen.

»Oh, und Bram ...« Robbie rief ihn zurück, wandte ihm seine leuchtenden blaugrauen Augen zu. »Umwickle das Zaumzeug deines Wallachs. Heute Nacht wirst du mit mir reiten.«

Während Bram versuchte, den Stein aus Fluchs Huf zu holen, konnte er seine Aufregung nur mühsam beherrschen. Es war jetzt dunkel, und der Halbmond hatte sich über die Bäume erhoben. Rings umher legten Dhoonemänner die Rüstungen an und rückten die Axtharnische zurecht: die üblichen Vorbereitungen auf den Kampf. Sie sahen wild aus, seine Clansbrüder – große, kräftige Männer mit heller Haut und blonden Zöpfen. Bram brauchte nur seine Hände anzusehen, um zu wissen, dass er keiner von ihnen war. Sie waren dunkel und klein wie der Rest von ihm und nicht zum Axtschwingen gemacht. Dennoch, er konnte gut mit Pferden und anderen Lebewesen umgehen, und die Leute sagten, er wäre ein guter Reiter.

Und angeblich hatte er gute Augen.

Selbst jetzt im dunklen Halblicht konnte er sehen, was andere nicht erkannten. Alte Mutter hatte sich ein Stück aus dem Lager entfernt und war gerade hinter einem Busch dabei, sich zu erleichtern. Bram sah das Weiße ihrer Augen glitzern. Er sah auch, dass die Lichtung, die Robbie als Lagerplatz ausgewählt hatte, schon zahllose Male zuvor benutzt worden war, und einmal hatte man hier sogar etwas gebaut. Trotz der Schneedecke bemerkte er einen Erdkamm, der zu gerade und schmal war, um natürlichen Ursprungs zu sein: Darunter lag ein Fundament. Und dann waren da die Bäume selbst: die Äste überall mannshoch abgehackt für Feuerholz, ein Hufabdruck am Stamm einer weißen Eiche, eine Reihe von Rissen in der papierartigen Rinde einer grauen Birke, die zeigten, wo ein Möchtegern-Bogenschütze geübt hatte.

Manchmal wünschte sich Bram, er würde weniger sehen. Sehen bedeutete Denken. Er konnte nichts anschauen, ohne dass ihm Fragen dazu einfielen. Im Augenblick saß sein Bruder im Dunkeln im Zelt und glaubte, die Schatten würden ihn so gut verbergen wie eine Zeltklappe. Aber das war nicht so, jedenfalls verbargen sie ihn nicht vor Brams Augen. Robbie unterhielt sich mit der Kriegerin Thora Lamm. Nach der Neigung seines Kopfs zu schließen, lachte er leise, und er hatte die Hand auf Thoras Oberschenkel gelegt. Rasch wandte sich Bram ab.

Einen Augenblick später kam Robbie aus dem Zelt und begann, im Lager umherzugehen. Die Männer warteten auf ihn. Bram sah zu, wie sie kleine Gruppen bildeten und Robbie mit dem Blick folgten. Robbie sprach mit jedem von ihnen, nannte sie beim Namen, ergriff geballte Fäuste, lauschte den Ratschlägen der erfahrenen Krieger und bot den unerfahrenen Jungen tröstende Worte. Die Stimmung im Lager veränderte sich, während Robbie umherging, wurde lebhafter, angespannter und ernster. Bram sah es den Männern an.

Robbie Dhoone gab ihnen eine Sache, für die sie kämpfen konnten.

»Und, Bram«, sagte Robbie, als er seinen Bruder erreichte, »bist du bereit für deinen ersten Kampf?«

Bram nickte. Er konnte schließlich nicht erwarten, dass sich Robbie daran erinnerte, dass es nicht sein erster Kampf war, dass er vor zwei Monaten schon an einem Überfall beteiligt gewesen war, als Duglas Oger eine Karawane von Kaufleuten aus Ille Glaive überfallen und dabei unter anderem das Pferd erbeutet hatte, auf dem Guy Morloch gerade saß. Bram hob die Hand ans Gesicht. Er hatte sich in dieser Nacht sein erstes Kriegerzeichen erkämpft, obwohl er in Wahrheit kaum mehr getan hatte, als die Pferde loszubinden und ein kleines Mädchen zu erschrecken, das in einer der großen Truhen Zuflucht gesucht hatte.

Bram hätte seinem Bruder gerne dafür gedankt, dass er ihn mitgenommen hatte, und er räusperte sich.

Robbie Dhoone war bereits weitergegangen.

Bram blieb noch eine Weile stehen und wartete, dann kehrte er zu seinem Pferd zurück.

Während er Filzstreifen am Zaumzeug des Wallachs befestigte, beobachtete er, wie Robbie und seine Freunde vor dem Zelt Kriegsrat hielten. Bram wusste nicht, was sein Bruder in dieser Nacht vorhatte. Anfangs hatte er gedacht, es ginge um einen schlichten Überfall; man raubte Vieh auf Bauernhöfen oder die Waren von Kaufleuten. Aber dazu war hier das Risiko zu groß. Sie befanden sich mitten im Bluddland – gefährliches Gelände, auf dem kein Dhoonemann sich genau auskannte. Es schien verrückt, sich dem Feind so dicht zu nähern, aber niemand hatte sich Robbies Befehlen widersetzt, und als sie an diesem Morgen am Rundhaus des Clans Schneefuchs aufgebrochen waren, hatten hundert Männer mehr mitkommen wollen. Sichtlich gerührt hatte Robbie den Kopf geschüttelt und gesagt: »Es ist nur eine Kleinigkeit, die ich vorhabe, und ich darf dafür nicht viele Leben aufs Spiel setzen.«

Nun wunderte sich Bram über diese Worte. Es war sicher kein Zufall, dass Skinner Dhoone erst eine Woche zuvor den Steinhüter von Dhoone gezwungen hatte, Robbie und seine Freunde zu Verrätern am Clan zu erklären. Alle hatten erwartet, dass Robbie einen Gegenschlag führen würde, vielleicht das Alte Rundhaus von Gnash überfallen, wo sich Skinner und seine Gefolgsleute einquartiert hatten. Aber Robbie war, was dieses Thema anging, seltsam zurückhaltend gewesen und hatte nur gesagt: »Erst muss ich das Herz des Clans Dhoone zurückgewinnen.«

»Junge, schwärze dir das Gesicht.« Die raue Stimme von Alte Mutter riss Bram aus seinen Gedanken. Die kräftige Matrone mit den großen Brüsten stand vor ihm und drückte ihm einen Tiegel Lampenruß in die Hand. »Und vergiss das Weiß an den Pferden nicht.«

Bram tat, was sie ihm gesagt hatte, und verschmierte das dunkle Pulver auf den weißen Nasen und Fesseln der vier Zugpferde. Alte Mutter sah einen Augenblick lang zu, zufrieden, dass Junge und Pferde nun im Mondlicht unsichtbar sein würden, dann ging sie zum nächsten Mann. Bram war aufgefallen, dass sie eine seltsame Macht über die Dhoonekrieger hatte. Sie sprach nie über Strategien oder gab ihre Meinung über Kämpfe zum Besten – obwohl sie bei mehr Kriegszügen dabei gewesen war als die meisten

Dhoonemänner –, aber sie war so etwas wie ein Maskottchen für alle. Sie hatte zu den ersten Clanältesten gehört, die sich auf die Seite von Robbie gestellt hatten. Bram war der Ansicht, dass sie seltsam roch, aber das behielt er lieber für sich.

»Bram!«

Bram drehte sich rasch um und sah, dass Jess Blain auf ihn zukam. Jess und er waren gleichaltrig, aber Jess war größer, kräftiger und blonder, und die lang gezogene Tätowierung auf seiner linken Wange zeigte, dass er schon an einer beträchtlichen Anzahl von Kämpfen teilgenommen hatte.

»Wir werden uns trennen. Ich reite mit Iago Sake nach Westen.« Jess zog sein Schwert und schlug in der Luft nach eingebildeten Feinden. »Wir zünden den Heiligen Wald an, in dem Thrago HalbBludd und all diese anderen barbarischen Häuptlinge liegen. Robbie nimmt an, dass sie ihn Tag und Nacht bewachen. Stell dir das mal vor! Es ist nicht mal ein richtiges Grabmal oder so, nur ein paar alte Bäume.«

Bram fand, dass Jess den Heiligen Wald nicht ernst genug nahm. Jeder Boden, in dem Häuptlinge begraben waren, war heilig; man konnte es einem Clan ja wohl kaum vorwerfen, nicht eine solch prächtige Gruft zu haben wie Dhoone. Die wenigsten hatten das. Dennoch, Brams Geist hatte sich bereits etwas anderem zugewandt. »Wie weit vom Wald entfernt liegt das Bluddhaus?«

Jess zuckte die Achseln. »Eine Meile oder so.«

Also werden sie die Flammen sehen. Robbie will, dass sie die Flammen sehen. »Wie groß ist deine Gruppe?«

»Zwanzig oder mehr. Wir müssen schnell sein. Der Nagel sagt, wir reiten hin, töten die Wachen, begießen die Bäume mit Naphtha, zünden sie an und verschwinden wieder.«

Das erklärte zumindest, warum sie die vielen Fässer Öl mitgenommen hatten. Bram schwieg einen Augenblick lang und dachte nach: »Wer reitet mit euch?«

Jess benannte die geschworenen Krieger mit lässiger Stimme und tat, als wäre er mehr daran interessiert, Schwerthiebe zu üben: »Selbstverständlich der Nagel. Ranald Vey, Diddie Daw, Mangus der Aal, Guy Morloch ...«

Bram lauschte, während Jess die vierundzwanzig besten Reiter in der Truppe aufzählte. Als Jess fertig war, fragte er lässig: »In welche Richtung wollt ihr euch zurückziehen?«

Jess zeigte mit dem Schwert nach Osten. »Nach Nordosten, bis wir zur Höllenstraße kommen, und dann nach Westen ins Schneefuchsland.«

Ein Ablenkungsmanöver; das wusste Bram plötzlich ganz genau. Robbie interessiert sich kein bisschen für den Heiligen Wald. Die Truppe des Nagels sollte nur die Aufmerksamkeit ablenken von ... was? Sicher nicht dem Bluddhaus selbst? Nein. Dazu hatten sie nicht genügend Männer. Selbst jetzt, nachdem der Hundelord sich in Dhoone niedergelassen hatte, wurde das Bluddtor gut verteidigt. Quarro Bludd, Vaylos ältester Sohn, war angeblich ein harter und Furcht erregender Krieger, der das Bluddhaus für sich behalten wollte.

»Jess, was wird Robbies Truppe tun?«

Der goldblonde Junge sah Bram mit kaum verborgener Überraschung an. Mit einer eleganten Geste, die er Robbie Dhoone abgeguckt hatte, steckte er das Schwert wieder ein. »Oh. Robbie hat nur seinen vertrautesten Freunden von seinem Plan erzählt. Und wir haben alle geschworen zu schweigen.« Damit drehte sich Jess Blain so rasch um, dass seine blonden Zöpfe schwangen, und machte sich auf den Weg zu seinem Pferd.

Bram sah ihm hinterher. *Robbie wollte, dass ich bei seinen Leuten bin. Er hat nicht Jess ausgewählt*, sagte er sich.

Rings um ihn her wurde das Lager abgebrochen. Man hatte Robbies Zelt abgeschlagen und eingepackt, den Pferden die Futtersäcke abgenommen und alle verbliebenen Vorräte auf einen Haufen geworfen, um sie bald auf die Rücken der Zugpferde zu binden. Bram sollte sich lieber an die Arbeit machen. Moalish Flock, der Pferdemeister, sah sich bereits nach ihm um. Er packte die Zügel der ersten Stute, ging in die Mitte des Lagers und begann, sie zu beladen.

Der Pferdemeister kam auf ihn zu und spuckte aus. »Nein. Sie sollen nicht beladen werden. Befehl von Robbie. Was hier bleibt, muss auf das Packmaultier passen.«

Bram sah sich nach den beiden Maultieren um, die neben dem hastig eingeschlagenen Pfosten für die Pferde standen; das fette Weiße war das Reittier von Alte Mutter, das kleine Zornige war vom Pferdemeister mitgebracht worden, angebunden an die Zügel seines Pferds. Mit vier schweren Arbeitspferden bei der Truppe hatte Bram es nur für ein Ersatztier gehalten. Verwirrt packte er dem Maultier so viel auf, wie es tragen konnte. Als nichts mehr ging – und das Maultier sein Unbehagen deutlich machte, indem es schrie und austrat –, beschloss Bram, sich davonzustehlen und auf den Überfall vorzubereiten.

Er hatte keine Axt und war auch nicht ausgebildet worden, eine zu schwingen, also waren seine einzigen Waffen das Schwert, das einmal Robbie gehört hatte, bevor ihr Vater starb, und der seltsam aussehende zweischneidige *Katar*, der Teil seiner Beute von dem Überfall auf die Kaufleute gewesen war. Das Schwert hatte er während des Ritts unzählige Male geölt und geschliffen, und dennoch musste er die Klinge nun ein letztes Mal inspizieren. Sein Magen zog sich zusammen, als er die Schneide prüfte. Robbie hatte in gewisser Weise Recht: Das hier war sein erster richtiger Überfall. Bei Ille Glaive hatte man ihn mitgeschleppt; er hatte die Waffe zwar gezogen, sie aber nicht benutzt. Heute Nacht würde es anders sein, heute Nacht würde er wie ein Mann kämpfen.

Erregt und entschlossen, das Ziehen in seinen Eingeweiden zu ignorieren, machte sich Bram auf, seinen Platz unter Robbies Leuten einzunehmen.

Robbie saß bereits zu Pferd und gab Befehle. »Flock, nimm Alte Mutter und das Packmaultier und führe sie nach Westen. An diesem alten gepflasterten Pfad, an dem wir gegen Mittag vorbeigekommen sind, wartest du. Ich schicke Bram nach euch, wenn wir fertig sind.« Moalish Flock, der kaum je ein gutes Wort für einen anderen hatte und dafür bekannt war, selbst an den makellosesten Plänen noch einen Fehler zu finden, nickte gehorsam und machte sich auf den Weg. Robbie hatte diese Wirkung auf Männer. Er brachte einen dazu, dass man sein Bestes tun wollte.

Er sollte wirklich Häuptling sein, dachte Bram stolz.

»Duglas, du kommst mit mir. Ich will diese scharfe Axt so nah an meinem Hals, wie es auszuhalten ist, obwohl es ein Segen wäre, wenn du dich in meinem Windschatten hieltest. Diese rohe Zwiebel, die du zum Frühstück gegessen hast, ist ebenso tödlich wie deine Klinge.«

Alle lachten. Duglas Oger grinste und entblößte große, schiefe Zähne und Zahnfleisch so rosa wie das eines kleinen Kindes. »Wie du willst, Rob.«

Robbie nickte dem großen Axtkämpfer zu, bevor er den Blick über die Truppe schweifen ließ. »Männer. Dhoonemänner, Schneefuchsmänner, Herdfeuermänner – ihr alle seid heute Nacht meine Brüder. Es geht uns nicht um Blut und Töten, uns geht es schlicht um Gerechtigkeit. Das Dhoonehaus gehört uns, und heute Nacht fangen wir damit an, es uns zurückzuholen.«

»Ja!«, flüsterten die Männer, berührt von Robbies Worten, aber wissend, dass sie so nahe am Bluddhaus Ruhe bewahren mussten.

Als die Männer wieder ruhig geworden waren, nickte Robbie und fuhr fort. »Wir sind noch wenige, und wir werden mehr Männer und mehr Einfluss brauchen, bevor wir Dhoone zurückholen können. Aber verlasst euch darauf, wir werden es zurückholen. Wir, die Gefährten. Nicht Skinner und seine Bande alter Männer. Vergessen wir nicht, dass wir etwas haben, was Skinner nicht hat –«

»Das Blut der Dhoonekönige!«, rief der leidenschaftliche Schwertkämpfer Diddie Daw. »Dieser Skinner hat nur Häuptlingsblut – und auch das ist so dünn wie Pisse. Unser Robbie hat Könige in seinen Adern!«

»Ja!«, rief ein anderer. »Das Blut von Königen!«

Robbie ließ die Männer weiterreden. Seine Augen blitzten, seine Hand ruhte fürstlich auf seinem Schwertgriff. Schließlich sagte er: »Genug. Wir müssen einen Krieg gewinnen, bevor wir von Königen reden.«

Bram seufzte erleichtert. Ihm gefiel es nicht, wenn von Königen gesprochen wurde.

»Heute Nacht beginnen wir diesen Krieg. Hier. Jetzt. Auf Bludd-verfluchtem Boden schlagen wir zum ersten Mal zu.« Robbie hob die Hand vom Schwert zu seinem Hals, wo sein Anteil von pulverisiertem Heiligem Stein in einem Kupferhorn an einer Kupferkette hing. Mit geschlossenen Augen und schwer atmend hob er das Horn an die Lippen und küsste es. »Steingötter, seid mit uns!«

»Götter mit uns!«, erwiderten sechzig Männer.

Damit teilte sich die Truppe, lenkte ihre Pferde in Reihen, und alle setzten ihre Helme auf, zogen die Handschuhe an, schlossen die Visiere und breiteten die Umhänge aus. Bram hatte nur einen Topfhelm und Handschuhe aus gekochtem Leder, aber das interessierte ihn nicht. *Heute Nacht beginnen wir diesen Krieg*, hatte Robbie gesagt. Aufregung und Angst brannten in ihm wie ein Fieber, und als Robbie die Waffe zog, tat er das ebenfalls.

Mit blitzenden Augen sah er zu, wie Iago Sakes Gruppe nach Osten ritt. Robbie hatte ernste Abschiedsworte zu dem leichenblassen Axtkämpfer gesprochen, der als der »Nagel« bekannt war. Er nannte Iago seinen »Bruder in allen Dingen außer dem Blut«, und Bram glaubte, das Glitzern von Tränen in den harten, farblosen Augen des Nagels zu sehen, als er weiterritt.

Schweigen senkte sich über die verbliebenen vierzig Männer. Minuten vergingen, während sie warteten und Iago Sake den Vorsprung ließen, den er brauchte. Alle Blicke waren auf Robbie gerichtet. Der künftige Häuptling saß hoch auf seinem distelgeschmückten Hengst, und sein blauer, mit Fischerfell gesäumter Wollumhang bewegte sich ein wenig in dem schwachen Wind. Bram drängte sich unwillkürlich durch die Linien, um seinem Bruder näher zu sein.

Robbie bemerkte ihn, als er Fluchs Hinterteil erreichte. Bram sah, wie sein Bruder den Unterarm hob, um ihn willkommen zu heißen, sah, wie diese berühmten dhooneblauen Augen ihn wahrnahmen. Und dann zischte Robbie: »Steck das Schwert weg, du Dummkopf. Du bist nicht zum Kämpfen hier. Zurück mit dir zu den Zugpferden.«

Bram erinnerte sich später nicht mehr daran, wie er an der Linie entlang zurückgeritten war. Es kam ihm so vor, als wäre er ganz plötzlich wieder dort gewesen, an dem Pfosten, wo Moalish Flock ihm die Zügel der vollkommen angeschirrten Zugpferde übergab. »Lass sie vor deinem Wallach laufen und halte die Zügel kurz. Die Seile sind auf Millys Rücken, wenn du sie brauchst.«

Bram begriff kaum, was man ihm sagte. Er hatte das Gefühl, als hätte man ihm einen Dolchstoß versetzt.

Schweigend stieg er ab, stellte die vier Stuten auf und überprüfte die Geschirre. Es waren gute, sanfte Tiere, und sie beschnupperten Brams Jacke nach Leckereien. Bram sprach leise mit ihnen und sagte, dass er keine Leckereien hatte, aber später Äpfel für sie finden würde. Es war nicht einfach, die vier Zugpferde vor dem Wallach aufzustellen. Sie waren massive Geschöpfe mit breiter Brust und mächtigen Schultern, zum Ziehen von Wagen gezüchtet. Bram fürchtete, dass sie ihn einfach aus dem Sattel reißen würden, wenn er ihnen auch nur einen Zoll zu viel Freiheit ließ. Der Wallach war unruhig wegen ihrer Nähe, zuckte mit dem Schweif und zeigte die Zähne.

Und dann waren sie plötzlich unterwegs. Robbies Ruf kam leise und deutlich – »Nach Norden!« –, und vierzig Männer und vierundvierzig Pferde verließen die Lichtung und ritten auf das Bluddhaus zu. Zaumzeug klirrte, Hufe donnerten, und die Äxte, die erwartungsvoll geschwungen wurden, rauschten, wenn sie die Luft durchschnitten. Bram ritt als Letzter. Der Weg war schmal, und er bedauerte sofort, die Stuten in Zweierreihen aufgestellt zu haben. Aber sie bewegten sich recht gut, und es gab wenig Spannung in den Zügeln. Er wünschte sich nur, dass er nicht so schnell zurückfallen würde. Der Haupttrupp war schon eine Viertelmeile voraus.

Der Wald war dunkel, und es roch nach alten Bäumen. Der Boden unter den Hufen der Pferde war unter der dünnen Lage von Schnee üppig und schwarz. Bram spürte, wie ihm Schweiß über den Nacken lief. Seine Schultern schmerzten vom Halten der Zügel, und er hielt nach Licht Ausschau, in der Hoffnung, das Bluddhaus zu erspähen.

Er sah das Feuer als Erster, nur ein schwaches Schimmern oberhalb der Bäume, kaum heller als Sternenlicht. Minuten vergingen, und dann erscholl der Ruf: »Der Nagel hat es geschafft!« Dhoonemänner jubelten. Sie schlugen Stahl auf Pferdefleisch und wurden rasch schneller.

Dann erklangen andere Geräusche: ein Horn, tief und kalt, direkt von Norden her. Ein Schwirren. Etwas ungeheuer Schweres ließ die Erde beben, als es sich bewegte, und dann hörte man das unmissverständliche Dröhnen der Hufe vieler Pferde, die eilig nach Osten gelenkt wurden ... Bluddmänner. *Robbie hat sie weggelockt.*

Bram tastete nach der Angst, die er zuvor gespürt hatte, aber sie war verschwunden. Robbie hatte sie abgetötet.

Bram konnte das Feuer jetzt riechen, sah die orangefarbenen Flammen hoch über den Wipfeln. Bewaffnete Männer bewegten sich dort, riefen einander in ihrem dicken Bluddakzent Anweisungen zu. Bram konnte sie hören, aber nicht sehen. Der Wald wurde nun weniger dicht, die uralten Wächter wichen von Menschen gepflanzten Ahornbäumen, Rottannen, Gelbholzsumach und Bluteichen – alles Bäume, die wegen ihres blutroten Laubs ausgewählt worden waren. Plötzlich wurde der Weg breiter, und es gab eine Biegung. Und dort, vor ihm, erhob sich die schauerliche Masse des Bluddhauses.

Es war eine massive, ausufernde Zyste der Erde. Eine steinerne Wucherung von der rötlich braunen Farbe getrockneten Bluts erhob sich vier Stockwerke hoch und breitete sich unermesslich weit aus. Als Bram dieses Gebäude sah, diesen vollkommenen Mangel an Symmetrie und Anmut, die Außengebäude wie Karbunkel und Blasen, die festen rauchenden Tortürme und hässlichen Bogenschützenplätze, die sich wie Eiterpickel aus der Mauer schoben, wusste er, wieso der Hundelord Dhoone erobert hatte. Dieser Ort passte einfach nicht zu einem Herrscher.

Berittene Bluddmänner mit ihrer matten Rüstung, rauem Leder und Zobelumhängen eilten über den Hof des Rundhauses und nach Osten, auf das Feuer zu, das im Heiligen Wald tobte. Chaos herrschte. Brams scharfe Augen nahmen alles wahr. Stallburschen führten Pferde heraus und stießen mit Waffenschmieden und jungen Leuten zusammen, die den geschworenen Clansmännern Stahl brachten. Frauen schrien, und eine Reihe von Kindern und jungen Mädchen rannten mit Eimern und anderen Gefäßen, die sie füllen wollten, nach Osten. Jemand, wahrscheinlich der Steinhüter, rief in hoher, klagender Stimme die Götter an.

Robbie hat sie wirklich überrascht, dachte Bram und spürte eine Bitterkeit in der Kehle, die er zuvor nicht gekannt hatte. *Es ist, als hätten wir das Herz ihres Clans angezündet.*

Vor ihm ritten Robbie und seine Genossen, tief über die Hälse ihrer Pferde gebeugt, Wasserstahl und Eisenäxte gezogen. Die Kriegerin Thora Lamm hob den Speer mit der hohlen Spitze, für den sie bekannt war, und sah sich mit kühlem Blick nach passendem Wild um. Leise begann der Kriegsgesang, ein Trommelschlag mit zwei Tönen: *Dun Dhoone! Dun Dhoone! DUN DHOONE!*

Die Erkenntnis, dass sie in die Falle gegangen waren, traf die Bluddmänner wie kalter Wind. Es gab einen Augenblick, in dem alles still war, in dem die Eimer in der Luft verharrten und nicht einmal mehr Rauch von den Fackeln aufzusteigen schien. Und dann erklang der Schrei: »Schließt das Tor!«

In das Durcheinander von Frauen, Kriegern, Kindern und alten Leuten ritten Robbie Dhoone und seine vierzig Männer. Fluch war etwa dreißig Schritte vor den anderen Pferden, und es war Robbies Axt, die das erste Blut fließen ließ. Ein Jahrmann, der auf einem jämmerlichen Pony mit Senkrücken saß, verlor seine Hand. Ermutigt vom Anblick des Bluts wurden die Dhoonemänner von Kampfeswut erfasst.

Duglas Oger ritt durch die Reihen zurückweichender Bluddmänner wie ein gefallener Steingott, wild und stinkend, und tötete viele mit seiner Drei-Fuß-Axt. Neben ihm ritt Robbie Dun Dhoone, der Dornenkönig, so blond wie Duglas dunkel, so anmutig wie sein Begleiter barbarisch, Rüstung und Helm schwarz und triefend, und seine Zöpfe peitschten um seinen Kopf wie goldene Ketten. Zusammen trieben sie die verbliebenen Bluddmänner zurück, während andere die Frauen und Kinder vor sich herscheuchten. Äxte und Schwerter wurden im Rhythmus des Dhoone-Gesangs in Bluddfleisch geschlagen und wieder herausgezogen. *Dun Dhoone! Dun Dhoone! DUN DHOONE!*

Bram sah zu, wie ein Pferd in einer Blutlache ausrutschte, seinen Reiter unter sich begrub und ihm das Rückgrat brach. Er spürte, wie sich ein feiner Blutnebel über sein Gesicht legte, als Duglas einem Mann den Kopf abhackte, roch Exkremente und Urin und Pferdeschweiß, als Männer und Tiere sich der Angst ergaben. Er war beinahe erleichtert, als sich das Bluddtor endlich schloss. Die schwarzen Eisenangeln und Hebel kreischten, als sie zwei Tonnen eisenbeschlagenen Blutholzes zurück in den Rahmen schwangen. Frauen und Kinder und alte Männer rannten, aber sie schafften es nicht, und als die Riegel mit der Wucht von

Armbrustbolzen an Ort und Stelle geschoben klackten, warfen sie sich verzweifelt gegen das Holz, flehten und kratzten sich am Holz die Nägel aus.

Duglas Oger hielt seine Axt zurück und warf seinem Anführer einen Blick zu. Robbie nahm den Helm ab. Sein Gesicht war rot von der Anstrengung, und um die Augen hatte er Blutflecken. Seine Zöpfe waren jetzt dunkel und schweißgetränkt. Er schien zu warten, bis alle, selbst die verängstigten Bluddleute, still geworden waren, und dann sagte er mit klarer Stimme: »Nein. Niemand soll behaupten können, dass Robbie Dhoone unschuldige Frauen und Kinder umbringt, wie es der Hailwolf getan hat. Lasst sie in den Wald laufen.«

Duglas Oger nickte, packte eine Faust voll Mähne vom Hals seines Pferdes und benutze sie, um die Axt zu säubern. Rings umher senkten Dhooneleute ihre Waffen, setzten die Helme ab und schnappten nach Luft.

Vorsichtige Erleichterung breitete sich in der Menge am Bluddtor aus. Eine zahnlose alte Hexe machte einen Knicks vor Robbie und nannte ihn einen echten Clansmann. Ungeduldig bedeutete Robbie ihr zu verschwinden. Langsam gingen die Bluddleute vom Tor weg, die Blicke gesenkt, Arme um die Schultern kleiner Kinder, die Eimer immer noch in der Hand.

»Nein«, sagte Robbie plötzlich und zeigte auf einen rothaarigen Jungen von vielleicht zwölf. »Er trägt ein Schwert – also ist er ein Mann.«

Duglas versetzte dem Jungen einen sauberen Schlag mit der frisch geputzten Axt, die ihm die Brust vom Schulterblatt bis zum Herzen aufriss und ein Dutzend Knochen zerschmetterte. Eine Frau fiel in Ohnmacht. Kinder begannen zu winseln. Eine Gruppe Mädchen riss sich vom Tor los und rannte kreischend durch die Reihen der Dhoonemänner.

Thora Lamm amüsierte sich damit, ihnen mit dem Speer die Knie zu brechen. Als der Torweg frei war, lagen noch fünf weitere Leichen am Boden: drei Jungen und zwei alte Männer.

Ein Bogenschütze hoch oben in einer der Stellungen begann zu schießen, und ein Pfeil prallte an Robbies Rüstung ab. »Kommt, Männer«, sagte er abrupt und wendete sein Pferd. »Beenden wir, weshalb wir hergekommen sind. Bram! Bring die Pferde.«

Bram gehorchte und versuchte, alle fünf Pferde gleichzeitig in Bewegung zu setzen. Sie liefen westlich am Bluddhaus vorbei, zu einer Reihe von Außengebäuden, die sich an den Ufern eines kleinen Bachs drängten. Robbie ritt vor der Gruppe her und schien nach etwas zu suchen. Für Bram sahen all diese Schuppen gleich aus – geduckt, aus rotem Stein und hastig ohne Mörtel errichtet. Aber Robbie hatte schließlich gefunden, was er suchte.

Der Mond brach durch die Wolken, als Robbie darauf wartete, dass seine Leute näher kamen, und Bram sah, dass er sich geirrt hatte: Nicht alle Schuppen bestanden aus rötlichem Stein. Dieser hier war aus hellem, blaugrauem Stein errichtet.

Und dann wusste Robbie, was sein Bruder tun wollte.

»Bram«, murmelte Robbie, die Stimme tief vor Emotionen. »Befestige die Seile und reiße dieses Ding hier ab.«

Die Dhoonereihen teilten sich, um Bram und die Zugpferde durchzulassen. Brams Hände zitterten, als er die handgelenkdicken Seile an den Harnischen der Pferde befestigte, überrascht von der Intensität seiner eigenen Gefühle. Ringsumher waren Männer aus dem Sattel gestiegen und murmelten die Namen der Neun Götter. Duglas Oger hatte Tränen in seinen dunklen Augen, und ein anderer Axtkämpfer legte dem großen Mann eine Hand auf die Schulter. Bram, der sie beobachtete, wurde von einer beinahe schmerzlichen Liebe zu seinem eigenen Clan überwältigt. Wie konnte Robbie nach einer solchen Tat nicht Häuptling werden? Die Traurigkeit kam langsamer, als er um die kleine Steinhütte herumging und dabei das Seil durch die Faust laufen ließ. *Ich habe ihn nicht mehr so gern wie früher.*

Mit immer noch wehem Herzen ließ Bram die Peitsche knallen und setzte die vier schweren Zugpferde in Bewegung. Sie rissen die Latrine ab, die der Hundelord vor fünfunddreißig Jahren aus den Trümmern des gestohlenen Dhoonesteins errichtet hatte.

10
Ein geborstener Stein

Raina Blackhail saß auf der Kante des Steinbetts und band ihr honigbraunes Haar zusammen. Die Strähnen waren weich und schwer, und die vertrauten Bewegungen des Flechtens beruhigten sie. Dagro hatte ihr Haar immer geliebt. *Löse den Zopf für mich,* hatte er geflüstert, in dieser ersten Nacht im Gerstenfeld, als sie als Mann und Frau zusammen gewesen waren, während seine erste Frau genau in diesem Zimmer im Sterben gelegen hatte. Norala hatte es so gewollt, denn sie hatte gewusst, dass ihr Mann den Trost einer Frau brauchte, und sie wollte, dass er eine auswählte, die es wert war, die Frau eines Häuptlings zu werden. Dennoch, Norala war eine Woche später gestorben, früher als erwartet und unter schrecklichen Schmerzen, und Raina wusste, es war das Wissen um diese Vereinigung, das sie getötet hatte. Eine neue Frau für den eigenen Mann zu suchen war eine Sache, mit dem Wissen zu leben, dass das neue Paar verliebt war und gut zueinander passte, war eine andere, und die Qual war einfach zu viel für sie gewesen.

Seufzend erhob sich Raina. Das alles schien nun hundert Jahre vorüber zu sein, und sie war noch solch ein Kind gewesen! Wie hatte sie jemals glauben können, dass die Welt schön war und alle darin ihr nur Gutes wünschten?

Sie wand sich den Zopf um den Kopf und steckte ihn mit scharfen Silberkämmen fest. Es wäre unangemessen, sich mit offenem Haar oder auch nur mit auf dem Rücken hängendem Zopf sehen zu lassen. Sie war die Frau des Häuptlings, und es gab viele, die ganz versessen darauf waren, einen Fehler an ihr zu finden. Das Geflüster hatte bereits begonnen. *Mace schläft nicht mehr in ihrer Kammer. Ayla Perch sagt, sie hat ihn vertrieben. Wer kann es einem Mann schon übel nehmen, dass er sich anderweitig nach den Dingen umsieht, die seine Frau ihm verweigert?*

Ein dünnes, hartes Lächeln, das Raina an sich selbst nicht leiden konnte, lag auf ihren Lippen, als sie in den Spiegel schaute. Mace verdrehte immer alles so lange, bis die Wahrheit tot war. Es war er, der ihr Ehebett verlassen hatte. Mace, nicht sie. Die Götter wussten, dass sie nicht gemocht hatte, was in diesem Bett geschah, aber sie hatte festgestellt, dass ihre Fähigkeit zu ertragen wie ein großer hohler Raum in ihr war, immer im Stande, noch ein wenig mehr aufzunehmen, als sie angenommen hätte. Nun hatte Mace alle wissen lassen, sie sei kalt und frigide geworden und hätte die Tür vor ihm verschlossen. Lügen, alles Lügen, aber sie klangen so sehr nach der Wahrheit!

Und sie schwächten Rainas Stellung im Clan. Die Frauen waren ihr Rückgrat und ihre Unterstützung; Raina half ihnen, ihre Söhne zur Welt zu bringen, brachte ihren Töchtern bei, wie man eine Frau war, bot Rat, wenn sie in der Ehe Schwierigkeiten hatten, und tröstete sie in Zeiten der Trauer. Es hatte immer geheißen, dass sie eine gute Frau und loyale Gattin war. Und nun nahm Mace Blackhail ihr auch noch das.

Wenn man sich weigerte, das Bett mit dem Mann zu teilen, bedeutete das, dass man keine gute Ehefrau mehr war.

Sie war zu stolz, um es abzustreiten, denn sie würde nicht laut über etwas sprechen, worüber andere flüsterten, und sie war auch nicht sicher, ob man ihr überhaupt glauben würde. Sie war Mace gegenüber stets kühl gewesen, und die Frauen hatten das zweifellos bemerkt, wie es Frauen immer taten, was die Gerüchte glaubwürdiger machte. *Immerhin,* würden sie sagen, *hat sie ihn schon früher nicht sonderlich gern gehabt. Es war nur eine Frage der Zeit, bis sie sich vollkommen zurückzog.*

Frustriert zupfte Raina an der strohgefüllten Matratze auf dem Bett und begann, ein wenig Luft hineinzuschütteln. Sie sollte wirklich eine neue machen, denn diese hier war schlaff geworden, und zweifellos hatten viele kleine Geschöpfe ihre Nester darin gebaut. Außerdem schützte sie Rainas Wirbelsäule nicht mehr gegen die Härte des Steinbetts.

Stein, Stein, Stein. Sie hatte genug von Blackhail und seiner Härte, dem dunklen, bedrückenden Rundhaus und den Leichen, die auf offener Erde verfaulten. Man musste sich nur diese Kammer ansehen: ein Steinbett, unverputzte Steinmauern, Steinfliesen, die dort abgewetzt waren, wo zweitausend Jahre von Häuptlingen über sie hinweggegangen waren. Wo waren die Leichtigkeit und die Musik? In ihrer Jugend beim Clan Dregg war die große Halle hell von Kerzen beleuchtet gewesen, und alle hatten getanzt: die Männer mit wirbelnden Röcken, die Frauen mit Rosmarinzweiglein im Haar. Schon die Wände anzusehen war eine Freude gewesen: Sie waren glatt verputzt und erdbraun angestrichen und mit Stoffen bespannt, die die Clanfrauen selbst gewebt hatten, so dass sie kaum wie Stein aussahen. Blackhail war zehnmal wohlhabender als Dregg – warum hatte der Clan nichts von dieser Fröhlichkeit?

Raina ließ die Strohmatratze aufs Bett fallen. *Ich bin noch jung; es sind erst dreiunddreißig Winter vergangen. Warum bewirkt dieses Rundhaus, dass ich mich alt fühle?*

Es war eine Frage, für die sie keine Zeit hatte. Inigar Stoop hatte sie ins Steinhaus gerufen, und sie wollte nicht gehen, aber sie wusste, dass sie es tun musste. Sie hatte ihn bereits warten lassen.

Ihr Zimmer lag hoch an der Westmauer des Rundhauses, so weit wie nur möglich vom Steinhaus und dem Heiligen Stein entfernt, und es schien, dass der Weg an diesem Tag besonders lang und ermüdend war. Ein paar Scarpefrauen hatten in der alten Kornkammer eine Küche aufgebaut, denn hier war es inzwischen zu feucht geworden, um Getreide aufzubewahren. Raina roch die scharfen, fremdartigen Gerüche der Küche eines anderen Clans, und das bewirkte, dass ihre Galle hochkam. *Wie können wir diese schleichende Invasion durch Scarpe nur ertragen?* In diesem Augenblick entdeckte sie Anwyn Bird, die auf dem Weg zu ihrer Küche die Eingangshalle durchquerte. Sie dachte daran, die ältere Frau anzusprechen und ihr genau diese Frage zu stellen, aber dann fiel ihr auf, dass die Schultern der Clanmatrone ungewöhnlich gebeugt waren und sich mehr Haare als gewöhnlich aus Anwyns Knoten befreit hatten. *Auch sie leidet,* dachte Raina und fragte sich, wie es wohl für Anwyn sein musste, wenn ihre saubere, wohl geordnete Domäne von Fremden übernommen wurde. Man konnte kämpfen und kämpfen, und am Ende gewann man beinahe gar nichts. Mace Blackhail erreichte immer, was er wollte.

Als sie zu dem schmalen Gang kam, der hinaus zum Steinhaus führte, strich Raina ihr Kleid glatt und warf einen kritischen Blick auf ihre Stiefel. Es war dumm, aber sie konnte nicht anders. Es würde zu einer Auseinandersetzung kommen – das spürte sie bereits –, und sie hatte schon lange gelernt, alle Waffen einzusetzen, die zur Hand waren. Sie würde Inigar als Frau des Häuptlings gegenübertreten und nicht als ein verängstigtes kleines Mädchen, das er herumschikanieren konnte.

Sie hüllte sich in ihre Gefasstheit wie in eine Verkleidung und betrat das Steinhaus des Clans Blackhail.

Als Erstes traf sie die Kälte, ihre schiere Intensität und

Tödlichkeit. Wie lange fror es nun schon so stark? Zehn Tage? Es sollte doch sicher endlich vorüber sein. Gestern noch war sie auf Mercy zum See geritten und überzeugt gewesen, den ersten Hauch von Frühling gespürt zu haben. Aber hier im Steinhaus war die Zeit offenbar zu Mittwinter stehen geblieben. Frierend rieb sie sich die Arme und wünschte sich, sie hätte ein Schultertuch mitgenommen.

Als sich ihre Augen an die Dunkelheit gewöhnten, tauchte die Masse des Hailsteins aus den Schatten auf wie etwas, das aus einer anderen Welt heraufbeschworen wird. Seine Macht und seine schiere Größe machten sie betroffen, und obwohl sie sich anstrengte, ihre Gefühle zu disziplinieren, spürte sie, dass die alte Ehrfurcht wieder erwachte.

Dann sah sie, dass der Stein dampfte.

Angst, so konzentriert und plötzlich, dass sie das Salz darin schmecken konnte, sprang ihr aus der Kehle in den Mund. Der Hailstein dampfte wie eine Seite gefrorenen Fleischs.

»Ja, Raina Blackhail. Die mit einem Adlerzeichen wissen immer, wann sie Angst haben sollten.«

Erschrocken von der Stimme des Steinhüters, aber entschlossen, es nicht zu zeigen, richtete sich Raina gerader auf und sagte: »Wie lange ist das schon so?«

Inigar Stoop trat aus Schatten und Rauch. *Er ist alt geworden*, dachte Raina, als sie einander gegenüberstanden. Die Augen des Steinhüters waren so schwarz und hart wie eh und je, aber sein Körper schien geschrumpft und trocken, als hätte man ihm alles Blut ausgesaugt. Raina versuchte, ihr Entsetzen zu verbergen, aber Inigar Stoop ließ sich nicht so leicht hinters Licht führen.

»Du denkst, dass ich mich verändert habe, Raina?«, sagte er, und seine Stimme war so scharf wie immer. »Dann hättest du vielleicht früher kommen sollen.«

Sie antwortete nicht. *Ich bin Häuptlingsfrau und diesem Mann keine Rechenschaft schuldig.*

Er wusste, was sie dachte, davon war sie überzeugt, und einen Augenblick lang standen sie sich als Feinde gegenüber: Häuptlingsfrau und Steinhüter, die versuchten, sich gegenseitig niederzustarren. Dann zuckte Inigar die Schultern. Seltsamerweise zog er die Schweinslederhandschuhe aus, die er getragen hatte, und hielt sie ihr hin. »Nimm sie. Berühre den Stein.«

Verärgert, dass sie die Situation nicht mehr beherrschte, aber auch beunruhigt von Inigars Grimmigkeit, zögerte sie.

Wieder hielt er ihr die Handschuhe hin. »Du kannst den Stein nicht ohne Handschuhe anfassen. Es würde dir die Haut abreißen.«

Wie ist das möglich?, wollte sie fragen. Aber sie fürchtete diese Frage noch mehr, als den Stein zu berühren, also nahm sie die Handschuhe und ging näher an die Ostseite des Heiligen Steins. Kalter Atem erhob sich von dem Monolithen und ließ Rainas Zähne klappern wie die eines kleinen Mädchens. Jetzt, als sie näher am Stein war, konnte sie Einzelheiten seiner Oberfläche erkennen, die Täler und Kerben und Löcher. Normalerweise war er feucht und nässte, aber nun bedeckte Eis ihn wie Schuppen. Vorsichtig streckte sie die Hand aus und legte die behandschuhten Finger darauf.

Ihr Götter! Es war, als berührte man einen Sterbenden. Jedes Mal, wenn sie ihn zuvor berührt hatte – am Ende ihrer Mädchenzeit, nach beiden Eheschließungen und nach Dagros Tod –, war die Macht des Steins auf ihre Finger zugesprungen wie Hitze. Nun war er kalt, und alle Macht war aus der Oberfläche gewichen. Raina spürte sie dennoch, tief drinnen. Als sie die Hand wegziehen wollte, spürte sie ein schwaches Glühen, als tastete etwas nach ihr ... und versagte.

Die Trauer betäubte sie beinahe.

Inigar Stoop schwieg lange. Schließlich sagte er: »Die Götter haben Eis ins Herz des Steins geschickt. Er wird bersten, bevor das Jahr vergangen ist.«

Raina berührte den bestickten Beutel mit Pulver vom Heiligen Stein, den sie an der Taille trug. Sie hatte Geschichten vom Bersten von Heiligen Steinen gehört, aber sie waren ihr immer eher wie Legenden als wie wahre Geschichten vorgekommen. Leise sagte sie: »Das Seelenfest?«

Inigar nickte. »Der Abend, an dem Stanner Hawk einen Hund verbrannt hat.«

Sie senkte den Kopf. Es war zu viel, das Gewicht des Wissens in seinem Gesicht zu sehen.

Langsam wich sie zurück und tastete nach einer Wand, an die sie sich lehnen konnte. Das Steinhaus war durcheinander, das Rauchfeuer beinahe ausgebrannt, der Boden mit Asche und Geröll bedeckt, Meißel verstreut wie Stöcke. Selbst die Kleidung des Steinhüters war vernachlässigt, das einstmals schöne Schweinsleder fleckig und zerrissen. Plötzlich tat er ihr Leid, aber das wollte sie lieber nicht zeigen. »Hast du es Mace gesagt?«

»Du weißt, dass ich das nicht getan habe. Wozu sollte es gut sein, den Clan zu verängstigen?«

»Aber mir gegenüber hast du nicht solche Skrupel?«

»Du bist eine Frau und kämpfst nicht.«

Am liebsten hätte sie ihn für seine Arroganz geschlagen. *Wie konnte er es wagen!* Sie kämpfte allerdings. Die Götter wussten, wie sie für diesen Clan kämpfte. Zitternd sagte sie: »Ich frage mich, wieso du mich hergerufen hast, da du so wenig von mir hältst.« Damit drehte sie sich um, um zu gehen.

»Bleib«, befahl er mit der ruhigen Stimme eines Mannes, der daran gewöhnt ist, Autorität zu haben. »Ich sagte nur, dass du nicht kämpfst, nicht, dass du keine Macht hast.«

Sie hatte genug von diesen Spielchen und warf die Schweinslederhandschuhe auf den Boden. »Was soll ich denn tun? Der Stein wird zerbrechen, und ich kann ihn nicht wieder richten. Dazu müsste ich ein Gott sein.«

Immer noch reagierte er nicht auf ihren Zorn. Er bückte sich nach den Handschuhen und sagte: »Weißt du, dass alle Steine lebendig sind? Frag einen Bauern. Steine tauchen über Nacht auf einem Feld auf, nach oben getrieben von der ruhelosen Erde. Berge kalben und bewegen sie, Flüsse und Gletscher tragen sie, und Hitze und Eis zerstören sie, wenn alles vorüber ist. Wann immer ein Heiliger Stein stirbt, muss ein neuer gefunden werden, um seine Stelle einzunehmen.«

Inigar Stoop schwieg nun, und Raina fragte sich, wann er aufgehört hatte, von Steinen zu reden, und stattdessen begonnen hatte, von sich selbst zu sprechen.

»Ich will Effie Sevrance, Raina. Sag mir, wo sie ist.«

Das wollte er also. Effie. Das hätte sie sich eigentlich denken sollen. »Du kannst sie nicht schützen, Inigar.«

»Ich bin der Steinhüter dieses Clans. Ich wache über Blackhail, und ich werde über sie wachen.«

Aber du hast nicht an dem Abend über sie gewacht, als Stanner Hawk versucht hat, sie zu verbrennen. Und dann kam der vernichtende Gedanke: *Das hat keiner von uns getan.* Zorn über ihr Versagen ließ sie gereizter antworten, als sie beabsichtigt hatte. »Du bist nur ein alter Mann, Inigar Stoop, einer unter Tausenden. Effie ist in diesem Clan nicht mehr sicher.«

Inigars Adlernase wurde an der Wurzel weiß. »Sie wird gebraucht. Ich habe sie als nächste Steinhüterin auserwählt.«

Raina hielt eine weitere scharfe Antwort zurück. Sie sah

sich im Steinhaus um, sah die rußgeschwärzten Mauern, die steinernen Tröge und die schlichten Bänke, und sie wusste, dass Inigar diesen Ort nicht so betrachtete wie sie selbst. Wieder tat er ihr Leid. *Er ist krank, er wird eines Tages sterben, und es gibt niemanden, der an seine Stelle treten wird.* Sie sagte sanft: »Du musst dir einen anderen Nachfolger suchen, Inigar. Effie wird bald weg sein; ich schicke sie zu meiner Schwester zum Clan Dregg.«

Kalter Zorn glühte in seinen Augen. »Das Mädchen ist dir also wichtiger als der Clan?«

Es war eine ungerechte Frage, und sie konnte sie nicht beantworten. Sie wusste nur, dass sie geglaubt hatte, es würde ihr das Herz zerreißen, als Bitty Shank am Seelenfest zu ihr gekommen war, um ihr zu sagen, dass er Effie draußen in der Hundehütte gefunden hatte, zitternd vor Kälte und Angst. Kein Kind hatte so viel verloren wie Effie Sevrance, und Raina war entschlossen, dafür zu sorgen, dass sie nicht noch mehr verlor.

Inigar sprach in ihre Gedanken hinein. »Ich habe seit fünf Jahren nach jemandem gesucht, den ich zu meinem Nachfolger ausbilden kann. Jedes Mal, wenn ein Junge zur Welt kam, hatte ich Hoffnungen. Wann immer sich ein Kind besonders für das Steinhaus interessierte, habe ich es beobachtet und gewartet und geträumt ... aber nie war es ein neuer Steinhüter. Und dann kam Effie her und hockte sich unter diese Bank. Kein Kind hat meine Träume je so verwirrt wie sie. Sie hat Macht, Raina. Macht, die dieser Clan braucht. Sie ist noch jung, aber sie wird älter werden und mehr lernen. Ich werde sie selbst unterrichten.

Ich weiß, du siehst nur die Trostlosigkeit des Steinhauses. Das brauchst du nicht abzustreiten, es steht dir deutlich ins Gesicht geschrieben. Was du nicht siehst, ist das Leben dahinter. Wenn ich hier stehe und den Heiligen Stein mit den Meißeln bearbeite, dann habe ich es mit den Seelen von Menschen zu tun. Jeder Mann und jede Frau in diesem Clan haben Stahl, der von Brog Widdie hergestellt wurde, und pulverisierten Heiligen Stein, der von mir kommt. Und was ist mächtiger, Raina? Sag es mir. Das, was tötet, oder das, was Gnade gewährt?«

Er hielt inne – nicht, damit sie antworten konnte, sondern um ihr Zeit zum Denken zu geben. Der Hailstein rauchte hinter ihm: ein Riese, der langsam dahinsiechte.

»Es wäre kein schlechtes Leben. Karg und einsam, aber auch geordnet und bedeutungsvoll. Ich denke, wenn du ehrlich bist, musst zu zugeben, dass es zu ihr passen würde. Sie ist oft genug aus freiem Willen hergekommen. Du weißt, dass sie sich in abgeschlossenen, dunklen Räumen am wohlsten fühlt. Ich werde sie unterrichten. Sie kann auf einer der Bänke schlafen und mit mir zusammen essen.«

Beinahe hätte er sie überreden können, denn es lag viel Wahrheit und Vernunft in seinen Worten. Effie fürchtete offene Räume – die Götter allein wussten, wie man sie zum Dregghaus schaffen sollte! Aber sie würde es tun. Was Inigar bot, war eine Art Halbleben in Dunkelheit und Stille und Rauch. Das würde Raina nicht zulassen. Sie hatte Effie wie ihre eigene Tochter aufgezogen, hatte ihr das Sprechen beigebracht, hatte ihr gezeigt, wie man einen Löffel hielt, und sie wollte einfach, dass sie glücklich war. Sie wollte, dass sie im Dregghaus tanzte.

Inigar las alles auf ihrem Gesicht, und sie war auf eine zornige Reaktion vorbereitet, aber am Ende gab es nur Resignation. »Dann nimm sie«, sagte er. »Ganz gleich, ob sie beim Clan Dregg landet oder weit draußen im Kargland, du kannst ihr Schicksal nicht ändern. Sie ist im Zeichen des Steins geboren, Raina Blackhail, sie trägt ihn um den Hals.

Du bist ein Adler und kannst klar sehen, und du weißt, dass ich die Wahrheit sage.«

Raina nickte, und es gab nichts mehr zu sagen, also ließ sie Inigar im Dunkeln zurück: ein gebrochener Mann mit einem berstenden Stein.

Sie konnte das Steinhaus kaum schnell genug verlassen. Im Laufschritt eilte sie durch den Tunnel und durch die Eingangshalle nach draußen. Leute sahen sie und versuchten, sie zu grüßen, aber sie achtete nicht auf sie. Sie brauchte Licht und Wind und frische Luft, und sie eilte zum Stall, um Mercy zu satteln.

Der freundliche Jebb Einacker brachte ihre Stute nach draußen. »Ich dachte schon, dass du vielleicht ausreiten wolltest«, sagte er. »Aber pass am See auf, das Eis dort schmilzt langsam.« Als sie die Zügel entgegennahm, begegneten sich ihre Blicke. »Ich werde allen, die nach dir fragen, erzählen, du wärst nach Süden zum Keil geritten.«

Sie bedankte sich; sie war froh über selbst diese kleine Freundlichkeit. Jebb war mit einer Shank verheiratet, und die Shanks standen nach wie vor treu zu Effie. Orwin Shank wusste, wo das Mädchen versteckt war, und Jebb hatte zweifellos erraten, dass Raina auf dem Weg zu ihr war. Nun, er hatte Recht, aber erst legte sie eine kleine falsche Spur. Mace ließ sie beobachten, und sie musste vorsichtig sein.

Kleine Mäuse mit Wieselschwänzen.

Raina schüttelte ihr Unbehagen ab und ließ Mercy galoppieren.

Oh, es war wunderbar zu reiten, die Muskeln der Stute unter sich und den Wind an der Brust zu spüren. Sie lächelte erfreut und ließ Mercy ohne jeden Grund über eine ganze Reihe von Hecken springen.

Erst nach Süden; sei vorsichtig, mahnte sie sich ein wenig verängstigt, dass ihre Freude sie sorglos machen könnte. *Reite erst nach Westen, wenn du die Bäume erreicht hast.*

Selbstverständlich hatten sie versucht, Effie zu finden – Mace und Stanner Hawk und Turby Flapp. Sie hatten Raina und die Shanks in Verdacht, Effie versteckt zu haben, aber die Shanks und die Hammermänner von Blackhail hatten sich zusammengetan: Effie war eine von ihnen, und niemand würde sie finden. Mace hatte Raina danach gefragt, hatte beiläufig wissen wollen, wieso sie in den letzten Tagen so oft ausgeritten war, vor allem bei diesem Frost. Er wusste, dass sie log, aber er konnte sie nicht bedrängen; immerhin musste er so tun, als wäre sein Interesse an Effie vollkommen ehrenhaft; das eines Häuptlings, der sich um ein kleines Mädchen sorgt. Raina jedoch konnte er nicht hinters Licht führen. Sie wusste, wer hinter der Verbrennung des Hundes steckte. Sie hatte die Drohung selbst gehört.

Sie zügelte die Stute zu einem Kanter und wandte sich zum See. Ringsumher zeigten die Zirben und die schwarzen Birken Spuren des plötzlichen Frosts. Vor zehn Tagen war die Temperatur so schnell so tief gefallen, dass man hatte hören können, wie die Bäume explodierten. Eine Woche davor hatte es zu tauen begonnen, und die vom Winter hungrigen Bäume hatten begonnen, Wasser aufzusaugen. Langkopf sagte, der Frost hätte zu keinem schlechteren Zeitpunkt kommen können, denn das Wasser in den Zirben war zu Eis geworden und hatte die Stämme einfach aufgerissen. Über fünfhundert ausgewachsene Bäume waren allein im Keil verloren, das Schlimmste, was je in einer einzelnen Jahreszeit geschehen war.

Noch mehr schlechte Vorzeichen, dachte Raina grimmig, als sie sich einem wenig genutzten Pfad zum See zuwandte. Zwei Stunden vergingen, in denen Mercy sich durch Schlamm und halb gefrorene Binsen arbeitete. Raina sehnte sich danach, den schönen Weg, der direkt vom Rundhaus zum Seeufer führte und in weniger als einer Stunde zurückgelegt werden konnte, benutzen zu können. *Diese verfluchten Binsen!* Sie zerschnitten einem die Fußknöchel, und die Götter allein wussten, ob sich unter ihnen fester Boden oder Wasser befand. Als sie endlich den kleinen hässlichen Pfahlbau erspähte, der auf den See hinausging, seufzte sie erleichtert.

Die verrückte Binny war draußen auf dem Pier und wartete, als hätte sie schon die ganze Zeit gewusst, dass Raina kommen würde. Die alte Jungfer war in Schwarz gekleidet, und sie hatte einen Holzhammer in der Hand. »Für die Fische«, erklärte sie zum Gruß, als sie sah, dass Raina den Hammer verdutzt anstarrte. »Sie kommen in der Nähe der Pfähle an die Oberfläche, und um diese Jahrezeit sind sie träge.«

Darauf fiel Raina keine Antwort ein, aber sie bemerkte, dass mehrere ziemlich große Forellen zuckend zu Füßen der alten Jungfer lagen. Sie stieg ab und spähte hinüber zu dem seltsamen kleinen Pfahlbau, in dem die verrückte Binny wohnte.

Er stand ganz am Südrand des Sees und war zur Zeit der Flusskriege von Ewan Blackhail errichtet worden, als jeder Clanhäuptling, der seinen Heiligen Stein wert war, nichts als fließende Gewässer und deren Beherrschung im Kopf gehabt hatte. Als Raina sich nun umsah, verstand sie nicht, wieso der Pfahlbau ausgerechnet hier stand, denn keiner der Bäche, die in den See mündeten, war breit genug für ein Boot. Dennoch, Männer waren eben Männer, und da andere Clans Pfahlbauten zur Verteidigung ihrer Gewässer errichteten, hatte Blackhail das eben auch tun müssen.

Nur dass dieser Pfahlbau nicht besonders gut gelungen war – Hailsmänner waren keine Flussschiffer und nicht vertraut damit, was es bedeutete, über dem Wasser zu bauen –, und vierzig Jahre später war er verfallen. Das Dach hing durch und war hier und da mit Binsen und Tierhäuten geflickt worden, die Fensterrahmen waren verfault und zerbrochen, und eine ganze Gruppe kleiner Nebengebäude war halb in den See gesunken. Die Götter allein wussten, was unter der Wasseroberfläche los war. Es war ein Wunder, dass das Ding noch stand.

»Willst du die Kleine sehen?« Binny hockte sich hin und schlug mit dem Hammer auf eine der zuckenden Forellen ein. »Sie ist drin und lernt, wie man Brühe macht, um Fisch zu kochen.«

Raina hatte sich daran gewöhnt, dass ihr in Gegenwart dieser Frau die Worte fehlten. Es war schwer zu glauben, dass diese seltsame, grobknochige Person einmal eine große Schönheit gewesen sein sollte, die mit Orwin Shank verlobt gewesen war. Birna Lorn hatte sie geheißen, und ein paar alte Männer im Rundhaus erinnerten sich immer noch an den Tag, als Orwin und Will Hawk auf der Weide um ihre Hand gekämpft hatten. Nicht viel später hatte man sie als Hexe verbannt, denn sie hatte zutreffend vorhergesagt, dass Noralas ungeborenes Kind tot zur Welt kommen würde. *Falls ich mich je in eine Prophetin verwandeln sollte,* dachte Raina, *dann werde ich alle schlechten Nachrichten für mich behalten.*

»Du solltest lernen, wie man einen Fisch tötet, Raina Blackhail«, sagte Binny und ließ den Hammer auf eine andere Forelle niedersausen. »Eine gute Vorübung für das Töten von Männern.« Grüne Augen glitzerten im Licht, und Raina hätte nicht so recht sagen können, ob es Wahnsinn oder Schlauheit war, was sie so zum Glitzern brachte.

»Bring mich zu Effie.«

»Bring dich selbst. Die Tür ist da drüben, oder was davon

übrig ist. Ich komme nach, wenn ich mit den Forellen fertig bin.«

Raina wusste, dass sie darauf lieber nicht warten wollte, stieg die schiefe Leiter hinauf und ging nach drinnen. Das Zimmer, das sie betrat, war trüb beleuchtet und warm und strömte den schalen Geruch von Nassfäule aus. Es wurde vom Feuer eines winzigen Eisenöfchens beleuchtet. Effie stand an diesem Ofen, mit dem Rücken zu Raina, und rührte etwas in einem kleinen Topf. Sie sang dabei, etwas über die Shankshunde und wie sie einmal ein Baby vor dem Schnee gerettet hatten. Als Raina so in der Tür stand und sie beobachtete, fiel ihr auf, dass sie Effie Sevrance nie zuvor singen gehört hatte. Als eine Diele unter Rainas Fuß knarrte, fuhr Effie herum und vergoss ein wenig von der Brühe.

Angst wich sofort dem Erkennen, und Effie kam mit ausgebreiteten Armen auf Raina zu. »Raina! Ich koche! Wusstest du, dass man Brühe macht, indem man Möhren und Zwiebeln ins Wasser tut und sie dann kocht, bis sie beinahe verschwunden sind?«

Raina nickte. Sie sah vor ihrem geistigen Auge immer noch Effies ängstliche Reaktion, und ihre Brust zog sich so fest zusammen, dass sie nicht sprechen konnte.

»Binny sagt, die Brühe ist erst fertig, wenn sie die Forellen bringt und ich die Köpfe koche. Ist Drey schon wieder da?«

Raina hatte Effie drei Mal innerhalb von neun Tagen besucht, und jedes Mal war sie mit der gleichen Frage begrüßt worden: Wo war Drey? Sie löste sich aus der Umarmung des Mädchens und überlegte, was sie sagen sollte. *Es passt Mace gut, dass Drey im Augenblick weg ist, damit er besser darüber nachdenken kann, was er mit dir machen soll. Also lässt er sich immer wieder neue Aufgaben für deinen Bruder einfallen, um ihn vom Rundhaus fern zu halten.* Nein, das war keine gute Idee. Laut sagte sie: »Ich habe mit Paille Trotters Sohn gesprochen. Er hat Drey vor zehn Tagen in Ganmiddich gesehen und denkt, dass er bald nach Hause kommen wird.«

Effie ließ sich von Rainas künstlichen Optimismus nicht überzeugen und wandte sich enttäuscht wieder ihrer Brühe zu.

Raina wünschte sich nichts mehr, als sie trösten zu können, aber sie wollte sie auch nicht belügen. »Und, was hat die verrückte Binny dir beigebracht?«

»Viele Sachen. Kochen. Kräuterkunde. Alles, was mit Heilen zu tun hat. Wusstest du, dass Maden den Eiter aus einer Wunde fressen können, damit sie schneller heilt? Und dass Hämorrhoiden kleiner werden, wenn man Essig drauftut?«

Raina lachte. In vielerlei Hinsicht hatte der Steinhüter Recht gehabt. Effie war begierig zu lernen. Raina war plötzlich so müde, dass sie sich auf einer alten Hühnerkiste niederließ und sich damit zufrieden gab, einfach zuzusehen, wie Effie Zwiebeln hackte und im Topf rührte. Sie musste einfach glauben, dass sie das Richtige getan hatte. Das Steinhaus war kein Ort für dieses kluge, hübsche Mädchen.

In diesem Licht konnte man Effies Narben kaum sehen. Ihr langes, glänzendes Haar bedeckte die meisten von ihnen, und die auf der Wange hatte Laida Mond so gut genäht, dass es aussah, als ruhte dort eine sehr feine Feder. Einige würden sie für schön halten. Raina zum Beispiel.

»So, da sind wir. Forellen. Effie, wirf die Köpfe in den Topf. Ja, sie haben Augen. Dumm von ihnen, dass sie sie nicht benutzt haben.« Binny übernahm sofort das Kommando, erklärte, wie die Brühe bereitet und der Fisch gekocht werden sollte, und schickte Raina nach draußen, um Feuerholz zu holen. Effie sollte in der Vorratstruhe nach Whisky suchen. Es war angenehm, solche Dinge zur Abwechslung einmal einer anderen zu überlassen – selbst wenn es eine Verrückte war.

Nachdem sie eine gute, schlichte Mahlzeit gegessen hatten – Forellen in ihrem eigenen Saft und schwarzes Roggenbrot mit Honig –, wies Binny Effie an, nach draußen zu gehen und zu versuchen, vorbeischwimmende Fische mit dem Hammer zu erwischen. »Aber es ist beinahe dunkel«, wandte Effie ein.

»Dann geht es noch besser. Sie sind schon halb am Schlafen.«

Dem konnte Effie nicht mehr widersprechen, also griff sie nach dem Hammer und ging nach draußen. Raina hätte auf die Fische gesetzt.

»Und?«, sagte Binny und goss eine doppelte Portion Malzwhisky in Rainas Becher, »hat der alte Miesepeter Inigar Stoop schon gesagt, dass er das Kind haben will?«

Raina konnte nicht verhindern, dass man ihr das Staunen ansah.

»Du brauchst nicht dreinzuschauen wie ein frisch geschorenes Schaf, Raina Blackhail. Warum, glaubst du, haben sie mich in diese Schlammhütte hier getrieben?«

»Ich ... äh ...«

»Ja. Ich bin entweder verrückt oder eine Hexe. Wahrscheinlich beides.« Binny knallte die Metallflasche auf den Tisch und erschlug damit eine Fliege. »Aber ich sage dir eins, Raina, dieses Mädchen darf nicht auf Blackhailland bleiben. Und wenn du das nicht weißt, dann bist du dumm.«

Raina nickte, immer noch verwirrt von der Wendung, die das Gespräch genommen hatte. »Ich habe vor, sie zum Dregghaus bringen zu lassen.«

»Wann?«

»Wenn ihr Bruder zurückkommt. Sie will nicht gehen, ohne ihn gesehen zu haben.«

Die verrückte Binny hob die Flasche und betrachtete die zerquetschte Fliege. »Nun, dann kann sie bald gehen, denn Drey Sevrance ist auf dem Weg hierher.«

Raina verspürte so etwas wie Freude und Erleichterung, dann sagte sie sich, dass sie dumm war. »Das hast du nur erfunden.«

»Ach ja? Nun, wir werden ja sehen. Inzwischen werde ich dir sagen, was du mit dem Kind machen sollst, und du bleibst schön sitzen und hörst zu.« Binny sprach so ruhig wie eine, der man selten widersprochen hat. Raina nahm an, das war einer der Vorteile des einsamen Lebens.

»Effie Sevrance sollte zum Kloster auf dem Eulenfelsen gebracht werden. Es liegt östlich von Geiersumpf – die Ortsansässigen können dir mehr sagen. Dort unterrichten sie die alte Überlieferung: Kräuter und Tiere, Weitsicht und Weitsprechen, Beschwörungen und Zwänge und andere alte Magie. Effie ist klug genug dafür, und ich brauche dir nicht zu sagen, dass sie die Macht hat. Die Schwestern dort werden sie gerne aufnehmen, und sie kann eine von ihnen werden und sich akzeptiert fühlen.«

Raina stand auf. Sie hatte genug von Leuten, die ihr sagten, was sie mit Effie tun sollte. Es war ein Kind, von dem sie hier sprachen, nicht ein gefährliches Tier, das entweder dressiert oder eingesperrt werden musste. »Ich schicke Effie nicht an einen Ort voller Fremder, die zu keinem Clan gehören. Wer wird sie dort gern haben? Bestimmt nicht irgendwelche alten Zauberinnen, die sie beherrschen wollen. Nein. Dregg wird ihr gut tun. Ich war nur ein Jahr älter, als ich von meinem Clan in Pflege gegeben wurde; es wird für sie nicht anders sein. Sie wird Freundschaften schließen, und dann wird all dieser Unsinn über Zauberei in Vergessenheit geraten.« Raina war so aufgeregt, dass sie aus Versehen den Becher umstieß.

Binny fing ihn auf, bevor er vom Tisch rollen konnte. »Es ist eine Schande, mit ansehen zu müssen, wie eine so kluge Frau wie du sich etwas vormacht. Sieh mich an. Dreißig Jahre hier allein. Wünschst du dir dasselbe für dieses Kind?«

Nein, selbstverständlich nicht. Die beiden Frauen sahen einander an, die ältere ruhig, die jüngere zitternd. Raina wusste beinahe, was Binny als Nächstes sagen würde, und sie wollte es nicht hören.

»Dregg ist ein junger Clan«, sagte Binny leise. »Die Krieger sind wild und leidenschaftlich, und sie schwingen Schwerter mit breiten Klingen. Die Frauen sind angeblich recht hübsch und kleiden sich in helles Tuch, das sie mit ihren eigenen Händen weben. Es heißt, ihr Häuptling sei ein guter Mann und ihr Rundhaus gut gebaut und eingerichtet. All das wissen wir, aber Clan ist immer noch Clan. Sag mir, wann warst du zum letzten Mal dort, Raina? Vor zehn Jahren? Zwanzig?« Die grünen Augen der alten Jungfer blitzten wissend, und es stand vielleicht sogar so etwas wie Mitleid darin. »Glaubst du wirklich, dass sie Effie anders behandeln werden als Blackhail, sobald sie von der Macht ihres Zeichens erfahren?«

Raina machte eine kleine Geste mit der Hand, als wollte sie die Worte wegschieben. *Es wird bei Dregg besser für sie sein,* sagte sie sich. *Dort gibt es keinen Mace Blackhail.* Aber der Gedanke tröstete sie kaum, und sie musste wieder an den Morgen nach der Nacht denken, in der Effie beinahe verbrannt worden war. In ihrer Eile, aus dem Rundhaus zu fliehen, hatte das Mädchen die Schale mit der Flüssigkeit fallen lassen, die sie benutzt hatte, um die Männer zu bedrohen. Die kleine Messingschüssel war auf dem Hof gelandet, direkt vor dem großen Tor. Effie hatte Raina inzwischen erzählt, dass nur Holzkohle und Malzwhisky in der Schale gewesen waren, und Raina glaubte ihr ... aber die Flüssigkeit hatte sich glatt durch den Stein gebrannt.

Raina schauderte. Sie hatte Angst, und sie wusste nicht mehr, was sie dieser Frau sagen sollte. Als sie Effies Stimme von draußen hörte, war sie erleichtert.

»Drey! Raina, Drey ist da!«

Die verrückte Binny besaß genügend Anstand, nur ein klein wenig triumphierend dreinzuschauen.

Raina Blackhail stand auf und ging hinaus, um Drey zu begrüßen.

11
Verurteilte

Penthero Iss stand auf einem Steinpodium, das mit Seide und Pferdefellen gepolstert war, und wartete darauf, einen Gutsbesitzer zum Tode zu verurteilen. Dem Mann wurde Hochverrat vorgeworfen, und daher hätten Verhandlung und Hinrichtung eigentlich innerhalb der Maskenfestung stattfinden sollen, wo man den Kopf des Mannes auf den Obsidianblock legen konnte, der Verräterblock genannt wurde. Aber Iss, Surlord von Spire Vanis, Oberbefehlshaber der Renegatenwache, Hüter der Maskenfestung und Herr der vier Tore, hatte eine größere Menschenmenge versammeln wollen. In den Innenhof passten nicht genug, während der Platz vor dem Gerichtsgebäude, der sich nun vor Iss ausbreitete, mit seinem Kreis von Galgen, die als der Grausring bekannt waren, seinen Ködergruben, Statuengärten, Marktständen, Viehpferchen, Sportplätzen und Sklavenmärkten die halbe Stadt aufnehmen konnte.

Und die halbe Stadt war anwesend. Obwohl der Himmel stahlgrau war und kalter Wind vom Totenberg herunterfegte, waren beinahe alle erschienen. Tausende von Kaufleuten, Lehrlingen, Gesellen, Arbeitern, Huren, Priestern, Küchenjungen, Söldnern und Adligen mischten sich auf dem gewaltigen Platz und wurden langsam unruhig. Sie hatten sich an den Ständen etwas zu essen geholt, hatten sich mit Würfelspielen unterhalten, Bier und starken Schnaps getrunken, die Leichen inspiziert, die an den Galgen hingen, und zugesehen, wie sich hundert Gutsbesitzer auf den Stufen des Gerichtsgebäudes versammelten, und jetzt wollten sie Blut sehen.

Iss konnte es ihnen nachfühlen. Johann Rullion, der Oberste Richter, las die Anklagen vor, und seine laute, ausdruckslose Stimme hob sich über das Geräusch des Windes. »Maskill Boice, Herr des Spukhofs und der Flussfurt bei Stye, man wirft Euch Hochverrat gegen den Herrn dieser Stadt und seine Bevölkerung vor. Wissentlich habt Ihr Euch mit anderen in der Taverne Zum Hundskopf im Almosenviertel getroffen, wissentlich habt Ihr Euch verschworen, den Surlord am letzten Bußtag zu töten, bei seinem feierlichen Zug durch die Stadt, bei dem er Almosen verteilt. Siebzehn Tage später habt Ihr Euch mit dem Schwarzen Dan in Verbindung gesetzt, einem Meisterbogenschützen aus Ille Glaive, und ihm zehn Goldstäbe für seine Dienste gezahlt. Danach habt Ihr am gleichen Tag eine Übereinkunft mit der Hurenhausbesitzerin Hester Fay, auch bekannt als Dicke Hetty, geschlossen, damit sie den Schwarzen Dan in ihrem dreistöckigen Haus wohnen lässt, das am Spireweg steht und sich somit an dem Weg befindet, den der Surlord bei seiner feierlichen Inspektion der Stadt nimmt. Ihr habt ihr sechs Silberlöffel gegeben. Was habt Ihr dazu zu sagen?«

Die Menschenmenge wurde stiller, blieb aber ruhelos und bereit zu explodieren. Die Leichen an den Galgen schwangen heftig im Wind, währen die Zuschauer warteten, was der Verurteilte zu sagen hatte.

Maskill Boice stand vor dem Gerichtsgebäude mit einem Eisenkragen um den Hals, dessen Ketten sich zu seinen Handgelenken und Fußknöcheln zogen und der ihn zwang, den Kopf aufrecht zu halten. Boice war ein kräftiger Mann, der fleischig geworden war, hatte die roten Wangen von einem, der zu viel trank, und das verächtliche, höhnische Gebaren eines Gutsbesitzers. Man hatte ihn die vorgeschriebenen zwölf Tage im Kerker behalten, und Iss hatte dafür gesorgt, dass der Mann gut behandelt wurde; er war sogar so weit gegangen, von Caydis Zerbina Fasanenbraten, starken Wein und Treibhauspflaumen in Boices Zelle bringen zu lassen. Caydis hatte sich auch um die Aufmachung des Angeklagten gekümmert und dafür gesorgt, dass der Adlige an diesem Tag die besten Stücke aus seiner umfangreichen Garderobe trug: Rubine glitzerten an seinem Wams, und man konnte sehen, dass das Futter seines Umhangs tatsächlich aus Ozelotfell bestand.

Er gab ein interessantes Bild ab, wie er dort so dastand, ein paar Stufen unterhalb der anderen Gutsbesitzer. Man konnte nicht abstreiten, dass Maskill Boice einer von ihnen war, mit all seinem so offensichtlich zur Schau gestellten Wohlstand und dieser Arroganz. Ohne die Ketten hätte er vielleicht einfach die Treppe hinaufgehen und sich wieder zu ihnen stellen können. Und Penthero Iss bezweifelte, dass diese Ironie der Menge entging. Sie erkannten einen reichen Adligen, wenn sie einen vor sich hatten.

Im Gegensatz dazu war Penthero Iss bescheiden gekleidet, sein Gewand aus Schwanendaunen in strengem Grau mit Besätzen im Schwarz eines Scharfrichters. Hinter ihm stand Marafice Eye in rotbrauner Lederrüstung, die schon einige Kämpfe und viele Meilen Straße gesehen hatte.

Der Oberbefehlshaber der Renegatenwache hatte seine Männer in voller Stärke aufmarschieren lassen, und das leuchtende Rot ihrer Umhänge war überall zu sehen. Iss war dankbar für ihre Anwesenheit. Die Stadtbevölkerung war in den vergangenen Monaten stark angewachsen, Söldner waren in die Stadt gekommen, Bewaffnete, Ritter, Fußsoldaten, Ingenieure, Waffenschmiede und jeder Bauernsohn innerhalb von fünfhundert Meilen, der glaubte, ein Vermögen erlangen zu können, indem er Kriegsbeute machte statt Getreide zu säen.

Marafice Eye tat, was er zu Mittwinter versprochen hatte:

Er stellte eine Armee auf, um gegen Ende des Frühlings ins Clanland einzumarschieren.

Iss war sehr zufrieden mit dem, was sein Schwertführer für ihn erreicht hatte. Man hatte nördlich der Stadt Lager eingerichtet: hastig zusammengezimmerte Baracken- und Zeltstädte, in denen Männer lebten und die Felder in der Nachbarschaft verseuchten. Sie wurden gerade ausgebildet; große Gruppen von Bewaffneten wurden dazu gedrillt, mit Schilden und Speeren in Formation zu kämpfen, und Trupps waren bis zur Geiermauer ausgeschickt worden, um Vorräte zu beschaffen. Dennoch, es war nicht ungefährlich, so viele Bewaffnete in der Stadt zu haben, und auch diese hundert Gutsbesitzer, die hier in all ihrem Pomp auf den Kalksteinstufen des Gerichtsgebäudes standen, waren nicht ungefährlich. Ein weiser Mann hätte zudem eine weitere Gefahr in Marafice Eye und seinen Männern mit den roten Umhängen gesehen.

Alles in allem war Spire Vanis derzeit ein gefährlicher Ort.

Und das traf für Maskill Boice noch mehr zu als für alle anderen hier.

Der Angeklagte schaute trotzig drein, rasselte mit seinen Ketten und erklärte sich für unschuldig. Iss spürte, wie Boices Blick auf ihm ruhte und ihn herausforderte, ihn ebenfalls anzusehen, aber Iss würde sich zu solchem Melodram nicht hinreißen lassen. Es war Zeit, mit dem Prozess weiterzumachen. Er nickte Johann Rullion zu.

»Bringt die Zeugin«, befahl der Oberste Richter sofort. Rullion war ein harter Mann; er stammte nicht aus einer adligen Familie, und er hatte für die Gutsbesitzer nichts übrig. Seine Arroganz wurzelte in seinem Glauben an den Einen Gott, und obwohl er schon seit der Zeit von Borhis Horgo Oberster Richter gewesen war und in den vergangenen dreißig Jahren gewaltige Reichtümer angehäuft hatte, kleidete er sich immer noch wie ein Priester.

Zwei Brüder-der-Wache brachten nun die Hure, aber sie behandelten sie vorsichtig, weil sie wussten, dass die Frau bei der Menge beliebt war.

Hester Fay zwinkerte Marafice Eye im Vorbeigehen zu, was die Leute in den vorderen Reihen in Gelächter ausbrechen ließ. Sie war eine große, kräftige Frau, dunkelhaarig und mit Schmuck behangen wie eine Zigeunerin, mit Reifen in den Ohren und einem Mieder, dessen Schnüre zu reißen drohten. Sie hatte die Dreistigkeit, den Obersten Richter mit dem Vornamen anzusprechen und ihn zu fragen, wie es mit seiner Gicht ginge, da sie gehört hatte, dass er zu Mittwinter einen Anfall gehabt habe.

Der Oberste Richter wahrte seine Würde, indem er ihre Bemerkungen ignorierte und sich räusperte. Die Menge verfiel in erwartungsvolles Schweigen: Ein Priester, der eine Hure verhörte – das versprach, lustig zu werden.

»Hester Fay, erkennt Ihr diesen Mann, der hier vor Euch steht?«

»Ja.« Ein Zurechtzupfen des Mieders begleitete ihre Worte und ließ anerkennendes Pfeifen aus der Menge erklingen. »Er kam jede Woche in mein Haus. Hat sie gerne jung. Und zahlt gut dafür. Und ich kann Euch sagen, so Junge sind nicht billig.«

»Und du, Hetty?«, rief einer aus der Menge.

Die dicke Hetty wackelte mit den Hüften. »Schätzchen, mich kannst du für zwei Silberlöffel haben.«

Die Menge brüllte vor Lachen, und alle versuchten, sich näher an die Treppe heranzudrängen. Iss verkniff sich ein Lächeln. Das lief alles sehr gut. Wer hätte gedacht, dass die Hure so amüsant sein würde?

»Ruhe!«, befahl der Oberste Richter. Seine Autorität war derart, dass alle dem Befehl sofort Folge leisteten, und seine Stimme erhob sich in das Schweigen: »Trifft es zu, Hester Fay, dass Maskill Boice Euch vor siebzehn Tagen in die Taverne Zum Hundskopf bestellt hat und dort verlangte, dass Ihr eines Eurer oberen Zimmer an den Bogenschützen, den Schwarzen Dan, vermietet?«

Die Hure nickte. »Das hat er getan. Obwohl ich nicht behaupten kann, dass ich damals gewusst hätte, dass der Schwarze Dan ein Bogenschütze ist. Meister Boice sagte nur, er sei ein Schreiner aus Ille Glaive, der ein Zimmer brauchte.«

»Und hat Maskill Boice ein bestimmtes Zimmer verlangt?«

»Das hat er. Er wollte Kittys Zimmer ganz oben im Haus; das mit dem Fenster auf den Spireweg hinaus.«

Die Menge schnappte nach Luft. Alle wussten, dass der Surlord am kommenden Morgen den Spireweg entlangreiten würde.

Der Oberste Richter sah seinen Triumph voraus und machte jetzt kurzen Prozess. »Und wann habt Ihr erfahren, dass der Schwarze Dan tatsächlich ein Bogenschütze war und kein Schreiner, wie man Euch gesagt hatte?«

Die dicke Hatty schaute reumütig drein. Sie wandte sich an die Menge. »Na ja, ihr wisst ja, wie das ist, wenn ein Fremder einzieht. Man kennt ihn nicht, man macht sich Sorgen um die Mädchen. Kann er auch wirklich zahlen? Es ist nur normal, dass man sich davon überzeugen will. Ich habe nichts weiter getan, als in sein Zimmer zu gehen, als er zum Essen ausgegangen war – ich wollte mir nur mal schnell seine Sachen ansehen.«

»Und dabei habt Ihr die Armbrust gefunden?«

»Genau. Ein Mordsding. Und protzig, mit einer Handwinde und Abzug. Und zehn gute Bolzen mit Widerhakenspitzen.«

Die Menge wurde wild, zog die Waffen und begann zu stampfen. Marafice Eye machte eine ausgreifende Geste mit der behandschuhten Hand, woraufhin tausend Rotmäntel rund um den Platz Aufstellung nahmen. Wie aufs Stichwort begann das Gebrüll und wurde rasch von den Massen aufgenommen, wurde zu einem donnernden Schrei nach Gerechtigkeit: *Tötet Boice! Tötet Boice!*

Iss selbst blieb ruhig. Das war eine nette Einzelheit, diese zehn Bolzen mit den Widerhaken. Die Hure hatte sich ihr Geld wirklich verdient.

Die Gutsbesitzer auf der Treppe des Gerichtsgebäudes wurden bleich vor Zorn. Sie waren auf ihren riesigen Gütern vor der Stadt sehr mächtig, aber angesichts dieses zornigen Pöbels mussten sie sich verwundbar fühlen. Die Menschen hier mochten sie nicht, und hin und wieder diente es einem Surlord gut, sie an diese Tatsache zu erinnern.

Iss ließ den Blick über die Reihen schweifen. Alle großen Häuser waren anwesend: Crieff, Stornoway, Marr, Gryphon, Penragon. Und Hews. Dort war er, der junge Garric Hews mit den Wappen seiner Ländereien auf seinem Harnisch, und er hatte das Schwert, das er von seinem Urgroßvater geerbt hatte, an den muskulösen Oberschenkel geschnallt. Der Weißeber. Er war der Einzige unter den Hundert, der umsichtig genug gewesen war, an diesem Tag eine Rüstung anzulegen.

Iss spürte das vertraute Brennen der Ablehnung, als er den Herrn all dieser Landsitze im Osten ansah, der nur ein Junge von achtzehn war und sich noch nicht in der Schlacht oder als Staatsmann bewiesen hatte, und dennoch so sehr von seinem Wert überzeugt war. Das Haus Hews war uralt, reichte zurück bis in die Tage der Stadtgründer, als Harlech

Hews Standartenträger des Bastardlords Torny Fyfe gewesen war. Harlech hatte seine ersten Ländereien erhalten, nachdem die Gründungskriege vorüber waren, und seine Nachfahren hatten seitdem weiter zum Wohlstand der Familie beigetragen. Rannock, Owaine, Halder, Connor, Harlech der Zweite, der Dritte, der Vierte, der Fünfte und der Sechste: Alle hatten Wohlstand und Titel erworben. Und alle waren einmal Surlord gewesen. Nun hielt es dieser arrogante Nachfahre der Hewses für sein Geburtsrecht, Iss' Platz einzunehmen.

Iss hob die Hand und lenkte damit die Aufmerksamkeit der halben Stadt auf sich. *Ihr solltet vorsichtig sein, Garric Hews. Maskill Boices Schicksal könnte eines Tages auch das Eure sein.*

»Ihr Herren Gutsbesitzer!«, sprach Iss die hundert Männer auf der Treppe an. »Wie lautet Eure Entscheidung – Freiheit oder Schwert?«

Die Adligen sahen Iss erzürnt an. Sie saßen in der Falle, und das wussten sie. Nur Gutsbesitzer konnten das Urteil über einen Hochverräter fällen, und hier waren sie gezwungen, über einen der Ihren zu Gericht zu sitzen. Das gefiel ihnen nicht. Die meisten Surlords hätten die Gerechtigkeit in ihre eigenen Hände genommen und den Möchtegern-Attentäter einfach hingerichtet. Aber nicht Iss. Er wollte ein öffentliches Spektakel daraus machen. Ganz Spire Vanis sollte erfahren, was Leuten bevorstand, die auch nur einen Finger gegen ihn hoben.

Ballon Troak, Herr der Torhöfe, trat aus der Reihe nach vorn. Troak war unglaublich fett und trug glänzenden grünen Samt. Sein Landgut war eines der ältesten, und er ließ sich nicht so schnell von zornigem Pöbel einschüchtern. »Surlord«, sagte er mit seiner hohen, näselnden Stimme. »Ihr wisst doch sicher, dass wir noch mehr Beweise brauchen, bevor wir einen Mann zum Tode verurteilen. Wo ist dieser Bogenschütze, dieser Schwarze Dan? Lasst ihn herbringen. Er soll vor der ganzen Stadt verhört werden.«

Iss ließ sich nicht ansehen, was er dachte. Die Menge hatte sich wieder beruhigt, und das *Tötet Boice!* war beinahe im Wind verklungen. Demonstrativ richtete Iss den Blick auf den nächsten der sechs Galgen, an dem die kopflosen Überreste eines Mannes hingen. »Dort ist Euer Bogenschütze, Herr der Torhöfe. Ihr solltet ihn vielleicht fragen, wie er seinen Kopf verloren hat.«

Unbehagliches Lachen erklang aus der Menge. Ballon Troaks Wangen glühten. »Ihr wagt es –«

»Ich wage viel«, zischte Iss, nun ausschließlich an die Gutsbesitzer gewandt. »Seid froh, dass ich nicht noch mehr wage.« Dann sagte er zu einem Pagen: »Bring die Waffe des Bogenschützen. Halte sie hoch, damit alle sie sehen können.«

Die Waffe, eine sehr schöne Armbrust aus teurem Lindenholz, das auf Hochglanz poliert war, wurde von der Menge mit bewunderndem Murmeln betrachtet. Als ein zweiter Page die Bolzen vorführte, verlor die Menge erneut die Beherrschung. Zehn tödliche Spitzen mit Widerhaken, wie man sie in Ille Glaive herstellte, genau wie die Hure gesagt hatte. Die Rufe erklangen nun noch lauter als zuvor: *Tötet Boice! Tötet Boice!*

Jetzt gehört er mir. Zufrieden, aber ohne das zu zeigen, wandte sich Iss wieder den Gutsbesitzern zu. »Ich frage noch einmal: Wie lautet Eure Entscheidung? Freiheit oder Schwert?«

Schwert! Schwert! Schwert!, schrie die Menge.

Die Gutsbesitzer standen nun in so etwas wie einem Kreis auf den Stufen. Fergus Hurd, Herr des Landguts am Feuerfluss und Sprecher der Adligen, ging von einem zum anderen und sammelte Stücke von Wolfsgeierknochen. Weiß für Freiheit, Rot für das Schwert. Iss konnte sie in dem Seidenbeutel des Sprechers rasseln hören und sah zu, wie der Weißeber die Faust über den Beutel hob und seinen Knochen hinzufügte. Als die Hundert abgestimmt hatten, ging der Sprecher die Treppe hinunter und stellte sich vor den Angeklagten.

Maskill Boice hatte den Kopf hoch erhoben, aber in seinen hellbraunen Augen stand Angst. Die Rubine auf seinem Wams glitzerten im Rhythmus seines heftig schlagenden Herzens. Fergus Hurd war alt und weißhaarig, aber er hatte immer noch Kraft ... und er schaute Maskill nicht in die Augen.

Als der Sprecher den Seidenbeutel schüttelte, wurde die Menge ruhig. Sie hörten auf zu brüllen, und die Hunde hörten auf zu bellen. Selbst der Wind erstarb. Fergus Hurd sprach in diese Stille hinein, seine Stimme hart und verbittert, als er die alten Worte wiederholte: »Die Gutsbesitzer sind die Diener des Surlords, und der Surlord ist Diener der Stadt. Wir sprechen mit der Stimme unserer Ahnen, und wir sprechen Recht im Namen von Spire Vanis.« Dann öffnete er den Beutel und kippte den Inhalt vor die Füße des Gefangenen. Knochen rasselten und kullerten über den Boden. Die Menge drängte vorwärts, um sie zu sehen. »Seht hin, Maskill Boice«, fuhr der Sprecher fort. »Zählt die Knochen und verkündet selbst Euer Schicksal.«

Rot, alle rot. Iss stieß einen erleichterten Seufzer aus. Seltsam, er hatte nicht einmal bemerkt, dass er den Atem angehalten hatte. Er hatte die ganze Zeit gewusst, dass die Adligen sich ihm angesichts einer zornigen Menschenmenge nicht widersetzen würden. Dennoch. Man konnte nicht Surlord von Spire Vanis sein, ohne so etwas wie

Unsicherheit zu kennen. Es war eine launenhafte Stadt, und die Loyalität wechselte schneller als die Windrichtung.

Schwert! Schwert! Schwert!, kreischte die Menge.

Iss schauderte. Jegliches Triumphgefühl war aus ihm gewichen, und er wollte es nur noch hinter sich bringen. »Richter!«, befahl er. »Bringt die Maske.«

Bei diesem Befehl begann Maskill Boice zu schreien. Er versuchte, die Knochen zu seinen Füßen wegzutreten, aber wegen der Fesseln gelang ihm das nicht. »Feiglinge!«, schrie er die Gutsbesitzer an. »Feige Schweine! Ihr werdet die Nächsten sein!«

Iss hörte ihn kaum. Sein Blick war an einem der Knochen hängen geblieben, die Maskill auf das Podium des Surlords zugetreten hatte. Er war weiß, nicht rot, und musste unter den anderen begraben gewesen sein. Sofort blickte Iss auf – und sah, dass Garric Hews ihn beobachtete. Der Mann, der sich nun Weißeber nannte, war dunkel und untersetzt, und sein Haar war kurz geschnitten wie das eines Soldaten. Seine ringlosen Finger waren die eines Mannes, der erwartete, jederzeit sein Schwert benutzen zu müssen. Man hätte beinahe behaupten können, dass der Name seines Ahnen, den er angenommen hatte, nicht zu ihm passte – bis man die Gier in seinen kleinen schwarzen Augen bemerkte. Elegant verbeugte er sich vor dem Surlord und erkannte damit den weißen Knochen als seinen an.

Er hat sich also gegen mich gestellt. Iss erwiderte den Blick des Mannes kühl und mache sich nicht die Mühe, die Verbeugung zu erwidern. Er war von Gefahr umgeben. Erst Marafice Eye, nun dieser junge Adlige: Beide glaubten, seinen Platz einnehmen zu können. Hatte sich Borhis Horgo in dem Jahr, bevor er auf den vereisten Stufen des Horns getötet wurde, ebenso gefühlt? Die Feinde schlossen rings um ihn her die Ränge. Der Gedanke bewirkte, dass Iss kalt wurde. Vor vierzehn Jahren hatte er auf dieser Treppe gestanden und den alternden Surlord mit dem gleichen scharfen Ehrgeiz angesehen. In dieser Stadt der Türme und Bastardlords war alles möglich, und ein Surlord durfte das nicht vergessen und musste seinen Rivalen Anlass geben, ihn zu fürchten.

Johann Rullion trug die schauerliche Wolfsgeiermaske unter einem weißen Leinentuch zum Podium. Der Oberste Richter hatte alle Instinkte eines Priesters behalten, und er wusste, wie man eine Menge zu ehrfürchtigem Schweigen veranlasst. Er hielt die Maske bereits hoch, damit alle sie sehen konnten, bevor er das Tuch zurückzog. Ein kollektives Nach-Luft-Schnappen ertönte, als das geschwärzte Metall das Licht einfing. Diese Maske war kein Abbild eines wirklichen Vogels, sondern verzerrt und mit Reißzähnen und Schuppen eines Drachen versehen: der Wolfsgeier von Spire Vanis.

Die Maske wog so viel wie ein Kind. Iss hatte sie schon häufig benutzt, aber er war wieder einmal verblüfft über ihr Gewicht und ihre Kälte. Der letzte Wolfsgeier hatte Spire Vanis vor fünfzig Jahren verlassen, und seitdem waren diese legendären Vögel nur noch von Verrückten gesehen worden. Abbilder des riesigen Raubvogels waren in die Torbögen eingemeißelt, und das Siegel des Surlord war ein aufrecht stehender Wolfsgeier. Es hieß, dieser große Raubvogel könne ein Stück Wild mit seinen fußlangen Krallen reißen und es in diesen Krallen in sein Nest auf dem Berg tragen. Iss musste an die Kraft dieser Geschöpfe denken, als er die Maske anlegte, und spürte, wie sich das Eisen in seine Wangen grub. Wenn er die Maske trug, wusste er, wie es sich anfühlen würde, in einem Sarkophag zu liegen.

Das alles erfüllte ihn mit einer Gier nach Leben. Er wandte der Menge das maskierte Gesicht zu und verkündete dem

Gefangenen das Urteil. »Maskill Boice, Herr des Spukhofs und der Flussfurt bei Styc, man hat Euch des Hochverrats für schuldig befunden, und ich verurteile Euch hiermit zum Tod durch das Schwert. Möge Euch der Eine Wahre Gott vergeben.«

Die Menge jubelte. Priester auf der Galerie machten das Zeichen der Erlösung. Eine Frau, die von einem der vielen Balkone des Gerichtsgebäudes aus zuschaute, wurde ohnmächtig; es war anzunehmen, dass es sich um Boices Frau handelte. Boice selbst stand reglos da und hatte seine Würde wiedergefunden. Ganz unerwartet erinnerte sich Iss daran, dass der Mann zwei kleine Söhne hatte. Zu schade für sie, dass ihr Vater sein Maul zu weit aufgerissen hatte.

Boice hatte schon jahrelang immer, wenn er betrunken genug war, davon gesprochen, den Surlord umbringen zu wollen. Es war einfach gewesen, aus seiner besoffenen Prahlerei ein angebliches Delikt zu konstruieren. Caydis Zerbina hatte sich um die Einzelheiten gekümmert. Der Schwarze Dan, die Armbrust aus Ille Glaive, das Treffen in der Taverne Zum Hundskopf: alles erfunden. Gott allein wusste, wessen Leiche dort am Galgen hing. Das einzig Echte war die Hure gewesen, und Caydis würde ihr heute Abend Gift in ihr Milchbier streuen. Was schade war, nachdem sie eine so gute Vorstellung gegeben hatte.

Iss dachte nicht weiter darüber nach. Der Scharfrichter, den man für viel Geld aus Hanatta weit im Süden hergebracht hatte, nahm seinen Platz am Richtblock ein. Die Haut des Mannes war schwarz wie die Nacht, und seine nackten Arme waren dicker als die Oberschenkel der meisten Männer. Dennoch, es war nicht seine Kraft, die ihn berühmt machte, sondern die Tatsache, dass er keine Augen hatte. Barbossa Assati brauchte keine Scharfrichterkapuze, die ihn vor dem Anblick des Todes schützte. Die exotischen Götter des Südens hatten das für ihn erledigt und ihn mit leeren Augenhöhlen zur Welt kommen lassen. Iss fragte sich, was Marafice Eye wohl bei diesem Anblick dachte. Der Schwertführer hatte selbst ein Auge verloren, und wenn er nun die leeren Höhlen in Barbossa Assatis Gesicht sah, schätzte er sein verbliebenes Auge sicher umso mehr.

Marafice Eye ließ sich allerdings nichts anmerken. Barsch und knapp wie immer befahl er seinen Leuten, den Gefangenen zum Richtblock zu bringen. Sechs Wachen im roten Umhang flankierten Maskill Boice, ohne auch nur Hand an ihn zu legen. Ein Verurteilter war verflucht – das wussten alle in der Stadt.

Der Richtblock war aus einer hundertjährigen Eiche geschnitzt, rechteckig und mit einem Einschnitt für den Kopf. Nun brachte eine alternde adlige Witwe ein Stück Goldbrokat und legte es über das Holz. Als der Gefangene näher kam, streckte sie die Hand aus und sprach ihn als »Sohn« an.

Die Menge war inzwischen so leise geworden, dass Iss ihre Atemzüge hören konnte. Barbossa Assati hatte das Richtschwert aus der Filzscheide gezogen, und der Anblick der schweren, gebogenen Klinge ließ alle Anwesenden vor Erregung erstarren.

Maskill Boice jedoch weigerte sich, das Schwert anzusehen. Er drückte etwas – eine Goldmünze oder einen Edelstein – in die Hände des Scharfrichters. »Tu es in einem Streich«, murmelte er.

Barbossa Assati sprach nur ein Wort mit seiner wohlklingenden Stimme und seinem seltsamen Akzent. Iss glaubte, es zu verstehen: »Immer.«

Und dann kniete sich Boice auf die fleckigen Pflastersteine und legte den Kopf auf den Block. Während er die Hände ausstreckte, um sich auf das von Brokat verhüllte Holz zu stützen, bewegten sich seine Lippen im Gebet.

Adlige Damen, die aus der Sicherheit der Balkone zuschauten, seufzten ergriffen.

Barbossa Assati fand seinen Platz und verteilte sein Gewicht gleichmäßig auf die leicht gespreizten Beine. Er senkte die kräftige schwarze Hand einen Augenblick, um Maskill Boices Nacken zu entblößen. Dann hob der Scharfrichter das Schwert mit beiden Händen und ließ es wieder fallen. Stahl biss ins Holz. Blut sprudelte. Der Kopf rollte weg, denn niemand hatte daran gedacht, einen Korb aufzustellen. Die Menge stieß ein kollektives *Aaaah!* aus. Maskill Boices Torso zuckte einmal, dann sackte er zu Füßen des Scharfrichters zusammen. Der große dunkelhäutige Blinde sprach ein paar Worte über der Leiche, bevor er das Schwert aus dem Block zog.

In seiner Maske aus schwarzem Eisen fühlte sich Iss seltsam abwesend. Er sah die entsetzten Mienen der Gutsbesitzer und beobachtete, wie der kleine käferhafte Galgenmeister Boices Kopf auflas und den Stumpf in einen Topf Salz tauchte, bevor er ihn auf einen Pfahl spießte. Rings umher weinten Frauen und rangen die Hände, aber die Männer in der Menge schienen seltsam ruhelos, wechselten Blicke und tauschten kurze Bemerkungen aus, als hätten sie mehr erwartet.

Also gut. Ich werde euch noch etwas geben.

Iss wandte sich Marafice Eye zu und befahl: »Holt die Besitztümer des Verräters und verteilt sie in der Menge.«

Lauter Jubel kam auf. Sie hatten erwartet, dass der Surlord den Wohlstand des Adligen für sich beanspruchen würde, wie es bisher immer geschehen war. Alle drängten sich um die besten Plätze und riefen Iss' Namen.

Auf ein Wort von Marafice Eye gingen vier Pagen die Treppe des Gerichtsgebäudes hinab, schwer beladen mit einer Sänfte zwischen zwei Stäben. Darauf waren eine

Rüstung und Edelsteine und Seide geladen und glitzerten im schwächer werdenden Nachmittagslicht golden und scharlachrot. Zorn vereinte die Gutsbesitzer: Wie konnte Iss es wagen, die Habe eines Adligen an die Menge zu verteilen? So etwas war undenkbar. Aber ein einziger Blick auf die ersten Reihen der Menge, auf die von Gier geröteten Gesichter, die Hände, die in Erwartung der Beute zuckten, genügte, um zu wissen, dass es nicht mehr aufzuhalten war. Noch bevor die vier Pagen die Sänfte abgesetzt hatten, drängte die Menge vorwärts.

Was als Nächstes geschah, war hässlich und blutig, denn erwachsene Menschen kämpften mit Zähnen und Klauen auch noch um den allerkleinsten Fetzen. Menschen rutschten in Maskill Boices Blut aus, traten schreiend um sich und droschen in ihrer Gier, goldene Becher oder Tuchballen zu packen, wild aufeinander ein. Ein Mann packte ein Schwert, rannte blind in die Menge hinaus und erstach in seiner Eile davonzukommen ein kleines Kind. Iss stand hoch über all dem, immer noch mit der Wolfsgeiermaske, und hielt allein durch seine Präsenz alle – Marafice Eye und seine Männer, Johann Rullion, die Priester auf der Galerie, die Frauen auf den Balkonen und den Weißeber auf der Treppe – an Ort und Stelle. Niemand konnte gehen, bevor er sie entlassen hatte, und es gefiel ihm, sie zuschauen zu lassen.

Er hatte die Macht in dieser Stadt, und in den letzten Wochen, in denen er Einfluss in anderen Bereichen verloren hatte, war es ausgesprochen wichtig geworden, diese Macht für alle deutlich sichtbar zu machen. Asarhia war verschwunden, floh nach Norden und nahm ihre seltsamen Kräfte mit sich. Der Namenlose wurde schwächer und hatte sich an finstere Orte in sich selbst zurückgezogen, wo Schläge und Isolation ihn nicht erreichen konnten. Es wurde schwieriger und schwieriger, ihn zu benutzen, und Iss wusste, dass der Tag rasch näher kam, an dem er den Namenlosen mit einem weichen Kissen ersticken würde. Ein gebundener Zauberer war nur so lange nützlich, wie er Kraft hatte, die man ihm stehlen konnte. Und dieser hier behielt in seiner Schwäche und seinem Wahn auch noch den letzten Tropfen für sich. Es war lange her, seit Iss die Zwielichtwelt der Grauen Marschen besucht hatte, und er hatte keinen Einfluss mehr auf das, was dort geschah. Man hatte ihm diesen Einfluss genommen, man hatte ihm Wissen verweigert. Er wusste, dass die Mauer des Blinden Lands gebrochen war, aber danach hatte er nichts mehr in Erfahrung bringen können.

Die Zukunft war wieder einmal unsicher, und die einzigen Vorteile, die er hatte, waren vollkommen irdischer Art. Heute hatte er diese Vorteile allen demonstriert und seine Feinde gewarnt. Finstere Zeiten standen ihnen bevor: Land würde verloren und erobert werden und große Herren und Clanoberhäupter fallen oder an die Macht gelangen. Marafice Eye glaubte, er könnte Surlord werden, wenn er bei den Clankriegen erfolgreich war; Garric Hews hatte vor, das Gleiche durch Verrat zu erreichen. Nun, dann sollten sie sich einmal diesen wilden Pöbel ansehen ... und wissen, wer diese Menschenmassen am besten kannte.

Iss verließ das Podium und begab sich mitten in die Schlägerei um Boices Habe. Die Menschen hörten auf, sich zu prügeln, wo er vorbeikam, edelsteinbesetzte Gürtelschnallen und Silberschachteln in der Hand. Iss bewegte sich mitten unter ihnen und hatte keine Angst. Er trug den Wolfsgeier von Spire Vanis, und er war von der Macht des großen Vogels erfüllt. Ein alter Mann verbeugte sich, und dann noch einer, und dann fielen alle auf die Knie

Die Menschenmenge schloss sich hinter ihm, als er zur Maskenfestung zurückkehrte, und ließ niemanden durch.

Tief drunten unter einem Berg, in einem Raum, der zweitausend Jahre zuvor aus dem Stein gemeißelt worden war, erwacht ein Mann. So tief unter der Erde herrscht nicht mehr die Kälte des Himmels, sondern die Wärme des Erdkerns. Es ist feucht, und obwohl der Himmel fünftausend Fuß weiter oben versiegelt ist, kann sich der Mann an Zeiten erinnern, in denen Regen auf seinen Rücken tropfte. Diese Erinnerung bringt Freude und Schmerz, wie all seine Erinnerungen. Es ist ein langsamer, schmerzlicher Prozess, sein Leben auf diese Weise zurückzugewinnen.

Er bewegt sich ein wenig in seiner Eisengrube und sucht nach einer Bequemlichkeit, von der er weiß, dass er sie nie finden wird. Nicht hier. Er riecht seine eigenen Exkremente. Die Ketten, mit denen er gefesselt ist, reiben an seiner wunden Haut und ziehen nässende Linien. Er wird jetzt weniger gut gepflegt als zuvor, und man hat ihm seit Tagen nichts mehr zu essen gebracht. Es ist noch länger her, dass sich jemand um seine nässenden Wunden gekümmert und seine Haut gesäubert hat.

Manchmal verzweifelt er, denn es scheint, als hätte er die Erinnerung gegen sein Leben ausgetauscht. Was nützt einem schon ein Name, wenn man langsam verhungert?

Baralis, flüstert er lautlos. *Einstmals hat sich ein ganzer Kontinent auf Grund meiner Taten verändert. Oder habe ich das nur geträumt?* Unsicherheit quält ihn. Es ist schwer zu sagen, wo die Träume enden und die Wahrheit beginnt. Er hat schon beinahe vergessen, wie man denkt. Seit achtzehn Jahren ist er gebunden und gebrochen. *Wie kann ich auch nur sicher sein, dass ich noch derselbe bin?* Der Gedanke lässt ihn zu seiner eigenen Überraschung lächeln. Er erinnert sich daran, dass ihm jemand einmal gesagt hat, dass jeder Mann, der sich diese Frage stellen kann, bereits mehr bei Verstand ist als die meisten.

Dann verschwindet sein Lächeln wieder, und die Einsamkeit kehrt mit solcher Wucht zurück, dass es sich wie ein Dolchstoß ins Herz anfühlt. Stunden vergehen in unveränderter Dunkelheit. Tage vergehen, und er weiß es nicht. Wann wird der Lichtträger kommen und ihm etwas zu essen und Berührung und Licht bringen? Er schläft und wird wach und schläft wieder. Manchmal fressen Netzfliegen ihren Weg durch seine Haut und kriechen auf der Suche nach Licht über sein Gesicht. Sie fliegen nicht im Dunkeln, hat er bemerkt, und bald schon werden sie müde und sterben. Manchmal wahrt er seine Kraft, indem er sich nicht rührt, sammelt seine Macht Stück für Stück wie Perlen auf einem Faden. Wenn er genug beisammen hat, lässt er seinen Geist an einen Ort aufsteigen, an den sein Körper ihm nicht folgen kann.

Es war einmal ruhig an diesen grauen Orten, wie im Nebel über einem See. Aber nun sind schreckliche Geschöpfe hier unterwegs und stören die Ruhe. Wenn man stirbt, ist es schwer, irgendetwas zu fürchten außer dem Tod, und dennoch fürchtet der Mann sich. Diese monströsen Schatten kennen seinen Namen. *Baralis,* rufen sie. *Dunkles Herz. Du gehörst uns, und wir wollen dich haben. Lass dich berühren!*

Der Mann schaudert. Er hat in seinem Leben viele schreckliche Dinge getan, aber er kann nicht so recht entscheiden, ob ihn das wirklich zu etwas Bösem macht. Seine Vergangenheit scheint kaum mehr ihm selbst zu gehören – kann er wirklich noch danach beurteilt werden? Er erinnert sich an ein ausgedehntes Schloss, das von Königen und Königinnen bewohnt wurde. Und an Feuer, immer wieder Feuer, das einen Saum seines Gewands erfasst und vor seinem Gesicht aufflackert.

Immer noch schaudernd, lässt er seinen Kopf an dem kühlen Eisen ruhen. Wie lange noch, bis die Geschöpfe, denen diese Stimmen gehören, zu ihm kommen? Was wird aus ihm werden, wenn er einem von ihnen gestattet, ihn zu berühren? Sie verlocken ihn bereits mit ihren Racheversprechen. *Deine Feinde sind unsere Feinde. Verbrenne ihr widerwärtiges Fleisch.* Solche Worte sind für einen hilflosen Mann eine große Versuchung, und er weiß nicht, wie lange er ihnen widerstehen kann. Wäre nicht dieses Wissen, hätte er lange schon aufgegeben.

Jemand ist auf der Suche nach ihm.

Woher dieses Wissen stammt, könnte er nicht sagen. Er weiß einfach nur, dass jemand ihn liebt und nach ihm sucht, und das gibt ihm die Kraft, weiterzumachen. Die vage Erinnerung an einen Diener, den er einst hatte, nimmt kurz Gestalt in seinem Geist an. Langsam schließt er die Augen, der Schlaf überwältigt ihn, und er träumt, dass er dem, der ihn liebt, dem treuen Diener, eine Botschaft schickt. *Ich bin hier. Komm zu mir.* Und der, der ihn liebt, hört es und kommt.

12
Festung der toten Augen

Raif schaute von den vereinzelten Überresten eines sterbenden Waldes zu einem See hinunter, auf dessen Eis Linien von Holzkohle zu sehen waren, und er wusste, dass er sich auf bewohntem Territorium befand. Er hatte schon öfter solche Linien gesehen. Während der langen Kälte vor zehn Jahren, als alle fließenden Gewässer im Clanland zugefroren waren, hatten die Clansleute Rußlinien aufs Eis gestreut. Die Dunkelheit des Rußes absorbierte die mageren Sonnenstrahlen, und das Eis unter den schwarzen Linien war im Lauf mehrerer Tage geschmolzen und hatte kostbare Trinkwasserlöcher geöffnet. Raif hatte so etwas hier, nur fünf Tage östlich der Berge, nicht erwartet, und er verspürte eine Spur erster Angst.

Eigentlich hätte hier, in diesen hellen verkümmerten Wäldern am westlichen Rand des Karglands, niemand leben dürften. Clansleute nannten diese Gegend die Weiße Ödnis und behaupteten, dass nur Elche und Karibus wagten, diese Region auf dem Weg zu den Heidekrautfeldern von Dhoone zu durchqueren.

Raif schulterte seinen Rucksack und verlagerte das Gewicht, bis er gut ausbalanciert auf seinem Rücken saß. Er hatte trotz der Hilfe von Sadaluk, der ihm den Weg zu einem Pass gezeigt hatte, viele Tage gebraucht, um die Berge zu überqueren. Er hatte Glück gehabt, dass das Wetter nicht umgeschlagen war. Der einzige Sturm, den er hatte aussitzen müssen, hatte ihn in ziemlich großer Höhe gerade östlich des Eisjägerpasses erwischt. Der Wind war das größte Problem gewesen, denn er blies ununterbrochen und nahm ihm alle Wärme und Kraft. Er blies auch nun, zerrte an den Kanten seines Orrlumhangs und hob ihm das Haar vom Kopf. Der Lauscher hatte ihm wunderbare Pelze geschenkt, und drei Lagen von Seehundfellen schützten seine Brust vor der Kälte, aber die beißende Eisigkeit des Karglands ging auch durch diese Schichten.

Es lag dort draußen im Norden und erstreckte sich weiter, als jeder Clansmann je geschaut hatte, so weit wie die Zeit selbst, unerforschlich, unmöglich zu durchqueren: das Große Kargland. Raif schauderte. Keine der Landkarten, die Tem für seine Kinder gezeichnet hatte, hatte irgendwelche Einzelheiten über das Kargland enthalten. Es war ein Ort der Geister, sagten die Clanleute, tot und eisig und so trocken wie eine Wüste, und nicht einmal die Götter wussten, was sich dort herumtrieb.

Von oberhalb des Sees aus wandte Raif sich nun nach Norden. Seit er die Berge hinter sich hatte, war ihm aufgefallen, wie klar und deutlich die Landschaft zu sehen war. Es gab keinen Staub und keine Hitze, die die Luft verzerrten. Weit entfernte Bäume und Felsen wirkten so nahe, als könnte er sie innerhalb eines halben Tages erreichen. Aber so war es nicht. Die Entfernungen wirkten geringer, als sie tatsächlich waren, und Raif begriff langsam, dass es vielleicht Wochen, wenn nicht Monate dauern würde, eine Region zu erreichen, die er nun schon so genau sehen konnte. Als er den See zum ersten Mal von hoch oben am Pass erblickt hatte, hatte er geglaubt, sein Ufer bis zum Sonnenuntergang erreichen zu können. Es hatte neun Tage gedauert: sechs, um aus dem Gebirge zu kommen, und weitere drei bis zur Baumgrenze.

Nun, da er hier eingetroffen war, empfand er nicht die Zufriedenheit, die man üblicherweise verspürt, wenn man ein Ziel erreicht hat. Das Große Kargland verstörte ihn. Es war zu nahe und zu gewaltig. Meile um Meile von Nichts, nur durchbrochen von gepeinigten Felsformationen, Gletscherspuren und Kratern.

Und nun diese Spuren von Fremden, die sich offenbar dauerhaft genug hier niedergelassen hatten, um Holzkohle aufs Eis zu streuen, damit sie Zugang zum Wasser haben würden. Raif betrachtete den See, suchte am Ufer und in den Wäldern der Umgebung nach weiteren Anzeichen von Leben. Kein Rauch stieg aus den Bäumen auf. Keine Boote waren im Eis festgefroren. Das Ufer war zu weit entfernt, um Fußspuren erkennen zu können. Sollte er den Abhang hinunterklettern und nach ihnen suchen? Oder sollte er sich nach Süden wenden und weiterziehen?

Die Unsicherheit ließ ihn zögern. Er war über seine eigenen Grenzen hinausgegangen – das wusste er schon, wenn er nur die Bäume ansah. Nichts so Trockenes und Verkrüppeltes konnte auf Clanland leben. Ein einziger Funke, und diese Bäume wären in Flammen aufgegangen. Wer lebte also da drunten? Nicht die Verstümmelten; sie wohnten näher am Clanland, im Ödland östlich von Dhoone. Raif spähte in den Wald hinein und kam zu einem Entschluss. Es wurde spät, und er konnte spüren, wie die Willenskraft aus seinen Gliedern sickerte. Er hatte sich seit dem Vormittag nicht mehr ausgeruht, und seine Kniegelenke schmerzten von dem stetigen Abstieg. Drey hatte ihm einmal gesagt, dass der Abstieg aus hügeligem Land kräftezehrender war als der Aufstieg dorthin, und er hatte ihm bis jetzt nicht geglaubt. *Drey ...*

Abrupt begann Raif, den Abhang hinunterzugehen.

Er sagte sich, dass die, die dort unten lebten, ihn wahrscheinlich ohnehin schon entdeckt hatten – einen einzelnen Reisenden auf der Anhöhe oberhalb des Sees –, und er steckte die behandschuhte Hand in den Umhang und tastete nach der hastig zusammengenähten Scheide, in der sein Schwert steckte. Er hatte so gut er konnte den Rost vom Schwert gekratzt und dabei allen mattgrauen Schmirgelstein benutzt, den er im Hochgebirge gefunden hatte. Ohne einen richtigen Wetzstein ging es nicht besser. Und er hatte ein grimmiges Vergnügen bei dem Gedanken daran empfunden, dass die Klinge vielleicht gut genug in den Körper eines Feinds eindringen, aber nicht mehr so leicht herauskommen würde.

Er legte die Hand an den Schwertgriff und ging weiter abwärts. Kiefernnadeln und Eiskristalle knisterten unter seinen Füßen, und irgendwo im Süden schrie eine Eule der sich nähernden Dunkelheit entgegen. Diese Dunkelheit stieg so langsam auf wie Nebel, lauerte am Boden, während der Himmel immer noch rot war von der untergehenden Sonne. Sterne blinzelten. Erst ein paar Dutzend, dann Tausende ... mehr als Raif je zuvor gesehen hatte. Der Wind ließ nach, und dann war es plötzlich still genug, dass man hören konnte, wie das See-Eis ächzte. Raif wurde vorsichtiger und beschloss, das offene Land direkt am Seeufer zu meiden.

Lautlos umging er nun den See, immer im Schutz der Bäume. Er war sich trüb des Hungers bewusst, der ihm die Innereien zusammenzog. Die Luft war vollkommen reglos. Kein Zweiglein rührte sich. Als er auf etwas Warmes trat, hätte er beinahe aufgeschrien. Ein Fuchs, sagte er sich und rollte den Kadaver mit dem Fuß auf die Seite. Nicht einmal einen Tag lang tot. Er befeuchtete sich die Lippen und ging weiter. Als er die Wurzeln einer alten Drachenkiefer erreichte, entdeckte er zwei tote Krähen in dem Geröll zwischen ihren verkrüppelten unteren Ästen. Und dann sah er die Fußspuren. Viele Spuren, einige von ihnen frisch, die einen Pfad vom und zum See bildeten.

Raif hatte nicht einmal bemerkt, dass er sein Schwert

gezogen hatte. Er hatte es nur plötzlich in der Hand, und die Klinge glitzerte silbern im Sternenlicht. Vor ihm wurde der Pfad zu einer Art Weg, und es gab Spuren von Menschen und Pferden: ein verlorenes Hufeisen, ein Haufen gefrorenen Dungs, ein Stück Metall, das wie ein Finger gebogen war. Raif wünschte sich plötzlich, er wäre nicht so müde. Die Wochen, die er unterwegs gewesen war, waren ihn teuer zu stehen gekommen, und es kam ihm so vor, als bewegten sich seine Gedanken und seine Reflexe ein wenig zu langsam. Er glaubte, etwas zu riechen, eine Kälte, die von Möglichkeiten erfüllt war, aufgeladen wie die Luft vor einem Gewitter.

Ein Gebäude kam in Sicht. Als Raif näher kam, konnte er eine seltsam helle Palisade sehen, die aus Holz bestand, das man mit Wasser besprüht hatte, damit sich eine zusätzliche Schutzschicht aus Eis bildete. Er hatte solche Winterfestungen schon in Städten gesehen und bewunderte ihre Schlichtheit – das Eis schützte sogar gegen Feuer und machte die Palisade beinahe unüberwindlich –, aber er hatte nie gehört, dass Clansleute so etwas errichtet hätten.

Abrupt führte der Weg höher hinauf, und er konnte sehen, was hinter der Palisade lag. Ein Gebäude aus Stein und Holz, rechteckig, mit einem Dach aus gehämmerten Balken und mit den Anfängen eines Wehrgangs entlang der Nordmauer. Kein Licht fiel durch die schmalen, gut zu verteidigenden Fenster nach draußen. Ein einzelner Fensterladen hatte sich gelöst und knarrte an verrosteten Angeln hin und her. Raif roch altes, verkohltes Feuerholz und Bratöl. Und dann sah er die erste Leiche, die auf dem Bauch in einem Graben lag, wo eine Lücke in der Palisade ein Tor bildete.

Angst ließ Raifs Mund austrocknen. Vorsichtig näherte er sich der Leiche. Er sah bereits, dass der Mann eine Rüstung trug; die Platte, die seinen Rücken schützte, bestand aus bemaltem Stahl. Man hatte ein Muster in Lila und Gold eingearbeitet, ein Auge. Und dann erkannte Raif plötzlich, was er da vor sich hatte: einen Abschwörerritter mit dem Auge Gottes auf der Rüstung.

Der Mann war von einem einzigen Stich getötet worden, geführt mit solcher Wucht und solcher Schärfe, dass sowohl Brust- als auch Rückenpanzer aufgerissen waren. Als er die Leiche umdrehte, sah Raif, wo die zerfetzten Ränder des Brustharnischs tief in das Herz des Ritters getrieben worden waren. Eine solche Wunde hatte er noch nie gesehen, nicht einmal an jenem Tag ... an jenem Tag im Ödland mit Tem. Das Fleisch war schwarz und verbrannt, als wäre es gebraten worden, und etwas Dunkles tropfte aus den Wunden.

Raif drehte sich um. Er befürchtete, sich übergeben zu müssen. Die Flüssigkeit hatte diesen fremdartigen Geruch, den er schon kannte. Der Ritter hatte auf dem Bauch gelegen, und dennoch war nichts von der Flüssigkeit aus der Wunde geflossen. Sie hing in seinem Mund wie Rauch. Instinktiv tastete Raif nach dem Behälter an seinem Gürtel ... und fand ihn selbstverständlich nicht. Er hätte sein Schwert dafür gegeben, nun den Trost von Göttern und Clan bei sich zu wissen.

Verrätern erlaubt man nicht, den Stein zu tragen. Bitterkeit stieg in ihm auf, und er war froh darüber, weil das seine Angst verringerte.

Raif hatte seinen Anteil an pulverisiertem Heiligem Stein nicht mehr, aber er wusste, dass er den toten Mann nicht ungesegnet lassen konnte. Der Tote war ein Abschwörerritter, und daher war er ein Feind der Clans und der Clangötter gewesen, aber er war allein gestorben, und niemand hatte sich um ihn gekümmert. Wie bei Tem. Er schloss dem Mann die Augen, berührte beide Lider und murmelte: »Möge dein

Gott deine Seele aufnehmen und sie stets in seiner Nähe verweilen lassen.«

Mehr konnte er nicht tun. Er bückte sich, zupfte an dem purpurfarbenen Umhang des Ritters und zog ihn hoch genug, um das Gesicht zuzudecken. Die Augen des Mannes waren offen, und die Augäpfel hatten sich verdreht und waren nun vollkommen weiß. Es tat gut, sie nicht mehr sehen zu müssen.

Raif richtete sich auf und untersuchte das Tor. Stämme, noch mit vollständiger Rinde, geteert und miteinander verbunden, waren auf einem X-förmigen Rahmen befestigt. Der Außenposten hatte noch nicht lange bestanden. Alles sah danach aus, als wäre es in großer Hast errichtet worden. Kein Clansmann würde Verteidigungsanlagen aus unbearbeitetem Holz bauen. Warum hatten es dann diese Ritter getan?

Raif dachte noch einmal darüber nach, was er über die Abschwörer wusste. Sie waren wohlhabend, hieß es, mit Tempeln, die als Schreinhäuser bezeichnet wurden und von denen es im Norden sehr viele gab. Sie nannten sich das Auge Gottes und führten in seinem Namen Krieg gegen Ketzer. Der Lauscher hatte erwähnt, dass sie Pilgerreisen zum See der Verlorenen durchführten, aber Raif wusste nicht, warum. Er wusste überhaupt nicht viel, wie ihm jetzt klar wurde. Die Clans gaben sich wenig mit anderen ab. Und Blackhail noch weniger als die meisten anderen. Im Clan aufzuwachsen bedeutete, nicht viel von anderen Menschen zu wissen.

Raif ließ den Rucksack fallen und ging durch das Tor in das schmale Torhaus mit dem Boden aus gestampfter Erde. Sein Atem richtete seltsame Dinge in seiner Luftröhre an und bereitete ihm beim Atmen Rückenschmerzen. Er fühlte sich wie ein Kind, das das Schwert eines Erwachsenen trägt, und er wusste, dass er sich nicht an eine einzige Bewegung erinnern konnte, die Shor Gormalin ihm beigebracht hatte. *Der Lauscher hatte Recht; ich muss lernen, wie man ein Schwert benutzt. Aber nicht heute Abend, ihr Götter, nicht heute Abend!*

Er hätte die zweite Leiche beinahe übersehen, so tief waren die Schatten, die sie umgaben. Die Redoute war auf einem Fundament aus Kies und Holz errichtet, um sie über die gefrorene Tundra zu erheben und damit sie sich beim Tauwetter im Frühjahr nicht setzen würde. Das Erdgeschoss des Gebäudes ragte über dieses Fundament hinweg und schuf darunter Raum für Schatten und Moos. Die Leiche lag in zwei Teilen unter diesem Überhang, durch den Bauch geschnitten, so dass nur noch ein paar Sehnen und Gedärme die beiden Hälften verbanden. Raif würgte. *Sei dankbar für den Schatten*, sagte er sich und spuckte aus, um den Geschmack aus dem Mund zu bekommen. *Sonst müsstest du noch Schlimmeres sehen.*

Ihm blieb nichts weiter, als einen Segen über den Ritter zu sprechen und sein Gesicht zu bedecken.

Langsam ging er die Holztreppe zum Haupttor hinauf. Die Ritter hatten einige Zeit und Anstrengung auf dieses Tor verwendet: Das Holz war geschält und versiegelt, die Angeln in Blei gesetzt. Das Auge Gottes war über den Torbogen gemalt, und jemand hatte sogar Blattgold aufgetragen, so dass die Pupille nun wirkte, als schaute Gott auf ein goldenes Feld. Raif spürte den Blick des Auges auf sich, als er die Hand ans Tor legte und drückte.

Auf der anderen Seite warteten Dunkelheit und Stille. Der Gestank beschleunigter Fäulnis und seltsam aufgeladener Luft ließ ihn bezweifeln, dass hier noch jemand lebte. Sekunden vergingen, als er dort auf der Schwelle stand und wartete, bis sich seine Augen an das schlechte Licht gewöhnt hatten. Er befand sich in einem kleinen Innenhof, dessen Boden abgesenkt war, um einen Feind zu verlangsamen. Ein falscher Schritt, und der Fuß eines Angreifers würde durch die Dielen in das kiesige Fundament rutschen und ihn dort festhalten, ihm wahrscheinlich sogar das Bein brechen. *Wen haben sie so gefürchtet?*

Auch hier war das Auge zu sehen, riesengroß auf die Wände gemalt. Aber nun hatte es nichts Wachsames, Wohlwollendes mehr, es war ein zorniges Auge mit roten Adern. Raif verspüre so etwas wie Schuldgefühle, weil er sich so leicht von einem fremden Gott in Schrecken versetzen ließ.

Vorsichtig durchquerte er den Bereich und betrat den Hauptraum des Forts. Das innere Tor war aus den Angeln gerissen, und zwei tote Ritter lagen zu beiden Seiten, die Schwerter gezogen, die Visiere heruntergeklappt. Sie hatten ein wenig mehr Zeit gehabt als ihre Kameraden draußen, aber es hatte ihnen nicht geholfen. Wunderbar gearbeitete Schuppenrüstung ließ eine der Leichen glitzern wie einen geschliffenen Edelstein. Der Tote trug den Stachelkragen eines Büßers, und alles Metall, das er an sich hatte, war mit rötlich braunem Knochenöl eingerieben. Die Waffe, die ihn getötet hatte, war so tief eingedrungen, dass Raif die Dielen unter seiner Brust sehen konnte; sie waren aufgerissen und gesplittert, als die Waffe wieder herausgerissen worden war. Raif schauderte. Was für ein Geschöpf konnte eine solches Tor aufreißen und einem Mann so etwas antun? Selbst Bullhammer, der stärkste Mann, den Raif kannte, hätte nie mit nur einem einzelnen Schlag den Körper eines Feindes so durchdringen können.

Raif sprach den Segen über beide Männer und ging weiter. Die Haupthalle der Redoute machte ihn traurig, denn er sah, wie sich diese Ritter angestrengt hatten, ihren Einen

Gott zu ehren. Hier draußen im Ödland hatte ihnen nur Holz und Stein zur Verfügung gestanden, und sie hatten beides genutzt, um einen massiven Altarblock aufzustellen, den sie mit einem purpurnen Tuch verhängt hatten. Diesmal war das Auge keine schlichte Wandmalerei, sondern ein Kristall in einer mandelförmigen Fassung aus reinem Gold. Als Raif es sah, spürte er, wie das Schwert sich in seiner Hand bewegte. Aber selbstverständlich – die Klinge eines Abschwörers! Der Kristall im Knauf schien im gleichen Rhythmus zu pulsieren wie das Auge.

Licht fiel durch ein Fenster hoch in dem Balkendach, als der Mond aufging. Raif sah grob zusammengezimmerte Stühle und Pritschen, Gebetsmatten, die aus Gras geflochten waren, Eichentruhen an der gegenüberliegenden Wand, eine Strickleiter, die zu den Zinnen führte, und ein uraltes Buch, das aufgeschlagen auf einem Lesepult aus Drachenkiefernholz lag. Sie waren nicht lange hier gewesen, diese Männer, und er verstand nicht, was sie überhaupt an diesen Ort gebracht hatte.

Noch mehr Ritter waren am anderen Ende der Halle gefallen, während sie, wie es Raif schien, das kleine augenförmige Portal dahinter verteidigten. Sieben Tote. Sieben Segen. Alle Ritter hatten die toten Augen weit aufgerissen und verdreht. *Eine Festung der toten Augen,* dachte Raif. Aus ihren Schädelöffnungen und Wunden drang die gleiche schwarze Flüssigkeit.

Bemüht, nur flach zu atmen, ging Raif durch das Augenportal in die kleine Kammer dahinter. Auf die gleiche Weise, wie der Heilige Stein das Herz des Clans war, war diese Kammer das Herz des Forts. Raif spürte die Macht. Die Holzwände waren weiß gestrichen, und in der Mitte befand sich ein aus Granit gemeißeltes Becken, das Wasser in einer augenförmigen Schale enthielt. Instinktiv vermied Raif es, das Wasser zu lange anzusehen. Etwas sagte ihm, dass er sein Spiegelbild dort nicht sehen wollte.

Ein leises Geräusch ließ ihn zusammenzucken. Er fuhr herum und hob das Schwert.

»Morgo?«, erklang ein leises Murmeln. »Bist du das?«

Raif spähte in den Schatten der Ecke hinter dem Portal. Ein Ritter lag dort in einer Blutlache. Er sah sofort, dass der Mann nicht gekleidet war wie die anderen Abschwörer; er trug keine schöne Rüstung und keinen Umhang, sondern schlichte Lederkleidung. Trüb erinnerte sich Raif gehört zu haben, dass die Abschwörer, wenn sie in der Hierarchie ihres Ordens aufstiegen, mehr und mehr ihrer weltlichen Besitztümer von sich wiesen und am Ende nichts weiter als ihre Schwerter besaßen und was immer sie selbst an Kleidung nähen konnten. Das bedeutete, dass der Mann, der hier vor ihm lag, von hohem Rang war, vielleicht sogar der Kommandant des Forts.

Raif kniete sich neben ihn. Die Wunden des Mannes waren schrecklich. Seine linke Hand war verschwunden, und sein linker Oberschenkel war von einer Reihe von Schwerthieben aufgerissen. Auch sein Schädel hatte eine Schnittwunde, und ein Teil seines rechten Ohrs hing nur noch an einem Hautlappen. Die gleichen Flüssigkeiten, die aus den Wunden der anderen Ritter drangen, kamen auch aus seinen und mischten sich mit seinem Blut. Rechts von ihm lag ein Schwert, das dem, das Raif trug, nicht unähnlich war, aber besser, mit einem bläulichen Kristall im Knauf. Die Klinge war verzogen und geschwärzt, als hätte er sie in eine Flamme gehalten.

Das Gesicht des Ritters war grau. Seine Lippen waren ausgetrocknet, und kleine Hautfetzen lösten sich, als er sprach. »Morgo?«

»Still«, sagte Raif nicht gerade sanft und zog seinen

Mantel aus Seehundfell aus, um ihn zu falten und dem Ritter unter den Kopf zu legen. »Ich hole Wasser.«

»Nein«, murmelte der Ritter plötzlich beunruhigt. »Lass mich nicht allein.«

Er war einmal ein kräftiger Mann gewesen, sah Raif, mit den Muskeln eines Kriegers, der eher kämpft als trainiert. Er war nicht mehr jung; in dem kurz geschnittenen Haar war viel Grau zu sehen, aber seine Willenskraft war erstaunlich. Die Götter allein wussten, wieso er noch lebte. Raif riss einen Streifen von dem weichen Kaninchenfell ab, das er um den Hals trug. Er wusste kaum, wo er mit dem Verbinden der Wunden dieses Mannes anfangen sollte, aber er wusste auch, dass er ihn so nicht liegen lassen konnte.

Der Ritter sah, was Raif vorhatte, und winkte ab. »Nein.« Er hielt inne, um Luft zu holen. »Du kannst mich nicht retten, jedenfalls nicht so.«

Der Blick seiner grauen Augen, die vom Schmerz matt geworden waren, begegnete Raifs Blick, und Raif wusste, er würde nicht lügen können. Schweigend ließ er den Streifen Kaninchenfell zu Boden fallen. »Was ist hier passiert?«

»Das Böse war unter uns ... hat das Tor eingerissen.«

»Wie viele haben angegriffen?«

Die Augen des Ritters trübten sich. Er ballte die Hand, löste sie wieder. Schließlich wiederholte er: »Morgo?«

Raif bog die eigene Faust um die des Mannes, zwang ihn zur Ruhe. Hilflosigkeit ließ seine Stimme barsch werden. Er war ein Clansmann, und jeder Clansmann wusste, was man einem tödlich Verwundeten schuldete. »Nein. Ich bin nicht Morgo. Aber ein Freund.«

»Warum hast du dann Morgos Schwert?«

Raif spürte, wie sich die Welt unter ihm bewegte. Er warf einen Blick auf das Schwert, das Sadaluk ihm gegeben hatte und das nun auf dem Dielenboden lag, weit genug vom Blut des Ritters entfernt.

Der Blick des Ritters wurde schärfer. »Sag mir, dass du ihn nicht getötet hast.«

»Das habe ich nicht.« Raif dachte rasch nach. »Morgo hat sich auf der Reise zum See der Verlorenen verirrt. Die Eisjäger haben seine Leiche gefunden und mir sein Schwert gegeben.« Er hatte keine Ahnung, wie lange der Lauscher das Schwert schon besessen hatte, aber er hatte angenommen, es hätte seit Jahrzehnten in dieser Truhe gelegen. Unwillkürlich fragte er: »Wer ist Morgo?«

Die Kehle des Ritters arbeitete, aber es dauerte lange, bis die Worte herauskamen. »... auf den Weg zum See gemacht ... ein Junge ... erst fünfzehn. Ich habe ihm gesagt, er sollte warten. Warten.«

Etwas in der Stimme des Ritters ließ Raif sagen: »Er war dein Bruder.«

»Tot ... schon lange tot.«

Seit vierzig Jahren, nahm Raif an, und fühlte sich sehr erschöpft und plötzlich alt. »Ruh dich jetzt aus«, murmelte er. »Ich werde Wache halten.«

Die Zeit verging, während der Ritter schlief. Raif hockte neben ihm, durstig und hungrig, aber er wollte nicht weggehen. Das Becken in der Mitte der Kammer warf einen Schatten, der den Raum langsam umkreiste, während die Zeit verging. Manchmal schlug das Wasser winzige Wellen und plätscherte, obwohl Raif keinen Wind spürte. Der Ritter schlief unruhig, zuckte immer wieder zusammen oder schauderte, und jeder Atemzug war ein feuchtes Gurgeln. Er erwachte vor dem Morgengrauen, und Raif konnte die roten Fieberlinien an seinem Hals sehen.

»Nur einer«, krächzte der Ritter. »Ein Schatten, der kein Schatten war, mit einem Schwert so schwarz wie die Nacht.«

Raif spürte, wie er eine Gänsehaut bekam. Der Ritter beantwortete die Frage, die er Stunden zuvor gestellt hatte, und Heritas Cants Worte erklangen wieder in Raifs Kopf. *Alle tausend Jahre reiten sie über die Erde, um mehr Krieger für ihre Armeen zu finden. Wenn ein Mann oder eine Frau von ihnen berührt wird, ist es so, als hätten sie nie gelebt. Nein, sie sind nicht tot, niemals tot, aber sie werden zu etwas anderem, kalt und voller Gier. Die Schatten dringen in sie ein, löschen das Licht in ihren Augen und die Wärme in ihren Herzen ... Blut und Haut und Knochen sind verloren und verändern sich in etwas, das die Sull* Maer Dan *nennen, Schattenfleisch.*

Langsam hob Raif die Hand zu seinem Zeichen. Als er aufblickte, sah er, dass der Ritter ihn beobachtete.

»Töte mich«, sagte er. »Bevor mich die Schatten holen.«

Raif schwieg. Er hatte es nicht sehen wollen, aber er wusste, dass sich die dunkle Flüssigkeit auch in den Wunden des Ritters gesammelt hatte und dunklen Rauch über seine Haut kriechen ließ. *Ihr Götter. Die anderen Ritter sind verloren!*

Aber nicht dieser hier, noch nicht. Raif fand seine Kraft und seine Stimme wieder. »Sag mir noch eins. Warum habt ihr dieses Fort gebaut?«

Der Ritter hob die geballte Faust. »Wir suchen.«

»Wonach?«

»Nach der Stadt der Alten. Der Festung aus grauem Eis.«

Raif spürte, wie er zu zittern begann, nicht heftig, aber bis in sein Innerstes, als vibrierte etwas in ihm. Noch während er zusah, floss etwas von der Schattenflüssigkeit über das Auge des Ritters, und Raif wusste, dass es Zeit war, nach dem Schwert zu greifen. Auch der Abschwörer wusste es, und er richtete sich ein wenig auf. Raif prüfte das Gewicht des Schwerts. Trocknendes Blut schmatzte unter seinen

Stiefelsohlen, als er sich über den Ritter beugte. Er zitterte immer noch, aber er glaubte nicht, dass das etwas mit Schwäche oder Angst zu tun hatte. Feierlich hob er die Schwertspitze zur Brust des Ritters. Der Mann hatte die Augen offen; sie waren klar und glänzend, und Raif entdeckte ein gewisses Erkennen dort.

Töte eine ganze Armee für mich, Raif Sevrance.

Er legte sein ganzes Körpergewicht in den Stich und durchbohrte das Herz des Mannes.

Danach musste er das Bewusstsein verloren haben, denn er konnte sich nicht daran erinnern, das Schwert herausgezogen oder die Augen des Mannes geschlossen zu haben, und er wusste auch nicht, wie er in die Haupthalle gelangt war, das Altartuch heruntergezogen und es über die Leiche des Ritters gebreitet hatte. Er erinnerte sich nur an schreckliche Müdigkeit, und als er in der Haupthalle über einen Strohsack stolperte, beschloss er, sich sofort hinzulegen und zu schlafen. Er erinnerte sich daran, wie angenehm es gewesen war, sich in Wolldecken hüllen zu können, und dann hatte es nichts anderes mehr gegeben als todesähnlichen Schlaf.

Als er viele Stunden später wieder aufwachte, fiel ihm Sonnenlicht ins Gesicht. Einen Augenblick lang öffnete er die Augen nicht, sondern lag still da und genoss das Spiel von Licht und Wärme auf seinen Lidern. Wie hatte ihm etwas so Schönes zuvor entgehen können? Hunger und das Bedürfnis, sich zu erleichtern, weckten ihn schließlich vollständig, und er setzte sich hin und sah sich um.

Von den Leichen waren nur Skelette und Knorpel geblieben. Die langen Knochen waren dunkel, und die Sehnen, die immer noch an den Schädeln befestigt waren, hatten sich in der kalten Luft seltsam verzogen. Rauchfahnen stiegen aus den Brustkörben auf wie Dämpfe. Als Raif das sah, glaubte er, der größte Idiot im ganzen Norden zu sein. Wie hatte er hier einschlafen können? Das war Wahnsinn. Und aus irgendeinem Grund musste er an Angus denken. Sein Onkel hatte ihm einmal gesagt, die beste Möglichkeit, in einer feindseligen Stadt am Leben zu bleiben, bestünde darin, durch die geschäftigsten Straßen zu gehen und mit den Armen zu fuchteln und vor sich hin zu murmeln. Niemand würde sich mit einem Verrückten einlassen. Vielleicht nicht einmal das Schicksal.

Mit einem seltsam leeren Gefühl im Kopf umging Raif vorsichtig die Leichen und verließ das Fort.

Er hob seinen Rucksack auf, der in der Nähe des Tors lag, und beschloss, das kurze Stück bis den Bäumen zu gehen. Die Sonne stand schon tief und war nur noch schwach, aber sie fühlte sich gut auf seinem Rücken an. Es war auch angenehm, das fleischig schmeckende Wasser aus der Seehundblase zu trinken und sich auf den seltsamen Reiseproviant der Eisjäger zu stürzen. Es gab kleine Kuchen aus Karibumark, die rot von Beeren waren, aufgerollte Streifen von Seehundzunge und einen letzten Rest gekochten Alk. Raif setzte sich auf die hellgrauen Nadeln der Drachenkiefern, aß und ruhte sich aus und dachte nicht nach. Über seinem Kopf nahm der Himmel das leuchtende Blau des Zwielichts an, obwohl es kaum Mittag war. Ein Fischadler erhob sich auf den Aufwinden, die vom See ausgingen, und die Warnrufe kleinerer Vögel durchdrangen die Stille.

Raif steckte die restlichen Vorräte wieder ein. Seine Jacke fehlte ihm nun, und die bittere Kälte biss ihm in die Brust. Er wollte nicht zur Redoute zurückkehren und hatte nicht vor, seine Seehundjacke unter dem Kopf des toten Ritters hervorzuziehen, aber er musste herausfinden, ob dem Ritter das Schicksal seiner Genossen erspart geblieben war. Und er musste für sie alle Zeuge sein.

In dem schalen Licht, das hier als Tageslicht durchging, sah die Redoute beinahe nur wie eine befestigte Holzhütte aus. Acht Männer hatten Hunderte von Meilen zurückgelegt, um hier zu bauen und zu sterben. Was hatte der Abschwörer gesagt? *Wir suchen.* Raif spürte die Traurigkeit in diesen Worten. Und die Hoffnung. Grimmig überquerte er den Verteidigungshof und betrat noch einmal die Haupthalle.

Der kalte, anderweltliche Geruch, an den er sich im Schlaf gewöhnt hatte, erhob sich erneut rings um ihn her, aber er war nun verändert – abgestandener und weniger konzentriert, wie Rauch, der sich nach einem Feuer verteilt. Die Überreste der Ritter hatten auf dem Holzboden dunkle, menschenförmige Flecken zurückgelassen. Raif hätte das Fort gerne niedergebrannt, aber die Ritter waren keine Clansleute, und er wusste nicht, ob so etwas sie ehren oder noch weiter besudeln würde. Das Mark war aus ihren Knochen geflossen, und ihre Schädel waren hohl bis auf die schwarze Flüssigkeit, die von ihren Zähnen und aus ihren Augenhöhlen tropfte. Es war kaum zu glauben, dass diese Männer nicht einmal einen Tag lang tot waren. Raif dachte an die Segen, die er über sie gesprochen hatte, und dann wandte er sich rasch ab. *Ich bin zu spät gekommen.*

Die Seelen der Ritter waren bereits verschwunden gewesen. Etwas hatte sie genommen. Er ging zu dem Altar aus Stein und Holz und hob die Hand, um das Auge Gottes zu berühren. Der Wert dieses Auges war unvorstellbar, so schwer und rein war das Gold, das es umgab, aber es kam Raif so vor, als würde es hier in Sicherheit sein. Es würde einem Mann schwer fallen, diese Halle zu durchqueren, bei all den Toten, die hier lagen. Der Kristall in der Mitte des Auges glitzerte so hell, dass Raif sich fragte, ob es wohl ein Diamant war. Aber er kannte sich mit Edelsteinen nicht aus und bezweifelte, dass etwas von der Größe eines Spatzeneis etwas anderes als Kristall sein konnte. Im letzten Augenblick entschied er sich, das Auge doch nicht zu berühren, und trat einen Schritt zurück. Er wusste bereits, wie es sich anfühlen würde: wie Eis.

Sein Blick fiel auf das Lesepult aus Drachenkiefernholz und das Buch, das offen darauf lag. Das Buch war sehr alt, gebunden in Leder, das nicht richtig gegerbt war, so dass eine Schicht feinen Haars verblieben war. Die Seiten waren vergilbt und verzogen, und ihre Ränder waren von Spuren zahlloser Finger dunkel geworden. Es war aufgeschlagen, so dass man die Kohlezeichnung eines vereisten Bergs darunter und einen Absatz kunstvoller Schrift sah. Meg Sevrance hatte ihren Söhnen beigebracht zu lesen, aber es fiel Raif schwer, die Wörter zu entziffern. Sie waren in Hochschrift, einer archaischen Schriftform der gemeinen Sprache, und die Zeichen erinnerten kaum an etwas, das Raif von seiner Mutter gelernt hatte. Er glaubte, das Wort *Berg* zu erkennen, und etwas wie *nördlich des Spalts,* aber die Schrift war zu stilisiert, als dass er hätte mehr lesen können. Stirnrunzelnd wandte er seine Aufmerksamkeit der Zeichnung zu. Sie zeigte einen Berg, den er noch nie gesehen hatte, zerklüftet und irgendwie spiralförmig, und ohne jegliches Anzeichen von Grün oder Leben.

Er dachte daran, die Seiten umzublättern und nachzusehen, was es sonst noch in diesem Buch gab. Aber dann entschied er sich, das nicht zu tun. Es kam ihm so vor, dass sich alles, noch während er hier stand, veränderte, erst der Altar, dann das Pult – alles nahm die Stille eines Grabmals an. Dieser Ort sollte versiegelt werden.

Er wollte plötzlich nur noch gehen und machte sich daran, seine letzte Pflicht zu erfüllen.

Die kleinere Kammer, in der das Oberhaupt der Ritter

gestorben war, war inzwischen so kalt geworden, dass Raifs Atem weiß wurde, als er hereinkam. Das Wasser in dem Becken hätte gefroren sein sollen, aber das war es nicht. Raif bemühte sich, den Blick von der leicht Wellen schlagenden Flüssigkeit abzuwenden. Er wollte nicht sehen, was sich darin zeigte.

Der Ritter lag dort, wo Raif ihn verlassen hatte, sein gesamter Körper von dem Altartuch bedeckt. Raif packte eine Ecke des Tuchs und begann, die Steingötter anzurufen: *Ganolith, Hammada, Ione, Loss, Uthred, Oban, Larannyde, Malweg, Behathmus. Bitte lasst diesen Mann erhalten sein.*

Dann riss er an dem Tuch, und der Ritter lag vor ihm. Raif sah das rosa Fleisch einer gefrorenen Leiche. Festes Fleisch, ganz und gar erhalten.

Raif schloss die Augen. Er konnte keine Dankesworte finden, aber als er das Tuch zu Boden sinken ließ, entspannte sich etwas in seiner Brust.

Ich habe hier keinen Schaden angerichtet.

Das war ein Trost, den er mit sich nahm, als er die Redoute verließ und seinen Weg nach Osten fortsetzte.

13
Feilschen

»Beweg dich das nächste Mal schneller, du Riesenochse, oder ich reiße dir die Beine aus.«

Crope hockte am Weg und wartete darauf, dass die Fuhrwerke vorbeizogen. Der Fuhrmann ganz vorn hatte eine Peitsche, und Crope heftete den Blick auf die sechs Fuß Leder, bis sie nichts weiter als eine Linie in der Ferne waren und der Staub, den die Räder aufgewirbelt hatte, sich wieder gesetzt hatte. Er mochte Peitschen nicht, und auch nicht die Menschen, die sie schwangen, und die Angst zuckte noch lange in seiner Brust.

Es war früh am Morgen und eisig kalt, und er hatte vorgehabt, in die nächste kleine Stadt zu gehen und das einzig Wertvolle, was er besaß, gegen warme Suppe und knuspriges Brot einzutauschen. Aber der Fuhrmann und seine Wagen rollten in die gleiche Richtung, und Crope fürchtete, dass die Peitsche wieder gegen ihn erhoben würde. *Dummer, sturer Narr! Ich habe ja schon immer gesagt, dass du keinen Mumm hast.* Die böse Stimme ließ ihn aus dem Graben klettern und Staub und Zweige von der Jacke bürsten. Ein Wegstein stand an einer Weggabelung ein Stück weit entfernt, und da ihm ohnehin nichts Besseres einfiel, ging er darauf zu.

Seine Füße taten ihm weh, denn die Stiefel der Diamantenhauer waren zwar fest und hatten Bronzekappen, damit ein fehlgegangener Schlag mit dem Pickel die Füße nicht verletzte, aber sie waren nicht zum Laufen gedacht. Er war nun allerdings schon seit vielen Tagen darin unterwegs – wie viele, hätte er nicht sagen können, weil die Zahlen in seinem Kopf durcheinander gerieten. Es kam ihm jedenfalls sehr lange vor. Er war an gefrorenen Seen vorbeigekommen, über denen der Nebel brodelte, und an seltsamen kleinen Dörfern, wo mit Mistgabeln und Keulen bewaffnete Männer am Straßenrand gestanden und gewartet hatten, bis er vorbeigegangen war. Stets folgten ihm die Berge, eine ganze Welt aus Gipfeln, die sich im Süden erhoben. Es war kalt im Schatten ihrer verschneiten Hänge, und der Wind, der von diesen Bergen herabwehte, heulte wie ein Wolfsrudel in der Nacht. Crope schlief nicht mehr gern. Er suchte in verlassenen Bauernhäusern Zuflucht, und einmal hatte er sogar in einem mit Steinen gefüllten Brunnenschacht übernachtet, aber nie war ihm warm genug, und nie fühlte er sich sicher. Die böse Stimme sagte ihm stets, dass er sich einen schlechten Ruheplatz ausgesucht hatte und die Sklavenhändler kommen und ihn in Ketten legen würden, sobald er einschliefe.

Crope schauderte. Die Mine fehlte ihm. Dort hatten ihn die Leute gekannt, und niemand hatte ihn wütend angesehen und ihm Beleidigungen zugeschrien. Er war ein großer Mann, und wenn eine besonders feste Wand eingerissen werden musste, wandten sich alle an ihn. Nun gab es keine Wände einzureißen, und nachdem er siebzehn Jahre lang einen Pickel geschwungen hatte – zuerst auf der Suche nach Zinn, dann nach Diamanten –, wusste er nicht mehr, wozu er sonst noch gut sein sollte.

Als er den Wegstein erreicht hatte, kniete er sich daneben und wischte den Schnee von dem abgeschliffenen, daumenförmigen Stein. Er konnte die Worte nicht lesen, die dort eingemeißelt waren, aber es gab auch Pfeile und Zeichen. Ein Pfeil zeigte direkt nach Norden, und es gab eine Zahl mit mehreren Kerben, die für viele, viele Meilen stand, und einen siebenzackigen Stern darüber. Morgenstern, dachte

Crope, und so etwas wie Zufriedenheit wärmte ihm den Nacken. Galle hatte gesagt, Morgenstern läge zwei Wochen westlich der Mine. Nun befand sich Crope im Norden der Stadt, was bedeutete, dass er einen ziemlich langen Weg zurückgelegt hatte. Der zweite Pfeil zeigte nach Südwesten, und die Reihe von Kerben daneben war noch länger als die erste. Ein Vogelkopf war dort ebenfalls eingemeißelt, und Crope überlegte, was von seinen Kenntnissen des Landes zu diesem Bild passen könnte. Gab es einen Fluss oder eine Stadt, die nach einem Vogel benannt waren?

Talghirn. Demnächst vergisst du noch deinen eigenen Namen. Crope ließ die Schultern sacken. Die böse Stimme wusste immer, was er dachte. Sie demütigte ihn, aber sie bewirkte auch, dass er sich mehr anstrengte, und er runzelte die Stirn und konzentrierte sich so heftig, wie er konnte. Noch einmal betrachtete er das Relief ... Tatsächlich, das war nicht einfach irgendein Vogel, sondern ein Geier. Geiersumpf!

Er stützte sich auf den Wegstein und kam wieder auf die Beine. Sein Rücken schmerzte an den tiefen, weichen Stellen, wo seine Rippen mit der Wirbelsäule verbunden waren. *Diamantenrücken* hatte Galle das genannt. Er sagte immer, wenn ein Mann einmal nach den weißen Steinen gegraben hatte, würden seine Knochen das sein Leben lang nicht vergessen.

Er drehte sich langsam um und sah sich die Umgebung an. Im Norden lagen gepflügte Felder, die Furchen schon bereit für die Zwiebel- und Rübenpflanzungen des nächsten Frühlings. Eine kleine Herde von Schafen mit schwarzen Gesichtern suchte unter dem Schnee dicht an der Straße nach etwas Essbarem. Die Stadt lag im Westen, die Gebäude bestanden aus Balken und unbehauenen Steinen. Die meisten Häuser hatten Strohdächer, aber ein oder zwei waren auch mit Schindeln oder teurem Blei gedeckt. Crope war mit seinem Herrn genügend umhergereist, um zu wissen, dass unter solchen Dächern Geld zu finden war, Geld und Bequemlichkeit und warmes Essen. Sein Magen knurrte. Seine letzte Mahlzeit hatte aus sechs gestohlenen Eiern bestanden. Er hatte deshalb ein schlechtes Gewissen, obwohl der Bauer, von dem er sie genommen hatte, nicht einmal genug über Hühner gewusst hatte, um ihnen in diesem Klima die Kehllappen und Kämme abzuschneiden. Ein paar Hennen hatten Erfrierungen gehabt, denn an diesen ungefiederten Stellen waren sie empfindlich, und Crope fürchtete, sie könnten sich entzünden. Er wäre gerne geblieben und hätte sich um die Hühner gekümmert, aber er konnte die Stimme seines Herrn nicht ignorieren.

Komm zu mir, befahl sein Herr, und seine einstmals so schöne Stimme klang heiser und schwach. Er war an einem finsteren Ort gefangen, er hatte große Schmerzen, und sein treuer Diener musste ihn retten. Woher Crope das wusste, hätte er nicht sagen können. Er hatte in der Nacht, die er im Brunnenschacht verbracht hatte, einen Traum gehabt, einen intensiven, schrecklichen Traum, in dem Fliegen unter seiner Haut hervorkamen und Fesseln an seinen Handgelenken hingen. Plötzlich hatte sich unter ihm kein Steinboden mehr befunden, sondern Eisen, und die Dunkelheit war so tief und schwarz, dass sie sich wie kaltes Wasser an seiner Haut anfühlte. Er erwachte schaudernd, und als er blinzelnd versuchte, sein Herzrasen zu beruhigen, hatte er die Stimme seines Herrn gehört, entlang des Nervs, der seine Ohren mit dem Hals verband. *Komm zu mir,* sagte sie. Und Crope wusste, dass er gehorchen musste.

Achtzehn Jahre waren seit jenem Tag in den Bergen vergangen, als Männer mit roten Schwertern ihm seinen schwarz verbrannten Herrn genommen hatten. *Hack ihm einfach die Hand ab,* hatte eine kalte Stimme gesagt. *Wenn du dich wehrst, wirst du sterben.* Crope erinnerte sich an die hellen Augen des Mannes und den haarlosen Glanz seiner Haut. Baralis, in nässende, stinkende Verbände gehüllt, war auf ein Maultier gebunden worden. Er hatte Fieber gehabt und seit drei Tagen kein Wort mehr gesprochen. An der linken Seite seines Gesichts waren Haar und Brauen weggesengt. Crope hatte um das Leben seines Herrn gefürchtet und bezweifelt, dass er, Crope, ihn retten könnte. Es war eine Sache, Tiere zu heilen; bei einem Menschen war es etwas anderes. Der Reiter mit den hellen Augen befahl den Rotklingen, sich um das Maultier herum aufzustellen, und dann sprach er Crope abermals an: *Dein Herr ist dem Tod so nahe, dass ich es riechen kann. Wenn du kämpfst, wird ihn das umbringen – mach nicht den Fehler, eine Leiche bewachen zu wollen.*

Aber Crope hatte dennoch gekämpft, denn er konnte seinen Herrn nicht einfach verlassen. Er erinnerte sich an den Schmerz vieler Schnittwunden, das Lachen der Rotklingen und den Geschmack von Blut in seinem Mund. Dennoch kämpfte er, und er hatte viele verwundet, hatte sie auf die Felsen geschleudert, ihnen die Arme aus den Gelenken gerissen. Er hatte ihnen angesehen, wie sie ängstlicher wurden. Sie hatten ihn für dumm gehalten, aber sie wussten nicht, dass ein Mann mit nur einem einzigen Gedanken in seinem Kopf und einer einzigen Treue in seinem Herzen sich in eine Naturgewalt verwandeln konnte. Crope spürte, wie seine Kraft in ihm wie ein weißes Licht brannte, und als ein Berittener mit roter Klinge angegriffen hatte, war er stehen geblieben und hatte gewartet, bis der Atem des Pferdes seine Augen traf, dann hatte er die Arme um den Hals des Hengstes gelegt und das Geschöpf zu Boden gerungen.

Danach war es still geworden. Die Rotklingen waren

zurückgewichen. Der Mann mit den hellen Augen hatte sein Pferd gezügelt und Crope angesehen, eine behandschuhte Hand nachdenklich ans Kinn gelegt.

Crope sank neben dem Hengst auf die Knie. Der Reiter war unter dem Tier begraben, seine Kopfhaut bis auf die Knochen aufgerissen. Der Mann rang nach Atem, und Schaum aus Galle und Blut flossen ihm aus dem Mund. Crope hatte nur Augen für das Pferd gehabt. Das Tier zuckte schrecklich, die Hufe schlugen gegen die Felsen, und es verdrehte die Augen. Crope schämte sich ganz furchtbar. *Du Idiot! Sieh doch, was du getan hast! Ich hab dir doch gesagt, du sollst es nicht anfassen!* Cropes Zorn verschwand, und er griff nach dem roten Schwert des Mannes, das auf dem Boden lag. Er mochte keine Schwerter und benutzte sie sonst nie, aber er wusste, wie man ein Pferd tötete. Sanft tröstete er das Tier und flüsterte liebevolle Worte, die nur Pferde verstehen konnten. *Es tut mir so Leid,* flüsterte er, als er dem Hengst die Kehle durchschnitt.

Der erste Pfeil traf ihn in die Schulter. Schmerz und Überraschung verschlugen ihm den Atem. Er fiel vornüber in die Lache von Pferdeblut. Weitere Pfeile trafen. Einer drang in das Fleisch seines Oberarms ein, ein anderer streifte die Sehnen in seinem Hals, und ein dritter drang in die Muskeln unter seinen Rippen und blieb mit der Spitze in der Niere stecken. Alle waren von hinten abgeschossen worden, auf Befehl des helläugigen Mannes.

Als Crope einen Tag später in einer Wasserrinne auf halber Höhe des Bergs erwachte, waren die Rotklingen lange verschwunden, zusammen mit dem Maultier mit seinem Herrn. Er sah, dass das Blut des Hengsts ihn gerettet hatte. Er war von Kopf bis Fuß damit bedeckt, und man brauchte nicht klug zu sein, um anzunehmen, dass die Rotklingen es für Cropes Blut gehalten hatten. Sie hatten geglaubt, er wäre tödlich verwundet, und hatten ihn einfach nur den Berg heruntergerollt, um seine Leiche loszuwerden. Sie wussten nicht, dass in Cropes Adern das Blut von Riesen floss und es mehr als vier Pfeile brauchte, um ihn zu töten.

Abrupt machte sich Crope auf den Weg die Straße entlang zu der kleinen Stadt. Er würde nicht daran denken, was danach geschehen war – nicht hier im offenen Land, wo diese Berge so nahe waren. Im Augenblick zählte eigentlich nur, den Bergen nach Norden zu folgen, zu dem Abhang, wo man seinen Herrn mitgenommen hatte, und an den Ort, an dem die Rotklingen lebten.

Auf der Straße waren viele Wagen und Viehherden unterwegs, und eine ganze Jahreszeit von Wagenöl und Dung war in den Schnee getrampelt worden. Die Schafe, die am Wegrand grasten, huschten davon, als Crope näher kam, und er sah, dass viele kurz vor dem Lammen standen. Dieses kleine Anzeichen, dass der Frühling näher kam, wärmte ihn, und er ging schneller und begann, eines der alten Minenlieder zu singen.

»Goldgräber John war ein mürrischer Mann,
Einer, mit dem man nicht gut Kirschen essen kann.
Er entdeckte Gold in des Berges ew'ger Nacht,
Und schlug mit dem Pickel zu, dass es kracht.«

Bis Crope die dritte Strophe erreicht hatte, bei der er sich nicht mehr an alle Worte erinnerte, nur an die Stelle, an der Goldgräber Johns Zeh abfiel, war er am Schutzwall des Städtchens angekommen. Viele der kleinen Städte und größeren Dörfer, an denen er vorbeigekommen war, hatten Erdwälle oder Steinmauern zu ihrer Verteidigung. Dieser Wall bestand hauptsächlich aus aufgeschütteter Erde, und dahinter gab es einen Graben mit schmutzigem Wasser, das zu braunem Eis gefroren war. Crope war erleichtert, dass es kein Tor gab, denn er fürchtete Torhüter, ihr Misstrauen und ihre schlauen Worte. Während er noch den Erdwall betrachtete, kam ihm ein alter Mann entgegen, der einen Karren zog. Crope wandte sofort den Blick ab, denn er wusste, wie leicht einzelne Menschen ihn fürchteten, und er wollte kein Aufsehen erregen. Der alte Mann trug die bunte Kleidung eines Hausierers: eine rote Wolljacke, die mit protzigen Schnüren zusammengehalten war, und eine grüngelbe Flickenhose. Crope war überrascht, als der Mann seinen Kurs nicht änderte, sondern näher kam, und noch überraschter, als der Alte ihn ansprach.

»Du da! Ja, du. Tu nicht so, als würdest du mich nicht sehen.« Der Hausierer wartete, bis Crope ihn anschaute, und dann zeigte er mit einem Finger in einem Handschuh aus Spatzenleder, an dem noch die Federn steckten, auf die Stadt. »Ich würde an deiner Stelle dort nicht hingehen. Gute Mutter, lieber nicht! Diese Ziegenhirten sind üble Burschen, und sie haben etwas gegen Fremde. Ich dachte, sie würden sich über eine Gelegenheit freuen, endlich mal was Neues zu kaufen, so, wie sie hier im Hinterland festsitzen und nur ihre Ziegen und Murmeltiere zur Gesellschaft haben. Die Frauen hier tragen immer noch Korsette mit Fischbeinstäbchen – kannst du dir das vorstellen? Aber wollten sie sich meine hübschen Spitzenkragen auch nur ansehen? Nein, ganz bestimmt wollten sie das nicht, obwohl Spitzen wie diese im Vorland gerade so sehr in Mode sind. Sie wollten nicht wie Huren aussehen, sagten sie. Huren, also wirklich – mit solchen Spitzen?« Der alte Mann holte etwas Weißes, Zartes unter der Plane auf seinem Wagen hervor und hielt es Crope vor die Nase. »Sieh dir doch nur diese Arbeit an – die beste im ganzen Norden.«

Crope inspizierte höflich das Spitzending. Es wirkte ein

wenig dünn, aber das sagte er lieber nicht, weil er nicht genau wusste, wofür es gut war.

Der alte Mann hielt sein Schweigen offenbar für Zustimmung. »Ich sehe, du hast ein gutes Auge. Wie wäre es mit einem Paar von diesen Kragen? Ein hübsches Geschenk für deine gnädige Frau Mutter und deine ... äh ... gnädige Frau Gattin.«

Crope schüttelte den Kopf.

»Aha, ich verstehe, ein Kollege. Wie wäre es mit zweien zum Preis von einem?«

Crope fühlte sich ein wenig überwältigt und schüttelte weiter den Kopf.

»Einen leidenschaftlicheren Feilscher habe ich nie erlebt! Also gut, nur aus Respekt für deine Unerbittlichkeit gebe ich dir drei für den Preis von einem. Nur fünf Silberstücke. Da. Wir sind uns also einig.« Der kleine Mann hielt die Hand hin, und seine Finger zuckten nach Geld.

Crope spürte einen ersten Hauch von Panik. Irgendwie hatte er offenbar zugestimmt, ohne auch nur ein einziges Wort zu sagen. Er spürte, wie ihm das Blut heiß in die Wangen stieg, und er sah sich nach einer Fluchtmöglichkeit um.

Der alte Mann kniff die Augen zusammen. »Versuche bloß nicht, einer gesetzmäßigen Übereinkunft zu entkommen. Du schuldest mir fünf Silberstücke, und ich werde den Büttel rufen, wenn du nicht sofort zahlst.«

Das Wort Büttel erschreckte Crope mehr als der Anblick eines Dutzends blanker Klingen. Büttel bedeuteten Gefängnis und Ketten und Zellen mit eisenbeschlagenen Türen, in die man für immer eingeschlossen und nie wieder freigelassen wurde. Er war nun vollkommen panisch, legte die Hände auf den Handwagen des Hausierers und kippte ihn um. Bänder und Spitzen und alle möglichen glitzernden

Gegenstände fielen in den Schnee. Die Achse brach, und ein Rad hüpfte den Abhang hinunter in den Graben. Crope spürte, wie sich seine Brust zusammenzog. *Sieh nur, was du wieder angerichtet hast! Ich hab dir doch gesagt, du solltest nichts anfassen!* Der alte Mann zeterte, zeigte auf den Wagen und sprang zornig auf und ab. Crope sah sich hektisch um. Er musste verschwinden, aber er wusste nicht, was er mehr fürchtete: eine offene Straße, auf der böse Menschen ihn niederreiten und ihm wehtun konnten, oder eine Stadt voller Fremder, die ihn ins Gefängnis stecken wollten.

Die Entscheidung wurde ihm abgenommen, als ein Schweinebauer und sein Junge auf der Straße erschienen, die sechs winterschlanke Säue vor sich hertrieben. Der Rückweg war blockiert. Der Hausierer rief nach Hilfe, und der Schweinebauer würde nur zu bereit sein, ihn zu unterstützen, und dann würden alle brüllen und mehr Männer würden herauskommen und ihn einkreisen und mit Stöcken schlagen. Crope kannte das schon. Siebzehn Jahre in den Minen genügten nicht, um so etwas zu vergessen. Über knirschende Glasperlen und andere kleine, billige Schmuckstücke hinweg floh er in die Stadt hinein. Hinter sich hörte er den Hausierer schreien: »Halt! Komm sofort zurück!« Aber Crope blieb nicht stehen, er eilte mit gesenktem Kopf und nach vorn gezogenen Schultern weiter, als wollte er eine Tür einrennen.

Die Leute starrten ihn an. Eine Frau zog ihre beiden Kinder in den nächsten Hauseingang, um sie vor ihm in Sicherheit zu bringen. Ein geckenhafter junger Mann mit einem spitzen Hut rief: »Ich will verdammt sein – ist das ein Mensch oder ein Bär oder beides?« Ein räudiger weißer Hund mit einem schwarzen Fleck über dem Auge kam von einem Misthaufen heruntergerannt und kläffte und wedelte wie verrückt mit dem Schwanz, während er hinter Crope herjagte. Crope spürte, wie er vor Scham rot wurde. Alle lachten und starrten ihn an. Er musste von der Hauptstraße wegkommen und eine dunkle Ecke finden, wo er Atem schöpfen und nachdenken konnte.

Er bog um ein paar Ecken, trat Klumpen schlammigen Schnees aus dem Weg und rutschte auf zugefrorenen Pfützen aus, bis er den ältesten Teil des Städtchens erreicht hatte. Die Gebäude hier waren niedrig und in schlechtem Zustand, ihre Balken schmierig vor Fäule, und das Eisen in den Steinen blutete Rost. Eine alte Frau an einer Straßenecke kochte Pferdehufe in einem Topf. Widerlicher Gestank brachte Crope die Tränen in die Augen, und der nachfolgende Geruch nach Fleisch bewirkte, dass er gleichzeitig Hunger bekam und ihm übel wurde.

Keuchend wurde er langsamer und spuckte einen Batzen streifig-schwarzen Schleims aus. Bergmannssaft. Galle hatte gesagt, so rächte sich die Mine an den Menschen: *Du dringst in den Stein ein, und der Stein dringt in dich ein.* Crope sah, dass der kleine Hund ihm immer noch folgte, drehte sich um und wollte ihn verscheuchen. Der Hund saß erwartungsvoll da, klopfte mit dem Schwanz auf die Pflastersteine und spitzte die Ohren.

»Ich sagte *verschwinde*!« Crope eilte auf den Hund zu, hob die Hände und stampfte mit den Füßen.

Der Hund wich ein wenig zurück, kläffte aufgeregt und griff dann Cropes Stiefel an. Crope schob ihn weg, aber der Hund kam gleich zurück, tänzelte und schnappte und war entzückt über dieses neue Spiel. Crope verzog das Gesicht. Sein Nacken und sein Rücken waren verschwitzt, und er sehnte sich plötzlich nach einem Zimmer und einem heißen Bad. Tief drunten auf der untersten Ebene der Zinngrube, noch hinter dem Schacht, den die Bergleute die Teufelskehle nannten, hatte es Höhlen voll mit dampfendem heißen

Wasser gegeben. Wenn man sich erst einmal an den Gestank nach faulen Eiern gewöhnt hatte, hatte man in diesen Quellen baden können, bis die Fingerspitzen schrumpelten und die Rückenmuskeln so entspannt waren wie Gelee. Crope wünschte sich nicht dorthin zurück – das Leben in den Zinngruben war finster und machte einen Mann zum Krüppel, und ein Hauer war den Minenbetreibern weniger wert als ein Pickel –, aber es hatte neben all den schlechten Seiten auch ein paar gute gegeben. Essen. Lieder. Kameradschaft. Jetzt gab es nichts mehr davon. Jetzt konnte er nur noch fliehen und sich verstecken und Angst haben.

Er entdeckte eine geteerte Tür mit einem Schild darüber, das einen Hahn zeigte, wandte dem Hund den Rücken zu und ging über die Straße. Die Tür gehörte zu einem niedrigen Gebäude, an dem noch Spuren eines nicht lange zurückliegenden Feuers zu sehen waren. Die Mauern waren von Ruß überzogen, und dort, wo die Hitze stark genug gewesen war, hatte sie große Risse im Mörtel entstehen lassen. Die Balken des Türrahmens waren verkohlt und bröckelten, und ein Stück grünes Holz war unter den Türsturz gestemmt worden, damit der Rahmen nicht einstürzte. Als er näher kam, spürte Crope das alte Misstrauen wieder erwachen. Das Zeichen des Hahns stand für eine Taverne, in die Männer kamen, um Tauschgeschäfte zu machen. Auch er würde etwas eintauschen müssen, unbedingt. Er hatte nichts zu essen, kein Geld und eine Plane statt eines Umhangs. Aber Tauschen bedeutete, dass er es mit Menschen zu tun bekäme, und Crope konnte sich nur an wenige Gelegenheiten erinnern, bei denen Menschen ihn gut behandelt hatten. Sie fürchteten ihn entweder, oder sie verachteten ihn. Meist beides.

Er atmete aus und machte sich kleiner, indem er den Rücken bog, die Schultern hängen ließ und die Beine an den

Knien bog. Das alles machte ihn bestenfalls einen halben Fuß kleiner, aber es genügte, um ihm den Mut zu geben, die Tür aufzuschieben.

Die Taverne bestand nur aus einem einzigen, nach Ziegenfett stinkenden Raum. Brocken von Talg in den Laternen zischten und spuckten und sonderten muffigen grünen Rauch ab. Tische und Stühle aus unbearbeitetem Holz standen um einen Kupferofen. Männer in Ziegenfellen und zusammengestückeltem Leder drehten sich um und sahen Crope an, als er hereinkam. Ein großer Mann mit einer Lederschürze rief: »Hier darf kein Hund rein!«, und Crope brauchte einen Augenblick, bis er begriff, dass der weiße Hund ihm nach drinnen gefolgt war. Crope hatte nicht den Mut zu erklären, dass es nicht sein Hund war, also drehte er sich einfach um, hob den Hund hoch und setzte ihn draußen wieder ab. Bis er die Tür hinter sich geschlossen hatte, hatte sich die allgemeine Aufmerksamkeit auf ihn konzentriert, und er brauchte seine gesamte Willenskraft, um sich nicht einfach umzudrehen und wegzurennen. Einer der Ziegenhirten machte das Zeichen gegen das Böse, und der Mann mit der Lederschürze verschränkte die fleischigen Arme und verteilte sein Gewicht gleichmäßig, als bereitete er sich auf einen Kampf vor. Er wechselte einen Blick mit einem jungen Tunichtgut, der an der Theke stand.

»Was willst du, Fremder?« Der Mann mit der Lederschürze, der Wirt, sah Crope von oben bis unten an und ließ den Blick erst auf dem Hühnerdreck verharren, der Cropes Umhang zierte, dann auf den erhöhten weißen Narben an seinem Hals. »Wenn du Ärger suchst, werde ich dafür sorgen, dass du welchen kriegst, und wenn es dir um Bier und Wärme geht, werde ich dein Geld erst wiegen.«

Crope spürte, wie ihm das Blut in die Wangen stieg. Es gefiel ihm nicht, Gegenstand von so viel Aufmerksamkeit zu sein, und er hatte Angst, etwas zu sagen. Als er darüber nachdachte, was er tun sollte, bemerkte er, wie der junge Mann an der Theke lässig nach seinem Messer griff.

»Ich will tauschen«, sagte Crope leise.

Wieder wechselten der Wirt und der Tunichtgut Blicke. »Dann komm hierher«, sagte der ältere Mann. »Sehen wir mal, was du hast.«

Crope war froh, von den Ziegenhirten und der Hitze des Herds wegzukommen. Er schwitzte, und die Decke war so niedrig, dass er die Knie noch weiter krümmen musste, um darunter durchzukommen. Der junge Mann stellte sich an der Theke neben ihn – bedrohlich nahe. Crope wollte ausweichen, aber der Mann mit der Lederschürze stand schon auf seiner anderen Seite.

Crope berührte den Saum seines Hemdes und tastete nach dem einzigen Gegenstand in seinem Besitz, der wertvoll genug war, um ihn gegen etwas eintauschen zu können. Der Geruch nach Fleisch und Soße vom Herd her ließ ihm das Wasser im Mund zusammenlaufen, und er schluckte mehrmals. Der junge Mann sah das und folgte Cropes Blick zu dem schwarzen Topf auf dem Herd.

»Er hat Hunger, Sham. Ich nehme an, er will etwas gegen eine Schüssel Fleisch und ein Stück Brot tauschen.«

Der Mann namens Sham verschränkte entschlossen die Arme. »Er bekommt keinen Bissen, ehe ich gesehen habe, was er tauschen will.« Der Tunichtgut begann, sich mit seinem hübschen Messer die Fingernägel zu säubern. Er war in Wollfilz und gut bearbeitetes Wildleder gekleidet, und nun zuckte er die Schultern. »Ich weiß nicht, Sham. Ich würde ihm eine Schüssel Fleisch geben. Ein Mann kann mit vollem Magen viel besser feilschen.«

Die beiden Männer starrten einander einen Augenblick lang an, und dann gab Sham nach und holte eine Schüssel

Eintopf. Der junge Mann sah zu, wie Crope das Essen ansah. »Du kommst von weit her, wie?«

Crope schüttelte den Kopf. Er würde niemandem etwas über sich verraten.

»Sieht aus, als hättest du ein paar Peitschenhiebe eingesteckt.« Der Blick des Tunichtguts war wissend. Abrupt steckte er das Messer wieder ein. »Ich glaube nicht, dass mir das hier gegen einen Mann wie dich helfen würde. Ich denke, du kannst gut auf dich selbst aufpassen.«

Crope brauchte nicht zu antworten, weil der Wirt mit dem Eintopf zurückkam. Er war voller Blut und Fett und roch intensiv nach Ziege. Crope spürte die Blicke beider Männer auf sich, als er aus der Schale trank. Bald schon war er fertig, und er schien nur noch mehr Hunger zu haben als zuvor. Seine Blicke wanderten zu dem Topf zurück, und der junge Mann, der das bemerkte, lächelte dem Wirt wissend zu.

»Nun«, sagte er dann und beugte sich vor, »du musst doch zugeben, dass wir dir unser Wohlwollen ausreichend gezeigt haben. Und Sham wird dir sicher gern eine zweite Schale geben, wenn wir unseren Handel erst abgeschlossen haben. Was meinst du, Sham?«

Sham beäugte Crope missbilligend. »Wenn es sein muss.«

Cropes Magen knurrte. Er war zwischen Hunger und Verpflichtung gefangen, und er wusste, dass ihm nun nichts anderes übrig blieb, als den Männern zu zeigen, was er einzutauschen hatte. Mit einer langsamen, gewichtigen Bewegung holte er den Gegenstand aus dem Hemdsaum, wobei er den Saum halb aufriss. Er hob die geschlossene Faust über die Theke, und er war sich bewusst, dass sowohl Sham als auch der Tunichtgut sich erwartungsvoll vorgebeugt hatten. Crope dachte, dass seine Faust riesig aussah, so groß wie der Schädel eines Auerochsen, und er hätte sie am liebsten wieder weggezogen. Schnell öffnete er die Hand.

Der Diamant schien jeden Lichtstrahl in der Taverne einzufangen, er saugte die Helligkeit auf wie eine Pumpe, und dann benutzte er dieses Licht, um so kalt und blau wie die Sterne zu brennen. Shams Lederschürze knarrte, als er tief Luft holte. Der junge Mann schwieg und regte sich nicht, aber seine Augen reflektierten das Glitzern des Steins.

Haddas Diamant, aus ihrem Zahn herausgebrochen, als das Leben und die Wärme aus ihrer Leiche wichen, als sie oben am Schacht lag. Der Stein war so groß wie der Fingernagel eines Babys und klar wie Wasser; eine angemessene Belohnung für die Frau, die den größten Diamanten gefunden hatte, der je westlich des Versunkenen Sees gefördert worden war. Crope hatte ihn nicht nehmen wollen, aber Hadda hatte die Finger in sein Hemd gekrallt, als er sie auf dem feuchten, schlammigen Boden oberhalb der Grube abgesetzt hatte. »Nimm den Stein, Großer«, röchelte sie. »Wenn du ihn nicht nimmst, werden sie es tun. Und ich möchte nicht, dass der erstbeste Stierhäuter, der mich findet, mir vor lauter Eile, ihn zu erwischen, das Gesicht einschlägt.«

Crope hatte den Kopf geschüttelt. Er hatte kein Geschenk von der sterbenden alten Hexe gewollt, von Hadda, die so seltsame Lieder sang und die Dunkelheit heraufbeschworen hatte. Bestimmt lag auf allem, was sie geben konnte, ein Fluch.

Aber die Alte hatte sich aufgeregt und sich immer wieder festgekrallt, während sie gegen den näher kommenden Tod kämpfte. »Nimm ihn ... du hast ihn dir verdient. Du hast mich aus der Mine herausgeholt.«

Also hatte Crope ihn genommen, hatte das stumpfe Ende seines Pickels benutzt, um ihr den Zahn auszuschlagen und den Stein aus dem Zahn zu nehmen. Die Stierhäuter hatten inzwischen die Hunde losgelassen, und Crope konnte ihr schauerliches Heulen hören. Er steckte sich den Diamanten in den Mund, damit er ihn nicht verlor, und rannte auf die Bäume zu. Das Letzte, was er gehört hatte, bevor er die dunkle, enge Stille des Minenwalds betrat, waren die reißenden und saugenden Geräusche der Hunde, die ihr Wild gestellt hatten.

Nun lag der Stein glitzernd auf seiner Handfläche, und die beiden Männer beugten sich darüber, schweigend und reglos, als hätte der Diamant sie in seinen Bann geschlagen. Crope hatte das plötzliche Bedürfnis, die Hand wieder zu schließen und zu fliehen, aber dann griff Sham nach dem Stein.

»Woher sollen wir wissen, dass der echt ist?«, sagte der Wirt und presste den Diamanten zwischen Daumen und Zeigefinger, als wollte er ihn zerdrücken. »Es könnte Kristall oder Glas sein.«

Crope schüttelte heftig den Kopf. Er würde sich von niemandem weismachen lassen, dass der Stein nicht echt war. Er hatte acht Jahre lang Diamanten gefördert, er konnte sie gut von Glas unterscheiden. Als er Luft holte, um hitzig zu widersprechen, legte der junge Mann ihm die Hand auf den Arm.

»Warum beißt du nicht drauf, Sham?«, fragte er. »Wenn dein Zahn abbricht, ist er echt.«

Der Wirt schaute misstrauisch von dem jungen Mann zu Crope. Dann hob er den Diamanten an die Lippen, öffnete den Mund, um darauf zu beißen, und überlegte es sich noch einmal anders. Er reichte dem Tunichtgut den Stein und sagte: »Da du so viel weißt, Kenner, solltest du es tun.«

Der junge Mann namens Kenner schob die Hand des Wirts weg. »Ich bin nicht dumm, und ich sehe, ob etwas echt ist oder nicht. Warum legst du den Stein nicht hin und holst mir und meinem Freund hier etwas zu trinken?«

Shams Wangen glühten vor Empörung, aber Kenner

ignorierte ihn und begann, sich mit Crope zu unterhalten, und ließ dem Wirt keine andere Wahl, als zu tun, was er gesagt hatte. Sham ging allerdings nicht leise, sondern schmetterte den Stein mit der flachen Hand auf die Theke, statt ihn einfach hinzulegen, und fluchte vor sich hin. Kurz darauf kam eine müde aussehende Frau in einem Männerhemd, das mit einem Seil gegürtet war, mit einem Krug Bier und zwei Holzbechern. Sie wich Cropes Blick aus und redete nur mit Kenner: »Sham sagt, das Bier geht von deinem Anteil ab.«

Kenner nickte und wartete, bis sie wieder gegangen war. Er goss zwei Becher Bier ein und sagte zu Crope: »Ich habe gehört, dass es dieses Jahr am Versunkenen See nicht viel Schnee gegeben hat. Zu kalt dafür, heißt es. Sie mussten auf dem Eis Feuer anzünden, damit der See nicht vollkommen zugefroren ist.«

Crope nickte. Nun, da er mit Kenner allein war, entspannte er sich ein wenig, und es wäre ihm nicht eingefallen zu fragen, woher der junge Mann wusste, woher er kam. Das Bier war köstlich, warm und nussig und voll kleiner gelber Eigelbflocken, und er konnte spüren, wie es ihm die Zunge löste. »Wir konnten kaum Wasser pumpen wegen dem Frost. Sie mussten mich an die Pumpe stellen.« Stolz ließ seine Ohren rosa glühen. »Kein anderer hätte das geschafft.«

Kenner goss Crope noch einen Becher Bier ein. »Das kann ich verstehen, so groß und stark, wie du bist. Freier Bergmann, wie?«

Crope schüttelte den Kopf, ohne nachzudenken. »Bergleute pumpen kein Wasser. Das ist Hauerarbeit.« Sobald er das gesagt hatte, wusste er, dass es zu viel gewesen war. Galle hatte ihn immer davor gewarnt, zu verraten, was er war und was er machte. *Dann kommen die Sklavenjäger und holen dich, Großer. Sie legen dich in Ketten und bringen dich zurück, um die Belohnung einzustreichen. Und der Herr der Mine wird so erfreut sein, dich wieder zu sehen, dass er dir einen eisernen Kuss gibt, der dir die Zunge ausreißt, und dich wirklich liebevoll mit seinem Brandeisen streichelt. Oh, du wirst danach immer noch arbeiten können, aber nie wieder ohne Schmerzen. Und du wirst jede Nacht vor Angst schreiend aufwachen.*

Crope warf Kenner einen Seitenblick zu. Der junge Mann wischte den Schaum von seinem Bier und wirkte freundlich und entspannt. Nicht das Gesicht eines Mannes, der sich mit Sklavenhaltern abgab. Dennoch, Crope spürte, wie die Angst in ihm aufstieg. *Talghirn*, tadelte die böse Stimme. *Ich hab dir doch gesagt, du sollst dein großes Maul halten.* Nervös schaute er zur Tür und überzeugte sich davon, dass niemand ihm den Fluchtweg abgeschnitten hatte. Sklavenhalter und Sklavenjäger mit ihren Peitschen und Ketten und prall gefüllten Geldbörsen waren überall. Sie konnten dich auch in einer Stadt voller Tavernen wiederfinden, einkreisen und auspeitschen, und dann ketteten sie dich an die Achsen ihrer Wagen ... und zerrten dich hinter sich her, wenn du nicht mithalten konntest.

»Ho, Mann, immer mit der Ruhe!« Die Stimme des Tunichtguts schien aus großer Ferne zu kommen. Erst als Kenner die Hand auf Cropes Arm legte und ihn sanft zurückhielt, bemerkte Crope, dass er auf die Tür zugegangen war. »Warum hast du es so eilig? Wir sind noch nicht mit unserem kleinen Handel fertig.« Seine Stimme wurde schärfer. »Und falls du es vergessen hast, du schuldest der Taverne noch die Bezahlung für Bier und Essen.«

Crope ließ sich wieder zur Theke ziehen. Sein Herz schlug heftig, und es fiel ihm plötzlich sehr schwer zu denken. Kenner sagte, er schuldete ihnen etwas. *Schulden.* Schulden bedeuteten Büttel und Gefängnis. Eingeschlossensein und nie wieder freigelassen werden. Wieder überfiel ihn das überwältigende Bedürfnis zu fliehen. Aber nun schauten ihn alle an, und die Ziegenhirten hatten gierige kleine Augen und lederne Viehpeitschen. *Du elender Dummkopf, du bist in die Falle gegangen!* Er schluckte so viel Luft, dass er kaum begreifen konnte, was der junge Mann zu ihm sagte.

»Jetzt verstehe ich, was das Problem ist, Mann! Was du da hast, ist Konterbande. Und das könnte großen Ärger geben. Du solltest es so schnell wie möglich loswerden.« Crope wusste nicht, was Konterbande war, aber er konzentrierte sich auf das Letzte, was der Bandit gesagt hatte – *Du solltest es so schnell wie möglich loswerden* –, und nickte zustimmend.

Kenners graue Augen blitzten einen Moment lang sehr zufrieden, aber ebenso schnell schaute er wieder nachdenklich drein. Er beugte sich vor und senkte die Stimme zu einem Flüstern. »Dieser Stein bedeutet Ärger. Ärger für dich. Ärger für mich. Wenn ich ihn dir abnehme, werden die gleichen Leute, die nach dir suchen, plötzlich auch nach mir suchen. Ich weiß, ich weiß, wir werden hier nicht darüber sprechen, wer sie sind. Aber wir sollten so schnell wie möglich mit unserem Handel fertig werden und dann getrennte Wege gehen. Also, ich werde darüber schweigen, wo du gewesen bist und was du getan hast, aber dieses Schweigen ist eine Gefahr für mich. Es kommt mich teuer zu stehen, und diese Kosten müssen mit in den Handel eingehen.«

Crope strengte sich schrecklich an zu begreifen, was Kenner sagte, aber es gab so viele große Worte, und es war leichter, sich auf diejenigen zu konzentrieren, die er kannte: *Gefahr. Schweigen. Ärger.* Haddas Diamant glitzerte auf der Theke und zog eine einzelne Motte an, die ihn für ein Licht hielt. Als er den Stein ansah, wurde Crope von dem Bedürfnis überwältigt, das Ding loszuwerden, und er drückte den Daumen auf den Stein und schob ihn dem Banditen zu. Kenner wurde sehr still. Er sah Crope an und zog fragend die Brauen hoch. *Bist du sicher?* Noch bevor Crope zu Ende genickt hatte, war der Diamant verschwunden, in einer versteckten Tasche unter dem Gürtel des jungen Mannes. Crope fühlte sich, als hätte man ihm eine gewaltige Last von den Schultern genommen. Einen Augenblick lang vergaß er, geduckt dazustehen, und stieß mit dem Kopf gegen einen Dachbalken. Er grinste über seine eigene Dummheit, und Kenner grinste ebenfalls, und plötzlich war es einfach zu reden.

»Tauschen?«, sagte er und nickte zu dem Gürtel des Banditen hin. Als er Kenners begriffsstutzige Miene bemerkte, führte er es weiter aus: »Was tauschst du ein gegen ... gegen den Stein?«

Kenner winkte dem Wirt zu, der am Ofen stand und sie beobachtet hatte. Plötzlich wurde es unruhig im Raum. Ziegenhirten beugten sich auf ihren Hockern vor. Jemand ließ das Ende seiner Peitsche auf den Boden fallen. Der Bandit schob sich von der Theke weg. »Sieh mal, Fremder, wir wollen hier keinen Ärger. Da ist die Tür, also benutze sie.«

Crope war verwirrt. Kenners Stimme hatte sich verändert, und nun benahm er sich nicht mehr, als wären sie Freunde. »Ich will tauschen«, sagte Crope. »Was gibt du mir für den Stein?«

»Raus!«, rief der Wirt und holte einen Schürhaken aus dem Feuer. »Ich lasse keine dreckigen Bastarde in meine Taverne.« Crope sah Kenner an, aber der Bandit hatte sich bereits abgewandt. Der Wirt nutzte aus, dass Crope einen Augenblick abgelenkt war, und griff mit dem Schürhaken an, stach mit der glühenden Spitze in Cropes Schulter. Crope schrie vor Schmerz. Er fuhr herum und schlug nach dem Ding, das ihn verletzt hatte. Er erwischte nur die Spitze, aber seine Wucht genügte, um den Schürhaken aus der Hand des Wirts in die Gruppe von Ziegenhirten fliegen zu lassen, die um den Ofen saßen. Sham schrie wütend auf und packte das verrenkte Handgelenk mit der anderen Hand. Einer der Hirten, ein kleiner hagerer Mann mit einem Fellhut, stand auf, die Peitsche in der Hand. Andere folgten seinem Beispiel, aber sie bewegten sich nur vorsichtig und wollten nicht in Reichweite von Cropes langen Armen geraten. Der Bandit sah aus einer sicheren Stellung hinter der Theke her zu, und sein hübsches Messer war nirgendwo zu entdecken. Crope starrte sie ihn an, aber Kenner wich seinem Blick aus.

Klack. Die Peitsche traf Cropes Füße, und das Leder schlitterte über die Dielen, als ihr Besitzer sie wieder zurückzog. Plötzlich war Crope wieder in der Mine, und die Stierhäuter umzingelten ihn. Die Angst überfiel ihn so schnell, dass er sie schmecken konnte. Sie schmeckte nach Leder und Salz. Durch einen Nebel aufsteigender Panik sah er die Tavernentür. Das Licht, das durch den Rahmen eindrang, wirkte wie der Himmel über der Mine. Es stand für Flucht. Ein zweiter Peitschenschlag traf seinen Fuß, und ein weiterer leckte an seiner Wade. Crope hob die Hände, um sein Gesicht zu schützen, und rannte auf die Tür zu. Wenn die Ziegenhirten Menschenpeitschen gehabt hätten und nicht die kürzeren Viehpeitschen, hätten sie ihn aufhalten können. Menschenpeitschen waren zwölf Fuß lang, das Leder gehärtet, bis es wie Stahlbänder war, und wenn sie sich zwei Mal um ein Bein wickelten, konnte man einen Mann damit umwerfen. Aber die Viehpeitschen waren nicht lang genug, und sie umschlangen Cropes Fußknöchel zwar, hielten sie aber nicht lange fest.

Crope behielt die Tür im Auge. Ein Ziegenhirte, der nicht

schnell genug aus dem Weg ging, wurde umgerannt. Rippen in seinem Brustkorb brachen mit nassem, explosivem Knacken, als Crope über ihn hinwegtrampelte, um das Licht zu erreichen. Der zierliche Riegel der Tür war zu viel für Cropes große, zitternde Hände, und er zerbrach auch ihn in seiner Eile.

Endlich ging die Tür auf. Kalte Bergluft traf Cropes Wangen. Sonnenlicht blendete ihn, und er blinzelte viele Male, denn seine Haueraugen waren zu nichts nütze, wenn sie plötzlichem hellem Licht ausgesetzt wurden. Es schien unmöglich, dass es erst Mittag sein sollte – so viel war in der Taverne geschehen. Schmerzen in der Brust, dort, wo sein Atem herkam, ließen ihn eine Hand an den Brustkorb drücken. Er hätte sich gern auf die Schwelle der Taverne gesetzt und sich ausgeruht, bis er wieder zu Atem gekommen und all der Ärger vergangen wäre, aber die Ziegenhirten in ihren fettigen Fellen und ihrem Lederzeug trieben ihn mit Peitschenknallen weiter.

»Verschwinde, du dreckiger Mistkerl.«

»Geh wieder in deine Höhle, wo du hingehörst.«

Crope drückte die Hände auf die Ohren, um den Lärm auszuschließen. Haddas Diamant war weg. *Idiot*, schimpfte die böse Stimme. *Talghirn. Eines Tages überredet dich noch jemand, von einer Klippe zu springen.* Er war wütend auf sich selbst und schlug in die Luft. *Dummkopf.* Als er sich umdrehte, sah er, wie die Ziegenhirten ihn aus der Taverne heraus beobachteten. Etwas an der Art, wie sie sich in einem Halbkreis versammelt hatten, die Lippen zu hässlichem, höhnischem Grinsen verzogen, und mit den Fingern die Schnüre ihrer Peitschen streichelten, bewirkte, dass sich sein Zorn verlagerte. Das da waren keine Sklavenhalter oder Stierhäuter. Das da waren bloß Ziegenhirten.

Erste Spuren weiß glühenden Zorns erwachten, und er

spürte, wie die Haut auf seinem Rücken sich zusammenzog und Blut in seine Augen schoss. Dieser Zorn war schlecht, das wusste er, aber daran konnte er sich immer nur schwer erinnern, wenn der Druck alle Gedanken aus dem Kopf drängte. Er musste etwas tun. Diese Männer hatten Haddas Diamanten gestohlen. Widerliche, höhnisch lachende Männer.

Als er auf die Tavernentür zustürzte, verschwand das Grinsen. Der Mann mit dem Fellhut war zurückgewichen. Crope erkannte seine Angst, aber das befriedigte ihn nicht. Menschen hatten sein ganzes Leben lang Angst vor ihm gehabt.

Er hätte sie am liebsten in die Taverne zurückgetrieben und ihnen die Peitschenarme ausgerissen, aber dann durchdrang eine alte Warnung den Nebel seines Zorns. *Nutze es. Lass nicht zu, dass es dich benutzt.* Es war die Stimme seines Herrn, wohlklingend und angenehm und so beruhigend wie Wasser, das in einen tiefen Teich tropft. Sein Herr war ein sehr weiser Mann. Auch er wurde mitunter zornig, aber er ließ sich selten von diesem Zorn beherrschen. Er würde nie eine Taverne stürmen, wenn die anderen derart in der Überzahl waren. Nein. Sein Herr würde sich Zeit lassen, zusehen und warten und erst dann zuschlagen, wenn seine Feinde es nicht erwarteten und er sie überraschend treffen konnte.

Der Gedanke an seinen Herrn schuf in Cropes Geist ein wenig Platz. Der Zorn war immer noch da, zog seine Muskeln zusammen und ließ ihn fiebrig glühen, aber nun gab es dort auch ein wenig Luft. Plötzlich fiel Cropes Blick auf den grünen Holzbalken, der die verkohlten und verfaulten Balken über der Tür stützte. Dieser Grünholzbalken war höher als Crope selbst, ein fünfzehn Jahre alter Stamm einer Schwarzfichte, mit drei Fuß Umfang und voller Harz, und als Crope ihn sah, wusste er, was er tun musste. Er schlang die Arme um die graue, papierdünne Rinde und drückte den Balken fest an die Brust. Die Männer in der Taverne, die erkannten, was er vorhatte, fingen an zu schreien und mit den Peitschen zu schlagen. Crope spürte das Leder kaum an seiner Haut. Es war wie an dem Tag, als er das Pferd niedergerungen hatte: Wenn dieser Zorn ihn erst einmal befallen hatte, konnte er nicht mehr aufhören.

Er tauchte tief nach unten, tiefer noch als die Höhlen seines fünfkammerigen Herzens, tief in das Blut, das aussah wie das eines jeden anderen Mannes, aber wie Brennstoff reagierte, wenn es erst einmal entzündet war, tief in die Muskeln, wo die Erinnerungen seiner riesigen Ahnen darauf warteten, geweckt zu werden. Ein Beben erfüllte die gewaltigen Muskelsättel an seinen Schultern und tiefer unten an seinem Rücken. Seine Lungen nahmen genug Luft für sechs Männer auf. Sehnen wurden weiß. Ein Dutzend kleiner Äderchen gabelte sich wie Blitze in seinen Augen, und er zog den Stamm auf sich zu und hörte das Knarren instabilen Holzes, als eine halbe Tonne Balken sich in seinen Armen wie ein geölter Hebel bewegte. Die Männer waren still geworden, wichen in die dunkle Taverne zurück, und die Peitschen hingen schlaff an ihren Seiten. Holzkohlestücke fielen auf Cropes Kopf nieder, als er den Stamm aus dem Türrahmen riss.

Der Stamm fiel mit einem mächtigen Krachen auf den Boden. Das ganze Gebäude bebte. Die Balken, die die Seiten des Türrahmens bildeten, schon geschwächt von dem Feuer und dann im Wasser verfault, ächzten unter der Last des Mauerwerks. Ein seltsames Schwirren erklang, wie das Geräusch eines fliegenden Pfeils, wurde schriller und schriller, bis tief im Mauerwerk etwas barst. Und dann brach die gesamte vordere Wand der Taverne zusammen.

Crope blieb nicht stehen, um zuzusehen. Er drehte sich

auf dem Absatz und verließ die Stadt. Der kleine weiße Hund mit dem schwarzen Auge holte ihn auf halbem Weg ein, und nachdem Crope noch ein paarmal versucht hatte, ihn wegzuscheuchen, gab er auf und nannte ihn Stadthund, und zusammen zogen sie weiter nach Osten, auf den Schutz der Berge und der Bäume zu.

14
Der Blaue Dhoonesee

Der Blaue Dhoonesee lag eine Viertelmeile südlich des Dhoonehauses, in Sichtweite des Häuptlingszimmers und der beiden Tortürme, die als »die Hörner« bekannt waren. Es war ein großer See mit glasglatter Oberfläche; einige behaupteten, er sei auf Befehl des ersten Dhoonekönigs künstlich angelegt worden. Andere sagten, große Brocken von Magnetstein, reich an Kupfererz, wären aus den Kupferhügeln nach Süden geschleift und im See versenkt worden, so dass sie das Wasser in diesem lebhaften, unirdischen Blau färbten. Der Hundelord wusste nicht viel darüber, aber er musste zugeben, dass das Wasser des Blauen Dhoonesees schon sehr seltsam war. Es gefror nicht, hatte eine seltsam milchige Färbung, wenn das Mondlicht im richtigen Winkel darauf fiel, und im Wasser lebten nur Albinoaale und ihre Beute.

Widerliche Dinger, diese Aale. Scunner Bone hatte im letzten Monat, bevor es angefangen hatte, ernsthaft zu frieren, einen gefangen. Der Aal war hell wie Wachs und ganze fünf Fuß lang gewesen. Der alte Scunner hatte seinen Häuptling ehren wollen, indem er ihm den Kopf seiner Beute anbot. Vaylo sah das Ungeheuer immer noch vor sich; die rosa Augen, den Halbkreis von Zähnen, das wölfische Muskelband rund um den Hals. Vaylo lachte leise, als er an die Gesichter seiner Enkelkinder dachte, als sie dieses seltsame Ding inspiziert hatten. »Du wirst das doch nicht essen, Großvater?«, hatte sein Enkel gefragt. »Selbstverständlich wird er das, du Dummkopf!«, hatte seine Enkelin mit all der Autorität verkündet, die eine Achtjährige über jemanden hat, der erst vier ist. »So etwas haben die Dhoonekönige gegessen. Und wenn es gut genug für die war, ist es auch gut genug für unseren Großvater.«

Vaylo hatte angesichts solchen Stolzes nicht mehr zurückgekonnt und den Aal gegessen, sogar die Zähne.

Er war sicher, dass das Vieh immer noch in ihm steckte und dass es die Zähne in seine Eingeweide geschlagen hatte, wie ein Egel sich an der Haut festfrisst, selbst jetzt, als er rund um den Blauen Dhoonesee ritt, gefolgt von seinem Wolfshund.

Die Sonne war kurz davor unterzugehen; ihre Ränder waren ein wenig verschwommen wegen einer Sturmwolke in der Ferne. *Blutsonne* hatte Ockish Bull so etwas immer genannt. Er hatte behauptet, dieses Phänomen kündigte eine rasche Veränderung an. Vaylo sah zu, wie die Sonne hinter die von Heidekraut bewachsenen Hänge und die Distelfelder des östlichen Dhoonelandes sank und dabei die Seeoberfläche zum Glühen brachte, und er zügelte sein Pferd. Würde dieses Land je eine Heimat für ihn sein? Würde die brüchige Zufriedenheit über die Eroberung je tieferen Gefühlen weichen?

Der Hundelord seufzte tief, und sein Atem stand weiß in der knisternden Luft. Er mochte dieses Land mit seinen ordentlich geeggten Haferfeldern und ummauerten Weiden und lieblichen Wäldchen nicht. Erst gestern war er zu den Ebenen nördlich des Östlichen Flusses geritten. Was einmal ein uralter Wald mit alten Eichen, Rosskastanien und Ulmen gewesen war, war nun ein Feld von Baumstümpfen; die Bäume waren entweder für Brennstoff oder zur Verteidigung gefällt worden. Es sah aus wie ein Friedhof, und Vaylo sehnte sich nach dem Bluddland. Kein Wald im Clanland konnte sich mit dem Wald von Bludd messen. Man konnte darin eine Woche lang nach Süden oder Norden reiten und hatte immer noch nicht das Ende erreicht. Und man wusste nie, was dort lauerte: Luchse, Eiswölfe, uralte Holzfäller, die lange von ihren Clans vergessen waren, tiefe Fischteiche, Sullpfeile, die immer noch in Baumstämmen vibrierten, Fliegenpilze so groß wie Hammerköpfe und ebenso tödlich, uralte Ruinen, die von Ranken überwachsen waren, und dunkle Höhlen mit Fledermäusen, augenlosen Grillen und Gespenstern. Bludd war ein Grenzclan. Das Bluddland hatte eine gemeinsame Grenze mit den Sull, was beunruhigend war. Vaylo konnte das nicht abstreiten, aber neben der Angst gab es auch Staunen und Aufregung. Kein Mann konnte in den Wald östlich von Bludd reiten und nicht die Erregung verspüren, die es mit sich brachte, an einem solchen Ort zu leben. Als er nun über das ausgedehnte Dhooneland mit seinen von Menschen angelegten Dornenhecken und gepflügten Feldern schaute, fragte sich Vaylo, ob er jemals so etwas empfinden würde, wenn er hier unterwegs war.

Plötzlich unzufrieden mit sich selbst, warf er die stahlgrauen Zöpfe zurück und grub dem Pferd die Hacken in die Flanken. Zu viel Nachdenken verweichlichte nur. Er hatte Dhoone erobert, das musste genügen. Kinderfantasien über alte Wälder und geheimnisvolle Haine hatten keinen Platz im Kopf eines Mannes, der fünf Jahrzehnte und mehr erlebt hatte.

Als er das Hundepferd wieder auf das Dhoonehaus zulenkte, entdeckte er Cluff Drybannock auf seinem großen dunkelgrauen Hengst, der ihm entgegengeritten kam. Aus dieser Entfernung war es unmöglich, Drybones Miene zu erkennen, aber Vaylo befürchtete trotzdem schlechte Nachrichten. Anders als Vaylos sieben Söhne neigte Cluff Drybannock nicht dazu, seinen Häuptling nur wegen Klatsch anzusprechen oder um einen Vorteil für sich zu erlangen.

Vaylo brachte den Wolfshund mit einem Befehl bei Fuß und ritt von dem schlammigen Seeufer weg. »Dry«, rief er, und seine Stimme war von der Kälte und weil er lange nicht gesprochen hatte heiser. »Was bringt dich her?«

Seit er mit einer Truppe von nur zweihundert Schwertkämpfern das Ganmiddich-Rundhaus eingenommen hatte, hatte Cluff Drybannock angefangen, sein taillenlanges Haar mit Opalringen zu flechten. Es war nur eine Kleinigkeit, eines der zahllosen kleinen Rituale, mit denen Krieger ihre Leistungen zelebrierten, aber es war nicht unbemerkt geblieben. Einige im Rundhaus flüsterten, dass er nun endlich sein wahres Wesen zeigte und dass man an den perligen Ringen seinen Stolz und seinen Ehrgeiz erkennen konnte. Vaylo glaubte das keinen Augenblick. Aber als er Dry nun sah und beobachtete, wie sich seine blauschwarzen Zöpfe im aufkommenden Wind bewegten und die Opalringe darin schimmerten wie Mondscheiben, fragte er sich doch, ob nicht etwas Wahres an dem Geflüster war. Nicht der Teil über Stolz und Ehrgeiz – Vaylo wusste, dass Dry sein Leben lang treu zu seinem Pflegevater stehen würde –, sondern der Teil über sein wahres Wesen. *Mond und Nachthimmel.* Diskret und vielleicht vollkommen unbewusst hatte Cluff Drybannock die Farben der Sull übernommen.

»Wir haben Nachricht vom Bluddhaus.« Drybone zügelte seinen Hengst, und die beiden Tiere standen einander mit dampfenden Nüstern gegenüber »Quarro hat Cuss Madden geschickt. Vor vierzehn Tagen haben Dhoonemänner das Bluddhaus angegriffen. Sie haben den Häuptlingswald angezündet und zwanzig Männer getötet. Sie haben überraschend bei Nacht zugeschlagen und sind so schnell wieder verschwunden, wie sie gekommen waren. Quarro hat sie verfolgt, aber der Nebel hat sich gehoben, und schon waren sie weg.«

»Steingötter!« Vaylo berührte den rotbraunen Lederbeutel mit seinem Anteil am Heiligen Stein. Die Gebeine seines Vaters lagen in diesem Hain, versiegelt unter Blei, das man wie geschmolzenes Wachs über die immer noch warme Leiche gegossen hatte. So traten alle Bluddhäuptlinge ihren Göttern entgegen. Vaylo wusste, dass auch seine Haut eines Tages von dem brennenden Metall umgeben und dann in der schwarzen, lehmigen Erde abkühlen würde. Er schauderte. »Wer ist umgekommen?«

Drybone nannte Namen. Einige der Toten waren alte Männer, viel zu alt, um noch Waffen zu tragen. Einer war ein Junge von elf.

Der Hundelord stieg vom Pferd. Er konnte so etwas nicht anhören und dabei ruhig sitzen bleiben. »Haben wir ein paar von ihnen erwischt?«

Drybone schwang sich ebenfalls aus dem Sattel. »Zwei Männer wurden im Häuptlingswald aus dem Sattel geholt. Quarro hat sie beide aufgespießt.«

Das war durchaus glaubwürdig. Quarro war sein ältester Sohn, der wildeste Schwertkämpfer der Sieben und derjenige, der am ehesten das Amt des Häuptlings beanspruchen würde, wenn sein Vater einmal tot war. Vaylo hatte ihm in seiner Abwesenheit den Befehl über das Bluddhaus überlassen, und Quarro hatte es zweifellos gefallen, in den sieben Monaten, die sein Vater nun schon in Dhoone war, Häuptling zu spielen. Bisher hatte er dabei auch keine Probleme gehabt. Vaylo griff nach dem Tuchbeutel mit seinem Kautabak und schaute auf das dunkler werdende Glas des Sees hinaus. Hinter sich hörte er, wie Dry sich hinhockte, um den Wolfshund zu streicheln.

»Deine Söhne kommen dir entgegen«, sagte Dry, und als

Vaylo aufblickte, sah er drei Reiter von den Hörnern her näher kommen.

Pengo Bludd, Hammermann, Vaylos zweiter Sohn, dessen Clanzeichen der Würger war, erreichte seinen Vater als Erster. Anders als Drybone hätte er es sich nie einfallen lassen, vom Pferd zu steigen, nur weil sein Häuptling stand. Stattdessen zog er das Gebiss tief in das Maul seines Hengsts und zwang das große Streitross stillzustehen. Das Hundepferd, das am Ende seines Zügels ruhig das Distelgras beschnuppert hatte, hatte etwas gegen die Nähe des Hengsts, fuhr herum und biss dem anderen Tier in den Hals. Pengo wurde im Sattel zurückgeschleudert und musste mit dem sich aufbäumenden Pferd ringen.

»Ihr Götter«, schrie er Vaylo an. »Kannst du nicht dafür sorgen, dass dieses Vieh sich benimmt?«

Vaylo warf seinem Sohn einen kühlen Blick zu. Pengo war nun über dreißig, er war groß und kräftig und hatte die gerötete Haut eines Biertrinkers und die verblüffenden Augen seiner Mutter. Wie immer hatte er seinem Aussehen nur wenig Aufmerksamkeit gewidmet, und in seinen Zöpfen klebten Rosshaar und Fett. Er war nicht für den Kampf gekleidet, obwohl sein mit Stacheln besetzter und mit Blei beschwerter Hammer auf seinen Rücken gebunden war. Gezwungen, einen sicheren Abstand zu Vaylos Pferd einzuhalten, starrte er seinen Vater mürrisch an. »Ich nehme an, er –« Pengo wies mit dem Kinn auf Cluff Drybannock, »hat dir schon die Nachrichten aus Bludd gebracht.«

»Einiges davon.« Vaylo steckte sich einen Priem zwischen die Lippen. Er mochte seine Söhne nicht, und er fragte sich, zu was für einer Art von Vater ihn das wohl machte. Er wusste, dass andere Männer ihre Söhne voller Stolz und Zuneigung betrachteten. Vaylo sah immer nur sieben Männer, die ihr ganzes Leben lang immer etwas von ihm gewollt hatten, und das taten sie immer noch. Er wartete, bis Gangaric und Thrago ihren älteren Bruder eingeholt hatten, bevor er sagte: »Dry hat mir genug erzählt, um mein Blut gerinnen zu lassen. Ist Cuss sicher, dass der Überfall von Dhoone ausging?«

Gangaric, Vaylos dritter Sohn und der einzige Axtkämpfer der sieben, zügelte seinen Wallach so abrupt, dass Brocken von Schlamm durch die Luft flogen. »Daran besteht kein Zweifel. Sie hatten die Gesichter geschwärzt wie Wilde und trugen blauen Stahl.«

Pengo, der bereits wieder ruhelos wurde, fuchtelte mit der behandschuhten Faust in Richtung auf das Dhoonehaus. »Es ist eine Vergeltung für das hier. Wenn sich Skinner Dhoone einbildet –«

»Das war nicht Skinner«, sagte Drybone leise. »Es war sein Neffe Robbie Dhoone.«

Pengo starrte Drybone an, wütend, weil man ihm widersprochen hatte. Er wandte sich seinen beiden Brüdern zu, weil er hoffte, dass sie sich gegen Cluff Drybannock stellen würden, aber die beiden hielten den Mund. Drybone beobachtete Pengo ungerührt, was diesen nur noch wütender machte. Schließlich explodierte er: »Geh zurück ins Rundhaus, Bastard. Das hier ist eine Clanangelegenheit und nicht deine Sache.«

»Sohn«, sagte Vaylo täuschend ruhig, »wenn wir die Bastarde ins Rundhaus zurückschicken, dann sollte ich vielleicht mit Dry reiten und es dir und deinen Brüdern überlassen, untereinander zu kämpfen.«

Pengo wurde rot. Nicht vor Verlegenheit, das wusste Vaylo, sondern vor Zorn, den er nicht zu äußern wagte. Gangaric, der sich in Erinnerung an seinen Urgroßvater wie einer vom Clan HalbBludd kleidete und wie die Axtkämpfer dieses Clans einen Kragen aus Waldrattenfell trug, betrachtete seinen Vater mit deutlicher Abneigung. Nur Thrago, Vaylos fünfter Sohn, der ein Abbild von Gullit Bludd war, war anständig genug, einen verlegenen Eindruck zu machen. *Ja, Thrago. Dein Vater ist ein Bastard. Und was bist demzufolge du?*

Vaylo spuckte den Kautabak aus, denn der bittere Geschmack verursachte ihm plötzlich Übelkeit. Normalerweise gab er sich nicht mit den Fehlern seiner Söhne ab – das brachte ihm nichts weiter ein als eine stechende Enge in der Brust –, aber heute Abend konnte er seine Gefühle nur schlecht beiseite schieben. Er wandte den anderen den Rücken zu, während er versuchte, sich zu sammeln. Jemand zündete im Dhoonehaus Fackeln an, und die Fenster, die tief in den Sandstein zurückgesetzt waren, begannen orangefarben zu leuchten. Die Sonne war untergegangen, und der Vollmond zog am Wasser des Sees und bewirkte Wellen, die sich nach Westen kräuselten. Vaylo ließ sich von der Mondbrise die Haut abkühlen, und nach einiger Zeit sagte er: »Gibt es noch etwas, was ich über diesen Überfall wissen muss?«

Leder knarrte hinter seinem Rücken, als seine Söhne sich in den Sätteln bewegten. Cluff Drybannock trat neben ihn und murmelte: »Sie haben Zugpferde mitgebracht und haben die blaue Latrine umgerissen.«

Vaylo schloss die Augen. Das war es also. Dieser Überfall war kein mutiger, kurz entschlossener Akt gewesen. Robbie Dhoone war mit einem einzigen Ziel nach Bludd geritten: das Gebäude zu zerstören, das angeblich aus den Überresten des gestohlenen Dhoonesteins errichtet worden war. Dabei zählte nicht, dass es sich dabei nur um Steine aus dem Steinbruch gehandelt hatte und der echte Dhoonestein auf dem Grund des Sees lag, an dessen Ufer sie gerade standen. Das wusste niemand außer den fünfzig Bluddkriegern, die ihn gestohlen hatten – und von denen war die Hälfte bereits tot. Nein. Robbie Dun Dhoone hatte dem Stolz seines Clans Auftrieb verliehen. Er hatte noch nicht die Kraft, um ernsthaft Krieg zu führen, aber das würde sich wahrscheinlich schon bald ändern. Skinner würde weiter an Boden verlieren, wenn sich herumsprach, was Robbie getan hatte. Nur wenige Clansleute konnten der Verlockung solchen Draufgängertums widerstehen. Vaylo wusste das. Es war der Grund, wieso er damals den verfluchten Dhoonestein gestohlen hatte. Clansmänner liebten es, wenn man dreist war und Mut beweis. Und Robbie Dhoone hatte genau das getan, und Skinner nicht.

Es war genau, wie Angus Lok gesagt hatte. Der Goldjunge plusterte sich auf, um König zu werden. *Der Waldläufer hat mich vor Robbie Dhoone gewarnt, und ich habe nicht auf ihn gehört.* Vaylo empfand plötzlich etwas für dieses Land, das er vorher so beiläufig abgetan hatte. Er mochte Dhoone nicht lieben, aber er würde es auch nicht hergeben. Er war der Hundelord, und wenn er sich erst einmal in etwas verbissen hatte, ließ er es nicht mehr los. Nicht solange er noch lebte.

Er wandte sich seinen Söhnen zu und sagte: »Wir dürfen uns nicht noch einmal derart überraschen lassen.«

Gangaric nickte. Er war jetzt ganz Axtkämpfer, selbstsicher und kräftig in seinem schweren roten Umhang, und das Gewicht seiner Axt zerrte an dem Lederharnisch an seiner Brust. Thrago, der nach seinem Urgroßvater benannt, aber der am wenigsten Eigensüchtige der drei war, tat es Gangaric nach und saß aufmerksam auf seinem Pferd. Pengo sah Vaylo an und strich mit der unbehandschuhten Hand die Mähne seines Pferdes glatt. »Was sollen wir also tun, Vater?«

Vaylo entschied sich, die Arroganz in der Stimme seines

zweitältesten Sohnes zu überhören. Er drehte sich ein wenig, um Cluff Drybannock in ihren Kreis einzuschließen. »Wir müssen unsere Wachsamkeit erhöhen. Der Erfolg am Bluddhaus wird Dhoone Appetit auf mehr machen. Sie werden wieder zuschlagen, und das bald. Robbie Dhoone will sich einen Namen machen. Er hat es auf die Männer seines Onkels abgesehen.«

»Wahrscheinlicher auf das Bluddhaus«, widersprach Pengo. »Wir haben seine Clanfestung erobert, nun will er unsere haben.«

Vaylo schüttelte ungeduldig den Kopf. »Robbie Dhoone hatte nicht vor, das Bluddhaus einzunehmen. Dazu hatte er auch nicht genügend Männer. Es hat ihm sicher gefallen, den Heiligen Hain abzufackeln, aber es ging mehr um Dhoone als um Bludd. Er wollte den Dhoonekriegern in Gnash eine Botschaft schicken: *Kommt, kämpft an meiner Seite. Lasst Skinner einfach stehen. Er ist ein altmodischer alter Mann und hat nicht den Mumm, sich Dhoone zurückzuholen.«*

Pengo verzog das Gesicht. Die Narbe an seiner Wange, die er sich zugezogen hatte, als er im Withyhaus durch eine Falltür gefallen war, zog sich zu einer hässlichen weißen Linie. »Wenn du ein solcher Experte dafür bist, was der Dhoonemann denkt, warum hast du dann nicht daran gedacht, das Rundhaus gegen ihn zu verteidigen?«

Der Wolfshund, der spürte, dass man seinen Herrn beleidigt hatte, begann sehr leise zu knurren. Vaylo erkannte etwas Beunruhigendes und dennoch Vertrautes im Gesicht seines Sohnes und griff an: »Steig vom Pferd. Ich bin dein Häuptling. Wage nicht noch einmal, vom hohen Ross herunter mit mir zu sprechen, als wärst du ein großer Herr aus der Stadt. Ich habe diesen Clan seit fünfunddreißig Jahren angeführt – und ich kann mich nicht erinnern, dass du dir auch nur in einem einzigen dieser Jahre deinen Lebensunterhalt selbst verdient hättest.«

Pengos Nüstern zuckten. In seinen Augen brannte eine Leidenschaft, die ihn zittern ließ. Vaylo sah, wie er sich nach seinen Brüdern umschaute und auf ihre Unterstützung wartete, aber Thrago und Gangaric schienen vollkommen damit beschäftig zu sein, ihre unruhigen Pferde zu beruhigen. Pengo riss an den Zügeln und zog den Kopf seines Pferds zurück.

»Wenn du jetzt wegreitest«, warnte Vaylo, »hast du in diesem Clan nichts mehr zu melden.« Er wusste noch während er die Worte aussprach, dass er einen Fehler gemacht hatte – wenn man einem Mann keine Möglichkeit ließ zurückzuweichen, verlor man ihn entweder oder demütigte ihn –, aber es machte ihn zornig und nicht weise, die Züge seiner verstorbenen Frau in Pengos Gesicht zu erkennen.

Pengo wendete sein großes graues Streitross und erzwang sich einen Weg zwischen seinen Brüdern hindurch. Als er dem Tier die Sporen gab, fiel sein Blick auf Cluff Drybannock, der hoch gewachsen und reglos am Ufer des Sees stand. Mit einer plötzlichen Gewichtsverlagerung schwang Pengo sein Pferd in einen Angriff. Die beiden Männer, einer zu Pferd, der andere zu Fuß, starrten einander für die wenigen Sekunden an, die es brauchte, bis das Pferd die Entfernung zwischen ihnen zurückgelegt hatte. Der Hundelord hielt den Atem an. Es gab einen Augenblick, als etwas Uraltes, Furchtloses in Drybones Augen glitzerte und in dem Vaylo erkannte, wie wenig er seinen Pflegesohn kannte. Cluff Drybannock war nicht sein richtiger Name. Molo Bean hatte ihn so genannt und sich damit über den halb verhungerten Waisenjungen lustig gemacht, der sich an seinem Tisch mit trockenem Haferbrot voll gestopft hatte. Wer Dry war und was er gesehen und getan hatte, bevor er zum Clan Bludd gekommen war, wusste niemand. Er hatte nur ein einziges Mal von seinem Vater gesprochen, und das war an jenem ersten Tag gewesen, als er erklärt hatte, der Mann sei ein Bluddmann gewesen, also müsse ihn Bludd aufnehmen. Seine Mutter war eine Grabenländerin.

... und Grabenländer waren Sull. Vaylo erkannte nun den Sull in ihm und war plötzlich überzeugt, dass Dry das Pferd aufhalten könnte, wenn er wirklich wollte.

Aber das tat er nicht. Im letzten Augenblick wich er aus. Seewasser spritzte um seine Stiefel, als er auf ein treibendes Bett von Malvengras am Ufer trat. Pengos Pferd geriet mit lautem Platschen ins Wasser und bäumte sich auf, als es dessen Kälte spürte. Pengo gewann rasch wieder die Kontrolle über das Tier und lenkte es zum Ufer zurück.

»Dir würde es sicher gefallen, wenn ich jetzt davonritte«, sagte er zu Drybone. Und dann stieg er aus dem Sattel. »Aber ich denke, ich werde dir noch nicht die Freude machen, dir meinen Platz zu überlassen.«

Drybone sagte kein Wort. Dann wandte er Pengo den Rücken zu und bückte sich, um Wasser aus dem See zu schöpfen. Vaylo sah zu, wie Dry sich das Wasser über den Kopf goss und die dunkle, ölige Flüssigkeit über sein Haar lief. *Er hat dafür gesorgt, dass Pengo nicht das Gesicht verloren hat, obwohl er das nicht hätte tun müssen. Warum?* Und als ihm die Antwort einfiel, fühlte Vaylo sich alt. *Er hat es für mich getan, nur für mich.*

Pengo wandte sich an seine Brüder. »Gangaric, Thrago, ihr faulen Hundesöhne, steigt ab! Ich will verdammt sein, wenn ich der Einzige bin.«

Vaylo sah angewidert zu, wie seine beiden jüngeren Söhne taten, was Pengo ihnen befohlen hatte. Manchmal fragte er sich, ob er diesen Fluch nicht selbst über seine Söhne gebracht hatte. *Ich habe meine Halbschwester geheiratet. Niemand kann die Gesetze überschreiten, ohne dafür bestraft zu werden. Steingötter!* Aber Angarad war so schön gewesen! Die Farbe ihrer Haut, das Blitzen ihrer Augen, wenn sie lachte! Der alte Gullit Bludd hatte sie abgöttisch geliebt. Er hatte seine legitimen Söhne angeknurrt, seinen Bastard ignoriert und seine Tochter mit Geschenken überschüttet. Vaylos Vater hatte nur ein einziges Mal wirklich Geld ausgegeben, und zwar als ein Händler aus dem Süden ihm eine Perle zeigte, die schwarz wie die Nacht war. Angarad war damals dreizehn gewesen und hübscher als tausend Perlen, und wenn sie sich die Perle ans Haar hielt, verschwand diese, so ähnlich waren sich Haar und Perle in Farbe und Schimmer. Gullit hatte die Perle sofort gekauft und sie nach seiner Tochter benannt. Angarad hatte sie bis zu ihrem Tod getragen. Vaylo hatte die Perle immer noch, aber er hatte sie in den neun Jahren seit Angarads Tod nicht ein einziges Mal angesehen. Seltsam, dass er sie einmal für schön gehalten hatte. Nun wusste er, dass diese Perle ein schlechtes Vorzeichen gewesen war: Kein Mädchen von dreizehn sollte ein schwarzes Schmuckstück als Geschenk erhalten.

Sie hatte ihn nicht gewollt. Wie denn auch? Sie war fünfzehn gewesen, auf den Höhepunkt ihrer Schönheit, und der Mann, der sie genommen hatte, hatte zuvor den Vater, den sie liebte, umgebracht. Aber noch schlimmer war, dass Vaylo ein Bastard gewesen war. Angarad war die Tochter ihres Vaters: Gullit Bludds Worte waren für sie Gesetz gewesen. Sie hatte aus erster Hand erlebt, wie Vaylo behandelt wurde, und das hatte ihre Gefühle für den Rest ihres Lebens bestimmt.

Der Hundelord seufzte tief. Er konnte es ihr nicht übel

nehmen. Sie war stolz gewesen, wie es sich für eine Bluddfrau gehörte, und sie hatte ihm sieben gesunde Söhne geschenkt. Gegen Ende, in den letzten Monaten ihres Lebens, als sie darauf bestanden hatte, jeden Tag in ihrem Korbsessel auf den Bluddhof hinausgetragen zu werden, war sie weicher geworden. Sie hatte ihm nur ein kleines Zeichen ihrer Zuneigung schenken müssen, um ihm das Herz aus der Brust zu reißen. Er hatte sie immer lieben wollen.

Es kostete ihn einige Anstrengung, seine Gedanken aus der Vergangenheit zurückzureißen.

Zu Thrago sagte er: »Nimm dreißig Männer mit nach Withy. Erzähle Hanro, was im Bluddhaus passiert ist. Sag ihm, er soll die Wachen an allen Grenzen verdoppeln – besonders im Osten, wo das Jagdgebiet von Withy an den Trümmerwald grenzt. Du bleibst bei Hanro, bis ich dich zurückrufe. Und ich will nichts darüber hören, wer von euch beiden den Befehl im Withyhaus haben wird. Hanro hat dort das Sagen. Er ist seit neunzig Tagen dort und sollte am besten wissen, wie man das Haus verteidigt.« Vaylo konnte nicht widerstehen, eine Bosheit gegen seinen zweiten Sohn loszuwerden. »Und pass auf, dass du nicht auch durch eine Falltür stürztst und mit einem Loch im Kopf wiederkommst.«

Pengo starrte mürrisch vor sich hin.

Thrago nickte. »Ich breche morgen früh auf.«

»Gut.« Nun wandte sich Vaylo Gangaric zu. Sein Hirn arbeitete schnell. Angus Lok hatte ihn vor Robbie Dhoone gewarnt. Auch Vaylo war einmal schlau und ehrgeizig gewesen; es sollte nicht zu schwierig sein, sich an die Stelle des Dhoonemanns zu versetzen. »Gangaric. Du kehrst zum Bluddhaus zurück. Nimm eine kleine Truppe mit. Nicht mehr als zwei Dutzend Speerkämpfer und Bogenschützen.

Du wirst zusammen mit Quarro an der Verteidigung des Bluddhauses arbeiten. Ich möchte, dass rings um das Haus dreihundert Schritt weit alle Bäume gefällt werden. Und nimm Scunner Bone mit. Er mag alt sein, aber er ist schlau, und er weiß, wie man Fallen stellt.« *Und außerdem wird er dann keine dieser verfluchten Aale mehr für mich fangen.* »Schick ihn nach Withy, wenn er in Bludd fertig ist.«

Gangaric war nicht glücklich über seinen Auftrag. Er hatte sich als Axtkämpfer des Clans HalbBludd gekleidet, und er hatte eigentlich vorgehabt, nach Süden zum Halbhaus zu reiten und sich dort niederzulassen. Jetzt schickte sein Vater ihn nach Osten, und auch noch an der Spitze einer Truppe von Bogenschützen und Speerkämpfern! Axtkämpfer hatten für Waffen, mit denen man nicht hacken konnte, nichts als Verachtung übrig. Gangaric kämpfte gegen seine Unzufriedenheit an. Schwer vernarbte Hände zuckten unwillkürlich zum Kopf hoch und schoben die Zöpfe zurück. »Gut. Ich gehe nach Osten. Aber ich nehme ein halbes Dutzend Axtmänner als Eskorte.«

Vaylo zwang sich, nicht zu widersprechen. Sechs Axtkämpfer waren nicht wichtig. Wenn es der Eitelkeit seines dritten Sohns schmeichelte, sie mitzunehmen, dann war das ein geringer Preis. »Also gut. Du wirst ebenfalls im Morgengrauen aufbrechen. Alle im Bluddhaus müssen wissen, dass wir in Gedanken bei ihnen sind.«

Gangaric neigte den Kopf; eine seltsam höfliche Geste, die irgendwie nicht zu seiner sonstigen Haltung und seiner Kleidung passen wollte. *Das hat er bei den HalbBludds gelernt,* dachte Vaylo, gegen seinen Willen erfreut. HalbBludd-Axtkämpfer waren für zweierlei berühmt: ihren Leichtsinn auf dem Schlachtfeld und ihre Galanterie gegenüber den Frauen. Es hatte Gangaric nicht geschadet, auch noch gute Manieren zu lernen, während er trainierte, einem Mann den Kopf abzuhacken.

Gangaric sprang in den Sattel und sagte: »Ich mache mich auf den Rückweg. Es gibt viel zu tun, wenn ich im Morgengrauen aufbrechen soll.«

Thrago folgte ihm, und die beiden galoppierten zum Dhoonehaus. Inzwischen war der Mond aufgegangen, versilberte die Distelfelder und bewegte sich tief im See. Der Wind trug den Geruch von Kiefernharz heran, ein Geruch, der den Hundelord an Ärztezelte und Wundverbände erinnerte. Unter seinen Füßen wurde der erste Tau zu knirschendem Eis.

Vaylo war sich des Schweigens bewusst, das sich zwischen den drei verbliebenen Männern ausbreitete. Cluff Drybannock und Pengo Bludd hatten einander selten etwas zu sagen, aber an diesem Abend brachte ihre Feindseligkeit die Luft zum Knistern.

»Pengo«, sagte Vaylo schließlich. »Ich will, dass du hundert Männer nach Norden bringst. Reite in der Nacht zur Dhoonemauer und sichere –«

»Nein«, zischte Pengo. »Ich werde dieses Rundhaus nicht verlassen, solange der da noch hier ist.« Er wies auf Drybone. »Schick ihn doch zu diesen verfluchten Felsen – er ist keiner von uns. Ihn wird hier keiner vermissen.«

»Halt den Mund!«, brüllte Vaylo und ging einen Schritt auf seinen Sohn zu. Vaylo war dreiundfünfzig Jahre alt, aber Pengo wich immer noch vor ihm zurück. »Cluff Drybannock ist dein Pflegebruder und ein Krieger dieses Clans. Du wirst ihm den Respekt erweisen, der ihm zusteht, oder – und die Götter sind meine Zeugen – ich werde dich windelweich prügeln!«

Pengo wich noch einen Schritt zurück. Er war dunkelrot angelaufen. »Dieser Mistkerl hält sich, seit er Ganmiddich eingenommen hat, für einen Häuptling. Aber was hat es uns schon eingebracht? Er hat es nicht einmal einen Monat halten können.«

Cluff Drybannock sah Pengo mit solcher Kälte an, dass sich Vaylos Nackenhaare sträubten. Es war nicht Drys Schuld gewesen, dass sie Ganmiddich verloren hatten – Vaylo wusste, dass es sein eigener Fehler gewesen war, Dry nach Norden zu schicken, als sie bereits zahlenmäßig unterlegen gewesen waren –, aber Dry verteidigte sich nicht. Sein Stolz erlaubte ihm das nicht.

Schließlich wandte sich Dry an Vaylo und sagte: »Ich werde zur Dhoonemauer reiten.«

»Nein, das wirst du nicht!«, erwiderte Vaylo hitzig. »Diese Aufgabe fällt meinem zweiten Sohn zu.«

»Lass ihn gehen, Vater«, drängte Pengo, der einen Vorteil spürte. »Er ist nicht verheiratet. Er braucht keine Frau nach Norden zu zerren, damit er es dort bequem hat.«

Vaylo hielt einen Augenblick lang inne, um zu begreifen, was sein Sohn da sagte. Pengo glaubte doch wohl nicht, dass er seine neue Frau zur Dhoonemauer bringen konnte? Die Dhoonemauer war eine Verteidigungsanlage, die sich über die beiden wichtigsten Pässe in den Kupferhügeln zog. Sie war seit den Flusskriegen nicht mehr genutzt worden, und selbst damals war sie nie lange bemannt gewesen. Errichtet von Hawker Dhoone, war sie einmal eine Quelle des Stolzes für den Clan Dhoone gewesen; sie hatte das Dhooneland und die kostbaren Kupferminen vor den Überfällen der Verstümmelten geschützt und hatte außerdem auch die nördlichen Clans von Angriffen abgehalten. Nun waren die Kupferminen überwiegend versiegelt, weil seit langem schon Eisen das wichtigste Metall für Waffen war, und die Anzahl der Verstümmelten war seit Jahrzehnten stetig geringer geworden. Soweit Vaylo wusste, war nur eine der ursprünglichen Festungen noch bewohnbar, und auch dabei handelte es sich bestenfalls um einen eingestürzten Turm mit bröckelndem Mörtel und moosigen Steinen. Dort konnte man keine Frau hinbringen, vor allem keine, die so hochschwanger war wie Pengos Frau.

Vaylo senkte die Stimme gefährlich, als er sagte: »Du wirst zur Dhoonemauer reiten, und du wirst deine Frau nicht mitnehmen.«

»Das glaube ich nicht, Vater. Du magst im Dhoonehaus den Befehl haben, aber ich bin derjenige, der meiner Frau sagt, wo sie hingehen soll.« Pengo zupfte sich einen Strohhalm aus dem Zopf. »Und ich denke, ich werde auch die Kinder mitnehmen. Sie waren so lange in deiner Obhut, dass sie glauben, sie hätten einen alten Mann zum Vater.«

Vaylo hätte ihn am liebsten geschlagen. Pengos zwei Kinder waren seine einzigen überlebenden Enkel. Auch nur davon zu sprechen, sie in Gefahr zu bringen, war undenkbar. Es bewirkte, dass Vaylo rote Zornesflecken vor Augen hatte. »Deine Frau bleibt hier. Sie ist schwanger. Du kannst sie und die Kinder nicht zu einer eingestürzten Mauer zerren. Ich verbiete es.«

»Sie. *Sie!* Du kennst nicht einmal ihren Namen, nicht wahr? Shanna zählt für dich nur als ein Werkzeug, das gebraucht wird, um dir neue Enkel zu machen. Eine Zuchtstute. Nun, such dir andere für diesen Zweck, Hundelord, denn wenn du mich nach Norden zur Dhoonemauer schickst, wirst du Shanna und die Kinder nie wieder sehen.«

Götter, helft mir, damit ich ihn nicht umbringe! Vaylo packte seine Zöpfe mit der Faust und versuchte, nicht mit den Zähnen zu knirschen. Pengo hatte nicht vollkommen Unrecht, das konnte er nicht abstreiten. Der Hundelord konnte sich tatsächlich nicht an den Namen von Pengos neuer Frau erinnern, obwohl sie seit zwanzig Jahren Tochter des Clans war. Oh, vom Sehen kannte er sie gut genug – ein hübsches Mädchen mit der dunklen Haut und den schwarzen Augen ihrer Schwester, Pengos erster Frau –, aber er hatte zum ersten Mal mit ihr gesprochen, als sie sichtbar schwanger gewesen war. So war es mit allen Frauen seiner Söhne gewesen: Er schätzte sie, aber nur als Mütter seiner Enkel. Nun war Pengos Frau im sechsten Monat und sollte bald das erste Neugeborene des Clans seit dem Massaker auf der Bluddstraße zur Welt bringen. Sie musste in Sicherheit bleiben. Vaylo wollte dieses Kind unbedingt haben.

»Also, Vater – was ist? Schickst du einen unverheirateten Bastard aus dem Rundhaus oder mich?«

Vaylo sah Cluff Drybannock an. Seit Dry vor sechs Jahren seinen letzten Eid geleistet hatte, hatte er eine Truppe loyaler Schwertkämpfer um sich versammelt. Seine Fähigkeiten mit dem Langschwert hatten im Clanland nicht ihresgleichen, und kein Schwertkämpfer konnte ihn beim Kämpfen beobachten und ungerührt bleiben. Cluff Drybannock war Vaylos rechte Hand, schweigsam und gehorsam, und er würde bis zum Tod kämpfen, um seinen Häuptling zu schützen. *Und dennoch habe ich ihm nur so wenig gegeben: ein Schwert, ein Bett, Brüder in einem feindseligen Clan. Ich hätte ihn in aller Form als Sohn annehmen und mein Blut über seines vergießen sollen. Aber er hat nie darum gebeten, und ich dachte immer, dass für solche Sentimentalitäten genug Zeit wäre, wenn alle Kriege und Konflikte vorüber wären.*

Der Hundelord schloss die Hand um seinen Beutel mit Pulver vom Heiligen Stein, wog ihn in der Faust. Er wollte, dass Dry hier blieb, bei ihm. Wenn sie angegriffen wurden – und er wusste, dass das geschehen würde –, würde er sich mit Dry in seinem Rücken ruhiger fühlen. Pengo war ein fähiger Krieger, und er hatte eine wilde Truppe um sich gesammelt, aber ihm fehlten Drys Loyalität und Gehorsam ... und noch etwas anderes, das Vaylo nicht genau beschreiben konnte. Vielleicht die kalte und tödliche Anmut der Sull.

Drybone blickte auf und sah seinen Häuptling an. Mondlicht fiel ihm aufs Haar und auf die deutlich ausgeprägten Züge. Er trug einen Umhang aus rotbrauner Wolle, deren Saum mit Bronzeketten beschwert war, damit er sich nicht im Wind bewegte; ein Geschenk, das Ockish Bull ihm auf dem Totenbett gemacht hatte.

Dry, ich liebe dich wie einen Sohn.

Aber ich liebe meine Enkelkinder noch mehr.

Der Hundelord wandte sich seinem Sohn zu. »Du bleibst mit deinen Leuten hier im Rundhaus. Du wirst dich darum kümmern, die Grenzen in der Nähe zu sichern. Ich möchte einen Wachtposten am Östlichen Fluss im Süden und einen auf dem Feld des Verlorenen Clans im Osten. Schicke Spähtrupps aus und sorge dafür, dass alle Späher Feuerpfeile und Hörner haben.«

Pengo richtete sich ein wenig gerader auf. »In Ordnung.«

Vaylo war froh, dass er nicht mehr sagte. Froh, dass sein zweiter Sohn nicht offen triumphierte, denn das hätte er nicht ertragen können. Plötzlich fühlte er sich sehr müde und sehnte sich sehr nach Nan. Er warf einen Blick zu Drybone, der sich wieder zum See gewandt hatte, die schlanken Finger sanft im Nacken des Wolfshundes, und er wusste, dass er noch nicht fertig war.

»Pengo. Geh jetzt.«

Er hatte mehr sagen wollen, er hatte Pengo erklären wollen, wie wichtig seine Aufgabe war, dass er sich genau über das Land informieren sollte – denn Robbie Dhoone kannte sich hier aus wie kein Zweiter. Er wusste auch, dass er eine Versöhnung zwischen Pengo und Dry erzwingen und sie dazu bringen sollte, einander die Hände zu reichen und hohle Worte zu sprechen, damit zumindest ein Schein von Einigkeit gewahrt wäre. Aber er hatte nicht die Kraft dazu.

Pengo wartete, und als niemand mehr etwas sagte, grunzte er unzufrieden und führte sein Pferd vom See weg.

Er wollte bleiben, das wusste Vaylo. Er wollte wissen, was sein Vater und Dry einander zu sagen hatten, wie ein eifersüchtiger Ehemann seine Frau belauscht. Vaylo wartete, bis Pferd und Reiter das Fackellicht und die Pflastersteine des Dhoonehofs erreicht hatten, bevor er sich Cluff Drybannock zuwandte.

»Dry, ich –«

»Sprich es nicht aus.« Drys Stimme war leise, aber es lag kein Trost darin. »Ich bringe hundert Männer nach Norden. Wir brechen morgen Abend auf.«

»Nimm zweihundert – zumindest bis du die Festung wieder bewohnbar gemacht hast.«

»Nein. Ich möchte die Hälfte bei dir lassen.«

Wir haben uns so viel zu sagen, und dennoch sprechen wir nur die Sprache von Kämpfern. »Wenn du Männer zurücklassen willst, dann nur zwanzig. Wenn du glaubst, dass es keinen Sinn hat, an der Dhoonemauer zu bleiben, schick eine Botschaft, und ich rufe dich zurück.«

Drybone nickte. »Häuptling«, sagte er, und Vaylo erkannte die Endgültigkeit in diesen Worten. Es war ebenso eine Anerkennung von Vaylos Stellung wie ein Abschiedswort. Dry schnalzte mit der Zunge, um sein Pferd zu sich zu rufen, und bevor Vaylo es so recht wusste, hatte er sich schon auf den Weg gemacht.

Vaylo sah ihm nach. Der Wolfshund, hin- und hergerissen dazwischen, bei seinem Herrn zu bleiben und Drybone zu begleiten, rannte in der wachsenden Entfernung zwischen den beiden umher. Zeit verging, und schließlich kam der große gelbschwarze Hund zu Vaylo zurück. Als der Hundelord ihm die Ohren kraulte, sah er, wie der See schimmerte. Es erinnerte ihn an den Refrain eines alten Clanlieds, in dem es um Mädchen und den Mond ging und darum, mit ihnen am Ufer des Blauen Dhoonesees zu schäkern.

Schweren Herzens machte sich der Hundelord auf den Rückweg zum Rundhaus.

15
Erwachen

Licht pochte gegen ihre Lider, leichter Wind strich ihr über das Gesicht. Irgendwo weiter entfernt sang ein Vogel, und dann sagte jemand: »Sie wird wach.« *Tatsächlich?,* dachte sie träge. *Ich will eigentlich gar nicht wach werden. Schlafen ist so viel einfacher.* Die Stimme ließ sie aber nicht in Ruhe. Sie rief ihren Namen, und es lag Nachdruck hinter diesem einen Wort, das sie direkt aus ihren Träumen riss.

»Ash.«

Sie öffnete die Augen. Schwaches Tageslicht bewirkte, dass ihre Pupillen sich zusammenzogen, und Lichtflecken trieben durch ihr Gesichtsfeld wie Blasen durch Wasser. Ein Gesicht hing über dem ihren. Dunkle Augen betrachteten sie forschend, und warme, raue Hände prüften den Pulsschlag an ihrem Hals. »Willkommen daheim, Tochter. Ich danke den Göttern, dass sie dich zurückgeschickt haben.«

Das waren die schönsten Worte, die Ash March je gehört hatte. Sie versuchte zu antworten, aber ihr Kopf fühlte sich wirr an, und ihr Hals war so trocken, dass es wehtat.

»*Hass*, bring Wasser.«

Wasser wurde gebracht, und ein dünnes Rinnsal lief Ash in den Mund. Sie schluckte. Hände wurden unter sie geschoben, hoben ihren Kopf, legten etwas Weiches darunter. Sie sah nun zwei Gesichter, beide streng und auf kaum wahrnehmbare Art fremdartig, die Knochenstruktur unter ihren Wangen ein wenig anders als ihre eigene. Ark Knochenspalter und Mal Neinsager. Sie freute sich, dass ihr die Namen wieder einfielen. Es bedeutete, dass sie nicht den Verstand verloren hatte.

Sie fand ihre Stimme wieder und verzog das Gesicht, als sie krächzte und quiekte wie ein Junge an der Schwelle zum Mann. »Wie lange habe ich geschlafen?«

Die beiden Sullkrieger wechselten einen Blick. »Viele Tage«, sagte Ark Knochenspalter.

»Oh.« Ash wusste nicht, wieso sie das nicht sonderlich überraschte. Sie sah sich um. Eine Krone aus Gipfeln umgab sie, lila und blau, zerklüftet wie ein zersplitterter Knochen und schwer mit Eis überzogen. Sie hatte das Gefühl, zwischen ihnen zu treiben wie eine Wolke. Eine wirre, schmerzende Wolke. Direkt vor ihr war ein sorgfältig errichtetes Lager: ein Zelt mit Zeltstangen, eine Einzäunung für die Pferde, eine Feuergrube, sogar eine Leine über den Flammen, um Wild aufzutauen und Kleidung zu trocknen. *Es sollte kalt sein*, dachte sie abrupt. *So hoch in den Bergen und im Morgengrauen.* Aber ihr war nicht kalt, sie fühlte sich betäubt und gehätschelt. Nur die sanfteste Brise gelangte bis zu ihr.

»Wir waren in einer Höhle«, sagte sie und schaute sich weiter auf dem Felssattel um, auf dem sie das Lager aufgeschlagen hatten. Büschel von gelblichem Ziegengras wuchsen aus Rissen in den Felsen, ein trockenes Bachbett wand sich durch das Gelände, ein Sims fiel ins Leere ab. »Ihr habt mich dorthin gebracht, in den Berg ... ich ...«

»Wir haben dich zur Ader gelassen.«

Bei diesen Worten erinnerte sie sich an alles. Der Teich in der Höhle. Das Messer an ihrem Handgelenk. Blut, das das Wasser rötlich färbte. Sie schauderte. Ihre Arme lagen unter schweren weißen Fuchsfellen, und sie musste sich anstrengen, um sie zu befreien. Die Arme waren jetzt dünner, die Adern zeichneten sich wie grauer Draht unter ihrer Haut ab. Langsam drehte sie die Handflächen zum Himmel. *O Gott.*

Die Narben! Bänder von leuchtend rosafarbenen Narben überzogen ihre Handgelenke.

»*Hass*, lass den Blauen zur Ader.«

Mal Neinsager stand auf und ging zu den Pferden. Ash sah das Metall blitzen, als er das Aderlassmesser zog. Sie wollte nicht hinsehen, als er sich vor den atemberaubenden blauen Hengst kniete und die Haut oberhalb des Hufbeins aufschnitt, aber sie konnte den Blick nicht abwenden. Pferdeblut floss aus der Wunde, und der Sullkrieger fing es geschickt in einer Kupferschale auf. Mals Hände am Bein des Pferds waren sanft, als er die Ader massierte, um sie offen zu halten. Ash konnte nicht glauben, wie ruhig das Pferd blieb; es war nicht nervöser, als wenn es neu beschlagen würde. Die Schale füllte sich schnell, und Mal setzte sie ab, während er das Blut stillte und die Wunde einfettete. Bevor er die Schale wieder aufhob, bewegte er die Lippen zu einem Segen oder Dank.

Ash war nicht überrascht, als er ihr die Schale reichte. »Trink«, sagte er mit seiner tiefen Stimme. »Das gibt dir neues Blut.«

Ash nahm die dampfende Schale in beide Hände und roch den süßen, grasigen Pferdeduft. Sie wollte das Blut nicht trinken und hätte Mal beinahe gesagt, dass sie ihr Blut nicht mit Pferdeblut ersetzen wollte. Aber als sie die warme Flüssigkeit an die Lippen hob, überfiel sie schreckliche Gier, und sie trank eifrig und so hastig, dass ihr kleine Rinnsale von Blut übers Kinn liefen. Erst nachdem sie die Schale ausgetrunken hatte, schien sie wieder zu Verstand zu kommen. Mit verlegenem Lächeln reichte sie dem Neinsager die leere Schale.

»Es liegt am Eisen«, erklärte er. »Dein Körper dürstet danach.«

»Du musst jetzt schlafen«, sagte Ark und erhob sich.

»Wir werden uns unterhalten, wenn du dich ausgeruht hast.«

Ich will mich aber nicht ausruhen, wollte Ash widersprechen. Aber sie spürte bereits, wie eine Welle der Trägheit über sie hinwegschwappte, sich wie Blei auf ihre Lider senkte und sie dazu brachte, tief auszuatmen. Das Pferdeblut lag köstlich schwer in ihrem Magen, die Fuchsfelle waren auf ihrer Haut weich wie ein Hauch. Sie schlief.

Als sie erwachte, war die Sonne untergegangen. Das Glühen des Feuers schuf eine Höhle aus Licht rings um das Lager. Mal Neinsager zerlegte gerade einen Kadaver, ein riesiges, vogelartiges Geschöpf, gehäutet und glänzend von Blut. Er benutzte ein breites Messer, um den Schädel zu spalten und die Füße abzuhacken. Ark Knochenspalter war nicht weit vom Lager entfernt und saß auf dem Sims, das in die dunkle Bergnacht hinausragte, einen gewebten Teppich wie einen Umhang um die Schultern gezogen. Er spähte nach Norden zu dem großen weißen Stern.

Ash erhob sich vorsichtig und prüfte ihre Standfestigkeit, bevor sie ihren Beinen ihr ganzes Gewicht zumutete. Sie hatte das Gefühl, dass sich all ihre Muskeln in Schwamm verwandelt hatten, und es war nur gut, dass sie federleicht war, denn mehr als eine Feder hätten ihre Beine nicht tragen können. Mal Neinsager hielt einen Augenblick inne und zeigte auf eine steinige Senke, die von Büschen abgeschirmt war. Die Latrine. Ash stellte fest, dass sie keine Verlegenheit mehr in sich hatte, und suchte sich dort eine Stelle, an der sie urinieren konnte. Sie trug keine Unterwäsche, nur ein Hemd aus rauer Wolle und die Fuchsfelle, und es war einfach, die Röcke hochzuziehen und sich zu erleichtern. Als sie fertig war, kehrte sie zu Mal Neinsager zurück und erhielt von ihm einen Becher Wasser und ein Fladenbrot, das mit Körnern überzogen war. Sie aß schweigend und sah zu, wie

Mal einen Vogelwirbel nach dem anderen zerschmetterte, um an das rosafarbene Mark zu gelangen.

»Geh jetzt ein wenig umher«, sagte er nach einiger Zeit. »Beweg die Beine, bevor wir essen.«

Sie wusste, wenn sie unerwünscht war, und stand auf und sah sich um. Es schien nichts zu geben, was sich als Ziel eines Spaziergangs geeignet hätte, denn das Lager befand sich direkt am Berghang, und Felsen und dunkle Schluchten bildeten natürliche Grenzen und ließen ihr keine sonderliche Wahl. Über ihrem Kopf segelten Wolken lautlos vor den Sternen her. Auch der Mond war irgendwo, vor dem Blick verborgen, aber nach dem diffusen silbrigen Licht zu schließen, beinahe voll. Ash begann, um das Lager herumzugehen, und als Erstes bewegte sie sich auf die Pferde zu. Sie bemerkte, dass sie die Kälte nun mehr spürte als zuvor. *Sullzauber?*, fragte sie sich und erinnerte sich daran, wie Sarga Veys den Nebel am Schwarzen See weggeschoben hatte. Hatten Ark oder der Neinsager die Kälte auf ähnliche Weise weggeschoben, damit sie sich wohler fühlte?

Das alles wollte sie lieber gar nicht wissen, und stattdessen konzentrierte sie sich auf die Wärme und Gesellschaft der drei Sullpferde. Sie waren aufgewacht, um sie zu begrüßen, und streckten ihr nun die warmen, dunklen Schnauzen entgegen. Es fühlte sich gut an, dort zu stehen, bei den Pfosten mit dem Segeltuch, und den drei riesigen Tieren unsinnige Pferdedinge zu erzählen. Es heilte ein wenig von der Seltsamkeit, die inzwischen ihr Alltag war.

Als sie bereit war, ging sie weiter zu Ark Knochenspalter. Das Sims war ein spitzer Granitvorsprung, der aus dem Berg vorragte, und als Ash darauf trat, konnte sie vor sich nichts weiter als Himmel sehen. Ein leichtes Schwindelgefühl bewirkte, dass sie sich auf den Rand zubeugte.

»Setz dich lieber«, sagte Ark Knochenspalter, ohne sich

umzusehen. »Ich glaube nicht, dass du schon bereit bist, dich in den Wind zu lehnen.«

Ash setzte sich in sicherer Entfernung vom Rand hin. Ihr Herz klopfte heftig. »Wie meinst du das?«

»Es gibt einige, die es für ein geeignetes Ritual des Übergangs vom Jungen zum Mann halten, sich auf ein solches Sims zu stellen und zu warten, bis sich die Aufwinde erheben. Wenn sie die warme Luft auf den Wangen spüren, lehnen sie sich hinein und lassen sich vom Wind zurück in eine stehende Position schieben.«

»Das klingt nicht nach einer sonderlich guten Idee.«

»Wir haben auf diese Weise einige verloren«, gab Ark zu.

»Es beweist einem also, dass man Sull ist?«

Ark schüttelte den Kopf. »Nein. Dass man am Leben ist.« Zum ersten Mal fiel ihr das Grau in seinem zobelschwarzen Haar auf. »Der Mond ist in dieser Nacht voll. Bald wird er sich zeigen, und dann fangen wir an.« So etwas wie Angst rührte sich in Ashs Brust. Sie wollte keine Schnitte mehr.

Der Fernreiter hatte ihre Befürchtungen wohl gespürt, denn er sagte: »Heute wirst du anfangen zu lernen, Sull zu sein.« Nun erst sah er sie an. Sein Blick war abschätzend. »Was ist? Hast du geglaubt, die Träume, die sie dir geschickt haben, wären alles?«

Woher wusste er von den Träumen, an die sie sich kaum selbst erinnern konnte? Die Bilder waren flüchtig und verschwommen. Ein silberner Strand. Land im Mondlicht. Bilder aus Schlachten, die so seltsam und entsetzlich waren, dass sie kaum in diese Welt gehören konnten. Frierend zog Ash die Fuchspelze fester um sich. Die Sterne leuchteten auf einmal kalt und hell.

Die beiden blieben schweigend sitzen und beobachteten den Himmel, und nach einiger Zeit kam mit dem Rauch des Feuers auch der Geruch von gebratenem Wildgeflügel herangetrieben. Ash schluckte. Sie hatte das Gefühl, sich durch den Himmel zu bewegen, als würden die Wolken ihre Position nicht verändern und sie selbst stattdessen unter ihnen hindurchschweben. Trübe bemerkte sie, dass er Mond nun aufging und sein Licht wie Finger über ihr Gesicht streichelte.

»Entzünde die Flamme.«

Ash wurde von Arks Worten zurückgerissen. Sie brauchte einen Augenblick, um zu begreifen, dass er mit Mal Neinsager und nicht mit ihr gesprochen hatte und dass der Neinsager zu ihnen aufs Sims gekommen war und direkt hinter ihnen hockte. Ash verspürte so etwas wie Unbehagen. Sie hatte ihn nicht kommen hören.

Mal drehte an einer seltsam geformten Zinnlaterne, und es zischte, als strömte Gas aus. Der Neinsager hielt einen Span aus der Feuergrube über die Lampe, und eine seltsame gelbe Flamme flackerte auf. Mal verstellte das Ventil unten an der Lampe, und die Flamme veränderte sich. Sie wurde bläulich, kleiner und heller, und zischte leise wie der Wind. Ash konnte Spuren anderer Farben erkennen: zartes Lila und lebhaftere Blautöne. Nur der äußere Rand war jetzt noch gelb.

»Sull ist das Herz der Flamme«, sagte Ark Knochenspalter leise. »Die kalte blaue Mitte, aus der Licht und Hitze kommen.« Bei diesen Worten stellte der Neinsager die Lampe auf das Steinsims und schob den Ärmel seiner silbrigen Hornrüstung und des gesteppten Seidenhemds darunter hoch. »Angst ist der Feind, der uns vernichten wird. Sie erniedrigt uns und lenkt uns ab, umwölkt unser Urteilsvermögen und verliert unsere Schlachten, noch bevor der erste Schlag geführt wird. Um zu kämpfen, müssen wir uns von dieser Angst läutern und die Ruhe wiederfinden, die sich immer noch in uns befindet. Die Suche nach dieser Ruhe wird *Saer*

Rahl genannt, der Weg der Flamme. Ebenso heiß und unsicher, wie diese Flamme flackert, brennen auch wir. Aber jede Flamme, die je entzündet wurde, hat ein blaues Herz, und das versuchen wir zu erreichen.«

»*Mas Rhal.* Die vollkommene Furchtlosigkeit. Die Flamme in der Mitte aller Dinge.«

Als Ark *Mas Rhal* sagte, hob Mal Neinsager die linke Hand zur Flamme. Langsam und stetig schob er sie in das blaue Strahlen. Ash zwang sich zuzusehen, als er sie reglos dort verharren ließ und die Flammen noch lange Sekunden um seine Finger glühten.

Erst dann nahm er die Hand weg. Ash suchte in seinem eisgebräunten Gesicht nach Anzeichen des Schmerzes. Er überraschte sie, indem er ihr die Hand hinstreckte, damit sie sie sich ansehen konnte. Ash fürchtete beinahe, sie zu berühren, aber als sie es schließlich tat, war die Haut kühl, und es waren keine Spuren von Verbrennungen zu sehen, die Muskeln und Adern waren fest. Vorsichtig hob sie die eigene Hand zur Flamme hin, aber schon die Luft in der Nähe der Lampe war glühend heiß, und sie zog sie rasch wieder zurück.

Die beiden Sullkrieger beobachten sie gleichmütig. Ark sagte: »Die Luft ist heiß, aber das Herz der Flamme wird dich nicht verbrennen. Es braucht viel, um Angst zu verlieren. Unter anderem Vertrauen.«

»Ich soll dir also vertrauen? Ich soll die Hand in die heiße Luft stecken, in der Hoffnung, dass du Recht hast?«

»Nicht jetzt.«

Mal löschte die Flamme.

Seltsamerweise war Ash enttäuscht. Sie kannte sich selbst gut genug, um zu erkennen, wie sehr sie sich danach sehnte, zu ihnen zu gehören. *Tochter,* nannten sie sie. Ash wollte das Wort noch öfter hören.

Mal Neinsager erkannte ihre Enttäuschung. »Nein, Ash March, wir sind noch nicht fertig mit dir. Komm. Steh auf.«

Ash tat, was man ihr gesagt hatte, und auch die beiden Fernreiter erhoben sich. Mal nahm die Lampe und ging vom Sims zum sicheren Lager, und Ark machte die paar Schritte, die notwendig waren, um zum anderen Ende des Simses zu gelangen. Ash folgte Mal, denn sie wollte gern eine größere Entfernung zwischen sich und den Abgrund legen. Der Neinsager reichte ihr ein Seidentuch, das drei Fuß lang und eine Handspanne breit war. »Verbinde dir die Augen.«

Ihre Hände zitterten, als sie die glatte schwarze Seide über die Augen zog und mit einem Knoten festband. Sie spürte Mals Hände auf ihren Schultern, als er sie drehte und zurechtrückte. Sie stand nun wieder dem Sims zugewandt. Erste Panik drang bis zu ihrem Herzen durch. *Nein. Das ist unmöglich* ...

»Geh auf Ark zu. Er wird dich leiten.«

Ash schüttelte den Kopf.

»Ash March, ich bin schon zwei Mal mit dir unterwegs gewesen. Ich weiß, wozu du in der Lage bist.«

Ein Hauch kühler Luft berührte ihr Gesicht. Sie konnte nichts anderes als Schwärze sehen, vollkommen flach, ohne jede Tiefe.

»Such die Flamme. Vertraue dir selbst und vertraue Ark. Er wird dich nicht abstürzen lassen.« Mit diesen Worten trat Mal Neinsager von Ash weg, und sie verlor vollkommen die Orientierung. Sie horchte, aber sie hätte nicht einmal sagen können, in welche Richtung Mal gegangen war. Einen Augenblick später erkannte sie, dass sie den Kopf bewegt hatte, um ihn zu verfolgen, und nun war sie nicht mehr sicher, ob sie nicht auch den Körper bewegt hatte. In welche Richtung würde sie sich nun bewegen, wenn sie geradeaus ging? Sie vollzog, was sie für die entsprechende Anpassung hielt, aber dabei traf ihr Fuß auf eine Art von Steinschwelle. *Die war vorher nicht hier, oder? Wo ist Ark? Warum sagt er nichts?* Wieder lauschte sie, aber nun regte sich nicht einmal der Wind. Ohne es zu begreifen, hatte sie zu schwanken begonnen, und erst, als sich die Schwärze vor ihren Augen zu drehen begann, breitete sie die Arme aus, um das Gleichgewicht zurückzuerlangen. Angst ließ sie erstarren.

Ruhe. Ich muss ruhig werden. Sie stand zweifellos in Richtung des Simses – so sehr hatte sie sich nicht bewegt. Wenn nur der Wind wieder wehen würde! So würde sie es sicher wissen. *Such die Flamme,* hatte Mal gesagt. Aber es war eine zu neue Idee, und sie wusste nicht, wo sie nach dieser Flamme suchen sollte.

Schließlich atmete sie vorsichtig ein und machte einen Schritt vorwärts. Nichts Schlimmes geschah, keine Wurzeln ließen sie stolpern, keine Felsspalte, die sie zuvor nicht bemerkt hatte, verschlang sie. Ermutigt von diesem kleinen Erfolg machte sie noch zwei Schritte. Beim dritten bemerkte sie, dass der Boden flacher wurde. Bedeutete das, dass sie das Sims erreicht hatte? Was, wenn sie auch nur ein paar Fuß entfernt war? Plötzlich wurde sie von einer Angst überwältigt, dass sie doch gefährlich weit vom Weg abgekommen war und nun auf den flacheren Teil des Überhangs zueilte und nicht zu dem Vorsprung, auf dem Ark wartete. Schon ein einziger Schritt, und sie könnte über den Rand hinausstürzen.

Sie hatte Angst, sich zu bewegen, aber sie versuchte, sich zu beruhigen. Der Neinsager hatte ihr erklärt, dass Ark sie nicht fallen lassen würde. Sie musste das einfach glauben. Er hatte sie Tochter genannt – welcher Vater würde das Leben seines Kinds aufs Spiel setzen?

Einer namens Penthero Iss. Ash schob die Gedanken an ihren Pflegevater beiseite. Er hatte sie nicht geliebt. Oh, er hatte es behauptet, und sie hatte es geglaubt. Aber das bedeutete nur, dass er ein Lügner gewesen war, und sie dumm. Für Penthero Iss war sie nur ein Werkzeug gewesen, mit dem er größere Macht erreichen konnte.

Zorn und Kränkung ließen sie mehrere ungeplante Schritte machen. Und dann spürte sie es: der Aufwind, der an ihrem Körper entlang hochstieg, ihren Rock aufblähte und ihr Haar wehen ließ. *Ich bin auf dem Sims.* Ihr Herz erstarrte. Muskeln tief in ihrem Körper wurden schlaff, und sie war plötzlich froh, dass sie ihre Blase erst kürzlich entleert hatte. Wo war Ark? Wieso sagte er kein Wort?

Sie konnte sich nicht mehr rühren. Vor ihrem geistigen Auge sah sie die tiefe Schlucht, die zerklüfteten Felsen, die ihr im Sturz die Haut von den Beinen reißen würden, und den dunklen Ort, an dem sie aufprallen würde. Niemand würde sie je finden, selbst die Sull nicht. Sie schauderte heftig. *Ich hätte die Flamme berühren sollen. Das wäre leichter gewesen. Wenn die Sull einem eine zweite Chance geben, ist sie immer schlechter als die erste – das sollte ich inzwischen eigentlich wissen.*

Das ärgerte sie, aber es ließ sie auch lächeln. Sie war nun selbst Sull; sie hatte ihr eigenes Blut vergossen, um Platz für das der Sull zu machen

Such die Flamme.

Aber wie? Sie hatten ihr nicht gesagt, wo sie sie finden konnte. Der Aufwind drückte gegen ihre Brust, schob sie zurück. Da draußen waren die Sterne, hoch über dem Sims, und sie glaubte beinahe, sie spüren zu können. Sie tanzten wie blaue Regentropfen. Sie konnte sich dieses Blau jetzt vorstellen, nicht auf der Seide, die über ihren Augen lag, sondern tief in ihr, in den Adern, in denen nun Sullblut floss. Es war ein winziges Flackern, ein Leuchtfeuer, das ihr den Weg wies. Langsam, ganz langsam entspannte sie sich und fand einen Zustand, der dem Schlaf ähnlich war.

Ich habe nichts zu befürchten. Ark wird mich retten, wenn ich falle.

Und damit machte sie noch einen Schritt. Einen winzigen Augenblick war die Welt unter ihr verschwunden, und sie wusste, wie es sein würde, dem Tod entgegenzutreten – und dann spürte sie Arks starke Hände, seine Arme um ihre Taille, die sie umschlangen und zurückzogen. Sie umarmte ihn wild; Freude und Aufregung rauschten durch ihr Blut. Er roch gut, nach Pferden und Holzrauch und diesem schwachen, fremden Duft, der bedeutete, dass er Sull war.

»Tochter«, sagte er, »ich kenne keinen Sullkrieger, der einen schlechteren Orientierungssinn hat als du.«

Sie lachte laut und zog sich die Seide von den Augen, um festzustellen, wovon er sprach. Sie hatte das Sims vollkommen verpasst und stand tatsächlich am niedrigsten Rand, wie sie befürchtet hatte. Sie konnte sich kaum vorstellen, wie schnell Ark zu ihr hatte eilen müssen.

Er lächelte grimmig, als er sie ins sichere Lager zurücktrug. *»Hass«*, sagte er zum Neinsager, »wir müssen dieser Kriegerin die Kunst des Wegfindens beibringen, denn sonst werden wir sie verlieren.«

Er setzte Ash auf einem weichen blauen Teppich vor der Feuergrube ab, und Mal Neinsager, der große eisäugige Krieger mit dem steinernen Gesicht, zwinkerte ihr zu und sagte: »Nein. Ash March wusste, wohin sie ging. Sie wollte nur die Reflexe eines alten Mannes prüfen.«

Ark Knochenspalter lachte leise. »Ihr verschwört euch gegen mich, ihr beiden. Ich werde daran denken, Neinsager, wenn ich das nächste Mal Stahl zu deiner Verteidigung ziehe.«

»Dann sollte ich lieber mit zwei Klingen kämpfen. Eine für meinen Feind und eine für dich.«

Die Worte klangen wie ein altes, lange eingeübtes Spiel, und die beiden Fernreiter sahen einander dabei mit gekünstelter Strenge an. »Nun gut«, sagte Ark schließlich und gab zu, dass Mal ihn niedergestarrt hatte. »Hast du vor, uns etwas von dieser Bergente abzugeben, oder willst du uns nur mit dem Duft foltern?«

»Es ist ein Steinadler«, verbesserte der Neinsager würdevoll. »Dieser Sull weiß nichts von Bergenten.«

Ash musste die Lippen zusammenkneifen, um nicht weiterzugrinsen. Sie zitterte vor Erleichterung. Der Tod, den sie im Geist vor sich gesehen hatte, war so wirklich gewesen, dass sie sich fragte, ob sich die Welt nicht geteilt hatte und eine Ash gestorben war, während die andere weiterlebte. Der Neinsager reichte ihr eine Schale mit Brühe und Vogelfleisch, immer noch mit leicht beleidigter Miene. Die Brühe war köstlich, stark und dunkel und mit Kardamom und Kümmel gewürzt. Das Fleisch war mager und zäh und hatte eine Schärfe, die Ash an Wildschweinfleisch erinnerte. Sie aß alles und hielt dann die Schale hin, weil sie noch mehr wollte. Während sie sich mit diesem Nachschlag beschäftigte, hob Ark die Stimme.

»Weißt du, warum wir dich dazu gebracht haben, das zu tun?« Ash schüttelte den Kopf. »Mit verbundenen Augen auf ein Sims zu gehen ist die Art der Sull, Krieg zu führen. Wir kämpfen im Dunkeln, den Abgrund unter uns, und jeder Schritt, den wir machen, ist unsicher. Der Krieg gegen die Herren der Finsternis ist ein Tanz mit dem Schicksal. Wenn wir Menschen bekriegen, setzen wir unser Leben aufs Spiel. Beim Kampf gegen die Herren der Finsternis können wir unsere Seelen verlieren.«

»Und unsere Identität«, fügte der Neinsager leise hinzu.

»So ist es.« Auf Arks Gesicht zeichneten sich intensive Gefühle ab. Er setzte sich aufrechter hin, so dass Feuerlicht und Schatten über sein Gesicht flackerten. »Ash March, du bist jetzt eine Sull. Die Gesetze der Menschen gelten nicht mehr für dich. Du musst eine neue Art des Seins lernen: wie du ohne jegliches Zögern zum Rand des Simses gehst und in deinem *Rhal* lebst. Kräfte erwachen in dir, und es fällt uns als *Mayji* zu, dich zu führen und zu belehren.«

Ash fuhr mit dem Finger über den Rand der Schale. Es war einen schöner Gegenstand, bei dem eine Glasur über die andere gelegt worden war, bis die Farbe solche Tiefe hatte und so durchscheinend war, dass es Ash vorkam, als schaute sie in den Nachthimmel. *»Mayji?«,* fragte sie, denn sie wollte lieber erst über diese Einzelheit reden als über die größeren Wahrheiten, die er ihr gesagt hatte.

»Wo du herkommst, gibt es kein richtiges Wort dafür. Man könnte vielleicht annähernd von einem Lehrer, Meister oder Ältesten sprechen.«

»Warum hast du mir auf dem Sims nicht geholfen? Der Neinsager sagte, du würdest mich leiten.«

»Vielleicht habe ich es ja getan, und du hast es nicht gemerkt.«

Ash schwieg. All ihr Triumphgefühl darüber, vom Sims getreten und aufgefangen worden zu sein, verschwand, und nun fürchtete sie, nur leichtsinnig und nicht mutig gewesen zu sein.

Ark Knochenspalter sah ihr all das an und widersprach nicht. Er begann, das Feuer für die lange Winternacht abzudecken. »Es gibt viel zu lernen und nur wenig Zeit. Morgen reiten wir weiter nach Osten. Im Kargland kommt ein Unwetter auf, und hier ist es nicht mehr sicher. Schlafe und komme zu Kräften. Wir werden noch vor dem Morgengrauen aufstehen.«

Ash kam sich vor, als hätte er sie entlassen. Sie rollte ein Fuchsfell zu einem Kissen zusammen und legte sich zum Schlafen nieder. Durch halb geschlossene Augen sah sie, wie sich die beiden Fernreiter erhoben und ein Stück vom Lager weggingen. Sie unterhielten sich leise. Einmal drehte sich Ark nach ihr um, und sie wusste, dass sie von ihr sprachen. Nach einiger Zeit kehrte der Neinsager zur Feuergrube zurück, hockte sich dort nieder, vom Feuer abgewandt, und zog sein Schwert.

Die Klinge glitzerte mit dem reinsten Licht. Ash erinnerte sich, dass die Sull von Meteorstahl gesprochen hatten, denn das Eisen und die anderen Metalle, aus denen diese Waffe geschmiedet war, stammten aus Steinen, die vom Himmel gefallen waren. Als Mal bemerkte, dass Ashs schläfriger Blick auf der Waffe ruhte, holte er ein Eichhörnchenfell und einen Tiegel Tungöl heraus und begann, die Klinge einzufetten. Ash erkannte das sofort als Täuschung. Mal wollte sie schützen, und zwar gegen einen so schnellen, so unsichtbaren Feind, dass er fürchtete, auch nur den winzigen Augenblick zu verlieren, den es ihn kosten würde, das Schwert zu ziehen. Er war stets kampfbereit, auch wenn er nun so tat, als pflegte er seine Klinge.

Ash sah sich nach Ark Knochenspalter um. Es brauchte einen Moment, bis sich ihre Augen an die Dunkelheit hinter der Feuergrube gewöhnt hatten, und noch länger, um die Gestalt des Sullkriegers zu erkennen, der sich lautlos dort bewegte. Er hielt einen Beutel mit schwerem Inhalt in der Hand, und alle paar Sekunden hielt er inne und holte etwas Kleines, Helles aus dem Beutel und legte es auf den Boden. Während er das tat, bemerkte Ash, dass es im Lager wärmer und ruhiger wurde, wie am Morgen, als sie aufgewacht war. *Schutzzauber.* Sie bekam eine Gänsehaut. Diese Männer schliefen beide nicht, um sie und ihr Lager zu sichern.

Aber wogegen? Ash wusste, sie sollte nicht darüber nachdenken und stattdessen schlafen. Langsam ließ sie ihre Gedanken schweifen. Sie fragte sich, wo Raif in dieser Nacht wohl war. Hatte er sich auf den Heimweg ins Clanland gemacht? Hasste er sie für das, was sie getan hatte? Schwitzend wälzte sie sich unter den Fuchsfellen hin und her. Als sie träumte, waren diese Träume trübe und flüchtig und gaben ihr keinen Frieden.

Ark Knochenspalter weckte sie in der vielschichtigen Dunkelheit vor dem Morgengrauen. Das Lager war bereits abgebaut, die Packpferde waren beladen. Es war wieder bitterkalt, und Nebelschwaden glitten über die Felsen. Mal Neinsager war nirgendwo zu sehen. »Er ist vorausgegangen«, sagte Ark und reichte ihr eine Schale dampfender Brühe. »Wir folgen seiner Spur und treffen ihn am Mittag. Er kann sich zu Fuß in den Bergen schneller bewegen.«

Ash war nicht sicher, was das zu bedeuten hatte. Sie glaubte, dass Ark müde aussah, und sagte: »Diese Dinge, die du gestern auf den Boden gelegt hast – was war das?«

Der Blick, mit dem er sie bedachte, war nicht freundlich. »Deine Reisekleidung hängt am Feuer. Sei bereit, bis ich die Pferde gefüttert habe.«

Ash war über diese barsche Behandlung gekränkt. Es tat ihr weh zu bemerken, dass es ein paar Geheimnisse gab, die der Sullkrieger ihr noch nicht verraten wollte. Sie hob die Schale und ließ den Dampf zu ihrem Gesicht aufsteigen. Irgendwo auf den Abhängen pfiff ein Schneefink im Morgengrauen. Der Wind war ruhelos, und es lag eine gewisse Feuchtigkeit darin, die Schneeregen ankündigte.

Ash stand auf, knetete die Starre aus ihren Muskeln und versuchte festzustellen, ob sie sich kräftiger fühlte als am Tag zuvor. Vielleicht ein wenig. Ihr Blick schweifte zu dem Haufen von Pelzen und Kleidung, der neben den Überresten des bereits mit Steinen und Erde bestreuten Feuers lag, damit er warm wurde. Etwas Helles, Silbriges blitzte oben auf ihrem Wollkleid. Ein Haarring. Ash ging schnell darauf zu und holte ihn sich. Das Metall war weiß und glänzend, so glatt geschliffen wie ein Ehering und kalt wie Eis. Sie hatte ähnliche Ringe im Haar der Fernreiter gesehen und bemerkt, dass sie im Morgenlicht heller glitzerten als in der Sonne. Jetzt hatten sie ihr auch einen gegeben. Sie suchte in ihren Taschen nach einem Kamm, denn sie wollte sich nun schnell frisieren. Als sie den daumendicken Ring durch die hellen Locken zog, kam Ark mit den Pferden zurück.

Er trug unter dem Vielfraßumhang seine vollständige Rüstung und hatte die Waffen so umgeschnallt, dass er sie sofort ziehen konnte, in einem Harnisch mit mehreren Scheiden auf seinem Rücken. Ash sah zwei Schwerter, einen doppelt gebogenen Bogen, einen Dolch und eine Axt. Ein sechs Fuß langer Speer war an den Sattelriemen des Blauen angebracht, das stumpfe Ende steckte sicher in einem Schuh aus gelbem Horn. Ark deutete auf den Haarring und sagte: »Der Neinsager wollte dir ein Geschenk machen. Du solltest wissen, dass die Ersten Götter, nachdem sie den Mond geschaffen hatten, dieses Metall machten, damit es sein Licht einfängt.«

Gerührt zog Ash ihren Pferdeschwanz durch den weichen Ring.

»Es verschwindet in deinem Haar.« Arks Stimme war sehr leise. Abrupt stieg er in den Sattel. »Ich warte am Bachbett.«

Ash zog sich rasch an und packte ihre Decken und geringen Vorräte auf den wunderbaren grauen Hengst des Neinsagers. Die Schnallen am Zaumzeug des Grauen glänzten wie Spiegel, und Ash entdeckte ihr eigenes Spiegelbild in ihnen. Sie zuckte zusammen. Warum hatte niemand erwähnt, dass ihre Augen jetzt blau waren?

Morgenlicht zeigte sich am Horizont, als sie und Ark das Lager verließen. Der Weg führte sie erst nach Osten, dann nach Süden, vorbei an gefrorenen Bergbächen, verfilztem Weidengebüsch und Wiesen mit Gras, das das Eis längst abgetötet hatte. Für Ash war der Weg beinahe unsichtbar, aber Ark sagte, der Neinsager hätte ihn vorbereitet, und zeigte ihr die Spuren im Reif, nach denen sie Ausschau halten musste. Ash schaute sich die unteren Flächen von Granitfelsen und die Stämme abgestorbener Bäume an, aber sie sah nichts. Als sie ernsthaft ungeduldig wurde, konnte sie endlich etwas entdecken – ein heller Daumenabdruck, kaum wahrnehmbar, den man leicht für eine natürliche Veränderung im Frost hätte halten können –, an einem nach Norden weisenden Ast einer umgestürzten Kiefer. Ark nickte erfreut. »Er sagt uns, dass es im Norden fließendes Wasser gibt, wenn wir hier vom Weg abweichen wollen.« Ash war gerade damit beschäftigt, den Grauen über eine schwierige Felsentreppe zu lenken, aber es gelang ihr immer noch, Ark einen ungläubigen Blick zuzuwerfen.

Der Fernreiter sah das und wurde merklich kühler. »Die Wegzeichen machen uns verwundbar. Wenn ein Feind sie lernte, könnte er uns verfolgen. Wege, die nur wir kennen, würden auch ihm enthüllt; heilige Orte und Wegsteine, Pfade, die die ersten *Mayji* und die Alten vor langer Zeit anlegten. Wenn ich dir die grundlegenden Teile der Überlieferung erkläre, kommt dir das vielleicht wie eine Kleinigkeit vor, aber kleine Dinge können schnell wachsen und mehr werden. Sobald ich dir die inneren Geheimnisse der Überlieferung beibringe, gebe ich dir eine Waffe in die Hand, mit der du uns vernichten kannst.«

Ash nahm den Tadel mit gesenktem Kopf entgegen. Ark ritt vor ihr hier, sein Rücken starr vor Sullstolz. Sie ritt lieber nicht neben ihn, sondern ließ den Grauen hinter ihm in

Schritt fallen. Sie hatte das Gefühl, diesen Leuten kein bisschen näher gekommen zu sein als bei der ersten Begegnung – aber sie würde lernen und weiser werden. Und sie würde eine von ihnen werden.

Der Morgen verging langsam, der Nebel wich dem Schneeregen, und graues Unwetterlicht ließ den Schnee dunkler werden. Ash begriff nur, dass es Mittag war, weil Ark sie anhalten ließ. Sie ritten durch ein schmales Tal, in dem sich die ersten aufrecht stehenden Bäume befanden, die sie den ganzen Tag gesehen hatte, und Ark ließ die Pferde ruhen, während sie auf den Neinsager warteten. Sie zündeten kein Feuer an und schnitten kein Fleisch ab, und Ash war gezwungen, in ihrem Gepäck nach Fladenbrot zu suchen. Sie hatte Hunger, und ihre Oberschenkel taten weh, weil sie auf dem Grauen gesessen hatte. Der Fernreiter nahm kaum Notiz von ihr. Er ging ein Stück ins Tal hinein, ließ den Blick über die Baumgrenze schweifen, und Schneeregen tropfte von seinem grauen Vielfraßumhang.

Die Zeit verging, und noch immer gab es keine Spur vom Neinsager. Ark spürte eher, als dass sie sah, wie Ark Knochenspalter unruhiger wurde. Der Fernreiter stand nun reglos da, hatte einen Fuß auf einen Basaltbrocken gestellt und die Hände um den Schaft seines Speers gelegt, auf den er sich stützte. Als eine dunkle Gestalt durch die Bäume brach, hob Ark den Speer. Es gab einen Augenblick, in dem Ash glaubte, er würde ihn werfen, aber dann erkannte er seinen *Hass* und ließ das stumpfe Ende wieder auf den Boden sacken.

Der Neinsager bewegte sich rasch durch den wirbelnden Schneeregen. Ash sah, dass er das Langschwert mit dem Rabenkopfknauf gezogen hatte, und sie wusste, dass sie in Gefahr waren. Als Ark ihm entgegenging, tat sie es ihm nach. Der Neinsager richtete den Blick seiner eiskalten

Augen nur kurz auf seinen *Hass*. »Wir müssen einen anderen Weg nach Osten nehmen. Ein *Maeraith* bewacht den Eingang zur Spaltstraße.«

Ash warf einen Blick auf sein Schwert und sah etwas von der Spitze tropfen, das so schwarz wie die Nacht war und sich wie Säure in den Schnee fraß.

16
Totgeburt

Raif hockte hinter einem Steinhaufen und beobachtete sein Wild. Es war Vormittag, trocken und bitterkalt, und der Wind saugte alle Feuchtigkeit aus dem Schnee und fegte ihn so trocken wie Seesalz über die Tundra. Raif hatte Glück gehabt, so spät noch eine Herde in dieser Region zu finden. Und das war deshalb noch besser, weil er die letzten drei Abende damit verbracht hatte, sich einen Speer zu machen. Der Speer war sechs Fuß lang und bestand aus weißem Stechpalmenholz, das er im Schutz eines trockenen Flussbetts gefunden hatte. Die Spitze hatte er über dem Feuer gehärtet. Clansmänner nannten solche Speere »Hurenstöcke«, weil sie nur für einen Stoß gut waren, und wenn man fehlte, ging man hungrig ins Bett. Raif hatte noch keinen großen Hunger, aber er hatte genug von getrockneten Seehundzungen und Tran. Er wollte frisches Fleisch.

Und noch mehr hungerte er nach der Jagd. Er hatte schon so lange nicht mehr getötet.

Er war weiter nach Osten gezogen, stets nach Osten, entlang des harten, felsigen Rands zwischen dem Ödland und dem Kargland. Hier, östlich von Blackhail und nördlich der Kupferhügel, gab es viele Schluchten: Das Land war von einer uralten Katastrophe aufs Absurdeste zerrissen worden, erhob sich zu felsigen Vorsprüngen und windgepeitschten Kämmen und sank tief zu ausgetrockneten Flussbetten, Schluchten und Rissen, die tiefer waren als Schluchten. Alles war scharfkantig und trostlos und glitzerte von einer Schicht Reif, die sich wie Kalkschuppen auf allem sammelte. Raif kannte dieses Land nicht, und er hielt sich an wenig mehr als Gerüchte. Angeblich jagten Dhoonemänner hier im Herbst, um ihren Anteil an den großen Herden von Elchen zu beanspruchen, die nach Süden zogen, um Zuflucht vor dem Winter zu finden. Von dort aus, wo er nun hockte, konnte Raif die Kupferhügel im Süden erkennen, ihre kahlen Kuppen lila von Heidekraut und wie von Dunst umhüllt, weil sie schon so weit entfernt waren; ihre Abhänge durchzogen von dunklen Linien, die entweder für Wildpfade oder die alten Gemäuer der Dhoonemauer standen.

Raif hatte aufgehört, die Tage zu zählen. Er wollte nicht darüber nachdenken, was im Fort der Abschwörer geschehen war, und seine Erinnerungen an die Zeit danach waren auch alles andere als gut. Das Ödland in der Nähe des Landes von Blackhail zu durchqueren war etwas, was er nie wieder tun wollte. Er hatte versucht, den alten Lagerplatz zu umgehen, hatte einen meilenweiten Umweg auf sich genommen, war nach Norden ausgewichen, zur großen Eiswüste des Karglands, aber als er daran vorbeikam, hatte er es dennoch gespürt: Hier befand sich der Ort, an dem sein Vater gestorben war.

Er schlief nun nur noch selten gut und erwachte unruhig und müde. Er war langsamer geworden, und er wusste, er bewegte sich am zerklüfteten Rand seiner Energie – er schwankte zwischen Augenblicken extremer Wachsamkeit und vollkommener Gedankenlosigkeit –, was ein Ergebnis des Schlafmangels war.

Nun war er wachsam und konzentrierte sich auf die Herde, die in dem ausgetrockneten Flussbett drunten nach Kiefernrinde und Weiden suchte. Elche, sechzig von ihnen, angeführt von einer uralten narbigen Kuh mit einem Geweih so breit und dunkel wie ein Galgen. Sie zogen nach

Norden, und ein paar Kühe waren dick von Kälbern. Andere waren alt und mager, ihre Wangen hohl, ihr Fell von nässenden Wunden verdorben. Raif wählte sich eine junge braune Kuh, die noch kaum ihre Kälberflecken abgelegt hatte und die einen umgestürzten Stamm gefunden hatte, an dessen Rinde sie fraß, und ein wenig hinter der Herde zurückgeblieben war. Der Wind trieb Raifs Menschengeruch von ihnen weg. Die Kuh befand sich beinahe direkt unter dem Steinhaufen und fraß.

Raif setzte den Rucksack am Boden ab, damit er beide Hände für den Speer frei hatte. Der Umhang des Toten lag wie eine Lage jungfräulichen Schnees auf seinem Rücken. Orrlmänner waren unvergleichliche Weißwinterjäger, und ihre Umhänge wurden überall im Clanland bewundert. Einige behaupteten, sie würden aus den gegerbten Fellen seltener weißer Auerochsen hergestellt, deren Leder man dann mit einem geheimen Lack überzog, so dass es die Farbe mit dem Wind veränderte. Es war seltsam, dass er nun schon so lange einen dieser Umhänge besessen und ihn bis zu diesem Tag nie zur Jagd benutzt hatte.

Das Leittier röhrte, als Raif begann, hinter seiner Deckung herauszuklettern, und mahnte die Herde, Schritt zu halten. Die kleine braune Kuh zögerte. Raif begann sich vorwärts zu bewegen, glitt über den Kamm, versuchte, die Bewegungen abwärts gleitenden Schnees nachzuahmen. Die Braune riss den Kopf hoch, erschrocken über das Geräusch eines einzelnen rutschenden Kieselsteins. Raif erstarrte. Er spürte, wie der Wind über seinen Orrlumhang wehte, und sah, wie der Blick der Elchkuh über ihn hinwegging und sich stattdessen auf den Stein heftete, den er bei seinem Abstieg losgetreten hatte. Sekunden vergingen. Die Braune kaute weiter auf dem Rindenstreifen, den sie abgerissen hatte. Raif wartete. Die Kuh war nun so misstrauisch, dass sie nicht zu dem Stamm zurückkehrte, sondern sich stattdessen nach Norden wandte, um zu sehen, wie weit die Herde schon gekommen war. Raif bewegte sich, als sie sich umgedreht hatte, glitt über den Hang wie der Wind. Beinahe ohne nachzudenken, richtete er den Blick auf die Brust der Braunen und suchte nach dem hellen Unterfell, das die Rippen verbarg.

Als die Ohren des Tiers in Reaktion auf etwas zuckten, was kein Menschenohr hören konnte, nahm Raif sein Herz ins Visier. Es war größer als das eines Menschen und schlug schneller, und schon erfüllte es sein Blickfeld wie eine Fackel, die man ihm direkt ins Gesicht hielt. Tierhitze umgab ihn, und die Angst der Kuh, die er nun selbst verspürte, nahm ihm beinahe den Atem.

Die Kuh sprang. Raif sprang ebenfalls. Der Abhang ließ ihn schneller werden, und einen kurzen Augenblick lang bewegte er sich schneller als das Tier. Er hob den Speer, sprang los, legte die Entfernung zwischen Mensch und Tier zurück. Die Speerspitze fand die Stelle zwischen der dritten und der vierten Rippe, und mit einem Blick, der auf einen Punkt außerhalb seines Gesichtsfelds konzentriert war, stach er zu. Ins Herz.

Die Braune fiel, und er stürzte mit ihr vorwärts. Der Speer brach, als Raif darauf fiel. Blut spritzte ihm ins Gesicht. Die Herde floh voller Panik, rannte die Nordseite des Flussbetts hinauf, riss dabei Büsche aus und trat Steine los. Eine Wolke aus Schnee und Staub stieg um ihre Hufe herum auf. Raif brach über der Kuh zusammen, nun vollkommen erschöpft. Mehrere Minuten lang konnte er nur atmen. Er hatte einen metallischen Geschmack im Mund, aber nicht einmal mehr die Kraft auszuspucken.

Langsam beruhigte sich sein Atem, und er stemmte sich

hoch. Seine Pelze und der Umhang waren durchtränkt von Blut, das schnell abkühlte. Er fühlte sich ein wenig schwindlig und überhaupt nicht bereit, den dreihundert Pfund schweren Kadaver zu zerlegen; er hörte die Stimme seines Vater, die eine alte Warnung aussprach – *Wenn du es tötest und nicht isst, ist das eine schändliche Verschwendung von Leben* –, und seine Jägerinstinkte setzten wieder ein.

Er hatte allerdings nicht vor, die Haut aufzuheben, und machte einen Schnitt von der Kehle bis zwischen die Hinterbeine, um die Eingeweide herauszuholen. Das Herz rutschte oben auf der Lunge heraus, ein Muskelbrocken, in dem noch die Speerspitze steckte. Raif versuchte, es nicht anzusehen, als er die Leber herausholte und den Kadaver von den Innereien wegzerrte.

Als er den Abhang wieder vor sich sah, wusste er, dass er nicht mehr die Energie haben würde, seine Beute dort hinaufzutragen, also beschloss er, dem ausgetrockneten Flussbett nach Süden zu folgen, bis er einen geschützten Bereich finden würde, in dem er sein Lager aufschlagen konnte. Er aß die Leber noch während er arbeitete, aber es gelang ihm nicht, die übliche Freude des Jägers an dem blutigen Fleisch mit dem ausgeprägten Geschmack zu finden. Als er zu einem Felsvorsprung an einer Stelle kam, wo wohl einmal ein Nebenfluss des toten Flusses eingemündet war, hielt er inne. Die Stelle würde genügen. Es war Mittag, und die Sonne stand sehr niedrig und war beinahe weiß an einem knochenbleichen Himmel. Raif suchte eilig Feuerholz zusammen und machte sich nicht die Mühe, trockenes Holz zu finden, das besser brannte, solange grünes Holz in der Nähe zu haben war. Er wusste, er sollte sein Lager nicht schon so früh aufschlagen, aber er redete sich ein, dass es das Vernünftigste war. Er musste den Kadaver zerteilen und

Fleisch kochen und räuchern; dass er einen halben Tag verlor, war unbedeutend.

Mit seinem Ritterschwert hatte er die Metzgerarbeiten schnell hinter sich gebracht, obwohl es nicht fein genug war, um damit auch Fleisch zwischen den Rippen herauszuschneiden, und zum Häuten war es ganz und gar nutzlos. Nachdem er eine behelfsmäßige Feuergrube aus Steinen gebaut hatte, legte er eine Keule zum Braten aufs Feuer und hängte Fleischstreifen auf Weidenstäbe, um sie zu räuchern. Dann stellte er fest, dass er gerne etwas anderes trinken würde als schlichtes Wasser, und füllte seinen einzigen Topf mit Streifen von Birkenrinde, trockenen Beeren und Quellwasser und stellte ihn auf einen Wärmstein.

Als Nächstes machte er sich daran, das Schwert zu reinigen. Diese Jagdrituale waren ihm sehr vertraut und seltsam beruhigend. Töten, zerlegen, säubern. Er hatte das alles so oft getan, dass er es nun ohne Nachdenken erledigen konnte, und das gefiel ihm. Oder zumindest glaubte er das, bis seine Gedanken zu anderen, ähnlichen Gelegenheiten schweiften. Er erinnerte sich an den Sommer, als Dagro Blackhail und seine zehn besten Männer nach Süden geritten waren, weil es dort angeblich eine Vierhundert-Pfund-Sau mit sechzehn Ferkeln gab. Sie war wirklich ein Riesenvieh gewesen, silbern und schwarz wie der Hailstein selbst. Raif musste grinsen, als er sich erinnerte, wie er und Drey heimlich den Jägern gefolgt waren, entschlossen, dieses Abenteuer nicht zu verpassen, und geglaubt hatten, dass niemand sie bemerkte. *Bei den Steinen!* Sie hatten nichts als Ärger gemacht, als die Jäger die Sau schließlich aus dem Unterholz getrieben hatten. Dagro selbst trieb das Tier … und genau an die Stelle, wo Raif und Drey sich versteckt hatten. Raif lernte an diesem Tag mehr Flüche als in einem ganzen Jahr an der Feuerstelle seines Vaters. Ihre Pferde rissen aus, aber Drey, nicht älter als zwölf und noch nicht voll ausgewachsen, hatte die Geistesgegenwart, seinen Speer zu werfen.

Dieser Speer rettete ihnen das Leben. Er traf tatsächlich die Kehle der Sau, und dieser Schmerz und der Schreck über die fliehenden Pferde trieben das Tier dazu, umzukehren und in die Gegenrichtung zu rennen.

Als die Sau später tatsächlich getötet wurde und ganze Ströme von Schweineblut den Waldboden zu Schlamm machten, wurden Drey und Raif vor den Häuptling gerufen. Raif erinnerte sich immer noch an Dagro Blackhails Furcht erregende Miene und daran, dass er Schweißtropfen und Blasen vom Sonnenbrand auf dem Nasenrücken gehabt hatte. »Wer von euch hat den Speer geworfen?«, fragte er, stellte den Fuß auf den Hals der Sau und riss den Schaft mit dem Sevrance-Zeichen aus dem Fleisch. »Redet«, brüllte er, als sie nicht antworten wollten. »Wenn ihr nicht freiwillig redet, werde ich die Antwort aus euch herauspeitschen.« Raif erinnerte sich deutlich daran, wie Drey ihn berührt hatte, wie er mit den Fingern leicht seine Hüfte streifte – eine Warnung zu schweigen, was immer auch geschehen mochte.

Dann hatte Drey einen Schritt vorwärts gemacht.

»Häuptling«, sagte er, und seine dünne Jungenstimme ließ das Wort seltsam förmlich klingen, »der Speer wurde von zwei Händen geworfen – meiner und der meines Bruders.«

Dagro kniff die Augen zusammen. Eine ganze Minute verging, und dann grunzte er: »Eine gute Antwort, Junge. Hier, Nimm mein Messer und schneide für dich und deinen Bruder den Anteil eines Jägers ab.«

Raif hatte das alles erst verstanden, als er beobachtete,

wie Dagro Blackhail Drey beim Aufschneiden des Kadavers zusah. Dagro wusste, dass Drey den Speer geworfen hatte, und er wusste auch, dass Drey den Ruhm mit seinem Bruder geteilt hatte, damit Raif auf keinen Fall bestraft würde. Drey selbst hatte sich mit seinem Speerwurf Immunität verschafft und würde nicht für das schreckliche Vergehen bestraft werden, sich in die Jagd des Häuptlings eingemischt zu haben. Aber für Raif galt das nicht. Wenn Drey ihn nicht beschützt hätte, hätte ihn der schreckliche Zorn des Häuptlings getroffen. Und Dagro hatte erkannt, wie ein Bruder den anderen schützte, und sich davon rühren lassen.

Die Sauleber war das Beste, was Raif je gegessen hatte. Er konnte sie immer noch schmecken, sie hatte nach Zucker und Eicheln und Liebe geschmeckt.

Raif spürte einen schmerzlichen Stich genau auf halber Länge seiner Wirbelsäule. Seine Nackenhaare sträubten sich, als eine Stimme sagte: »Hm, Keulenfleisch. Davon hätte ich auch gern etwas. Schneide mir ein Stück ab, Junge, und tu es so langsam, wie deine Mutter sich zum Pinkeln hinhockt.«

Die Stimme war rau und leise, und mit ihr kam der Gestank von Salzfleisch. Die Sonne stand Raif im Gesicht, und der Mann befand sich hinter ihm, also konnte er nicht an seinem Schatten abschätzen, wie groß er war. Er hatte sich von hinten angeschlichen, zweifellos angezogen von dem Rauch und dem Geruch von frischem Braten. Raif verfluchte seine eigene Dummheit. Er war so in Gedanken an Drey und die Vergangenheit versunken gewesen, dass er vergessen hatte, dass er hier allein sein Lager aufgeschlagen hatte, ganz am Rand des Clanlands. Trotzdem, er hatte Ohren. Und jeder Mann, der sich so lautlos durch ein ausgetrocknetes Flussbett bewegen und eine Waffe ziehen konnte, musste gefährlich sein.

Raif starrte immer noch geradeaus und sagte: »Fremder, wieso legst du die Waffe nicht hin und setzt dich zu mir? Ich teile mein Essen gern mit dir.«

Er spürte, wie die Schwertspitze sein Rückgrat ein zweites Mal berührte. »Der kleine Clansmann würde also gern mit mir teilen? Nachdem er eine meiner eigenen Kühe erlegt und den Rest so verängstigt hat, dass sie einen Monat lang nicht wieder auftauchen werden? Na, wenn ich mich da nicht vor Dankbarkeit bepisse! Und jetzt schneide ein Stück ab, Junge, bevor ich genug davon habe, mein Schwert einfach nur in der Hand zu halten, und mich entschließe, dich stattdessen zu durchbohren.«

Raif beugte sich langsam vor. Seine Gedanken überschlugen sich. Der Fremde hatte beobachtet, wie er das Tier getötet hatte. Er klang wie ein Clansmann. Beinahe. Aber kein Clansmann, der noch bei Verstand war, würde eine Elchherde für sich beanspruchen; sie waren zu weit unterwegs und bewegten sich zu schnell, als dass jemand auf sie Anspruch erheben könnte.

Zumindest war er allein. *Ich kann nicht zulassen, dass er mich besiegt.*

»Nicht das Schwert, Clansmann. Nimm dein Messer.«

Raifs Hand verharrte über dem Kristallknauf seines Schwerts. »Ich habe kein Messer.«

»Das ist aber ziemlich jämmerlich. Ein so schöner Umhang, ein so schönes Schwert und kein Messer. Ich frage mich, wie das passieren konnte. Hattest du noch keine Gelegenheit, eins zu stehlen?«

»Nein, ich hab es in der Kehle eines Mannes verloren.« Mit diesen Worten packte Raif das Schwert und fuhr herum. Er stand dem hässlichsten Mann gegenüber, den er je gesehen hatte. Er war von mittlerer Größe, aber lächerlich breit, mit fetten Schultern und einem Stiernacken. Seine Oberarme waren so dick, dass sie wie Getreidesäcke von seinem Körper abstanden. Er trug eine Rüstung, die aus Metallstücken und einstmals lebenden Geschöpfen zusammengestoppelt war: Schalen von Austern und Schildkrötenpanzer waren neben Stahlplatten und Kupferringen auf einer Unterlage gekochten Leders befestigt. Die Unterarme des Mannes waren wie Würste in gedrehte Stierhörner gezwängt und seine Beine in Fellhosen gekleidet, die er unter einem Fellrock trug.

Aber es war sein Gesicht, das ihn hässlich machte. Er hatte sehr schwarzes Haar, und es war verblüffend zu sehen, dass es ihm in einer Linie von oben nach unten über das Gesicht wuchs. Das Gewebe seiner Stirn, der Nase und der linken Wange war intensiv gefaltet, und Haare und Hautsäcke wuchsen aus dieser Spalte, die sein Gesicht durchzog.

»Was ist denn, Jüngelchen? Hast du noch nie einen Verstümmelten gesehen?« Der Mann berührte Raifs Klinge mit der seinen; ein blitzschnelles Stahlklirren, das ihn aus irgendeinem Grund grinsen ließ. »Oh! Oh! Oh!«, rief er und trat einen Schritt zurück. »Du hast dieses Schwert gestohlen, ich wusste es doch! Verdammt! Ich hätte darauf wetten sollen.« Er parierte ohne jede Anstrengung und wehrte Raifs Schläge problemlos ab.

Raif erkannte, dass er einen Fehler gemacht hatte. Das Schwert war nicht seine beste Waffe, und während Drey und die anderen Jahrmänner seines Alters jeden Tag Stunden auf dem Übungshof damit verbracht hatten, mit dem Schwertkämpfermeister Shor Gormalin zu trainieren, hatte Raif nur ein Mindestmaß an Ausbildung erhalten. Shor Gormalin hatte Raif gesagt, dass er nach dem Jahrmannschwur jeden Morgen im Morgengrauen im Übungshof zu erscheinen habe. Aber Shor Gormalin war tot. Und Raif Sevrance hatte seinen Schwur gebrochen.

Der Fremde ging zu einer Reihe von geschickten Angriffen über und bewegte seine Klinge in immer kleiner werdenden Kreisen um Raifs Schwert. Als Raif zurückwich und das Schwert an den Körper zog, um senkrecht zuzustoßen, machte der Fremde eine beinahe tänzerische Bewegung und war plötzlich auf Raifs Schwertseite, ritzte ihm die Fingerknöchel und nahm dem Angriff den Schwung. Raif wurde wütend und schlug zu. Der Fremde tänzelte leichtfüßig außer Reichweite und war dann mit atemberaubendem Tempo wieder da, um die Schwertspitze auf Raifs Brust zu richten.

Schon zwei Mal verwundet. Was mache ich hier? Raif wehrte einen weiteren Angriff nur mit Mühe ab, und die Klingen berührten sich und produzierten dabei ein seltsam klagendes Geräusch und ein paar Funken.

»Hübsches Schwert«, stellte der Fremde fest. Er schien kein bisschen angestrengt. »Ich denke, ich nehme es als Bezahlung für die Kuh.« Dann führte er eine doppelte Drehung aus, die ihn ein Stück weit hinter Raifs ungeschützte linke Seite brachte, und er traf Raif mit genügend Wucht, dass ihm der Atem aus der Lunge gedrückt wurde und er auf ein Knie sank. Raif wich zum Gegenangriff zurück, aber der Fremde trieb ihn noch weiter, brachte Raifs Arm eine haarfeine Schnittwunde bei und drosch den Handschutz seines Schwerts gegen Raifs eleganten, ungeschützten Schwertgriff. Dieses Manöver ließ Raif die Waffe aus der Hand fliegen.

Shor würde mich dafür umbringen.

Bevor Raif versuchen konnte, die Klinge wieder aufzuheben, schob der Fremde seine Schwertkante unter die

Spitze und ließ Raifs Waffe über die Felsen schlittern. In der Sekunde, die Raif dadurch gewann, sah er sich hektisch um. Aus der Feuergrube ragte ein noch unverbranntes Stück Holz. Ein Sprung, und er hatte es in der Hand. Es war heiß genug, dass er das Gesicht verzog, und es brachte die alten Kältenarben an seiner Handfläche zum Brennen. Das andere Ende des Scheits glühte rot und rauchte, und das gefiel dem Fremden erheblich weniger als eine weitere Klinge.

Die beiden umkreisten einander. Raif war schwindlig vor Erschöpfung, und er konnte das Wildblut an sich riechen. Er stank, als wäre er bereits tot. Als der Fremde angriff, war Raif bereit, und er stürzte vorwärts, ohne noch auf Feinheiten zu achten. Er verließ sich darauf, dass die Angst des Mannes vor dem Feuer ihn zwingen würde zurückzuweichen. Er hatte Recht. Zumindest in gewissem Sinn. Der Fremde wich aus ... aber zur Seite, und es gelang ihm, noch während er dem schwelenden Scheit auswich, Raifs Schulter zu streifen. Schmerz und Frustration trieben Raif, sofort wieder zuzuschlagen, aber er widerstand der Versuchung. *Denk an die Elchkuh.*

Er sah dem Fremden in die Augen. Sie waren grünbraun, schön und klar wie Regentropfen; Es war verstörend, sie in einem solchen Gesicht zu sehen. Raif wandte bewusst den Blick ab, vorbei an den seltsamen Verwachsungen auf Stirn und Wange des Mannes, an seinem Hals entlang ... zum Herzen.

Die Lebenskraft des Mannes war überwältigend. Sie traf Raif wie ein Schlag in die Eingeweide und zwang ihn, den Arm auszustrecken, um das Gleichgewicht nicht zu verlieren.

Er hatte vergessen, wie es war, einen Mann ins Herz zu treffen.

Metallisch schmeckender Speichel trat auf seine Zunge. Er wusste plötzlich Dinge, die er kaum verstehen konnte. Die Narbe im Gesicht des Fremden war nur ein Anfang. Auch Organe und Blutgefäße waren verzerrt und befanden sich nicht an der richtigen Stelle, die Lungenflügel waren ungleich, die Milz lang gezogen wie ein Fisch. Das Herz war groß und schlug kräftig, aber es hatte auch eine Narbe, als wäre hier eine alte Wunde verheilt, und es war seitlich verzerrt.

Raif beruhigte sich wieder. Ganz gleich, wie verunstaltet es war, dieses Herz gehörte ihm. Er packte das schwelende Holz mit beiden Händen und griff an. Er sah, wie der Fremde die Augen ein wenig weiter aufriss, sah, wie er das Schwert mit dem Handschutz hob. Ein Augenblick verging, und Raif roch verkohltes Leder, und er wusste, er hatte ihn, aber dann explodierte gellender Schmerz in seinem Kopf, und er sah nur noch kleiner werdende Lichtkreise.

Raif erwachte würgend und drehte den Kopf zur Seite, um sich zu übergeben. Der Anblick wiedergekäuter Leberstücke bewirkte, dass er noch heftiger spuckte. Sein Kopf schmerzte, und sein Sehvermögen passte sich nur langsam Veränderungen an; er konnte spüren, wie die Muskeln in seinen Augen sich anstrengten, um seinen Blick zu konzentrieren. Die Sonne ging gerade unter, und das Lagerfeuer, das er entfacht hatte, brannte immer noch, aber nun lag nur noch ein abgenagter Knochen darüber.

»Jetzt fang bloß nicht an, wegen der Keule zu stänkern«, erklang die Stimme des Fremden. »Du bist kaum in der Verfassung, etwas zu essen.«

Raif blinzelte. Er verstand nicht, wieso keiner von ihnen tot war.

»Ich habe ein bisschen Beerentee aufgehoben. Hab ihn

sogar mit einem Spritzer Schnaps verbessert.« Der Fremde kam in Raifs Blickfeld. Er hielt das Abschwörerschwert ins Feuerlicht und prüfte die Schneide. »Der Tee ist da drüben, wenn du welchen willst. Du solltest nur überlegen, ob du ihn trinken oder auf die Beule reiben willst. Ich an deiner Stelle würde ihn trinken und den Rest vergessen und mir eine Mütze besorgen.« Er dachte einen Moment nach. »Oder einen von diesen Pelzhüten, an denen immer noch der Biberschwanz hängt.«

Raif war zu elend zumute, um zu antworten. Das Gesicht des Fremden sah im Feuerlicht schauerlich aus, die tiefe Kluft darin lag im Schatten, und borstiges schwarzes Haar ragte heraus. Raif wandte den Blick ab. Er nahm all seine Kraft zusammen und setzte sich hin. Muskeln, die mehrere Stunden auf dem kalten Stein gelegen hatten, waren immer noch steif und reagierten nicht, und seine linke Wade verkrampfte sich schmerzhaft.

Der Fremde schien sich über Raifs Schmerzen zu freuen. Er bot ihm auch keine Hilfe an. Der Topf mit dem Tee stand direkt neben ihm, aber er versuchte nicht, ihn Raif zu reichen. »Schläge auf den Kopf sind eine böse Sache. Ich hab schon erlebt, dass Männer danach so frisch waren wie ein Frühlingslämmchen, aber am nächsten Tag sind sie dann umgefallen und gestorben.«

Darauf fiel Raif keine passende Antwort ein. Er sah sich um. Der Fremde hatte seinen Rucksack durchsucht und den Inhalt überall verstreut. Der Pfeil des Lauschers war ausgepackt und für unwichtig befunden worden; er lag nun auf dem Holzstapel, um verbrannt zu werden. Raifs Seehundfelldecke lag offen am Feuer, und sie sah so aus, als wäre sie kürzlich benutzt worden. Das Gepäck des Fremden stand ebenfalls dicht am Feuer, und ein Waffenständer mit einer verblüffenden Sammlung in Tuch gewickelter Gegenstände befand sich dahinter. Ein kräftiges Pony war an einem Stock festgebunden, der in einem Felsenriss steckte, und stöberte in seinem Futter herum. Der Himmel wurde schnell dunkler, und die ersten Sterne erwachten zum Leben. Der Wind war rastlos, fegte in Böen durch das Flussbett und erstarb dann ebenso schnell wieder. Das Flussbett selbst schien rot zu glühen, und man konnte Lagen von ockergelbem und blutrotem Marmor an den Wänden erkennen.

Raif sagte plötzlich: »Was hast du mit mir gemacht?«

Der Fremde grinste und zeigte dabei überraschend gleichmäßige Zähne. »Das weiß ich allein, und du kannst ja überlegen, was du mir für dieses Wissen zahlst. Obwohl ich bereits deine wichtigsten Besitztümer übernommen habe und dir kaum noch Möglichkeiten bleiben. Ich könnte natürlich diesen hübschen Umhang nehmen. Aber ich muss darauf bestehen, dass du ihn erst mal wäschst. Ein großer Blutfleck verdirbt irgendwie das Aussehen.« Er schaute bei diesen Worten weiterhin Raifs Schwert an. »Ich muss allerdings sagen, dass du mit einem brennenden Scheit gut umgehen kannst. Mit einem Schwert bist du zu nicht viel nütze, aber ein echter Dämon mit rohem Holz. Bist du der letzte Überlebende einer seltsamen Holzfällerreligion? Ein Abschwörer bist du jedenfalls nicht, das ist schon mal sicher.«

»Wieso bist du so sicher, dass ich ein Clansmann bin?«

»Du riechst geradezu nach Clan, Junge. Sauer gewordener Clan. Stinkt wie die Hölle, die ich als Junge durchgemacht habe.«

»Du bist also auch ein Clansmann?«

Der Fremde zog eine Braue hoch, und einen Augenblick lang vergaß Raif die Narben. »Jetzt machst du es schon wieder. Stellst Fragen, wo du doch Angebote für die Antworten machen solltest!« Abrupt drehte er das Schwert mit der Spitze nach unten und steckte es in seinen Rucksack. »Hat es einen Namen?«

»Das Schwert? Nein.«

»Gut. Dann kann ich ihm einen geben.« Er kniff die Augen zusammen, als er mit den Fingern über den Griff fuhr und auf eine Eingebung wartete. Dann sah er Raif nachdenklich an. »Ich denke, ich werde es Finger nennen.«

Raif war inzwischen nicht mehr ganz so übel, und er wurde langsam ärgerlich. »Wieso glaubst du, dass du es behalten kannst?«

»Ich bin nicht ganz sicher«, sagte der Fremde leise. »Ich habe gesehen, was du mit dieser Elchkuh gemacht hast. Ein Mann, der zu so etwas im Stande ist, kann sicher auch ein Schwert zurückgewinnen, wenn er das will. Die Frage ist nur, wann und wie.«

Er setzte sich hin, und die zusammengestoppelte Rüstung aus Stahlplatten und Schildkrötenpanzern klirrte leise, als er sich vorbeugte. Er griff nach dem kleinen Eisentopf mit dem verstärkten Tee und trank einen großen Schluck. Er reichte den Topf nicht weiter, als er fertig war. »Na gut«, sagte er und wischte sich den Mund ab. »Sehen wir mal, ob ich deine Geschichte erraten kann. Dem Umhang nach bist du ein Orrlmann, obwohl ich es dir durchaus zutrauen würde, dass du einfach nur einen umgebracht und ihm den Umhang abgenommen hast. Wir haben heute schon gesehen, dass du kein Schwertkämpfer bist, und du hast auch nicht die Arme eines Axtkämpfers oder Hammermanns, also würde ich sagen, nach den Schwielen an deinen Fingern zu schließen bist du ein Bogenschütze.«

Der Fremde warf Raif einen Bestätigung heischenden Blick zu, aber er störte sich kein bisschen daran, als sein

Gegenüber nur die Stirn runzelte. »Also, Bogenschütze. Nimm es mir nicht übel, aber du machst einen ziemlich vernachlässigten Eindruck. Hinter diesem Bart und dem Dreck bist du sicher ein hübsches Jüngelchen, aber es ist klar, dass sich lange keine gute Clanfrau mehr um dich gekümmert hat.«

»Du siehst auch nicht gerade besonders gut aus.«

Der Fremde legte die Hand an die Brust. »Ich? Ich sehe nicht gut aus? Verflucht, dann hat der Liebeszauber also nicht gewirkt! Dabei hat die Hexe geschworen, dass sich die Hälfte der Jungfern im Clanland in mich vergaffen werden. Oder sollten es die jungen Männer sein? Das hab ich vergessen.«

»Ich hoffe um unser beider willen, dass es um die Mädchen ging.«

Der Fremde lachte entzückt. Raif sah ein zweites Band verzogenen Fleischs, das sich über seinen Hals wand und unter dem Kragen verschwand. Etwas Weißes, Perliges wie ein Zahn wuchs direkt unter dem Ohr. Raif schauderte. Der Fremde bemerkte das, und sein Lächeln verschwand.

»O ja, du bist ein Clansmann. Hast noch nie zuvor etwas gesehen, was nicht perfekt war, wie? Alle so hübsch wie Mädchen und unversehrt. Die Götter mögen verhüten, dass so etwas wie ich unter Leuten wie euch zur Welt kommt. Ein kleiner Troll muss es mit meiner Mutter getrieben haben, denn ganz bestimmt kann kein Clansmann so etwas wie mich zeugen.«

Raif senkte den Kopf. Nichts war so, wie es sollte. Dieser Mann vor ihm sollte tot sein und ihn nicht beschämen. »Tut mir Leid.«

»Dazu besteht kein Anlass. Die Welt ist ein unangenehmer Ort, und ich kann nicht behaupten, dass sie je zu mir gerecht war. Es gibt nur eins, das gerecht verteilt ist, und das ist der Tod; davon erhalten wir alle einen gerechten Anteil. Ich persönlich habe Glück, noch am Leben zu sein, weil dieses Gesicht meine Mutter nicht nur angewidert hat, sondern auch bewirkte, dass sie sich schuldig fühlte. Das hat mich gerettet. Mein Vater hätte mir nicht geholfen. Er hätte mich auf einem Felsen hingelegt, damit die Geier mich fressen, aber meine Mutter ließ ihn nicht. Oh, ich will nicht behaupten, dass sie es nicht gern getan hätte. Sie wollte, dass ihre Titten schnell wieder trocknen, damit sie einen anderen Balg machen und vergessen konnte, dass der erste je existiert hatte. Aber dann hat sie doch nicht den nötigen Mumm gehabt. Wollte ihr Gewissen nicht damit belasten. Sie hätte nichts dagegen gehabt, wenn Vater mich mitten in der Nacht aus der Wiege geholt und umgebracht hätte, aber er wollte, dass sie mitmacht. Und das wollte sie nicht. Also hat sie mich als Pflegekind in den Wald geschickt. Von einer Hölle in die nächste.«

Inzwischen war es vollkommen Nacht geworden, und nur das niederbrennende Feuer spendete noch Licht. Salzkörner vom Braten verbrannten hier und da und färbten die Flammen grün.

»Aus welchem Clan stammst du?«, fragte Raif.

Der Fremde schüttelte den Kopf. »Ah. Ah. Ah. Keine Fragen. Hast du das schon vergessen?«

»Also gut. Und wie wäre es mit einem kleinen Handel? Dein Name gegen meinen?«

Der Fremde dachte darüber nach. Er war nicht so alt, wie Raif anfänglich angenommen hatte, und irgendetwas an seinem Kinn kam Raif vage bekannt vor. Aber er konnte den Gedanken einfach nicht packen, er verflüchtigte sich wieder, und dann hatte Raif abermals einen vollkommen Fremden vor sich.

»Du zuerst«, erwiderte der Fremde. »Und nur den Vornamen. Und wenn mir deiner gefällt, tausche ich meinen dagegen ein.«

»Raif.«

Der Fremde öffnete und schloss den Mund, beinahe, als hätte er den Namen aus der Luft gebissen und schmeckte ihn nun. »Raif. Hm. Ein guter, kurzer Name und vollkommen geradeaus. Also gut.«

Seltsamerweise freute sich Raif über diese Erklärung. Niemand hatte je etwas über seinen Namen gesagt, sei es nun gut oder schlecht.

»Ware gegen Ware also. Ich heiße Totgeburt.« Der Fremde schwieg und erwartete eine Reaktion. Raif dachte nur, dass der Name zu ihm passte, und das sagte er auch. Totgeburt warf ihm einen gefährlichen Blick zu. »Ein monströser Name für einen monströsen Mann?«

»Nein. Ein starker Name. Und einer, den man nicht so leicht vergisst.«

Totgeburt dachte lange darüber nach, dann nickte er. »Das genügt.«

Raif streckte den Arm aus, und Totgeburt beugte sich vor, um ihn zu umfassen.

»Und?«, sagte Totgeburt, als er sich wieder aufrichtete. »Willst du den letzten Rest Tee?« Raif nickte. Die Hörner um Totgeburts Unterarme schimmerten unheimlich, als er Raif den Topf vor die Füße stellte. »Trink. Vergiss nicht, was ich über Schläge auf den Kopf gesagt habe. Du könntest morgen schon tot sein.«

Raif trank. Der Alkohol war sehr stark, und das Gebräu erinnerte kein bisschen mehr an Tee. Es verbrannte ihm auf dem Weg abwärts die Speiseröhre.

Totgeburt beobachtete ihn abschätzend, und dann streckte er die Hand nach dem Holzhaufen aus, um noch ein paar

Scheite nachzulegen. Als Raif sah, wie sich die Hand um den Pfeil namens Wünschelrute schloss, setzte er den Topf ab. »Verbrenn den Pfeil nicht. Er ist sehr alt. Er war ein Geschenk von ... von einem Freund.«

»Ein Geschenk, wie?« Totgeburt inspizierte den Pfeil und fuhr mit dem Finger über die Fiederung. »Dann werde ich ihn behalten.« Er steckte ihn in seinen Rucksack und legte weiter Holz aufs Feuer. »Ich nehme an, du warst auf der Suche nach den Verstümmelten?«

Raif antwortete nicht sofort. Der Alkohol zeigte Wirkung, und er mahnte sich, vorsichtig zu sein. Zögernd tastete er nach der Ursache der Kopfschmerzen. Eine Beule an der Seite seines Kopfs, fest und ausgesprochen empfindlich, bewirkte, dass er nach Luft schnappte. »Und wenn?«

»Dann solltest du zuerst einiges wissen.«

»Zum Beispiel?«

»Verstümmelte werden wir nur von Clansleuten genannt. Wenn wir dieses Wort von deinen Lippen hörten, würden wir dich wahrscheinlich dafür umbringen. Wir nennen uns die Spaltbruderschaft, und es wäre dumm von dir, anzunehmen, dass wir nur ein anderer Clan sind.«

»Das dachte ich auch nicht.«

»Gut.« Totgeburt zog Raifs Schwert aus dem Rucksack und fing an, es mit einem Lappen zu ölen. »Der Spalt ist kein hübsches Clanland mit netten Haferfeldern und gemähten Wiesen. Dort herrschen Männer, die härter sind als jeder Clanhäuptling. Wir kriegen den Ausschuss und die Bastarde und die Eidbrecher – und nicht nur aus den Clans. Sie kommen von überallher: Ausländer, Städter, Huren. Am Ende kommen sie alle nach Norden. Man muss schon verzweifelt sein, um auf der Suche nach einer Zuflucht bis zum Ende der

Welt zu ziehen, und daher sind Verstümmelte keine guten Freunde.«

Raif sah Totgeburt ruhig an. Man hatte ihn gewarnt, und er nahm die Warnung dankbar entgegen. Das Feuer knisterte nun heftig, als ein neuer grüner Ast verschlungen wurde. Der Wind hatte sich beruhigt, seit es dunkler geworden war, und nun blies er den Rauch zwischen den beiden Männern hindurch.

»An deiner Stelle würde ich kein sonderlich freundliches Willkommen erwarten. Niemand wird für einen weiteren Clansmann ein Freudenfeuer entzünden. Sie werden wissen wollen, was du ihnen bringst, und da ich bereits das einzig halbwegs Brauchbare, was du besessen hast, genommen habe, wirst du schnell eine Antwort finden müssen. Und noch eins. Du bist zu unversehrt.«

Ein Glitzern in Totgeburts Augen beunruhigte Raif. »Wie meinst du das?«

»Du weißt, was ich meine. Ein hübscher Junge wie du. Du hast noch all deine Finger und Zehen und diese hübsche Nase. Als Erstes werden die Brüder dich festhalten und verstümmeln.«

»Bisher hat mich noch nie jemand hübsch genannt. Ich habe mehr als genug Narben.«

»Mag sein. Aber das werden sie nicht anerkennen. Sie sehen nur einen unversehrten Clansmann. Nichts fehlt, nichts wächst an der falschen Stelle, und dafür werden sie dich hassen. Sie werden dich festhalten und unters Messer bringen, bevor du noch *Gott helfe mir* sagen kannst. Und das willst du auf keinen Fall. Ich habe gesehen, wie sie einem Mann in ihrer Wut den Arm abschnitten. Hände, Ohrmuscheln, Augen. Das hängt alles davon ab, ob sie beim letzten Überfall erfolgreich waren. Nach einem guten Raubzug und bei guter Beute fühlen sich alle wohl, und sie besaufen sich, bis sie weich sind, und dann lassen sie dich vielleicht mit einem Zeh davonkommen. Nach einem schlechten Raubzug nehmen sie dir die Hand. Und ich sage es ungern, Raif, aber der Winter ist eine schlechte Zeit.«

Raif beobachtete Totgeburt bei diesen Worten und suchte nach einem Anzeichen dafür, dass der andere ihn hinters Licht führen wollte. Das Gesicht des Verstümmelten war ausdruckslos, aber es lag nichts hinter diesen Zügen verborgen.

»Du musst selbst entscheiden, wie viel es dir wert ist, einer von uns zu werden. Kannst du umkehren? Willst du die Strafe für das annehmen, was dich hergebracht hat, und ein anderes Leben führen? Denn wenn das möglich sein sollte, tu es. Am Leben der Verstümmelten ist nichts Edles und Heroisches. Es gibt überhaupt nur einen einzigen Grund, hier zu sein: weil dir keine andere Möglichkeit mehr bleibt.«

Raif hätte beinahe gelächelt. Verbittert gelächelt. Er wollte Totgeburt fragen, was ihn hierher gebracht hatte und hier hielt, aber er lernte bereits, wie es bei den Verstümmelten zuging: keine Fragen nach der Vergangenheit. Er sagte: »Wenn ich zu meinem Clan zurückkehrte, würden sie mich umbringen. Ich habe keinen anderen Ort, an den ich mich wenden kann. Ich würde sagen, mir bleibt keine andere Möglichkeit.«

Totgeburt nickte bedächtig und wog die Entschlossenheit in Raifs Blick ab. Abrupt schien er eine Entscheidung zu fällen und stand auf. »Trink auch den Rest von dem Gebräu. So wird es einfacher sein«

Raif sah in Totgeburts Blick, was der andere vorhatte, und beinahe wäre er geflohen. *Ich habe meine Wahl getroffen, als Ash mich verlassen hat. Wenn das hier der Preis ist, dann geht es eben nicht anders.* Er nahm den Topf in beide Hände. Aber am Ende entschied er sich, nicht zu trinken. Totgeburt kam mit dem Schwert näher, und Raif wollte das Blut, das durch seine Adern rauschte, genießen. Er wollte sich für immer daran erinnern, wie es gewesen war, unversehrt zu sein.

17
Abschied von Blackhail

Effie entdeckte eine Fliege oben zwischen den Dachbalken und fixierte den Blick darauf. Die verrückte Binny war nackt, und Effie wusste nicht, wo sie sonst hinschauen sollte. Selbstverständlich machte sich die verräterische Fliege nun daran, an Binnys Kopf vorbeizufliegen ... und oje, nein ... jetzt landete sie auf Binny Schulter. Und das bedeutete, dass Effie diese Brüste sehen musste. Sie bemühte sich, nicht automatisch das Gesicht zu verziehen, aber es war nicht leicht, und sie kam sich ziemlich hölzern vor, als sie weiter zuhörte, was Binny sagte. Sie konnte nur denken: *Ich hoffe, mir wächst nicht auch so was.*

Die verrückte Binny saß in einer Kupferwanne, die nur eine Handbreit Wasser enthielt, und wusch sich mit Seifenkraut und einem Lappen. Sie hatte Effie das Bad bereitet, aber Effie hatte sich geweigert, es zu benutzen – sie wollte nicht nackt sein, wenn Binny anwesend war –, also hatte Binny sie eine dumme Kuh genannt und sich selbst ins Wasser gesetzt. Jetzt seifte sie sich gerade den Nacken ein und sprach dabei ununterbrochen über alle möglichen Kräuter und Säfte, die man dem Badewasser hinzufügen konnte, um jemanden müde zu machen oder zu erfrischen.

»Und dann gibt es noch Heilmittel«, erklärte sie gerade. »Die meisten Heilmittel für die Haut können ins Badewasser gegeben werden. Sehen wir mal ...« Binny seifte eine tiefe und extrem haarige Achselhöhle ein, während sie nachdachte. Effie verspürte eine unbehagliche Mischung aus Ekel und Faszination. Nachdem sie erst einmal angefangen hatte hinzusehen, schien sie nicht mehr aufhören zu können. In der Theorie wusste sie alles über die Veränderungen, die sich vollzogen, wenn ein Mädchen zur Frau wurde; Letty Shank und Florrie Horn hatten Zeichnungen in den Dreck gekratzt und kleine Disteldaunenbüschel dort platziert, wo die Haare wuchsen. Aber die Wirklichkeit war noch viel beunruhigender. Binny war eine große, kräftige Frau, und Zeichnungen wurden all diesem schwabbeligen Fleisch und borstigen Haar nicht gerecht. Effie runzelte die Stirn. Sie war ziemlich sicher, dass Raina nicht so aussah. Raina würde schön sein und bis auf den Kopf vollkommen haarlos.

»Und dann gibt es noch Grünen Germer. Wirf ein paar Hände voll Wurzelfleisch in die Wanne, lass es eine Weile weichen, und damit kannst du Krätze heilen. Das hier –« Binny beugte sich über die Seite der Wanne und griff nach einer Hand voll duftender getrockener Blüten, »hat hingegen nur den Zweck, dass sich eine Frau wie ein Mädchen fühlt. Lavendel. Es belebt und macht einen für Männer viel begehrenswerter.« Sie zerdrückte die getrockneten Ähren in der Faust und streute sie ins Badewasser, wo sie einen leichten, angenehmen Duft von sich gaben. »Vielleicht kann ich dir ja Drey stehlen.«

Effie war sofort aufmerksamer. »Drey ist auf dem Weg hierher?«

»O ja. Habe ich das nicht erwähnt? Deshalb habe ich das Bad bereitet. Heute wirst du zum Dregghaus aufbrechen.«

Nein, das hatte sie nicht gesagt, und das wusste sie auch. So war die verrückte Binny: heimtückisch und widerspenstig. Sie legte es stets darauf an, ihre Besucher zu verwirrer
Effie hatte gelernt, ihren Zorn nicht zu zeigen: Sie h
Bad genommen, wenn Binny ihr die Wahrheit
Sie hatte Drey nur einmal gesehen, seit e
rückgekehrt war, und auch dann

denn er befürchtete, wenn er zu lange bliebe, würde Mace Blackhail sie entdecken.

»Reich mir das Tuch, Effie, damit ich mich abtrocknen kann. Und schau nicht so säuerlich drein. Es ist nicht meine Schuld, dass du nicht zugehört hast, als ich es dir erklärt habe.«

Effie reichte Binny das Tuch. Sie begriff langsam, dass es Vorteile hatte, wenn einen alle für verrückt hielten. Niemand konnte einen zur Rechenschaft ziehen. Man konnte sagen, was man wollte, man konnte lügen, bis man umfiel, und alle würden es abtun und sagen: »Na ja, die verrückte Binny ist eben verrückt.« Effie glaubte nicht, dass Binny verrückt war. Effie hielt Binny für einen der klügsten Menschen, denen sie je begegnet war. Sie lebte genau wie sie wollte, und Clanleute marschierten meilenweit durch den Schnee, um ihr frisches Fleisch und Vorräte als Bezahlung für ihre Heilmittel zu bringen. Binny selbst hatte keinerlei Verantwortung und brauchte sich nur um sich selbst zu kümmern. Effie sah sich im Hauptraum des Pfahlbaus um und betrachtete bewundernd die niedrigen Decken, die rußgeschwärzten Balken und die von der Feuchtigkeit verzogenen Wände. Binny hatte ein wunderbar höhlenartiges Zuhause.

»Ich habe nichts für dich gepackt«, erklärte Binny nun und zog sich den Göttern sei Dank ein Kleid über. »Ich bin schließlich nicht deine Mutter. Wenn Raina dir nichts mitbringt, bist du auf dich selbst angewiesen. Niemand hat mich dafür bezahlt, dich durchzufüttern, und ich kann mich nicht erinnern, dass sich jemand bei mir bedankt hätte.«

»Danke, Binny«, sagte Effie unschuldig.

»Du bist wirklich ein kleines Biest, das ist mal sicher. Und jetzt lauf und halte Ausschau nach Drey – und bring mir einen Hecht, wenn du schon mal draußen bist.«

Effie war froh, dieser Anweisung nachkommen zu können. Draußen, von der kleinen verrottenden Anlegestelle aus, die sich auf den See hinaus erstreckte, konnte man meilenweit in alle Richtungen sehen. Es war Vormittag, und vom See kam ein leichter Wind auf und wehte den letzten Nebel weg. Die Seeoberfläche war ein Schlachtfeld aus nassem und brechendem Eis, mit Schollen, die sich aufeinander getürmt hatten, und freiem Eis, das auf den bereits offenen Wasserflächen trieb. Effie mochte die Geräusche, die das Eis machte, wenn es sich auflöste: das Klappern von Schollen und das Zischen von Blasen, wenn die Luft an die Oberfläche entwich. Es war beinahe gut, draußen zu sein. Sie merkte, dass ihr Herz ein wenig hektischer schlug als sonst, aber das war alles. Sie blieb dicht am Pfahlbau, um sich sicherer zu fühlen – sie konnte schließlich jederzeit wieder hineingehen, wenn sie wollte –, aber das Wichtigste war, dass Drey auf dem Weg war.

Sie vermisste ihre Brüder schrecklich. Seit Papa im Ödland umgebracht worden war, war nichts mehr wie früher. Sie waren immer zu viert gewesen, Papa, Drey, Raif und sie selbst. Nun waren sie nur noch zwei.

Und bald nur noch eins, sagte eine leise Stimme tief in ihr. *Ab heute wirst du auf dich allein angewiesen sein.*

Effie griff nach dem Hammer und hoffte, dass ein paar Fische kommen würden. Es würde gut tun, auf sie einzuschlagen. Jetzt wusste sie nicht mehr, ob sie sich auf Dreys Ankunft freuen sollte. Man schickte sie nach Dregg. *Dregg.* Ein fremder Clan, meilenweit im Süden, mit einem Rundhaus aus gemustertem Kalkstein und dem Motto *Wir kämpfen so gut, wie wir tanzen.* Oh, Raina sagte, es wäre ein guter Platz und Xander Dregg ein gerechter Häuptling, aber es war nicht ihr Heim, und die Shankshunde waren nicht da und kein Drey, der auf sie aufpasste. Effie fuhr mit den schlanken Fingern über den Hammerkopf. Was hatte Raif über Drey gesagt? Er wartete immer. Und nun würde niemand mehr da sein, auf den er warten konnte.

Effie spürte, wie etwas hinter ihren Augen brannte, und schlug mit dem Hammer auf das Wasser ein – nur für den Fall, dass unter der Oberfläche Fische waren.

Als sie sich Tröpfchen von eisigem Wasser vom Ärmel wischte, entdeckte sie einen Reiter, der sich von Südosten her näherte. Sie duckte sich und rührte sich nicht, bis sie sicher war, dass es Drey war.

»Effie«, rief er, als sie aufstand. »Ich schwöre, du bist fast so groß wie dieses Pferd!«

Er zügelte sein Pferd und stieg ab, und Effie eilte den Kai entlang, um ihn zu umarmen. Er roch nach Klauenfett und gegerbtem Leder, und er hatte nicht vergessen, dass sie keine Küsse wollte, und umarmte sie deshalb doppelt so fest. Als er sie eine Armeslänge von sich hielt, um sie genau zu betrachten, sah sie ihn ebenfalls forschend an. Er sah jetzt älter aus, mehr wie Papa. Sein rötlich braunes Haar war zu einem Kriegerzopf geflochten und durchzogen von Silberdraht. Seine Rüstung war alt, aber gut, die schimmernden Oberflächen ungeschmückt, die gerollten Kanten leicht versilbert gegen den Rost. Papas Hirschledermantel lag ihm gut auf den Schultern, und er hatte den großen Pelzkragen so lange gebürstet, bis er glänzte. Drey so zu sehen, gekleidet für den Krieg und in voller Rüstung, machte ihr zum ersten Mal klar, dass ihr ältester Bruder jetzt ein erwachsener Mann war, nicht unangenehm anzusehen, und dass die Jungfrauen des Clans ihn sicher gerne anschauten. Das Aufflackern ganz und gar unwürdigen Besitzerstolzes bewirkte, dass sie die imaginären Bewunderinnen am liebsten sofort verscheucht hätte. Drey gehörte ihr und nicht einem albernen, schmachtenden Mädchen.

Er nahm ihre Hand, und sie spürte die Schwielen und Narben dort. Er warf einen Blick auf die Sonne, die immer noch im Aufgehen begriffen war, und dann zur Tür des Pfahlbaus. »Kleines«, sagte er schließlich und setzte sich auf einen der Pfosten des Anlegestegs, damit er mit ihr auf gleicher Höhe war, »du brauchst nicht wegzugehen, wenn du nicht willst. Sag es mir einfach, und dann setze ich dich auf den Rücken von Fuchs und wir reiten nach Hause. Niemand wird dir etwas antun, das schwöre ich, und wenn ich jede Nacht vor deiner Kammer Wache halten muss.«

Das waren viele Worte für Drey, und sie fielen ihm nicht leicht. Tem Sevrances Söhne hatten nie gut mit Worten umgehen können. Dennoch, Effie wusste, was sie ihn kosteten. Er war ein Hammermann, ein geschworener Krieger seit acht Jahreszeiten, gefeiert dafür, dass er auf dem Bannenfeld Arlec Byce gerettet und das Ganmiddich-Rundhaus mit nur elf Männern gehalten hatte. Nun saß er hier vor ihr und schlug vor, sich an das Rundhaus zu binden wie ein alter Mann – denn beide wussten, wenn er sich auch nur eine Nacht entfernte, würde Effie wieder in Gefahr sein. Mace Blackhail würde es nicht zulassen.

Drey strich ihr übers Haar und wickelte sich eine der rötlichen Strähnen um den Finger. »Du und ich, Kleines. Nur du und ich.«

Effie starrte auf ihre Füße. Sie konnte ihn nicht ansehen und nicht sprechen. Er spürte es also auch: Er trauerte ebenso um Raif und Papa wie sie. Sie beide waren die Einzigen, die noch übrig waren, und es war eigensüchtig von ihr gewesen zu glauben, dass es nur sie quälte, dass Raif und Papa weg waren. Plötzlich hatte sie wieder die Szene vor Augen, als Drey bei seiner Rückkehr von Bannen durch das große Tor gekommen war. Männer hatten sich um ihn gedrängt, ihn hierhin und dahin gezogen, seine Ansichten wegen der Verwundeten oder wegen beschädigter Klingen hören wollen, aber er war mittendrin stehen geblieben und hatte den Blick durch die Eingangshalle schweifen lassen … und nach Effie gesucht.

Effie holte tief Luft. Sie wusste mit unerschütterlicher Sicherheit, dass sie stark sein musste. Sie konnte nicht zulassen, dass er um ihretwillen sein Leben so einschränkte. »Ich freue mich auf das Dregghaus«, sagte sie, und sie war sich bewusst, dass sie ein bisschen zu schnell redete, aber sie konnte sich nicht bremsen. »Raina hat mir vom Tanzen erzählt und von den Knochen. Und sie sagt, nach ein paar Monaten wird es nicht mehr so unruhig sein, dann kannst du kommen und mich nach Hause holen, und alle haben vergessen, was mit Cutty und Nelly Moss passiert ist, und alles wird wieder in Ordnung sein.«

Dreys stetiger Blick hätte beinahe bewirkt, dass sie doch noch aus der Rolle fiel. Er schien genau zu wissen, wie wenig es brauchte, um sie zum Weinen zu bringen. »Ich war zehn, als unsere Mutter starb«, sagte er leise. »Es ist ganz plötzlich passiert. Niemand hat damit gerechnet. Sie hat dich gut und hoch getragen, und alle nahmen an, dass du ein Mädchen sein würdest, und als sie in die Wehen kam, wussten wir nicht, dass es Grund zur Besorgnis gab. Und dann dauerte etwas, was nur Stunden dauern sollte, mehr als einen halben Tag. Und Anwyn kam heraus, um mit Papa zu sprechen. Ich hab mich ins Zimmer geschlichen, um Mama zu sehen. Sie war so blass, Effie, und sie hatte Angst. Es gab kein Blut, zu diesem Zeitpunkt noch nicht, aber sie wusste, dass sie sterben würde. Sie lächelte, als sie mich sah, und weißt du, was sie gesagt hat?«

Effie schüttelte den Kopf.

»Sie sagte: *Drey, du bist der Älteste, und das bedeutet, dass du die meiste Liebe bekommen hast. Die Kleine hier wird am wenigsten haben. Du musst das ausgleichen. Hab sie für mich lieb, wenn ich weg bin.«* Drey schwieg einen Augenblick – das Einzige, was sich bewegte, war ein Muskel unten an seinem Hals. »Das mit dem Lieben ist einfach, Effie. Es ist nur schwer zu wissen, was das Beste für dich ist.« Er bedachte sie mit einem wissenden Blick. »Mir ist schon klar, dass ich nur dein dummer großer Bruder bin, und du hast mir wahrscheinlich schon oft etwas vorgemacht. Aber heute nicht. *Knochen?* Du freust dich auf Dregg, weil es da *Knochen* gibt?«

Effie lächelte; es war ein wenig zittrig, aber es zählte dennoch. »Fossilien, Drey. Nahe dem Dregghaus gibt es eine Grube, die als Verteidigungsgraben angefangen hat, aber sie haben dort viele alte Knochen und Schätze gefunden, und nun ist es ein richtiger Steinbruch.«

»Mhm.«

Drey sagte nichts weiter, und sein Schweigen bewirkte, dass sie die Wahrheit aussprach: »Ich habe nichts dagegen, zum Clan Dregg zu gehen, wirklich nicht. Anfangs werde ich sicher ein bisschen Angst haben, aber Raina hat gesagt, ihre Schwester und die Häuptlingsfrau werden sich um mich kümmern, und ich werde mir keine Sorgen machen müssen, dass mir jemand etwas tut.«

Drey nickte bedächtig. Die ganze Zeit hatte er weiterhin eine von Effies Haarsträhnen um seinen Finger gedreht, und nun ließ er sie los. »Ich weiß, dass du dort sicher sein wirst, Kleines. Deshalb habe ich zugelassen, dass Raina das alles arrangiert. Aber das heißt nicht, dass es mir gefällt. Und es heißt auch nicht, dass ich nicht jederzeit zum Dregghaus reiten und dich zurückholen kann.« Er stand auf. »Nun komm. Verabschiede dich von Binny.«

Effie folgte ihm den Anlegesteg entlang. Sie hatte gewonnen, aber es fühlte sich nicht sonderlich nach einem Sieg an.

Im Pfahlbau roch es nach Blüten. Binny war entweder dabei, einen Liebestrank oder Pollenbutter zuzubereiten. Effie hoffte, dass es Butter war. Sie glaubte selbstverständlich nicht daran, dass diese Liebestränke funktionierten, aber das hieß nicht, dass sie wollte, dass die verrückte Binny einen davon an Drey ausprobierte. Zum Glück schien Drey nichts zu merken. Er verbeugte sich respektvoll vor Binny und bedankte sich dafür, dass sie sich um seine Schwester gekümmert hatte. Sein Dank wurde erheblich freundlicher entgegengenommen als der von Effie zuvor. Binny war ein anderer Mensch, wenn ein Mann in der Nähe war, und ging sogar so weit, Drey einen Becher ihres besten Malzwhiskys anzubieten. Sie überraschte Effie noch mehr, indem sie ihr ebenfalls etwas von der honigfarbenen Flüssigkeit vorsetzte. »Kipp ihn runter, Mädchen. Einen auf den Weg.«

Effie wusste, wann sie einen Befehl hörte, und kippte sich die Flüssigkeit in den Rachen. Das Zeug brannte, und die Dämpfe stiegen direkt in den Kopf auf und entspannten dort etwas, von dessen Existenz sie vorher nichts gemerkt hatte. Als sie ging, um ihren Umhang und ihr kleines Bündel zu holen, wechselten Drey und die verrückte Binny einen wissenden Blick.

»Wofür sind Quecken gut?«, fragte Binny, als Effie zur Tür ging.

»Für die Nieren und alles, was mit Wasserlassen zu tun hat. Man kocht die Wurzel und stellt so eine Tinktur her.«

Binny verschränkte die Arme vor der Brust. »Nicht schlecht.« Sie schien trotz der mürrischen Stimme erfreut zu sein. »Du hast ein Gedächtnis wie eine Withy, Effie Sevrance. Das muss man dir lassen. Siehst du die Tuchtasche da am Haken? Die kannst du mitnehmen. Natürlich ist da nichts zu essen drin. Nur ein paar Kräuter und einfache Dinge, die du für Arzneien brauchst. Ich habe gehört, rings um Dregg gibt es fast nur Löwenzahn.« Sie schnaubte verächtlich. »Und jetzt geh lieber. Ich werde dir keine gute Reise wünschen; wir wissen beide, dass sie wahrscheinlich nicht gut sein wird.« Damit schob die verrückte Binny Effie und Drey nach draußen.

Bis Effie sich eine Antwort ausgedacht hatte, hatte sich die Tür bereits wieder hinter ihnen geschlossen. Drey hielt ihre Hand. »Setz lieber die Kapuze auf. Es kommen Wolken vom Kargland herein.« Effie steckte die kleine Tuchtasche mit den Kräutern in ihren Rucksack und ließ sich von Drey zu seinem Pferd führen.

Der Whisky war ein schlauer Trick gewesen, dachte sie, als sie sich an Drey klammerte, während er Orwin Shanks schönen schwarzen Hengst über den Keil ritt. Sie war draußen, und die offenen Flächen des Clanlands breiteten sich meilenweit um sie aus. Sie wusste, dass sie eigentlich die Anfänge von Panik spüren sollte – das nächste Gebäude lag nun eine Stunde zu Pferd im Norden, und das bedeutete, dass schreckliche Dinge geschehen konnten, und sie würde keine Zuflucht finden –, aber alles, was sie spürte, war eine gewisse verschlafene Besorgnis. Und Schluckauf. Draußen war es gar nicht so schlimm, nicht wenn man auf einem Pferd saß und der Kopf des großen Bruders den Blick nach vorn blockierte. An den Seiten war auch nicht viel zu sehen, wenn man eine Kapuze trug.

Als sie Drey sagen hörte: »Rutsch runter, Kleines, wir sind da«, konnte sie kaum glauben, dass sie schon den abgelegensten Rand des Alten Waldes erreicht hatten. Drey grinste und erklärte, sie wäre eingeschlafen. Aber das konnte sie wirklich nicht glauben. Effie Sevrance schlief niemals draußen.

Dennoch, sie musste schrecklich gähnen, als Raina auf sie zukam, um ihr vom Pferd zu helfen. »Du bist ganz rosig«, sagte sie. »Und du riechst nach Schnaps. Was hat diese Verrückte mit dir gemacht?«

Effie zuckte die Achseln. Sie war nicht sicher, ob sie Binny mochte, aber sie würde auch nichts Schlechtes über sie sagen.

Rainas graue Augen sahen heute besonders dunkel und feuersteinhart aus, und Effie begriff plötzlich, dass sie so zornig geworden war, weil sie sich Gedanken machte. Als sie sich am Waldrand umsah, entdeckte Effie zwei Männer neben einem Planwagen, an den zwei Ponys angeschirrt waren. Den Kleineren von beiden erkannte sie als Druss Ganlow, Merritt Ganlows Sohn, und der zweite sah aus wie ein Orrlmann, wenn man nach seinem hellen Umhang und dem Hornbogen gehen konnte. Druss sah, dass Effie ihn beobachtete, und hob eine Hand zum Gruß. Er war ein untersetzter Mann mit einem Bauchansatz und feinem rotem Haar wie Babyflaum. Effie glaubte nicht, dass er sich dem Clan angeschworen hatte, und er würde es wahrscheinlich auch nicht tun. Druss Ganlow war als Händler bekannt. Als Drey auf ihn zuging, ergriff Druss seinen Arm, und die Männer begannen, sich ruhig und entspannt zu unterhalten. Selbstverständlich, Drey war im Ödland gewesen, als Druss' Vater dort umgekommen war. Manchmal war es leicht zu vergessen, wie viele tiefe und lautlose Verbindungen Blackhail als Clan zusammenhielten.

»Im Wagen sind Essen und Decken und Kleider für dich«, sagte Raina zu Effie. »Ich dachte, die Reise wäre einfacher für dich, wenn du ein Dach über dem Kopf hast. Selbstverständlich brauchst du nicht im Wagen zu bleiben, wenn du nicht willst. Du kannst jederzeit zu Druss und Clewis Reed auf den Bock steigen. Ihr werdet nur langsam vorankommen. Druss nimmt an, bei gutem Wetter wird es fast eine Woche dauern. Er ist ein guter Mann, Effie, und er hätte das nicht zu tun brauchen. Er fährt für gewöhnlich direkt nach Westen, zum Clan Orrl, um frisches Fleisch zu holen, und das Letzte, was er braucht, ist ein Umweg über das Dregghaus, vor allem um diese Jahreszeit. Sei also nett zu ihm. Und bete darum, dass das Wetter sich hält.«

Effie nickte. So langsam wurde ihr ein bisschen übel.

Raina bemerkte das und lächelte – ihr erstes Lächeln, seit Effie angekommen war. »Oje«, sagte sie und strich Effie das Haar aus dem Gesicht. »Was immer du tust – übergib dich auf keinen Fall hinten im Wagen. Wir wollen Druss' Gutmütigkeit lieber nicht so weit auf die Probe stellen.« Beide lachten, und alle drei Männer wandten sich ihnen zu. Raina legte den Arm um Effie und führte sie auf die drei zu. »Komm mit. Ich glaube, du hast Clewis noch nicht kennen gelernt.«

Drey sah Raina näher kommen, und etwas in seinem Blick bewirkte, dass Effie es plötzlich begriff: Ihr Bruder hatte für Raina Blackhail seine besten Sachen angezogen.

»Habt ihr Drey von den Verstümmelten am Schwarzen Loch erzählt?«, fragte Raina Druss, als sie am Wagen stehen blieben. Ihr war nicht anzumerken, ob sie Dreys Aufmerksamkeit bemerkt hatte. Sie stellte den Fuß nur auf die Stufe und konzentrierte sich auf Druss Ganlow.

Druss zuckte die Achseln. »Da gibt es eigentlich nichts zu erzählen, nur, dass ich gehört habe, einer der Bergleute hätte einen einzelnen Reiter auf dem Hügelkamm östlich der Grube gesehen. Er saß auf einem dieser zottigen kleinen Ponys, wie sie die Verstümmelten benutzen.«

Drey wurde sofort ernst. Das Schwarze Loch war die letzte offene Silbermine im Clanland. Blackhail hatte seit zweitausend Jahren Silber abgebaut, und früher einmal hatte sich der Wohlstand des Clans vor allem darauf gegründet. Mordrag Blackhail, der Maulwurfshäuptling, hatte den ersten Fuß

Erde mit eigenen Händen aus dem Schwarzen Loch gegraben und das erste Silber benutzt, um einen Armreif für seine junge Braut zu schmieden. Das Problem mit den Silberminen war ihr Standort: Sie lagen in den Kahlen Hügeln weit im Norden von Blackhail. Es war ein harter Viertagesritt bis zum Rundhaus. Effie wusste nicht viel über das Schwarze Loch, denn die Männer, die dort wohnten, hielten Distanz zum Rest des Clans. Sie wohnten in seltsamen Hütten mit glitzernden Mauern aus Magneteisenstein, und nur ein paar von ihnen waren eingeschworen. Die Bergleute kamen zweimal im Jahr zum Rundhaus und tauschten Warenladungen von Roherz gegen Vorräte.

»Haben die Bergleute ihn verfolgt?«, fragte Drey.

Wieder zuckte Druss die Achseln. Für einen Hailsmann war er seltsam gekleidet, ohne Farben oder Zeichen seines Clans; er hatte nur einen kurzen Umhang aus brauner Fettwolle, und darunter trug er gebleichtes Leder. »Kann ich nicht sagen. Ich habe die Geschichte nur kurz gehört.« Seine grünen Augen, die denen seiner Mutter so ähnlich waren, blitzten kurz auf, und einen Augenblick lang fühlte sich Effie an ihren Onkel Angus Lok erinnert. »Wahrscheinlich kein Grund zur Sorge. Niemand wird das Schwarze Loch überfallen. Sie könnten höchstens eine Ladung Roherz erbeuten, denn da oben wird nicht verhüttet.«

Effie sah, wie Drey zustimmend nickte, und fragte sich, warum er nicht sehen konnte, was so offensichtlich war: Druss Ganlow log.

»Dennoch«, meinte Drey schließlich. »Ich werde Mace davon erzählen. Er soll eine Patrouille an der Nordgrenze entlang schicken, die alle paar Tage nach den Bergleuten sieht.«

Druss nickte. »Gute Idee.« Er rieb sich mit dem Handrücken die Nase. »Ich denke, wir sollten uns jetzt auf den

Weg machen. Clewis mag nicht, wie diese Wolken da aussehen. Wie sagst du immer, Clew? Man weiß nie, was sie bringen und wann sie es tun.« Druss kratzte die Stoppeln an seinem Kinn und sah den Orrlmann Bestätigung heischend an.

Clewis Reed stand hinten am Wagen, und aus der Art, wie er dastand und seinen Bogen hielt, schloss Effie, dass er Wache hielt. Sein Orrlumhang war so hell wie Nebel, mit weichen Schatten in der Farbe von Sturmwolken und altem Schnee. Clewis selbst war hoch gewachsen und hager, und er hatte den längsten Bogen, den Effie je gesehen hatte. Die Waffe war einen guten Fuß größer als Clewis selbst, verstärkt mit geklärtem Kalbsleder, das die grünliche Färbung des Horns durchscheinen ließ. Er nickte bedrückt zum Himmel hin. »Der Tag ist schon halb vergangen. Wenn wir Glück haben, schaffen wir noch zwei Meilen, bevor es dunkel wird.«

Druss lächelte Drey zu, als er sich auf den Kuschbock schwang. »Ein Orrlmann hat gesprochen, und man ignoriert so etwas nur auf eigene Gefahr. Effie, sei ein braves Mädchen und setz dich hinten rein. Ich habe eine kleine Pritsche zusammengenagelt, auf der du sitzen und auch schlafen kannst. Sie sollte recht bequem sein, solange du auf die Nägel aufpasst.«

Effie sah erst Raina und dann Drey an. *Das ging alles viel zu schnell.* Es musste doch noch mehr geben, bevor sie ging.

Raina führte sie zum Wagen und fand immer wieder kleine Ausreden, ihr Haar, ihren Arm, ihre Wange zu berühren. »Ich komme dich besuchen, wenn es hier nicht mehr so unruhig ist. Im Frühjahr komme ich, du wirst es schon sehen.«

Auch Raina sagte nicht die Wahrheit, sondern sprach nur laut aus, was sie sich wünschte. Effie starrte ihre Füße an. Die Wagenräder hatten Spuren in dem weichen Uferschlamm hinterlassen, und eine unternehmungslustige Amsel durchsuchte sie nach Würmern. Irgendwie war ihr jetzt nicht mehr übel, sie fühlte sich nur irgendwie schwer und trüb im Kopf. *Wintergrünblätter in Wasser gekocht würden dagegen helfen,* dachte sie jämmerlich.

»Pass auf dich auf. Und grüße meine Schwester von mir.«

Effie nickte. Sie blickte nicht auf. Und dann drückte Raina noch einmal ihre Schulter und ging.

»Also, Kleines«, erklang nun Dreys Stimme. »Versprichst du mir, mich nicht zu vergessen?«

Wieder nickte sie. Die Amsel zog einen Wurm aus dem Schlamm.

»Weißt du, ich glaube, ich habe dir nie gesagt, wie sehr du unserer Mutter ähnlich siehst.«

Jetzt blickte sie doch auf.

Drey lächelte, aber es war ein ernstes Lächeln und schnell wieder verschwunden. »Am besten erinnere ich mich an ihr Haar. Das hatte die gleiche Farbe wie deins.«

Er sah sie an und wartete.

Er konnte gut warten, und diesmal siegte er, denn sie konnte die Stille nicht ertragen und brach sie, indem sie auf ihn zueilte und ihn umarmte.

»Nur du und ich«, murmelte er, bevor er sich ihr entzog.

Und dann legte Clewis Reed ihr die Hände an die Taille, hob sie hinten in den Wagen und zog das geölte Segeltuch hinter ihr zu. In der plötzlichen Dunkelheit konnte sie nicht viel sehen, aber viel riechen. Irgendjemand hatte einmal in diesen Wagen gepinkelt, und die Luft war kratzig von Heusporen und Sägemehl. Sie roch das Essen, das Raina für sie eingepackt hatte, bevor sie noch die Umrisse des Beutels erkannte. Honigkuchen und Gänsebraten und frisches Brot. Essen für einen Häuptling, nicht für ein Kind.

Es war ein Schock, als Druss die Peitsche knallen ließ und der Wagen sich in Bewegung setzte. Alles außer Effie und ihrem Gepäck war festgebunden, und sie musste sich beeilen, Halt zu finden. Sie konnte spüren, wie der Wagen gewendet wurde, hörte Druss' Stimme, als er die Ponys anspornte. Achsen quietschten unter ihr, überall knarrte Holz, und der Wagen rollte schaudernd das Ufer entlang.

Als sich ihre Augen an das trübe Licht gewöhnt hatten, beugte Effie sich vor, um die Segeltuchklappe beiseite zu schieben. Dann hielt sie etwas zurück. Sie wusste, was sie sehen würde, wenn sie nach draußen schaute, und wie sie sich dann fühlen würde. Es war besser, einfach so zu gehen. Zu wissen, dass Drey oben auf dem Hang stand und wartete, bis der Wagen nicht mehr zu erkennen war, war eine Sache. Es zu sehen war etwas ganz anderes.

Sie ließ sich auf dem Strohsack nieder, den Druss auf die Pritsche gelegt hatte, und ließ sich Zeit, sich an die Bewegungen des Wagens zu gewöhnen. Als sie sich umsah, entdeckte sie, dass sie nicht die einzige Fracht war, die Druss nach Süden brachte. Versiegelte Kisten und Weidenkörbe mit Deckeln waren hoch aufgestapelt. Sie versuchte, einen der Körbe zu öffnen, aber er war zugebunden. Sie schnupperte daran. Kein Geruch. Da sie nichts Besseres zu tun hatte, band sie den Beutel auf, den die verrückte Binny ihr mitgegeben hatte. Drinnen fand sie Schwarzwurz, Maiglöckchen, Schlüsselblume, Berberitze, Zaubernuss und Weiden, alles in ordentliche kleine Bündel gebunden. Effie lächelte. Die verrückte Binny hatte ihr die Grundbestandteile einer Heilertruhe mitgegeben.

Der Tag ging weiter, und der Wagen rollte nun über einen flachen Weg. Das Rumpeln ließ weit genug nach, dass Effie Hunger bekam. Sie aß drei Honigkuchen und einen Gänseflügel, und zwar in dieser Reihenfolge. Danach bekam sie

Durst, aber sie konnte kein Wasser finden, und irgendwie wollte sie nicht mit Druss oder Clewis Reed sprechen. Also zog sie Rainas Decken um sich und legte sich zum Schlafen hin.

Es wurde dunkel, und das sachte Rumpeln des Wagens bewirkte, dass sie schläfrig wurde. Effie dachte daran, was Drey gesagt hatte, als sie einschlief. Wenn sie wie Mam aussah und Drey wie Papa … wie sah Raif dann aus?

Ihre Träume boten keine Antwort, und als sie später aufwachte, weil der Wagen plötzlich still stand, hatte sie auch die Frage lange wieder vergessen.

18
Verstümmelte

Wie wäre es mit einem Tausch?«, sagte Raif zu Totgeburt, als sie das kleine schwarze Pony durch eine steile Kluft führten. »Du sagst mir, was ich wissen will, und ich sage dir im Austausch etwas.«

Totgeburt dachte sorgfältig darüber nach. Das war etwas, was Raif bei dem Verstümmelten in den drei Tagen, in denen sie zusammen unterwegs waren, schätzen gelernt hatte: Totgeburt war einer der ganz wenigen Männer, denen er je begegnet war, die tatsächlich über das, was man sagte, und dann noch länger über ihre eigene Antwort nachdachten. Schließlich nickte Totgeburt. »Aber ich frage als Erster. Und ich garantiere nicht, dass ich antworte, wenn mir deine Frage nicht gefällt.«

Raif nickte ernst, als dächte er ebenfalls sorgfältig über das Gegenangebot nach. Sie wussten beide, dass Raif im Grunde nicht in der Position zum Feilschen war, aber es gab Regeln, an die man sich halten musste. »Also gut.«

Totgeburt schwieg eine Weile, während er das Pony über einen Abhang mit bröckelndem Schiefer führte. Es war Vormittag, und eine Flut dunkler Wolken verbarg die Sonne. Scharfe kurze Windböen peitschten über den Kluftrand, brachten Geröll ins Rollen und rissen Pflanzen aus. Sie waren beinahe am Boden der Kluft, und über ihnen gab es wenig mehr zu sehen als steile Felswände. Raif vermutete, dass hier einmal Wasser geflossen war, denn die Steine weit unten an der Steilwand waren glatt, und das Geröll auf dem Boden war zu Kieseln abgeschliffen.

Die Felswände waren zerklüftet, und man konnte deutlich sehen, wie die Erde entstanden war. Schichten von Stein, Mineralien, Sand, Fossilien und uralter Lava konnten an diesen Wänden gelesen werden wie aufgezeichnete Geschichte.

Als sie ein breites Sims oberhalb des mit Geröll und Abfällen gefüllten Bodens der Kluft erreichten, wandte sich Totgeburt Raif zu. Wie immer war es ein Schock für Raif, sein Gesicht zu sehen, die verzogene Haut mit dem Riss, als hätte jemand ihm einen Streifen aus dem Gesicht gezogen und die Reste grob zusammengenäht. Totgeburt sah Raifs Reaktion, und eine harte Art von Misstrauen blitzte kurz in seinen Augen auf.

Er überraschte Raif, indem er fragte: »Hast du Brüder?«

Raif nickte. »Einen.«

»Und liebst du ihn?«

Nun stand etwas anderes in Totgeburts Augen, aber Raif hätte nicht sagen können, was. Vielleicht Hunger. Aber das war unsinnig.

Raif dachte an Drey. Er sagte leise: »Ja.«

»Und hast du ihm je wehgetan, diesem Bruder, den du liebst?«

Hier war die Frage, für die Raif etwas erhalten würde; er sah das daran, wie Totgeburt die Hand auf das Pony legte. Für einen Mann, der einfach nur sein Pferd tätschelte, waren die Finger zu verkrampft. Aber was sollte er über Drey sagen? Welche Brüder verletzten einander nicht, wenn sie miteinander aufwuchsen? Streitereien und Gereiztheit waren die Kehrseite der Liebe. Aber Raif wusste, was Totgeburt mit dieser Frage meinte: Er wollte nicht hören, wie oft Raif Drey einen blauen Fleck geschlagen oder ihm Schimpfnamen angehängt hatte. Nein. Es war eine größere Sache, die den Verstümmelten beschäftigte: *Hast du je die Liebe und das Vertrauen deines Bruders verraten?* Raif erinnerte sich an den Tag auf dem Hof vor dem Rundhaus, an dem Drey sich gemeldet hatte, um den Eid seines Bruders zu stützen. Der alte Schmerz bewegte sich wie eine Schwertspitze in seiner Brust. »Ich habe ihm wehgetan, ja.«

Totgeburt nickte bedächtig, als hätte Raif ihm die Antwort auf ein Rätsel gegeben, über das er schon seit Jahren nachgegrübelt hatte. »Ja, so ist es manchmal«, war alles, was er sagte. Er griff in eine der Satteltaschen des Ponys und holte den letzten Rest Braten heraus. Die Lende war mager und blutig, und Totgeburt biss hinein wie in eine Wurst. »Nun«, sagte er durch rote Zähne. »Treib deine Schuld ein.«

Raif dachte über die Frage nach. Seltsam, er glaubte nicht mehr, einen guten Handel abgeschlossen zu haben. »Wie hast du mich besiegt«, fragte er, »als ich mit dem Scheit angegriffen habe? Dein Schwert war viel zu weit weg, und ich war zu schnell.«

Der Verstümmelte grinste. »Halt das hier mal«, sagte er und reichte Raif die Lende. Mit einer blitzschnellen Bewegung zog er einen kleinen Hammer mit rundem Kopf aus dem Gürtel. »Es war diese Schönheit hier.« Totgeburt nickte zu Raifs Kopf hin. »Kann ihn schneller ziehen als ein Sull sein Schwert – und mit der linken Hand. Sobald du nach dem Scheit gegriffen hast, wusste ich, dass es Ärger geben würde. Du hattest diesen wahnsinnigen Blick, du weißt schon, diesen Blick, der sagt: *Du gehörst mir, Bastard.* Also hab ich den alten Knochenbrecher gezogen und ihn schon geschwungen, als du angegriffen hast. Dein Fehler, dass du nur auf das Schwert geachtet hast. Aber das war zu erwarten. Clansmänner können sich nie vorstellen, dass ein Mann mit beiden Händen kämpft. Sull sind da etwas anderes. Sullschwert und Langmesser, so kämpfen sie, wenn es wirklich hoch hergeht. Ein wunderschöner Anblick. Klinge und Schild. Der schwierige Teil ist, zu wissen, welche Waffe die Rolle der Klinge spielt und welche die des Schilds. Und wenn man das erst mal raushat, wechseln sie – mitten im Kampf. Wirklich ungerecht.«

Raif starrte den Hammer an. Er sah aus wie eins der Werkzeuge, die Langkopf benutzte, um Nägel einzuschlagen.

»Du hast Recht. Das da ist kein schönes Langmesser. Aber ich finde, nichts ist besser geeignet, einem Mann den Schädel zu brechen.« Totgeburt bedachte den Hammer mit einem beinahe liebevollen Blick, bevor er ihn wieder in den Gürtel steckte. »Ich werde ihm übrigens dir zu Ehren einen neuen Namen gehen. Ich denke, ich nenne ihn Schädel.«

Raif gelang es nicht so recht, geehrt auszusehen. Zum ersten Mal, seit sie begonnen hatten, in die Kluft hinunterzusteigen, drohte der Schmerz seiner neuen Wunde, ihn zu überwältigen. Es flackerte weiß glühend, wo Totgeburt mit dem Schwert des Ritters ein Stück von Raifs Finger abgeschnitten hatte. Raif holte tief Luft. *Schau nicht hin*, sagte er sich. *Es gibt ohnehin nichts zu sehen außer einem Verband und frischer Luft.* Dennoch schaute er hin, auf seine linke Hand, wo sein kleiner Finger halbiert worden war. Er hatte irgendwann in der zweiten Nacht aufgehört zu bluten, aber er nässte immer noch an den Stichen, und der Verband war feucht. Totgeburt hatte gut auf die Haut aufgepasst, hatte den ersten Einschnitt direkt unterhalb des Nagels gemacht und dann die Haut bis zur Mitte des Knöchels zurückgeschoben, damit genug da war, um den Stumpf zu bedecken. Raif war während des Nähens nicht wach gewesen. Glühende Schmerzen hatten ihm das Bewusstsein genommen. Er erwachte später in der Nacht aus einem Albtraum, in dem seine Hand von dem Ungeheuer gefressen wurde, das der Lauscher ihm unter dem Eis gezeigt hatte.

Die Wirklichkeit war schlimmer. In dieser ersten Nacht schwoll der Knöchel beinahe auf Nierengröße an und war so voller Blut, dass die Haut beinahe schwarz schien. Nun war die Haut tatsächlich schwarz und starb rund um den Schnitt ab. Raif hatte drei Nächte lang nicht durchgeschlafen, und er erwartete auch in dieser Nacht keine wirkliche Ruhe zu finden.

Totgeburt sah, wie bleich er geworden war. »Ich musste es tun, Raif. Entweder das, oder sie würden dir den Arm nehmen.«

Mit großer Willenskraft meisterte Raif den Schmerz. »Ich sehe, dass du selbst unversehrt bist.«

»Ich? Ich bin so hässlich, dass es mindestens für ein abgehacktes Bein zählt.«

Darauf hatte Raif keine Antwort, und er gab Totgeburt die Lende zurück, um nach dem Wasserschlauch greifen zu können. Raif trank, während der Verstümmelte aß. Sie hatten den Schlauch an einem kleinen Rinnsal gefüllt, das sich in die Kluft ergoss. Das Wasser war salzig, und man war nach dem Trinken so durstig wie zuvor. »Wann erreichen wir den Spalt?«

Totgeburt bog den Kopf zur Felswand. »Wir sind schon drin. Zumindest am Anfang. Das Land ist in zwei Teile gespalten. Dieser Graben wird tiefer und tiefer, bis er kein Ende mehr hat. Es heißt, er reicht bis in die Hölle und in den Abgrund darunter.«

Raif warf einen Blick auf den Boden der Kluft mit dem haushohen Geröllbelag, den versteinerten Bäumen, Hirschgeweihen, Knochen und Steinen. »Sollten wir dann nicht weiter nach oben ziehen?«

»Nein. Wir sind auf dem richtigen Weg. Wir werden vor

Einbruch der Dunkelheit dort sein.« Totgeburt versetzte dem Pony einen Klaps aufs Hinterteil. »Komm schon, Mädchen. Von hier aus kennst du den Weg.«

Sie zogen weiter, und Raif erkannte, dass sie tatsächlich auf einer Art von Weg waren. Zunächst hatte es ausgesehen wie ein natürliches Sims, aber als sie um einen Felsvorsprung bogen und er sah, wie sich der Pfad für Meilen nach Osten wand und auf gleicher Höhe blieb, während die Kluft darunter tiefer wurde, begann er sich zu fragen, ob dieses Sims vielleicht von Menschenhand geschaffen worden war. Aus irgendeinem Grund musste er an den Lauscher denken und an die Leute, von denen er gesprochen hatte. Die Alten.

Der Weg war schmal, aber das schien nicht wichtig zu sein, bis die Kluft tief genug war, dass jeder, der hineingestürzt wäre, umgekommen wäre. Raif spürte, wie Aufwinde aufkamen, die den Schweiß auf seiner Stirn trockneten und seine verletzte Hand glühen ließen. Er ging hinter Totgeburt und dem Pony her und hielt sich dabei dicht an der Felswand. Nach einer Stunde wurde der Abgrund so steil und tief, dass Raif nicht mehr sehen konnte, wo er endete. Statt des Bodens waren nur noch Schatten zu sehen. Wenn man hier hinunterfiele, würde man sterben, dachte er. Man wäre verloren.

Totgeburt und das Pony schienen sich an der Gefahr nicht zu stören. Der Verstümmelte hatte seine seltsame Rüstung abgelegt und trug nun nur noch Hemd und Rock. Das Abschwörerschwert hatte er sich an die Taille geschnallt, und der Kristall am Knauf glitzerte im grauen Licht. Er aß schon wieder, diesmal etwas von der Kruste, für die er am Abend zuvor ein besonders heißes Feuer gebaut hatte. Die Stierhörner um seine Unterarme hatte er mit dem restlichen Fett eingerieben, und das schwarze Horn glänzte wie neu. Raif beobachtete ihn. Er wusste, dass Totgeburt ein starker Mann und sehr schnell war, aber er war immer noch nicht sicher, wie es dem Verstümmelten gelungen war, seinen Angriff abzuwehren. Es war Raif noch nie zuvor passiert, dass er jemanden oder etwas ins Herz treffen wollte und abgewehrt worden war. Er hatte angenommen, dass ihm das Herz eines Mannes gehörte, sobald er es erst einmal anvisiert hatte. Nun wusste er, dass dem nicht so war. Er war nicht so unbesiegbar, wie er geglaubt hatte.

Raif war nicht sicher, was das zu bedeuten hatte, und er ging die nächsten Stunden schweigend weiter. Seine Gedanken kreisten um seine Vergangenheit.

Der Nachmittag wich der Abenddämmerung, und die geringe Feuchtigkeit in der Luft sammelte sich auf einzelnen Pflanzen, die aus Simsen im Fels sprossen. Die Gerüche wurden intensiver, und Raif konnte nun die Metallerze riechen, die Salze in den Stein absonderten. Als sich der Wind drehte, roch er auch Pechrauch. Der Geruch wurde intensiver, als sich der Weg höher zog und um einen großen Vorsprung in der Spaltwand bog. Raif fühlte sich hier verwundbar, er war an dieser Stelle, an der der Kontinent sich gespalten hatte, für das Auge Gottes zu deutlich zu erkennen. Selbst Totgeburt schien etwas zu spüren, denn er stapfte weniger unbesorgt voraus, und er berührte oft das Pony, als suchte er bei ihm Trost.

Am Himmel wimmelte es von Sternen, Tausende und Abertausende, wie leuchtende Ameisen in der Nacht. Raif beobachtete sie und bemerkte etwas, das ihm noch nie zuvor aufgefallen war: Sie leuchteten nicht alle bläulich-weiß. Einige waren so rot wie Blut.

Als sie um die Biegung kamen, war Raif kein bisschen vorbereitet auf den Anblick, der sich ihm bot. Hunderte von Fackeln brannten in einer Stadt, die wie eine Honigwabe in die Steilwand geschnitten war. Raif musste sofort an einen Termitenhügel denken, den er einmal zusammen mit Bitty Shank aufgebrochen hatte, und er erinnerte sich daran, wie der Staub wie Rauch aufgestiegen war, während Schwärme weißer Insekten aus dem Bau flohen. Er erinnerte sich an die Stelle, die er mit einem Kiefernast aufgerissen hatte, den Irrgarten von Wegen und Zellen, der den Hügel wie Minenschächte durchzogen hatte. So sah diese Stadt aus: wie das Innere eines Termitenhügels.

In die Felswand waren riesige Simse geschlagen. Unzählige Höhleneingänge waren zu sehen, die Ränder gerissen und zerklüftet, das Innere dunkel. Die Simse und Höhlen konnte man durch ein Netz von Treppen, Leitern, Seilbrücken und Winden erreichen. Große Teile der Stadt waren eingestürzt; im Osten war ein gesamtes Sims eingebrochen, und Steine von Scheunengröße waren nach unten gestürzt. Risse verliefen durch die verbliebenen Strukturen, schwarz wie der Spalt selbst.

Raifs Blick schweifte über tief in den Fels geschlagene Hallen und Säulengänge. Nichts, das er je gesehen hatte, nicht einmal die Stadt Spire Vanis, war dem Clanland unähnlicher als dieser Ort.

»Ja, im Fackellicht sieht es schön aus«, sagte Totgeburt und ging weiter.

Raif blieb nichts anderes übrig, als ihm zu folgen. Als sie näher kamen, sah er, dass sich Totgeburt auf einen leeren Platz auf der mittleren Terrasse zubewegte, auf dem ein großes Feuer brannte und sich Menschen um die Flammen versammelt hatten.

Plötzlich erklang ein lautes Geräusch auf dem Weg vor ihnen; es hörte sich an wie brechendes Glas. Feuer flackerte zwanzig Schritte vor dem Pony auf. Totgeburt brüllte etwas und musste sich anstrengen, das kleine Pferd zu beruhigen.

Raif wich nicht zurück. Was immer da abgeschossen oder geworfen worden war, war von kundiger Hand eingesetzt worden, um die Eindringlinge gleichzeitig zu beleuchten und zu warnen. Während der kurzen Zeit, in der Hitze und Licht sein Gesicht berührten, wusste er, dass man ihn beobachtete.

Das Feuer verglühte rasch, und das Pony tänzelte vorsichtig über den rauchenden Stein. Totgeburt war alles andere als glücklich. Die Narbe auf seinem Gesicht zuckte Unheil verkündend. »Das war dieser fette Mistkerl Yustaffa. Er weiß, dass ich es bin, aber er schickt seine Kumpane, um das Pony zu erschrecken.«

»Woher kam der Schuss?«

Totgeburt winkte ungeduldig ab. »Von oben. Auf höheren Simsen sind Wachen aufgestellt.« So zornig er war, sprach er doch leise mit dem Pony und drängte das kleine Tier nur langsam weiter vorwärts. »Ich habe dich gewarnt, Clansmann«, sagte er und wandte sich plötzlich zu Raif um. »Was immer aus dieser Sache wird – du kannst jedenfalls nicht behaupten, dass ich dich nicht gewarnt hätte.«

Raif zog den Kopf ein. Er konnte jetzt nicht mehr zurück.

Als sie sich dem Feuer näherten, hatten sich dort schon Männer versammelt und warteten auf sie. Stahl glitzerte orangefarben, und Hämmer und seltsamere Waffen warfen unheimliche Schatten auf den Steinboden. Alle warteten schweigend. Ein paar Männer trugen Rüstungen, aber die meisten hatten sich gegen die Kälte in Leder und Felle gehüllt. Man konnte ihnen nicht ansehen, ob sie unversehrt waren oder nicht, denn das flackernde Licht schnitt ihnen allen Stücke ab. Raifs Aufmerksamkeit blieb an einem Mann hängen, einer kleinen, drahtigen Gestalt, die ein wenig von der Hauptgruppe entfernt stand und dennoch offenbar ihr Mittelpunkt war.

»Totgeburt«, erklang eine hohe Männerstimme. »Ich habe gehört, sie haben auf dein Pony geschossen. Schade, dass du dich nicht früher bemerkbar gemacht hast.« Ein fetter Mann in Biberpelzen kam auf sie zu. »Das hätte dir vielleicht einen Tritt von deinem Pony ersparen können.«

Jemand schnaubte. Ein paar weiter hinten lachten. Die schlanke Gestalt im Schatten regte sich nicht.

Totgeburt starrte den fetten Mann an, und nach einiger Zeit wandte er sich ab. »Lade das Fleisch ab«, sagte er zu Raif.

Raif war froh, etwas zu tun zu haben. Schweiß brach ihm aus, weil er genau wusste, dass alle ihn anstarrten. Nun war er nahe genug an diesen Leuten, um die Verstümmelungen zu sehen: eine fehlende Hand, ein Klumpfuß, ein gebrochener und schlecht verheilter Unterkiefer, Wangenfleisch, das vom Frost halb weggefressen war, ein buckliger Rücken. Der Schmerz in Raifs abgeschnittenem Finger flackerte heiß, als er das gefrorene Fleisch der Elchkuh ablud, die er getötet hatte. Es war noch viel Fleisch übrig, selbst wenn man bedachte, dass er und Totgeburt sich alles gebraten hatten, was sie wollten, und mit den Resten nicht allzu vorsichtig umgegangen waren. Das Pony war froh, die Last loszuwerden, und begann zu bocken und den Kopf zu schütteln. Man würde es abreiben müssen, damit es den Geruch loswurde.

Totgeburt stand still da, während Raif ihm die Elchkuh vor die Füße legte. Seine Miene war starr, und er ließ den Blick nicht von einem einzelnen Mann weichen: der Gestalt, die in den Schatten wartete. Als alle Stücke des gefrorenen Kadavers abgeladen waren, senkte er den Blick.

»Ich bringe frisch gejagtes Wild«, verkündete Totgeburt.

»Genug für sechzig Männer. Was hast du heimgebracht, während ich weg war, Traggis Mole?«

Die Verstümmelten rings ums Feuer wurden sehr still. Der fette Mann im Biberpelz setzte dazu an, etwas zu sagen, dann überlegte er es sich anders. Alle wandten sich der Gestalt im Schatten zu. Ohne Umhang und als Silhouette gesehen schien Traggis Mole unversehrt. Das Licht der Flammen berührte ihn nicht, als er sagte: »Ich bin niemandem Rechenschaft schuldig, Totgeburt. Und wenn du mich noch einmal fragst, wirst du das nicht überleben.«

Die Gruppe wartete angespannt. Männer verlagerten das Gewicht, Schwerthände zuckten, Zungen befeuchteten trockene Lippen. Der fette Mann zog einen Schwertbrecher – eine anderthalb Fuß lange, stachelbesetzte Stahlstange, mit der man ein Langschwert festhalten und abbrechen konnte –, und plötzlich wirkte er nicht mehr fett. »Willst du dich mit mir anlegen, Totgeburt?«, fragte er mit hoher, wohlklingender Stimme. »Ich sehe, du hast ein neues Schwert gefunden, mit dem du mich umbringen willst.«

Totgeburts Blick zuckte von dem fetten Mann zu seiner Waffe. Raif hatte in seinem Leben erst einen einzigen anderen Schwertbrecher gesehen; es war der kostbarste Besitz des Gnashhäuptlings Nairry Gnash. Clanleute wussten nicht, wie man solche Waffen herstellte. Es hieß, sie wurden nur in Hanatta geschmiedet, tief im Süden, von einer Schmiedegilde, die das Geheimnis dieser unzerbrechlichen Stacheln hütete wie einen Goldschatz. Totgeburts Gesicht war beherrscht, aber Raif sah ihm an, dass die Waffe ihn beunruhigte.

»Steck das weg, Yustaffa«, sagte der Verstümmelte nun. »Du bist zu schnell, wenn es ums Kämpfen geht. Man könnte denken, dass der Räuberhäuptling nicht selbst sprechen kann.«

Der fette Mann lächelte, als hätte Totgeburt etwas Witziges gesagt. Er vollführte einen kleinen Tanz und überraschte Raif mit seinem Tempo und seiner Anmut, und ehe er sichs versehen hatte, war der Schwertbrecher verschwunden. »Der Tag, an dem du in den Spalt gehst, wird ein trauriger Tag sein, Totgeburt. Wer wird mich zum Lachen bringen, wenn du erst tot bist?«

Totgeburt antwortete nicht, sondern richtete den Blick wieder auf den Räuberhäuptling Traggis Mole.

Der Mann im Schatten ließ sich Zeit. Raif war aufgefallen, dass er sich sehr ruhig verhalten konnte, wie ein Jäger, der das Wild verlocken will, näher zu kommen, damit er einen besseren Schuss anbringen kann. Er wartete, bis ein Stapel von Scheiten in dem Feuer einbrach und eine Mauer aus Hitze und Funken schuf, bevor er sprach. »Totgeburt«, warnte er mit rauer Stimme. »Deine Zunge ist ganz nahe daran, Teil dieses Fleischhaufens hier zu werden.«

Plötzlich kam es zu einer verschwommenen Bewegung. Raif versuchte, ihr zu folgen, aber Hitzewellen vom Feuer ließen die Luft flirren ... und Traggis Mole bewegte sich unmenschlich schnell. Als Raif wieder besser sehen konnte, erkannte er zweierlei. Traggis Mole hatte Totgeburt ein Messer an die Kehle gelegt.

Und der Räuberhäuptling war nicht unversehrt.

Braune Lederstreifen bildeten ein »V« über seiner Stirn und schnitten diagonal über beide Wangen ... und hielten eine hölzerne Nase an Ort und Stelle. Traggis Mole atmete ein, und die Klinge hob sich mit seiner Brust, bis sie an Totgeburts Adamsapfel lag. Das Gesicht des Räuberhäuptlings war einmal hübsch anzusehen gewesen, mit gut geformten Stirn- und Wangenknochen und vollkommen schwarzen Augen. Er war zierlich, wie Hochlandhirten zierlich sind; hart wie die Felsen, in denen sie lebten, ohne jegliches überzählige Fett, das sie nur verlangsamen würde. Sein Blick zuckte kurz zu Raif, sah alles, zuckte wieder weiter.

»Übergibst du mir dieses Fleisch, Totgeburt?«, fragte er und senkte den Blick auf das gefrorene Wildfleisch.

Totgeburts Hand lag auf dem Holzgriff des Hammers an seinem Gürtel. Die Muskeln an seinen Armen waren so angespannt, dass das Fleisch zwischen den Stierhörnern hervorzuquellen schien. Er atmete flach, denn wenn er tiefer geatmet hätte, hätte er seine eigene Kehle gegen die Klinge gedrückt. Raif sah sich um. Mehr Verstümmelte waren inzwischen zum Feuer gekommen, und weiter hinten hatte sich eine Gruppe von Frauen versammelt. Ihre Gesichter waren hungrig und mitleidlos, und Raif fragte sich, was sie wollten: Fleisch oder Blut? Er verfluchte, dass er unbewaffnet war. Niemand hier würde Totgeburt verteidigen, das konnte man ihnen deutlich ansehen.

Erst in dem Augenblick, als Traggis Mole dazu ansetzte, das Messer über Totgeburts Haut zu ziehen, begann Totgeburt zu sprechen: »Ich übergebe das Fleisch«, sagte er leise.

Traggis Mole fletschte die Zähne, und einen Augenblick lang dachte Raif, er würde Totgeburt zwingen, seine Worte noch einmal lauter zu wiederholen, damit alle sie hören könnten. Aber der Räuberhäuptling nahm sich sein Pfund Fleisch auf andere Art, indem er die Haut an Totgeburts Hals mit kundiger Hand aufschlitzte. Blut überzog rasch das fußlange Jagdmesser, und Traggis wischte die Klinge auf Totgeburts Schulter sauber.

»Brüder!«, rief er seinen Männern zu. »Ich bringe Fleisch. Lasst die Frauen vor, damit sie es braten können.«

Jubel erklang. Der fette Mann begann, und andere

schlossen sich ihm rasch an. »Mole! Mole! Mole!« Jemand hämmerte einen Spund in ein Fass, und Bier begann zu fließen. Innerhalb von Sekunden hatte sich die Atmosphäre um das flackernde Feuer verändert, als Frauen sich vordrängten, um das Fleisch zu zerkleinern, Fackeln entzündet wurden und ein kleiner Junge mit einem Klumpfuß begann, auf einem Saitenbrett eine Melodie zu spielen.

Totgeburt regte sich nicht. Das Blut an seiner Kehle trocknete bereits, so flach war der Schnitt, den Traggis Mole gemacht hatte. Seine Narben zuckten von der Anstrengung, sich zu beherrschen, und Raif konnte deutlich sehen, wie sich das zahnähnliche Ding an seiner Seite in lächerlicher Imitation eines Bisses bewegte. Als Totgeburt bemerkte, dass Raif ihn beobachtete, schüttelte er beinahe unmerklich den Kopf und bedeutete Raif damit, sich im Hintergrund zu halten.

Aber Traggis Mole beobachtete sie weiter, und obwohl seine Nase aus Holz war, schien sie nun zu zucken, als hätte er etwas gewittert. Der Blick vollkommen schwarzer Augen ruhte auf Raif.

»Ich nehme ihn als meinen Jagdgefährten«, sagte Totgeburt lässig. »Orrlmann. Hab ihn in der Grasschlucht gefunden; er war ohnehin hierher unterwegs. Er ist ein guter Jäger. Er kann sich seinen Unterhalt verdienen.«

»Ach ja?« Traggis Mole sah Raif von oben nach unten an. »Ich sehe, du hast ihm einen halben Finger genommen, Totgeburt. Wolltest du mir das Vergnügen rauben, ihm die ganze Hand abzuschneiden?«

»Ich dachte, ich lasse einem Mann lieber, was er zum Jagen braucht.« Totgeburts Stimme war nun gefährlich; jeder Versuch, lässig zu tun, war vergessen. »Oder hast du solche Angst vor jedem, der noch Arme und Beine hat, dass du einen Mann lieber nutzlos siehst denn als einen Rivalen um die Führung?«

Traggis Mole lachte; ein kurzes Krähen, das nichts mit Freude zu tun hatte. »Ein Rivale? Um dieses Madennest am Rand der Welt? Wenn jemand es so sehr haben will, dass er mir einen Dolch ins Hirn stößt, würde ich das willkommen heißen. Wir sind hier alle verdammt. Der Frost frisst uns bei lebendigem Leib, und die Schatten erheben sich. Zeig mir einen Mann, der genügend Mumm hat, mich zu besiegen, und ich gehe freiwillig in den Spalt.«

Als er sprach, begann sich der Wind an der Felswand zu erheben, riss an den Säumen der Umhänge und fachte das Feuer zu heftiger Hitze an. Raif spähte zum Rand des Simses hin, sah aber nur Dunkelheit. Das Land ging ins Nichts über, und der Bereich zwischen der Nordwand des Spalts und der südlichen schien so kalt und leer wie die Distanz zwischen Sternen.

»Ich weiß, dass du mich hasst, Totgeburt«, schnitt die Stimme des Räuberhäuptlings durch den Wind. »Aber du hasst mich nicht genug. Wie lange bist du schon hier? Fünfzehn Jahre? Und du weißt immer noch nicht, wie man einem Mann einen Dolch in den Rücken stößt. Sieh dir Yustaffa an. Er nennt mich seinen Lehnsherrn und macht meine Kämpfe zu seinen, aber ich würde ihn nie mit einem Messer in meine Nähe lassen. Alle Männer hier, selbst der Gebrochenste, träumen davon, mir die Kehle durchzuscheiden, wenn ich im Bett liege und meine Hure auf mir. Angst hält sie davon ab ... aber das ist es nicht, was dich innehalten lässt, oder?« Der Räuberhäuptling sah Totgeburt wissend an, der Schatten seiner Holznase schwarz an seiner Wange. »Diesen letzten Rest von Clanehre abzuschütteln ist immer der schwierigste Schritt.«

Totgeburt schüttelte bedächtig den Kopf, aber er stritt es

nicht ab. Stattdessen ließ er den Blick zum Fuß des Feuers schweifen, wo Männer mit bloßen Händen nach dem halb gebratenen Fleisch griffen. »Die Brüder haben Hunger, Traggis. An deiner Stelle würde ich mich darauf konzentrieren. Schick die Männer zum Jagen aus, nicht auf Überfälle. Eine Truhe Gold ist einem Verhungernden nichts wert. Drei Tage westlich vor hier gibt es Wild, und wenn du ein echter Anführer wärst, würdest du eine Gruppe Jäger ausschicken und so viel wie möglich erlegen. Und wenn du dich mit Männern auskennen würdest, würdest du diesen Jungen hier mitnehmen, und zwar schon deshalb, weil ich das gesagt habe.«

Andere in der Menge hörten Totgeburts Worte und hielten inne, um zu lauschen. Einige kamen näher. Ein Mann mit frostzerfressenen Wangen nickte, als Totgeburt das Wild erwähnte. Traggis' schwarze Augen sahen alles.

»Wenn dir dein Leben lieb wäre, Totgeburt, würdest du deine Gedanken für dich behalten. Ich bin der Herr dieses Erdlochs. Nicht eine Teufelsfratze, die tot geboren wurde und es auch hätte bleiben sollen.« Blitzschnell waren Traggis Moles Zeigefinger und Daumen an Totgeburts Kinn und drückten es, bis die Haut weiß wurde. »Und ich sage dir noch was, mein narbiger Freund: Dieser Orrlmann gehört mir, bis er bewiesen hat, was in ihm steckt. Er hat keine Waffen und auch sonst nichts mitgebracht. Was immer er isst und trinkt, nimmt er einem unserer Brüder. Und ich werde mir selbst die Augen ausstechen, wenn du hier auch nur einen einzigen Mann finden kannst, der ihn dafür willkommen heißt.«

Keiner sagte etwas. Alle Verstümmelten lauschten nun, Hände und Münder fettig vom Wildfleisch. Das Feuerlicht machte Masken aus ihren Gesichtern. Raif spürte ihre Feindseligkeit wie trocknenden Wind an seiner Haut. Traggis

Mole hatte all ihren Hunger, all ihre Enttäuschung auf ihn abgelenkt, auf einen Außenseiter, und Raif wusste, dass er hier einem Meister gegenüberstand.

Traggis Mole ließ Totgeburt los, aber er hielt den Augenkontakt noch eine Weile aufrecht. Als er davon ausgehen konnte, dass seine Warnung angekommen war, wandte er sich Raif zu: »Orrlmann – was für Fähigkeiten hast du?«

Raif achtete darauf, Totgeburt nicht anzusehen, bevor er antwortete. »Ich bin ein Weißwinterkrieger. Bogenschütze. Lang- und Kurzbogen. Ich habe einmal ein Dutzend in einer einzigen Nacht erledigt.«

Interessiertes Murmeln erklang, aber der Räuberhäuptling ließ sich nicht beeindrucken. »Du bist jung für einen Weißwinterkrieger. Ich habe gehört, dass es zehn Jahre dauert.«

Etwas in Raif stemmte sich gegen die Herausforderung in diesen schwarzen Augen. »Dann bist du falsch informiert.«

Für einen winzigen Augenblick spiegelte sich auf Traggis Moles Miene so etwas wie Interesse. »Aber du hast keinen Bogen, und es sieht auch nicht so aus, als hätte dir Totgeburt einen abgenommen.«

»Er hat ihn zerbrochen, weil er es so eilig hatte, mein Schwert zu packen.«

Amüsiertes Lachen erklang, und Raif wusste, dass er Totgeburt richtig eingeordnet hatte. Der große, kräftige Verstümmelte war kein Bogenschütze; seine Arme waren dazu gemacht, Stahl zu schwingen, nicht Holz. Und wenn man irgendetwas aus der großen Anzahl von Waffen entnehmen konnte, war er auch ein Sammler von Stahl. Alle würden sich denken können, dass er auf das Schwert des Abschwörers versessen gewesen war, selbst wenn man von der Waffe jetzt nur den Griff und den Knauf mit dem Kristall sehen konnte.

Raif war erleichtert, aber er ließ es sich nicht anmerken. Als er in Traggis Moles schmales, so schrecklich verstümmeltes Gesicht schaute, hatte er den deutlichen Eindruck, dass er alle anderen in der Menge überzeugt hatte, nur nicht diesen Mann.

Aber aus irgendeinem Grund behielt Traggis Mole die Wahrheit für sich. Er sagte nur: »Nun, Orrlmann, wie sollen wir dich prüfen?«

Raif sah dem Mann in die Augen und schwieg. Er wusste, dass nun auch die zweite Falle mit einem Köder versehen war.

»Ich habe eine Idee«, sagte der fette Mann, der sich bis dahin intensiv einem Markknochen gewidmet hatte.

»Sprich sie aus.«

Yustaffa fuchtelte mit dem Knochen. Er hatte die Kupferhaut und die mandelförmigen Augen eines Mannes aus dem tiefen Süden, und obwohl seine Biberpelze gut bearbeitet waren und schimmerten, passten sie ihm irgendwie nicht. Er sah aus wie ein Mann, der sich als Bär verkleidet hatte. »Lass ihn mit Tanjo Zehn-Pfeile, oder wie immer er sich derzeit nennen mag, um die Wette schießen. Bogenschütze gegen Bogenschütze. Bogen gegen Bogen. Könnte lustig werden. Und es ist sicher interessanter, als zuzusehen, wie dieser Pöbel noch einen Toten in den Spalt wirft. Ich habe erst heute früh gesagt –«

»Das genügt«, sagte Traggis. »Sucht Tanjo und sagt ihm, dass der Wettbewerb im ersten Morgenlicht stattfindet. Und du«, sagte er zu einem frostzerfressenen Schwertkämpfer mit der Stäbchenrüstung eines Seefahrers, »bringst den Orrlmann in die Höhlen und hältst ihn über Nacht dort fest. Gib ihm nichts als Dreck und Wasser, und sorge dafür, dass der da« – ein rascher Blick zu Totgeburt – »nicht in seine Nähe kommt. Bring ihn im Morgengrauen zum hohen Sims.«

Der Schwertkämpfer nickte brüsk, und Raif spürte eine unsanfte Hand an seinem Arm. Er erhielt keine Gelegenheit, noch einmal mit Totgeburt zu sprechen, bevor man ihn wegführte.

19
Der Turm am Fluss

Die fünf Dhoonekrieger betraten den alten Turm am Fluss unter schwerer Bewachung. Iago Sakes Gesicht war im Sternenlicht beinahe weiß, und er hatte seine gefürchtete halbmondförmige Axt gezogen und bereit. Er und Diddie Munn eskortierten die fünf Krieger durch den seltsamen dachlosen Säulengang, der den Eingang zum eingestürzten Turm des Clans Schneefuchs bildete.

Bram war überrascht, dass die fünf Männer immer noch ihre Waffen trugen, und fragte sich, wieso sein Bruder Robbie nicht befohlen hatte, sie ihnen abzunehmen. Wasserstahl blitzte an ihren Rücken und Oberschenkeln und verursachte kleine Wellenmuster aus Licht auf den bläulichen Oberflächen ihrer Brust- und Rückenharnische. Die Tätowierungen auf ihren Gesichtern zeigten, dass sie schon bei vielen Feldzügen mitgemacht hatten. Einer von ihnen – Bram erkannte ihn als den Meisteraxtkämpfer Mauger Loy – hatte so dichte Tintenwirbel auf den Wangen, dass man die wahre Farbe seiner Haut nicht mehr erkennen konnte. Selbst seine Augenlider waren blau. Alle fünf hatten das blonde Haar der Dhoonemänner, und Bram bemerkte, dass es außer ihm selbst hier nur noch eine Hand voll Männer mit dunklen Augen und dunklem Haar gab.

»Steck deine Axt ein, Iago«, erklang Robbie Dhoones Stimme aus der großen runden Kammer des Turms. »Diese Männer sind unsere Brüder. Sie werden uns nicht angreifen.«

Iago Sake, der totenbleiche Axtkämpfer, der als der Nagel bekannt war, nickte, sagte aber nichts. Er und Mauger waren Kameraden gewesen, bevor der alte Dhoonehäuptling umgekommen war, aber all die Jahre gemeinsamer Ausbildung und Feldzüge bedeuten Iago nichts im Vergleich zu seiner Loyalität zu Robbie Dhoone. Iago steckte die Drei-Fuß-Axt nun also lieber in den Gürtel, als dass er sie in das Halfter auf seinem Rücken hängte, wie man ihm befohlen hatte. Bram wusste, dass andere Iagos Mangel an Gehorsam als Trotz deuteten, aber ihm war klar, dass es aus dem Bedürfnis heraus geschah, Robbie zu schützen. Wenn hier Waffen gezogen würden, würde Iago Sake seine als Erster in der Hand halten können.

Die fünf Krieger, die sich Skinner Dhoone angeschworen hatten, konnten ihre Neugier kaum verbergen, als sie in die Hauptkammer des halb eingestürzten Turms kamen. Dieser Turm hatte einmal dreißig Stockwerke hoch über dem Milchfluss aufgeragt, hieß es in den Legenden, noch höher als der Turm auf dem Ganmiddich-Zoll. Aber das Leben hier im nördlichen Clanland war schwerer – Unwetter konnten wochenlang toben, und es hatte ganze Jahre gegeben, in denen der Frost nie getaut war –, und der Turm war schon lange eingestürzt. Nur ein paar Stockwerke waren geblieben, und alle bis auf das unterste waren unbrauchbar. Selbst hier drangen Mondlicht und Regen ein, und wenn Bram nach oben schaute, konnte er große Risse und Löcher sehen. Am Boden, auf den eingesunkenen Pflastersteinen, stand eine Pfütze, die so groß war wie ein Fischteich. Das Wasser war vor zehn Tagen, als sie hier eingezogen waren, noch gefroren gewesen, aber nun schmolz es von der Wärme der Fackeln und der Menschen. Ein oder zwei Mal hatte Bram gesehen, wie sich etwas unter dem Eis bewegte, und er hatte sich gefragt, wie Fische hier hereingekommen waren.

Nur wenige wussten wirklich etwas über den Turm, nicht einmal die Fuchsmänner, die ihr ganzes Leben in seiner

Nähe verbracht hatten. Das Fuchshaus befand sich kaum eine Meile weiter westlich, und seine runden Wände und das Kuppeldach waren überwiegend aus Steinen gebaut, die von dem eingestürzten Turm gekommen waren. Als die ersten Clansiedler die Ruinen nördlich des Flusses gefunden hatten, hatten sie die hellen, beinahe durchscheinend wirkenden Blöcke benutzt, um im Schatten des Turms ihr Rundhaus zu errichten.

Der Milchfluss war im Frühling immer weiß, wenn das heftig strömende Wasser und das tauende Eis an den Überresten dieser hellen Steine in einer Reihe von Steinbrüchen flussaufwärts fraßen. Bram hatte einmal gehört, dass die Steinbrüche nun von Wald und Gestrüpp überzogen waren und nur noch Hirten sie finden konnten, die im felsigen Hochland unterwegs waren.

Selbst jetzt, nachdem er Monate in Schneefuchs verbacht hatte, wo es viel von diesem hellen Stein gab und viele Häuser daraus gebaut waren, fand Bram ihn immer noch wunderschön. Im Feuerlicht glitzerte er wie weiße Zähne.

Die fünf Krieger gingen durch die runde Kammer auf Robbie zu, der am Kopf des Lagertischs saß. Robbie trug keinen Umhang und keine Rüstung, nur ein schönes Wollhemd und eine Leinenweste, Hosen aus festem Baumwollgewebe, die in hohe Lederstiefel gesteckt waren, und einen schweren Gürtel aus gehämmerten Kupferplatten. Er hatte sich vor kurzem die Haare gewaschen und neu geflochten, und die Strähnen im Nacken waren immer noch feucht. Ein anderer Mann hätte vielleicht ein wenig unordentlich gewirkt, aber Robbie Dun Dhoone sah aus wie ein König.

Er sah die fünf Männer ernst an. Seine Hände ruhten auf den ledergebundenen Armstützen seines Stuhls. »Mauger. Berold. Harris. Jordie. Roy«, grüßte er sie und überraschte sie eindeutig mit seinem Gedächtnis. »Kommt. Setzt euch. Es ist ein anstrengender Ritt von Gnash hierher, und die Flussufer sind schlammig. Hat man eure Pferde gefüttert und getränkt?«

Mauger und seine Begleiter wechselten Blicke. Sie fühlten sich angesichts solcher Höflichkeit unbehaglich. »Ja«, sagte Mauger nach einem Augenblick mürrisch. »Ein Stallbursche hat sich darum gekümmert.«

Robbie machte eine knappe Geste mit der Hand. »Gut. Und jetzt wärmt euch am Kohlebecken. Bram, bring Brot und Bier. Und sorge dafür, dass Alte Mutter erfährt, wer hier ist. Sie würde es uns übel nehmen, wenn sie erst hinterher hören würde, dass diese Männer hier waren und sie sie nicht begrüßen konnte.«

»Alte Mutter ist hier?«, fragte Mauger und sah sich nach ihr um.

»Ja. Draußen am Fluss. Sie hat uns vor Monaten ihren Segen gegeben, indem sie sich unserer Sache angeschlossen hat.«

»Wir dachten, sie wäre tot.« Mauger war ehrlich verdutzt. »Sie und dieses elende Maultier sind eines Tages einfach verschwunden, und Skinner sagte, sie wäre in den Trümmerwald geritten, um dort zu sterben.«

Robbie zog eine Braue hoch, aber er schwieg und überließ es den fünf Kriegern selbst, Skinner Dhoone einen Lügner zu nennen. Bram packte Nussbrot und einen Krug Schwarzbier auf eine Holzplatte und brachte sie zum Lagertisch. Eine Landkarte des Clanlands aus Tuch war auf dem Tisch ausgebreitet, und Robbie nickte ungeduldig, als Bram zögerte, das Tablett darauf zu stellen. Als Bram Bier in die Trinkhörner goss, ließen sich die fünf Krieger widerstrebend nieder.

»Ihr seid also nicht mehr im Fuchshaus«, sagte Mauger zu Robbie und sah sich in der Turmkammer um. »Das ist schade, denn es ist eine schöne Festung.«

»Wir sind zu viele geworden.« Robbie nahm sich das erste Horn mit Bier. »Wrayan hat mich gebeten zu bleiben, aber man soll seinen Gastgebern nicht zu viel zumuten.«

Mauger nickte zustimmend. Er war ein hoch gewachsener, kräftiger Mann, dessen Kraft vorwiegend in den Schultern lag. Aus der blauen Haut an seinem Hals wuchsen weißblonde Stoppeln. Bram sah, dass er die Männer betrachtete, die sich um die Feuer versammelt hatten, ihre Rüstungen polierten, Zaumzeug reparierten oder feuchte Kleidung trockneten. Weitere Männer hockten an dem torlosen Eingang, spielten mit Knochenwürfeln und schlossen Wetten ab, und wieder andere saßen in kleinen Gruppen beisammen und unterhielten sich leise. Bram war stolz auf ihre Anzahl. Seit dem Überfall auf Bludd war kein Tag vergangen, an dem nicht ein einzelner Mann oder eine kleine Gruppe zu Robbie gekommen waren, um ihm ihre Dienste anzubieten. Sein Ruf wurde schnell allgemein bekannt, und der Name, den Skinner Dhoone ihm gegeben hatte, war inzwischen überall im Clanland verbreitet: *der Dornenkönig.*

»Zähl sie, wenn Skinner es so will«, sagte Robbie lässig und streckte die Beine aus. »Aber erwarte keine genauen Zahlen, denn was du hier siehst, ist weniger als die Hälfte.«

Da war eine Lüge, aber sie wurde gut vorgebracht. Bram staunte über die ruhige Miene seines Bruders. *Seltsam, dass mir nie zuvor aufgefallen ist, was für ein guter Betrüger Robbie ist.*

Mauger lief rot an.

Der Mann namens Berold wollte über das Unbehagen seines Kameraden hinwegtäuschen. »Wir bringen Botschaften von Skinner. Willst du sie jetzt hören, oder möchtest du in vertraulicher Umgebung verhandeln?«

Das war eine Herausforderung, und Robbie stellte sich

ihr. »Ich verberge nichts vor meinen Kameraden. Sprich laut, Mann, so dass alle es hören können.«

Berold warf Mauger einen Blick zu. »Wir sind übereingekommen, dass mein Bruder für alle sprechen soll.«

Wieder schaute Bram Mauger und Berold an, und nun erkannte er, was ihm zuvor entgangen war. Beide Gesichter hatten ähnliche Züge. *Mein Bruder,* hatte Berold gesagt. Die Worte berührten etwas in Bram, aber er wusste nicht, was oder warum.

Mauger hielt sein Horn hin, um es sich noch einmal füllen zu lassen. Erst dann begann er. »Erstens: Skinner verlangt, dass du ihn nicht mehr als Onkel bezeichnest. Er hat sich deine Abstammung angesehen und festgestellt, dass du nicht der Vetter eines Häuptlings bist. Du bist auch nicht sein Neffe, weder durch Blutsverwandtschaft noch Heirat, und er sagt, deine Ansprüche sind unberechtigt.«

Während seiner Worte drehten sich die meisten Männer in der Kammer um, um zu lauschen. Viele waren über diese Beleidigung ihres Häuptlings verärgert. Duglas Oger, der Axtkämpfer, fletschte seine abgebrochenen Zähne und stellte sich hinter Robbie. Kein anderer Axtkämpfer hatte die Kraft und Größe von Duglas, und seine Anwesenheit am Lagertisch bewirkte, dass die fünf Besucher Blicke wechselten. Duglas Oger bemerkte das und griff lässig nach der Axt, die ihm auf dem Rücken hing.

Robbie beruhigte ihn, indem er ihm die Hand auf den Arm legte, und sprach Mauger an. »Das nehme ich nicht übel. Ich weiß, dass die Worte, die ihr sprecht, nicht eure eigenen sind. Ich kann nicht behaupten, dass Skinner mich damit überrascht. Er hat mich gern als Neffen bezeichnet, wenn es ihm gepasst hat, und nun passt es ihm, es nicht mehr zu tun. Ein netter Trick. Schade, dass er es nie bei seiner Frau ausprobiert hat.«

Lachen erklang. Duglas Oger gab eine Art Gackern von sich; es klang, als versuchte jemand, ihn zu erwürgen. Die Besucher fanden diesen Witz auf Kosten ihres Häuptlings weniger komisch, und bis auf einen beherrschten sie ihre Züge gut. Nur der Jüngste, Jordie Sarson mit den weißen Brauen, konnte sich ein Grinsen nicht ganz verkneifen.

Robbie hatte Jordie Sarson für sich gewonnen – das wusste Bram nun ganz sicher. Bisher hatte sein Bruder alles richtig gemacht: Er hatte die Besucher mit seiner Höflichkeit entwaffnet, sie mit seiner kühlen Ruhe beeindruckt, und nun weigerte er sich, sich beleidigen zu lassen, obwohl man ihn eindeutig beleidigen wollte. Bram spürte, wie Stolz in ihm aufkeimte, aber damit kam auch das vertraute Gefühl von Hoffnungslosigkeit. *Wie kann ich so stolz auf ihn sein und dennoch nicht wollen, dass er Erfolg hat?* So etwas war ein schlimmer Verstoß gegen die Regeln der Loyalität, und Bram schämte sich dafür. Mit großer Willensanstrengung riss er seine Gedanken davon los und konzentrierte sich stattdessen auf die einfache Aufgabe, den Besuchern Bier nachzugießen.

»Gibt es noch mehr?«, fragte Robbie.

Mauger verlagerte unruhig das Gewicht. »Ja. Was das Königtum angeht.« Er trank mehr Bier, um sich Mut zu machen. »Skinner sagt, deine Mutter war eine Hure, und wenn jeder, der ihre Fotze von innen gesehen hat, König sein wollte, dann müsste die Hälfte aller Männer im Clanland gekrönt werden.«

Robbies Blick wurde kalt. »Nein«, sagte er leise zu Duglas Oger, der schon dabei war, die Axt zu heben. Von der anderen Seite des Raums her betrachtete Iago Sake die Besucher aufmerksam. Seine totenbleiche Haut und seine Winterfelle ließen ihn vor den hellen Steinmauern beinahe unsichtbar werden. Robbie stand auf. »Nein«, wiederholte er, diesmal an alle Männer im Raum gerichtet. »Schickt unsere Brüder nicht in dem Glauben nach Gnash zurück, dass wir eine Lüge nicht erkennen, wenn wir eine hören. Alle hier haben meine Mutter Margret gekannt und verehrt. Sie hatte alles, was schön und golden war, und sie ging mit der Anmut der Dhooneköniginnen in den Tod. Die Worte eines verängstigten Mannes können daran nichts ändern. Skinner Dhoone ist anscheinend so verzweifelt, dass kein Abgrund tief genug für ihn sein kann. Glaubt er, dass ich ein Hund bin und auf seinen Befehl hin kämpfe? Dass er nur meine Mutter beleidigen muss, und dann habe ich sofort Schaum vor dem Maul und schlage planlos zu?« Robbie schüttelte den Kopf. »Versteht mich nicht falsch, Dhoonemänner. Ich werde diese Beleidigung nicht vergessen, aber ich werde kein weiteres Schwert in diesen Kampf hineinziehen. Das hier bleibt zwischen mir und Skinner, und es wird zwischen uns beiden bereinigt werden, ohne dass andere etwas damit zu tun haben.«

Viele in der Menge nickten. Iago Sake senkte die Axt. Robbie hatte Recht. Nur ein Sohn konnte die Ehre seiner Mutter verteidigen, ganz gleich, wie tief sich auch die Gefährten des Sohns beleidigt fühlten. Bram stellte fest, dass er keinem in die Augen sehen konnte. Niemand hatte ihn angesehen, seit die Besucher eingetreten waren, und er wollte auch jetzt ihre Aufmerksamkeit nicht erregen.

Margret Cormac geborene Dhoone war nicht seine Mutter. Das goldene Haar und die blauen Augen waren einzig und allein an ihren ersten und einzigen Sohn gegangen, zusammen mit einem gut dokumentierten Anspruch auf das Distelblut. Noch bevor der alte Dhoonehäuptling von den Bluddleuten umgebracht worden war, hatte Robbie den Namen seines Vaters aufgegeben und begonnen, sich Dhoone zu nennen. Bram konnte sich noch daran erinnern, wie er den Namen Robbie Dhoone zum ersten Mal gehört und ihn gleich für viel großartiger gehalten hatte als Rob Cormac. Er war sechs Jahre alt gewesen. »Kann ich mich auch Dhoone nennen, Rob?«, hatte er auf dem Waffenhof gefragt, als Robbie mit einer Faust voll Heu Schweineblut von seinem Schwert gerieben hatte. »Nein, Bram«, hatte Robbie gesagt und blinzelnd an der Klinge entlanggespäht, um nachzusehen, ob sie unversehrt war. »Wir haben denselben Vater, aber nicht dieselbe Mutter. Meine Mutter war eine große Dame mit Ahnen, die sich bis zur Weinenden Moira zurückverfolgen lassen. Deine Mutter ist nur eine Karnickeljägerin vom Clan Gnash.«

Bram ließ die Hand einen Augenblick lang auf dem Lagertisch ruhen. Er sagte sich, dass Robbie ihn nicht hatte beleidigen wollen, dass diese Worte nur der Gedankenlosigkeit eines Sechzehnjährigen entsprangen. Aber inzwischen war Bram selbst fünfzehn, und er wusste, er hätte an Robbies Stelle niemals so reagiert.

Mauger sagte etwas, aber Bram brauchte einen Augenblick, um ihn zu verstehen. »Skinner hat genug vom Warten«, erklärte der Veteran. »Er will einen Kampf, um diese Angelegenheit um die Position des Häuptlings ein für alle Mal zu regeln.«

Das brachte viele Männer auf die Beine. Sie hatten seit dem Angriff auf Bludd nur noch ein paar kleinere Überfälle durchgeführt, und sie sehnten sich nach einer Schlacht. Dabei zählte kaum, dass Skinner Dhoones Streitkräfte ihnen zahlenmäßig überlegen waren, denn der Erfolg am Bluddhaus hatte ihnen Mut gegeben, und ihr Glaube an ihren Anführer Robbie war unerschütterlich. Bram sah und verstand das alles – aber er bemerkte auch das berechnende Glitzern in den Augen seines Bruders.

Robbie, der selbst immer noch stand, machte eine Geste

zu seinen Männern hin. »Brüder. Kameraden«, sagte er leise, »ich werde Skinner Dhoone nicht auf einem Schlachtfeld seiner Wahl entgegentreten. *Er* mag vielleicht wollen, dass Dhoonemänner gegen Dhoonemänner kämpfen, aber ich mache da nicht mit. Wer hier könnte heute Abend unsere Besucher ansehen und sie nicht als Clansmänner anerkennen? Tötet sie, und ihr tötet euch selbst. Jeder tote Dhoonemann ist einer weniger, der gegen Bludd kämpfen kann. Sagt mir, welches Blut wollen wir lieber auf unseren Klingen? Das von Dhoone oder das von Bludd?«

Schweigen senkte sich über den Turm wie ein Bann. Die Fackeln zischten, als sich die ersten Abendnebel durch die Risse in den Turmmauern stahlen, und das Licht wurde ein wenig trüber. Der Turm lag beinahe direkt am Fluss, und man konnte hören, wie Flusseis brach, weil die Luft an der Oberfläche kälter wurde. Drinnen im Turm waren die Dhoonemänner ernst geworden. Duglas Oger hob das Kupferhorn mit seinem Anteil an pulverisiertem Heiligem Stein an die Lippen, andere folgten dieser Geste. Iago Sake senkte den Kopf und begann, die Namen der Steingötter zu rezitieren. Robbie machte mit, und als sie den dritten Gott erreicht hatten, hatten sich ihnen alle im Raum im Gebet angeschlossen.

... Jone, Loss, Uthred, Oban, Larannyde, Malweg, Behathmus.

Die Worte trieben den Männern Tränen in die Augen, denn Robbie hatte sie irgendwie daran erinnert, dass Dhoone der geliebte zweite Sohn der Götter war.

Die Besucher rezitierten zusammen mit Robbies Männern, und Bram fragte sich, wie viele von ihnen wohl zu Skinner zurückkehren würden. Jordie Sarson ganz bestimmt nicht, denn er ließ den bewundernden Blick selten von Robbie weichen. Der kahle Speerkämpfer Roy Cox, genannt

Stachelrücken, sah ebenfalls so aus, als könnte er demnächst meutern; auf seinem schmalen, knochigen Gesicht zeichnete sich eine gewisse Unruhe ab, und er sah sich in der Turmkammer um, als wollte er sein mögliches neues Zuhause einschätzen.

Mauger und Berold wirkten ebenfalls beunruhigt, aber Bram glaubte nicht, dass sie auch nur im Entferntesten daran dachten, die Seiten zu wechseln. Loyalität und Ehre waren ihnen zu wichtig, und ebenso, wie Robbies Höflichkeit sie nervös machte, machten sie auch seine wohl gesetzten Worte misstrauisch.

Mauger brach schließlich das Schweigen und fragte: »Hast du eine Botschaft für meinen Häuptling?«

Robbie griff nach hinten zu seinen Zöpfen. Bram bezweifelte, dass ihm bewusst war, wie er in diesem Moment aussah, mit den langen Muskeln in seinem Arm und den Schultern, den schlanken Fingern, in die noch keine Axt gebissen hatte. »Ich habe keine Botschaft für Skinner. Jeder Mann, der Clansmann gegen Clansmann stellen will, hat meinen Respekt nicht verdient. Ich möchte mit denen sprechen, die ihm folgen. Und ich will ihnen Folgendes sagen: Alle sind hier als Brüder willkommen. Was in der Vergangenheit geschehen ist und getan wurde, ist vergessen. Schließt euch mir an, und wir werden zusammen in unser Clanland zurückkehren und uns Dhoone zurückholen.«

Mauger nickte schnell, als befürchtete er die Auswirkung von Robbies Worten auf seine vier Kameraden. »Eine gute Ansprache, aber ich werde deine Werbungen nicht für dich weitertragen, Rob Cormac. Wenn du keine Botschaft für unseren Häuptling hast, dann hast du auch keine für uns. Kommt, Männer. Wir müssen den Fluss überqueren, bevor der Mond untergeht.« Mauger nickte Robbie und Duglas Oger zum Abschied zu und ging durch den Turmraum.

Berold und die drei anderen folgten ihm, aber nicht, bevor Robbie noch einmal Jordie Sarson und Roy Cox in die Augen gesehen hatte.

Erst als sich diese beiden abgewandt hatten, gestand sich Robbie zu, das Gesicht zornig zu verziehen. Es hatte ihm nicht gefallen, als Rob Cormac angesprochen zu werden. Bram hatte einmal mit angesehen, wie er Jesiah Shamble blutig geschlagen hatte, als der Fackelmann mit dem schlichten Geist Robbies neuen Namen vergessen und ihn stattdessen mit dem alten Namen angesprochen hatte. Niemand hatte seitdem gewagt, Robbie einen Cormac zu nennen, und nur Duglas Oger nannte ihn noch Rob. Aber aus Maugers Bemerkung war klar, dass man ihn in Gnash so bezeichnete.

Bram Cormac schlüpfte unbemerkt aus dem Turm. Er wollte nicht mit ansehen müssen, wie sich sein Bruder über den Namen, den ihr Vater ihm gegeben hatte, aufregte.

Der Nebel am Ufer war inzwischen mannshoch, und die Kälte drang durch jede einzelne Schicht von Brams Kleidung und legte sich feucht auf seine Haut. Er zog die Schultern ein wenig hoch und machte sich auf den Weg zu dem moosüberzogenen Ufer, an dem Alte Mutter ihr Zelt aufgeschlagen hatte. Sie weigerte sich, in dem eingestürzten Turm zu schlafen oder zu essen, und betrat ihn nur auf Robbies Befehl.

Der Geruch von Holzrauch führte Bram durch den Nebel. Das Land östlich des Fuchshauses war von dichtem, wildem Wald überzogen, und Guy Morloch sagte immer, wenn jemand sich dort eine Jagdhütte baute und sich ein Jahr lang nicht darum kümmerte, würde er sie nie wiederfinden. Der Wald würde sie zerstören. Das Bauernland und die Weiden von Schneefuchs befanden sich im Norden und im Westen, und daher bildete das Land, das an das Territorium der bluddgeschworenen Clans grenzte, eine dichte, undurchdringliche Barriere gegen Feinde. Selbst hier, nur eine Meile westlich des Fuchshauses, nahm sich der Wald jeden Raum, den er erreichen konnte, und Weiden und Sumpfeichen streckten ihre nackten Äste über den Fluss, als könnten sie sogar das Wasser nehmen. Alte Mutter saß auf einem Baumstumpf an einem Grünholzfeuer, wärmte sich eingeweichten Hafer in einem eisernen Topfhelm und kaute auf einem Stängel Gartenraute. Ihr einziger Gruß bestand in: »Ruft Robbie mich zu sich?«

Bram fragte sich, ob sie auch nur seinen Namen kannte. Ihre Zähne waren gelb von der Raute, und sie roch wie Flusswasser, das zu lange unbewegt in einem Loch gestanden hatte. »Robbie lässt dich wissen, dass Mauger Loy und andere aus Gnash hier sind. Er dachte, du willst vielleicht mit ihnen sprechen, bevor sie wieder gehen. Sie sind draußen beim Pferdezelt. Ich bringe dich hin, wenn du willst.« Bram glaubte nicht, dass Robbies Angebot, das aus Höflichkeit gemacht worden war, wirklich noch bestand, aber sein Bruder hatte es auch nicht zurückgenommen, also hatte Bram beschlossen, das Risiko einzugehen.

»Mauger hatte als Kind immer Koliken«, sagte Alte Mutter und kam steif auf die Beine. »Das ganze erste Jahr war er kahl wie ein Geier und brüllte jede Nacht wie am Spieß.«

Bram wusste nicht, was er dazu sagen sollte, also nickte er nur. Alte Mutter war seltsam, aber er hatte inzwischen verstanden, dass sie Dinge wusste, von denen andere keine Ahnung hatten. Es waren überwiegend Geschichten darüber, wie erwachsene Clansmänner als kleine Kinder gewesen waren und mit wem sie sich als Jungen geprügelt hatten, aber manchmal sagte sie Dinge, die einen nachdenklich machten. Als Robbie angekündigt hatte, dass sie vom Fuchshaus in den Turm ziehen würden, war sie vollkommen dagegen gewesen und hatte sich schlicht geweigert, dort zu übernachten. »Sullsteine, Sullknochen«, hatte sie gemurmelt und den großen fleischigen Kopf geschüttelt. »Schon der Geruch wird sie wie die Fliegen anziehen.«

Bram wollte lieber gar nicht wissen, wer diese *sie* waren, aber es lag etwas in den Worten der alten Frau, das ihn faszinierte. Jeder Clansmann wusste, dass das Land zwischen den Bitterhügeln und den Kupferhügeln einmal den Sull gehört hatte, aber niemand sprach je davon. Es war ein Rätsel. Wenn die Sull solch leidenschaftliche und todesmutige Krieger waren, wie alle behaupteten, wie war es dann den Clanleuten gelungen, sie zu besiegen? Bram runzelte die Stirn. Withy und Herdfeuer waren die Geschichtsschreiber der Clans. Eines Tages würde er zu den Rundhäusern beider Clans reiten und die Antwort selbst herausfinden.

Er bot Alte Mutter den Arm, um sie am Ufer entlang zurückzuführen. Ohne jeden erkennbaren Grund war der Nebel wieder dünner geworden, und Bram stellte fest, dass er durch die dünner werdenden Schwaden sehen konnte. Vor ihm stand der Sullturm, seltsam und alles andere als schön anzusehen, wie ein abgebrochener Zahn am Flussufer. Selbst am höchsten Punkt waren nur vier Stockwerke geblieben, am niedrigsten weniger als eines.

Aus dem Augenwinkel sah Bram die fünf Dhoonemänner in einem Kreis um ihre Pferde stehen, beschäftigt mit den Vorbereitungen auf die Flussüberquerung. Die Pferde waren gereizt und wollten nicht ruhig stehen bleiben, während ihnen die Reiter gegen das kalte Wasser die Flanken mit Fett einrieben. Die Krieger hätten lieber über Nacht bleiben und ihnen Gelegenheit geben sollen, sich ein wenig auszuruhen, aber Bram wusste, dass Mauger unbedingt weiterreiten wollte. Er hatte selbst gesehen und gehört, wie verführerisch

Robbie Dhoone sein konnte, und er fürchtete um die Loyalität seiner Männer.

Mauger schnallte gerade den Sattelgurt seines Pferds fester, als er sah, wie Bram und Alte Mutter näher kamen. Sein Lächeln, als er die alte Frau erkannte, war echt, aber in seinen Augen stand auch Misstrauen. »Es stimmt also, Alte Mutter. Du hast uns verlassen ... und jetzt müssen wir allein kämpfen.« Er beugte sich vor, um sie auf die Stirn zu küssen, und dann sagte er in lässigem Tonfall, der ihn aber sichtlich anstrengte: »Tatsächlich bin ich froh zu sehen, dass ihr beiden noch am Leben seid, du und dieses hässliche Maultier.«

Alte Mutter nahm den Kuss gnädig entgegen, die Arme vor der fassförmigen Brust verschränkt, den Mund zu einer Linie zusammengepresst. Sie reagierte so ungerührt, dass Bram sich fragte, wieso sie überhaupt mitgekommen war. Dann sagte sie: »Er wird Skinner ausnutzen. Er kann gar nicht anders, so ist er eben.«

Maugers Blick zuckte zu seinen Kameraden – er wollte sich davon überzeugen, dass sie ihn und Alte Mutter nicht belauschen konnten. »Wie wird er das machen?«

Es war vielsagend, dass niemand Robbies Namen aussprach.

Alte Mutter schüttelte den Kopf. »Er wird auf seinem Rücken reiten. So wird er es machen. Er benutzt Skinner wie einen Ackergaul, dessen Herr er ist. Er war immer ein schlaues Kind und hat andere dazu gebracht, die Dreckarbeit für ihn zu erledigen. Im Jahr der Trockenheit hat er Duglas und seine Leute den Fliegenfluss eindämmen lassen. Er selbst war den ganzen Tag unterwegs und hat Axtkampf trainiert, und als alles fertig war, ist er zurückgekommen und hat das Lob eingeheimst.«

Mauger runzelte die Stirn. Ihm schien bei den Erinnerungen von Alte Mutter nicht so recht wohl zu sein. »Wenn du nichts Eindeutigeres zu sagen hast, Alte Mutter, dann solltest du lieber gar nichts sagen.« Er stellte den Fuß in den Steigbügel und schwang sich in den Sattel des Hengstes. Seine Kameraden taten es ihm nach und ritten näher heran, um zu hören, was Alte Mutter zu sagen hatte.

»Passt bloß auf, dass ihr und Skinner nicht seine Kämpfe für ihn ausfechtet, Mauger Loy. Denn sonst werde ich Heidekraut auf einen Grabhügel legen müssen, ehe wir fertig sind.«

Bram senkte den Kopf. Er wünschte sich, er hätte sie nicht hergebracht, denn sie hatte sich den schlimmsten Augenblick ausgesucht, um so etwas zu Mauger zu sagen – wenn er und sein Bruder und seine drei Kumpane es hören konnten.

Mauger holte tief Luft, und sein bronzierter und von Axtschlägen eingedellter Brustharnisch hob sich mit seiner Brust. Dann riss er das Pferd am kurzen Zügel herum. »Bruder, Männer. Nach Westen!« Er gab dem Pferd die Sporen und zwang einen Galopp aus dem erschöpften Tier, um es am Fluss entlang nach Westen zu treiben.

Bram sah ihn im wirbelnden Nebel verschwinden. Mauger Loy hatte schon wieder *Bruder* gesagt, und zum zweiten Mal an diesem Abend spürte Bram, wie etwas in ihm bei diesem Wort erstarrte. *Bruder.* Und dann verstand er plötzlich: Es war mehr als ein Jahr her, seit Robbie dieses Wort zum letzten Mal zu ihm gesagt hatte.

Bram blinzelte. Er war sich bewusst, dass Alte Mutter noch neben ihm stand, die Arme immer noch vor der Brust verschränkt. Zorn, der ihn selbst überraschte, ließ ihn sagen: »Das hättest du nicht sagen sollen. Mauger ist ein guter Mann.«

»Du willst also, dass ich ihn ohne Warnung ziehen lasse?«, fragte Alte Mutter ruhig. Sie ließ sich nicht auf seine Launen ein.

Sie hatte ihn mit seinen eigenen Argumenten besiegt, aber Bram wollte seinen Zorn nicht loslassen. Er wollte nicht darüber nachdenken, wieso er so wütend war. »Warum musstest du zu uns kommen? Warum bist du nicht bei Skinner in Gnash geblieben?«

»Du weißt, warum, Junge«, erwiderte sie ungerührt. Etwas in ihrer Stimme bewirkte, dass Bram sie ansah. Sie hatte das hässliche Gesicht einer alten Frau, aber ihre Augen waren vom reinsten Dhooneblau, das er je gesehen hatte, mit dem lila Ring um die Iris, der von einer hohen Konzentration von Distelblut sprach. Nur direkte Abkömmlinge von Königen hatten solche Augen. »Ich habe noch nie erlebt, dass Robbie nicht bekommen hätte, was er wollte.«

20
Stadt am Rand des Abgrunds

Raif erwachte davon, dass ihm kaltes Wasser ins Gesicht tropfte. Er öffnete die Augen und brauchte einen Augenblick, um zu begreifen, dass sich ein Mann über ihn beugte und langsam Wassertropfen aus einem feuchten Lappen wrang. Der Mann lächelte freundlich und zeigte dabei kleine Dämonenzähne in einem braunen, fleischigen Gesicht. Yustaffa.

»Guten Morgen, kleiner Bogenschütze«, sagte er vergnügt und wrang noch mehr Tropfen aus dem Lappen. »Du hast die Prüfung übrigens nicht bestanden. Wenn du ein echter Prinz wärst, würdest du schon vom ersten Tropfen wach werden.« Tief seufzend wrang er den Lappen mit voller Kraft und ließ Raif einen Strom eisigen Wassers übers Gesicht fließen. »Wollen wir hoffen, dass du mit der zweiten Prüfung dieses Tages besser zurechtkommst.«

Raif setzte sich und schüttelte heftig den Kopf. Es war dunkel und eiskalt in der Höhle, und der Teil, der sich zum Himmel hin öffnete, zeigte eine Welt, die immer noch schwarz wie die Nacht war. »Es dämmert noch nicht mal. Verschwinde!«

Yustaffa schauderte theatralisch. »Befehle! Ich bebe vor Angst, wirklich.«

Raif wusste nicht, wieso er so barsch gewesen war, aber dieser fette Kerl fing an, ihn zu ärgern. Sein Hemd war klatschnass, er fror, er war müde, und sein verbundener Finger pochte. Das fehlende Stück fühlte sich an, als wäre es immer noch da, und der Anblick des verkürzten Fingers, das *Nichts* dort, wo Fleisch und Knochen hätten sein sollen, bewirkte, dass ihm beinahe übel wurde. Angestrengt versuchte er, an etwas anderes zu denken. Er streckte die Beine und begann, seine Muskeln ein wenig aufzuwärmen.

»Also gut«, sagte Yustaffa spitz und schaute sich nach einer Sitzgelegenheit um. »Vielleicht möchtest du mir etwas über dich erzählen, da wir nun ein paar Augenblicke allein sind.« Er fand nichts anderes als nackten Felsen und entschloss sich schließlich, seinen Biberpelzkragen abzunehmen, ihn zu einer Kugel zusammenzuknäulen und sich im Schneidersitz darauf niederzulassen. Ein leises, unbehagliches Schnauben teilte Raif mit, was der fette Mann von seiner Umgebung hielt.

Raif fragte sich, wieso der Mann überhaupt zu ihm gekommen war. Er erinnerte sich an seine Gespräche mit Totgeburt und sagte: »Ich kann Informationen mit dir tauschen.«

Yustaffa zog die Brauen hoch. »Für einen Clansmann lernst du ziemlich schnell. Und ich dachte, du wolltest vielleicht Informationen gegen Essen tauschen.« Er zog ein weiches Päckchen aus seinem schwarzen Biberumhang hervor und legte es vor seinen Füßen auf den Boden. Mit übertriebener Zimperlichkeit faltete er es mit den Fingerspitzen auf, und man konnte sehen, dass es Rechtecke aus frisch gebackenem Haferbrot enthielt, Haferplätzchen mit Schinkenspeck, einen Keil aus einem bröckelnden weißen Käse, drei in Butter geschwenkte Lauchenden und ein kleines, mit einem Kork verschlossenes Fläschchen von der Art, die im Clanland als »Lebensgeist« bekannt war, denn ein solches Gefäß enthielt gerade genug Malzwhisky, um einen Mann zu beleben, ohne ihn betrunken zu machen.

»Clanessen. Nicht sonderlich kultiviert, aber seltsam lecker.« Yustaffa biss ein Stück Lauch ab. »Nun, wo waren wir gerade? Ach ja, Informationen. Wie wäre es für den Anfang mit deinem Namen und Clan?«

Raif versuchte, das Essen nicht anzusehen. Er wollte Yustaffa auf keinen Fall wissen lassen, wie hungrig er war. »Du weißt, aus welchem Clan ich stamme. Und mein Name ist kein Geheimnis – er lautet Raif.«

Yustaffa nickte, während er Whisky in den Stöpsel goss. »Du bist ein Orrlmann, ja. Aber irgendwie siehst du nicht wie einer aus.« Er trank den Whisky, und dann sah er Raif direkt in die Augen. »Solange du wie einer schießt, sollte das allerdings gleich sein.«

Raif zwang sich, den Blick des fetten Mannes ungerührt zu erwidern. »Das tue ich.«

Yustaffa nickte angesichts solchen Selbstvertrauens anerkennend. Er schien zufrieden zu sein und hob den Rest Whisky zu einem Trinkspruch: »Auf Raif. Möge ich die Aufregungen deines Lebens teilen, aber nie die Gefahr.« Wieder kippte der fette Mann den Whisky geschickt herunter und ließ den Blick dann sofort zu Raif zurückzucken. »Weißt du, dass das Wort *Raif* in meinem Land Fremder bedeutet?«

Ein Tropfen kaltes Wasser lief Raif über den Rücken. Er zwang sich, nicht zu reagieren, aber Yustaffa war flink und sah etwas in Raifs Gesicht, das ihn lächeln ließ.

Beim Lächeln verschwanden Yustaffas Augen beinahe hinter den fetten Wangen. »Ich sehe, du hast die Legende des *Azziah riin Raif,* des Fremden aus dem Süden, der sein ganzes Leben damit verbrachte, das Tor zum Himmel zu suchen, nur um stattdessen das Höllentor zu finden, nie vernommen? Eine traurige Geschichte mit einem traurigen Ende, aber die meisten Geschichten aus meinem Land sind so. Wir sind ein seltsames Volk, wir Mangali – wir weinen lieber, als dass wir lachen.«

Raif senkte den Blick und schaute das Essen an; nun konnte er es ohne Gier betrachten. Siebzehn Jahre lang hatte er diesen Namen getragen, und irgendwo im Hinterkopf hatte er immer gewusst, dass es kein Clanname war. Kein anderer hatte je diesen Namen getragen. Dennoch ... *Fremder aus dem Süden.* Es klang unsinnig, und Raif mahnte sich, dem fetten Mann nicht einfach alles zu glauben. Verstümmelte gaben keine guten Freunde ab.

Abrupt sagte er: »Wie wäre es, wenn du deine Schuld abzahltest, Yustaffa? Eine Frage für eine Frage?«

Yustaffas Augen glitzerten wissend. »In meinem Land wird es als Höhepunkt guter Manieren betrachtet, wenn man bei einem Gespräch den Gast zum Thema macht.« Er fuchtelte überraschend gelenkig mit dem fleischigen Arm herum. »Aber bitte. Stell deine Frage.«

»Warum bist du den ganzen Weg aus dem Süden hierher gekommen, um dich den Verstümmelten anzuschließen, wenn du selbst unversehrt bist?«

Yustaffas Lachen war hoch und klirrend. »Ich? Unversehrt? Lieber Junge, du schmeichelst mir.« Mit einem flinken kleinen Hüpfer war der fette Mann auf den Beinen und packte den Saum der Biberjacke und des Hemds mit der Faust. Er zog beide Kleidungsstücke einfach hoch genug, bis er bis zur Taille nackt war. Sein Glied war intakt, aber wo sich einmal seine Hoden befunden hatten, gab es nur eine dicke weiße Narbe.

Raif versuchte, nicht zu schaudern, als er den Blick abwandte.

Yustaffa ließ Seidenhemd und Jacke wieder fallen und sagte: »Mein Gesangslehrer hat mich beschnitten, als ich noch ein Junge war. Es war wirklich Pech, eine Stimme wie eine Nachtigall zu haben, und meine eigene unverzeihliche

Schwäche, darauf so stolz zu sein. Ich wäre heute immer noch unversehrt, wenn ich bescheiden genug gewesen wäre, um mich zurückzuhalten und meine Stimme zu senken. Dumm, wie ich war, dachte ich jedoch nur an das Lob und die Belohnungen ... nicht an den Preis, den ich zahlen würde. Oh, sie haben mich selbstverständlich betäubt, und ich erwachte vier Tage später mit schauerlichen Kopfschmerzen zwischen den Beinen und einer unglaublichen Leichtigkeit, wo meine Eier gewesen waren.« Etwas Kaltes, Zorniges, ließ Yustaffas Gesicht für den Bruchteil eines Augenblicks hart werden, aber dann war es auch schon wieder freundlich und entspannt. »Ich habe nie wieder gesungen. Das war eine ziemlich billige Rache, aber damals ist mir nichts Besseres eingefallen – immerhin war ich erst elf. Später hatte ich bessere Ideen.«

Raif folgte Yustaffas Blick nach unten zu seinem Schwertgurt, wo der Schwertbrecher und ein Krummsäbel hingen.

»Später haben sie mich den Tänzer genannt. Weißt du, warum?« Raif schüttelte den Kopf. »Als sie die Leichen des Gesangslehrers und des Chirurgen fanden, gab es dort im Blut auch die Fußspuren eines Mannes. Es sah aus, als hätte der Mörder in ihrem Blut getanzt. Und das hatte er tatsächlich getan. Das hatte *ich* tatsächlich getan. Und ich bedaure nur, dass ich nicht länger getanzt und mehr von ihnen umgebracht habe.«

Es war also eine Geschichte, die Yustaffa als Warnung erzählte. Raif war besser zumute, nachdem er das erkannt hatte: Dass ein Mann einem anderen sagte, mit ihm sei nicht zu spaßen, war etwas, was er gut verstand.

»Allen hier fehlt etwas«, sagte Yustaffa und hockte sich wieder hin, um die Essensreste ins Tuch zu sammeln. »Wir sehen nicht alle danach aus, aber es ist so. Traggis Mole hat keine Nase mehr, weil ein Vorländer mit einer Pike sie ihm weggerissen hat, aber das macht ihn nicht zu einem Verstümmelten. Seine Narben gehen tiefer als das. Das solltest du nicht vergessen, *Azziah riin Raif.* Und wenn ein Mann dir das nächste Mal etwas schuldet, solltest du diese Gelegenheit vielleicht nicht für dumme Fragen verschwenden.«

Raif nahm den Tadel widerspruchslos entgegen. Tatsächlich hielt er seine Frage nicht für Verschwendung, aber er wollte sich nicht streiten. Dafür war Yustaffa zu klug.

Draußen wurde der schwarze Fleck Himmel über der Höhle langsam dunkelgrau, und die Sterne verblassten. Die Luft in der Höhle regte sich, und Raif roch eine Spur morgendlicher Frische. Nervös stand er auf und ging zum Höhleneingang. Der gleiche Schwertkämpfer mit den frostzerfressenen Wangen, der ihn am Abend zuvor hergebracht hatte, stand am Ende des Gangs und verstellte ihm den Weg. Als er Raif sah, zeigte er auf den Himmel. »Halte dich lieber bereit. Traggis erwartet dich bald.«

Raif hätte beinahe gelächelt. Bereit? Er hatte weder Waffe noch Rüstung, die er hätte vorbereiten können. Er brauchte nur zu pinkeln und seinen Umhang anzuziehen.

»Ich wünsche dir alles Gute«, sagte Yustaffa und stand auf. »Dieses kleine Gespräch hat mir so viel Spaß gemacht, dass ich dir jetzt umsonst einen Rat gebe. Tanjo Zehn-Pfeile wettet gerne. Wette mit ihm um etwas, was du haben willst, und wenn die Götter es wollen, wirst du es bekommen.«

»Und wenn nicht?«

Yustaffa schnalzte mit der Zunge, als er sich abwandte und zum Höhleneingang ging. »Und ich hatte schon gehofft, dich in besserer Stimmung zurückzulassen. Glaubst du wirklich, Traggis würde einem Außenseiter gestatten, ihn in aller Öffentlichkeit zu belügen und das zu überleben? Traggis Mole ist im Spalt beinahe so etwas wie ein König, und der Stolz eines Königs ist etwas Schreckliches. Du hast ihm gesagt, du wärst ein Weißwinterjäger – also jage. Ich werde vom Rand aus zusehen, und es wird dich sicher erleichtern zu wissen, dass ich dir die Daumen drücke.« Yustaffa drehte sich am Höhleneingang noch einmal um und verbeugte sich vor Raif. »Bis später.«

Raif antwortete nicht, sondern fuhr sich nur mit der Hand über das Gesicht. *Steingötter!* Was hatte ihn nur veranlasst, Traggis Mole all diese Lügen zu erzählen? Am Vorabend hatte es ausgesehen, als gäbe es nur eine einzige Möglichkeit: Er musste stark sein und siegen oder sterben. Nun wusste er es besser. Der Räuberhäuptling hatte ihn an der Nase herumgeführt. Traggis hatte durch das Spektakel, das heute bevorstand, viel zu gewinnen. Er würde die Verstümmelten in ihrem Hass gegen einen Außenseiter vereinen und Totgeburt ein für alle Mal zeigen, wer im Spalt das Sagen hatte.

Er lehnte sich an die Höhlenwand und atmete tief aus. Es fiel ihm schwer, gegen den Gedanken anzukämpfen, dass es ein Fehler gewesen war, hierher zu kommen.

Ash. Warum hast du mich verlassen?

Als der Schwertkämpfer mit den frostzerfressenen Wangen kurz darauf kam, um ihn zu holen, war er bereit. Er hatte sich den Orrlumhang angelegt und sein Haar frisch geflochten. Es gab Wasser in einem Viehtrog, und er hatte daraus getrunken und sich das Gesicht gewaschen. Inzwischen sangen die Vögel, krähten und zwitscherten im heller werdenden Licht. Der Himmel hatte die Farbe von tiefem Wasser, und die ersten Strahlen der aufgehenden Sonne ließen Eiskristalle, die in der Luft schwebten, wie winzige Fischlein glitzern.

Sobald Raif den Tunnel verlassen hatte, richtete er sich auf und erkundete den Wind. Der Hauptwind wehte stetig nach Süden, so heftig, dass es Raif den Zopf vom Rücken hob. Das war nicht ungewöhnlich. Es waren die Aufwinde aus dem Spalt, die ihn beunruhigten. Sie würden einen Pfeil heben, aber Raif hatte mit Aufwinden keine Erfahrung. Er konnte nun spüren, wie sie am Saum seines Umhangs zupften, als der Schwertkämpfer ihn über ein kahles, felsiges Sims führte. Er spreizte die Finger seiner unverletzten rechten Hand und ließ die Luft daran vorbeiwehen. Die Aufwinde waren ein paar Grad wärmer als die Luft der Umgebung, sie rüttelten alles durch und verschwanden dann plötzlich wieder, ehe man blinzeln konnte. Eine Dreizehenmöwe ließ sich von ihnen nach oben tragen und musste dann heftig mit den Flügeln schlagen, um die Höhe zu halten, als sie plötzlich aufhörten.

Raif verzog das Gesicht. Ballic der Rote hatte Namen für solche Winde, und alle waren Flüche. Eine Region, in der sich warme und kalte Luft begegneten, war kein Platz für einen Bogenschützen.

»Hier oben«, erklang die barsche Stimme seines Bewachers, der nun auf eine Strickleiter zeigte, die von dem Sims über ihnen herabhing. Der Mann hielt sich für schlau und wartete, bis Raif mit dem Aufstieg begonnen hatte, bevor er selbst einen Fuß auf die Leiter stellte. Raif erinnerte sich trüb daran, am Vorabend hier heruntergestiegen zu sein, aber es war stockfinster und windstill gewesen, und er hatte nicht begriffen, wie nahe er dem Spalt war.

Die große schwarze Schlucht lag unter ihm, als er hochstieg, und obwohl er nicht hinsah, spielte sein Geist mit seinen Augen. Er konnte die Steilwand sehen, die vielleicht sogar bis zu einem Ort abfiel, an dem die feste Erde zu Ende war und der flüssig heiße Kern begann. Nebelschwaden hingen wie senkrechte Pfützen in den Kerben. Irgendwo aus einer tiefen Stelle, aus den ältesten und unzugänglichsten Rissen, stieg Dampf auf. Der Schwefel-und-Asche-Geruch stieg Raif in die Nase und drängte sich von dort aus durch Blut und Membranen weiter in sein Hirn. Raifs Griff an der Strickleiter wurde schlaffer. *Azziah riin Raif … der sein ganzes Leben damit verbrachte, das Tor zum Himmel zu suchen, nur um stattdessen das Höllentor zu finden.*

Blinzelnd, als erwachte er aus einem Traum, zwang Raif sich, die Sprosse fester zu packen. Er hatte zwei Drittel des Aufstiegs bereits hinter sich, konnte sich aber nicht mehr daran erinnern. Ein Stich an seinem abgeschnittenen Finger war gerissen, und klare Wundflüssigkeit sickerte durch den gelben Verband auf die Haut zwischen seinen Fingern. Er ignorierte die Schmerzen und kletterte weiter.

Als er sich auf das Sims zog, hatte er die rauchenden Überreste des großen Feuers vom Vorabend vor sich. Der Boden war schwarz von Teer, und kleine Kinder schossen über die immer noch heißen Holzkohlestücke und forderten einander zu größerer Waghalsigkeit heraus. Ein Kind, ein braunhaariges Mädchen mit dichtem, drahtigem Haar, fand ein verkohltes Stück Fleisch, und mit einem dieser verstohlenen Seitenblicke, wie Kinder sie immer werfen, wenn sie sich unbeobachtet glauben und etwas heimlich tun wollen, steckte es das Fleisch unter sein Hemd und rannte weg.

Raif sah sich in der Honigwabenstadt um, während er darauf wartete, dass der Schwertkämpfer das Sims erreichte. Hier würde es Effie gefallen. Die gesamte Steilwand war von Höhlen überzogen. Einige waren mit Ölhaut oder geflochtenen Schirmen verschlossen, aber die meisten standen dem

Wind offen. Die unteren sahen aus, als würden sie benutzt, ihre Simse waren voller Abfälle und schwarz von zahllosen Feuern. Viele der höheren Höhlen waren mit riesigen Felsblöcken versiegelt, und andere waren eingestürzt. Raif fragte sich, wie lange es wohl gedauert hatte, diesen Ort zu schaffen. Man musste entweder wahnsinnig sein oder ein sehr wichtiges Ziel erreichen wollen, um eine Stadt so an den Rand eines Abgrunds zu bauen.

Der frostzerfressene Schwertkämpfer folgte Raifs Blick. »Seit die Ostwand eingestürzt ist, wohnt niemand mehr so hoch oben«, sagte er und nickte auf die verbogenen und verzogenen Terrassen im Osten der Stadt. »Wir haben an diesem Tag zweihundert Leute verloren.«

Raif nickte. Er hätte gerne gefragt, wie viele sie jetzt waren, denn es war unmöglich, die Anzahl der Verstümmelten abzuschätzen, die im Augenblick hier wohnten, aber er nahm an, dass er ohnehin keine Antwort erhalten würde. Totgeburt hatte ihm schon beigebracht, dass man nie etwas von einem Verstümmelten erhielt, bevor man ihm selbst etwas gegeben hatte.

Schweigend gingen sie über das Hauptsims der Stadt auf eine Steintreppe zu, die zur nächsten Ebene hinaufführte. Raif wusste, dass viele Blicke auf ihm ruhten. Alte Männer beobachteten ihn aus dem Schatten. Hartgesottene Krieger kamen aus den Höhlen, um ihn niederzustarren, und Gruppen müde aussehender Frauen hielten an ihren Kochfeuern inne, wenn er vorbeikam. Bis er die Treppe erreicht hatte, hatte er eine Art Gefolge gesammelt. Es waren überwiegend Kinder, dazu eine Bande mürrisch dreinschauender junger Leute, die Steine in den Fäusten hielten, und eine Hand voll junger Mädchen, die es witzig fanden, auf ihn zuzueilen und ihn zu schubsen und dann rasch wieder zu verschwinden.

Mit einer solchen Menschenmenge im Rücken hielt der Schwertkämpfer es für ungefährlich, die Treppe als Erster hinaufzugehen. Raif folgte ihm. Die Treppe bog sich an der Steilwand entlang, und er hatte von dort einen spektakulären Blick über den Spalt. Vögel schossen zweihundert Fuß unterhalb hin und her. Die purpurfarbenen Kuppen der Kupferhügel schimmerten am Horizont vor einem Himmel, an dem sich das erste Rosa des neuen Morgens zeigte. Das Clanland. Seltsam, dass er seiner alten Heimat so nahe sein konnte und sich doch weiter davon entfernt fühlte als im Land der Eisjäger. Der Spalt maß an seiner weitesten Stelle vielleicht siebenhundert Schritte, aber es hätten ebenso gut siebenhundert Meilen sein können, so vollkommen teilte dieser Riss im Kontinent das Clanland vom Ödland an dieser Stelle.

Das Land des Verlorenen Clans lag direkt im Süden – oder das, was davon übrig war. Das Territorium selbst war von Dhoone beansprucht worden, dann hatten im Krieg der Drei Clans Bludd und Herdfeuer mit Dhoone darum gekämpft. Raif war nicht sicher, wie die Grenzen inzwischen verliefen, aber Tem hatte ihm einmal gesagt, dass kein Clan, der sich Land des ausgelöschten Clans Morrow genommen hatte, damit glücklich geworden war. Das Land und die Wälder rings um das geschleifte Rundhaus lieferten weder Ernten noch Wild.

Raif hob die Hand an die Kehle und berührte sein Zeichen. Kein Clansmann konnte den Clan Morrow nennen – nicht einmal in seinen Gedanken –, ohne ihm seinen Respekt zu erweisen.

»Nimm die Hand von deinem Zeichen.«

Raif sah sich beim Klang der Stimme um und entdeckte Totgeburt, der oben an der Treppe auf ihn wartete. Der Verstümmelte sah gut ausgeruht aus und hatte seine Reisekleidung gegen zugerichtetes Leder mit Rattenfellsaum und einen Rock aus Ratten- und Waschbärfellen getauscht. Das Schwert des Abschwörers hing ihm an der Taille, und wenn man von dem Glitzern des Griffs ausging, hatte er die Waffe sorgfältig geschliffen und poliert. Selbst der Griff war verbessert und das Stück Seehundfell, das Raif um den Griff gewickelt hatte, war durch geöltes und schraffiertes Leder ersetzt worden. Als Raif sah, wie gut der Griff restauriert worden war, hätte er das Schwert wirklich gerne zurückgehabt. Im Augenblick wäre jede Art von Waffe eine Hilfe gewesen.

Viele Verstümmelte hatten sich versammelt, um beim Wettschießen zuzusehen. Das hohe Sims bestand aus hellgrünem Randfelsen, der sich vom Westen der Stadt zu den eingestürzten Terrassen im Osten erstreckte und dreißig Fuß weit vorsprang. Die Menge war doppelt so groß wie am Vorabend und wurde immer noch größer, als Menschen sich an Seilen und Winden hinabließen oder über Hängebrücken kamen, um sich ihr anzuschließen. Die Mitte des Simses war jedoch vollkommen frei, und hier hatte man eine Reihe von mannsgroßen Bienenstöcken in unterschiedlichen Entfernungen aufgestellt. Ziele. Raif zwang sich, den Blick von ihnen abzuwenden, ohne sich ansehen zu lassen, wie ihm zumute war. Ein wenig hinter den Zielen und näher an der Steilwand hatte sich eine zweite, kleinere Menge um ein Kochfeuer gesammelt. Ein ganzes Schwein – noch mit Schnauze und Füßen – hing über den Flammen am Spieß.

Es würde also ein Fest werden. Mit ihm als Attraktion.

»Ich habe gesagt, nimm die Hand von deinem Zeichen. Sie werden dich nicht dafür lieben, dass du ein Clansmann bist und sie nicht.«

Raif gehorchte Totgeburts leise gezischtem Befehl, aber

nicht, bevor ein paar scharfe Augen in der Menge das schwarze Stück Horn gesehen hatten: sein Rabenzeichen.

Der frostzerfressene Schwertkämpfer führte Raif weiter vorwärts, aber Totgeburt streckte den muskulösen Unterarm aus und hielt ihn auf. »Ich übernehme von hier an, Wex.« Er wartete nicht darauf, dass der Mann zustimmte, sondern führte Raif sofort von der Treppe weg und auf den Weg zu, wo ein paar Männer warteten.

»Also gut«, sagte Totgeburt, sobald er und Raif außer Hörweite waren. »Das hier wird hässlich werden. Tanjo ist der beste Bogenschütze, den wir haben, aber er ist arrogant und neigt dazu, seinen Gegner zu unterschätzen. Stell dich dumm und lass ihn denken, dass er sich nicht sonderlich anstrengen muss, um dich zu schlagen.« Totgeburt sah Raif abschätzend an. »Das ist wahrscheinlich deine beste Chance.«

Raif fand diese Bemerkung alles andere als ermutigend, aber Totgeburt sah ihn erwartungsvoll an, also nickte er. »Und noch etwas.« Totgeburt senkte die Stimme, als sie näher zu den Männern kamen. »Man wird dir verschiedene Bögen anbieten. Pass genau auf, denn sie wurden alle von diesem fetten Mistkerl Yustaffa ausgesucht. Und über den brauchst du nur zu wissen, dass er selbst seiner eigenen Mutter ein Bein stellen würde, wenn er wüsste, dass er damit durchkommt.« Der Verstümmelte entfernte sich von ihm. »Vielleicht wird die Berührung der Steingötter über den Spalt hinwegreichen.«

Raif schauderte. Er wollte von keinem Gott berührt werden.

»Aah, hier ist er: Raif Zwölftöter! Ist er ein Weißwinterkrieger, wie er behauptet, oder nur ein Angeber mit einer flinken Zunge und keinem Bogen?«

Yustaffa, nun in einem Hemd aus bronziertem Leder mit

Applikationen aus safrangefärbtem Filz, grüßte Raif und kündigte ihn der Menge an. »Nur der Wettbewerb wird es zeigen. Ein Pfeil kann nicht lügen. Ein Bogen wird brechen, wenn er zu fest gespannt wird. Wenn unser Besucher die Wahrheit sagt, dann liegt der Beweis in der Entfernung zwischen seinen Pfeilen und dem Ziel. Wenn er gelogen hat, könnte er sich bald im Spalt wiederfinden.«

Die Menge murmelte ruhelos, als Raif an ihnen vorbeiging. Sie waren in eine seltsame Mischung aus zugerichtetem Leder, fremdartigen Rüstungsteilen und Stadtkleidern gehüllt. Die Männer trugen nicht zusammenpassende Rüstungsteile: hölzerne Halbhandschuhe, stählerne Beinschienen mit Gelenken, Hornplattenrüstung, Kettenhemden, Topfhelme, Stachelhelme, gehämmerte Harnische, gekochtes Leder, Jacken mit Muschelschalen- und Knochenbesatz. Ein Mann trug einen gespenstisch aussehenden, mit Stacheln besetzten Mantel, dessen Panzerung im Wind klickte. Einige Frauen waren ebenfalls in Rüstung, aber die meisten trugen Felle oder Leder über schäbigen Wollröcken. Der Handel mit Frauenkleidung florierte offenbar nicht.

Eine alte Hexe mit Hängebrüsten, die in der ersten Reihe stand, zischte ihn an. Raif ignorierte sie, aber dann wurde seine Aufmerksamkeit von der jungen Frau angezogen, die neben ihr stand. Das Mädchen war hochschwanger. Eine Schieferplatte war hoch oben auf ihren Bauch geschnallt und drückte auf die Ausbuchtung, die ihr ungeborenes Kind beherbergte. Raif schauderte. Er hatte schon gehört, dass man die Entwicklung eines ungeborenen Kindes verzögern konnte, indem man ein Gewicht auf den Fötus drücken ließ, aber bisher hatte er so etwas noch nicht gesehen. Clansleute hatten es früher einmal getan, hieß es, während der Großen Ansiedlung, als keine Mutter ein Kind in die Welt bringen wollte, solange noch Krieg herrschte.

Die Frauen verfluchten ihn, als er vorbeiging. Raif nahm ihre Worte ohne weitere Reaktion entgegen. Er wusste nicht, was er sonst hätte tun können.

Yustaffa lächelte vergnügt, als sich Raif dem leeren Platz in der Mitte näherte. »Ich hoffe, der Name gefällt dir, Raif Zwölftöter«, sagte er. »Ich habe ihn mir selbst ausgedacht. Eine höhere Zahl als bei Tanjo – nur, um ihn zu reizen.«

Raif ließ Yustaffas Worte von sich abgleiten. Etwas in ihm hatte sich bereits verändert, reagierte auf die Feindseligkeit der Menge und die Herausforderung, der er gegenüberstand. Er würde sich von diesen Leuten nicht aus der Ruhe bringen lassen.

In einiger Entfernung, nahe an der Menschenmenge und dennoch von ihr getrennt, stand Traggis Mole, eine schlanke, dunkle Gestalt. Im Tageslicht konnte Raif die Löcher sehen, die in Moles Holznase gebohrt waren. Der Räuberhäuptling beobachtete alles schweigend, regte sich kaum, bewegte sich nur zum Atmen. Alle spürten seine Präsenz, davon war Raif überzeugt, denn die Verstümmelten schienen sich um ihn zu drehen wie ein Rad um die Achse. Traggis war sich Raifs Blick bewusst, sobald Raif ihn angesehen hatte, und er starrte mit solcher Intensität zurück, dass Raif beinahe zurückgewichen wäre. Einen Augenblick lang wusste er, wie es sein würde, wenn Traggis Mole ihn angriff, er sah Blut aus seiner eigenen Nase und den Augen sprühen, sah die unglaubliche Schnelligkeit von Moles erstem Schlag.

Dann begann die Menge zu jubeln, und das Bild verschwand. Raif hoffte, es niemals wieder sehen zu müssen.

»Da kommt er!«, erklärte Yustaffa mit einer Stimme, die sich über den Lärm der Menge erhob. »Der beste Bogenschütze, der je im Spalt einen Pfeil abgeschossen hat. Einstmals Schild des Kaisers von Sankang auf der anderen Seite des Unheiligen Meers, der jüngste Mann, der je einen Pfeil ins Auge des Berges Somi abgeschossen hat, der Mann, der auf dem Blauen Yakfeld zweihundert tötete, der Attentäter von Isalora Mokko, der Glitzernden Hure, der Mann, der den großen grauen Spaltwolf das erste Blut kostete: Tanjo Zehn-Pfeile!«

Verstümmelte jubelten. Die Menge teilte sich, um den Bogenschützen durchzulassen, und Tanjo Zehn-Pfeile kam auf den Platz heraus.

21
Wettschießen

Brandwunden, war Raifs erster Gedanke. Tanjo Zehn-Pfeiles Gesicht war rosa und bräunlich gefleckt, teilweise unmenschlich glatt, in anderen Teilen wieder grausam vernarbt. Die gesamte linke Seite seiner Stirn war glatt und glänzend, die Kopfhaut seltsam verzogen und verbeult. Es gab Stellen, wo das Haar nicht nachgewachsen war – dort hatte er wohl einmal Blutblasen gehabt.

Raif erinnerte sich an Audie Stroon, einen alten Hailsmann. Er war eines Abends an der großen Feuerstelle betrunken gewesen und hatte sich mit seiner Frau gestritten. Bei einem Griff nach einem Krug Bier auf dem Kaminsims hatte er stattdessen den Krug mit dem Lampenöl erwischt. Als er ihn an den Mund hob, entzündete ein Funke aus dem Herdfeuer das Öl und verbannte ihm das Gesicht. Die Leute waren sofort zu ihm geeilt und hatten die Flammen innerhalb von Sekunden mit Bärenfellen erstickt. Aber später, als sie die Felle wegzogen, zogen sie damit auch Audies Haut ab. Die Hitze hatte sie mit den Fellen verschweißt. Audie lebte noch ein Jahr, aber es war kein glückliches Jahr, denn wenn er nicht unter den Schmerzen der Verbrennung litt, quälten ihn die angeekelten Blicke der Clansleute.

Abscheu. Das war zweifellos ein Teil der Geschichte von Tanjo Zehn-Pfeile, wenn auch nicht alles. Ein Meisterbogenschütze landete nicht an einem Ort wie diesem, wenn es ihm nicht vollkommen an anderen Möglichkeiten fehlte.

Raif warf einen raschen Blick zu Yustaffa, der Tanjo der Menge so aalglatt präsentierte, wie ein Zuhälter seine Hure anpreist. Wie viel von dem, was er sagte, entsprach der

Wahrheit? Raif hatte nie von Sankang oder einem Berg Somi gehört. Clansleute wussten nicht, was hinter dem Unheiligen Meer lag, und das Wenige, was Raif wusste, hatte er von Angus Lok gehört.

Tanjo Zehn-Pfeile selbst war schlank und feinknochig. Er war nicht sonderlich muskulös, denn er wusste, dass das Abschießen von dünnen Stöcken ebenso viel mit Konzentration wie mit Kraft zu tun hatte. Die unverbrannten Teile seines Gesichts lagen in der Farbe irgendwo zwischen Kupfer und Olive, und sie glänzten in einer Mischung aus Haarlosigkeit und aufgeriebenem Öl. Sein Haar war schwarz und glatt, seine Augen hatten die Farbe dunkler Pflaumen. Sie waren verblüffend, diese Augen, elegant und länglich, mit dem kühlen, konzentrierten Blick eines Raubvogels.

Als er die Mitte erreichte, verbeugte er sich tief aus der Taille heraus, ohne dabei den Blick von Raif zu nehmen. Zehn Pfeile steckten in der steifen Seidenschärpe, die hoch um seinen Brustkorb gebunden war, was es aussehen ließ, als wäre er viele Male in den Rücken geschossen worden. All diese Pfeile waren mit Schneegansfedern gefiedert, und die Schäfte waren hervorragend zugeschliffen und leuchtend rot lackiert. Grasseile in der gleichen Farbe banden Tanjos Haar zu dicken Knoten. Er hatte nicht versucht, seine verbrannten Stellen zu verbergen, und Strähnen schwarzen Haars spannten sich fest über verbrannte Haut.

Raif verbeugte sich seinerseits. Einen Moment lang waren sie vollkommen allein: eine Insel regloser Ruhe im lärmenden, unruhigen Meer der Menge. Noch Sekunden zuvor hatte Raif an Yustaffas Behauptungen über Tanjo Zehn-Pfeile gezweifelt, aber jetzt war er nicht mehr so sicher. Dieser Mann vor ihm hielt sich wie einer, der Großes geleistet hat.

»Bogenschützen«, sagte Yustaffa und nickte erst Tanjo

und dann Raif zu. »Nehmt eure Bögen und lasst uns den Wettbewerb beginnen.«

Raif war der Erste, der den Augenkontakt abbrach. Tanjos Blick war stetig und durchdringend, und Raif erkannte den Siegeswillen des Mannes sogar in seinem Wunsch, den Gegner niederzustarren. Es hätte eine Kleinigkeit sein sollen, kein großartiges Nachgeben, aber es fühlte sich nach mehr an. *Die erste Runde geht an Tanjo Zehn-Pfeile.*

Yustaffa winkte herrisch, und ein kleiner Junge kam mit einem tuchbedeckten Karren auf sie zu. Die Menge schwieg erwartungsvoll, als Yustaffa die dicklichen Finger auf das gelbe Öltuch zubewegte. »Raif Zwölftöter kommt zu uns ohne Bogen, und er hat auch nicht die Mittel, sich einen zu verschaffen. Deshalb habe ich zugestimmt, ihm drei Bögen zur Wahl anzubieten.« Es war einen Augenblick lang still, als Yustaffa die Dankbarkeit der Menge entgegennahm. Dann sagte er: »Triff eine gute Wahl, Orrlmann, denn ein guter Bogen kann einen Schützen machen, ein schlechter wird ihn vernichten.«

Mit großer Geste zog Yustaffa das Tuch zurück.

Drei Bögen, bereits gespannt, lagen nebeneinander auf Eichenbrettern: ein Doppelbogen aus dem Süden, ein Eibenbogen aus dem Clanland, ein Flachbogen aus Ulmenholz. Der Doppelbogen bestand aus Horn und Sehnen, die auf einen Holzrahmen geleimt waren. Die beiden anderen bestanden jeweils aus einzelnen Ästen. Der Clanbogen zog Raifs Blick sofort an. Drey hatte einen ganz ähnlichen; der Bogen war am Ofen getrocknet und von Hand gefräst; er war peitschendünn geschnitten und bog sich in der Hand wie Fischbein. Raif hatte ihn zum letzten Mal an dem Tag gesehen, als Tem umgekommen war. Abrupt wandte er sich dem Flachbogen aus Ulmenholz zu. Das Holz war dick und fest, breit geschnitten, und der Bogen insgesamt ein paar

Handspannen kürzer als ein echter Langbogen. Es war die Waffe der Hirten; zuverlässig, fest, und man konnte einen Pfeil mit genügend Kraft abschießen, um einen angreifenden Wolf aufzuhalten. Aber es war kein Bogen für die Ferne. Das war nur der Doppelbogen aus dem Süden. Er war leicht und tückisch gebogen, und sein Ochsenhornbauch war in der Mitte durchgedrückt zu der Form, die als »Zwei Hügel« bekannt war. Raif erinnerte sich, dass Ballic der Rote einmal behauptet hatte, die Kriegerhorden, die das weite Grasland tief im Süden erobert hatten, hätten solche Bögen benutzt. Ballic hatte nie etwas für Fremde übrig gehabt, aber er brachte den Männern, die diese Doppelbögen benutzten, einigen Respekt entgegen. »Sie wissen, wie man einen Pfeil fliegen lässt«, hatte er einmal mit widerstrebender Hochachtung erklärt. Von ihm war das höchstes Lob.

Welchen Bogen sollte er also nehmen? Den flachen, den Langbogen oder den doppelten?

Raif warf Yustaffa einen Blick zu. Der fette Mann stand bereit, die Handflächen in einer demonstrativen *Das kann ich dir ja wohl kaum sagen*-Pose zum Himmel erhoben.

Ein zweiter Blick zu Tanjo Zehn-Pfeile zeigte ihm, wie der verbrannte Mann seine eigene Waffe von einem kleinen Kind entgegennahm, das aussah wie sein Sohn. Der Junge verbeugte sich höflich, als er seinem Vater den sechs Fuß langen Langbogen auf einem Kissen aus mit Quasten besetzter und bestickter Seide entgegenhob. Er war ein wunderschönes Kind mit glatter Haut, ernstem Gesicht und den großen, aufmerksamen Augen eines Lernbegierigen. Sein rechtes Ohrläppchen war sorgfältig abgeschnitten worden; an der Stelle, wo Kinn und Schädel aufeinander trafen, befand sich eine halbmondförmige Narbe. Raif erkannte sie als das, was sie war: ein Gnadenschnitt. Wenn ein Vater seinem Sohn nicht ein wenig Fleisch abnahm, würden das andere vielleicht später tun. Man konnte Verstümmelten kein unversehrtes Kind anvertrauen.

All diese Gedanken waren sofort aus Raifs Kopf verschwunden, als er Tanjo Zehn-Pfeiles Bogen sah. Die Waffe war hergestellt aus waffeldünnen Schichten aus Holz und Horn, die abwechselnd aufeinander gelegt waren. Dünn wie Ried und kaum wahrnehmbar doppelt gebogen, hatte dieser Bogen nur eine Andeutung von Verbreiterung, wo die Sehne befestigt wurde. Der Bauch war tiefblau gefärbt, und oberhalb waren Muster in einem milchigen Silberton angebracht.

Ein Sullbogen.

Raif verspürte ein seltsames Flattern im Bauch. Er wollte diesen Bogen unbedingt haben. Er war feiner gearbeitet und schöner als derjenige, den Angus Lok ihm gegeben hatte – der Bogen, den Raif an den Südhängen der Bitterhügel verloren hatte. Raif wusste schon beinahe, wie es sich anfühlen würde, ihn zu spannen: die extreme Spannung in der Sehne, das Knacken von Holz und Horn, wenn sich der Bauch in seinem Griff bog. Einen Augenblick lang stellte er sich vor, den Pfeil Wünschelrute auf diesen Bogen zu legen und die Sehne loszulassen ...

Schwindel ließ ihn vorwärts taumeln, und er musste sich mit einer Hand auf den Karren stützen, um nicht zu fallen. Die Schmerzen von seinem Finger schnitten durch seine Gedanken. Das Wissen um eine Zukunft, auf die er beinahe einen Blick geworfen hätte, huschte davon wie ein kleines Nachttier.

Hinter ihm schnappten Verstümmelte nach Luft und begannen leise vor sich hin zu murmeln. Sie hatten ihn alle taumeln sehen, und Raif hätte nicht sagen können, ob es ihnen gefiel oder ob sie eher angewidert waren. Es erregte sie jedoch eindeutig, so wie der erste Blutstropfen einen Jäger in Erregung versetzt.

Raif ignorierte sie und konzentrierte sich wieder auf die drei Bögen. Flachbogen. Langbogen. Doppelt gebogener Bogen. Der Langbogen aus Eibenholz war das Naheliegendste; Yustaffa hatte gewusst, dass sich Raif als Clansmann als Erstes zu diesem Bogen hingezogen fühlen würde. Der Doppelbogen war der Wertvollste und am angenehmsten anzusehen und wäre wahrscheinlich der Favorit der Zuschauer, aber Raif mochte die Erinnerungskerben nicht, die auf dem Holzrücken angebracht waren. Ein paar schienen tief genug zu sein, dass der Bogen dort brechen könnte. Damit blieb der Ulmenbogen. Ein Arbeitstier, aber nichts, was einen guten Schützen verlocken würde. Widerstrebend bewegte Raif die Hand darauf zu.

Als er das tat, bemerkte er, wie Yustaffa an seiner Seite erstarrte. Die dunklen Augen des fetten Mannes glitzerten, und der Atem blieb ihm unbewegt im Mund hängen.

Er will, dass ich diesen Bogen nehme, wusste Raif plötzlich. *Er hat erraten, was ich denken würde, und ist überzeugt, dass ich die beiden überlegenen Bogen ablehnen werde.*

Raif ließ die Hand über dem Flachbogen verharren und betrachtete das Holz. Er sah glattes, gut geöltes Ulmenholz. Aber dort: Ein tiefer Astknoten auf dem Rücken des Bogens, zum Teil verborgen von dem mit Leder umwickelten Griff. Ballic der Rote nannte solche Knoten Schicksalslöcher und sagte, jeder Bogen, der aus derart fehlerhaftem Holz hergestellt war, würde früher oder später brechen. Raif glaubte auch, eine Reihe winziger Löcher rings um den Knoten zu entdecken. Yustaffa hatte hier eine Nadel benutzt.

Also nahm Raif die Hand von dem Flachbogen und ließ sie stattdessen auf den Langbogen aus Eibenholz sinken.

Ein leichtes Zucken der Lippen des fetten Mannes sagte Raif alles, was er wissen musste. *Du hast mich nicht täuschen können, Yustaffa.*

Nun musste er nur noch Tanjo Zehn-Pfeile besiegen.

»Er hat seine Wahl getroffen!«, verkündete Yustaffa, der seine gute Laune schnell wiedergefunden hatte. »Schützen, bereitet euch auf die Probeschüsse vor!«

Tanjos Sohn stellte sich hinter seinen Vater, zog Tanjos kurzen Bogenschützenumhang zurück und befestigte ihn, so dass er flach an Tanjos Rücken anlag wie die Flügel eines Käfers. Tanjo fuhr mit zwei Fingern über die Sullsehne, wärmte sie und überprüfte die Spannung. Zwei Hasenschwänze waren am Bogen angebracht, gegen den Rückstoß.

Raif hakte seinen eigenen Umhang auf und bemerkte dabei, wie so etwas wie Interesse in Tanjos kalten, fremdartigen Augen aufblitzte. Der Orrlumhang fiel anderen immer auf. Nachdenklich prüfte Raif die Biegung des Langbogens. Er war erleichtert, als ein kleiner, uralter Bogenschütze ihm einen Kasten mit fünf Dutzend Pfeilen vor die Füße stellte, was Yustaffa die Stirn runzeln ließ. *Gut.* Das bedeutete, dass der fette Mann keine Gelegenheit gehabt hatte, die Pfeile zu manipulieren.

Während Raif letzte Vorbereitungen traf, traten die wenigen Männer aus der Mitte zurück und machten beiden Schützen Platz. Yustaffa war der Letzte, der ging, nachdem er einen Jungen angewiesen hatte, die Kreidelinie zu ziehen, die als Startlinie gelten würde.

Bis auf den Wind war nun alles still. Raif und Tanjo Zehn-Pfeile standen acht Fuß voneinander entfernt, die Bogenkästen zu ihren Füßen, und die Bögen erhoben sich wie Schiffsmasten zu ihren Seiten. Die aufgehende Sonne ließ die Schatten schräg nach Westen über den Spalt fallen.

Licht fiel auf die hölzernen Bienenkörbe und beleuchtete die roten Ziele, die in Höhe eines Herzens bei einem Menschen angebracht waren. Yustaffa erklärte den Zuschauern, wie es weitergehen würde, aber Raif hatte keine Geduld mehr für Worte. Angst und Erwartung vermischten sich in seinem Blut und ließen ihn unruhig schaudern. Sein Magen drückte sich an die Wirbelsäule, als er tief einatmete. *Wie wird es jetzt weitergehen?*

»Schützen. Gebt eure Probeschüsse ab.«

Noch bevor Raif den ersten Pfeil aus dem Kasten geholt hatte, schoss Tanjo bereits. Der verbrannte Mann bewegte sich so schnell, dass die Bewegungen verschwammen, zog einen lackierten Pfeil nach dem anderen aus der Schärpe und schoss sie alle hoch in die Luft. Als Raif seinen Pfeil auflegte, begann die Menge zu zählen:

»Eins!«, riefen sie.

»Zwei!«

»Drei!«

Als sie »Vier« riefen, wusste Raif, wie Tanjo Zehn-Pfeile seinen Namen gewonnen hatte. Er hatte vor, alle zehn Pfeile abzuschießen, bevor der erste landete. Und es würde ihm auch gelingen. Raif hatte nie einen Mann derart schnell schießen sehen. Tanjos Arme zuckten abwärts und spannten, zuckten und spannten mit der Geschwindigkeit und Effizienz einer Kriegsmaschine. Die Pfeile schossen durch die Luft und leise pfeifend auf das Ziel zu. Tanjo hatte den Wind gut berechnet und ein wenig nordwestlich des ersten Bienenstocks gezielt. Nun korrigierte die starke Luftströmung den Flug der Pfeile leicht nach Süden. Der Aufwind aus dem Spalt half ihm, denn er hatte einen Augenblick gewählt, an dem die thermischen Winde aufstiegen, und sie hielten die Pfeile kostbare Sekunden länger in der Luft.

»Acht!«

»Neun!«

»Zehn!«

Tock. Der erste Pfeil traf den Bienenstock, als der zehnte zu fliegen begann. Die Menge brach in wilden Jubel aus. *Tock, tock, tock* ... ging es weiter, als die anderen Pfeile nach und nach ins Holz einschlugen.

Tanjo Zehn-Pfeile stand sehr still da, den Bogen aufgestützt, den verbrannten Kopf hoch erhoben, den Blick auf das Ziel gerichtet. Er hörte die Begeisterung der Menge, reagierte aber nicht darauf. Das einzige Anzeichen von Anstrengung war das Zucken seiner Nase, als er ausatmete.

Raif sah, wie die letzten Pfeile den hölzernen Bienenstock trafen. Keiner von ihnen war direkt ins Ziel gegangen oder auch nur in den inneren Kreis, aber darum ging es auch nicht. Es ging darum, das Selbstvertrauen des Gegners zu erschüttern. Kein Bogenschütze konnte so etwas unbeeindruckt beobachten. Tanjo Zehn-Pfeile war wirklich begabt. Die Hand eines Gottes hatte ihn berührt.

Vielleicht hatte er davon ja die Verbrennungen.

Als die Menge wieder ruhiger wurde und Yustaffa weiteres Lob auf Tanjo Zehn-Pfeile häufte, spannte Raif den Langbogen. Ein stechender Schmerz zuckte durch Finger und Hand, als er den Bogen mit der verletzten linken Hand hielt und mit der rechten die Sehne an die Wange zog. Das war gleich. Es war, als hätte er nie aufgehört, Pfeile abzuschießen, so schnell kehrte die Disziplin von Auge und Hand zurück. Wie lange war es her? Einen halben Winter? Es fühlte sich an, als wäre überhaupt keine Zeit vergangen. Die Muskeln in seinen Schultern fühlten sich steif an, aber es war nicht unangenehm, nur eine Erinnerung daran, dass sie einem Schuss die Kraft gaben, und obwohl sie seit vielen Monaten nicht benutzt worden waren, hatten sie ihre Rolle nicht vergessen.

Dann fiel alles von Raif ab. Er konzentrierte sich auf das Ziel, die rote Mitte der Zielscheibe, apfelgroß und hundert Schritte westlich von ihm. Es war das Herz. Alle Ziele für Bogenschützen waren das Herz. Sie mochten Kreise sein, Kreuze oder sogar Kohlköpfe auf einem Zaun – für einen Bogenschützen waren es immer Herzen.

Raif versuchte erst gar nicht, das Ziel zu sich zu rufen. Es war totes Holz, und dahinter befanden sich nichts weiter als frische Luft und ein zweites Ziel; es gab kein Leben und kein Herz, die auf seinen Ruf reagieren könnten. Stattdessen zwang er sich, sich auf das Ziel zu konzentrieren, und malte sich einen unsichtbaren Faden von seiner Pupille zur Mitte der Zielscheibe aus. Wie ein Angler, der die Leine auswirft. Der Kreis war scharf zu sehen, und als das Rot sein Gesichtsfeld füllte, ließ er die Sehne los.

Das leise *Zwack* der Sehne war im Augenblick alles, was er hörte. Anders als Tanjo Zehn-Pfeile hatte er auf den Wind keine sonderliche Rücksicht genommen. Sein Pfeil flog dicht am Boden, wo der schärfste Wind ihn nicht erwischen konnte. Die Aufwinde waren etwas anderes, und da er sie nicht einschätzen konnte, hatte er einfach gewartet, bis es zu einer kurzen Flaute kam.

Außerdem, sagte er sich störrisch, war das hier nur ein Probeschuss: Er zählte nicht.

Tock. Der Pfeil traf den Bienenstock. Gefleckte Falkenfedern zuckten wild, als der Schaft vibrierte. Die Eisenspitze hatte sich tief in das pechgetränkte Holz des Bienenstocks gebohrt ... und unglaublicherweise, wunderbarerweise dicht am Rand des roten Kreises.

Die Verstümmelten brachen in Hohngeschrei aus. Yustaffa begann wieder zu reden, überhäufte den einsamen Orrlmann Raif Zwölftöter mit Lobpreisungen. Raif hätte ihn am liebsten geschlagen. Weit ab von der Schusslinie begannen zwei Frauen den Eisenspieß zu drehen, der das Schwein über dem Feuer hielt.

Raif roch den fettigen Duft von Schweinebraten und nahm die Feindseligkeitsbekundungen der Menge entgegen. Wie Tanjo Zehn-Pfeile vor ihm, zwang er sich, nicht zu reagieren. Er wollte sich nicht anmerken lassen, wie überrascht er über diesen guten Schuss war. Sollten sie doch denken, dass ihm so etwas ständig gelang!

Zwei Männer am Rand der Menge beobachteten ihn konzentriert. Raif drehte den Kopf ein wenig und wechselte einen Blick mit Totgeburt. Der große stiernackige Verstümmelte nickte begeistert und zuckte heftig mit den Brauen. Raif fragte sich einen Augenblick, wieso Totgeburt sich eigentlich mit ihm angefreundet hatte. Ja, er hatte Raifs Jagdbeute, sein Schwert und den Pfeil gestohlen, aber Raif betrachtete ihn immer noch als Freund. Totgeburt war der Einzige hier, der ihn siegen sehen wollte.

Traggis Mole wollte das ganz bestimmt nicht.

Der Räuberhäuptling war der Zweite, der Raif so konzentriert beobachtete. Er hatte sich anscheinend die ganze Zeit nicht bewegt, aber etwas hinter seinen Augen hatte sich verändert. Raifs gelungener Schuss hatte ihm nicht gefallen, aber es gab noch mehr. In dieser Menge von vielleicht sechshundert Personen war er der Einzige, der den Schuss als das erkannte, was er war. *Mach es noch mal, Orrlmann*, schien sein Blick zu sagen. *Versuch es doch.*

Raif schluckte, dann wandte er den Blick ab. Die Menge war still geworden, als sich Tanjo Zehn-Pfeile auf seinen ersten offiziellen Schuss vorbereitete. Der gleiche Junge, der den Karren herangeschoben hatte, kniete vor dem Bienenstock und zog die Übungspfeile aus dem Ziel. Pech floss aus den Löchern.

»Du hast einen Wolf getötet.«

Raif drehte sich um, als er Tanjos Stimme hörte. Der verbrannte Mann hatte leise gesprochen und die Worte so gezielt abgeschossen wie seine Pfeile. Sie waren nur für Raifs Ohren bestimmt. Und es war keine Frage gewesen.

Raif konzentrierte den Blick wieder auf die Ziele und fragte: »Was bringt dich zu dieser Annahme?«

Tanjo nahm einen Pfeil aus dem Bogenkasten und legte ihn auf. »Deine Augen. Der Wolf ist darin zu sehen.«

Raif dachte an den großen Eiswolf, den Rudelführer, aufgespießt auf einem Weidenstab, der ihm ins Herz gedrungen war. Er schloss einen Moment lang die Augen und erlebte noch einmal diesen letzten, verzweifelten Stoß. Ashs Leben hatte davon abgehangen.

»Töte einen Wolf, und die Götter werden auf dich aufmerksam.« Tanjo Zehn-Pfeile ließ die Sehne los und schickte einen lackierten Pfeil hoch in die Luft. Schneegansfedern fingen Gletscherwinde ein, die aus dem Kargland kamen, und nutzten sie, um den Flug des Pfeils so sicher zu bestimmen, als wären sie noch Teil des Vogels. *Tock*. Der Pfeil landete im Ziel, nur knapp von der Mitte entfernt. »Töte einen Wolf mit einem Schuss ins Herz, und die Götter spielen mit deinem Schicksal.«

Raif ließ sich nichts anmerken. *Es sind nur Worte*. Der verbrannte Mann versuchte, seine Konzentration zu stören. Er holte mehrmals tief Luft, dann nahm er seinen eigenen Pfeil aus dem Kasten. Als er ihn auflegte, musste er an etwas denken, das Yustaffa gesagt hatte. Er richtete den Blick weiterhin aufs Ziel, aber er murmelte: »Wie wäre es mit einer Wette, Tanjo? Nur du und ich?«

Tanjo Zehn-Pfeile schwieg. Raif konnte ihn nicht sehen, aber er spürte das Interesse des verbrannten Mannes. Schließlich sagte Tanjo: »Was willst du haben?«

»Deinen Bogen.«

Zwei Worte, und Raif wusste, er hatte sie zu schnell ausgesprochen und damit verraten, wie groß seine Gier nach dem Sullbogen war. Tanjo Zehn-Pfeile rührte sich nicht. Sekunden vergingen. Raif nahm Pfeil und Sehne und spannte den Eibenbogen so weit es ging. Erst als er die volle Spannung erreicht hatte, sprach Tanjo. Raif war darauf vorbereitet und hielt die Spannung. Sollte der Verbrannte doch versuchen, ihn abzulenken. Sollte er es doch versuchen!

»Was setzt du dagegen?« Tanjo Zehn-Pfeile sprach die Allgemeine Sprache mit der feierlichen Präzision eines Menschen, der sie als zweite Sprache gelernt hatte, und es fiel Raif schwer, das Ausmaß seines Interesses abzuschätzen.

Eistanzen. So hatte Angus das genannt, was sein Pferd getan hatte, um Ash sicher über das gefrorene Wasser des Schwarzen Sees zu bringen. Raif hatte das Gefühl, hier etwas ganz Ähnliches zu tun. Die Verhandlungen mit Tanjo Zehn-Pfeile waren ein Tanz, und Zeit war alles, was zählte. Die Verhandlungen mussten abgeschlossen sein, bevor er den ersten Schuss abgab, während Tanjos Pfeil noch der einzige im Ziel war. Der verbrannte Mann würde seinen Bogen nicht aufs Spiel setzen, wenn er ihn vielleicht verlieren könnte.

»Den Orrlumhang.« Raif machte eine knappe Bewegung mit dem Kopf nach hinten, wo der schimmernde bläulich weiße Umhang auf dem Felsen lag. Es war ein guter Preis, ein Schatz für einen Mann, der in Schnee und Eis jagte. Aber für einen Bogenschützen gab es nichts Wertvolleres als seinen Bogen.

Es war schwierig, den Bogen weiter gespannt zu halten, während er auf Tanjos Antwort wartete. Raifs Schultermuskeln begannen zu zittern, und sein Daumen und der Bogenfinger wurden weiß, als der Druck der Sehne das Blut herausstrieb. Tanjo sah das, und Raif hätte schwören können, dass der verbrannte Mann bis hundert zählte, bevor er schließlich sagte: »Also gut.«

Raif ließ die Sehne los.

Der Pfeil schoss davon, und der Rückstoß ließ den Bogen gegen Raifs verbundenen Finger schnappen. Er verzog das Gesicht und sah nicht einmal, wo sein Pfeil einschlug. Der Schmerz war so intensiv, dass es ihm beinahe gleich war.

Die Menge sagte ihm, was seine Augen nicht sahen. Die Frauen zischten, und die Männer murmelten unzufrieden vor sich hin. Yustaffa gab ein kehliges Seufzen von sich, das von höchstem Entzücken kündete. Raifs Pfeil war in den roten Kreis gegangen. So langsam wurde die Sache interessant.

Als der Junge zu den Bienenstöcken rannte, um die Pfeile zu messen und zurückzuholen, warf Raif Tanjo Zehn-Pfeile einen Blick zu. Der Mann zeigte nur sein Profil und hatte den Blick in weite Ferne gerichtet. Verbrannte Haut zuckte kurz, dann regte sie sich nicht mehr.

Als der Junge mit dem Maßstab fertig war, gab er Yustaffa ein Zeichen.

»Raif Zwölftöter hat gewonnen!«, erklärte der fette Mann, der vor Aufregung rot angelaufen war. »Er gewinnt den ersten Schuss mit ... wie viel war es, Junge?«

Der Junge hielt den Maßstab über seinen Kopf. Der Stab bestand aus hohlem Ried, war mit Markierungen bedeckt und erinnerte an eine Flöte. Schmuddelige Finger zeigten einen Abstand. »Zwei Kerben.«

Was als Nächstes geschah, hätte Raif nicht erwartet. Tanjo Zehn-Pfeile verbeugte sich so tief, dass der Schwanz seines Haarknotens den Stein berührte. Als er sich wieder aufrichtete, sah Raif, dass er lächelte wie ein Haifisch. »Und jetzt werden wir sehen, wer der wahre Meister ist.«

Raif konnte verhindern, dass seine Muskeln reagierten, aber er hatte keine Kontrolle über das Blut, das ihm aus dem Gesicht schoss. Er war so erfreut darüber gewesen, dass es ihm gelungen war, Yustaffas Trick mit den Bögen zu durchschauen, dass er nicht bemerkt hatte, wie ein anderer ihn hinters Licht geführt hatte. Tanjo Zehn-Pfeiles erster Schuss war absichtlich so schlecht gewesen.

Tanjo war zufrieden. Mit einer einzigen eleganten Bewegung nahm er einen Pfeil aus dem Bogenkasten und legte ihn auf. Er wartete kaum darauf, dass der Junge sich weit genug vom Ziel entfernt hatte, bis er den Pfeil fliegen ließ. *Tock.* Direkt in die Mitte.

Ihr Götter! Raif bemerkte kaum den Jubel der Menge. Ganz aus dem Augenwinkel sah er, wie Traggis Mole sich bewegte. Eine kleine Bewegung, schnell genug ausgeführt, um den Augen zu trotzen, brachte seine rechte Hand zum Griff seines Messers. *Ich werde den Schlag, der mich tötet, nicht einmal kommen sehen.*

Raif legte den zweiten Pfeil auf. Er spürte, dass seine Konzentration nicht mehr Gewicht hatte als eine Fliege auf dem Bogen. Schon die kleinste Kleinigkeit würde sie in eine andere Richtung lenken. Er sollte lieber rasch schießen, solange er das Ziel im Blickfeld hatte und bevor seine Arme zu zittern begannen.

Sobald er die Sehne losließ, wusste er, dass er einen Fehler gemacht hatte. Der Bogenrückschlag war matt, die Sehne flappte locker dagegen. Ein Windstoß an der Unterseite seines Kinns sagte ihm, dass die Aufwinde stärker wurden, und sein Pfeil wurde in den Weg des von Süden kommenden Winds gehoben. Raif senkte den Blick. Turbulenzen ließen einen Pfeilschaft wackeln, und er brauchte nicht hinzusehen, um zu wissen, dass er das Ziel verfehlt hatte.

Tock. Wieder Jubel für Tanjo Zehn-Pfeile.

Raif starrte den Felsen zu seinen Füßen an und wartete darauf, dass der Junge die Pfeile aus dem Bienenstock zog. Der nächste Schuss war der letzte auf dieses Ziel. Die erste Runde zu gewinnen war nicht unbedingt wichtig, aber Raif hatte genug Schützenwettbewerbe verfolgt, um zu wissen, dass man nur schwer aufhören konnte, wenn man erst einmal begonnen hatte zu verlieren. Er holte tief Luft und versuchte, sich zu konzentrieren. Er bemerkte, dass Tanjo Zehn-Pfeile neben ihm einen eingebildeten Fleck von seinem Bogen kratzte, mit Fingernägeln so lang wie gewachste Bohnen.

Der dritte Pfeil, den Tanjo abschoss, traf in das Loch, das sein zweiter hinterlassen hatte. Pech spritzte in die Luft, auf den Stein, und lief wie kaltes Sirup über das Ziel. Raif konzentrierte sich auf die weißen Schneegansfedern, die aus der Zielmitte aufragten. Die Aufwinde wurden stärker und ließen wieder nach, und dann ließ Raif die Sehne los.

Der Schuss war gut, und der Pfeil landete im Ziel, aber er war ein ganzes Stück von der Mitte entfernt, wo Tanjos Pfeil aussah wie die Nadel einer Sonnenuhr. Die Verstümmelten jubelten, als Yustaffa den verbrannten Mann zum Sieger der ersten Runde erklärte. Eine Hand voll kleiner Kinder rannte los, um dabei zu helfen, den ersten Bienenstock wegzuschieben und den Weg zum zweiten Ziel frei zu machen. Der zweite Bienenstock war zweihundert Schritt weit entfernt, die Mitte des Ziels nichts weiter als ein kleiner Fleck.

Tonkrüge mit Bier und Teller mit Bergen fettiger Haferkuchen und gebratenen Zwiebeln wurden in der Menge herumgereicht. Die Frauen am Feuer rollten die Ärmel hoch und lockerten die Miederverschnürungen, weil die Hitze von den Flammen sie ins Schwitzen brachte. Das Schwein war nun schwarz gebraten, seine Haut riss und blätterte ab. Als eine Frau mit einer Mistgabel in den Bauch des Tiers stieß, spritzten die Säfte heraus. Raif wandte den Blick ab. Der Gedanke an Essen ließ ihn kalt. Er wollte die zweite Runde beginnen, und jede Minute, die es länger dauerte, stellte eine zusätzliche Folter dar. Unruhig fuhr er mit der Hand über den Eibenbogen. Auf hundert Schritt konnte ein Bogenschütze geradeaus schießen. Für zweihundert Schritt brauchte er Höhe. Diesmal würde er den Wind einberechnen müssen.

»Bogenschützen, beginnt mit den Probeschüssen.«

Raif hatte seinen Pfeil bereit, und er wartete nicht ab, um zu sehen, ob Tanjo mit einem weiteren Zehn-Schüsse-Spektakel beginnen würde. Rasch schoss er einen Erkundungspfeil hoch in die Luft. Der Wind packte ihn und trug ihn sanft nach Süden, bis er schließlich am Rand des Bienenstocks aufkam, zwei Handspannen vom roten Fleck entfernt. Raif seufzte erleichtert. *Zumindest habe ich getroffen.*

Tanjo Zehn-Pfeile gab diesmal nur einen einzigen Probeschuss ab und berechnete den Wind hervorragend. Selbst aus zweihundert Schritt Entfernung konnte Raif das befriedigende *Tock* eines Pfeils hören, der in die hohle Mitte der Zielscheibe trifft.

»Ich glaube, ich werde deinen Umhang gerne tragen, Clansmann«, sagte Tanjo, als er den Griff an seinem Sullbogen lockerte. »Er wird mir bei der Jagd Glück bringen.«

Raif hatte keine Antwort für ihn. Schüsse und Zeit gingen ihm aus. Er wusste, er war ein guter Schütze, aber es würde einen Meisterschützen wie Ballic den Roten brauchen, um ein Wettschießen mit dem verbrannten Mann zu gewinnen. Er hatte geglaubt, die hundert zusätzlichen Schritte würden die Dinge besser machen, aber Tanjos letzter Schuss hatte ihm gezeigt, dass er sich geirrt hatte. Nun konnte er nur noch hoffen, Glück zu haben.

Tanjo gab seinen nächsten Schuss lässig ab, und der Pfeil landete ein winziges Stück oberhalb der Mitte. Raif tat es ihm beinahe nach, und Falkenfedern und Schneegansfedern berührten einander, so dicht waren die Pfeile. Yustaffa vollführte einen kleinen Freudentanz, während er auf das Urteil des Jungen wartete. Raif fragte sich, wie viel der fette Mann auf Tanjo gesetzt hatte.

Die nächsten beiden Schüsse wurden schnell abgegeben. Raif traf beide Male gut – einmal mitten ins Ziel, das andere Mal an den Rand –, aber Tanjos Schüsse waren besser.

Inzwischen jubelte die Menge wie wild. »Tan-Jo!«, kreischten sie. »Tan-Jo! Tan-Jo!« Sie hatten schon viel getrunken und drängten sich an allen Seiten näher. Raif konnte sie riechen und ihre Waffen sehen. Die schwangere Frau mit dem Stein auf dem Bauch sah ihn höhnisch an. »Das wird eine lange, kalte Nacht im Spalt.«

Das Höllentor. Raif schauderte, als er sich wieder an Yustaffas Worte erinnerte. Von dort, wo er stand, zwanzig Schritte vom Rand des Steilhangs entfernt, konnte er den riesigen Riss nicht sehen. Der Himmel war klar und blau, und das einzige Zeichen dafür, dass hier etwas nicht stimmte, war die Sonne. Sie war zu klein und blass, und all ihre Wärme und die Hälfte des Lichts wurden vom Spalt verschlungen. Warum stießen die Verstümmelten Menschen dort hinein? Tot oder lebendig, wozu war das gut?

Raif hörte kaum, wie der zweite Bienenstock weggeschoben wurde.

Der dritte und letzte Bienenstock war der größte. Er bestand aus Kiefernbrettern, hatte die Form einer Trommel und war so hoch wie ein Pferd. Das musste er auch sein. Auf dreihundert Fuß schossen nur wenige Schützen auf einen Menschen. Die meisten würden froh sein, wenn sie das Reittier eines Angreifers erwischten. Dennoch, auch hier war eine Zielscheibe aufgemalt, ein roter Kreis in der Höhe, wo sich das Herz eines Hengstes befinden würde.

Hinter dem Ziel flackerte das Feuer auf, als das Fett in die Flammen spritzte. Es fiel Raif schwerer, sich auf das Ziel zu konzentrieren. Bei Bogenschützen ging es immer um die letzte Runde. Wenn er hier siegte, konnte er ein letztes Wettschießen mit Tanjo erzwingen. Aber es würde nicht einfach sein. Der Wind kam nun in Böen und war daher noch schwieriger einzuschätzen. Die Entfernung zwischen Bogenschütze und Ziel war so groß, dass der rote Fleck kaum mehr zu erkennen war. Raif warf Tanjo einen Seitenblick zu. Der verbrannte Mann hatte sich ganz auf das Ziel konzentriert, und die vernarbte Haut um seine Augen spannte sich fest, als er die Augen zusammenkniff.

Sie gaben ihre Probeschüsse ab, und zum ersten Mal hatte Raif das Gefühl, dass Tanjos Pfeil eher der Erkundung diente und weniger sicher ins Ziel ging. Der verbrannte Mann schoss seinen Pfeil nicht ganz senkrecht ab, und der Wind störte den Bogen und nahm ihm die Kraft. Der Pfeil landete im Bienenstock, aber gut drei Fuß unterhalb des roten Kreises. Die Menge murmelte überrascht. Tanjos Schuss war zu kurz gewesen. Raif eilte sich, Tanjos Fehler zu korrigieren, zog die Sehne, bis sie summte, und schoss in einem niedrigeren Winkel. Sein Pfeil landete hoch und mit einem soliden *Tock,* als er in den Bienenstock einschlug, was zeigte, dass er immer noch Kraft hatte. Ein einzelner Mann in der Menge jubelte. Das war vermutlich Totgeburt.

Raif hätte beinahe gegrinst. Man brauchte Mumm, um einen Mann anzufeuern, der von allen gehasst wurde.

Tanjos nächster Schuss war besser, aber in seinem Eifer, Kraft zu demonstrieren, übertrieb er es. Wie Raifs Pfeil Sekunden zuvor landete Tanjos hoch und verfehlte das Ziel um eine Handspanne. Für einen Schuss auf dreihundert

Schritt Entfernung war das immer noch bemerkenswert, aber Tanjo Zehn-Pfeile konnte sich nicht darüber freuen. Der verbrannte Mann ballte die Faust und warf Raif einen kalten, hasserfüllten Blick zu.

Raif zweifelte an seinem Verstand, denn dieser Blick gab ihm tatsächlich Hoffnung. Mit leichter Hand spannte er den Bogen und blinzelte, um das weit entfernte Ziel anzuvisieren. Er ließ die Sehne los und sah zu, wie sein Pfeil gegen Wind und Aufwinde kämpfte und am Rand des roten Kreises einschlug.

Nun waren die Verstümmelten wirklich wütend, und es war, als zöge eine Gewitterwolke über sie hinweg. Raif spürte ihre finsteren Blicke und hörte zorniges Gemurmel wie das Summen blutgieriger Moskitos. Sie hätten ihn vermutlich auf der Stelle zerrissen, wäre Traggis Mole nicht gewesen. Der Räuberhäuptling schien die Menge schon dadurch zu beherrschen, dass er sich selbst nicht regte. Niemand wollte der Erste sein, der ihn zwang, sich zu bewegen.

»Erster Schuss an Raif Zwölftöter!«, rief Yustaffa und brach die Spannung, indem er sich mit seiner dicklichen Hand Luft zufächelte, als wäre es plötzlich sehr heiß geworden. »Noch zwei Schüsse. Mögen die Götter mir helfen, sie zu überleben.«

Tanjo Zehn-Pfeile ignorierte das Getue des fetten Manns und zog langsam die Sehne zurück. Er hatte die ersten beiden Runden gewonnen, aber die dritte zählte mehr. Wenn Raif hier siegte, wäre es unentschieden, und man würde ein viertes Ziel aufstellen. Er wartete darauf, dass der Wind einen Augenblick lang nachließ, und hielt den Sullbogen so lange und mit leichter Hand gespannt, als wäre er der erste Bogen eines Kinds. Der Jadering, den er benutzte, um seine langen Fingernägel zu schützen, glitzerte in der aufgehenden Sonne. Als er die Sehne losließ, war es so still auf dem Sims, dass man den Pfeil fliegen hören konnte. Raif wusste sofort, dass es ein guter Schuss war, aber er begriff erst, wie gut, als er den Blick auf das Ziel konzentrierte ... und sah, dass er im roten Kreis gelandet war. Nicht ganz in der Mitte, aber nahe genug, um der Menge staunendes Keuchen zu entlocken.

Raif zwang eine Ruhe in seine Züge, die er nicht wirklich empfand. Jeder Mann, der einen solchen Schuss abgeben konnte, war seinen Respekt wert, aber er wusste, er konnte es sich nicht leisten, Tanjo Zehn-Pfeile zu bewundern. Man musste einen Mann hassen, der die Macht hatte, einem das Leben zu nehmen. Raif nahm einen Pfeil aus seinem Bogenkasten. Eine Ader in seinem Nacken hatte zu pochen begonnen, und es kam ihm vor, als beanspruchte zu vieles seine Gedanken. Als er das Ziel ins Visier nahm, wartete er darauf, dass es ruhiger wurde. Seltsamerweise hatte jeglicher Wind nachgelassen, und zum ersten Mal, seit er aufgewacht war, hörte er die Geräusche der Stadt selbst. Sie ächzte. Drunten in den gemeißelten Höhlen bewegte sich der Fels. Tiefes Heulen und kaum hörbares Knacken erklang aus den runden Öffnungen der unzähligen Tunnel und Gänge und verursachte ein Geräusch, als risse etwas auf.

Eine ungebetene Erinnerung kam Raif in den Sinn: die Geysire, die explodierten, als er und Ash sich dem Eisjägerterritorium genähert hatten. Der Boden unter seinen Füßen war nicht mehr beständig.

Er ließ die Sehne beinahe sofort los. Als er sich gegen den Rückstoß wappnete, begriff er, dass er den Bogen zu lange gespannt und die Spannung unerwartet gelockert hatte. Der Pfeil hatte nicht genügend Kraft. Zornig auf sich selbst sah er zu, wie der Pfeil zu niedrig flog und seinen höchsten Punkt zu schnell erreichte. Träge fuhr er in den Fuß des

Bienenstocks, kaum schnell genug, um in das Holz einzudringen.

»Der zweite Schuss geht an Tanjo Zehn-Pfeile!«

Ein dünnes, zufriedenes Lächeln spannte kurz die rosafarbene und bräunliche Haut an Tanjos Gesicht. Er sah weder Yustaffa noch die jubelnde Menge an, nur Raif. »Hast du wirklich geglaubt, ich würde dich siegen lassen, Clansmann?« Er hob den Sullbogen, so dass er das Licht einfing, und das gefärbte Horn glitzerte wie geschmolzenes Glas. Silbrige Zeichen, die zuvor nur als dünne Linien zu sehen gewesen waren, zeichneten sich plötzlich deutlich ab: Mond und Sterne. Und ein Rabe. Ein Rabe, der in die Nacht hinausschrie. »Ich würde lieber sterben.«

Mit diesen Worten schoss Tanjo Zehn-Pfeile seinen letzten Pfeil ab. Er bewegte sich in genau dem gleichen Bogen wie sein Vorgänger, beinahe, als folgte er einer Spur. Der einzige Unterschied war ein Hauch einer zusätzlichen Bewegung nach rechts, die den Pfeil noch näher zur Mitte des roten Kreises führte.

Raif zuckte zusammen, als der Pfeil einschlug. Die Verstümmelten begannen, mit den Füßen zu stampfen und ihre Waffen auf den Boden zu stoßen, und sie sangen ein Wort, das Raif zuerst nicht verstand. Dann erkannte er, dass sie seine Todesstrafe aussprachen.

»Rein mit ihm!«

Grimmig legte Raif den Pfeil auf. Finstere Ruhe war über ihn gekommen, und der Pulsschlag in seinem Nacken war nun so deutlich zu spüren wie ein zweites Herz. Er kannte den Tod. Er war ihm schon begegnet. Glaubten sie, ihm Angst einjagen zu können, indem sie ihn dorthin zurückschickten?

Der Pfeil schoss davon. Die Kraft, die sich Raifs bemächtigt hatte, hatte sich auf den Bogen übertragen, und der Rückschlag peitschte gegen seine Hand. Er spürte die Schmerzen kaum. Er hatte zu hoch geschossen, und alle Kraft ging verloren, als der Pfeil sich beinahe senkrecht in die Luft erhob. Raif fluchte. Es war vorbei. Solche Pfeile stiegen hoch auf und fielen dann steil nach unten. Sie konnten einem Feind auf dem Schlachtfeld ein Auge ausschießen, aber kein Ziel treffen. Die Verstümmelten kamen bereits näher, und ihr Geschrei wurde lauter, während der Pfeil sank.

»Rein mit ihm!«

Und dann kamen die Aufwinde. Plötzlich bewegte sich die Luft, hob Umhänge und Haar und blähte die Röcke der Frauen, bis sie wie Glocken aussahen. Raif spürte trocknende Wärme an den Augen, und dann hob sich sein Kriegerzopf von den Schultern wie eine Flagge.

Unsichtbare Kraftsäulen drängten sich aus dem gewaltigen Riss in der Erde und bewegten die Luft, als schmölze sie. Sie fingen sich in der Fiederung von Raifs Pfeil. All das dauerte kaum einen Augenblick, aber es kam Raif so vor, als wären es Minuten, während deren sich der Flug seines Pfeils veränderte. Wind traf den Schaft und schob die Spitze wieder nach oben, veränderte den Flug von einem steilen Fall zu einem Bogen. Alles war einen Augenblick lang still geworden, als der Pfeil auf den thermischen Winden nach Westen reiste. Sechshundert Gesichter hatten sich zum Himmel gehoben. Alle hielten den Atem an. Die Aufwinde bliesen noch eine weitere Sekunde und erstarben dann.

Der Pfeil raste abwärts.

Tock. Mitten ins Ziel.

Schweigen. Die Verstümmelten standen wie erstarrt da. Es war, als wollte keiner der Erste sein, der sich bewegte oder in die Leere hineinsprach, die durch den abflauenden Wind entstanden war.

Trotzig senkte Raif den Bogen, und das Holz stieß auf den Stein. Er konnte nicht begreifen, was da gerade geschehen war, aber er spürte Gefahr, und er wusste, es wäre dumm, diesen Menschen seine Angst zu zeigen. Er nahm sich zusammen und wandte sich Yustaffa zu.

»Verkünde den Sieger.«

Alle Lebendigkeit war von Yustaffa abgefallen, und er sah nur noch fett und elend aus. Sein Hemd spannte sich an den Nähten, und an dem Fett seines übermäßig sorgfältig frisierten Haars klebten ein paar Fasern von den Fiederungen der Pfeile. Er räusperte sich, und Raif entging nicht, dass er Traggis Mole einen Seitenblick zuwarf, bevor er es wagte, den Mund zu öffnen. »Die dritte und letzte Runde geht an Raif Zwölftöter.«

Die Menge drängte vorwärts. Münder klappten zu, Fäuste wurden geballt. Jemand warf einen Stein.

Yustaffa hob die Hände und sprach weiter, und seine Stimme wurde vor Hast beinahe zu einem Quieken. »Nein, Brüder, wir dürfen nichts übereilen. Der Wettbewerb ist noch nicht zu Ende. Bei einem Unentschieden haben wir immer noch diese ruhmreiche und gefährliche Tradition: jäher Tod. Ja, meine Freunde. Jäher Tod. Ein einziges Ziel, ein einziger Schuss für jeden. Der bessere Schuss gewinnt.« Yustaffa drehte den Kopf, sah sich nach einem angemessenen Ziel um. Man hatte keins vorgesehen. Niemand hatte geglaubt, dass der Außenseiter gewinnen könnte.

Raif wandte sich ab. Aus irgendeinem Grund musste er an Ash denken. Wo war sie in diesem Augenblick? Fragte sie sich je, ob es ein Fehler gewesen war, ihn zu verlassen?

»Er soll auf das Schwein schießen.«

Die scharfe, heisere Stimme von Traggis Mole holte ihn in die Gegenwart zurück. Raif sah, wie der Blick des Räuberhäuptlings auf ihm ruhte, und er war beinahe froh darüber. Froh, weil es ihn von Gedanken an Ash ablenkte.

Angespanntes Schweigen folgte Traggis Moles Worten. Die Verstümmelten wichen zurück, aber beruhigt waren sie nicht. Die Stimme ihres Häuptlings stachelte sie an, und Raif sah das Bedürfnis nach Gewalttätigkeit in ihrem Blick. *Das hier sind keine Clansleute.* Tem und Angus und ein Dutzend anderer hatten ihm das bereits gesagt. Vor drei Tagen hatte Totgeburt versucht, ihm das Gleiche beizubringen. Aber er hatte nicht hingehört. Nun wusste er, dass diese Männer Recht gehabt hatten. Viele Verstümmelte sahen aus und klangen wie Clansleute, aber in dieser Steinstadt gab es keine Götter, und nichts band diese Menschen aneinander außer ihrer gemeinsamen Verzweiflung.

»Ich überlasse dem Clansmann den ersten Schuss.« Tanjo Zehn-Pfeile verbeugte sich bei diesen Worten vor Raif, sein Gesicht eine höfliche Maske.

Raif erwiderte die Höflichkeit nicht. Es war nur Heuchelei. Das Schwein befand sich dreihundertfünfzig Fuß entfernt, weit weg von der Mittellinie, über einer Schlangengrube aus Flammen. Hitze verzerrte die Luft, Rauch trübte die Sicht. Tanjo hatte ihm den ersten Schuss nicht aus Freundlichkeit überlassen. Bei dieser Art des Wettbewerbs gab es keine Probeschüsse. Der Mann, der den Pfeil als Erster abschießen würde, würde blind schießen. Wie viel Spannung und Höhe brauchte man? Genügte die Feuerhitze, um den Flug des Pfeils zu beeinträchtigen? Jeder erfahrene Bogenschütze konnte so etwas beurteilen. Aber die Entscheidungen waren einfacher, wenn man aus den Fehlern anderer lernen konnte. Tanjo hatte entschieden, dass er sich zurückhalten und Raif die Fehler machen lassen würde.

Ihm blieb nichts anderes übrig, als zu schießen. Er spannte den Langbogen und wartete, bis die Frauen weit genug vom Feuer weggegangen waren. Sie hatten das Schwein so gedreht, dass es den Bogenschützen die Flanke präsentierte, und obwohl es ein großes Tier war, war es auch mager vom Winter. Raif fragte sich, wo es wohl hergekommen war, denn Totgeburt hatte behauptet, die Verstümmelten hätten nicht viel Fleisch. Überfielen sie die Höfe gebundener Clansleute im Süden? Wie überquerten sie den Spalt?

Er legte einen Pfeil auf. Das Schwein war hässlich anzusehen. Hitze hatte die Sehnen zusammengezogen, und alle vier Beine waren gespreizt und verbogen. Der Schwanz sah starr genug aus, dass ein Kind daran hätte schaukeln können. Die Schnauze war aufgerissen, gleich zwei Mal, und dampfendes rosa Fleisch war unter der verkohlten Haut zu sehen. Raif versuchte, nicht zu schaudern, als er den Blick auf die Flanke konzentrierte.

Tot. Etwas tief in ihm drinnen, dort, wo sich das Hirn mit dem Rückenmark verband, funkelte dunkel wie ein einzelner Strahl Mondlicht auf schwarzem Wasser. Speichel lief ihm in den Mund. Die gekochten grauen Kammern des Schweineherzens zogen ihn auf sich zu. Plötzlich bekam er keine Luft mehr. Er war von stinkendem Fleisch umgeben. Hier war kein Leben geblieben, nur eine schwammige Masse explodierter Zellen und Adern, die mit gekochtem Blut verstopft waren. Tot. Und obwohl es in der Kammer heiß war, lag eine immense, gnadenlose Kälte dahinter. Und wartete.

Angst zog Raif den Magen zusammen. Er musste fliehen. Sofort. Der Tod kam näher, seine Fangarme bewegten sich wie Rauchfahnen, die sich nach ihm ausstreckten, um seinen Geist zu berühren. *Das Höllentor.* Er konnte spüren, wie sie nach ihm griffen: saugendes, schwarzes Sumpfwasser, Dämpfe und Gift des Todes. Es gab keinen Boden in diesem Rumpf, nur leblose, ewige Leere. Sobald er unterging, würde er nie wieder aufhören zu sinken.

Der Tod ließ nicht los. Das Schweineherz war eine Falle. Er hätte niemals dort eindringen dürfen. Ein schlagendes Herz war eine Naturgewalt, ein stillstehendes war ein Tor in den Tod. Und es zog ihn tiefer in sich hinein. Tosen erfüllte seine Ohren, und seine Gedanken begannen, sich um sich selbst zu drehen, als der Sog intensiver wurde. Der Geruch nach gekochtem Fleisch verging, wich dem glitzernden blauen Hauch von Eis. Schatten bewegten sich am Rand seines Blickfelds. Etwas seufzte. Das Gewicht verdorbenen Fleischs, weich und flüssig vor Fäulnis, zog ihn abwärts.

Aber in seinem Mund lief immer noch der Speichel zusammen, und tief in seinem Hirnstamm beschleunigte sich etwas. Er konnte spüren, wie seine Pupillen sich vergrößerten. Er befand sich wieder auf vertrautem Territorium. Hierher zu kommen war, als käme man nach Hause.

Danach konnte er sich nicht einmal daran erinnern, die Sehne losgelassen zu haben. Er empfand nur noch den Schock, aus der Finsternis wieder aufzutauchen, und das Schwindel erregende Gefühl, Sonnenlicht auf dem Gesicht zu spüren. Seine Atemzüge waren tief und schnell, und er spürte den eisigen Wind so deutlich, als wäre er nackt. Er blinzelte wie ein Mann, der aus dem Schlaf aufschreckt, und seine Augen zeigten ihm einen Anblick, den er nicht gleich begriff.

Eine Menschenmenge, so still und schweigend, dass sie hätten Statuen mit Kleidern sein können, starrte an ihm vorbei zu dem Kadaver auf dem Spieß. Ein Pfeil – sein Pfeil – war tief in das Herz des Schweins eingedrungen. Die Wucht des Schusses hatte die verbrannte Haut zu einem Sternmuster aufgerissen, und Lappen gebratenen Fleischs wackelten im Wind, bogen sich zurück, um die fetten Reifen des Brustkorbs und zerbrochene Knochen zu entblößen. Es sah aus, als hätte jemand einen Hammer genommen und die Rippen, die direkt über dem Herzen lagen, wie ein Tongefäß zerschlagen. Der dampfende graue Haufen des Schweineherzens war durch die Scherben hindurch gut zu erkennen. Es war glatt in zwei Teile geschnitten.

Raif schluckte. Er hatte einen säuerlichen Geschmack im Mund. Er hielt den Bogen aufrecht wie einen Stab, aber er konnte sich nicht erinnern, ihn am Boden abgesetzt zu haben. Er dachte, er sollte vielleicht etwas unternehmen: Yustaffa zwingen, den Schuss als gut anzuerkennen, die angespannte Ruhe der Menge mit einem lässigen Winken zur Kenntnis nehmen, sich vor Tanjo verbeugen und etwas wie *Dein Schuss, glaube ich* zu sagen. Aber er konnte sich nicht rühren.

Und seltsamerweise erinnerte er sich nun an eine Geschichte, die Angus ihm einmal darüber erzählt hatte, wie die Nomaden in der roten Wüste tief im Süden ihre Söhne benannten. Der Vater wählte einen Namen aus, aber er verriet ihn niemandem, nicht einmal seiner Frau. Der Junge wuchs zum Mann heran, ohne zu wissen, wie sein Vater ihn genannt hatte. Mutter und Geschwister sprachen ihn mit Kosenamen an, bis der Junge stark und mutig genug war, seinen Vater zu einem Kampf herauszufordern. Diese Kämpfe waren blutig, hatte Angus erzählt, denn für die Wüstenmenschen war Stolz etwas ungemein Wichtiges, und kein Vater wollte einen Kampf gegen seinen Sohn verlieren. Um zu siegen, musste der Sohn gnadenlos sein und seinen Vater zu Boden schlagen. Dann beugte er sich über den Besiegten und forderte: *Gib mir meinen Namen! Gib mir, was mir gehört!* Und dann wurde der Name ausgesprochen, und der Sohn ging davon und ließ den Vater auf dem Wüstenboden liegen, damit sich die Frauen um ihn kümmerten, und ging auf die Jagd. In dieser ersten Nacht verfügte er über einen Zauber, erzählte Angus, so dass sich die Tiere in seinen

Speer warfen und die Götter ihm Visionen schickten, um ihn anzuleiten.

Raif erwartete keine Visionen und keine Tiere, die um die Ehre, von ihm getötet zu werden, Schlange standen. Aber dennoch.

Gib mir meinen Namen!

Als er nun den Kadaver sah und den Pfeil, der in dem aufgerissenen Herzen steckte, wusste Raif, dass er Anspruch auf seinen Namen erhoben hatte. *Mor Drakka. Totenwächter.* Wie viele Pfeile hatte er in schlagende Herzen geschossen? Er wusste es nicht mehr. Aber das hier ... das hier war der erste Pfeil in ein totes Herz gewesen.

Er wandte sich ab und schaute zum Rand der Klippe hin, ohne ihn wirklich zu sehen. Wie aus großer Ferne hörte er Yustaffa sprechen: »Nun, ein Schuss, zweifellos ein Schuss. Und es sind ein paar Knochen weniger für die alte Bessie übrig geblieben, aus denen sie etwas schnitzen kann.« Er gab ein seltsames Geräusch von sich, als hätte er einen Schluckauf. »Nun, ich denke, wir sollten die Angelegenheit zu Ende bringen. Tanjo. Wann immer du bereit bist.«

Die Menge wurde unruhig, als sich Tanjo auf seinen Schuss vorbereitete. Die Verstümmelten murmelten aufeinander ein, ihr Leder und das Metall knarrten, als sie taube Glieder streckten und steife Nacken bewegten. Raif hörte, wie ein Pfeil aufgelegt wurde, und blickte auf. Tanjo spannte seinen Bogen. Sein verbranntes Gesicht wurde vom Morgenlicht vergoldet. Der Sullbogen schimmerte, als er sich in seinen Händen bog. Tanjo hauchte einmal gegen die Sehne und nahm dann den Jadering vom Bogen.

Der Schuss war wunderbar, und Raif würde ihn nie vergessen: Tanjos vollendete Haltung und dieses Geräusch – das Trillern des losgelassenen Pfeils –, das verkündete, dass der Schuss makellos war. Der Pfeil flog hoch und schoss dann wie ein Falke auf den Kadaver zu. Er tat es Raifs Pfeil beinahe nach. Dreihundertfünfzig Schritte durch Rauch und flimmernde Luft, und er schlug in die knollenförmige Aorta ein, die aus dem Herzen des Schweins kam.

Noch bevor die Verstümmelten die Gelegenheit hatten zu reagieren, wandte sich Tanjo Zehn-Pfeile Raif zu und verbeugte sich. Stolz hielt seine Gesichtsmuskeln straff, als er sich aufrichtete und Raif den Sullbogen entgegenstreckte. Aus dem Augenwinkel sah Raif, wie Tanjos Sohn sich durch die Menge drängte und auf seinen Vater zueilen wollte. Ein Mann, ein großer blonder Buckliger, streckte die Hand aus, um ihn aufzuhalten. Der Junge trat um sich und kämpfte, aber der Bucklige hielt ihn fest. Eine alte Hexe in der ersten Reihe reichte dem Buckligen ihren wollenen Umhang, damit er dem Kind die Augen verbinden konnte.

Tanjo Zehn-Pfeile musste wissen, was mit seinem Sohn geschah, aber der verbrannte Mann reagierte nicht darauf. Er sah Raif fest in die Augen. »Nimm den Bogen. Er hat mir gute Dienste geleistet.«

Yustaffa hatte begonnen zu sprechen, erhob seine Stimme dramatisch, aber Raif hörte die Worte nicht. Der Sullbogen war nicht mehr etwas, was er begehrte, aber er bewegte die Hand dennoch auf ihn zu. *Gib mir meinen Namen.* Und er schien zu verstehen, wieso die Söhne der Wüstenbewohner davongingen und ihre besiegten Väter am Boden zurückließen. Scham quälte beide Männer, aber keiner konnte das dem anderen eingestehen. Raif begegnete Tanjos Stolz mit seinem eigenen, und ihre Hände berührten sich kurz am Bogenbauch.

Ich schulde dir Respekt, wollte Raif sagen. *Du bist der bessere Schütze.* Aber die Worte würden niemals ausgesprochen werden. Stattdessen verbeugte sich Raif tief, als er den Bogen entgegennahm, und tat so, als sähe er nicht den dunklen Schatten von Traggis Mole, der sich auf sie zubewegte, und das kurze Aufflackern von Angst in Tanjo Zehn-Pfeiles Augen.

»Rein mit ihm!«, begann das Lärmen wieder, als Traggis Mole das Messer aus seiner Scheide aus versteinertem Holz zog. Tanjo richtete sich gerade auf und wandte sich ihm zu. Die Angst war nun verschwunden, und der verbliebene Stolz war so deutlich zu erkennen, dass die Frauen laut aufschluchzten.

»Nehmt meinem Sohn das Tuch ab.«

Raif spürte eine Berührung an der Schulter. »Komm, Junge. Komm mit. Gib ihnen Gelegenheit, dich zu vergessen.« Totgeburt packte Raif am Arm und zog ihn nach hinten. Raif dachte einen Moment lang daran, sich zu wehren, aber Tanjos Sohn stand nun still und ungehindert da, das Gesicht unbedeckt, und sein kleiner Körper bebte von der Anstrengung, es seinem stolzen Vater nachzutun. Das Kind war jünger als Effie, und Raif ließ zu, dass Totgeburt es wegzog.

»Rein mit ihm!« Die Schreie der Menge wurden gellender, als sich Traggis Mole auf Tanjo Zehn-Pfeile stürzte. Die Bewegung war zu schnell, um ihr folgen zu können, und dann riss der Räuberhäuptling Tanjo an seine Brust. Ein gewaltsames Drehen brach Knochen in Tanjos Hals und Wirbelsäule, und dann schossen zwei Blutströme über den Felsen, als Traggis Mole mit dem Messer Tanjos Lider abschnitt. Der verbrannte Mann sackte in Traggis' Griff zusammen. Seine Augäpfel quollen vor und waren bald von Blut überzogen. Raif ließ die Hand an die Taille sinken und suchte nach dem pulverisierten Heiligen Stein, den er nicht mehr hatte. *Bitte, Götter, nehmt ihn jetzt.* Aber der Räuberhäuptling hatte nur Knochen gebrochen, die Tanjo lähmten, und ihn nicht getötet, und als die Menge vorwärts drängte, um ihn zu ergreifen, sah Raif deutlich, dass Tanjo den Blick auf seinen Sohn gerichtet hatte.

Die Verstümmelten fielen über ihn her. Raif hatte einmal gesehen, wie in Gnash ein Mann von zwei Pferden zerrissen wurde, und die gleichen Kräfte, die Glieder ausrissen und die Hüfte von der Wirbelsäule trennten, wirkten sich nun auf den Körper des verbrannten Mannes aus. Die Menge zerfetzte ihn. Sie zerrten ihn an den Rand der Schlucht, hoben ihn hoch auf viele Schultern und schleuderten ihn dann in die Tiefe.

Tanjo Zehn-Pfeile hatte die Augen offen, und er gab keinen Laut von sich.

Schaudernd ging Raif davon.

22
Neun Schritte

»Ein Langschwert ist keine Waffe für ein Mädchen. Du könntest ein ganzes Jahr lang trainieren und hättest immer noch nicht die Muskeln, um mit einem solchen Schwert zu kämpfen.« Ark Knochenspalter streckte die Hand aus. Er wollte sein Langschwert wiederhaben. Ash hatte es aus dem Waffenhalfter genommen, als der Fernreiter damit beschäftigt gewesen war, das Feuer abzudecken. Das Feuer hatte die ganze Nacht gebrannt, und wie die meisten Feuer, die die Sull machten, hatte es kaum gequalmt und kaum genügend Ruß produziert, um eine Spur im Schnee zu hinterlassen. Nun, nachdem Ark fertig war, hätte Ash nicht einmal sagen können, wo es sich befunden hatte. Aus irgendeinem Grund ärgerte sie das, und sie beschloss, ihm das Schwert noch nicht zurückzugeben.

Ark hatte Recht: Es war tatsächlich zu schwer für sie – und auch etwa zwei Fuß zu lang. Und das Gewicht schien sich von der Spitze zum Griff zu verlagern, wenn sie es hierhin und dorthin wendete, als befände sich Flüssigkeit darin. Aber es war wunderschön und glänzte wie ein Spiegel, so dass man es manchmal nicht einmal sehen konnte, nur die Dinge, die sich darin spiegelten, wie Berge und Himmel. Ashs Arme begannen, von dem Gewicht zu zittern, also stützte sie die Spitze in den Schnee. »Mal sagte, er würde heute damit anfangen, mir Selbstverteidigung beizubringen.«

Sie erwartete, dass Ark verärgert sein würde, weil sie ihm das Schwert nicht zurückgeben wollte, aber stattdessen nickte er ernst. »Der Neinsager hat Recht. Manchmal vergesse ich, dass du nicht immer Sull warst.«

Sie nickte rasch, denn sie wollte nicht, dass er bemerkte, wie sehr sie seine Worte freuten. *Sag mir, wie sehr du mich liebst, Asarhia.* Diese seltsame Aufforderung kam ungebeten und erklang wie immer mit der Stimme ihres Pflegevaters. Sie war eine Warnung, diese Aufforderung, denn wenn man jemandem sagte, wie sehr man ihn liebte und zu ihm gehören wollte, gab das dem anderen die Möglichkeit, einen zu verletzen und auszuschließen. Lässig zog sie die Sullklinge wieder aus dem Schnee und reichte sie mit dem Griff voran Ark Knochenspalter.

Er sah sie einen Augenblick an, dann steckte er das Schwert wieder ein.

Morgenlicht glitt über die Eisfelder und beleuchtete Schmelzlöcher und Kies, der direkt unter der Oberfläche eingeschlossen war. Der Himmel war dunkelblau, mit ein paar hohen Wolken, die rasch weggetrieben wurden. Ash schauderte, als der Wind ihr Luchsfell Wellen schlagen ließ wie Gras auf einer Weide. Sie wusste nicht, wo sie war. Im Westen lagen die schimmernden Phantome des Küstengebirges, weiße Gipfel, die gewichtslos über dem Horizont schwebten, als wären sie nicht mehr am Boden verankert. In der anderen Richtung gab es nichts, was Ash kannte oder erkannt hätte. Das Land war flach und beinahe ohne jede Eigenheiten, wenn man von den dampfenden Eisbetten absah, die sie umgaben. Manchmal glaubte sie, Umrisse zu erspähen – Bergrücken und Felsformationen in der Ferne –, aber wenn sie wirklich existierten, lagen sie ganz am Rand ihrer Wahrnehmung, und Ash konnte sich nicht darauf verlassen, dass ihre Augen ihr die Wahrheit sagten.

Mal Neinsager hatte das Lager irgendwann während der langen Nacht verlassen. Der Fernreiter brach häufig früher auf. Ash stellte sich vor, dass er nach Wegzeichen und trinkbarem Wasser Ausschau hielt und generell das Land auskundschaftete, das vor ihnen lag. Sie wollte nicht an die schwarze Substanz denken, die an diesem Tag im Hochtal von seinem Schwert getropft war, und daran, wie diese Flüssigkeit gedampft hatte, als sie den Schnee zum Schmelzen brachte. Nein. Sie wollte lieber denken, dass Mal als Späher unterwegs war und nicht, um sie zu schützen. Dass er sicher war und ihm nichts zustoßen konnte.

»Ash March, ich werde das Versprechen halten, das mein *Hass* dir gegeben hat.«

Ash sah sich um. Ark Knochenspalter kam auf sie zu. Er hatte seine Taschen bei den Pferden gelassen und die schweren Pelze ausgezogen, und er hielt eine kleine Waffentruhe in der Hand, die mit blauer Seide bedeckt war. Ash erkannte, dass er ihr den Kasten und seinen Inhalt offiziell zum Geschenk machte, als er ihn zu ihren Füßen abstellte und ihn ihr nicht direkt in die Hand drückte. Das war die Art der Sull. Sie waren empfindlich, was Geschenke anging, und hielten sich an Regeln, die Ash nicht so recht verstand.

»Nimm sie heraus«, sagte Ark nun, »und sag mir, wie sie sich anfühlen.«

Ash kniete sich auf das Eis. Die Truhe war so lang wie ihr Unterarm und bestand, der Festigkeit nach zu schließen, aus gegerbtem Leder, das durch einen Überzug von gesteppter Seide weicher gemacht wurde. Jemand mit einer sehr geschickten Hand hatte winzige Silberdrähte um den Verschluss gewoben. Drinnen ruhte auf einem Daunenkissen ein schlanker Dolch, der beinahe so lang war wie der Kasten, und eine kleine sichelförmige Waffe mit einer neun Fuß langen Kette daran. Die Kette war so dick wie Ashs Mittelfinger und aus rauchgrauem Stahl geschmiedet, der so fein verarbeitet war, dass sie nicht sehen konnte, an welcher

Stelle die Glieder sich schlossen. Die Kette sah aus, als wäre sie schwer, aber als Ash sie herausholte, war sie von ihrer fließenden Leichtigkeit überrascht. Ein glitzerndes Gewicht, das wie eine riesige Träne geformt war, war am letzten Glied befestigt und verlieh der Kette Schwere. Ash fuhr mit den Fingern über das Gewicht und fragte sich, woraus es wohl bestand. Metalle waren mit Gewalt verbunden worden, einige Stellen waren glatt, andere gekerbt, und die gesamte Oberfläche war mit Schmelzlinien überzogen. Seltsam facettierte Chrysolithe waren in die Oberfläche eingelassen und glitzerten merkwürdig wie Katzenaugen. Für Ashs Fingerspitzen fühlten sie sich so fest und scharf wie Diamanten an, und sie begann sich vorzustellen, was dieses Gewicht mit den Steinen einem Menschengesicht antun könnte.

»Nimm die Sichel in die linke Hand und wirble die Kette mit der rechten.«

Der Griff der Sichel passte hervorragend in ihre Hand, und sie begriff zum ersten Mal, dass diese Waffe nicht für einen Mann gedacht war. Sie ließ drei Fuß Kette durch die Faust laufen und begann, das Gewicht über ihrem Kopf zu schleudern. Das Metall verursachte Geräusche, als sie es schneller bewegte, und es war nur noch verschwommen zu sehen. Die Träne bewegte sich so schnell, dass die Chrysolithe einen Ring grünen Feuers in der Luft zeichneten.

»Gut. Nun lass es wieder langsamer werden. Streck den Arm aus. Bewege nur das Handgelenk.«

Ash tat, was er ihr gesagt hatte, und sah zu, wie die Kette schlaff wurde und nach unten fiel. Das Gewicht sackte rasch herunter, und sie schrie überrascht auf, als es das weiche Fleisch an der Unterseite ihres Oberarms traf und sich die Kette wie eine Schlange um ihren Unterarm wickelte. Das Brennen trieb ihr Tränen in die Augen, und als Ark auf sie zukam, wich sie erschrocken zurück. Er war zu schnell für sie, und sofort hatte er sie entwaffnet und die Sichel in die eigene Hand genommen. Ein Ruck, und schon lag sie am Boden und er presste ihren umwickelten Arm auf die Erde. Noch bevor sie genug Zeit hatte, um überrascht zu sein, war er über ihr und drückte ihr die Sichelklinge an die Unterseite ihres Unterkiefers. Blut floss, spritzte wie heißer Urin auf ihre Haut.

Der Fernreiter ließ die Sichel fallen, und die Kette lag schlaff auf dem Eis. »Steh auf«, befahl er.

Ash setzte sich hin, stand aber nicht auf. Sie zitterte, und sie fühlte sich betrogen. Sie hob die Hand an die Kehle und wollte das Blut stillen.

»Nein«, sagte er. »Lass es fließen. Es ist *Dras Xaxu*. Der Erste Schnitt.«

Sie berührte die Wunde und hielt blutige Finger ins Licht. »Ich habe schon öfter geblutet.«

»Aber kein Sullblut.«

Er streckte ihr die Hand hin, und nachdem sie ihn einen Augenblick hatte warten lassen, griff sie danach und ließ sich von ihm hochziehen. Eiskristalle von ihren Pelzen trieben wie Staubflocken zwischen ihnen. »Warum hast du das getan?«, fragte sie.

»Wir sind Sull, und wir sind bereit zu kämpfen. Bevor ein Kind erwachsen wird, muss es in einem Kampf unter Freunden bluten. Wir verwunden uns gegenseitig, damit wir unseren Feinden die Befriedigung nehmen können, uns den Ersten Schnitt zuzufügen.«

Ash sah den Fernreiter stirnrunzelnd an. Sie wollte gerne wissen, wieso er ihr ausgerechnet jetzt diese Wunde zugefügt hatte. Befürchtete er, dass ihm ansonsten andere zuvorkommen würden? Aber seine Miene war starr, und in seinen Augen stand eine Warnung, die tief aus dem Inneren kam. *Stell mir keine Fragen mehr.*

Widerstrebend griff Ash wieder nach Sichel und Kette. Ihr Arm schmerzte, Blut lief ihr über die Kehle, und sie dachte für einen Augenblick daran, ihn anzuschreien. *Warum verschweigt ihr mir so viel? Ihr habt mich zu einer von euch gemacht, also vertraut mir gefälligst.*

Als sie die Kette wieder über dem Kopf wirbelte, ging Ark Knochenspalter zu der Stelle, an der die Pferde ölige Hirse fraßen, und zog einen der Birkenholzpfosten aus dem Eis. Er stieß den Pfosten näher an Ash wieder in den Boden und wies sie an, mit der Kette danach zu schlagen. Sehnen in Ashs Handgelenk traten wie Seile vor, als sie gegen die Fliehkraft ankämpfte. Sie ließ die Kette einen Herzschlag zu früh los, und die Metallträne verfehlte den Pfosten und schwang rasch zu ihr zurück. Das Gewicht traf sie auf dem Rücken, drückte ihr die Luft aus der Lunge und riss einen Keil aus ihrem Luchsfell.

Ark Knochenspalter sah kühl zu, wie sie nach Atem rang. »Wenn du die Kette richtig benutzt, kannst du damit den Arm eines Feindes unbrauchbar machen, ihm seine Waffe entreißen oder sein Pferd zum Stolpern bringen. Das Gewicht kann einen Mann töten, wenn du ihn mit großer Wucht an der Schläfe oder der Kehle triffst. Und wenn die Kette selbst zwischen zwei Händen gespannt wird, wird sie zu einem Schild und kann eine angreifende Klinge abwehren.«

Der Fernreiter ging auf Ash zu und nahm ihr das Gewicht ab. Er trat zurück, holte aus, bis die Kette ganz zwischen ihnen gespannt war, und ließ das Gewicht dann aufs Eis fallen. »Sieh her«, forderte er und zog sein Schwert. Beinahe sechs Fuß Sullstahl zuckten wie ein Blitz vor Ashs Gesicht, als er die Klinge aus der Entfernung schwang, die die Kette vorgab. Ein Schlag folgte so schnell auf den anderen, dass die Luft von der entladenen Energie knisterte und die Risse, die die Klinge hinterließ, als Nachbilder in der Luft hängen blieben. Dennoch berührte die Klinge Ash nie.

»Das ist *Naza Thani*. Die neun sicheren Schritte. Behalte immer eine Kettenlänge Abstand zwischen dir und deinem Feind, und sein Schwert kann dich nicht erreichen.«

Ash nickte steif. Sie war nicht in der Lage, den Blick von Arks Schwert zu wenden. Die Spitze der Klinge kam ihrem Auge so nahe, dass sie das kristalline »X« sehen konnte, an dem die Kanten sich begegneten. Der Fernreiter wollte, dass sie sich fürchtete. Es war eine Prüfung, und sie fürchtete Versagen mehr, als verletzt zu werden. Sie war Ash March, Findling. Man hatte sie schon einmal verlassen. Sie würde diesem Mann keinen Grund geben davonzugehen. Sie reckte das Kinn hoch und hielt reglos und ohne zu blinzeln seinem Angriff stand.

Ark kniff die Augen zusammen, und er vollführte eine Reihe von Stößen nach vorn, wobei er ihr einzelne Haare abschnitt, die sich aus dem Zopf gelöst hatten. Abrupt hielt er inne und steckte das Schwert wieder ein. Er atmete schwer, und als er schließlich sprach, klang er nicht gerade sanft. »Du hättest zurückweichen sollen, als ich einen Schritt vorwärts gemacht habe. *Naza Thani* war gebrochen. Mein Schwert hätte deinen Kopf nehmen können.«

Ash spürte, wie ihre Wangen glühten. Sie hatte die Art der Prüfung missverstanden. Und versagt.

Die Miene des Fernreiters blieb kühl, als er sich wieder den Pferden zuwandte. »Übe weiter, den Pfosten zu treffen, während ich das Lager abbreche.«

Sie sah zu, wie er den Grauen sattelte und die Gurte enger schnallte. Der Wind wehte um die Vorderbeine des Hengstes und ließ kleine Eiswirbel entstehen, die ein anderes Pferd hätten bis auf die Knochen frieren lassen. Aber nicht den Grauen. Seine Beine waren von dichter Behaarung geschützt, die in langen, seidigen Röcken nach unten hing. Ash schlang die Arme um die Brust, denn plötzlich war ihr kalt geworden. Sie wollte Sichel und Kette nicht wieder aufheben und weiterüben. Sie wollte zu dem Grauen rennen und ihn streicheln und die nackten Hände unter seine Mähne schieben, um die dort verborgene Wärme zu spüren.

Bis der Fernreiter die Pfosten weggepackt und beide Pferde gesattelt und getränkt hatte, hatte Ash gelernt, den Pfosten zu treffen. Es war im Grunde einfach, wenn man die Kette nicht zu spät losließ. Wenn sie sich erst einmal schnell genug drehte, wickelte sie sich um alles, was ihr in den Weg geriet. Der Lärm, den die Kettenglieder machten, wenn sie sich um den Birkenpfosten wickelten, ließ Ash eine Gänsehaut über den Rücken laufen. Es war das Geräusch einer Schlange, die sich durch trockenes Gras bewegt. Und dann fiel das Gewicht mit dem *Klack* einer sich schließenden Falle nieder, und die Kette war nur noch schwer wieder zu lösen. Ash war sich bewusst, dass Ark sie nun wieder beobachtete, nahm die Kette in beide Hände und entfernte das Eis von dem Pfosten.

Der Fernreiter nickte einmal. »Säubere die Kette und stecke sie wieder ein. Wir müssen aufbrechen.«

Sie sagte sich, dass sie wirklich kein Lob erwartet hatte, und tat, was er ihr befohlen hatte. Die Sonne stieg nun schnell auf und ließ kleine Regenbogen auf dem Eis blitzen. Die gefrorene Oberfläche unter ihren Füßen knackte und knisterte wie Feuerholz, das gerade erst angezündet worden war. Am Vorabend hatte Ark erklärt, dass der Boden unter dem Eisfeld aus schwarzem Kieselschiefer bestand, dem gleichen Stein, aus dem man Feuersteine machte, und dass sein fester, glasiger Kern kaum Abflussmöglichkeiten für stehendes Wasser bot. Eistaschen schmolzen über Tag und gefroren im Lauf der Nacht wieder, da das gesamte Tal das

Wasser hielt wie eine Schüssel. Dieses Wasser war nicht trinkbar, denn es war alt und grau, und aus dem Stein stiegen Gifte auf. Als Ash auf das Eis niederschaute und sich all die welken Dinge vorstellte, die unter der Oberfläche hingen – die uralten Nadeln von Bäumen, die längst nicht mehr standen, die Krallen eines Raubtiers, gelb und gekerbt wie eine Made, Splitter von Feuerstein, verteilt wie Fischschuppen auf einem Strand –, wusste Ash plötzlich, wo sie war.

Im Großen Kargland.

Sie dachte, sie würde schaudern, aber die Knochen ihrer Wirbelsäule regten sich nicht. Das Große Kargland. Dieses gewaltige Nichts, das sich auf allen Landkarten des Nordens ganz oben befand. Niemand wusste, wie weit es sich erstreckte, nur, dass niemand, der sein Ende gesucht hatte, je zurückgekehrt war. Audlin Crieff, dreiundzwanzigster Surlord von Spire Vanis und Abschwörerritter, hatte sich hier verirrt. Er war auf einer Pilgerfahrt zum See der Verlorenen vom Wahnsinn überwältigt worden, hatte einfach eines Morgens sein Zelt verlassen und war nach Osten gegangen. Sie hatten zehn Tage und Nächte nach ihm gesucht, aber nicht einmal seine Leiche war gefunden worden.

Ash setzte sich auf das Sullpferd, das ihr Reittier war, wenn der Neinsager mit dem Blauen unterwegs war, und wandte die Gedanken anderen Dingen zu. Der weiße Wallach war ein paar Handspannen kleiner als Arks Grauer, mit breiter Brust und muskulösen Beinen. Packtaschen auf Rumpf und Schultern hielten Zeltfilze, Seile und Pfähle und die vielen anderen Dinge, die für ein Lager gebraucht wurden. Es war eine schwere Last, und Ash machte sich Sorgen, weil sie nun noch zu dieser Bürde beitrug, die das Tier schleppen musste. »Tut mir Leid, alter Junge«, murmelte sie und rieb die Nase des Wallachs.

»Er wurde gezüchtet, um die Kadaver von Auerochsen

nach der Jagd nach Hause zu tragen«, sagte Ark und überraschte sie, indem er den Grauen neben den Wallach brachte. »Dein Gewicht wird ihn nicht stören.«

Ash nickte nervös. Der Fernreiter beobachtete sie ununterbrochen

»Greif unter sein Kniegelenk.«

Verwundert gehorchte sie und fuhr mit der Hand am Pferderumpf entlang, bis sie gegen die muskulöse Rampe seines Oberschenkels stieß. Ein fester Lederriemen verlief längs an seinem Torso, eine Art Harnisch, und sie fragte sich, wozu er gut war.

»Spürst du die Schnalle?«

Sie fand sie, aber sie fühlte sich irgendwie falsch an, klumpig und ungesichert, und ein Stück Riemen ragte heraus.

»Wenn wir verfolgt werden, ziehst du an dem Riemen.« Der Fernreiter schaute bei diesen Worten geradeaus, als wäre das, was er sagte, nicht annähernd so wichtig wie das Überqueren der Eisfläche. Ash ließ sich nicht täuschen. Sie konnte die Intensität in seiner Stimme deutlich wahrnehmen. »Wenn der Neinsager oder ich angegriffen werden, zieh an dem Riemen. Er wird die Last des Pferds abwerfen und dir gestatten, schneller zu fliehen. Er wurde von *Maygi* ausgebildet. Er wird dich in Sicherheit bringen und erst zurückkehren, wenn ich es sage.«

»Und was, wenn du nichts mehr sagen kannst?« Die Worte waren herausgekommen, ehe Ash sie aufhalten konnte, und ihr erster Instinkt riet ihr, sie mit einer Entschuldigung oder weiteren Worten abzuschwächen. Aber dann musste sie an ihren Pflegevater denken und tat das nicht.

Die Zeit verging, und schließlich sagte der Fernreiter: »Dann musst du weiter nach Osten ziehen und die Herzfeuer selbst finden.« Er hielt den Kopf würdevoll aufrecht, und als sie ihn beobachtete, lernte sie etwas Neues: Sie konnte ihn tatsächlich kränken.

Ernüchtert fragte sie: »Was ist ein *Maeraith?*«

»Ein Schattenwesen.« Hohe Wolken zogen über die Sonne. Die in Vielfraßfell gehüllten Finger des Fernreiters an den Zügeln verkrampften sich nicht, aber ein gewisses Maß an Anspannung musste wohl vom Reiter an das Tier weitergegeben worden sein, denn das große Sullpferd legte die Ohren an und zuckte mit dem Schweif.

Ash spürte, wie ihr eigenes Reittier den Rhythmus verlor. »Und so etwas hat Mal an diesem Tag in den Bergen getötet?«

Ark nickte. »Der Neinsager glaubt, es sei ein Wachtposten gewesen, der die Straße entlang des Spalts bewachen sollte. Es hat begonnen. Wo einer war, werden noch weitere sein. Wir müssen vorsichtig sein.«

Es hat begonnen. Sie spürte einen leichten Schmerz unter ihrem Kinn, wo Ark ihre Haut geritzt hatte. »Ziehen wir deshalb durch das Kargland?«

Er drehte sich um und sah sie an. »Was weißt du vom Großen Kargland, Ash March?«

»Ich weiß, dass wir drinnen sind – und uns tiefer hineinbewegen.«

»Sieh dich um. Sag mir, was du siehst.«

Ash drehte sich im Sattel um. Sie sah Berge und Eis und Himmel. Und das sagte sie auch.

»Du siehst also das Küstengebirge?« Sie nickte, und er fuhr mit seltsam beherrschter Stimme fort: »Und du hältst es für möglich, im Kargland zu stehen und noch Landschaften zu sehen, die du kennst? Du hältst es für möglich, zu dir selbst zu sagen: *Ich bin im Kargland, und wenn ich mich diesen Bergen zuwende und nach Westen gehe, kann ich wieder herauskommen, wann immer ich will?*«

Er hielt inne und wartete auf eine Antwort.

Sie hatte keine.

Der Fernreiter schwieg weiter, bis sie begann, ihre Gedanken über viele Dinge in Frage zu stellen. Zufrieden mit der Unsicherheit, die er bei ihr bewirkt hatte, fuhr er sanfter fort: »Wir bewegen uns am Rand des Karglands, dort, wo das Land fest ist und sich nicht verändert und man den Sternen trauen kann. Eins darfst du nicht vergessen, Ash March: Wende dich nur einen halben Tag lang nach Norden, und du wirst dich verirren. Den Bergen, die du dann siehst, könntest du nicht mehr trauen. Reite auf sie zu, und sie könnten dich im Kreis herumführen, bis deine Handflächen vor Trockenheit aufreißen und dein Pferd unter dir zusammenbricht. Man reist nicht durch das Kargland, man erleidet dort Schiffbruch. Wir nennen es *Glow Skallis,* Land des gefallenen Himmels. Wegmarkierungen, die verlässlich erscheinen, ziehen in Wahrheit wie Wolken umher. Ein Mond geht auf und leuchtet, und dann steht plötzlich ein zweiter am Horizont, und du weißt nicht, welcher echt ist und welcher falsch. Das Licht wird gebogen. Es bricht und schafft neue Eindrücke, und selbst die Sull können nicht zwischen einer vom Licht geschaffenen Landschaft und einer, die Gott geschaffen hat, unterschieden, bis wir sie mit eigenen Händen berühren und sagen können: *Das hier ist Luft* oder *Das hier ist Erde.*«

Arks Worte waren hypnotisch, gesprochen über das rhythmische Bewegen der Muskeln in den Schultern seines Pferds, und Ash wusste, sie hörte Dinge, die kein Clansmann oder Stadtbewohner je vernommen hatte.

»Wir folgen dem Weg, den der Neinsager für uns vorgezeichnet hat. Er reitet voraus und um uns herum, sucht nach Wegmarkierungen und sorgt dafür, dass wir am Rand des Karglands bleiben. Das ist keine leichte Aufgabe, denn die

Ränder von *Glow Skallis* sind an einigen Stellen fließend, und ein Spurensucher muss sehr wachsam sein, oder er wird sich verirren.«

Der Fernreiter sprach ein Wort zu seinem Pferd, das daraufhin in Trab überging. Ash sah eine gewisse Anspannung in seinem Gesicht und nahm an, dass er an seinen *Hass* dachte. Sie sagte: »Aber er sucht nicht nur nach dem Weg, nicht wahr? Er hält auch nach ihnen Ausschau.«

Die Falten um Arks Mund wurden ausgeprägter, und er trieb den Grauen zum Kantern an. Als Ash zusah, wie die Entfernung zwischen ihnen größer wurde, fürchtete sie plötzlich, zurückgelassen zu werden, und sie eilte sich, ihn einzuholen. Sie hatte ihn zu sehr bedrängt. Die Sull sprachen ihre Ängste nie laut aus.

Der Morgen verging schnell. Eisiger Wind ließ Ashs Ohren taub werden und saugte die Feuchtigkeit aus ihren Lippen; die raue Oberfläche fühlte sich nun wie Narbengewebe an. Der Himmel wurde grau, und nach einiger Zeit nahm das Eis die gleiche Färbung an. Felsblöcke und die bröckelnden Überreste versteinerter Bäume lagen auf dem Weg. Die hohen Wolken flogen nach Westen, und kalter Dunst senkte sich wie sehr dünner Nebel über sie. Sie ritten hintereinander, mit dem Fernreiter vorn, und obwohl Ash sein Gesicht nicht sehen konnte, sah sie ihm die ununterbrochene Wachsamkeit an seinem steifen Rücken an.

Es hat begonnen.

Sie schloss die Augen einen Moment und atmete im Dunkeln. Dieses Geschenk von Waffen, der Erste Schnitt ... selbst die Anweisung, wie sie das Gepäck des Wallachs loswerden konnte: All das waren Schutzmaßnahmen. Die Fernreiter befürchteten, dass etwas sie angreifen könnte, und sie versuchten, für Ashs Überleben zu sorgen, falls sie selbst sterben sollten.

Ich darf nicht daran denken. Sie öffnete die Augen und ließ sich von dem grellen Licht erfüllen. Sie hasste diesen Ort. Der Neinsager hatte es als Alternative zur Spaltstraße ausgewählt, aber selbst ein Dummkopf konnte erkennen, dass sie hier nicht in Sicherheit waren. Sie sollten lieber durch das Clanland reiten, Kriege oder nicht, als durch diese Wüste aus Nebel und Eis. Zorn wärmte sie und nahm ihr ein wenig von ihrer Angst, aber sie brauchte zu viel Energie, um ihn aufrechtzuerhalten, und sie spürte, wie ihre Schultern nach unten sackten und ihr Rücken sich beugte, während der Tag sich weiter auf die Nacht zubewegte. In ihren Handschuhen hatten sich ihre Finger zu Krallen verkrümmt, und sie wusste, sie würde sie bewegen müssen, um die Ekel erregende Taubheit der Erfrierung zu verhindern.

Sie griff in ihr Luchsfell und suchte nach dem Lederbeutel mit dem Fladenbrot. Sie hatte keinen Hunger, aber das gab ihren Händen etwas zu tun.

Als sie aufblickte, sah sie eine Gestalt zu Pferd vor ihnen. Sie erstarrte, aber dann erkannte sie Mal Neinsager. Es war Zwielicht und noch nicht vollkommen dunkel, und Ash verstand nicht, woher er gekommen war. Noch einen Augenblick zuvor war nichts zu sehen gewesen.

Der Neinsager trieb den Blauen vorwärts, und dann fiel er neben seinem *Hass* in Trab. Ash hörte, wie die beiden Fernreiter miteinander sprachen, und dann lenkte der Neinsager den Blauen nach Norden und kündigte damit eine Abweichung von ihrem bisherigen Kurs an. Ash folgte. Sie fragte sich, ob sie nun tiefer ins Kargland reiten würden, aber sie glaubte nicht, dass sie eine Antwort erhalten würde, wenn sie fragte. Der Neinsager war ein schwer durchschaubarer Mann, aber sie glaubte, eine gewisse Dringlichkeit in der Art zu erkennen, wie er sein Pferd behandelte.

Sie ritten im Kanter in die Dunkelheit. Es gab einen Augenblick, als Ash glaubte, etwas zu hören, ein tiefes Heulen, das sich durch das Eis auszubreiten schien, aber der Lärm von zwölf Hufen auf gefrorenem Boden übertönte es bald.

Die Nacht kam rasch und brachte eine derart tiefe Dunkelheit, dass Ash den Kopf ihres Pferds nicht mehr sehen konnte. Es war seltsam, in dieser Finsternis zu reiten, und es fiel ihr schwer, dem Wallach alles zu überlassen. Der Boden wurde rauer, als das Eis dem Dauerfrost wich. Es war zuvor schon kalt gewesen, aber dabei hatte es sich um eine passive Kälte gehandelt, gegen die man mit Willenskraft und mehreren Schichten von Kleidung ankommen konnte. Nun ging es darüber hinaus. Es tat weh zu atmen, und wenn man die Luft erst in den Lungen hatte, konnte man spüren, wie sie sich aufs Herz zubewegte.

Ash wusste nicht, wie viel Zeit vergangen war, bevor der Neinsager schließlich das Zeichen zum Anhalten gab. Irgendwann war sie in einen tranceähnlichen Zustand gefallen, war von der Kälte und der Dunkelheit in sich hineingetrieben worden wie ein Tier in den Winterschlaf. Der Wallach blieb von selbst stehen, und Ash spürte, wie starke Arme sie aus dem Sattel hoben. Sie blickte auf und sah Mal Neinsagers hartes, schönes Gesicht dicht an ihrem eigenen. Seine Schuppenrüstung schimmerte und warf ein unheimliches Licht unter sein Kinn.

Als er sie absetzte, knickten ihre Beine ein, und er bedeutete seinem *Hass,* eine Decke zu bringen. »Trink«, sagte er, nachdem er sie in weiche Teppiche gewickelt und auf den Boden gelegt hatte.

Ash nahm eine kleine silberne Flasche entgegen, und dann hatte sie nicht die Kraft, den Korken herauszuziehen. Ihre Muskeln waren angespannt und beinahe verkrampft, und ihr Geist trieb träge von einem Gedanken zum anderen. Dann bemerkte sie, dass der Neinsager vor ihr kniete und ihr den Flaschenhals zwischen die Lippen zwang. Flüssigkeit so warm wie ihr eigener Körper füllte ihren Mund. Das Zeug schmeckte wie Honig mit Metallspänen, und Ash bekam sofort wieder einen klaren Kopf.

»Manshae«, erklärte der Neinsager. »Du würdest es Geistermahl nennen. Es wird dir helfen, deine Kraft wiederzufinden.« Mit diesen Worten verschloss er die Flasche wieder und ging, um sich um das Lager zu kümmern.

Ash wischte sich mit der Hand über den Mund; das Geistermahl hatte einen bitteren Nachgeschmack. Sie sah sich um, und sie brauchte einen Augenblick, um zu begreifen, dass es zwar dunkel war, sie aber immer noch sehen konnte. Sie befanden sich in einer flachen Senke, die von niedrigen Felswänden und Drachenkiefern umgeben war. Lebende Bäume im Kargland? Sie legte eine Hand auf den Boden und berührte das trockene, schuppige Gras unter sich. Sie konnte kaum glauben, dass es sich dort befand.

»Es ist eine Eisoase.«

Ark Knochenspalter breitete einen Teppich neben ihr aus und setzte sich hin. »Es gibt im Kargland viele solche Orte, wenn man weiß, wo man sie findet; Orte, an denen der Frost und die Dunkelheit zurückgehalten werden.«

Wovon?, hätte sie gerne gefragt, aber sie tat es nicht. Sie bemerkte, dass es hier tatsächlich nicht nur heller, sondern auch wärmer war, und sie streckte die Beine vor sich aus und holte tief Luft. »Werden wir zurückfinden?«

Er nickte. »Der Neinsager hat den Weg markiert.«

Sie sah zu, wie Mal auf der anderen Seite der Senke ihr Pferd striegelte. »Wir werden heute Nacht kein Feuer haben.«

»Nein.«

»Sie haben uns gefunden, nicht wahr?«

Ark sah sie lange Zeit an und sagte kein Wort. Schließlich fragte er: »Was hast du gesehen?«

Vier Wörter, und Ash spürte, wie ihr gesamtes Verständnis der Welt sich veränderte. Hier war nun der Grund, wieso diese Männer sie zu einer Sull gemacht hatten. *Was hast du gesehen?* Wie konnte sie so dumm gewesen sein, nicht zu erkennen, wieso sie sie wollten? Sie hatten es nicht verborgen. Sie hatten ihr gesagt, sie würde gebraucht, sie müsse kämpfen. Sie hatte nur einfach nicht verstanden, worin ihre Rolle bestehen würde. Sie verstand es immer noch nicht ... aber sie lernte jeden Tag mehr.

»Was hast du gesehen?«

Ark Knochenspalter war sehr still, während er auf ihre Antwort wartete. Seine Hände waren nackt, und sie konnte das Netzwerk der Aderlassnarben rund um seine Fingernägel sehen.

»Ich habe nichts gesehen«, sagte sie. »Aber etwas gehört – ein Heulen. Es erklang nur einmal und dann nicht wieder.« Sie sah, wie er sich sichtlich entspannte, und fragte sich, ob er wusste, wie viel er preisgegeben hatte. Vielleicht war das ja so, denn nun stand er abrupt auf und sagte ihr, sie solle versuchen zu schlafen – es waren nur noch ein paar Stunden bis zum Morgen.

Ash strich einen der Teppiche glatt, damit sie darauf schlafen konnte, und rollte ein Fuchsfell zusammen, um es als Kissen zu benutzen. Sie fühlte sich seltsam – erschöpft, aber ungewöhnlich aufmerksam. Ihre Gedanken überschlugen sich von dem, was sie gelernt hatte. *Sie glauben, ich kann sie spüren, diese Schattenungeheuer, ich kann sie sehen, bevor sie es tun. Ist es das, was eine wie ich tut – Schatten suchen?* Der Gedanke beunruhigte sie, und sie wälzte sich hin und her und suchte nach Antworten, die ihr aber nicht einfallen wollten. Die Zeit verging, und sie fiel in unruhigen Schlaf.

Tierschreie störten ihre Träume. Etwas heulte im Süden, und nach ein paar Sekunden antwortete etwas anderes. Ash schlug die Augen auf. Ihre Haut war kalt und kribbelte, und sie konnte immer noch den Nachhall des Antwortheulens hören. Sie drehte den Kopf und suchte nach Ark Knochenspalter. Er war in ihrer Nähe, wie immer, hockte am Rand des Lagers, den Blick nach außen gerichtet. Das Schwert hatte er eingesteckt. Er stand Wache, aber er war nicht in Alarmbereitschaft. Er hatte diese Geräusche nicht gehört – falls sie überhaupt in Wirklichkeit erklungen waren.

Ash sagte sich, dass es nur ein Traum gewesen war, dass sie hier im Kargland sicher waren, und legte sich wieder hin und versuchte, sich zum Schlafen zu zwingen. Es funktionierte nicht. Ihr Herz raste, und das geringste Geräusch beunruhigte sie. Wenn eines der Pferde schnaubte, erstarrte sie. Voller Verachtung über ihre eigene Angst sagte sie sich, sie sei eine Närrin ... aber sie konnte immer noch nicht schlafen.

In der dunklen Nacht lag sie wach und lauschte nach *Maeraiths*.

Die Jagd hatte begonnen.

Ein modernes Märchen
um den niemals endenden Kampf von Gut und Böse!

Catherine O'Donell

Der Verbotene See

Die Trilogie der Streitenden Reiche 1

Seit langer Zeit herrscht Krieg zwischen den Königreichen Fiann und Caernadon. Eine uralte Prophezeiung besagt, dass nur eine Tochter aus dem mystischen Schwanenvolk, das versteckt auf einer nebelverhangenen Insel lebt, die streitenden Reiche einen kann. Auch Eirion, die Adoptivtochter der Königin von Caernadon, kennt diese Geschichte – aber sie ahnt nicht, dass sie die Heilsbringerin ist und grausame Feinde seit langem darauf warten, sie vernichten zu können.

»Ein faszinierendes Lesevergnügen!«
Robert Jordan

Jacqueline Carey

Die Auserwählte 1

Die Geheimnisse des Nachtpalais

Im geheimnisvollen Nachtpalais werden junge Mädchen in den Künsten und Wissenschaften unterrichtet – und zu den besten Konkubinen des Landes ausgebildet. Ihre Aufgabe ist es aber nicht nur, Männern Vergnügen zu schenken, sondern vor allen Dingen auch, als Spioninnen zu dienen. Die junge Phèdre ist eine von ihnen – doch sie ist auch noch viel, viel mehr ...

»In ihrem provokanten Debüt verwebt Carey Machtspiele, Intrigen, Magie, Leidenschaft und Schicksal zu einem atemberaubenden epischen Roman.«
Romantic Times

Excalibur
bei
Knaur